조영관 전집 2

소설 편

조영관 전집 2

소설 편

노동자시인 조영관 전집 발간위원회 엮음

삶창

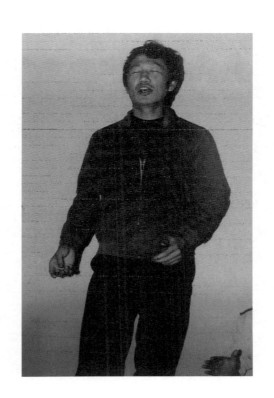

살며 사랑하며, 노동자의 꿈을 노래한 시인

여기 한 노동자가 있습니다. 푸른 작업복 차림으로 투박한 작업화의 끈을 매고 있는 중입니다. 끈을 다 매고 나면 이제 곧 고된 노동이 시작될 겁니다. 그 노동의 끝에서 무엇이 피어날까요? 성효숙 화백이 그린 〈작업화를 신는 사람〉를 보며 조영관 시인을 떠올립니다. 그림의 실제 모델이기도 한 조영관 시인, 그가 걸어간 길을 더듬는 일이 아득합니다.

대학에서 영문학을 전공하고 유명 출판사에 취직했다가 스스로를 공장 노동자로 하방(下放)시킨 사람, 노조위원장을 하다 구사대에게 끌려가 갈비뼈가 부러졌던 사람, 건설노동자로 일하며 노동자들의 아름다운 공동체를 만들기 위한 꿈을 간직하고 분투했던 사람, 무엇보다 시인이면서 소설 쓰기에 매달렸던 사람, 이 모든 것을 아우르는 어질고 아름다운 사람, 조영관!

그가 떠난 지 십 년이 되었습니다. 그가 아끼는 후배이자 동지였던 박영근 시인이 세상을 떠나기 얼마 전에 그의 자취방에서 이틀 밤을 서로 부둥켜안은 채 눈물을 흘리며 술을 마시고, 제발 죽지 말라며 억지로 박영근 시인에게 밥을 떠먹여 주던 조영관 시인. 박영근 시인이 허망하게 가고 난 뒤 채 1년이 못 되어 그 뒤를 따라간, 아 조영관 시인! 그 이름을 부르는 일이 목 메인 슬픔이 될 줄 누군들 짐작이나 했겠는지요.

그가 꿈꾸던 '햇살공동체'를 이제 막 만들어 놓았는데, 그 찬연한 햇살이 벌써 십 년째 고인의 무덤 위로 비껴 내리고 있습니다.

생전에 그의 이름으로 된 시집 한 권 갖지 못했습니다. 타계한 뒤에야『먼지가 부르는 차돌멩이의 노래』라는 제목을 단 유고시집을 그의 무덤에 바쳤을 뿐입니다. 그가 남긴 다른 모든 시와 소설들은 생전에 그가 홈페이지를 만들어 갈무리해둔 채로 이 세상 모든 당신들의 방문을 기다리고 있었습니다. 이제 그가 홀로 곳간에 쟁여두었던 작품들을 묶어 세상에 내놓고자 합니다. 그리하여 조영관이라는 이름과 함께 조영관이라는 한 인간의 영혼이 그러안고 지펴온 문학의 온 모습을 그대로 보여주고자 합니다.

남들보다 늦은 나이로『실천문학』신인상을 받으며 문단에 나온 그는 수상 소감에서 다음과 같이 말했습니다.

하지만 밥 벌어먹자고 시를 쓰는 것이 아니라면
폼 잡기 위해 시를 쓰는 것이 아니라면
내 쓰는 글이 땀을 흘리는 것보다
정녕 부끄럽지 않을 수만 있다면
나는 시가 황소보다 힘이 세다는 것을 믿는다.

위의 고백처럼 조영관 시인은 무엇보다 폼을 잡지 않는 사람이었습니다. 사람과 문학 앞에 누구보다 겸손했던 조영관 시인은 그러면서도 세상에 대해 하고픈 말이 많았던 사람입니다. 사석이나 술자리에서는 목소리를 높이는 대신 선한 웃음과 함께 남의 말을 잘 들어주고 흥이 오르면 덩실 어깨춤을 추기도 했지만, 가슴 속에는 언제나 세상을 향한 뜨거움이 끓고 있었습니다. 그래서 그의 시는 대부분 긴 호흡을 가지고 있고, 시로 다 풀어내지 못한 말들이 쌓여 소설로 옮겨가기도 했습니다. 또한 그는 시인답게 우리말에 대한 사랑이 남달랐습니다. 그는 생전에 우리말과 각 지역의 사투리들을 모아서 파일로 정리해 놓았습니다. 그리고 공부한 말들을 시와 소설 안에 적절하면서도 풍부하게 녹여내고 있음을 알 수 있습니다.

전집이 나오기까지 많은 이들의 도움과 헌신이 있었습니다. 무엇보다 대학 시절의 자료를 찾아서 정리하고 발간 비용까지 모아준 서울시립대 동문들과 추모사업회 일꾼들, 그리고 애틋하게 형을 기리는 고인의 아우 조영선 변호사를 비롯한 유가족들, 조영관 시인을 좋아하고 따르던 동료 작가들의 아름다운 마음이 있었기에 두 권으로 된 전집을 세상에 내놓을 수 있었습니다. 시 책임 편집은 박일환, 산문 책임 편집은 송경동과 박수정, 소설 책임 편집은 하명희 작가가 각각 맡아 주었습니다.

이 모든 일이 조영관 시인이 자신의 몸과 마음을 부수어 세상에 뿌려놓고 간 햇살 때문임을 우리 모두는 잊지 않고 있습니다.

끝으로 전집 발간을 흔쾌히 받아준 도서출판 삶창과 편집을 맡아준 이원우 님께 깊은 감사를 드립니다.

2017년 2월
노동자 시인 조영관 전집 발간위원회

노동자 시인 조영관 전집 발간을 자축하며

이제 노동자 시인 조영관이 떠난 지 10년이다. 그를 보내고 그가 좋아했던 사포나루에 유골을 뿌리고 일부는 아버님 묘지 앞에 고이 모셔두었다. 우리는 노동자 시인 조영관을 추모하고 그 뜻을 기리기 위해 추모사업회를 만들고, 1주기에 『먼지가 부르는 차돌멩이의 노래』라는 유고 시집을 발간하였고, 3주기에는 모란공원에 그 유골과 함께 흉상도 제작하여 안치하였다. 모란공원에 잠든 모든 민족민주노동열사들과 함께 하리라 생각된다. 그리고 조영관 문학창작기금을 마련하여 올해 7회째를 맞이하고 있다. 그동안 임성용, 희정, 박경희, 유현아, 정노윤, 하명희 님과 같은 걸출한 문학인들이 수혜를 받았다. 모두가 형과 같이 척박한 현장에 뿌리박은 사람들이고, 그 현장에서 쓴 문학이라 생각된다. 대단히 기쁘다.

조영관 시인을, 아니 친구를 생각하면 항상 마음이 먹먹하다. 왜일까? 너무 일찍 우리 곁을 떠나서일까? 아니다. 우리는 30년 동안 같이 살았다. 아니면 연민일까? 그것도 아닌 것 같다. 우리는 추모사업회를 통하여 이제 10년을 통하여 형의 뜻을 기렸다. 그냥 꼭 집어 답하기 어렵다. 우리가 무심코 사는 사이 너무 일찍 우리 곁을 떠나 안쓰럽고, 우리가 치열하게 살아가고 있지 않기 때문이라 말할 수도 있다.

전집을 발간하면서 생각나는 것은 그것이 아니다. 형은 자신이 만든 홈페이지 첫 화면에 '우리의 밥과 사랑을 위하여'라고 적어놓았다. 형은 밥을 위해 노동을 하고, 그것에 충실하기 위해 문학이 필요하다는 것을 실천적으로 보여주는 삶을 살았다. 그동안의 시, 소설, 평론, 산문 등 학교와 사회생활 때 추구했던 문학에 대한 치열한 삶을 지금은 보지 못하는 것에 대한 안타까움이 있었다. 허망하지만 지금 살아 있다면 어떠한 삶을 살고 있을까를 상상하다 보니 마음이 더욱 먹먹하다.

추모 10주년을 맞아 전집을 발간하며 이제 그를 보내자. 술 한잔 걸치면 '문경 새재 기왓골 털면 묵은 쌀이 삼백석', '원숭이 ○○○은 빠알~게', '장산곶 마루에 북소리 나구요 ~~', '바람이 분다 바람이 분다 연평 앞바다에 바람이 분다' 같은 노래와 함께 들썩거리는 어깨춤 추는 형을 생각하며 그를 좋게 보내자. 그러면서 우리가 가야 할 길을 가자.

향후 노동자 시인 조영관 문학창작기금 수혜 작가들의 문집 출간을 상상하며, 전집 출간을 위해 노력하신 송경동, 박일환, 문동만 시인, 하명희 소설가와 유가족 조영선, 추모사업회 최석희, 정진구 님들에게 감사드린다. 특히 출판을 위해 수고하신 삶창 관계자 여러분들께 큰 감사의 인사를 올린다.

노동자 시인 조영관 추모사업회 회장 장달수

불온한 꿈을 위한 序詩

삶이란 깨진 유리를 밟는 것처럼 아슬한 것이거늘
하루의 허기진 노동을 끝내고
촉촉하게 젖은 얼굴로 뒤돌아보는 어깨 위로
지긋이 새 날개처럼 덮어오는 들녘의 어둠

      －조영관의 「산제비」 중에서

이름 없는 시인, 노동자

굽은 소나무가 선산을 지키듯 모두들 떠나간 자리에, 아래로 더 아래로 가라앉아 결국 스스로 숯이 되었다. 지식인의 왜소함과 나약함을 떨치듯 그는 처절히 노동자로서, 노동자의 삶을 살다 갔다. 그러나 그는 끝까지 불온한 꿈을 포기하지 않았으며, 하루하루의 허기진 노동 끝에 '새 날개처럼 덮어오는 들녘의 어둠' 같은 포근한 저녁을 꿈꾸었다.

시인에게 삶은 '깨진 유리를 밟는 것처럼 아슬'한 것이었다. 회의의 시대, 1990년대를 넘어서서도 노동과 시의 최전선에서 끝까지 자기 생을 걸고, 결국 이루지 못한 꿈을 간직한 채 우리 곁을 떠났다. 시밖에 달리 할 일이 없는 그는 대책 없는 시인으로, 노동자로 살다갔다.

그가 홀연히 떠난 지 10년

혼자서 견디기 힘든 역사의 격랑에, 벌건 가마 불구덩이에 스스로를 던지듯 이름 없이 스러져갔다. 한여름 소낙비처럼 이름 없이 스러져가는 사람들. 야만과 폭력의 시대, 인간과 노동에 대한 뜨거운 열정으로 살다간 사람들. 절망과 회의의 시대에서도 끝까지 희망을 놓지 않았던 사람들이 있었다. 그 속에 조영관 또한 서 있었다.

추모행사를 하고, 문학창작기금을 전달하고, 문학전집을 내는 것은 조영관 한 사람을 기리자는 것보다, 조영관처럼 살다간 이름 없는 들꽃 같은 사람들의 험난했던 삶과 그들이 품었던 불온한 꿈을 가슴에 새기자는 것이고, 아직도 어두운 밤거리를 고양이처럼 두리번거리며 새벽을 준비하는 사람들과 국밥 한 그릇 내밀며 철철 넘치는 막걸리 한잔 나누고자 함이다. 저 시커먼 공장에도, 시청 앞 광장에도, 광화문 캠핑촌에도 아직도 부르튼 손으로 불온한 꿈을 꾸는 수많은 조영관이 있지 않은가.

조영관이 다시 돌아왔다

그의 서툰 넋두리를 전집으로 모았다. 그의 넋두리에는 한밤중 홀로 포효하는 부르짖음도 있었고, 추수가 끝난 텅 빈 들판의 허허로움과 끝없이 나락으로 떨어지기만 하는 숨찬 노동에 대한 회한과 안쓰러움도 있었다. 아름답지만은 않은 거친 미숙함이 더 많았고, 찬란한 기쁨보다는 한없이 스스로를 갉아대는 성찰과 자책이 더 많았다. 모두가 서툰 우리의 모습이고 조영관의 득도하지 못한 평범한 모습이다.

그러나 그 부끄러움을 빛내며 기어코 세상에 얼굴을 내밀었다. 그것은 피워보지도 못한 채 시들어버린 '붉은 꽃' 같은 한 사람의 인생을 한 번쯤 되새기자는 것이고, 한 사람의 작은 역사 속에서나마 조금씩 식어가는 우리들의 열정을 되돌아보고 불온한 꿈을 위해 작은 다짐이라도 해보자는 것이다. 그것이 그나마 살아남은 자들의 몫이 아닐는지.

감사할 따름이다

전집에는 너무도 많은 사람들의 더운 날 추운 날의 노고가 있었다. 어수선하기만 한 유고시, 소설, 평론들을 정리하고 전집 전체를 기획한 박일환, 송경동, 문동만 시인과 제

6회 문학창작기금 수혜자이기도 한 하명희 소설가, 그리고 필요한 지원을 마다하지 않은 '노동자시인 조영관 추모사업회' 장달수 대표, 서울시립대 민주동문회 최석희, 정진구 등 이루 말할 수 없는 분들의 땀과 지혜가 있었다. 감사드린다. 또한 어려움에도 불구하고 출판을 기꺼이 맡아준 도서출판 삶창에도 깊은 감사를 드린다.

한 사람을 보내고, 수백 사람, 수천 사람의 조영관을 맞이하였다. 그동안 외롭지 않게 관이 형과 함께 해준 모든 분들께 감사드린다. 50도 안된 짧은 인생을 살다간 형이 '장산곶 마루에~' 하면서 덩실 덩실 어깨춤을 추며 나타날 것만 같다.

우리 모두가 조영관이다.
그래서 기쁜 날이다 .

2017. 2. 25
시인 조영관의 아우 조영선

목차

6부 노래의 징검다리

부록 편

1부 추모시

2부 추모 산문

3부 기타

조영관 小說

일러두기

1. 전집에 실린 소설들은 작가가 생전에 자신의 홈페이지에 갈무리해둔 것을 최종본으로 하였다.
2. 중편소설 「따뜻한 방」은 홈페이지에 올린 작품 제목이 「낙타」이지만 작가가 제목을 고심한 흔적이 있어 최종본 파일명에 따라 「따뜻한 방」으로 하였다.
3. 장편소설 『철강수첩』은 작가가 5년 동안 쓰고 세 차례 퇴고를 한 후에도 "어지러운 글의 가지를 치고, 시점과 줄거리까지 검토하며 처음부터 다시 시작할 것이다"라고 밝힌 작품으로 2004년에 마지막 퇴고를 한 원고를 최종본으로 하였다.
4. 고인은 시를 쓰면서 소설 작업을 꾸준히 하고 있었음을 알 수 있는데, 고인의 '문학 공부 자료' 파일에는 모국어 낱말 모음, 분야별 언어 모음, 서술에 대한 연구, 의성어·의태어 연구뿐 아니라 각 지역의 사투리들을 모아놓은 방대한 사전을 발견할 수 있다. 이는 고인이 소설 속에서 구현해낸 향토어의 복원만이 아닌 한 인물의 언어는 그 삶을 담보한다는 정신의 산물이므로 그대로 살려두었다.
5. 대부분의 작품이 창작 시기를 특정할 수 없어 편의상 작품 배열 순서를 제목의 가나다 순으로 하였다.

1부

따뜻한 방 외 2편

중단편소설

따뜻한 방*

1

새벽부터 어딜 가느냐는 아내의 고시랑거리는 소리가 등을 타고 넘어왔다. 경채는 콧방귀를 뀌면서 묵묵히 구두에 솔질을 해댔다. 문득 닳아 꺼져 있는 구두 뒤축이 눈에 밟혔지만, 툭툭 발을 구르며 신발장 위로 손을 내뻗었다. 아침 안 먹고 갈 거야, 하는 아내의 뒷말이 다시 이어졌다. 귓등으로 떨어지는 부스스한 아내의 기척을 외면하고, 경채는 신발장 위 스킨로션으로 얼굴을 탁탁 쳐 바르곤 머리를 한 번 으쓱하면서 출입문을 열었다.

뒷산으로부터 불어오는 새벽바람은 역시 상쾌했다. 바쁘게 집 모퉁이를 돌아서던 경채는 잠깐 멈춰 서서 지갑을 꺼내 엄지로 한번 주루룩 훑어본다. 그리고는 좁은 길가에 암팡지게 자리 잡은 백양나무 아래께 자신의 승용차로 주춤주춤 다가섰다. 밤새 내린 비로 잎새에 남아 있던 빗방울이 투두둑 떨어져내렸다. 잘려 떨어진 꽃 이파리들이 물기에 젖어 차창과 지붕에 어지럽게 달라붙어 있었다. 차 문 손잡이를 잡아쥐는데 갑자기 승용차 밑에서 시커먼 빨래 같은 것이 툭 튀어나오며 집 앞 화단 쪽으로 휙 날아간다. 경채는 풍선처럼 부풀어 올랐던 가슴을 쓸어내리며 놈의 행방부터 찾았다. 놈은 무궁화 줄기를 타고 치렁하게 늘어진 나팔꽃 화단 그늘에 숨어서 바스락거리며 새댄 비명을 토

---

* 이 소설은 제목이 「낙타」이지만 검토한 작품 세계로 보아 작가가 제목을 고심한 흔적이 있어 최종본의 파일명에 따라 「따뜻한 방」으로 한다.(편집자 주)

해냈다. 파란 불이 할퀴듯 경채를 노리며 달려들었다. 제기랄, 번잡스럽게 차는 무슨. 경채는 입맛을 다시며 내쳐 차도 쪽으로 성큼성큼 걸어가기 시작했다. 새벽 안개로 눈앞은 희읍스름했지만 살갗에 닿는 바람은 제법 선선했다. 경채는 낯선 곳에서 맞이하는 새 아침이나 되는 것처럼 목을 뒤로 젖히며 새벽공기를 한껏 빨아들였다.

아침 전철역은 언제나 구둣발 소리로 요란하다. 경채는 자신도 모르게 사람들과 어깨를 겨루며 계단을 달려 올라갔다. 경채는 달리는 자신이 약간 쑥스럽다. 이른 아침, 전철 계단에서 뛰지 않는 사람은 아주 한가한 사람이거나 아니면 바보일 수밖에 없다. 이렇게 좋은 아침에 좀 서두르는 것은 삶에 대한 예의일지도 몰라. 전동차는 서서히 사람들로 붐비기 시작했다. 얼마 만에 느껴보는 이른 아침, 사람들의 그리운 살 냄새인가. 경채는 주위를 둘러보며 코를 벌름거렸다.

그리운 것도 잠시뿐, 어젯밤 아내의 가시 돋친 말들이 송곳처럼 경채의 머릿속을 휘젓기 시작했다. 아무리 생각해봐도 참을 수 없단 말야. 남자 구실도 못하는 주제에 큰소리만 친다고? 원 세상에 핀둥핀둥 노니까 피둥피둥 살만 찐다고? 자존심을 세울 데에다는 못 세우고 엉뚱한데다가 자존심을 세운다고? 허허 이젠 못하는 말이 없단 말야. 입만 팅팅 살쪄가지고 이제는 나를 통째로 삼키려 든다니까. 경채의 의식은 체인이 벗겨진 자전거 바퀴처럼 핀둥핀둥과 피둥피둥 사이를 빠각거리며 헛돌기 시작했다. 경채는 가쁜 숨을 토해내며 두 주먹을 그러쥐었다.

그렇게 끄먹끄먹 졸며 가는 흐릿한 의식 속으로 언뜻 안내방송 몇 마디가 비집어들었다. 경채는 자신도 모르게 허겁지겁 전동차에서 내렸다. 허, 나도 모르게 여기서 내려버렸네. 거참, 우습군. 하기사 차를 사기 전 3년을 꼬박 여기서 버스로 갈아타고 출퇴근을 했으니 어쩌면 당연한 일일지도 모르지. 무의식이 자신도 모르게 옛날의 길을 기억해냈던 것이다. 아침의 날카롭고 부신 햇빛이 탱자가시처럼 잠시 얼쩡거리는 경채의 눈을 찔러왔다.

기세 좋게 나왔지만, 결국에는 이른 아침부터, 아 갈 데가 없구나. 경채는 손갓을 만들어 부신 햇살을 가리며 건너편 홈에서 전동차를 기다리기로 작정한다. 이렇게 좋은 아침에 목적지도 없이 전동차를 기다리는 자신이 우습도록 슬프다. 하지만 그동안 가슴 밑바닥으로 애잔하게 멍울져 흐르던 슬픔의 무게가 짚어지지 않는다. 아내를 향한 불만이 슬픔의 숨통을 막아버린 것일까. 애초에 준만이 녀석에게 가기로 한 것이 아닌가. 하지만 새벽부터 친구 가게를 찾아가는 것도 우습지 않느냐.

　전동차는 쉬 와서 곧 떠나갔다. 경채는 담배를 꺼내 물었다. 담배 맛이 영 쓰다. 마음을 추스르며 전동차에 오르려는데, 절름거리는 비둘기 한 마리가 얼핏 눈에 들어왔다. 타일 바닥을 딛고 가는 빨간 발이 갓난애의 손처럼 앙증맞다. 절름절름 발을 디딜 때마다 펴지지 못하고 안쪽으로 구부러지는 발가락 하나. 비둘기는 시린 발을 자꾸 날개 속에 집어넣는다. 　다가서는 발자국 소리에 녹두 같은 눈알을 굴리며 목을 쫑긋 세운다. 경채는 매점으로 다가갔다. 과자를 한 움큼 던지자 비둘기는 날개를 푸드덕대며 먹이를 향해 달려들었다. 날갯짓만큼이나 마른 바닥을 쪼는 입이 바쁘고도 경쾌하다. 저 비둘기는 물을 어떻게 구해 마실까. 경채는 그것이 자못 궁금하다. 어딘가에 집이 있고 그곳엔 맑은 물이 있겠지. 경채는 보리 까끄라기가 들어간 것처럼 갑자기 목이 까끌까끌 타면서 물 생각이 간절하다. 앞뒤로 막힌 굴속 공간이 텅 빈 우물 속처럼 한없이 답답하다. 그래 커피 한잔. 자판대로 다가서는데 이번에는 속이 쓰려오며 공복에 허기가 느껴지기 시작한다. 그래 국물, 역시 따뜻한 국물이야. 경채는 전철 출구로 바쁘게 발걸음을 옮겼다.

　역전에는 어깨띠를 두른 교인들이 잰걸음을 치며 달아나려는 사람들에게 한사코 전단을 나눠주며 확성기로 외치고 있었다.

　"수고하고 짐진 자들아 다 내게로 오라, 내가 너희를 쉬게 하리라. 여러분, 아버지 주 예수를 믿읍시다. 내 기력이 쇠하였으니 내게 은혜를 베풀어주시고 내 뼈가 떨리니 나를 고쳐주십시오. 사랑과 평화를 주시는 우리 주 예수께서……."

저 자신만만한 목청이 부럽기도 했지만 저들을 논평하는 것보다 급한 것은 따로 있었다. 좌우지간 나에겐 그래 국물, 역시 따뜻한 국물이야. 경채는 국물을 찾아 허덕거리며 골목길을 향해 달려갔다. 선 채로 혹은 앉은 채로 저마다 바쁘게 라면 국물을 후루룩 들이마시거나 김밥을 먹는 사람들로 한껏 골라낸 분식집 안은 벌써 우꾼우꾼하다. 주제에 국물은 무슨 국물이냐.

경채는 우유 한잔으로 국물을 때우고 다시 전철역을 향해 발길을 돌렸다. 늠실거리는 인파가 길 한쪽을 짝 비켜서 물밀듯이 지나간다. 길가에 땟국이 자르르 흐르는 겨울 옷을 입은 사내가 신발짝을 베고 웅크린 채 잠을 자고 있었던 것이다. 온전하게 잠 속으로 떠나지 못한 엄지발가락 하나가 양말 밖으로 삐져나와 달달 떤다. 고개를 드는데 사람들 사이에 문득 낯익은 얼굴 하나가 언뜻 눈에 잡혔다. 경채는 못 본 척 후딱 얼굴을 돌리고 걸어갔다. 하지만 그 사내가 경채를 발견하고 어깨를 툭 치며 아는 척을 해왔다.

"허이, 박 과장, 박경채 씨. 아이구 이게 얼마만이야. 허허 인제 어디로 출근하나 보지?"

경채는 어쩔 수 없이 아하, 하면서 사내의 손을 잡았다.

"아아 아니, 어디 좀 들릴 일이 있어서…… 근데 영업과장은 여기 웬일이야?"

경채는 얼결에 말을 더듬으며 쩔쩔맨다. 힘이 느껴지는 손길이 무척 낯설게 느껴진다. 사람 만나는 일이란 전혀 신나는 일이 아닐 수도 있는 것이다.

"그렇지 않아도 만나고 싶었는데 잘 됐네. 어때 시간 있지? 아침이라 어디 다방도 없을 테고 저쪽 주차장에 차가 있으니까 그쪽으로 가서 잠깐 이야기나 좀 할까."

"나는 별로 할 얘기가 없는데……."

영업과장은 말을 잇지 못하고 머뭇거리는 경채의 팔을 자꾸 잡아끌었다. 경채는 아냐 아냐 하면서도 발길은 자신도 모르게 영업과장의 뒤를 따라간다.

"다른 사람들에게 미안하지만 어떡허나. 사장 처남이 집에까지 찾아와서 죽어가는 사람 하나 살리는 셈치고 도와달라고 사정사정해 쌓는데……."

이 사람도 그쪽으로 넘어갔구나. 지금 정말 죽어가고 있는 사람이 누군데, 참 뻔뻔도 하구나. 부도가 난 후, 회사를 점거하니 마니 법원으로 노동부로 함께 쫓아다닐 때 가끔씩 나타나 도망간 사장 머리꼭지를 하수구에 처넣을 것처럼 설쳐대던 작자가 하는 말이란. 경채는 불퉁스럽게 영업과장의 말을 잘랐다.

"사장 처남, 그 상무이라는 작자가 나한테는 안 찾아온 줄 알어? 얘기할 거 있다 쳐도 밀린 월급 퇴직금이나 주고 나서 얘기해야 할 거 아냐. 돈 빼돌려 처남 명의로 공장을 슬쩍 다시 차리는 놈이나 그 밑에서 좋다고 헤헤거리며 일하는 작자들이나, 하여간 나 인간 박경채, 그렇게 쓸개 빠진 놈 아니네."

말은 그렇게 했지만 뒤꼭지가 왠지 가렵고 허전하다. 가파르게 따지고 들던 아내의 말이 얼핏 생각났던 것이다.

─돈 떼어먹고 도망간 놈이야 그렇다 치더라도, 당신 그 잘난 콧대를 세운다고 누가 알아주기나 할 거 같애? 자기만 코를 숙이면 세상이 다 편안할 텐데. 가족들이 쫄쫄 굶는 거 생각하면 뭘 못 해. 거기서 일한다는 사람들은 그럼 뭐야. 자기만큼 자존심도 생각도 없을 거 같애? 그 사람들은 가족을 사랑하는 뜨거운 마음이라도 있는 거 아냐. 좀 굽히는 게 뭐가 그리 어려워?

아내는 내가 굽히지 못하는 것을 가족에 대한 뜨거운 사랑이 없는 것으로 이해했다. 경채의 목소리가 커지자 말꼬리를 슬쩍 사리면서 뭉글뭉글 넘어갔다.

"어떡해. 딸린 식구들이 있는데 하루 이틀도 아니고 맹탕으로 천장만 쳐다보며 살 순 없잖어. 목구멍이 포도청인데. 그건 그렇고, 아참 그렇지 않아도 지금 사장이 경채 자네 이야기를 많이 하더라고. 인제 경기도 풀려가는데 글쎄 설계과에 사람이 있어야지. 설계과 최 주임한테 이제 공고 졸업한 놈 하나를 붙여주었는데 걔들이 뭐 얼마나 아나. 둘 다 초짜들 아냐."

근데 요게 눈앞에 없는 사람 깔아뭉개며 구슬릴 줄도 아네. 원래 요게 보통 놈이 아냐. 월급이 한두 달 밀렸을 때, 다 쓰고 오는 출장비를 저만 남겨와서 다른 사람 엿을 먹인 적 있었지. 경채는 손을 휘저으며 말했다.

"천장 쳐다보는 거 좋아하는 놈이 어딨대? 그리고 딸린 식구가 있으면 다 그래도 되는 거야? 우리는 한 입으로 두 말하는 그런 사람은 아니네, 씨발."

욕을 섞어서 얘기했지만 경채의 목소리는 자신 없이 늘어진다. 영업과장이 차에 시동을 걸었다.

"지금, 사장 만나보러 한번 가볼겨 어쩔겨? 차로 가면 금방 가잖어."

이거 가야 하나 말아야 하나. 사장 처남 밑에서 헤헤거리는 사람들, 그 꼴을 어떻게 보나. 아내 말대로 못 이기는 척 한번 굽혀볼까. 아냐 그럴 순 없어. 가보면 혹시라도 돈을 빼돌렸다는 근거를 잡을 수 있을지도 몰라. 이쪽저쪽 기웃거리다 나만 병신 되는 거 아냐. 경채가 손을 뭉그적거리며 생각을 굴리는 사이 차는 서서히 아스팔트 위로 미끄러지기 시작했다. 가만 보니 이 친구 하는 짓이 참 맹랑하네. 지금 나를 데려가 자기 점수도 따고 나한테도 구정물 좀 묻혀서 자기들 죄책감을 덜어보려는 수작 아냐. 나와 친한 척 해놓고 태평스럽게 가만 있다가, 경매 들어갔으니 언젠가는 나올 퇴직금에서 국물이라도 얻어먹을 수 있어서 좋구. 어지러운 생각들이 가을 잠자리처럼 머리끝을 맴도는데 차는 이미 공장지대로 들어서고 있었다. 묵묵히 앉아 있는 경채의 손바닥엔 서서히 땀이 배기 시작했다.

작업 시간이 채 안 되었는데도 현장 안에는 벌써 망치소리가 텅텅 울리고 그라인더 쇳소리가 공장 밖에까지 울려왔다. 공장은 그런대로 잘 돌아가는 것이 분명했다. 차에서 내리자 절뚝거리며 컨베이어 뼈대에 페인트를 뿌리던 사내가 뿜통을 놓고 다가와 서름서름한 낯으로 악수를 청했다. 회사 안에서 일벌레로 통하던 공장장이었다. 그는 항상 30분 전에 출근했으며 낮잠을 자거나 장기를 두는 점심시간에도 설계실로 도면을 들고 와 아까운 휴식시간을 후려먹던 사람이었다. 설계과와 작업 현장은 업무의 성격상 티격태격 다투는 사이였지만 서로 도와야 할 경우도 많아서 평소 그런대로 친하게 지내던 사이였다. 사람마다 등 뒤에서 그를 욕을 했는데 정작 본인은 헤헤거리며 천하태평이었다. 그것을 좋은 의미의 습관이라고 이해하게 된 것은, 언젠가 천안에서 젊은 애들도 벌벌 떠는 공장 트러스 꼭대기에서 오함마를 때리며 컨베이어의 직진도를 잡다가 아득한 저 밑 안전 네트로 떨어져 다리가 부러진 뒤부터였던가. 몇 달 치료를 받아야 할 사람이 부득부득 우기며 현장에 나오는 바람에 저렇게 절뚝거리지 않는가.

"어쩌자고 귀하신 공장장님이 페인트칠까지 하시고 그러실까."

"허, 글쎄 그렇게 돼부렀어. 지금 당장 물건이 나가야 한다고 설쳐대니 어떡해? 젠장 힘들어 죽겠는데 사람을 써야지. 도통 씨알이 안 먹힌단 말씀야. 박 과장, 인제 이쪽으로 출근하기로 했는감만. 거참 잘 되아부렀구먼. 도면이 현장 위주로 나와야 일하기도 찹찹하고 능률도 쌈빡하게 오르는 것인디, 연습장 같은 도면을 휙 집어던지면서 작업을 하라니 내참 죽겠단 말씀야. 그래서 한 마디 퉁기면 현장 작업을 일이 번 해보냐고 씨부려 쌓는데. 하여튼 잘 되아부렀구만."

공장장은 잘 돼부렀다, 라는 말을 연방 씨부리면서 침 튀기는 입을 고대 닫지 않는다. 당신이 죽겠다는 것은 어쩌면 행복을 감추려는 엄살이라는 걸 내 모를 줄 알고. 넉살도 좋군. 나야말로 당장 목구멍에서 퍅 소리가 날 판인디. 그걸 당신 알어? 불쾌한 울분이 경채의 머리끝을 쪼고 지나간다.

"출근은 무슨? 하여튼 간에 공장 팽팽 잘 돌아가겠다 시간만 되면 돈이 펑펑 쏟아지겠다 누군 살판났겠네요."

"팽팽 잘 돌아가면 뭐혀. 돈이 팍 깎였는데. 우리도 돈 맛 본 지 오래여. 낼 모래가 육십인데 요래 뻘건 페인트칠이나 허고 있어야 허니 이 시커먼 속을 누가 알 것이여. 이젠 일이 빡세서 니미럴 죽을 지경인데도 조공 하나 안 붙여주니……"

"바쁘고 싶어 환장한 사람도 쌨으니까 호강에 초친 소리 그만하세요."

그래, 어깨 허리가 노골노골 뻑적지근하다는 것은 얼마나 신나는 일인가. 어찌됐건 바쁘고 힘들다는 것 자체가 자신이 안전지대에 서 있다는 빛나는 징표가 아니냔 말이다. 그렇다고 실제로 사람 붙여달라는 소리는 못 할 끼고. 내 당신 속 다 안다.

현장을 한 바퀴 둘러보려는데 영업과장이 사무실 문을 열고 경채를 불렀다. 사무실 쪽으로 쭈뼛쭈뼛 걸어가는 경채의 머리끝으로 공장장의 느릿한 말이 날아와 박힌다.

"어이, 박 과장. 저녁에 삼겹살에 소주 한 잔, 끽 어때? 전화혀, 이 사람아. 내 전화번호 알쟈. 혼자만 재미보지 말고."

젠장, 재미는 누가 보고 있는데. 경채가 고개를 돌리자 공장장은 장갑을 툴툴 털며 벌겋게 페인트가 묻은 코를 벌름거리며 씩 웃었다. 페인트 뿜통으로부터 아침 햇살 알갱이처럼 다시금 빨그스름한 연무가 뿜어져올랐다. 절뚝 발을 뗄 때마다 반쯤 터져나간 작업복 어깨주머니에 꽂힌 작은 스테인레스 철자가 달랑거리며 아침 햇살에 번뜩거린다.

사무실 문을 여니 바닥에 봉걸레질을 하고 있던 최 주임이 물 묻은 손을 바지에 쓱 문대며 다가왔다. 설계실에서 1년 정도 함께 근무했던 동료였다.

"이른 아침부터 고생이 많네."

"고생은 무슨…… 출근 시간이 30분 앞당겨졌걸랑요. 인제 이쪽으로 출근하게 되나요?"

"그랬으면 좋겠어?"

"아니, 뭐, 그러니까…… 좋죠."

경채가 힐끗 쳐다보자 최 대리는 눈동자를 내리깔면서 말을 더듬거린다.

"걱정 마 이 사람아, 자네 자리를 꿰차지는 않을 텐께."

"자, 잠깐만요. 일단 청소부터 하구요."

김 대리는 무르춤하게 서 있다가 설계실 쪽으로 헤적헤적 봉걸레를 밀고 간다. 경채를 아는 직원들 몇이 악수를 청해왔다. 사무실은 이전 공장보다 작았지만 책상마다 컴퓨터가 있고, 냉장고, 복사기, 작지만은 에어컨까지 제법 아금받게 구색이 갖추어져 있었다. 경채는 청소와 정리를 하는 직원들을 피해 한쪽 구석에 서서 무연히 창밖을 내다본다. 사무실 벽과 담장 사이 쪽마당에는 아마 요 몇 년 동안 치우지 못한 듯한 고철더미와 폐자재가 산더미 같이 쟁여진 채 칙칙하게 녹슬어가고, 비닐과 스티로폼 조각들이 바람에 파르락거리고 있었다. 옆 공장에서 그르렁거리며 돌아가는 프레스 소리가 심란하게 마음을 훑어댄다. 출입문이 열리며 이전 회사 사장의 처남인 지금 사장이 들어왔다. 상클한 콧날과 하얀 남방이 아침 햇살을 받아 눈이 부시다.

"핫따 박경채 씨 오랫만이구먼. 회사를 그만 두더니 신수가 훤해지셨네. 나도 눈 딱 감고 한 일주일만 푹 쉬어봤으면 좋겠구만."

재미없는 농담만 골라서 하고 있구만. 한 보름만 쉬어봐, 콩나물이 왜 그렇게 놀놀해지는지 니도 훤히 알 테니까. 하지만 생각과는 달리 경채의 입에서는 스스로에게도 한심할 만큼 부드러운 말이 튀어나왔다.

"상무님이야 인제 회사도 차렸겠다 신수가 그야말로 훤해지셨네요. 일이 썩 잘 풀리나보죠?"

"조금 풀렸지. 하지만 한참 멀었어."

낮살도 별로 많지 않은데 완전히 반말투다. 경채는 말없이 입맛을 다셨다. 영업과장이 사장 처남에게 경채를 만난 경위를 간단히 설명했다. 요점은 접어두고, 이야기는 날씨에서부터 시작하여 봉사 찐 감자 알 고르듯 요것저것 건드리며 술렁술렁 잘도 건너뛰었다. 짧은 순간이었지만 현장작업 얘기, 회사의 상황, 건설 경기와 주식 시세, 나라에 대한 걱정으로까지 이야기 못 하라는 법은 없었던 것이다. 건성건성 대거리를 하면서 경채는 내심 어떡할 것인가 복잡하게 생각을 굴렸다. 사장 처남은 집들이 때 본 얘들 나이까지 물어보며 엉거능측하게 말을 돌리더니 갑자기 생각이 난 듯 경채에게 물었다.

"오늘 여기까지 온 김에 우릴 도와줘야지? 그냥 갈 수 있어. 난 그래도 박 과장 순수한 것, 그 점이 좋아."

순수라, 얼마나 좋은 말인가. 순수라는 말이 목에 턱 걸렸는지 경채는 그예 가슴속에 배배 꼬였던 말이 툭 튀어나왔다.

"상무님, 여기 회사는 지금 누구 돈으로 꾸려갑니까?"

"아니, 누구 돈이긴? 내, 내 돈이지."

"나는 상무님이 그렇게 많은 돈 벌어놨는지 예전엔 미처 몰랐네요."

한데 가슴속에 치민 생각보다는 말이 너무 점잖게 나왔다. 상무가 말도 안 되는 소리라는 듯이 손을 살래살래 흔들었다.

"박 과장 이 사람, 농담도 참 심하네. 요즘 같은 세상에 누가 돈을 빌려주겠어."

"그걸 갓난애라도 믿을 거 같아요?"

"허? 이 사람, 생사람 잡겠네 시방. 우리 집에 돈이 좀 있어서 그동안 매형한테 돈을 대주고 있었다는 거 몰랐어? 내참, 좌우지단간에 오래 살다보면 참 별 소리를 다 듣는다니까. 하늘이 다 알어."

"하늘에 두고 맹세하니 우짜니 하는 것은 옷 청문회 때 많이 듣던 소리고. 젠장. 어째 속이 이렇게 메스껍대야."

"나 그동안 박 과장 그리 안 봤는데 참 허무맹랑하구만."

"누가 허무맹랑한지는 두고보면 알 것이고. 그나저나 나도 먹고 살아야 하겠는디, 여기에 이전 회사 직인 같은 거 있으면 경력증명서나 하나 떼어주시면 좋겠네요."

"경력증명서는 뭐에 쓰게?"

"경력증명서 어디에 써먹는지 몰라서 물어요? 여기에 그 회사 직인 같은 것이 다 있을 거 아뇨?"

"없어, 없다니까. 그런 헛소리하려면……."

"나가라 그런 얘기겠지요?"

"아니, 그게 아니라 박 과장 말야. 전에도 얘기했지만 한번만 도와줘. 나도 퇴직금 아직 못 받은 사람이야. 누나가 있는데 사장이 언젠가 안 나타나겠어. 그러면 못 받은 퇴직금까지 다 받지 않겠냐구. 그러니까 같이 손을 굳게 잡고 일을 해보더라고."

"인간 박경채, 아무리 세상이 막되어 먹었기로서니 그렇게는 못 사네요. 1년 동안 그렇게 골탕을 먹여놓고 어떻게 그런 얘기가 쉽게 나온대요? 나 이래봬도 오라는 데는 없지만 갈 데는 많은 사람이네요."

"허이, 김 과장, 앉아봐 이 사람아. 점잖은 사람이 왜 그래? 구관이 명관이라고, 도면 때문에 지금 난리야 난리. 내가 현장 일이나 도면을 잘 모르잖아. 좀만 도와줘, 섭섭하지 않게 해줄 테니까. 이제 나이도 있고 하니 부장 정도는 해야지."

이번에는 상무가 경채가 없어서 이제껏 공장이 잘 안 돌아가기나 한 것처럼 슬슬 구슬리자 전법으로 나왔다. 경채는 대답을 못 하고 안으로 생각을 굴린다.

사람 구하려면 얼마든지 구할 수 있는데 이 사람이 왜 이럴까. 내가 일을 열심히 진짜 잘해서 그러나. 낯설지도 않고 어차피 구하기 어려운 일자린데, 못 이기는 척 받아들일까. 아내 말대로 그 잘난 콧대 세운다고 누가 알아주겠는가. 그래 한 번 더 속아봐. 아니야 아하, 그게 아니구나. 나를 묶어두어 지금 노동부와 검찰에 고발 들어간 것에 물 타려는 거 아냐. 그 속내도 있을 거야. 그리고 동료들에게 내가 한 얘기가 있는데 비굴하게 살면 안 되지. 그럼, 여기 아니면 어디 직장이 없나. 하지만 사실 직장이 없긴 없잖어. 아냐, 여기 다니면서 느낄 정신적인 압박이란. 섭섭하게 안 해준다고 하는데, 전에 사장도 그런 비슷한 얘기를 얼마나 많이 해왔던가. 작은 회사지만 열심히 키워가지고 같이 나눠

먹자고 한 놈이 부도 바로 직전에 원청에서 나온 중도금까지 받아가지고 토낀 놈이 어디 있나, 니미럴. 안 속는다. 사람이 적어도 그러면 안 되지. 아무튼 내가 제아무리 저 양반 상투 끝에 앉아 있다 할지라도 상투를 잡아 흔들지 못한다면 그것은 멍텅구리 찐빵밖에 안 될 터인즉, 그래. 경채는 벌써 식어버린 커피를 후루룩 마신 다음, 떨어진 단추 홀치어 맺듯이 한 마디씩 말을 박아나갔다.

"우리는 한번 발 씻은 물에는 다시 주둥이를 처박지는 않네요. 나 갑니다이."

경채는 말을 마치고는 사무실 문을 열고 씨웅씨웅 밖으로 걸어나왔다. 하지만 뒤통수가 간지럽고 발 밑이 어쩐지 허전하다. 약해지면 안 돼. 스스로 한 말에 책임을 지는 거야. 헤적헤적 걸어가는 경채의 뒤꽁무니를 향해 상무의 미끄러운 말이 다시 한번 날아왔다.

"허이 박 과장 이 사람아, 기다릴 테니까 잘 생각해봐. 아무리 그래도 그렇게 가면 되나."

다시 한번 제발 살려달라는 목소리가 뒷덜미를 잡아채기라도 할까봐 경채는 저릿저릿한 발뒤꿈치를 재게 옮겨 디뎠다. 현장에서는 찌르륵거리며 용접기가 울고, 개 짖는 소리처럼 망치 때리는 소리가 텅텅 담벼락을 타넘어 들려왔다. 또 결국은 빈손이네. 이거 겉똑똑이 되는 거 아냐. 아무려면 어때. 인간 박경채, 한번 발 씻은 물에는 곧 죽어도 고개를 들이박지는 않는다니까. 그래, 나는 나를 배반할 수 없어. 경채는 스스로를 위안하며 발걸음을 재우쳤다.

2

경채는 될 수 있는 한 회사에서 빨리 멀어지고 싶은 마음에 버스도 타지 않고 그냥 무작정 걸어갔다.

속만 쓰리게 괜히 갔잖아. 내가 자꾸 사장 고향의 논밭까지 들쑤셔 파고드니까 나를 묶어두려는 짓인데. 6년 동안 내가 흘린 땀이 그 얼마인가. 경매 들어가도 퇴직금을 얼마나 받아 챙길지 모르는데, 거기 일하는 사람들한텐 이미 퇴직금과 밀린 월급을 슬쩍 다 준 거 아닐까. 못이기는 척 코를 숙였으면…… 아, 열 받네. 글쎄 나는 발 씻은 물에는 주둥이를 처박지 않는다니까, 젠장할.

경채는 길가에 있는 돌을 걷어찼다. 돌멩이가 앞서가는 사람의 발뒤꿈치를 쪼며 퉁겨 나갔다. 발을 된통 얻어맞은 사내는 아침부터 웬 강아지냐는 듯이 눈알을 희번덕거리며 쳐다본다. 경채는 사내에게 머리를 굽적거리면서 손을 비벼댔다.

그런데 아까부터 발뒤축이 껄쭉거리는 게 내딛는 발맛이 영 신통치 않다. 벌써 신발 뒤축을 갈아주었어야 하는 것인데. 제기랄, 잘 나갈 때는 네댓 달에 한 번씩 구두 뒷굽을 갈았는데 말야. 경채는 근방에 구둣방을 찾아본다. 자주 드나들던 구둣방이야 전철역 바로 옆에 있는데. 하지만 이미 역과는 한참이나 방향이 어긋나 있다. 경채는 발길이 닿는 대로 걸어가기 시작했다.

준만이 녀석은 도대체 어떻게 된 놈이야. 대출을 못 갚으면 얘기를 해주었어야 할 거 아냐. 안 된다는 아내를 설득하여 어렵게 직장도 하루 쉬고 보증을 서주었으면 지가 알아서 뒤탈 안 생기게 좀 해주면 안 되나. 자식이 내 집에 압류는 안 들어오게 막았어야 할 거 아냐. 그렇지 않아두 지금 사는 것이 바늘방석인데 어젯밤에 또 한바탕 전쟁을 치르게 하다니. 그렇다고 이 여자가 원 세상에 나더러 밥통이라니.

이제는 못하는 말이 없어. 친구 언니네 식당에 나가기 시작한 뒤로 태도가 영 엉망이란 말야. 아무리 피곤하다 쳐도 핸드백을 내 앞에다 팽개치듯이 내던지는 건 또 뭐야. 애면 애들에게 짜증을 부리는 것은 그렇다 쳐도, 담배 값을 주면서 돈을 던져주는 건 또 뭐야. 영 자존심 구기게 만든다니까. 자취를 몇 년씩 했다는 사람이 어떻게 밥을 했다 하면 태워놓고로 끝나면 될 것을, 후렴으로 그런 머리로 공부를 했으니 될 턱이 없지를 왜 꼭 붙이냐 말야. 그러니 핏대가 서지 않을 수 있겠냐구. 여자가 벌어온 것 가지고 먹고 살면서 헤헤거리는 사람이 있으면 나와보라고 해. 아니 그런 자존심도 없다면 고것을 톡 따버리는 수밖에. 그런데 이 여자가 요즘 왜 술을 마시고 들어오는 거지? 내가 워낙 무덤덤한 놈이라 애정 표현을 안 해서 그러나. 노곤해하는 걸 보면 다리라도 주물러주고 싶은데 차마 얼굴이 댕겨가지고 못 하겠더라고. 그것도 자존심일까, 습관일까. 망할 놈의 융자보증 건만 아니었다면.

경채는 이런저런 생각을 하면서 걷다가 큰 사거리에서 걸음을 멈추었다. 속이 쓰리고 다리도 아프다. 이쪽 네거리엔 아직 때가 일러서인지 문 열어놓은 식당도 눈에 띄지 않는다. 경채는 건물 계단에 쪼그리고 앉아 담배에 불을 붙여 물었다. 수많은 건물, 사람들 사이에서 또 다시 혼자라는 생각이 서럽게 가슴을 친다. 지나가는 사람들의 얼굴들은 전부 여유롭고 해낙낙하게 보이는데 나만 요렇게 괴로운 환각 상태에 빠져 있는 것은 아닌지. 이제 내가 기댈 곳은 정말 있는지 없는지. 매미가 플라타너스 무성한 수풀 속에서 간간이 매암매암 우는데 쐐기가 귀를 물어뜯는 것처럼 아프다. 나뭇잎 사이 올쏙볼쏙 매달린 간판들은 저렇게도 많은데. 무심코 길을 건너다보던 경채는 일용잡부 대모집이라는 간판에 어리번쩍 트이면서 벌떡 일어섰다. 그래 일단은 저거다. 전에도 몇 번 들리려고 했었지. 그래 뭐든 한번 해보는 거야 까짓거. 경채는 마음을 다잡아먹고 그곳을 향해 발걸음을 재촉했다.

좁은 사무실 안은 담배 연기로 자우룩했다. 칸을 막은 한쪽 탁자와 소파에는 장기를 두고 화투 패를 돌리는 사람들로 욱신덕신하다. 사무실 한쪽 벽을 칸칸이 막은 나무선반에 들쭉날쭉 빼곡하게 포개져 있는 배낭이며 옷 가방들로부터 구리팀팀한 냄새가 배어났다. 경채는 목을 가다듬은 다음, 전화를 받고 있는 소개소 직원에게로 주뼛주뼛 다가갔다. 여기저기 우끈우끈 떠들어대는 그 야단 속에서도 탑탑하면서도 걸쭉한 직원의 목소리는 마치 양은 쟁반 위에 돌멩이 굴러가는 것 같다.

"하 글쎄, 내일 일이 많을지 적을지 그렇게 어려운 것을 내가 어떻게 알 것이여. 시도 때도 없는 것이 일인께로 아까 말씀드린 대로 보지란히 나와보쇼…… 나와서 죽치다보면 벨 일이 다 많응께. 지금 여기 죽치는 사람들이 뭐 골이 비워서 죽치는 것은 아닝께로…… 허허, 몇 시긴 몇 시여? 새벽 여섯 시지. 아저씨, 아저씨, 그럼 찾아오세요 이."

직원은 서둘러 전화를 끊고 찌르릉 울리는 다른 전화기를 받아든다.

"아, 예. 일이요? 허부지게 많아요…… 아이고 아저씨, 미장이건 조적이건 간에 지금 단가가 고무줄 단가란 거 몰라요? ……그럼요. 단가란 게 일 나름 아니겠소. 맞으면 나가고 안 맞으면 마는 거지 장사 하루 이틀 허나요? ……일이 안 맞춰지면 미장 오야지도 넨장 이삿짐 나른당께요. 그것도 서로 헐라고 생난린디…… 거참 나, 예예 그럼."

직원은 담배를 빼물면서 가까이 다가선 경채에게 웬일이냐는 듯이 턱짓을 했다. 경채는 폴세 글렀구나 싶으면서도 여기까지 올라온 다리품을 생각해서 입을 떼었다.

"저기, 혹시나 일자리가 있나 해서요."

"거, 뭔 일을 하는디요?"

"밀링이나 용접 같은 거……."

"아저씨, 그런 거 말고 노가다 일 중에서요. 쓰미나 곰방 일은 하세요?"

"그런 거야 하면 못 하겠어요."

"허허, 허면 한다는 고런 말이 어딨당가요 시방? 아저씨. 확실히 해야지, 일하는 사람 입만 믿고 일 보내놨다가 나중에 맹탕이라고 네미랄 우리만 욕을 디지게 얻어먹는디. 하여튼, 여기 일마저 떨어지면 깡통 차게 되는 사람 차암 많네요."

"하지요."

"아저씨, 뭘 하냐니까 자꾸 그러네. 헤헤, 아저씨 쓰미나 철근, 아니 그런 거 말고, 이삿짐이나 함마드릴로 드드드 쪼는 거 그런 일도 해봤어요?"

"뭐, 그래, 그러니까 곰방 같은 일은 한 1년쯤 했나."

"아따 허허, 이 아저씨. 했으면 했지, 한 1년쯤 했나가 어딨대, 내 참. 헤헤헤, 고 정도 가지고는 일했다고 할 수도 없겠구만. 넨장, 10년씩 일한 사람들도 여기저기 째버렸으니께로. 아저씨 어깨허구 근육허구 보니까 힘은 쪼까 쓰시겠구먼. 아무리 곰방 일이라 허드라도 아무나 하는 것은 아닌디."

"철 일은 조금씩은 하는데 공사판 일이야 소싯적에 대충 해봤지요."

"헤헤, 진작 그렇게 말씀을 하셔야지. 여기 신상명세서 용지를 작성해놓으시고, 그리고 주민등록증은 있죠?"

"예."

직원은 할끔할끔 경채를 훑어보면서 주민등록증을 형광등 불빛에 이리저리 비추어 보더니 돌려준다.

"그냥 확인도 안 하고 네미랄, 교포들을 내보내가지고 골탕 먹은 일이 한두 번이어야지. 내일 새벽에 일찍 한번 나와 보세요. 어쩌다 팔리는 수가 있으니까."

팔리는 수가 있다구? 경채는 코끝이 쌔하는 것을 느끼며 내미는 종이를 받아들었다. 얼굴이 홧홧 달아오른다. 니미럴, 사람대접 더럽게 하는구면. 기계일 10여 년에 그 바닥에서는 알아주는 기술잔데 완전히 데모도 취급하는구면. 개뿔이나 힘 좀 쓰겠다구? 허허 이제 나도 볼장 다 봤구면. 맹하게 종이를 받아들었지만 가슴이 썰렁썰렁해지더니 이내 뜨거운 불덩이가 명치끝을 치받아오른다. 종이를 구겨버리고 나갈까 하는 순간 아내와 아이들 얼굴이 획 비좁은 머리끝을 스쳐간다.

경채는 마른기침을 밭으면서 종이를 받아들고 그것을 적을 만한 자리를 찾았다. 빙 둘러앉아 놀이판을 구경하느라 의자 없는 탁자만이 덩그렇다. 탁자에다 용지를 놓고 허리를 엉거주춤하게 구부리고 이름자를 적어가는데 누가 와서 어깨를 툭 건드렸다. 경채가 깜짝 놀라 얼굴을 드니 나이가 쉰은 훨씬 넘어 보이는 빵 모자 사내가 해죽이 웃으면서 의자를 권했다.

"거, 대충 적어내면 돼요. 이력서는 아니니께."

"고맙네요. 어째 일은 좀 하셨나요?"

"까딱하면 비가 오는데 일은 무슨 일이여. 집에 있기 심심하니까 시간이나 때우러 나오는 게지."

용지의 빈칸을 묵묵히 채워가던 경채는 잠시 볼펜을 멈추고 용지를 노려본다. 근데 요것들이 체중에 키는 적어 뭐에 쓰려는 거지? 소 돼지처럼 근수 달아서, 그래 팔려가는 수도 있으니까 허허. 속이 니글니글하게 꼬이면서 몇 번이나 종이를 꾸겨버리고 싶은 생각이 간절한데도 떨리는 볼펜 끝은 빈칸을 채우며 흘러간다. 경채는 떨리는 볼펜 끝을 누가 쳐다보나 싶어 사무실을 휙 둘러본다. 다행히 남의 일에 그렇게 신경을 쓰는 사람은 없었다. 경채는 용지를 경리에게 건네준 다음 선 채로 창밖을 우두커니 내려다보고 있는 빵모자에게 다가갔다. 경채가 고개를 굽적 하며 의자를 손짓하자 빵모자가 눈을 찡긋하며 씩 웃었다. 경채도 따라 씩 웃는데 뭉클한 것이 가슴속에 쿡 하고 뭉쳤다가 사르르 풀어진다. 경채는 사내에게 손인사를 하며 사무실 문을 나섰다. 도로에 나서자 기다렸다는 듯이 후덥고 매캐한 바람이 얼굴을 할퀴려들었다.

경채는 도로를 따라 천천히 걸어 내려갔다. 비릿하고 축축하고 후텁지근한 바람이 불어왔다. 눈앞이 침침해지는 것이, 젖은 솜처럼 낮게 드리운 저편 구름 어느 구석에 비가 숨어 있을 듯하다. 흐린 유리창 같은 하늘이 걸려 있는 길가 화단에, 먼지가 더께로 앉은 칸나 꽃이 큰 붓 대롱에 빨그댕댕한 물감을 찍어 꽂아놓은 것처럼 붉다.

다시 너 혼자지? 너는 다시 도로에 내쳐진 것이야. 이제 어떡할래, 갈 데가 없지? 그동안 니 앞길도 안 닦아놓고 그동안 뭐하고 살았냐, 이 한심한 놈아.

누가 자기에게 귓속말로 그렇게 말하는 것만 같다. 지금까지 살아온 세월이 어떤 세월인데 잘 살펴봐 빠져나갈 구멍이 있을 거야. 배짱으로 살아봐 짜샤, 깡다구로. 인간 박경채. 아들놈이 지금 니 모습을 보면 꼴 좋겠다. 다른 한쪽 편 마음이 경채를 위로한다.

그래 까짓것, 죽으라는 법은 없잖아. 준만이 녀석을 만나러 가긴 가야 하는데, 일단 마포까지 가자. 목적지가 정해지자 경채는 뒤로 젖혀진 턱을 앞으로 당기며 다시 기운을 내어 버스 정류장 쪽으로 헤적헤적 걸어갔다.

버스 옆 좌석엔 한 서른은 됐음직한 젊은 친구가 볼펜을 들고서 스포츠 신문의 낱말 퀴즈를 풀어가고 있었다. 경채는 곁눈질해보며 여기 한심한 친구가 한 놈 더 있구나, 라고 생각한다. 그러면서도 눈길은 아직 비어 있는 칸의 질문을 좇아가본다. 몸을 움직이는 것이라. 동작, 아니 내려오는 말에 '운'자가 있으니까 운신이지 뭐겠어. 일신상의 처지와 형편이라. 신세야 신세. 요놈은 그것도 모르네. '세'자로 네 글자, 스페인의 유명한 기타 연주가라. 그럼 세고비아지 세고비아. 고것도 못 맞추는 너나 그걸 훔쳐보는 내나 아이구 한심스럽기는. 경채는 고개를 휙 돌리고 눈을 감는다.

그래 운신의 폭이 문제는 문제야. 내 나이 벌써 낼 모래 사십. 이제 취직하기란 하늘의 별 따기라면 별 따기고. 아까 못 이기는 척 수락하는 건데, 하여튼 내 마음을 스스로 모를 때도 참 많아. 어찌됐건 이제 업종을 달리해서 처음부터 시작할 수도 없는 일. 지금 운신의 폭이라는 말만큼 내 자신의 처지를 절절하게 설명해주는 말도 없을 거야. 퇴직금은커녕 밀린 넉 달치 임금도 아직 못 받았으니 아내가 짜증낼 만도 하지. 아무리 그렇다고 밥통이라니. 거 참 통통한 밥벌레가 되려고? 그동안 새벽 밥 먹어가며 밤늦게까지 일해온 것은 그럼 뭐란 말이냐? 좋은 아빠, 사랑스런 그대가 되고 싶지 않은 남자가 어디 있다구.

버스는 강을 옆으로 끼고 달캉거리며 달려갔다. 연이어 내린 비로 불어난 한강은 흙탕물로 할랑할랑 넘실거렸다. 언제 보아도 유유히 흐르는 저 강물은, 사람의 마음을 녹이기도 하고 젖게도 하고 쏠리게도 하는 저 강물은. 그래 강물에는 수면제 같은 것이 들어 있는 것만 같다. 흐린 강변에는 공놀이를 하거나 산책을 하는 사람들이 옴실옴실 빛 바랜 수채화처럼 찍혀 있다. 내릴까. 아냐, 이렇게 흐린 날 강가를 지나면 안 되지. 한심할 정도로 한가하게, 아니 절박할 정도로 한가하게, 강가를 지나면 정말 안 되지. 절박할 정도로 한가하다는 것이 정녕 내 탓이 아니라면 이렇게 만든 자들은 도대체 어디에 숨어 있는 거야? 열린 창문 사이로 시원하게 젖은 바람이 원 없이 불어왔다.

3

경채는 준만의 가게를 찾아들었다. 컴퓨터와 부품들이 쭉 진열된 가게 한쪽 소파에서 손님과 머리를 맞대고 있던 사내가 눈을 끔뻑거리며 손을 쳐들었다.

"경채야, 잠깐만."

사내는 금방 고개를 돌리고는 손님을 설득하느라 여념이 없다. 머쓱하게 고개를 갸웃거리며 딴전을 피우는 걸로 봐서 청년은 준만의 이야기를 별로 새겨듣고 있는 성싶지 않다. 경채는 소파에 무료하게 앉아 있다 탁자 위에 있는 책을 집어들었다. 책을 들어내자 밑의 공책에는 책의 내용을 베낀 글씨가 빽빽하다. 책갈피가 꽂혀 있는 곳을 열어 색연필이 그어진 곳을 읽어본다.

─또한 너는 본래의 덕이 어떻게 녹아 없어지고 지식이 어디서 생겨나는지를 아느냐. 덕은 명예심 때문에 녹아 없어지고 지식은 경쟁심에서 생긴다. 명예란 서로 헐뜯는 것이며 지식이란 다투기 위한 도구이다. 이 두 가지는 인간을 불행으로 몰아넣는 흉기다…… 저 텅 빈 공허를 보라. 아무것도 없는 텅 빈 방에 눈부신 햇빛이 비쳐 저렇게 환히 밝지를 않느냐. 이처럼 상대적인 것에 얽매이지 않고 마음을 공허하게 하면 모든 사물의 진상이 뚜렷이 밝혀진다. 행복도 이 호젓하고 저 텅 빈 곳에 머무는 것이다.

『장자(莊子)』라. 정보화 세계의 첨단인 컴퓨터를 파는 녀석이 구닥다리 장자라니. 경채는 책을 덮고 고개를 뒤로 젖힌다.

"그 가격엔 도저히 안 되겠네요. 사실 아버지 주머니 사정이 안 좋아서요."

청년이 고개를 살래살래 흔들어도 준만은 끈덕지게 물고늘어진다.

"지금 이 컴퓨터 절대 비싼 거 아니네요. 걱정 마세요. 컴퓨터는 모뎀과 CPU와 하드 용량이 중요하니까 일단 그것들만 제대로 된 부품을 쓰고 나머지 것들은 손님의 돈 형편 따라 얼마든지 부품을 맞춰드릴 수 있다니까."

"집에 가서 한번 상의를 해보고요."

"헤헤이, 군대 갔다온 사람이 창피하게 집에는……. 그러니까, 학생, 아니 손님, 모든 일에는 요령이 있고 순서가 있는 거라. 자아, 봐요. 내 요런 말을 해도 될랑가 모르겠지만 일단 등짝에 땀띠가 나도록 아르바이트나 노가다를 보름이나 한 달 정도 하는 거야. 뭐 군대서는 더한 일도 했을 테니까. 그러면 정신 건강에도 좋고, 세상 구경해서 좋고, 부모님 학비 좀 덜어드려서 좋고, 그러니 좀 좋은 거요 그게. 또 집에 돌아와선 방 청소도 하고 세탁기도 돌리고 마늘도 까주고, 한번 그렇게 해봐요. 마늘 까주는 것이 역시 중요해. 그건 대화니까. 마음으로 해보라구, 그러면 진짜 마음이 바뀐다니까. 그런 연후에 컴퓨터 하나 바꿔달라고 해봐. 그러면 우리 자식 군대 갔다오더니 사람이 팍 달라져 뺐네 하면서, 내가 부모라도 빚을 내서라도 사준다 이거여. 컴퓨터 하나 바꾸는 게 단순한 것 같지만 요렇게 깊은 인생의 의미가 있다니까. 알았어요? 그리고 컴퓨터란 인생에 대한 설계와 미래에 대한 투자니까 필요하다면 제가 기초에서부터 홈페이지 제작까지 확실히 잡아줄 수 있어요. 동네 가게 좋다는 게 뭐여. 물어볼 거 있으면 엎어지면 코도 안 닿는데 나 같으면 전화하느니 달려온다. 젠장 맨날 볼 텐데 우리가 설마 거짓말하겠어? 동네 장사인데."

청년은 컴퓨터 몸체를 이리저리 만지작거리고 있다가 고개를 번쩍 들며 물어본다.

"여기서 컴퓨터 교육도 하나요?"

"허허, 초등학생들도 인터넷을 척척 하는데 인제 군대를 갔다왔다니 딱한 사정 안 봐줄 수도 없고 어떡해야 하나 이거. 좋아요. 까짓거 시간 좀 쪼개보지 뭐. 하여튼 어허어허 하면서 밍기적거리는 사이에 건전한 시민사회에서 자기도 모르는 사이에 퇴출되는 게 바로 정보화 사흰데 그때는 약도 없어요. 내 친구들도 미적미적하다가 회사에서 전자 결재를 한다는데 도대체 모르겠다고 이제 와서 나한테 제발 살려달라구 사정사정하는데…… 아이구야 그땐 정말 발바닥에 땀난다니까. 사실 학원 같은 데 가봐. 사람들이 바글바글한데 선생이 뭐가 좋아 챙겨주겠어. 교육 해달라는 사람 참 많아요. 아줌마 아저씨 얘들까지. 컴맹이나 넷맹은 이제 쥐나 바퀴벌레처럼 퇴출 대상 1혼데. ……자 어디 시간이 되나 한번 볼까."

바퀴벌레라구, 발바닥 땀나는 거 좋아하네 자식. 친구를 옆에 가만 앉혀놓고 병신 만드네 저것이. 인터넷을 안다고 개×이나 세상이 달라지냐. 경채의 입에서는 저런 개자식 소리가 절로 나오는데 준만의 이야기는 그에 상관없이 랄랄라 거침이 없다. 벽에 시간표를 볼펜으로 짚어보던 준만이 한숨을 푹 쉬며 말했다.

"아참, 시간이 문제네. 근데 손님, 컴퓨터 과부란 말 모르죠?"

"그게 뭔 말이데요?"

"남편이나 아이들이 컴퓨터에 도란도란 모여 앉아 있는데 여자가 자기만 연속극을 보며 눈물을 찔찔 짜고 있어봐. 그러면 남편이나 아이들에게 존중받을 것 같아? 그게 아닌 말로 쌩과부지 뭐야. 요즘은 교육생들 중에 아줌마들도 많다니까. 그래서 시간표를 짜기가 힘들어. 이렇게 시간이 빡빡하니 어떡해야 하나. 돈도 안 되는 거 동네장사니까 어쩔 수 없이 하는 건데……."

청년의 얼굴에 어두운 그늘이 스쳐지나간다. 생과부라구? 야, 이젠 드러내놓고 협박까지 하는구먼. 경채는 씨월거리면서 소파 한 귀퉁이에 몸을 기대고 창밖을 내다본다.

밖엔 비가 오려는 듯 사위가 어둑어둑해지고 있다. 경채가 책을 다시 펼치는데 준만의 얘기는 귀에 쏙쏙 들어와 박힌다.

"시간이 저녁 8시에서 10시 사이밖에 없는데…… 아 이러면 안 되는데. 어쨌든 이 시간대로 한번 조정을 해보죠. 그리고 컴퓨터는 다시 얘기하지만 이 타입으로 한번 해보세요."

준만과 청년은 부품 목록을 꺼내놓고 다시금 사이좋은 형제처럼 머리를 맞대고 또 이것저것 따지기 시작한다. 경채는 다시 책으로 시선을 돌렸다.

─그런 일이 있은 후 열자(列子)는 비로소 자기가 아직 참된 학문을 제대로 하지 못했음을 깨닫고 집으로 돌아갔다. 3년 동안 밖에 나가지 않으며 아내를 위해 밥을 짓고 돼지 기르기를 사람 먹이듯이 하여 세상일에 좋고 싫음이 없어졌다. 허식을 버리고 본래의 소박함으로 돌아가 아주 독립해 있으면서 어떠한 일이 일어나도 거기에 얽매이지 않았다. 오직 이와 같이 일생을 마쳤다. ……오직 허심(虛心)해지는 것뿐이다. 지인(至人)의 마음의 작용은 거울과 같다. 사물을 보내지도 맞아들이지도 않는다.

마음을 비우라고? 이미 텅 비었는데 더이상 무엇을 비운단 말인가. 아무튼 나에겐 비우는 것보다 급한 것이 얼마든지 많다. 경채는 책을 접고 소파에 머리를 기댔다. 그때 스쿠터 오토바이가 스르랑거리며 가게 앞에 멈추면서 오토바이 뒤에 꽂힌 노란 깃발이 부르르 떨었다. 검은색 가죽 스커트가 안장에서 미끄러지는가 싶더니 여자 하나가 가게문을 쓱 밀고 들어섰다.

"사장님 안녕하세요."

"저쪽 코 크신 분 옆에 잠깐 이."

청년이 유리 탁자 위에서 계약서를 막 써내려가는 참이라, 준만은 눈알을 끔벅거리며 여자를 향해 소파 쪽으로 가 있으라는 턱짓을 했다. 경채는 소파에 머리를 기대고 있다가 저 코, 하는 소리에 놀라 자신도 모르게 기댔던 몸을 일으켰다. 제기랄, 저 자식은 내 코가 어쨌기에 걸고 넘어가나, 하는 말이 목구멍에서 간질간질했으나 꾹 눌러 참고 검지로 코밑을 쓸어갔다. 여자는 다리를 꼬고 앉아 눈어리를 좁히며 설핏 눈웃음을 쳤다.

"이쁜 까치 미세스 홍이에요. 앞으로 잘 부탁드릴게요. 사장님과는 어떻게 되세요?"

"뭐 형님뻘쯤 되나."

그러자 여자는 가방을 열더니 예쁘게 포장된 과자를 꺼내면서 고개를 갸웃한다.

"그래서 낯이 익구나. 그럼, 일단 복과자를 하나 드셔보세요. 생긴 것이 이래 생겼어도 맛은 쫄깃쫄깃하다니까요. 일단 드셔보시고…… 볼펜을 들 힘만 있으시면 되니까, 여기 설문지 하나 써주실 수 있죠? 호호호."

"복과자라? 준비해가지고 다니면서 떼를 쓰는구먼 그래. 오늘 참 적는 것도 많네."

그래, 어디서 많이 본 얼굴인데. 경채는 설문지를 적어가는 사이사이 여자를 할끔할끔 쳐다보며 옛 기억을 불러내기 바쁘다. 어디서 봤더라. 손가락에 융기가 빠진 것을 보면 30은 넘은 것 같은데 눈가에 잔주름이 별로 없는 거와 출랑대는 것을 보면 그렇게 안 되어 보이기도 하고. 그때 준만이 메모지를 뽑으러 이쪽으로 왔다가 한 마디 툭 던지고 간다.

"이쁜 까치가 총을 맞았나 허벅지에다 구멍을 뺑뺑 내고 다니게."

"오빠는 하여간, 맨날 나만 보면 저래."

오빠라. 준만이 가리키는 손을 따라가보니 스타킹 터진 실밥 사이로 비치는 장딴지의 하얀 살이 단추 구멍처럼 아련하다. 여자는 준만을 가볍게 후려갈기며 터진 곳을 가린다. 경채는 부드러운 종아리 곡선을 따라가다가 찔끔하면서 얼른 눈을 돌린다. 은은하게 비치는 솜털이 실처럼 송송 꼬인 허벅지는 은밀한 찻잔 같다. 경채는 뜨거운 기운이 가슴 밑으로 타고 내리 흐르는 것을 느낀다. 오빠라니.

청년이 마침내 계약금을 지불하고 나가자 준만이 고시랑대며 다가왔다.

"경채야 많이 기다리게 해서 미안타. 니미랄 컴퓨터 하나 팔면서 오전 내내 땀 삘삘 흘렸네. 그래도 오늘은 하나라도 팔았으니까 천만다행이다야. 내가 팔면서두 욕이 나온다. 지가 잘해봐 컴퓨터 안 사줄 부모가 어딨어. 에이 자식, 그래 잘 있었냐? 내가 연락을 한다는 것이 말이야. 요즘 도통 정신이 없어. 컴퓨터를 가르쳐야 밥을 먹으니 밤 12시 전에 들어간 적이 별로 없다니까."

"돈 벌 정신은 있고 전화할 정신은 없냐? 그래 임마 일 벌여놓았으면 연락을 해야 쓸 거 아냐? 도대체 어떻게 된 놈이 그러냐."

"야야 숨 좀 돌리고 얘기하자. 앉아라 어이. 미안하게 됐다. 가만 있어봐. 성희야, 너 이 오빠 몰라? 창신동 집에 자주 놀러왔던 거 노래 잘하던 경채야, 경채. 잘됐다 같이 식사나 하러 가자. 니도 점심 안 먹었지?"

"오빤, 애이. 그럼 진즉 그렇게 얘기를 해야지."

두 사람의 대화를 어벙벙하게 듣고 있던 성희의 얼굴이 복숭아 껍질처럼 불그무레해지더니 종이와 가방을 쥐는 둥 마는 둥 입을 쏙 빼밀고 밖으로 튀어나간다. 이어 부르릉 오토바이 소리가 점점 멀어져갔다.

"아 그럼, 니네 숙모가 하던 떡볶이 집."

"그래, 임마. 자식이 척 보면 알아야지."

그러니까 철없이 껍죽거렸던 고교시절, 신설동 준만의 집으로 놀러가 기타를 댕댕거리며 놀 때 가끔씩 노래 가르쳐달라고 조르던 단발머리 여자아이. 아빠가 안 계셨지 아마. 그때 국민학교 4학년쯤 됐었나. 어쩌다 준만이랑 떡볶이 집에 찾아가면 불가에 옹송그리고 앉아 끔벅끔벅 졸던 아이. 굴풋하던 시절에 먹던 오뎅과 삶은 계란의 맛. 그럼, 성희의 언니는? 아, 그런 시절이 있었구나. 참 예뻤는데. 최은희처럼 넓은 듯 기름한 듯했지. 어쩔 땐 까르르 웃다가 말끄러미 째려보기도 하다가, 난데없이 꼬집기도 해서 도대체 종잡을 수 없었지. 그리고 자취방으로 오르던 골목 어귀. 오색 불빛이 밤새도록 눈부시던 색시집들이 있었고 그 길을 지나다가 모자를 뺏겼던 기억. 좁은 방들 속에서 등천하던 지분냄새. 오월이었던가. 수많은 색시들에게 교복 단추를 다 뜯기고…… 그래서 여자에게 그렇게 뜨거운 구석이 있다는 것을 알아버렸던…….

서류를 치우며 대충 나갈 채비를 하던 준만이 멍하니 생각에 잠겨 있는 경채의 어깨를 툭 쳤다.

"아참 너 성식이 만나 본 지 오래 됐지? 고놈 말이야. 요 근방에 신용금고에 다니는데 그 자식 재미 좋더라. 내기나 게임을 워낙 좋아하는 놈이라 그 버릇이 어디 가냐. 주식 투자 해가지고 돈을 제법 벌었는지 룸 있는 곳에 가서 한바탕 뒤집어썼다. 우리 같이 한 번 만나볼래. 약속 정해서 만나려면 후딱 몇 년 지나가 버리잖아, 어때?"

"됐어. 나 지금 바빠. 다음에 시간 날 때나 만나지 뭐."

경채는 손을 내저으며 자리에서 일어났다. 전과 달리 사람 만나는 것이 영 시시껄렁하다. 허기가 지면서 땀이 나고 커피가 들어간 뱃속이 매스꺼운 게 곧 토할 것만 같다. 가만 생각하니 아침도 거른 채 우유 한 잔 마시고 여기까지 오지 않았는가.

"그래? 그럼, 요 근방에 회덮밥 잘하는 집이 있거든 그리로 가자. 아참, 집사람한테 도시락 가지고 오지 말라고 전화를 해야겠네. 근데 얘가 진짜 가버렸나. 여기서 잠깐만 기다려. 배달 올 것이 있으니 집사람 올 동안 옆집에다 물건 좀 받아달라고 얘기나 좀 해놓고."

준만은 핸드폰을 빼들고서 건들건들 옆집 문방구로 달려간다.

4

잔잔한 음악이 흐르는 횟집은 한적했다. 회덮밥을 주문하고 나자 준만이 엄살을 떨었다.

"경채야, 요즘은 어째서 되는 일이 없냐. 아무리 경기가 풀렸다지만 요런 변두리까지 국물이 내려오려면 올챙이 수염 날 거야. 코스닥이다 벤처다 열나게 떠들어대도 니미럴

용산이나 큰 데로만 가니, 요런 동네 가게는 완전히 개털이야. 미안하다야. 조금만 살려 줘라. 작년 내내 죽을 쓰다 이제 조금 빤해지는데. 애들 컴퓨터 교육이나 시켜가지고 세를 내려니 내참 환장하겠다."

환장하고 목숨을 살려달라는 사람치고는 준만의 목소리는 제법 팔팔했다. 세상사의 파도를 물오리처럼 타고 넘어가는 하, 일이란 저렇게 사람을 팔팔하게 만드는 것인가.

"그래 어떡할 거야?"

"어떻게든 내가 막아볼께. 뭐 잘 되겠지. 그래 넌 지내기가 좀 어떠냐. 아버님께서는 여전하시고. 이제 철이도 학교 들어갔지?"

"야, 임마. 적당히 얼러서 뭉개지 말고 어떻게 할 건지 확실히 얘기해야 할 거 아냐? 어제 밤 집사람한테 얼마나 부대낀 줄 알기나 하냐, 짜샤."

그때 밖에서 스르랑 오토바이 소리가 들리더니 출입문이 열렸다. 성희가 장미꽃 한 송이를 손에 들고 서뿐서뿐 걸어왔다. 경채에게 꽃을 건네며 피긋이 웃었다.

"풋사랑 애인에게 드리는 선물. 자 오빠."

경채는 꽃을 받아들고 무슨 말을 해야 할지 어리뚱해 있는데 준만이 달랑 말을 가로챘다.

"하여간 잘도 찾아오는구먼. 옛 동무 만났다고 오늘은 울지 말어라이."

"옆집에다 물어봤지. 저번에 여기서 오빠가 맛이 가버리는 바람에 내가 올케언니에게 얼마나 혼난 줄 알어."

"야야, 니 하소연 받다 내가 취했다 젠장."

"오빠들, 이렇게 만난 기념으로 술 한 잔 안 할 거야. 컬컬한 맥주라도 마셔야 나도 한 잔 얻어먹지."

"까짓거 이렇게 만났는데 맥주가 문제냐."

준만은 맥주 1병, 소주 1병에다가 모듬회를 시키고 나서 슬쩍 이기죽거리며 말했다.

"아야, 홍 여사, 인제 돈 좀 벌었으면 티코라도 하나 빼가지고 다녀라. 그러면 영업도 잘 될 거 아냐."

"준만이 오빠 별 걱정을 다해. 오토바이 타고 다니니까 차를 몰고 다니는 것보다 주차 걱정도 안 하고 골목골목 다닐 수 있어 좋기만 하더라."

"내숭 떨긴, 그게 완전히 표내고 다니는 거지 뭐야. 깃발도 좀 떼어버리고."

"달면 안 되는 법이 어디 있어? 오빠 괜히 그래. 표가 나면 좀 어때. 그게 다 장산데. 오토바이에다 회사 깃발 달고 다니니까 사람들이 덜 지분대고 괜찮기만 하더라. 조선 남자들은 이상하게 체면을 되게 따지더라. 우리 서방 놈도 그렇고. 자기 차 내가 좀 타려하면 노는 주제에 꼭 나갈 일이 있대. 버스 타면 누가 내리라고 하나. 오빠는 스스로 떳떳한 사람이 일도 잘한다는 거 몰러? 경채 오빠 그치?"

"그래?"

경쾌하고 야살스러운 성희의 입을 바라보며 경채는 잠시 아득해지며 가슴속으로 알키한 통증이 훑고 지나간다. 아마 두 집 식구들이 신설동 ㄷ자 한옥 준만이네 집에 함께 살았었지. 쪽마루에 엉덩이를 살짝 걸치고 수굿하게 신발 끝을 보며 노래 부르던 새침데기 계집애. 세월이란 그냥 지나가는 것 같아도 이렇게 자국을 남기는 것인가. 경채가 묵묵히 숟가락질을 하는데, 준만이 다시 이어지려는 성희의 말을 가로막고 나섰다.

"아야, 그건 그렇고 경채야 너 요즘 지내기는 좀 어떠냐?"

"낙동강 오리알 신세가 어디 가냐. 어쩌다 면접 보면 같이 나눠먹자고 돈을 투자하라고 해쌓는데, 내참 퇴직금은커녕 밀린 임금도 아직 못 받고 있는데 투자할 돈이 어딨어. 월급을 내려서 가보려고 해도 면접관이 되레 걱정해주는 거야. 그 봉급 받고 일하시겠느냐고. 하여튼 사정사정해놓고 연락주겠다 싶어 기다려보면 말짱 황인 거 있지. 살림은 맨날 쫄아들어만 가는데. 이대로 가면 10년 모은 돈 도로아미타불 되겠다 니미럴거"

"준만이 오빠도 보험료 몇 달 밀렸지. 내 그래서 왔는데 그거 내가 봐줄게. 근데 오빠들, 도로아미타불은 왜 도로아미타불인지 알어?"

"아야, 홍 까치 여사, 도대체 웬 뚱딴지같은 얘기야. 어이?"

준만이 경채의 눈치를 살피며 성희의 말을 막는다.

"그래, 오늘은 정말 농담 따먹기하고 싶은 기분이 아니다."

마음이 굳어 있는데 샐샐 웃어야 한다는 것은 괴로운 일이다. 경채의 쪼프려진 얼굴을 보고선 성희는 금방 토를 달며 나선다.

"준만이 오빠, 경채 오빠가 어째 좀 쫀쫀하다 그치? 아무리 실직돼 힘들다지만."

"그런 일이 좀 있어."

준만이 녀석이 말을 적당히 얼버무리는 것도 괴상스럽다. 하지만 무엇보다 쫀쫀하다라는 말이 사과에 송곳이 박히듯 귀에 팍 들어와 박혀 경채는 얼굴이 금세 불그레하니 달아오른다.

"아이구 그래 홍 여사, 내가 무슨 힘이 있겠어."

"경채 오빠 농담도 못하나. 조크야 호호호. 화났어? 어휴, 세상 뒹굴뒹굴 살기도 벅찬데, 웃고 살면 세상 참 가볍기만 하더라. 준만이 오빠 안 그래? 호호, 우리 정말 오랜만에 만났잖아. 가만 보니, 햇수를 세기도 어렵겠네."

"얘는 어쩔 때 보면 자기가 꼭 누나 같애. 하여간 못 말린다니까. 내참, 이왕 하는 거 홍 여사 니 멋대로 한번 해봐라. 헤헤."

손가락으로 햇수를 더듬는 성희를 향해 준만이도 엄지를 우뚝 세우며 만다.

"자, 오빠들 가슴 푸시고. 옛날 꼰날에 어떤 사내 녀석이 머슴살이 몇 년 만에 새경으로 황소 한 마리를 받아 갖고 고향집으로 신바람 나서 가고 있었드래나. 고향집이 강 너머에 있는디, 글쎄 재수 디럽게 없이 강에 얼음이 꽁꽁 얼어 있는 거라요. 발 밑은 피지직피지직 하고, 아차 하면 강물 속으로 몸이 금방 거꾸로 처박힐 것만 같아, 간이 좁시 알만 하게 오그라붙어가지고, 저도 모르게 나무아미타불 살려주세요, 나무어미타불 살려주세요, 관세음보살 살려주세요 하면서 잠자리 잡는 애들 모양 잘금잘금 강을 건너갔드래나 어쨌드라나."

"……."

"오빠들 이야기를 듣고 있는 거래 안 듣고 있는 거래? 에이, 완전히 나무토막들이야. 재미없어, 나 그만 할래. 두 오빠들 도대체 왜 그러는 거야, 웃을뚱 말뚱?"

두 사람이 숟가락을 놓고 맹하게 있자 성희는 말을 끊고 고개를 설레설레 흔들면서 야살을 떨었다.

"헤헤헤, 너 하여간 희한한 여자야. 후후 그래 계속 해봐."

준만이 숟가락을 놓고 어쩔 수 없다는 듯이 말반죽을 먹었다. 성희는 버들잎처럼 간들간들 그예 터진 입으로 야스락야스락 잘도 주워섬겼다.

"그래서, 어찌됐건 나무아미타불을 열심히 빌었기 때문인지 운이 좋았던 덕분인지 강을 무사히 건너긴 건넜던 거라. 근데 아, 글쎄, 강을 건너 불어오는 바람에 식은땀을 말리면서 생각해보니까 땀을 삐질삐질 흘리며 벌벌 기면서 나무아미타불 노래를 부른 것이 창피스럽고 억울하기 짝이 없는 거라요. 누구라도 좀 억울하긴 억울하겠지요 그죠? 세상일이라는 게 막상 지나고 나면 별 것도 아닌 일이 쌨으니까. 그래서 하는 말이, '에이 아미타불은 얼어죽을 놈의 아미타불이냐, 헤이 배라먹을 놈의 나무아미타불.' 하고 실컷 욕을 해대면서 고향집을 향해 발걸음을 떼는데, 아니 글쎄, 가만 보니까는 황소 한 마리가 미끄러운 얼음판 강 한가운데서 꼼짝달싹을 못하고 뱅뱅 돌면서 허비적거리고 있는 거예요. 저 혼자 좋다고 강을 건너온 거라. 아이구야 큰일났네. 몇 년 동안 일해놓은 거 말짱 도루묵 되게 생겼네. 그래서 다시 또 잠자리 잡는 애새끼들 모양, '도로 나무아미타불 관세음보살', '도로 아미타불 관세음보살' 하면서 소가 있는 강 한가운데로 오줌을 찔끔찔끔 싸면서 갔더래나 어쨌더래나."

좁시알만 하다구? 오줌을 질금질금 쌌다구? 경채는 수치심과 성질이 동시에 뻗쳐 일어났다. 그렇지 않아두 여러 가지로 약이 올라 담벼락 속으로 머리가 쏙 들어가게 처박고 싶은데. "이걸, 어휴." 하며 경채는 치켜올렸던 손으로 뒤꼭지만 만지작거리며 한숨을 푹 내쉬었다. 이런 대목에서 화를 내는 것은 함께 웃는 것보다 훨씬 밑지는 것이다. 경채는 화가 난 자신이 우스워 뒤따라 껄껄껄 웃었다. 하지만 찔끔찔끔이라니, 농담치고는 내포된 뜻이 자못 끈적끈적하다.

"우리 부서는 매일 농담 한마디씩 배우는데 하루 종일 재밌다니까 호호."

"디제이가 일부 살찐 놈들만 데리고 이제 아이엠에프란 강을 다 건넜다고 꼴값을 떠는 거와 똑같구먼. 진짜 일꾼들은 강바닥에 내질러놓고 지들끼리 만세를 부르고 있으니."

경채는 소주를 한 잔 쭉 들이키더니 뜨직하게 한 마디씩 내뱉었다.

서로 말이 약간씩 거칠어지자 그런대로 분위기가 눅눅해지며 정감도 생겨났다. 준만이 두 사람의 잔에 술을 따라주며 경채의 말에 장단을 맞춘다.

"그려 그려, 맨날 뼈 빠지게 일해봤자 춥고 배고픈 거야 우리 같은 하빠리 인생이지. 하여튼 간에 경채야 자 우리 오랜만에 만난 기념으로 건배나 한번 하자야."

"오빠들, 나 사오정 귀 후비는 이야기도 있는데."

"성희 저것이 신바람이 났구만. 아예 애를 몇 낳고 갈 모양인가 본데, 잠깐만. 우리끼리 할 얘기가 좀 있어가지고 말야. 그래, 경채야 퇴직금은 왜 못 받은 거야? 부도가 났다고 해도 사장이 가진 돈은 있을 거 아냐? 공장도 있고."

"망하면서 자기 재산 내놓는 멍청한 사장 놈들이 어디 있겠냐? 법이란 게 말야, 자기 부인 앞으로 재산을 이전해놓아도 어쩔 수 없게 돼 있드만. 빼돌렸다는 것을 우리들더러 증명하래. 자기 누이동생 앞으로 이전해놓고 그 집에서 떵떵거리며 살아. 하여튼 공장 기계와 제품 빼돌리려는 걸 우리가 두 달 동안 지켜서 인제 경매에 곧 들어가는데. 근데 말야, 밀린 임금은 마지막 3달치밖에 우선 변제가 안 되도록 되어 있는데 그거 참 웃기는 거 아냐. 경매가 몇 차례 진행되면 더 깎일 텐데. 경매해서 어차피 받을 거 미리 조금이라도 받는 법은 없나. 최소한 먹고는 살아야 할 거 아냐. 하여튼 그것 때문에 신경 쓰여 죽겠다. 거기다가 그것까지 겹치니까 정말이지 세상 살맛 안 난다야."

"조금만 기다려봐. 전세를 낮춰 이사 가는 수밖에 없는데 젠장 전세가 나가야지. 좀만 기다려줘라. 꽉 막혀 있다가 인제 조금 빤닥해지고 있어. 현금 만지기가 웬만큼 어려워야지. 아무려면 너를 골탕 먹이겠냐? 빚내서라도 막아볼 테니께. 미안하다. 내가 니 사정 봐준 적도 있잖아 임마."

"그야 그렇지만."

경채는 묵묵히 수저를 놀렸다. 아직 운전이 미숙하던 시절 건널목 자동차 사고로 준만에게 급전을 돌려 쓴 적이 있었던 것이다. 우리가 이런 일로 한두 번 비벼댔던가. 준만은 니 속 다 안다는 듯이 부지런히 경채의 잔에 술을 채운다. 성희가 두 사람을 살피며 이리저리 고갯짓을 하다가는 준만에게 말했다.

"오빠야, 왜 그렇게 힘들어하면서 나한테는 사정 얘기 안 하는 거야?"

"두 집구석 다 망가지게. 너한테 사정하느니 차라리…… 됐다. 나도 학원강사 그만두고 한 1년 놀면서 정말 힘들었는데 너는 요즘 어떻게 지내냐?"

"처음엔 뭐 괜찮더라고. 그동안 못한 공부도 하고 또 냉장고 수평도 맞춰놓고 도배도 하고 애들이 긁어놓은 문짝도 페인트칠하고 뭐 그런대로 괜찮았지."

"노는 점수 빼더라도 그런대로 집사람한테 점수 좀 땄겠구면."

경채는 우스갯소리랍시고 이죽거리는 준만을 한번 짯짯이 내리훑어보고는 혼잣말을 하듯 웅얼웅얼 말을 이어갔다. 성희는 피긋이 웃음을 머금은 채 두 사람을 번갈아 쳐다본다.

"점수 좋아하네. 핀둥거리는 마이너스 점수가 얼만데. 어쨌든 처음 한 이틀은 낮잠이 정말 달더라. 그렇다고 맨날 잠만 자고 있어봐라. 정말 웃기는 신랑, 한심한 아빠가 되고 말지. 요즘 아이들은 한 열 살만 되도 자기 부모의 재산이나 지위를 가지고 자신의 미래를 점친다는데……. 어쨌든 여섯 시에 기상해가지고 뒷산 약수터에 올라가는 거야. 거기서 목 돌리기 스무 번, 발 돌리기 스무 번, 팔굽혀펴기 스무 개, 쪼그려뛰기 스무 개, 남은 심각해서 얘기하는데 웃긴 왜 웃어. 그러고 나서 애들이 다 학교 갈 때쯤 해서 내려오는 거야. 그리고 아침밥을 먹고, '댁의 남편은 어떠십니까' 요런 프로나 보고 있으려니. 넨장할, 그래서 기계 방면 책을 사서 공부를 하는 중인데 공부가 되냐 이 판국에."

"그럼 경채 오빠 뭐 먹고 살아?"

"집사람이 얼마 전부터 고향 언니가 하는 식당에 나가거든. 지금 방학인데 참 걱정인 거야. 멀쩡한 대낮에 부자간에 같이 놀고 있어봐라. 그 모양이 좋겠냐? 그래서……."

"그래서 어쨌는데?"

성희가 눈을 말똥말똥 굴리며 물었다. 경채는 묵묵히 술잔을 비우더니 말을 이었다.

"말이 나왔으니 말인데 엊그제 마침 시골 아버지께서 말야, 손자녀석들 보고 싶다고 해서 두 놈을 시골에 떼어놓고 왔는데 참 마음이 안 좋더라. 어제 그런 건이 있었다 하더라도 어떻게 생긴 여자가 애들 잘 데려다주었냐, 시아버지 괜찮으시냐 그런 얘기도 안 물어보냐?"

경채는 자신의 밑바닥을 보이는 것 같아 찜찜했지만 무슨 작정을 한 사람처럼 말을 쏟아냈다. 하지만 아무에게도 할 수 없는 말들이 더 많았다. 아버진 손자 보고 싶다고 했지만 기실 깊은 속이 있었다. 몸도 불편하신 양반이 읍에까지 나와서 쌀을 사주시고 한사코 돈까지 찔러주시며 하는 말, 사내 녀석이 기가 죽으면 기둥뿌리 말아먹는다이.

성희가 생글생글 웃으면서 경채의 잔에 술을 부었다.

"경채 오빠, 오빠답지 않게 시답잖은 걸 가지고 뭘 그래? 남자들은 꼭 이쁜 여자들 앞에서는 은근히 자기 부인 욕을 하더라."

준만이 성희를 한번 째리면서 성희의 말 구멍을 막았다.

"나도 말야. 놀고 있을 때 제일 힘든 것이 부부 관계드라. 말 한 마디에도 신경이 곤두

서서 싸우기도 많이 했지. 몇 년 살다보니까 부부싸움에도 어떤 공식이 있더라구. 싸우는 것은 그렇다 치더라도 화해하는 것이 몇 배 더 어렵더라. 이제는 서로의 감정을 녹이는 법을 조금은 알게 됐지. 아무튼 경채야, 부부간에는 경제적으로 힘들 때일수록 정말 조심해야 쓰겠더라."

"감정을 어떻게 녹이는 건데? 오빠야 나 좀 가르쳐주라. 우리 신랑에게 한번 써먹어보게."

성희가 빙글비글 웃으면서 보챘다.

"야 야, 내가 너한테 가르쳐줄 것 같애. 남자들만 써먹는 건데. 까불고 있어."

"사실, 오빠도 모르면서 그러지? 전에 한번 가게에 오니까 올케 얼굴이 반쪽이던데."

"별 거 있냐. 그게 정말 어렵긴 하지만 그냥 막 져주면 돼. 여자 이겨먹어서 뭐 하냐?"

"남자가 안 져주면?"

"그때는 나도 몰라. 딱 한 가지. 그럼 여자 쪽에서 져주면 돼."

"혜혜, 져주기가 그렇게 어렵다면 당연히 남자 쪽에서 져줘야지."

"아무튼 부부사인 어느 한쪽에서 다른 한쪽을 감동을 시키면 되는 거야."

두 사람의 말 대거리를 그냥 듣고 있던 경채가 불쑥 한 마디 껴들었다.

"얌마, 나두 그런 거라면 얼마든지 멋지게 말할 수 있어. 콩나물 기르듯이 좋은 감정에다 매일 물을 주어라. 좋은 감정이 식지 않고 무럭무럭 잘 클 수 있도록. 그런데 말이야. 여자가 어떤 선을 넘어와서 자존심을 건드리면 말이다. 아무리 처지가 처지인 만큼 그냥 넘어가려 해도, 꽉 막혔다느니 밥통이라 에이……."

경채는 얼근하게 달아오른 얼굴로 술잔을 넙쭉 받아 들이키며 남은 말을 토해냈다.

"여자가 애 둘 낳고 나면 놀던 입도 터진다는 말이 맞긴 맞나보더라. 내참."

준만이 주방을 향해 술 한 병을 더 주문한다. 조용필의 음반만이 한적한 홀을 가득 채우며 돌아간다.

"뜨거운 이름 가슴에 두면 왜 눈물이 나는 걸까. 웃고 있어도 눈물이 난다. 그대 나의 사람아."

맥주잔을 찔끔거리던 성희가 발그레한 눈알을 되록거리면서 경채의 말을 받았다.

"경채 오빠 꼭 나 들으라고 하는 소리 같애. 한국 여자들 어귀차다고 욕을 많이 하는데 그거 괜히 그렇게 된 거 아니야. 여자 일자리가 얼마나 있어. 빌딩 계단을 닦든지 파출부를 하든지 포장 테이프를 붙이든지 식당이나 술집을 나가든지 허드렛일은 다 여자차지야. 그렇다고 가만 놔두기나 하나, 마냥 찝쩍거리지. 그러니 여자들이 안 거칠어지고 배기냐구요. 여자들을 밖에 내보내고 남자들은 돈이 적어 싫다, 장래성이 없어서 싫다. 그러면서 빈들빈들 놀아요. 오빠들, 여자들이라고 체면이 없는 줄 알아요? 우아하고 교양 있다는 소리 듣고 싶어 안달인 사람들은 바로 여자들이라구요. 자기들 남자들이 나라를 요 모양 요 꼴로 만들어 놓고 죄 없는 여자들부터 직장에서 내쫓으면서."

두 남자가 갑자기 대통 맞은 병아리처럼 멍하니 있자 성희는 약간 젖고 갈쌍거리는 눈망울을 끔벅거리며 콧김을 훔쳤다.

"시장 골목에 나와서 일하는 여자들 중에 남편들이 빈둥거리는 사람들 참 많아서 그래. 실컷 일 나갔다온 여자보고 어째 남방을 안 다려놓았냐. 밥 언제 주느냐. 주제에 엉뚱한 데다 콧대를 세우고 체통을 따지니 남자들이 욕을 먹어도 싸지. 놀면서 세탁기 돌리면 뭐 거시기가 떨어지나? 도대체 남자들은 왜 그러는지 몰라. 경채 오빠, 내가 잘못 얘기했수? 경채 오빠 집에서 쉬면서 빨래 같은 거는 할 거야, 그치?"

성희의 야들야들하던 목소리가 사르르 내리깔리며 촉촉이 젖어가자 준만이 서둘러 말 길을 돌렸다.

"성희 너 또 울 것 같다. 니 말은 맞는데 남자들에겐 그걸 알고 있더라도 어쩔 수 없는 그 무엇이 있어. 스스로 용납이 안 되는 그 어떤 것. 자, 자, 그런 얘기 그만하고."

경채는 성희의 말이 알키하게 가슴을 쪼며 어리번쩍 트이는데 성희는 말을 끝맺고 턱에 손을 괴고 궁금한 눈빛으로 경채의 말을 기다린다. 경채는 할 말을 잊고 멍하니 있다가 술을 한 모금 한 다음 시뜻하게 말을 이었다.

"하긴, 직장 다닐 때도 가끔씩 세탁기를 돌리고 청소도 하고 설거지도 하고 그랬지. 근데 지금은 말야. 어째 그런 일들을 하는 게 영 켕기는 거 있지. 그게 참 이상한데."

"여자들도 집에서 폭 쉬고 싶은 거야. 교양 있고 우아하고 싶은 여자들이 괜히 남자들을 긁겠냐구. 그 잘난 콧대 체통이 문제야. 여하튼 남자들은 몰라. 오빠들 이젠 그런 딱딱한 얘기들 그만 하자. 오빠들한텐 말랑말랑하고 좋은 얘기들 없어?"

분위기가 건조해지는 듯 싶자 이번에는 성희가 말머리를 돌렸다. 경채가 기다렸다는 듯이 생동생동하게 말을 받았다.

"요즘 세상에 말랑말랑한 것들은 있는 놈들이 다 쳐먹구, 우리 서민들 밥상에야 맨날 가봐야 찌그러진 뿌스러기밖에 더 있겠어? 미안하다. 속이 상해서 그런지 내가 생각해도 말이 멋대로 나온다야. 미안타."

"내 니 맘 안다. 힘 좀 내봐 짜샤. 세상살이 마음먹기에 달려 있다 너."

그런 마음먹기라면 나도 하루에 골백 번은 더 다짐했을 거다. 위로하거나 평가하는 그런 친구보다도 내 말을 들어주는 그런 친구가 필요해 임마, 라는 말이 금방 튀어나오려 했으나 기실 입에서는 엉뚱한 말이 튀어나왔다.

"그래 자! 오랜만에 만났는데 우리 건배나 하자."

"고단한 인생, 가엾은 남성들을 위하여 자, 건배."

"자 그래 위하여."

"고단한 여성을 위하여"

잔의 허리가 서로 턱 부딪치면서 술 방울이 튀었다. 잔을 부딪치고 난 다음 성희가 새삼스럽게 말을 이었다.

"오빠들 생각 안 나? 나랑 언니랑 데리고 대성리 놀러 갔던 거. 그때 참 경채 오빤 기타도 기타지만 노래를 참 잘 불렀는데. 경채 오빠 우리 언니 좋아했었지?"

"그랬나. 하여간 준만이 저것한테 담배 배우고 당구 배우고 하다가 좋은 청춘 뻐그러졌지."

"야 지가 먼저 한 번 피어 보까 하면서 덤볐으면서 내 탓만 한다니까. 그럼 잘 된 건 전부 조상 탓이냐?"

준만이 지지 않고 말대꾸를 한다.

"경채 오빠 우리 언니 어떻게 사는지 궁금하지 않아?"

"부산에서 잘 산다며?"

"그래 잘 살아. 그때 오빠 언니가 그렇게 짓궂게 굴어도 괜찮았어?"

"괜찮았지."

경채는 웃으며 두 사람에게 건배를 청했다. 세 사람은 이번에는 조용히 술잔을 부딪쳤다. 첫사랑이었나. 준희는 렌즈 만드는 공장에 다녔었지 아마. 팔 때리기 민화투였지만 맞고 때리는 것이 왜 그때는 그렇게 재미있었는지. 참 손이 매웠지, 특히 나한테는. 장충단 공원 한 여름 숲속의 밤, 양아치처럼 나댔으면서도 입술 맞추는 것이 그리도 어려웠지. 창신동을 떠나 막내 고모네 집으로 이사를 간 뒤 몇 번을 더 만났었나. 그땐 재수하느라 고민도 많았고 집안형편도 어려웠지. 군대 갈 때였나. 부시부시한 얼굴에 그늘이 지고 퀭한 눈으로 쏠 듯이 쳐다보던 서늘한 눈매. 그 뒤로 부산으로 갔다는 소식을 들었었고. 준만이 결혼식 때는 아이를 안은 채 식구들 사이로 숨어버리던 수척하던 모습. 나중엔 한참 억울해했던, 그날 밤 장춘단 공원……. 과거로 돌아가는 것은 결코 즐거운 일만은 아니다. 준만이 침묵을 깨고 말머리를 돌렸다.

"그건 그렇고 경채야, 머리 아플 때는 아무 생각 없이 푹 쉬는 게 장땡이야. 고도리 칠 때 패가 나쁘면 그냥 미련 없이 죽는 거잖아. 열고 해서 좋을 거 없으니까. 성식이랑 만났을 때도 니 고모부 이야기를 하면서 한바탕 웃었지. 근데 니 고모부는 어때 잘 계시냐? 그 배포는 여전하시구?"

"거참 아무 생각 없이 쉬라구? 거 참 배 따땃한 소리만 골라 하고 있네 자식이. 너 땜새 머리꼭지가 돌게 생겼구만. 그 양반 럭비공처럼 어디로 튈지 몰라서 고모가 고생이 많지."

"너 땜새 원산폭격에 머리 들어간 거 생각하면."

"야 임마, 니가 순경을 후려갈기지만 안 했어도 괜찮았어."

"원산폭격이라니요?"

성희가 재미난 얘기다 싶어 까드락거리며 물었다. 준만이 눈알을 씀벅거리며 능청을 떨었다.

"우리끼리 여학생을 빵집에 꼬드기기로 내기가 붙었는데 말야. 경채 저것이 당첨됐는데 좀 멋있게 생겼냐. 여학생 앞에서 차가 어떻고 포가 어떻고 장기를 두다보니 여학생이 면상에다가 빅장을 부르고 삼십육계로 튄 거야. 근데 재주가 좋아서 여학생 손가방을 낚아챘는데 그게 바로 외통수라. 나중에 알고 봤더니 여학생이 아니라 여대생이었다는 말씀이야. 하여튼 제장 파출소에 끌려가 꼬나박은 채로 동해물과 백두산을 노래 부르는데 야, 배꼽도 튀어나오고 눈깔도 튀어나오고 이마도 튀어나오고 하여간……."

"저건 꼭 자기 대목은 꼭 빼놓고 얘기하더라. 의경 면상을 후려갈기고 거시기를 한 번 내지르자 툭 떨어졌잖아. 그러고 튀자 하는데 벌써 담을 넘더라니까. 그렇다고 머리 쏙 들어간 얘기를 공짜로 들려주면 되냐?"

"파출소에서 의경이 나오면 도망가든지 해야지. 명청히 있다가 왜 끌려가냐. 뒤에 따라간 우리야 뭐 알았냐. 학교에서 알면 큰일 났다 싶어 구해주려 달려간 거지. 튀다가 니가 또다시 잡혔을 때도 그냥 내빼려다가 의리의 사나이가 그냥 갈 수 있냐. 파출소에 들어가서도 내가 훨씬 더 맞았잖아. 그때 니 고모부 아니었으면 나는 우리 아버지한테 뒈졌을 거라. 성희야 너 나중에 술 한 잔 살래 그러면 진상을 자세히 얘기해줄게."

성희는 혀를 쭉 빼 밀고 메롱 하는 표정을 지었다. 살다보면 재미있는 얘기도 살짝 감추고 싶은 순간은 있는 것이다. 두 사람은 서로 회심의 미소를 지으며 조용히 술잔을 부딪쳤다. 가게를 나서자 준만은 늘쩍지근하게 삐대며 경채에게 물었다.

"야, 정말 그냥 갈 거야? 우리 술도 깰 겸 성식이 자식 꼬셔가지고 행주산성으로 드라이브나 가자. 셋이서 이렇게 만나기가 쉽냐 임마. 아참 집사람이 가게로 나왔는지 모르겠네."

"오빠들, 행주산성 참 좋겠다. 나 따라가면 안 되나?"

드라이브야 얼마나 신나는 것인가. 하지만 경채는 준만의 니 기분 내 안다 하는 태도에 영 뒤가 켕기고 기분이 살아나지 않는다. 대답을 기다리지도 않고 준만은 가게 쪽으로 재우쳐 달려간다.

"오빠들, 나도 행주산성 데려다줘라. 오늘은 왠지 가고싶다 에이."

경채는 아양을 떠는 홍 양을 보자 저걸 그냥, 하는 속살 간지러운 의뭉한 욕망이 치솟아오른다.

"홍 여사, 가정이건 회사건 간에 굳세게 지. 키. 십. 시. 요."

"여자만 가정을 지키라는 법이 있나 뭐."

"오늘은 비도 오고 촐촐해서 그런 거야. 다른 날은 가자고 싹싹 빌어도 안 간다. 가끔씩 혼자서 술도 마시고 그러지만. 이래 봬도 오빠, 나 그렇게 헤픈 여자 아냐. 그럼 다음에, 경채 오빠 안녕."

성희는 날름 혀를 빼물면서 손사래를 쳤다. 오토바이는 물방구를 치고 달아나는 모래무지처럼 어둑어둑해진 허전한 거리 한쪽으로 숨어 들어갔다. 가죽 스커트의 꽁무니에선 깃발이 아련하게 펄럭거린다. 비 묻은 바람이 불어오고 내려다보이는 한강 쪽은 잿빛의 항아리처럼 뿌옇다.

가게로 간 준만을 기다리는데 빗방울이 후둑후둑 떨어지기 시작했다. 비를 긋기 위해 계단 입구 쪽으로 비켜서는데 웬 노래방 음악이 들려왔다. 수박을 손수레에다 가득 실어놓고 얼룩무늬 군복에 빨간 모자를 쓴 까무잡잡한 얼굴의 사내가 군홧발로 달싹달싹 발뒤축을 굴려가며 노래를 불러대고 있었다. 가끔씩 유행가 일 절이 끝나면 아줌마 아저씨 형님 누나, 수박 두 통에 만 원, 만 원 외치는데, 잘 넘어가는 장단에 그럴 듯한 목청이었다. 발뒤축을 굴릴 때마다 빨간 야전 모자에 박은 엄지손톱만 한 은색별이 노랫가락에 맞추어 달랑거렸다.

천박하지도 않고 가슴에 쏙쏙 저며드는 것이, 저 정도면 여러 동네 주름 잡을 만하구면. 그런데 저 양반 지금은 낯빛 좋게 노래 부르고 있지만 좀 있다 소낙비라도 쏟아지면 천상 비에 젖은 개 팔자가 될 거 뻔한데 어쩌나.

아 참 요러면 어떨까? 그래, 저 손수레에다 오토바이 모타, 변속기를 다는 거야. 바퀴축에다가는 속도 비례하여 스프라켓을 박아 체인을 걸고, 마후라에는 얼룩무늬로 내화페인트를 칠하고, 수레 뒤에는 야광등을 다는 게 어떨까.

내친 김에, 네 귀퉁이에다가는 기장이 50미리쯤 되는 파이프를 용접해 높이를 조절할 수 있도록 너트를 붙이고, 거기에 가는 스텐 파이프를 밴딩기로 구부려 꽂아 접었다 폈다 할 수 있게끔 멋지게 차양을 만드는 거야. 밧데리가 있으니까 알록달록 꼬마전구를 달아맨 다음 시간차로 불을 밝히면, 히야 그야말로 '노래하는 과일 마차', '달리는 노래방'이 아니겠어? 거참 근사하겠구면.

이왕이면 한술 더 떠서, 앞 손잡이 부분 중간에 지지대를 대어 바퀴를 하나 더 다는 거야. 스위치를 누르면 손만 잡고 있어도 밀수레가 슬슬 잘도 굴러갈 거 아냐. 그래서 남은 힘이 어디로 가겠어? 노래로 술술 흘러나올 테지. 그러면 노래를 잘 뽑아내니 구경하는 사람들 많아, 구경하는 사람이 많으면 물건이 잘 팔려, 물건이 잘 팔리면……

이런 배부른 공상을 하고 있는데 준만이 넋을 잃고 구경하는 경채의 어깨를 툭툭 치며 말했다.

"그래도 저 양반 팔자가 상팔자야. 우리가 맨날 기를 써봐라. 저 양반처럼 신나게 한번 살 수 있나. 어쩔 때 보면 저 양반이 정말 부럽다니까. 근데 경채야 안 되겠다. 성식이놈 연락이 안 돼. 집사람 가게 왔으니까 우리 목욕이나 같이 갈까. 낮에 술을 한 잔 했더니 손님들 보기도 미안하고, 어때?"

사내는 〈낙랑 십팔 세〉를 한 곡조 뽑고 나서 이제 〈돌아가는 삼각지〉로 넘어가고 있었다. 경채는 가자고 어깨를 잡아끄는 준만을 바라보며 말했다.

"하여튼 저 양반은 밤무대에 서는 것보다 훨씬 신이 날 거야. 누가 노래가 짜다 싱겁다 하는 사람이 있어, 시간이 됐으니 내려오라는 사람이 있어?"

5

벌건 대낮에 목욕탕에 이렇게 사람이 붐빈다는 것은 놀라운 일이다. 경채는 온수에 몸을 푹 담근 채 고개를 뒤로 잦히고 머리를 뱅뱅 돌려본다. 얼마 만에 같이 목욕을 하는 것인가. 남자끼리 그것도 오랜 친구와 목욕을 함께 하는 것만큼 우정의 진득함을 확인하는 것은 없다. 하지만 몸이 노골노골 풀리는데도 개미가 지나가는 것처럼 온몸이 근질근질하고 의식은 거울처럼 또렷해진다.

조선 남자들이 엉뚱한 데다 콧대를 세운다고, 여자들은 체면이 없는 줄 아느냐고. 성희도 무척 고단하나보다. 하지만 내가 사장 처남에게 콧대를 세운 것은 적어도 엉뚱한 데다 자존심을 세운 것은 아니야.

경채는 지나가는 사람들의 배와 그 밑을 흘긋흘긋 쳐다보며 입술을 깨물었다. 저쪽 때밀이 평상에 몸을 맡긴 사내의 풍채는 정말 그럴 듯하다. 벗겨놓으면 사장도 없고 일꾼도 없이 다 평등한데 목욕탕만큼 배 불쑥하니 나온 풍채가 대접을 받는 곳도 없다. 풍채 그것도 하나의 고정관념이겠지. 차가운 냉탕 안에 몸을 담갔지만 요글요글 타는 가슴속은 여전히 답답하다. 넉넉한 시간의 여유를 즐기는 것과 이유 없이 한가한 것과의 차이란 이렇게 크다. 경채는 갑갑함을 참지 못하고 준만을 찾아본다.

준만은 플라스틱 주렴이 내려진 탕 속에서 두 손을 내뻗고 타잔처럼 웅얼웅얼 소리를 질러대고 있었다. 그쪽으로 다가서는데 천장에서 쏟아지는 물 폭포가 몽둥이처럼 머리를 후려 갈겨댔다. 경채가 준만의 엉덩이를 꼬집자 준만이 입안의 물을 품어내더니 헤벌쭉 웃었다.

"야, 여기가 내 전용 휴식처야. 이삼 일에 한 번씩 여기 오거든. 니도 나처럼 물대포를 맞으면서 야 후 레 아 들 놈 들 아, 라든지 시 민 여 러 분 총 궐 기 합 시 다, 라든지 여 성 여 러 분 낙 태 하 지 맙 시 다, 라든지 마음껏 소리를 한번 질러봐. 한 자씩 악을 써보란 말야. 그러면 속이 후련해지면서 눈물도 나는데 그거 무척 괜찮다 너."

"별 희한하고 떼뚱한 짓을 다 하고 있어 자식이."

"안 해보면 후회한다 너. 재밌어 임마. 자식이 좆도 모르면서."

준만이 경채의 엉덩이를 철썩 갈기며 낄낄댔다. 경채도 같이 낄낄대면서 장작으로 후려갈기는 듯 등을 쪼며 떨어지는 물대포 속으로 뛰어들었다. 두 사람은 어린애들처럼 물을 찰방찰방 치면서 꿍얼꿍얼 소리질러댔다. 메아리도 없는 아우성이 천둥처럼 떨어지는 물소리에 섞여 물보라 속으로 퍼져나갔다. 머리를 맞대고 어린애들처럼 눈을 맞추며 시시덕거리다가 경채가 해죽해죽 웃으며 물었다.

"하여간 준만이 너 웃기는 놈이야. 갑자기 물 속에 대가리를 처박고 욕질을 하질 않나."

"야 임마. 코미디언만 웃기라는 법 있냐. 세상이 웃기는데 내가 좀 웃기면 안 되냐. 웃는 것보다 웃기는 것이 정신 건강을 위해서 훨씬 더 좋다, 너 그건 모르지?"

관중은 없어도 스스로를 얼마든지 웃길 수 있다는 것 그것 역시 괜찮은 일이긴 했다. 두 사람은 나란히 플라스틱 앉은뱅이 의자에 앉았다. 경채는 비누 묻은 손으로 준만의 등짝을 후려갈기며 말했다.

"너 같이 잘도 떠벌리는 놈이 무슨 고민이 있냐? 통통하던 놈이 제법 살도 많이 빠졌는데."

"사실, 돈도 문제지만, 도대체 요즘은 밤에 잠이 잘 안 와."

"왜 제수씨가 안 재워주기라도 하디? 젠장 나야말로 잠이 안 온다 임마. 배부른 소리 하고 있네 자식이."

"내 사업이니까 학원 강사 시절보다는 뱃속이 편할 줄 알았는데 그것도 아니더라. 허겁지겁 쫓아가기도 바빠. 우리 세대야 시대현실이 그랬잖아. 현장을 나와서 나이는 들었으니 취직을 할 수가 있었냐. 그래도 쉽게 비벼댈 수 있는 것이 학원 선생이었는데 말야. 학생 수와 인기에 신경을 쓰다보니까 금방 머리가 하얗게 셀 것 같아 더 늦기 전데 그만 둔 건데. 1년 동안 뼈대느라고 집사람 고생 엄청 시키고 빚도 많이 지긴 했지만, 하루종일 컴퓨터와 씨름하다 집에 와서 막상 잠을 자려 하면 이게 도대체 뭐냐 하는 생각도 들고 잠이 안 오는 거야. 전에는 버리는 것이 아무렇지도 않았지만 지금은 뭔가 치받치는 욕구 때문에 힘들어. 누구에겐가 쫓기고 있는 꿈을 많이 꿔. 골치 아플 때마다 책을 베끼면 마음이 조금 가라앉거든."

"뭐에 쫓기는데? 그래서 혁명을 얘기하던 놈이 장자냐?"

"어떨 때는 뱀에게 쫓기고, 황소만 한 고양이에게 쫓기기도 하고, 어쩔 땐 악어들 사이에 내가 끼어 있기도 하는 거야. 커피를 많이 마시는 것도 아닌데 하여간 잠도 안 오고 불안해. 불안의 정체를 모르겠단 말야. 소화도 잘 안 되고. 아무튼 그래서 장자야. 장자를 읽으면 불안감에서 조금 벗어나. 나 각방 쓴 지 오래다 너."

"왜 그러지? 그럼 제수씨가 낙태……."

"그런 게 있어 임마. 너는 어때 밑천 안 딸리냐?"

"야, 말도 마라. 집사람에게 조금 어설프게 굴잖아 그러면 남자 구실도 못 헌다고 그러고, 어쩌다 가까이 가면 말야 놀면서 고런 것만 밝힌다고 그러니 헤헤. 거참 정말 세상 살맛 안 난다. 하여간 기가 죽는 것도 여러 질이데 젠장할."

"나는 말야, 머리가 엉켜버린 회로처럼 얼멍얼멍한데 고것이 말을 잘 듣냐. 전엔 말을 잘 들었는데. 맨날 밤 열두 시에 들어가니. 요렇게 가끔씩 나와서 소리 좀 지르고 한숨 붙이는 게 최고의 휴식이야."

"병원에 가봤어?"

"이를테면 컴퓨터 멀미증이래나 뭐래나."

"너무 빨리 변하는 걸 좇아가려고 하니까 그러는 거 아냐."

"그래서 하여튼 장자야. 컴퓨터라는 게 시간 싸움인데 좀 빨리 변하냐. 빨라지는 만큼 시간이 남아야 하는데 빨라지는 만큼 따라가느라고 시간이 더 없어. 그러니 마음의 평화가 있을 턱이 없지. 비교를 버리고 속도를 버려야 하는데……. 그리고 먹물들 문제 많다. 현실보다 욕망이 항상 커. 그러니 항상 옆을 보고 비교하게 된다구. 그래서 장자 야 임마."

"그러면서 마치 컴퓨터가 세상을 바꿀 것처럼 썰을 풀면서 컴퓨터를 파는 게 신통허 다야."

"신통방통하게 사는 사람들이 얼마나 많은 줄 아냐. 사실 인간은 그대로 있는데 컴퓨 터로 어떻게 세상이 바뀌냐. 이율배반이지. 직업이니까 어쩔 수 없이 공판을 치는 거지. 컴퓨터에서의 소통이란 어떻게 보면 허망과 허욕의 공간 아니냐. 아이엠에프라 지하의 돈을 끌어내리려고 뻥튀긴 거지. 쌍방향이니 민주적이니 해도 입김도 없고 눈빛도 없고 감 촉도 없는 소통이 얼마나 쌍방향이겠냐. 자본주의 사회라는 것이 별거냐. 끊임없이 허 욕의 세계를 좇아가게 만들고, 돈과 시간의 노예가 되도록 만들고, 끊임없이 소비 욕구 를 생산하는 체제잖아. 어쨌든 그래서 낡고 오래된 것 중에서 영원한 것을 찾아보는 거 야. 물론 도피일 수도 있지. 세상살이에는 큰 것 작은 것, 귀한 것 천한 것, 높은 것 낮은 것 얼마나 비교가 많냐? 봐라, 욕망이 끝이 있는지. 욕망이라는 게 자본주의 그 자첸데. 그 발전의 끝이 어디인가 한번 생각해본 것뿐이야. 남을 밟고 일어서는 것, 그게 바로 경쟁이거든. 욕망의 하수구, 쓸데없는 경쟁에서 벗어나자는 거야. 그게 선(禪)을 빌려서 이야기하면 평상심이야 임마."

"평상심이라구? 경쟁을 안 하려고 한다고 어떻게 경쟁을 안 할 수 있냐. 배부른 소리하고 자빠졌네 자식."

말도 안 되는 소리를 헹구기라도 하는 것처럼 경채는 쏟아지는 샤워기 밑에 머리를 처박고 흔들어댔다. 경채가 이제 나가자고 준만을 돌아보는데 한쪽 구석에서 준만은 턱을 하늘로 쳐든 채 코를 쥐고 남은 손으로 제 머리를 툭툭 치고 있었다. 벌건 코피가 코를 쥔 손목을 타고 물 속으로 떨어져 붉은 잉크처럼 번졌다. 경채는 허둥지둥 준만에게 달려갔다.

어둑한 수면실에는 그 누구도 손댈 수 없는 평화가 있었다. 두 사람은 알살을 그대로 드러낸 채 침대의자에 나란히 드러누웠다. 경채가 뒤척거리다가 준만에게 조용히 물었다.

"준만아, 이런 경우 너라면 어떡할 거야? 전 회사 사장이 돈을 빼돌려 처남 앞으로 다시 회사를 차렸는데 그 처남이란 작자가 같이 일하자고 한다면 너라면 어떡할 것 같애?"

"나라면 어떡할까? 회사가 그 회사뿐이라면 모르지만 나라면 그렇게는 안 산다."

"그렇지. 근데 왜?"

"사람이 한번 비굴해지면 끝이 없잖아. 나도 현장에 들어간 뒤로 집에는 죽어도 손을 안 벌려. 그런 자존심 없이 어떻게 사냐. 아무리 불알 두 쪽만 남아도 줏대 하나는 가지고 세상을 살아야 하는 거 아니냐. 내 곧 죽는 거 아니니까 경채야 좀만 참아줘라."

"나도 오늘 싹둑 짤라서 거절했어. 그런데 좀 억울하기도 하고 손해보는 것 같기도 하고……."

"인생 조금 손해보는 것처럼 사는 것이 멋있는 거야."

"그래. 압류 건은 우리 함께 노력해보자. 우리가 같이 보낸 세월이 어떤 세월이냐. 이렇게 서로 뭉치기도 하는데 어떻게 안 좋아지겠냐."

경채는 준만의 어깨를 툭툭 쳤다. 준만의 귓가로 축축한 물기가 흘러내리는 것을 보며 경채는 고개를 뒤로 젖히고 눈을 감았다. 잠시 후, 준만은 벌써 피그르르 고개를 모로 기울인 채 코를 골았다. 잠시 후 경채 역시 포근하지만 뭔가 찝찌름한, 불안하지만 왠지 아늑한 쪽잠 속으로 스르르 잠겨들었다.

밖으로 나오자 명주실처럼 가는 빗줄기가 사르락사르락 거리를 적시고 있었다. 우산을 경채에게 받쳐주며 준만이 코맹맹이소리로 말했다.

"경채야 저기 좀 봐라, 요즘 애들은 애인끼리도 어떻게 우산을 따로따로 쓰고 다니냐? 우산 속의 두 연인 우리 때는 그랬잖아? 그것이 얼마나 나긋나긋하고 좀 좋은 거냐?"

"그게 뭐 새삼스런 것이냐? 따로 우산이라는 것이겠지. 요즘은 부부가 나갈 때도 따로 우산이잖아. 전에는 혼자서 비를 맞고 가면 옆 사람이 씌어주고 그랬는데 말이야. 요즘 세상엔 자기 혼자 몸조차 가리기 벅차겠지."

우산 속의 두 연인, 다정한 평화의 그늘. 우중우중 우산이 떠가는 거리를 바라보며 경채는 왠지 속이 알찌근하게 아파왔다. 둘이 나란히 외출한 기억이 아스라이 멀다. 준만이 경채의 등을 감싸며 말했다.

"낮에 갈 데 없으면 우리 가게로 와. 나도 실직했을 때 오라는 데는 많아도 갈 데는 정말 없더라. 친구 좋다는 게 뭐냐."

"나도 쉬는 김에 인터넷 홈페이지나 만들까."

"그래, 모든 게 늦었다 할 때가 빠른 거야 임마. 어차피 우린 배에 탄 거야. 중간에 내릴 수는 없어. 아참, 너 말야 프로그램 몇 개 가지고 가라. 홈페이지 제작 책도 가져가고. 여기서 잠깐만 기다려. 인생 이렇게 비벼대며 가는 거지 별거냐."

준만은 몸을 웅크리고 날쌘 토끼처럼 비를 맞으며 가게 쪽으로 바쁘게 달려간다.

6

비는 여전히 추적추적 내렸다. 경채는 이마에 떨어지는 차가운 감촉으로 준만이 준 우산을 전철 안에 놔두고 내렸다는 사실을 깨달았다. 경채는 신문을 머리 위에 씌우고 집 쪽을 향해 터벅터벅 발걸음을 옮기기 시작했다. 평상심이라…… 비교, 속도, 얼마나 좋은 말인가. 비교하게 되면 불편해진다구, 쓸데없는 경쟁에서 벗어나라구? 그런 말이 지금 나에게 무슨 소용이 있겠는가. 목구멍을 적실 그 무엇이라면 모르지만. 이런 생각을 하며 가다 경채는 문득 방향을 바꿔 큰길 건넛집 반대편 시장 쪽을 향해 터덜터덜 걸어가기 시작했다. 시장에 들어서 어디로 갈까 잠시 두리번거리는데, 굵은 빗방울이 사정없이 쏟아붓기 시작했다. 비바람이 몰아치자 거리는 비를 피하려는 발걸음들로 부산스러웠다. 경채도 주위를 살피며 뛰는데 해장국, 튀김이라는 입간판이 얼핏 눈에 잡혔다. 선택의 여지가 없었다. 막상 들어간 해장국집 안은 비바람이 들이쳐서 뒤숭숭했다. 방 안에서 아기를 얼러대던 주인 여자가 아기를 안고 나와 서둘러 텔레비전 단추를 눌렀다. 밖에서 비설거지를 하던 주인 사내가 빗방울을 튀기며 가게 안으로 들어오더니 물컵, 고춧가루가 살아 있는 듯한 깍두기, 떡볶기 한 접시를 탁자 위에 놓고 물러났다. 손글씨로 쓰여진 벽에 붙은 야광의 색종이 메뉴판과 주인 사내의 약간은 서먹한 미소로, 경채는 이 집은 이 엄중한 아이엠에프 시대에 생활의 간고에 못 이겨 비비대보자는 심정으로 경험 없는 사내가 안 된다는 아내를 간신히 설득하여 낸 가게임이 틀림없다, 라고 생각했다. 경채는 사내와 주인 여자 그리고 등에 업혀 앙글방글하는 아기를 번갈아 쳐다보며 술국과 소주 한 병을 주문했다. 이마에 달라붙은 젖은 머리칼에 손빗질을 하는 경채에게 주인 여자가 수건을 건네주며 픽 웃었다.

텔레비전에서는 잡혀버린 탈옥수에 대한 얘기가 쏟아져나오고 있었다. 신이 날 것 하나 없는 이 시기 재미난 볼거리가 되어버린 불행한 이 시대의 도망자. 아프지 않은 현실이란 없을 터인즉. 경채는 수건으로 머리를 닦으며 왜 자신이 갑자기 이 시장 쪽으로 건너오게 되었는지를 곰곰이 생각해본다.

장자 때문이었을까? 아니다. 그럼 집에 들어가기가 뭔가 거북한 상처받은 자존심 때문이었을까? 아닌 것 같다. 그럼, 선택의 여지, 운신의 폭 때문이었을까? 경채는 고개를 흔든다. 무엇보다 간절했던 소주 한 잔의 유혹이지, 뭘 그래. 그런데 왜 그 순간 소주 한 잔의 유혹이 그야말로 불가항력의 힘으로 나를 지배했을까? 사람이란 스스로도 억제할 수 없는 그 순간의 기분이란 게 있는 거 아니냐.

경채는 입맛을 다시며 옆 탁자에 있는 신문을 집어들었다. 신문을 펼치자 선전 광고물이 무릎으로 떨어졌다. 광고물을 펼쳐보니 빨간 피에로 코를 달아붙인 젊은 친구가 한 손으로 피자접시를 들고 다른 손가락으론 브이 자를 펼쳐 보이며 '확실히 다릅니다'라고 외치고 있었다. 저 코는 확실히 우리와는 족보가 다르구먼. 문제는 코야. 우리는 한번 발 씻은 물에 코를 들이박지 않는다니까.

그래 비교하는 마음만 버리면 무슨 일이건 못하겠어. 까짓 코가 문제냐구. 맞아, 코란 계급적인 차별의식이 아니냔 말이다. 아무튼 콧대를 숙이기가 왜 그렇게 어렵지. 아내 말대로 아직 배가 불러서 그러는 것일까. 근데 내 자신의 무능을 이렇게 절감하고 있음에도 아내가 그것을 지적하면 왜 그렇게 용납할 수 없을까? 아무리 그래도 밥통이라니. 그건 참을 수 없어.

경채는 볼펜을 꺼내 광고지에 있는 젊은 친구의 예쁘장한 코를 납작하게 그린 다음 그 위에 먹칠을 한다. 그렇다. 역시 납작해진 코가 문제는 문제야. 우리말에도 코가 납작해졌다, 큰 코 다친다, 내 코가 석자다 요런 말들을 통틀어 코란 우리에겐 자존심의 상징일 터인즉.

언젠가 지리산 실상사에 갔을 때 입구에 있는 장승의 코를 보며 아내는 '코를 어쩌면 저렇게 뭉툭하니 맨들어났지' 하면서 웃어댔었지. 그때는 '내 코처럼 살이 많은 것을 최고로 치는 것이여' 했었지만, 아내는 그것을 어떻게 증명해, 하면서 실실 웃었는데 그래두 그때는 모든 것이 팽팽 잘 돌아갔지. 근데 이제는 원 세상에 남자 구실도 못 한다구.

어쨌든 지금은 내 코가 석잔데. 경채는 아까 먹칠을 한 코를 길게 쭉 늘여 그려본다. 코를 길게 늘여놓고 보니 거참 이상하다. 코가 길고 큰 것은? 그래, 늘어진 코 위에다 '미국+ IMF'를 적어넣는다. 그 코밑에 납작하게 깔려 있는 사람을 그려넣고 나서 '나'라고 적는다. 그리고는 '미'와 '국' 자 사이에 '역' 자를 삽입시켜놓고 입을 씰룩거리며 '나를 미역국 먹게 한 사람들'로 읽다가 주인 사내를 보니 '에라 한심한 놈아' 하는 것 같다. 경채는 얼른 종이를 꾸겨서 쓰레기통에 버린 다음 텔레비전에 눈을 돌린다. 심심하다. 우리 같은 백수들에겐 한없이 심심한 것이 있다면 아마 그 첫째가 입이리라. 그 다음엔 턱없이 힘이 뻗치는 쌩쌩한 두 팔과 두 다리. 경채는 두 팔을 어깨 위로 올리고 몸을 좌우로 비튼다. 실밥 터지는 것처럼 쭈루룩 흐르는 뼈마디 소리를 귀로 듣는다.

그때 주인 사내가 김이 모락모락 나는 술국을 탁자 위에 내려놓고 가더니 하얗게 김이 서린 소주를 가지고 와서 경채에게 한 잔 가득 따라 권했다.

"요 동네에 사시는가 보지요? 이렇게 비오는 날에는 소주 한 잔 하고 푹 자는 것이 장땡이지요."

"먹고 노는 주제에 장땡이면 뭘 하겠시요?"

"밀려났나보지요? 저도 떨려나서 몇 달 놀았지요. 막고 품는 것이 최고라고 장사를 시작했는데 맘 편할 줄 알았어두 그것이 아니대요. 그래도 요만큼 자리잡는 데 근 3년 걸리더라구요."

경채는 요런 모양의 가게를 자리잡았다고 생각하는 사내를 바라보면서 이 사람이 겸손한 것인지 명청한 것인지 도대체 분간이 가지 않는다.

"장사가 잘 되나보지요?"

"세 식구 먹여 살리면 됐지 더 뭐를 바라겠슈? 오독오독 씹히는 맛도 있어야지, 돼지 귀때기 고기라두 한 접시 썰어드리까?"

"그러세요."

귀때기라니, 듣는 귓맛이 영 낯설다. 소주잔을 비워도 마음은 영 비워지지도 않고 더욱 엉클어진다. 준만이 놈 참 웃겨. 지야 머릿속이 컴퓨터처럼 복잡하니까 비울 것이라도 있지만, 나야 비울 것이 뭐가 있나. 비교하는 마음이 없는 경지. 삶을 욕심 없이 바라보기란 또 얼마나 어려운 것인가. 구별이나 차별을 지운다는 것이 그의 말처럼 똑 떨어지는 것인가. 수십 계단으로 갈라져 있는 이 세상에.

사장 놈은 어느 하늘 아래서 편한 잠을 잘까? 에라 순진한 놈들 하면서 혀를 차겠지. 그러면서 사장 놈은 자기 식구들에게 열심히 공부해라, 착한 일을 해라, 사내자식이 그게 뭐냐, 하면서 큰소리치겠지. 눈치가 수상할 때 날쌘 놈들처럼 얼른 그만두고 딴 궁리를 했어야 했는데 내가 바보야.

여러 가지로 아내가 흥분할 만도 하지. 아내 또한 얼마나 살려고 발버둥을 쳐왔느냐 말야. 그렇다고 집이 당장 날아가는 것도 아닌데 '우정이 밥 먹여주느냐'로 끝날 말을 원 세상에 대놓고 밥통이라니. 대드는 아내를 향해 아무 말도 못하고 쩔쩔매는 나도 불쌍했지만 그렇다고 좋은 남편이 되고자 기를 쓰고 노력했다고 주장하는 것 자체도 우스운 것 아니냐. 그 향기로운 입에서 터져나온 밥통이라는 말이 가슴속에 박혀 으르렁거리고 있는 동안 다행히 아내가 안방 문을 닫아걸었지만 그때 거기서 휴전하지 않았더라면 어떻게 됐을지 나도 몰라. 다시금 머리끝이 나사못으로 조이는 듯 끈질기게 압박하면서 지근지근 쑤셔왔다.

경채는 서둘러 소주잔을 비웠다. 밖은 비바람이 훑어 지나가는 소리로 가득 차 있었다. 고개를 뒤로 잦히고 나비잠을 자는 아이를 업은 채 주인 여자는 대파를 벗기고, 주인 사내는 머리고기를 썰면서 노래를 흥얼거린다. 경채는 소주 한 병이 바닥이 난 후 이 기막힌 현실에 대한 극복 방법, 즉 운신의 폭이나 콧대를 낮추는 것, 차별을 버리고 자유로워지는 문제에다 소주 한 병을 더 투자하기로 했다. 새로 날라온 소주를 따르며 이러저러한 생각에 머릿속이 한참 복잡할 때였다. 입구에 쳐놓은 발이 걷혀지며 다정스런 말꼬리와 함께 물 묻은 바람이 머리끝을 시원하게 적셔왔다. 약간 휘청대는 사내가 007 가방을 들고 여자를 앞세우고 술청으로 들어섰다. 경채는 고개를 들고 쳐다보다가 깜짝 놀라고 말았다. 고모부였던 것이다. 반가움과 낭패라는 두 감정이 가슴에서 부딪치며 출렁였다.

"아니, 고모부님."

"너, 경채 아니냐?"

고모부도 마찬가지로 당황한 것 같았다.

"여긴 웬일이냐?"

"아니, 그냥⋯⋯."

젊은 놈이 혼자 술이라니, 어쩐지 볼썽사나운 꼴을 보여준 것처럼 경채는 뒤통수가 가렵다. 한편으로는 '지나는 길에 비도 피할 겸해서요 고모부님은요?'라고 멋지게 돌려 다붙여 묻지 못한 스스로를 자책했다. 자신에게 잘해주셨던 어른에 대한, 아니 어쩌면 근 2,3년 동안 한 번도 찾아뵙지 못한 죄의식이 그 순간 가슴을 때렸는지도 모르겠다.

여자는 어느새 다른 좌석으로 홱 돌아앉았다. 경채는 두 남녀를 멋지게 갈라 앉게 만든 것이 일면 다행스럽기도 하였지만, 어처구니없는 낭패감에 머리가 한참 어지러웠다. 경채는 고모부에게 앉으시길 권했다. 자리에 앉자 고모부는 더 이상 당황해하는 남자는 아니었다. 당신의 위치에 맞는 권위와 말투를 금방 찾아냈다. 사람들에게 서 있는 것과 앉아 있는 것 사이의 심리적인 안정감이란 하늘과 땅 차이이지 않는가.

"아버님은 어째 잘 계시냐? 그리고 새엄마는?"

처음의 어수선한 혼란은 곧 수습되었다.

"엊그제 다녀왔는데 여직 건강하세요. 고모와 고모부의 건강을 물어보더라구요."

경채는 고모부의 질문에 건성건성 대답하면서도 저 건너편에 있는 여자를 어떻게 할 것인가 내심 복잡하게 생각을 굴리고 있었다. 아내로부터 고모부가 바람 핀다는 얘기를 얼핏 들은 적이 있는 것 같기도 하다. 그러고 보니 이름난 술꾼치고는 옷 잘 입는 사람이 드문 터인데, 고모부의 옷자락에는 주름살이 멋지게 잡혀 있었고 구멍이 숭얼숭얼 뚫린 여름 구두엔 얍실얍실한 경쾌함이 묻어났다.

고모는 어린 시절 나에게는 커다란 우산이었는데 그렇다면 저 여자는 어찌할 것인가. 저 여자를 따로 불러 '당신, 혹시 여우 아냐? 착한 고숙을 홀리고 있구만. 우리 고모가 어떤 고몬데 당신 같은 쓰레기 잡것이 넘보고 있어.'라고 말하면 고모부 체면을 짓밟는 것이고, 또 어쩌면 교양 없는 놈이 될 터이고. 그렇다고 '아줌마, 내 좋은 말로 얘기하는데 남의 눈에 피눈물 나게 하면 좋을 것이 뭐 있겠어요? 어리숙한 우리 고숙 그만 후려 먹는 것이 당신 신상에 좋을 것이오'라고 이야기하면 너무 점잖은 협박이라 먹혀들 것 같지를 않고, 또 좋게 이야기하다가도 자신의 언사가 언제 돌변하게 될지 스스로도 잘 모르겠다. 그리고 '누가 누구를 후리는지 모르겠네'라고 대답하면 또 뭐라지? 경채는 정의의 기사가 되느냐, 아니면 남자 대 남자로서의 묵계, 고모부의 고마운 조카가 되느냐의 기로에 서 있었다.

"효경이는 시집가서 잘 사나요?"

"그래, 일산에 살지. 얼마 전에 아들을 낳았단다. 미경이는 지금 여고 2학년이고."

"제가 고모부 집에 살던 때 걔가 예닐곱 살이었는디 벌써 애까지 다 낳고."

"니 나이 먹는 것 생각 안 하고. 내도 벌써 올해 환갑이다 환갑. 세월은 참 빠른 것이여. 너도 이제 한 사십 되었지?"

"그래요, 딱 한 살 모자라네요."

고모부는 중장비 기사였다. 두 딸의 나이 차이만큼이나 사우디, 리비아 사막의 모래 바람과 씨름한 덕분에 신림동에 집 한 채 마련했던 때였다. 중2 때 어머니가 돌아가시자

아버진 6개월도 안 되어 재혼을 하고 한사코 그 당시 서울에 전화국에 입사했던 형에게 나를 딸려 보내셨지. 그 형마저 군에 가버리자 실 떨어진 연처럼 무질서가 곧 나를 지배했었지. 그땐 내가 왜 그랬는지 몰라. 알 수 없는 고뇌 속에서 뭔가 망가지고 싶은 생각밖엔 없었던 것 같아. 결과적으로 그런 방황에 종지부를 찍게 된 것은 자취방에서 고모네 집으로의 이사였는데.

"신림동 집은 파셨지요?"

"판 지 오래됐지. 지금은 과천에 아파트에서 산다. 너 우리 집 안 와 봤더냐?"

"전에 둘째고모 회갑 때 가봤으니까 몇 년 됐겠네요."

신림동 고모네 집으로 옮기게 된 것은 어떤 돌발적인 사건 때문이었지. 우리 악동들 그러니까 준만이, 성식이, 철수 뭐 요롷게였을 거야. 성희의 누나 준희와 그 친구들을 내 자취방 안에 불러들여 팔 때리기 민화투, 먹기 내기 뻥을 치고 하다가 기타를 치며 다이아몬드 스텝이다 뭐다 해가며 갓 배운 소주까지 한 잔씩 마셔가며 그야말로 구들장 꺼지도록 놀았었지. 다음날 학교에서 돌아와보니 방문이 턱 열려 있었던 거야. 아들을 주도면밀하게 효과적으로 감시하기 위해 복사 열쇠 하나를 챙기는 걸 잊지 않았던 아버지. 방문을 여니 어제의 즐겁기만 했던 흔적들이 말끔히 정돈되어 있었지. 흩어져 있던 화투짝과 소주병, 재떨이로 만들어버린 반찬 그릇과 라면 봉지를 쓸어담으며 아버지는 무슨 생각을 했을까? 아들에 대한 턱없는 자신의 기대를 쓸어담아 버렸을까?

담배 연기 자욱한 방안에 책가방을 옆에 놓고 공포감에 젖어서 그리고 아버지에 대한 까닭 모를 미움 그런 것에 젖어 큰절을 했었고, 나를 혼내면 혼낸 만큼 망가져야지 하는 반발심도 아마도 마음 한 자락엔 있었을 거고. '내가 헛된 욕심 부렸구나'하시고는 아버진 아무 말도 하지 않았지. 침묵, 그래 무섭고도 긴 침묵. 어디로 날아 들어올지 모를 주먹과 발길질의 공포, 자책감, 반항심이 뒤엉킨 침묵.

"새어머니도 아버지 모시느라 참 고생이 많으시지?"

"예, 지금은 허리가 많이 아프시대요. 얼마 안 되는 농사일이지만 지금까지 다 차고 나가시니."

"니도 한 잔 마시거라. 니 아버지 대단한 사람이었다. 그래두 그때 쌀 방앗간함시러 그 농사를 다 짓고 약초 재배한다고 많이 날렸지만 남에게 아쉬운 소리 안 하고 니들을 대학까지 보냈응께. 그때 신림동 사거리에서 우리 살던 집까지 얼마나 머냐. 뭐 걸을 만이야 했겠지만 그것도 언덕길을 쌀 한 자루는 한쪽 어깨에다 얼매지구 마늘 고추는 또 한 손에 들구 오셨드라. 그때야 지금처럼 돈이 흔치 않았어두, 영등포에서 신림동까지 걸어온 양반이었응께. 엄하고 속이 깊은 양반이라 니들은 딸싹 못했지? 자식 욕심 하나는 대단한 양반이었지."

"그렇게 고생했어두 모시지도 못하구."

그게 대단하다면 대단한 것이지. 그때 한참을 담배만 뻐끔뻐끔 피우시더니 '따라오그라, 배고프지야' 하시며 방문을 나섰지. 증거가 너무나 명확한 것이어서 어떤 변명도 할 수 없었지. 아버지가 전에 오셔서 마시다 남긴 김 빠진 소주야 찬장 안에 그대로 있건마는. 아버지가 전에 오셔서 피우다 남기고 간 청자 담배야 이미 연기가 되어 사라졌고. 이제야 알 것도 같다. 내 자신이 어디를 가든 담배, 라이터만큼은 항상 챙기듯이 아버님은 항상 담배를 그렇게 잊어먹고 놔두고 가셨다는 것을.

아버지는 식당에 들어서서 불고기 백반과 소주 한 병을 시키더니 밥은 안 드시고 술만 홀짝홀짝 마셨지. 지금 내가 요렇게 꺾어 마시듯이. 부모의 습관도 자식에게 그렇게 비슷하게 찍히는 것인가. 아버지는 이미 오래 전에 나의 엇나감을 알고 있었음이 틀림없어. 왜냐면 나도 아이의 눈빛, 태도 하나하나에 그 생각을 간파하는 투시경 하나쯤은 가졌다는 것을 요즈음 실감하고 있기에.

아버지는 잔에 소주를 따르시더니 '한 잔 마시거라. 졸업하면 원없이 마시게 될 술인디 뭐 1, 2년 앞당긴다고 남대문이 무너지겠냐 동대문이 무너지겠냐.'라고 말하면서 됐다는 아들에게 억지로 서너 차례 독한 소주를 먹이려 했지. 나는 그때 '치욕적'이라고 생각했지만 한편으로는 나의 이제까지의 비행에 대해 더러운 만족감을 느꼈던 것 같애. 왜냐구. 그 이후 아버지에 대한 더이상의 반항이 재미가 없어지게 된 것도 사실이니까.

식당 문을 나서며 아버지는 전보다 더 많은 용돈을 주고 떠나셨지만, 나는 허청허청 걸어가는 아버지의 유난히 긴 그림자와 구두 뒤축이 많이 달아서 절반도 안 된다는 것을 보면서도 나의 잘못을 크게 뉘우친 것 같지는 않아. 그리고도 한참 지난 후까지 자꾸만 옆으로 삐져 나가고 싶어했으니까.

경채는 화장실에 다녀온 고모부의 얼굴에서 어떤 초조감을 읽어내자 이내 좀 더 느긋해지고 싶어진다. 돼지 머릿고기를 한 접시를 더 주문하며 고모부에게 자못 공손하게 말을 붙였다.

"고숙, 제가 고숙네 집에 살 때 가끔씩 사다주시던 빵이 왜 그렇게 맛있었는지 몰라요. 참 그때는 제과점 빵이 참 귀하기도 했었죠?"

"그때 비하면 참 세월 좋아졌지. 그때야 흑백 테레비도 귀하던 세상이었으니께. 지금 세상이야 얼매나 좋냐? 허지만 인정만은 그때만 못 헌 것 같어야."

얼마 후 월세 소액환과 함께 붙여온 동생의 공책을 뜯어씀직한 짤막한 서신 속에는 고모와는 이야기가 다 됐으니 고모부 집으로 옮기라는 명령이 몸 건강하라는 짤막한 당부의 말과 더불어 삐뚤빼뚤하게 쓰여 있었지. 편지 속에는 어떤 실망도 분노도 충고도 찾아볼 수 없었어. 지금 생각해보니 네가 어떡하든 나는 너를 포기할 순 없다, 라는 선포 같은 것이었지. 나는 안도의 한숨을 내쉬었지만 일방적인 의사결정에 대해 억울하다는 생각만 했어. 특히 부끄럼타는 듯 살며시 몸을 비틀며 까르르 웃는 준희의 예쁜 치아, 따지듯이 흘기는 장난기가 어글어글한 눈매와 이별해야 하는, 그때 정말 가슴 밑이 쩌릿한 허무감이란. 아버지는 나중에 알고 보니 그날 사건을 고모에게도 새엄마에게도 얘기하지 않았던 거야. 그것은 나에 대한 아버지의 애정이었을까 자존심이었을까.

고모부가 술잔을 비우더니 비운 술잔을 경채에게 건넸다. 다급해지셨군, 하고 생각하며 느긋하게 술잔을 받았다.

"네 직장은 괜찮냐? 요즘 다들 어렵다고 하는데."

"떨려났어요 고숙. 오늘도 준만이 친구 만났는데 고숙 안부를 묻더라구요. 고숙도 아시잖아요. 걔들이야 신림동에도 자주 놀러오고 아버지 환갑잔치 때도 오고 했으니까. 만날 때마다 그때 얘기가 꼭 술안주 감이라니까요. 고숙, 그때 파출소에서 순경을 메다꽂을 때는 정말 저는 아찔했어요."

"허 참, 조카자식이 대가리 박고 노래 부르고 있는데 눈에 불이 안 날 사람이 어디 있겠냐. 그때는 나도 한창 때였으니까 힘이 좋기도 했었지."

그때 우리는 원산폭격, 꼬나박어 자세로 결국 보호자가 오기를 기다리면서 애국가와 교가를 부르고 있었는데 고모부는 다짜고짜 우리의 발뒤꿈치를 까닥까닥 군화발로 차면서 농을 치던 의경을 향해 달려들더니 멱살을 잡아 질질 끌더니 파출소 한구석에다 메다꽂고는 시멘트벽에 머리를 두어 번 쥐어박기까지 했다. 결국 경찰들이 우루루 몰려들어 수갑을 채우자 점잖게 몇 마디 오고간 말들은 아직도 귀에 생생하다.

―어이 수갑 좀 풀어봐. 내가 요런 쬐끄만한 파출소에서 큰소리를 치는 것을 보면 뭔가 퍼뜩 생각나는 것이 있어야제. 멍청허기가 저렇게 깡통들인디 어떻게 이파리를 몇 개씩 달았는지 모르겠네.

―이문동에 계십니까?

경채는 옛날의 기개 좋았던 흔적을 찾기라도 하려는 것처럼 고모부의 얼굴을 이리저리 둘러보며 술잔을 가득 따르며 권했다. 술기운으로 눈매가 게슴츠레하게 약간 쳐지고, 광대뼈가 나오고 팔뚝이 약간 실쭉했지만, 뚝별나게 어귀데데한 풍채에는 청춘시절의 잔상이 아직 꺼지지 않고 남아 있다.

"그런데 그때 니들은 잘못했다고 빌면 될 것을 어째서 머리를 박고 가만히 있었냐? 어쩌자구 의경한테 덤벼버렸냐?"

"친구 녀석이 의경을 후려갈긴 것까지는 좋았는데 그리고도 고분고분하지 않고 반말로 꼬박꼬박 말대꾸를 했던 거여요. 그리고 여대생이 돈 뺏으려 했다고 했고."

"그거야 그때 내가 들어서 아는 얘기고. 그럼 뭐 땜시 여대생 뒤를 쫄래쫄래 따라 갔었냐?"

신경 쓰다 보니 하지 않아도 될 이야기를 한 것 같다. 이런 이야기는 고모부의 지금 입지를 아주 좋게 해 주는 것이 아닌가 말이다. 경채는 고모부의 얼굴을 살폈다. 고모부는 아주 흡족하게 웃더니 말을 이었다.

"그만한 나이 때는 피가 펄펄 끓는 때이니까 얼마든지 잘못 나갈 수가 있는 게지. 무서운 것이 없는 시절이니까."

경채는 고모부가 어린 때의 일을 빌미 삼아 물귀신처럼 자신을 공범으로 끌어들이고 있구나 하면서 잠시 술을 홀짝거리며 생각에 잠겼다. 말머리를 돌려야겠구나. 하지만 경채는 이렇게 물어보지 않을 수 없었다.

"저는 고숙께서 큰소리치는 걸 보며 얼마나 가슴이 탔는데요. 그때 파출소장이 고숙의 수첩을 자세히 보자고 했다면 어떡할 생각이었어요?"

"어떡하긴. 언덕에서 바퀴를 한 번 굴려봐. 계속 굴러갈 수밖에 없잖아. 거기서 물러서면 싹싹 비비는 것만 못하게 될 거구. 그때 소장에게 보여준 것은 중장비 자격증이었지. 기선을 확실히 제압해놓으면 그런 것 저런 것 잘 안 보이거든. 마술이란 것이 별 거냐, 바로 그거지. 내가 오른손을 쳐드니까 오른손에다 신경을 쓸 거 아냐. 그때 왼손의 수첩을 딱 내밀었지. 강한 쪽에게는 강하게 나가야 하는 거야. 조금만 허점이 있으면 곱빼기로 당하게 되지. 난 니가 고모부 안 돼, 할까봐 겁났다이. 사우디 있을 때는 말이다. 반장이 일만 하고 얌전히 있으니까 완전히 호구로 알았나봐. 자꾸 잔일을 시키고 못살게 구는 거야. 그래서 웃대가리를 밟았어. 반장을 밟았냐구? 아니야 소장을 밟았지. 아야 소리 날 만한 증거를 딱 잡아가지구 모두 모인데서 확실하게 밟았지. 낮잠 잔 놈도 한 대가리요 개발에 땀난 놈도 한 대가리요. 당신 뭐 하는 소장이야. 당신 요렇게 우리가 쌔 빠지게 일한 공수 가지고 장난질 치면 당신 모가지를 따버리겠다고 한바탕 했지. 그 뒤로는 반장이 잘해주더라구. 그후론 좀 편했지. 그렇다고 내 혼자 편할려고 머리 쓰면 미운 털 박혀서 뒤가 좋지 않아."

고모부는 저쪽 여자에 대해 신경 쓰면서 이야기하고 있구나 하고 생각하니 경채는 다시금 고모가 안쓰러워지기 시작했다. 럭비공이 또 엉뚱한 곳으로 튀고 있구먼. 여기서 제지하지 않으면 안 된다.

"근데 나중에 우리가 나가고 난 뒤에 경찰이 고모부를 불렀잖아요. 그때 사실 뽀록이 난 거 아녀요?"

"났지. 아마 그때 신고 갔던 백구두 때문일 거야. 그렇다고 자기들이 너들을 다시 붙잡을 거야 어쩔 거야. 서로 씩 웃고 말았지. 이미 너들은 저만큼 갔는데. 허허, 그게 밑져봤자 본전이라는 거야. 이제는 나도 한물갔지."

"고모부님이야 현장 바닥에서는 그래도 짱짱하지 않나요?"

"아냐, 한물갔어. 한창 때야 뻘밭에 짱뚱이처럼 무서운 것 없이 이리 뛰고 저리 뛰고 했었지만. 이제는 뒷심도 딸리고 헛방을 놓아보았자 나만 손해야. 조용히 살기로 했지. 하긴, 헛방을 놓다가 된통 당한 적도 있긴 있었지. 한 번은 말이다. 우리 일하는 사람이야 밀링도 해봤다 선반도 해봤다 용접도 해봤다 흔히 큰소리치거든. 우리 같은 건설 현장에 기계 일이야 뭐 있겠냐. 그래서 술좌석에서 용접이건 선반이건 잘한다고 흔한 말로 구라를 깠지. 근데 말이다. 포크레인 삽날이 빠개졌는데 마침 용접할 사람이 없는 거야. 근데 누군가 술좌석에 내가 한 말을 어떻게 들었든지 나보고 해보라는 거야. 못한다고 할 수도 없고 해서 그 용접을 하느라 아다리 걸려 가지고 밤새도록 잠 한숨 못 잤지 않냐. 정말 눈에서 자갈이 때글때글 굴러다니는데 얼마나 아프고 쓰렸든지. 그리고 며칠 후엔 젠장 용접 불빛에 데어갖고 얼굴이 온통 허옇게 벗겨지드만. 나중에 알아봤더니 그 용접봉이 고장력봉이라고 하데. 원래 그것이 용접하기 힘든 용접봉이라지? 그 뒤로는 절대 헛방을 안 놓기로 했지.”

이제는 안 그렇다고. 어쩄됐건 이야기를 손해나지 않도록 이끌어가는군. 경채는 살짝 웃으면서 뜸숙하게 말을 이었다.

“그게 칠공일(E 7016: 저수소계 용접봉 중의 하나로 큰 인장력을 필요로 한 곳에 사용함)이라고 고장력봉이에요. 딱딱 들러붙어서 일반 용접봉으로 용접 잘하던 사람도 처음엔 누구나 쩔쩔매죠. 그런데 고숙, 우리 고모님께선 여전히 이쁘고 건강하시죠?”

경채는 말을 마치고 건너 등 돌린 여자의 뒤꼭지를 힐끗 째려보았다. 여자의 젓가락질 소리가 잠시 멈추는 것 같다.

“말도 말어라. 이제 날 깔고 앉을려구 한단다. 지긋지긋하다야. 용돈 한 푼 주면서도 꼬치꼬치 캐묻고, 공연히 트집만 잡는데 집에 들어가도 편안한 맛이 있어야지.”

경채는 고모가 어떻게 지긋지긋할 수 있을 것인가 생각하며 깜짝 놀랐다. 경채는 돌아앉은 저 여자의 뒤꼭지를 갈기고 싶은 충동을 느꼈다. 적어도 지긋지긋과 고모는 물과 기름처럼 한 문장 안에서 도저히 써서는 안 되는 것이 아닌가. 경채는 여자의 뒤통수를 쳐다보며 고모부에게로 다가앉으며 애원조로 물었다.

“지긋지긋하다니요? 고숙. 그렇게 이쁘고 심성이 고운 고모가…….”

“요즘은 암코양이처럼 할퀴려고만 드니 세상 살맛 안 난다이. 내가 여자를 만난다고 용돈 하나를 주지 않아요. 올해가 환갑인디 정말 죽고 싶은 심정이다야.”

경채는 또다시 고모와는 한 문장 안에 쓸 수 없는, 써서는 안 되는 암코양이라는 단어에 입을 크게 벌렸다. 이 세상에 예쁘지 않은 어머니가 없는 것처럼 예쁘지 않은 고모 역시 없을 것이지만. 안 돼 안 돼, 막내 고모한테는. 지긋지긋, 암코양이, 이 두 단어는 고모에 대한 고모부의 불신의 크기를 짐작케 했다. 그래 화가 나면 무슨 소리든 못 하겠냐.

경채는 가슴이 뜨뜻해지면서 이제까지 가슴을 아프게 조여왔던 밥통이라는 못이 그 뜨뜻한 기운에 슬며시 녹아나가는 것을 느꼈다. 하지만 경채는 아까처럼 '암코양이라뇨'라고 도저히 물어볼 수는 없었다.

"우리 같은 업자들이 밖에 그냥 놀러나 다니는 것은 아니잖아? 수첩에 적힌 동료들한테 찾아가건 전화를 해보건 전부 똑같이 망통이야. 하다못해 경비 자리 구하려고 해도 육십이 넘으면 안 된다는 거야. 건설경기가 풀리기만 허먼사 내가 포크레인을 못 허냐, 도쟈를 못 허냐, 덤프를 못 허냐. 일이야 젊은 사람들보다 못 차 나가겠지만 그래도 이 바닥 물 먹은 게 얼만데 걔들보다 못하겠냐? 올해가 환갑인디 잔치하는 것도 글러먹었구, 어째 비감만 들구. 어쩌면 환갑이 인생의 결산이라면 결산인디. 젠장맞을, 환갑이 인생의 마지막 학력고사라치면 나는 그야말로 빵점이야 빵점."

빵이라는 말을 너무 크게 얘기했기 때문에 주인 여자 등에 업힌 아기가 울어댔고 등 돌려 앉은 여자가 흠칫했다. 경채는 빵이라는 말의 울림이 너무나 컸기 때문에 그 엄중한 순간에 하마터면 웃어버릴 뻔했다. 빵점이라니. 재수 시절 막내고모가 하던 식당의 다락방, 아마 공책 두 장 만하던 들창으로 내다보던 세상은 얼마나 작았는가. 그 시절 가끔씩 고모부가 늦은 시간에 사다주곤 했던 빵, 그 맛. 경채는 가슴이 저며왔다.

"고모부 인생이 빵점이라면 망할 놈의 시험 자체를 없애버려야 해요."

누가 누구를 평가한다는 말인가. 빠각빠각 빻아대는 밀가루 분쇄기에서 나오는 신음 소리처럼 경채는 고모부에 대한 애정과 세상에 대한 분노로 뜨직뜨직 씹듯이 말을 뱉어냈다. 서울역이건 용산역이건 빵점 자리라 할 인생들이야 많긴 하겠지만 그들에게도 똑같이 할 말이 있는 것 아니겠는가. 경채는 이런 생각을 하며 속으로 '망할 놈의 세상'이라는 말을 수없이 속으로 삼키고 있었다. 경채는 그러면서도 고모가 주는 고모부에 대한 점수가 못내 궁금했다.

"아이 그런디 말이다. 원 세상에 둘째고모가 말이다. 나를 고소했단다. 폭행죄로. 늙은 놈이 몸 간수 하나 못 한다구 하길래 한 번 밀어붙여버렸는디 다리가 고장 났는 갑더라. 그렇다구 고소를 헌다니 이런 기맥힌 일이 어딨겠냐?"

원 세상에 이런 파국이! 경채는 자리를 박차고 일어서고 싶었지만 사지가 밧줄에 꽉 묶인 것처럼 꼼짝 할 수가 없다. 아, 이 엄중한 아이엠에프 시대에 어디 무너지는 것이 어디 한두 가지이랴만…… 아직도 시장에서 장사하는 둘째고모 성격상…. 경채는 한참 멍하니 있다가 소주를 단숨에 들이켰다. 그리고는 서둘러 고모부의 잔에도 소주를 따랐다.

그때 돌아앉은 여자가 핸드백을 챙기더니 돈을 낸 다음 뒤도 돌아보지 않고 횡하니 술집을 빠져나갔다. 그녀가 나가고 난 빈자리만 크게 남았다. 귀동냥하다가 도저히 안 되겠다 싶었나부지. 뭔가 확실히 찔리는 것이 있었을 거야. 밖엔 여전히 비바람이 몰아치고 있었다. 고모부의 태도가 다급해진 것을 느끼자 경채는 더욱더 능장을 부리고 싶어졌다.

"빨리 술 들거라. 참, 요런데서 만나고 좌우지단간에 반갑다."

"고숙, 저 여자는 어떻게 된 거예요?"

"그냥 만난 사람이다이. 별다른 것은 없어야. 내가 약속할게. 자 술 들거라. 그래 잘렸다면 앞으로 어떡할 셈이냐? 너두 힘들겠다. 아직 젊은께 뭐 좋은 날이 있지 않겠냐?"

"알아보고 있지만 자리가 쉽게 나야지요."

고모부는 힘내랍시고 경채의 어깨를 툭툭 쳤다. 경채는 어깨에 떨어지는 얼얼한 손맛에 이 양반이 여전히 힘은 펄펄 살아 있구나 생각하니 쓴웃음이 절로 나왔다. 고모부는 술병이 줄지 않자 연방 술잔을 들이켰다. 경채는 어떻게든 고모부를 붙잡아야 한다고 아픈 속다짐을 하고 있었다.

  늑장을 부린 보람도 없이 소주병의 바닥이 보이자 경채는 준만이 준 물건을 챙겨들고 밖으로 나섰다. 고모부는 가방을 옆구리에 낀 채 사방을 두리번거렸다. 경채는 얼른 고모부의 우산을 받쳐들었다. 거리엔 화살처럼 비가 내리꽂히고 있었다. 마치 수 만 마리의 소금쟁이가 잠방거리며 물위를 뛰어가는 것 같다. 몰아치는 비바람에 휘황한 네온이 일렁거리며 흥덩한 물마 위로 잔물결들이 빨갛게 노랗게 번들거리며 물밀어간다. 비, 비, 누군가를 침몰시키려 몸부림치는 빗줄기. 혼돈의 미궁 속으로 집어삼키려는 욕망의 바다. 고모부는 여자가 보이지 않자 단념했는지 커피를 한 잔 하자고 우겨댔다.

  경채가 그냥 집으로 모셔드리겠다고 고집했으나 고모부의 휘청거리는 발길은 한사코 다방 쪽으로 향해 달려갔다. 노래방 음악이 쿵쾅거리는 입구를 지나 침침한 계단을 내려가면서 경채는 남성들을 사냥꾼으로 만들어버리는, 사람의 뇌를 잠시 동안이나마 멍하게 만들어버리는 수상한 공기, 그 미지근하면서도 야릇한 욕망의 무게로 가슴이 답답해왔다. 어디에선가 비누거품 냄새가 나는 것만 같다. 경채는 헛기침을 하며 마음을 다잡았지만, 고모부와 공범이 되어버린 것 같은 불유쾌한 의구심이 머리를 어둡게 스쳐갔다.

  자리에 앉자 연두색 스커트에 분홍색 어깨걸이 민소매 셔츠를 입은 마담이 은근한 미소를 지으며 무얼 드릴까요, 라고 한없이 다정하게 물어왔다. 낚시바늘처럼 은밀하게 지긋이 끌어당기는 듯이 쳐다보는 저 눈길, 잘 다듬어진 은색 매니큐어, 내부 감정의 밀도를 잘 조절해낸 듯한 저 표정. 경채는 여자의 위아래를 내리훑는 고모부의 시선을 모른 체 하면서도 마음 가장자리가 아려왔다.

  다른 모퉁이 탁자엔 술 취한 사내 하나가 다른 여자와 시시덕거리고 있었는데 사람 없는 늦은 시간의 다방은 은밀한 비밀의 창고 같다. 마담이 고모부 쪽으로 다가앉는 게 조금만 더 있으면 눈가에 주름을 잡으며 놓치려는 것이 분명했다. 경채는 마담의 다음 행동을 제지하지 않으면 안 되었다. 정말이지 이런 순간만은 정말 싫다.

"커피 두 잔 주세요. 그리고 고숙, 집에서 논다고 해두 고모가 고숙한테 그렇게 험하게 대접할 분은 아닐 텐데요."

생뚱하게 두 사람을 쳐다보던 마담은 이내 차반을 들고 사라졌다.

"사람이 놀게 되면 돈을 헤프게 더 쓰게 되는 법 아니냐. 그리고 남자들이라는 게 이리저리 어울리다보면 본의 아니게 여자들을 알게 될 수도 있는 거고. 뭐 심각하게 빠진 여자도 없는데 자꾸만 의심하는 거야."

경채는 또 나를 끌어들이고 있구나 싶었지만 시침을 떼고 말했다.

"괜히 의심하겠어요. 그리고 아까 그 여자는 뭐구요. 고모분 심심풀이 땅콩이라지만 고모에게도 과연 심심풀이 땅콩일까요. 가정이란 꽃밭이 짓밟히고 있는데 고모 입에서 좋은 얘기가 나오겠어요."

그래 남자건 여자건 불순한 욕망을 가슴에 품을 수도 있는 것 아닌가. 사실상 도처가 욕망의 지뢰밭인데. 특히 여자가 그런 욕망을 품고 덤빈다면 남자가 그걸 거부하기란 쉽지 않을 게다. 남녀 관계라는 것이 아무리 그렇고 그런 알 수 없는 것이라 해도 경채는 고모와 고모부 두 분 사이에서 고모부가 잘못이다, 라고 단정했다. 이해할 수는 있어도 용납되어서는 안 된다. 여기서 중립이란 있을 수 없다, 라고.

"고숙, 조카를 뭐 건방지게 생각하실지도 모르겠지만요. 남자건 여자건 가정을 두고 그럴 수 있다고 쳐요. 사랑이란 어디까지나 현실이니까. 제 얘긴 꼬리가 잡혔으니까 그만두라는 그런 얘기는 아녜요. 나이 먹어도 사람이니까 뭐 사랑에 빠질 수도 있겠죠. 하지만 문지방 넘을 힘만 있으면 그 짓을 한다는 그런 식은 아무래도…… 노리개 식의 사랑. 동물적인…… 미안해요. 고모부께서 꼭 그렇다는 얘기는 아니니까요."

고모부는 입맛을 다셨다. 고모부의 입가에 주름이 잡히고 양 볼이 볼통해지는 것이

심히 불쾌해하는 것 같았지만, 경채는 고모부 자신의 말마따나 이미 굴리기 시작한 바윗돌 아니냐 하면서 계속 말을 이어갔다.

"그러구요. 여고 2학년인 미경이한테는 어떻게 비치겠어요? 미경이에게는 낚시바늘에 꿴 것처럼 평생 동안 끼고 다니는 짐이 될 것이에요. 저두 엄마 돌아가시고 얼마나 방황했는데요. 아버지의 인내, 고모, 고숙 덕분에 요렇게라도 사는 것 같아 항상 감사해요."

경채는 아버지 생각에 눈시울이 다시 뜨거워졌다. 그땐 어머니께서 돌아가신 지 6개월도 채 안 되어 재혼하신 아버지가 도저히 이해할 수 없는 그 무엇이었다. 그 뒤로 담배도 끊고 전보다 더 악착같이 살면서 아버지는 말이 아니라 행동으로 보여주려고 했던 거야. 나도 그런 아버지에 대해 서서히 감동해갔지만. 그래 자식을 감동시키는 부모는 자식의 탈선을 막을 수 있는 것인데. 지금, 나는 아이들에게 과연 무엇을 보여주고 있는 것일까. 무슨 일을 하건 간에 열심히 사는 걸 보여주는 것이 아버지의 의무가 아니겠는가. 경채는 손바닥이 아프도록 두 주먹을 그러쥐었다. 그리고는 한 일주일쯤 있다가 애들을 시골집에서 데려와야겠다고 속다짐을 했다.

"그래, 니 말이 맞다마는…… 그래 몇 번 만난 계집과 고모와 어떻게 비할 수 있겠냐만."

"혹시 다른 문제 같은 것은 없나요? 다른 여자에게는 숱하게 있으면서두 고모한테는 없는 그런 것이 있어요?"

잘 지낼 수 있는 부부간의 틈서리에다 삐그러지게끔 쐐기를 박아넣는 그 무엇. 경채는 경제적인 것 말고도 성적인 문제나 처가, 본가 쪽의 문제 이런 것들이 생각났지만 입안에 뱅뱅 돌리면서도 차마 말을 못했다.

"오늘도 고소 문제 때문에 한바탕 하고 나와부렸다. 이제 다시는 집에 안 들어갈 생각하구 말이다. 여기 가방 봐라이. 여자가 당최 포근한 맛이 없어야."

고모부는 자기 말에 토를 달지 않고 넙죽넙죽 받아주는 그런 여자에게로 달려가고 싶을 것이다. 하지만 가정이란 굴레 속에서는 서로가 속이 훤히 들여다보이는데 그렇게 넙

죽냅죽 받아주는 아내가 어디 있을까. 그렇다면 사랑이란 달콤한 속박인가 뭔가.

"아이구 고숙도 참, 그 가방 가지고 며칠이나 버틸라구요. 서로 좋을 때 포근하지 않는 사람이 어딨대요? 계속 포근할지 팍팍할지 뻔해요. 물론 아까 그 여자도 고모부한테 단 물 나올 때까지만 포근하겠지요."

"니가 그런 얘기까지 다 허니. 야, 그래 내가 왜 그걸 모르겠냐? 사실은 말다. 과천 에 경마장이 있잖냐. 어쩌다가 동료들하고 같이 가곤 했는디 거기서 한 이삼 백 날렸거 든. 근데 통장에서 돈이 몰래 뭉텅 빠져나가니까 말이다. 여자 끼고 어쩌고저쩌고 그렇 게 생각한다니까. 그렇다고 거기서 날렸소 할 수도 없고, 넨장할 어차피 피장파장이니 까."

"그럼 아까 그 여자는요?"

"아는 현장 함바집에서 일하는 아줌마인데 불쌍한 여자야. 서방이 맨날 두들겨 패니 까 딸 하나 데리고 도망 나와 사는 여자야. 이래봬도 이제까지 난 니 고모 손찌검 한번 해본 적 없는 사람이다. 외로운 사람끼리 말동무나 하자구 불러낸 것이지 딴 뜻은 없다 이. 내가 허세는 부린다마는 조카한테까지 거짓말 시키겠냐?"

경채는 말 그대로 믿고 싶었지만 무엇인가 다짐을 희망하고 있었다.

"고숙, 잘 생각해보세요. 고숙이 자존심을 굽히셔요. 이제껏 누리고 사셨으면 나이 들 수록 이제 져주셔야 하는 거 아녀요? 제가 고모 집에 전화해볼 게요. 집에 들어가세요. 고모께서 나가라고 했어두, 그래도 그게 아닐 거예요."

"통장 팽개치면서 나가라구 하더라. 집에 전화해도 안 받을 거야. 니 고모가 어떤 여 잔다……."

"그야 묵은 정이 어딘데, 지금 같은 세상에 남편을 노숙자 만들고 싶겠어요."

그래 굽히면 그만인 것을. 콧대가 높아진들 밥이 들어오는가 쌀이 들어오는가. 자존 심의 높은 콧대 좀 부러지면 어떠리. 그런데 마음 한쪽 편에서는 글쎄 박경채 너나 잘해 임마, 우유 배달이건 신문 배달이건 그걸 한다고 해서 니 코가 부러지냐 목이 부러지냐, 그러니까 밥통이라는 소리를 듣지 너나 정신차려, 라는 생각이 앵앵거린다. 그냥 굽히면 그만이겠지, 하지만 발 씻는 물에 절대 코를 박지는 않아, 라는 엇갈린 구절을, 경채는 노래 가사마냥 웅얼거리며 전화기 쪽으로 다가가고 있었다.

신호음은 가도 오래도록 응답이 없다. 신호음이 한참 간 후에서야 달칵하고 동전이 떨어졌다. 미경이었다.

"경채 오빠다. 잘 있었니? 학교 생활은 어때 재밌니? 너 본 지 참 오래다."

"어, 오빠."

전화 속의 미경이의 목소리는 금방 잠 깬 뒤끝처럼 어벙벙하다.

"오빠가 그동안 무심했다 미안허. 엄마 계시니?"

미경이는 대답도 하지 않은 채 한동안 말이 없다. 울먹이고 있구나, 불쌍한 녀석.

"그래 여기 아빠랑 얘기하고 있거든. 모시고 같이 집으로 갈 테니까 걱정 마시라고 해라. 미경아 걱정 마. 잘 될 거야. 그럼 좀 있다 보자."

경채는 말은 잘 될 거라고 했지만, 뭐가 잘 되는 것인지 가슴은 막막하기만 했다. 그러면서도 미경이를 울리지 않는 것, 그래. 경채는 고모부 쪽으로 힘차게 걸어갔다. 고개를 푹 수그리고 있는 고모부는 마치 움츠린 곰 같다. 옛날의 억센 근육, 구릿빛 얼굴, 기세당당하고 날카로운 눈매의 고모부는 영 아니었다. 그렇다고 풍요가 묻어나는 좋은 혈색, 힘을 딱 받은 목과 어깨, 잘 빗어올린 머리칼의 노신사는 더더욱 아니었다. 코끝이 맹해왔다. 그러나 어찌할 것인가. 자신이 뿌린 씨, 경채는 시체 말로 '복골복'이라는 낱말이 머릿속에서 뱅뱅 돌았다.

"미경이가 울먹이대요. 어찌됐건 고숙이 책임을 져야 해요. 고숙을, 아니 이 나라를 이렇게 물 먹인 사람들이 아직도 큰소리를 치고 있지만, 갸들을 빗자루로 싹 쓸어버려도 또 날쌘 놈들이 그 자리를 차고 올라올 거예요. 세상이 항상 그 나물에 그 밥이라 해도, 고숙 가정의 책임이야 그 누구에게도 떠넘길 수 없는 거 아녜요? 일자리는 저두 알아볼게요. 제 코가 석자라 장담할 수는 없지만, 정 안 되면 야코가 죽더라도 공공근로라도 나가세요. 고숙께선 고모한테 용서 아닌 이해를 바라겠지만 지금 당장은 잘 안 되겠지요. 고모라고 팍팍하지 않겠어요? 이제는 인생을 노닥거리며 사셔야 할 분들이 지긋한 나이에 이 무슨 꼴이에요. 고모부의 심정 저는 이해해요. 나이가 든다고 어떤 욕구마저 나이 드는 것은 아닐 테니까. 저두 아내가 지긋지긋할 때가 많아요. 하지만 지금 시대에 남자는 지키고 여자는 가꾼다는 말도 있지 않아요? 이 험한 세상에 아버지들이 제대로 서야……"

경채는 굶주린 입으로 마구 말을 뱉어내다가 더이상 말을 잇지 못하고 훌쩍였다. 눈앞이 안개가 낀 것처럼 어둑어둑해왔다. 그때 여자만 가정을 지키라는 법이 어디 있어, 라는 성희의 말이 문득 떠올랐다.

"고만 하거라이. 이 나이에 그 정도를 모르겠냐? 나도 내가 한심할 때가 많아. 하지만 좀팽이 같은 생활, 정말 죽고 싶은 심정이다. 나도 노력할 만큼은 했는데 안 되는 걸 어떡하냐? 우리 같은 노가다 고용 보험이 있냐 뭐가 있냐? 완전히 개털이지. 뭐 우리가 사우디에서 벌떼같이 일해가지고 이만큼이라도 살게 된 건데 뭐 주고 뺨 맞는다구. 늙발에 등짐을 질 수도 없고 이게 무슨 꼴이냐? 나이를 원망해 봐도 답이 나와야지 답이. 홧김에 나오긴 했지만 누구한테 하소연하겠냐? 친구한테 가겠느냐고? 니도 생각을 해봐라. 이런 판국에 누굴 찾아가겠냐? 부담 없이 만나서 하소연할 사람 찾다보니까 그 여자더라. 그래 실패한 인생끼리 만나서 술 한 잔 하려 했다. 서로 위로하면서. 내가 죽을죄를 지었냐. 니가 한 번 말해 봐라, 어이?"

고모부의 목소리가 그렁그렁하니 커졌다. 경채는 고모부의 커진 목소리에 넓은 다방 안이 갑자기 비좁게 느껴진다. 마담이 와서 끝날 시간이 됐다고 알려왔다.

"고모부를 이해해요. 하지만 그 여자가 고모부의 단물만 빨아먹을지 아니면 고모부를 먹여살릴지 모르겠지만 한 가지 확실한 것은 그 여자 살림도 뻔하잖아요. 그래서 오래는 못 간다는 거예요. 고모부 연세에 자존심도 있는데 집 나왔다가 그냥 코 숙이고 그냥 들어갈 수는 없을 것이고. 고모님은 고모님 나름대로 이 양반이 친구한테 갔을 리는 만무하고, 고모부가 누구하고 무슨 짓 하는지 눈에 뻔할 거 아니에요? 고숙은 그러다가 나중에 가진 돈은 떨어질 테고 그렇다고 집에는 들어갈 수 없고 서울역이나 청량리 역 전에……. 그렇게 될지 누가 알아요. 고숙, 저는 고숙을 아버님처럼 생각해요. 무슨 좋은 수가 있겠지요. 세월이 약이 아니겠어요?"

"세월이라구? 세월 팔아먹지 말거라이. 나는 팔아먹을 세월도 없는 놈이야."

경채는 말은 무슨 수가 있을 거라고 말했지만 뒤꼭지가 부끄럽다. 이 도시가 한없이 크고 헐렁헐렁한 같지만 막상 아무리 쫓아다녀봐도 나 하나 들어가 꽂힐 구멍 하나 없지 않더냐 말이다. 막막하기는 하지만, 고모부에 비하면 나야 팔아먹을 세월이 얼마나 많은가. 하지만 그냥 세월을 흘려보내기만 한다면 세월은 약이 아니라 독이 될 터인즉. 경채는 다방 문을 나서며 마음속으로 세월은 희망이다, 라고 외치고 있었다. 어디로든 들어가 팍 꽂힐 수 있는 송곳과 같은.

8

택시에서 내리니 고모부는 좁은 우산을 한사코 같이 쓰지 않겠다고 비틀거리며 앞장을 섰다. 자꾸 우산 밖으로 비척거리며 삐져나가는 고모부의 뒤를 부지런히 뒤쫓으며 우산을 받쳐주느라 경채의 어깨는 금세 축축이 젖어갔다. 번들거리는 물마 위로 차가 지나가며 물창을 튀겨도 고모부는 그에 상관없이 휘뚝 넘어질 듯 도로 쪽으로 자꾸만 뛰어든다. "난 참 바보처럼 살았군요"라는 노래 구절만을 반복해서 꿍얼꿍얼 불러대며.

비를 맞으며 어떤 감정 속에 몸을 던지고 싶은 것일까. 고모부는 젖은 신발을 철떡거리며 '바'자에다 힘을 빵빵하게 넣었다가는 나머지 가사는 콧김을 벌렁거리며 입 속으로 빨아들였다가는 한숨과 함께 '바'자를 다시금 토해냈다. 고모부의 옆구리를 곁부축하며 경채는 '바보'를 밥보로 듣기도 하고 때론 밥통으로 듣기도 하면서 아파트 단지를 빙빙 돌았다. 그러는 사이 고모부의 주름이 선 옷깃도 비에 젖어 몸에 달라붙고 두 사람 다 비에 흠뻑 젖어들어갔다. 군데군데 방 창틀에 아득하게 불빛이 켜져 있는데.

아파트 단지를 구두를 철벅거리며 이리저리 한참이나 뱅뱅 돌아다녔는데도 고모부는 집을 찾아내지 못했다. 경채 역시 밤이고 찾아간 지 오래라 집이 어느 쪽인지 도대체 종잡을 수가 없다. 아파트 동 호수를 고모부께 물어봐도 입안으로 노랫가락만 꿍얼거리지 도무지 대답이 없다. 하는 수 없이 우산을 고모부에게 건네주고 공중전화로 뛰었다. 전화를 걸고 와보니 고모부는 아파트 이미 저쪽 귀퉁이를 돌아가고 있었다. 집 쪽으로부터 자꾸만 달아나려는 고모부와 한참 씨름하고 나서야 간신히 집 앞까지 올 수 있었다. 옷이 흠뻑 비에 척척하게 젖어 이빨이 덜덜 떨려왔다.

자기 키만큼 자란 나무들 속에 아파트는 깊숙이 파묻혀 있었다. 외등 불빛 사이로 아파트 측면에 꽉 달라붙은 능소화의 꽃잎이 하늘에서 떨어져내리는 분홍빛 나팔 같다. 외등 불빛 사이로 비단실 같은 빗줄기가 번뜩번뜩 지나가고 극장 안 영사막처럼 불빛이 내준 길을 따라 물안개가 뽀얗게 피어오른다. 고모부는 덮개가 씌어진 승용차의 뒷바퀴를 걷어차며 외쳤다.

"요것이 내 당나귀야."

술에 취한 동 키호테에 얻어맞는 불쌍한 로시난테. 빗맞은 차바퀴에서 물방울이 튀었다. 술 취한 몸이 반동으로 현관 쪽으로 휘뚝 넘어질 듯 비틀거렸다. 가방이 손에서 휘청한다. 경채는 서둘러 고모부의 팔을 잡았다. 자꾸만 삐져나가려는 팔을 붙잡고 경채는 현관 쪽을 향해 나아갔다. 현관 입구 화단에는 수국의 보랏빛이 연등처럼 출렁거리는데 나무 속에 파묻힌 따뜻한 방들.

초인종을 한참이나 눌렀지만 안에서는 아무 소식이 없이 조용했다. "미경아" 하고 크게 소리치자 드디어 문이 열렸다. 미경이었다. 수줍음 띤 볼이 예뻤는데 저건 적막한 웃음이다. "엄마는?" 하는데 안방 문이 빼꼼 열리며, 아픈 듯 얼이 나간 듯 고모가 부스스한 머리를 매만지며 주춤주춤 걸어나왔다. 고모부가 소파 한쪽 구석에 부자연스럽기는 하지만 넓게 앉았다.

"미경아, 경채 오빠 모르니? 수박 하나 잘라라. 경채 니는 여기까지 왔응께 자고 가그라."

자기 방으로 가려던 미경이가 고모부의 말에 움칫한다. 고모가 "놔둬요."하며 냉장고 문을 열고 랩으로 씌어진 수박 반쪽을 꺼내 차반에다 대고 댕강댕강 자른다. 도마 위에 닿는 고모의 칼 소리에 수박이 뚝뚝 갈라진다. 고모의 흔쾌한 칼질을 보며 경채는 생각이 어지럽다. 고모는 나갈 테면 나가라 했으면서도 다른 년하고 자지 않고 들어오기를 간절히 고대했던 것은 아닐까. 아니면 고모부에 대한 미움을 칼질에 실어보내고 있는 것일까. 미경이가 수건을 두 개 가져와 쭈밋거리며 하나씩 건네준다. 비에 쫄딱 맞아가지고 저런 모습으로 소파 한구석에 머리를 짚고 앉은 아버지의 모습을 보며 미경이는 과연 무슨 생각을 할까. 경채는 미경에게 붙일 말들을 골라본다. 고모는 수박을 탁자 위에 놓고서 거실 한 켠 멀리 물러나 앉아 경채에게 식구들의 안부를 꼼꼼히 챙겨 물었다.

"고모님은 여전히 태가 고우시네요. 살은 좀 빠진 것 같지만."

"살찔 일이 있으면 얼마나 좋겠냐. 저 등신이 속만 안 썩이면 살이 안 쪄도 노래 부르겠다마는. 니 처 걱정헐 테니께 수박 먹고 빨리 가보거라이."

'등신'이라니, 고모부의 '암코양이'와 달아보면 똑같은 무게가 나갈 등신이라는 말에 깜짝 놀라면서도 경채는 두 개의 빙산이 가려진 밑에서부터 서로 부딪힐까 서둘러 말머리를 돌리지 않을 수 없었다. 이 뒤엉클어진 감정의 실타래를 과연 풀 수 있을 것인가.

"여기 오니까 나무들이 아파트 키만큼 크대요. 공기도 엄청 좋고, 사방이 오목하게 파묻힌 것 같아 정말 좋네요. 두 분 다 그만한 세월에 그만한 고생하시고. 허, 인제 미경이도 숙녀 티가 나네. 그동안 오빠가 신경 많이 못 써서 미안타."

미경이는 아무 말 없이 소파에 한쪽 손을 짚고 희미하게 웃는다. 감정이 묻어나지 않는 얼굴로 미경이는 지금 어떤 단절감을 느끼고 있는 것일까. 오디오세트 위, 다정히 어깨를 기대고 살짝 웃고 있는 두 연인의 사진액자 뒤쪽 벽에 한창 사우디에서 돈을 벌어와 일으킨 살림에 대한 자존심인양 벽걸이 융단이 벽을 반쯤 채우고 걸려 있었다. 그믐달빛 아래 낙타를 몰고 가는 터번을 두른 사내.

"비도 맞고 했으니까 고숙께서도 일찍 쉬셔야죠. 미경아, 뭐하고 있어. 보일러 급탕으로 돌려놓고 갈아입을 옷도 챙겨드려야지."

고모부가 양말을 벗고 비트적비트적 욕실로 들어가는 것을 보며 미경이가 속옷을 챙기러 안방으로 들어갔다. 고모의 얼크러진 마음을 풀어줄 방법은 과연 없을까.

"고모, 저도 실직돼가지고 이리저리 일거리를 찾아봐도 정말 힘들더라구요. 고숙도 명색이 그쪽 부문에서는 일가견을 가진 고급 기술자인데 공공근로 나갈려구 하니까 정말 한심했나봐요. 아파트 경비원도 회갑이 넘었다고 쓰질 않는다고 한탄하시더라구요. 노력해도 뜻대로는 안 되고 명색이 회갑인데 참 답답한가 보더라구요."

"누구나 당하는 고통인디 뭐 그것이 문제겠냐? 자기 무덤을 자기가 파요. 자기 품 줄일 생각은 안 하고 헛물만 실컷 켜니까 내가 복창이 안 터지겠냐? 그건 그렇고, 경채야 윗도리하고 바지하고 빨랑 벗어주라이. 그 꼴로 집에 들어가봐라, 니 처가 좋아하겠다. 세탁기에 넣어가지고 후딱 탈수시켜줄 텐께. 글고 내가 니 양말을 찾아볼 텐께 갈아 신고 가거라. 사람은 발이 따땃해야 써야. 밤도 늦었응께 얼른 갈 채비를 해라이. 니 처 기다리겠다."

정말이지, 두 분이 지금 빨래 솥단지처럼 속이 부글부글 끓어오를지라도 실컷 불러서 깨끗한 물에 헹구어 볕에 말리면 하얗게 광채를 내는 옥양 광목이라면 싶다. 경채는 욕실 쪽을 몇 번이나 주뻣거리며 돌아갈 준비를 했다.

밖에 나오니 고모가 택시를 잡아주겠다고 앞장을 섰다. 비바람이 세차다. 온통 새카만 하늘에 전등불이 흔들리고, 뿌연 빗줄기의 선들도 그에 따라 흔들린다. 고모가 쥐어준 우산을 바짝 움켜쥐어도 작달비가 자꾸 자기를 한쪽으로 헤프게 밀어내는 것만 같다. 우산을 때리는 빗줄기가 마치 송곳으로 찌르는 것 같다.

"고모, 고숙도 나름대로 노력하고 있더라구요. 그리고요, 여자 만나는 게 아니라 요 오기 경마장에서 돈을 잃었나보데요. 남자들이라는 게 나이 들면 품위 유지라는 것도 있잖아요. 고숙도 이제 환갑인데 뭐 여자가 거들떠나 보겠어요? 둘째 고모 건도 고숙한테 알아듣게끔 얘기했어요. 고숙께서도 이제 인생 말년인데 지겟작대기가 필요한 거예요. 힘에 부친 짐을 턱허니 괴어놓고 쉬어갈 수 있는 그런 지겟작대기 말이에요."

"고것이 문제가 아니어야. 저 등신이 한두 번 쌩폼을 잡아야지 내가 참든지 그라지. 평생을 그 모양이니 내가 어떻게 살았냐. 선거바람에 나대는 거야 자기 잘난 맛도 있다지만, 마누라 옴짝 못 허게 잡아비트는 것이 남자 구실하는 줄 안다니까. 하기사 저도 할 말은 있겄제. 다 지 잘 되고 우리 잘 돼가자고 하는 잔소린데 지 콧대 꺾을려구 어디 그런다? 니도 각시한테 자알 해주어라. 그것이 결국 다 니한테 돌아가는 것이니께."

그동안 살면서 돈에, 잘라터진 권위에 속상할 것이야 얼마나 많겠는가. 근데 그것이, 그래 문제는 사랑이야. 가는 것만큼 오고 오는 것만큼 가는, 다리라도 주물러주는…….

저녁나절을 빗속에서 부대낀 때문인지 몸이 오솔오솔 떨려왔다. 젖은 몸이라 허기까지 겹치면서 자꾸만 옹송그려지는 어깨를 쭉 펴보지만, 바람 든 무처럼 몸이 맥없이 허공으로 가볍게 뜨는 것만 같다. 척척한 옷이 닿아 슬키고 지나간 허벅지 가랑이가 쓰려왔다.

"결혼해가지고 강산이 여러 번 바뀌었어도 그놈의 천성이 어디 그렇게 쉽게 바뀐다디?

여자에겐 직감이라는 게 있다이. 지하고 한 이불 덮고 잔 지 30년이 돼가는디 내 그걸 모를 것 같냐. 경마장에 돈을 꼬나박았다구? 니도 그런 쌩 거짓말 말어라이."

웬만하면 속고도 싶겠지. 요구르트 밀수레를 10여 년 굴려본들 생활은 펴지지 않고 고모부 심성도 마냥 그 판이니. 우겨대는 고모를 보며 경채는 가슴이 답답해왔지만 다시 한번 조근조근 이야기하지 않을 수 없었다.

"그럴 리 없어요. 고모님, 강산이 몇 번 바뀌어도 안 변하는 천성을 가지고 뭘 그러세요? 나이 들어서 천성이 변하면 병이 난대요. 고숙이 나서기는 잘 하지만 악의는 없으시잖아요? 고모님도 이젠 많이 포기하셔야죠. 옛날에는 가정에도 무척 훌륭하셨잖아요?"

"많이 속고 많이 포기했으니까 지금까지 살아왔제. 젊었을 때야 젊으니까 할랑가 몰라도, 늙발에 그 무슨 추태냐? 곱게 늙는 것도 서러운데 말다."

"고숙은요 이해보다는 따뜻한 그 무엇이 그리웠을 거예요."

"따뜻한 것이라구? 자기가 좀만 잘 해봐라. 내가 뜨뜻한 물에다 폭 담가서 마사지 찜질이라도 해주겠다야. 날씨도 이리 나쁜디 애물단지 고숙 만나 여기까지 오느라고 참말로 수고했다. 갈 길도 먼디."

"고숙이 집에 안 가시겠다 버티는데 그냥 갈 조카가 어디 있겠어요? 비를 많이 맞아 탈이 날까 걱정이네요. 그럼 들어가 쉬세요."

"내 걱정 말고 인차 들어가거라. 차가 온다야."

흙탕물이 쏟아져내리는 도로는 완전히 물의 바다이다. 고모는 잠깐 기다리라고 하며 츄리닝 호주머니 속을 뽀스락거리며 무언가를 찾는 모양이다. 택시는 빵빵거리며 재촉했다. 한사코 고모의 손을 뿌리치며 택시에 오르는데, 인사를 하려고 내린 차창으로 고모의 손이 쏙 들어오며 비바람과 함께 종이쪽이 무릎으로 떨어진다.

"적은 돈이어두 택시비로 보태거라."

택시는 떠나고 고모의 손사래의 여운이 길게 남았다. 비오는 날 정류장에서 우산을 가지고 자신을 기다리던 고모 모습이 머릿속을 스쳐갔다. 어서 가세요 고모. 무릎에 떨어진 꼬깃꼬깃한 지폐를 펴면서 눈앞에 먹장구름이 낀다. 만원짜리 한 장이다. 따스한 인정이 아닌가. 고맙습니다 고모. 택시기사가 "빨리 문 좀 닫으시유." 하면서 다시금 재촉한다. 라디오에서는 게릴라성 집중호우에 대한 실황중계가 쏟아진다. 살려달라고 아우성치며 떠내려가는 사람들, 돼지와 닭들.

택시는 모터보트처럼 물을 밀어간다. 차창이 뿌옇다. 마치 뜨거운 물에 던져진 건미역처럼 몸이 노골노골 풀리면서 쭉 늘어진다. 이제는 집밖에서 서성대지 말아야지. 이 무슨 궁상인가. 오늘 참 많이도 걸었구나. 깨나른하면서도 찌뿌둥한 몸에 발목까지 뻑적지근하다. 이 빗속에 준만이 준 물건이 과연 쓸 수 있을지 걱정이 된다. 하지만 그게 무슨 걱정이랴. 그것이 세상과 나를 흔들어 바꾸는 것이 아닌 한.

어쨌든 내일은 구두 뒤축을 꼭 갈아야지. 그래 모든 것들이 떠내려가도 끝까지 살아남아서. 납작코가 되건 쭉 늘어진 코가 되건 닿겠지. 요 만원짜리 한 장만 있으면. 작지만 거대하게 뭉치는 인정이 있으면. 거대한 물마루가 덮친다 해도 희망은 고래처럼 마침내 고개를 내밀 것이고. 거칠어진 손, 노곤한 어깨, 곤한 아내 잠 머리에 닿기만 한다면. 아내 뽀얀 볼, 따뜻한 방에 닿기만 한다면. 발을 주물러줄 수 있는.

봄날은 간다

뭔 소리가 났는데. 또 찬장 위로 쥐가 나대는 것일까. 샛골댁은 숨을 죽인 채 밖의 소리에 가만 귀기울인다. 장독대 쪽에서 투닥하며 뭔가 떨어지는 소리가 난 듯한데 뒤 울안에는 스릉스릉 대밭을 쓸어가는 바람 소리만 드높다. 물 찬 들논에 쟁기 지나가듯 부엌 문 쪽에서 수런수런하는 소리가 난 것 같기도 하다. 샛골댁은 강아지처럼 웅크리고 자던 몸을 일으키려 바르작거리다 다시금 혼곤한 새벽잠 속으로 깜북 빠져들었다. 엊그제 보릿가을을 하느라 심하게 돌아친 뒤라 노골노골 쑤셔대는 삭신이 천근같았던 것이다. 얼마나 잤을까. 그러다 어깨에 닿는 거칫하고 낯선 기척에 그네는 자리에서 화닥닥 일어났다. 거뭇거뭇한 그림자가 가늣하고 앙상한 그네의 손목을 탁 붙잡고 놓지를 않는다.

"어마이 저예요."

"아니, 영춘이 니가, 니가 오다니."

휴, 놀란 가슴을 쓸어내리며 그네는 말도 채 잇지 못하고 몸만 부르르 떤다. 무릎 아래 웅크린 아들은 씨근씨근 황소 숨소리를 내며 말없이 어깨를 들먹거리고만 있다.

"어짠 일이냐. 니가 오다니. 아이구 이 자식아."

콧물을 훌쩍이며 불불 떨던 어미는 마침내 참아 왔던 울음을 쏟아놓는다. 가마푸르레한 새벽 달빛도 꺼지고 창호지 영창에는 끄무레한 회색의 너울이 일렁거린다.

"아이구 골골허는 어미 놔두고 어-디 가았다 이-제 왔냐. 애비는 니 얼굴도 못 보고 갔는디, 아이구 꽹이새끼처럼 이 야밤중에 어이구, 애고……"

웅크리고 있던 아들은 한숨을 푸우 내쉴 뿐 산처럼 말이 없다. 사설조의 울음을 잠시 그친 어미는 무릎을 바짝 들이밀고 아들의 가슴팍을 어루더듬더니 다시금 흐느끼기 시작했다.

"아이구, 몸이 이래 축이 나가지구. 이제 완전히 왔냐, 또 걸거나……."

이어 어미의 넋두리가 천장만장 쏟아져나오는데 조개처럼 꼭 다물고 있던 아들의 입이 다달거리며 드디어 떨어졌다.

입안에 고여 있던 술 냄새가 물컥 방안에 등천을 한다.

"아부지는 어디다 모셨다요?"

"니 걱정허다가 속이 보리깜부기맹키로 까맣게 보타져 갖고 죽은 불쌍한 느그 압씨를 이제사 찾으면 뭣허끄나. 느그 할아부지 뫼똥 밑에다가 묻어놓고 에고, 아이고……."

"덕이는 학교 잘 댕기요?"

"인자는 내 말은 개코로 아는지 끄먹끄먹 말도 안 타고 오락기만 끼고 사는디. 시방 가서 덕이를 깨울까나?"

어미가 눈을 훔치며 일어서자 아들이 어미의 어깨를 붙잡는다.

"어마이, 덕이는 이따가 보고, 한숨 잤으면 싶은디 뒷방에다 잠자리나 좀 봐주쇼."

그때 전화벨이 찌리링 울리며 두 사람의 복장을 다시금 후려냈다. 샛골댁은 무릎걸음으로 풍기적풍기적 벽으로 다가간다. 풍뎅이 우는 소리를 내며 형광등이 켜지자 사방이 대뜸 환히 밝아졌다. 아들의 껑충한 몸은 어느새 방 모서리에 붙어서 있다. 한때 턱살이 붙고 실팍했던 얼굴은 간데없고 쪽 빤 광대뼈에 핏발선 두 눈동자가 까무잡잡하고 꺼칠한 얼굴에 참숭어 눈알처럼 번들거린다. 가슴속에 쌔한 바람이 훑고 지나간다.

"누구요? 아니 뭐라구라."

어두운 귀로 들어오는 목소리가 우물 밑 천리나 되는 것처럼 까물까물하다.

"쫑구네랑께라. 새복부터 일나갈감세 이렇게 일찍 전화를 했구만이라…… 핫따 어제가 종구 아비 제사 아니었소. 덕이 하고 같이 아침 식사를 허로 오시라구……."

"알았네이."

샛골댁은 얼른 형광등을 끈 다음 꾸부렁한 허리를 추스르며 툇마루께로 나와 주위를 휘휘 둘러본다. 희붐하게 동이 터오는 돌담 사이로 아슴아슴한 안개가 젖빛처럼 뽀유스름하게 떠 있다. 뿌연 안개 속에서도 산밭에는 치자꽃 물결이 파도처럼 하얗게 일렁거린다.

뒷방 문을 열자 메주라도 뜨는 듯 퀴퀴한 냄새가 코를 찔러왔다. 이가 나간 옹기그릇, 먼지가 더께로 앉은 카세트라디오, 갉아 먹히고 변색된 책들을 들어낼 때마다 쥐똥들이 참깨처럼 우수수 떨어진다. 그네는 늘어진 눈두덩을 찌긋거리며 까맣게 눌어붙고 들떠 일어난 장판을 훌훌 밀어 닦아나갔다. 일을 마치고 큰방에 왔을 때는 아들은 벽에 기대고 고개를 모로 잦힌 채 벌써 코를 골고 있다. 그네는 아들의 머리를 가만히 옆으로 누이고 다독거리며 홑이불을 덮어준다.

밖은 여전히 어두웠다. 창고 쪽으로 살금살금 다가가자 찌릿한 닭똥 냄새가 선득선득 코로 스며들었다. 갑자기 밑을 더듬는 갈퀴손을 피하기 위해 우글우글 모여 있던 닭들이 와닥닥거리며 요동을 쳤다. 그네는 닭다리를 요놈저놈 어루더듬다가는 토실토실한 것으로 휙 낚아챘다. 닭죽을 한참 끓이고 있는데 밖에서 개 짖는 소리가 나면서 인기척이 들려왔다.

"계시요? 샛골아짐, 새복부터 뭣한다요?"

샛골댁은 황황히 마루로 나와 주위를 살폈다. 윗동네에 혼자 사는 꼬막네 어미였다. 하참, 오늘 갯마실밭 한 다랑이의 마늘을 같이 캐기로 약조를 했었지. 품앗이하기로 간실간실 통사정을 하며 얻은 놉이었다. 나이께나 젊은 아낙네들은 공공근로나 현금이 즉방으로 나오는 양파 마늘 작업으로 나돌았기 때문에, 부지깽이마저 설친다는 농번기에 현금을 주고도 노인 놉 하나 천신하기 힘들었던 것이다.

"핫따, 뭣헐라고 이렇게 일찍 왔으까이."

"안개 아니면 폴써 날이 훤히 밝았을 텐디라. 밭일이야 시원헐 쩍에 팍 일을 굴려놔야 고생을 안 허제라. 쿵쿵, 근디 어디서 이렇게 맛난 냄새가 난당가. 닭 삶으요 시방?"

"어쩨 덕이놈이 매가리가 하나도 없이 식은땀을 뻴뻴 흘린단마세. 그래서 뼁아리 한 마리 삶을라고 그라는디."

꼬막녀네가 부엌문턱에 앉았던 몸을 안으로 들이밀고 앉으려 하자, 샛골댁은 덴겁하여, "어이 말이, 먼저 가소. 우리 밭은 이녁도 잘 알잖은가. 내 이왕 하던 일 후딱 끝내놓고 갈 텡께." 하며 어여 가라고 황황히 손을 들까불어댄다.

"그럼 후딱 오쏘이."

그네가 가자 샛골댁은 후우 큰 숨을 내쉬며 안방 문을 열어본다. 아들은 이불을 뒤집어쓴 채 새근새근 잘도 잔다. 그네는 뚜릿뚜릿 주위를 살피며 마당으로 내려섰다. 호미를 들고 밭으로 가려 하나 발걸음이 떨어지지 않는다. 이 일을 어쩔꼬. 그러다 언뜻, 토방에 즐비하게 늘어선 동백분재가 눈에 들어왔다. 아침마다 저거에 물을 주는 게 낙이었는데 근간 밭일을 하느라 물을 준 지 일주일도 넘은 것 같다. 영춘이가 애끼는 것인데 저걸 보면 얼마나 속상할꼬.

그네는 이내 꾸부렁한 등 뒤로 뒷손을 걸치고 오리처럼 뙤작뙤작 수도가로 바쁘게 달려갔다. 그때 다된 레코드판이 찍찍 긁히는 소리가 나더니 대밭 옆 높다란 감나무에 걸린 확성기에서 툽툽한 목청이 흘러나왔다.

"알려드리겠습다. 화계리 이장 김길남입니다. 에, 간척지 입찰관계로 회의가…… 여러분께서는 오늘 저녁 여섯 시까지……, 동각으로 모여주셨으면 감사하겠습다. 에− 또, 김개묵 씨네 둘째딸 결혼식에 갈 영등포행 버스가 내일 새벽 5시경에 동각 앞에서 출발헌 께로…… 에− 또 들일 땜새 참석하지 못해 쪼까 서운하신 분들을 위해서 신부측이…… 읍내 해남식당에서…… 부페식으로…… 그리고 한창 농번기 때라 요번 참에는 읍내 보건소 선상님들이 직접 여기까장 나와갖고 건강검진을 헌다니까…… 몸이 쪼깨 찜찜허신 분들은…… 앞으로 나와주십시요. 다시 한번 말씀드리겠심다……."

마치 논배미에 드글드글한 개구리가 한꺼번에 꾸억꾸억 울어대는 것처럼, 찌그럭거리는 마이크에 실린 껄껄한 목소리가 대밭 사이 자욱한 안개를 방방거리며 후벼댄다.

토방에는 크고 작은 동백 분재로 그득했다. 무종아리처럼 늘씬한 동백나무 줄기 사이사이, 얼밋얼밋 돋아나는 연푸른 이파리 사이사이로 물방울이 치지직 떨어지자 철늦은 꽃숭어리들이 물줄기 속에 나보라는 듯이 생긋뱅긋 되바라진다. 토방의 분재에다 물을 다 준 다음 호스를 질질 끌고 산밭 하우스로 건너가려 하는데 대문 어름에서 "샛골아짐 계시요." 하는 걸쭉한 목청이 들려왔다.

그네는 화들짝 놀라 씨암탉처럼 되똥거리며 마당으로 내달았다. 영춘의 친구 성일이가 누르퉁퉁한 얼굴을 들이밀면서 해죽해죽 웃고 있었다. 성일의 뒤에는 잠이 덜 떨어진 아들놈 길수가 뚱한 얼굴로 땅바닥에다 신발을 콩콩 찍어댔다.

"아짐 말이요. 풍구 좀 빌리면 안 되게라."

"그새 보리 다 말렸는갑네."

"오늘 아침 점심 걸게 먹게 생겼구만이라."

성일은 물어보지도 않은 말을 툭 던지고는 또 해죽해죽 웃어쌓는다.

"지랄한다. 새복부터 밥타령이라니."

"요즘 같아서는 내 참 죽겄소야. 갯땅도 글렀구. 마늘농사도 글렀구. 영춘이한테는 무슨 소식이 없는게라?"

"읎어, 읎당께."

말을 잡아떼며 샛골댁은 횡하니 산밭으로 건너갔다. 허덕허덕 달려가는 주인의 발길을 따라 함께 뛰던 개가 옆구리를 한방 호되게 걷어차이고선 캐갱 하며 부리나케 달아났다. 바지랑대를 치받고 달아나는 바람에 빨랫줄이 요동을 치면서 널어놓았던 빨래가

물이 흥건한 마당으로 풀썩 떨어진다. 어제 빨래를 걷었어야 허는디. 샛골댁은 거듬거듬 빨래를 마루에 휙 던져놓고는 씨근벌떡 대막대기를 집어들고 개를 찾아나선다. 개를 산밭 앞 감나무에다 딸싹 못하게 묶어놓고 보니 우째 짠한 생각이 든다. 아이쿠, 물이 나오는 호스를 그냥 놔두고 왔네. 산밭 쪽으로 황황히 달려가는데 구색없이 찰딱거리던 고무신이 기어이 휙 벗겨진다.

이미 하우스 바닥에는 화분을 넘쳐난 물로 흥덩흥덩했다. 그런데 화분 사이에 껴든 호스 줄이 당최 꼼짝도 하지 않는다. 마음이 급해진 그네는 호스 줄을 실컷 낚아챘다. 줄이 설렁하게 쏙 빠지는 것까지는 좋았는데 발이 겹질리면서 그네는 넉장거리로 땅바닥에 폭삭 나동그라졌다. 백태가 낀 듯 사방이 까무레하게 어두워지고 눈앞에 벌 나비 떼가 어뜩어뜩 맴을 돈다. 오늘은 참 이상한 날이다. 호스 물이 통치마로 스며드는 께적지근한 한기에 몸서리를 치면서 그네는 얼음판에 자빠진 황소처럼 눈알을 끔벅거리며 나부라진 몸을 바르작거려봤지만 좀체 딸싹할 수가 없다. 치마를 들쳐보니 종아리에 큼직한 못이 쪼글쪼글하고 핏기 없는 살을 찢어내고 폭 박혀 있다. 연장을 걸어놓고 하는 화분 받침대의 옆구리 못에 된통 당한 것이었다. 물은 여전히 콸콸 뿜어져나와 고슬고슬한 땅을 아예 모판으로 만들어가고 있는데. 다급해진 샛골댁은 마침내 집 쪽을 향해 고래고래 소리를 지르지 않을 수 없었다.

"덕이야, 아이! 덕이야!"

작은방 문이 덜커덕 열리며 밤톨같이 앵돌아진 초등학생이 볼쏙 튀어나왔다.

"할마이, 뭔 일이다요?"

"얼릉 와봐야, 이놈아! 승덕아!"

나부라진 채 숨이 곧 넘어가도 안방 쪽은 다행스럽게도 쥐 죽은 듯이 고요하다. 덕이는 종종걸음으로 뛰어와 할머니를 곁부축해 일으켜 세운 다음 별것도 아닌 걸 가지고 그래쌓는다고 눈알을 댕그랗게 뜨며 실쭉하게 뜯는 소리를 해댄다.

"나가 말이요. 지녁에 물을 주면 될 것인디 할마이는 새복부터 이게 뭔 방정이당가요."

"아이구, 보추없이 저놈이 즈그 할마이한티다 허는 말 좀 봐라 이."

눈을 허옇게 치뜬 채 손자를 한번 몽그리는데 손자는 혀를 쏙 빼물고 메롱 하면서 자기 방으로 내처 달아난다.

"아이구, 저것이 핵교 갈 생각은 안 허고 허구한날 오락기만 끼고 사니."

하우스 안에는 동백나무, 황칠나무, 소사나무, 보리똥나무, 크고 작은 분재 통들이 많기도 했다. 영춘이 놈은 온 집안을 꽃나무 둥지로 만들고도 모자라, 집안양반이 고래심줄 같이 아끼던 산밭까지 잡아넣어 아예 분재 전시장으로 만들어버렸다. 그네는 아들하는 일을 그리 타박하진 않았지만, 돌밭 위에 날계란이 굴러다니는 것처럼 항상 조마조마했었다.

샛골댁은 대충 물을 준 다음 하우스 입구 작은 평상 위에 걸터앉아 다리를 걷었다. 가닐가닐 움쑤셔대는 상처는 땅벌에 쏘인 것처럼 이미 벌겋게 부어올라 있었다. 눈을 찔끔 감고 상처를 짓눌러 피를 빼내는데 어디선가 찍찍, 하는 소리가 들려왔다. 참새 소리인가. 요새는 귀에 참 이상한 소리가 많이 들린다. 영순이년이 보청기를 사준다는 것을 괜찮다 한 것이 다시금 후회가 된다. 고개를 갸웃하며 평상 아래 삭아가는 비료 부대를 슬쩍 걷어내니 쥐란 놈이 뽀르르 달아난다. 근데 아니 이게 뭔 일이당가. 물 범벅이 된 신문지 쪽과 지푸라기 둥지 안에 조그마한 생명들이 고물고물 꿈틀거리고 있었던 것이다. 샛골댁은 두 손으로 생명들을 떠다가 흐릿한 햇살에 비춰본다. 털도 나지 않고 민숭민숭한 것들이 손금이 쩍쩍 갈라진 꺼칠한 손바닥 위에서 부드럽게 꼬물거린다. 눈도 채 뜨지 못하고 꼼지락거리는 게 꼭 다섯 놈이다. 그네는 새끼들을 한 손에 집어들고 시궁창에다 던지려다 잠시 무르춤 멈춰 섰다. 그때 고기 냄새를 맡은 개새끼가 으르렁거리며 짖어댔다. 손안에서 파르르 떠는 감촉이 왔다.

어째야 쓸까. 집안에서 산 것들을 죽이면 죄로 가는디. 업 덩어리인지 누가 알 것이여.

암 죄로 가구 말구. 여기다 놔두면 저놈의 눈치 빠른 개새끼가 가만두지 않을 텐디. 멀리 뒤안 대숲에다 놓아두면 지 새끼를 어미가 어찌 찾을꼬. 새끼 찾는 맘이야, 쯧쯧…… 그러고 보니 다섯 자식들 중에서 지금은 하나도 자기 곁에 없다. 나이가 드니 마음이 약해지고 짠한 것들이 이리도 많다. 개를 묶어두기만 함사. 그네는 새끼를 제자리에 가만히 놓아두고는 헛간으로 달려간다. 닭장 주변에 나달거리는 보온천을 찢어다가 살짝 덮어주고는 샛골댁은 흐뭇하게 고개를 까댁이며 대문 쪽으로 걸음을 재우친다. 암사, 모든 게 다 잘 될겨.

아침 일은 호미질 몇 번 하지 않아 싱겁게 끝이 났다. 샛골댁은 꼬막녀네 앞장을 서서 집으로 종종걸음으로 달려왔다. 꼬막녀네를 덜컥 집으로 들였다가는 눈치 빠른 할망구가 뭘 보게 될지 귀신도 알 수 없는 일이었던 것이다. 막상 허둥지둥 집에 와 안방 문을 열어보니 아들이 누웠던 곳이 꿩 구워 먹은 자리처럼 찬바람만 횅하다. 구석방을 찾아봤지만 거기에도 없다. 아니 내가 귀신이 씌었나. 작은 방문을 덜컥 여니 책가방을 챙기던 덕이가 실쭉하게 눈알을 치뜨면서 할머니를 쳐다본다.

"아가, 아무 일 없었냐?"

"뭔 일이라우?"

"그러면 됐다."

그네가 휴우, 가슴을 쓸어내리며 고개를 돌리려는데 손자놈이 몸을 늘쩡늘쩡 꼬면서 말을 붙여왔다.

"할마이 도온 좀."

"돈이 어디서 샘물처럼 펑펑 솟는다디. 얼매나야?"

손자가 헤헤 웃으며 손가락을 짝 펴 보인다. 할머니는 괴춤을 되작거리다가 꼬깃꼬깃한 천 원짜리 두 개를 던져준다. 헤죽거리던 손자의 입이 금방 삐죽 튀어나온다.

"얼른 책가방 챙겨놓고 종구네집으로 온나이. 거기서 아침을 먹게."

돌아서는데 앵돌아진 덕이의 목청이 귓등을 턱 붙잡아맨다.

"할마이 나는 남의 집 밥은 절대 안 먹는당께는 어째 자꾸 그런다요."

대문칸에는 벌써 꼬막녀네가 들어서고 있는데 덕이는 고개를 모로 젖힌 채 찡찡한 얼굴로 버티면서 연신 콧방귀만 뀌어댄다. 할머니는 참다 참다 버럭 소리를 지르고 만다.

"꼬래것이 입은 가져가지고. 얼러 나와야 아이! 이 속 창아리도 없는 것아."

한바탕 잡도리를 하려고 팔을 걷어붙이는데 덕이는 책가방을 집어들고 밖으로 휙 튀어나간다. 어린것이 똥고집에다가 이제는 볼통하게 삐대며 말대꾸까지 한다. 맹하게 서 있는 샛골댁에게 꼬막녀네가 어깨를 잡아당기며 듣기 좋은 말만 골라서 한다.

"저것이 성질은 저래도 공부는 잘한담서요?"

"암사. 똘똘헝께로 난중에 지 밥그릇은 찾아먹을 거여. 성질대로 산다는 말도 있응께로."

그네는 내키지 않은 마음의 위로를 해가며 한숨을 푸욱 내쉬었다.

두 사람이 종구네 방안에 들어서자 식사하던 사람들이 오시냐면서 궁둥이를 딸싹이며 인사를 해왔다. 종구네 대소가만이 아니라 구중중한 동네 노인네들까지 줄줄이 모여 앉아 안팎이 부산하다. 샛골댁은 상 한 귀퉁이에 조용히 자리를 잡고 앉았다.

노릿노릿한 조기에, 벌그데데하게 곰삭은 홍어에, 죽상어에 장어구이까지 걸게 장만한 식탁이었다. 여기저기 웃음소리가 낭자하게 쏟아졌지만, 샛골댁은 머릿속이 뿌연 연기가 낀 듯 뒤숭숭하기만 하다. 한데 종구는 이것저것 잡숴보라구 권하며 자꾸 말을 붙여왔다.

"이 참에 서울서 내려옴시러 영민이한테 연락 안 했든?"

"급히 내려오느라 통화를 못했구만이라. 근데 영춘이한테는 소식은 없단가요?"

"읎어. 니한테는 혹시 연락이 안 왔든?"

샛골댁은 시침을 딱 떼고 물어보면서도 사뭇 속이 자르르 울린다.

"나한테 연락만 하면 내가 아는 택시회사라도 재까닥 소개시켜줄 수 있을 텐디."

영춘이와는 중학교까지 같이 다닌 불알친구이기도 한지라 종구는 배부른 생색까지 내면서 혀를 찼다. 서울에서 택시운전을 하는데 턱살도 적당히 올라 제법 통통하니 보기에도 좋다.

"클씨, 그놈이 서울 어딘가 있을 텐디 2년이 다 돼가도록 즈그 형은커녕 내한테두 연락 한 방울 안 헌단 마다. 후우—."

샛골댁은 알불이 가슴을 지지는 것처럼 숨이 폭폭해지며 밥이 넘어가지를 않는데 꼬막녜어미가 이쪽 속은 다 안다는 것처럼 제법 다정스럽게 한 마디 퉁겨댄다.

"돼지 대가리라 앞만 보고 달려가는 불뚝 성질이 탈이지만 그래도 다부진 놈이니까 지 밥벌이는 할 텡께 아짐도 씨잘데기 없는 꺽정 같은 거 허지도 마쇼."

영춘이는 간척반대운동을 할 때 주변의 소리에 아랑곳없이 무대뽀로 나간다 하여 영예롭지 않게 돼지 대가리라는 별명을 얻었는데 그게 호가 나서 아예 이름자처럼 되어버렸다. 매립을 하니 마니 하며 앞뒷집이 갈라져 싸우던 시절이 엊그제 같은데.

"미역국을 탑탑하게 잘 끓였네 이." 하며 샛골댁이 슬쩍 말을 돌리며 미역국에 코를 박는데 컬컬한 목청이 샛골댁의 가슴을 다시금 후벼판다.

"핫따, 농협에서 사람들이 줄창 들볶아대니 나도 영춘이맹키로 밤 봇짐을 싸야 쓸란가 모르겠네, 젠장할."

술 한잔을 걸쳤는지 저쪽에서 성일의 목청이 벌써 와자하다.

"이 사람아. 그런 소리 하덜 말어. 자네마저 밤 봇짐을 싸면 나는 참말 골로 가분지네."

이장인 길남이 옆구리를 송곳에 찔린 듯 펄쩍 뛰는 시늉을 하며 성일의 말을 받는다. 상호 빚보증이 칡넝쿨처럼 얽혀 있어 행여 한쪽이 나가떨어지면 딴 사람들까지 덤터기로 골로 가기 마련이었던 것이다. 종구가 샛골댁을 힐끔 보더니 말끝을 낮추어 길남에게 묻는다.

"보상도 수억씩 받은 데다 흑염소 키움시러 재미도 좀 보았을 텐디 고래 한방에 나가 떨어지는 것 보면 세상 참 웃기는구만요."

"그거야 큰 양식장 가진 사람들 얘기구 이 사람아. 행여 그 짜시래기 돈으로 살림 밑천이나 한 줄 아는가."

모기가 들어간 것처럼 귓속이 간지러웠지만 샛골댁은 못 들은 척 식사를 계속했다. 사람마다 꽁알꽁알 한 마디씩 지껄여댔는데 기중 우악스럽고도 컬컬하게 떠들어대는 것은 역시 성일이놈이었다.

"아 클씨, 니미럴 농협 직원이 나와서 보증만 세우면 또 융자를 해주겠다고 사정사정을 하드랑께. 그러면 아랫돌 빼서 웃돌 박는 셈인디."

"농협에서 터놓고 이자놀이를 해쌓는구먼요."

종구가 농수축협 통폐합까지 거론하며 맞장구를 치는데 길남이 손을 헤헤 저으며 말을 막고 나섰다.

"비싼 음식 먹으면서 시끌사끌한 얘기는 인자 에지간이들 허드랑께."

그러자 성일이 벌쭉 술 한잔을 들이키고는 말을 막는 길남에게 조근조근 따지듯 묻는다.

"형님, 근디 갯땅을 자유경쟁 입찰을 붙인다는 게 사실이요?"

"그런가 봄세. 군의 방침이 그렇다는구먼."

"형님도 참, 남 말하대끼 고렇게 쉽게 퉁기지는 마쇼. 그래 갖고 하계리 사람들이 대접이나 받겠습디여. 그랑께 갸들이 우리를 아예 뺄로 보고 깔아뭉개는 것 아니겠소."

성일이 길남에게 작정한 사람처럼 깐족깐족 말 대거리를 하는데, 부지런히 부엌을 들락거리던 종구어미가 심드렁하게 말을 받았다.

"외지 사람들이 입찰 들어오면 좀 어쩐당가. 노인들만 있어갖고 농사 지을 사람도 없는디."

"좋은 밥 먹으면서 뭣을 다퉜쌓냐. 비온다고 했이야. 밥 얼리 먹고 논에 안 나가볼 텨."

마침내 성일의 형 종일이 자리를 털고 일어나며 동생의 말 중동을 딱 무지르며 나섰다. 노인네가 손사래를 치고 나서자 걸게 벌어질 이야기판이 싱겁게 끝나고 말았다.

집에 와 변소까지 다시 뒤져봐도 아들의 모습은 종적을 찾을 수가 없었다. 아들이 들고 온 가방 역시 보이지 않고 낯선 선물만 벽장 안에 덩그렇게 놓여 있는데. 뭔 일일꼬. 샛골댁은 갈치 가시가 목에 걸린 것처럼 숨이 콱 막히고 머리마저 윙윙 울려서 서 있을 수가 없다. 마루기둥에 한참을 기대어 앉아 있다가 겨우 활랑거리는 마음이 진정되자 그네는 꼬막녀네와 함께 창고에서 보리가마니를 꺼내기 시작했다. 어쨌든 보리는 말려야 했던 것이다.

땅김이 폭폭 올라오는 밭이랑은 좀체 줄지 않았다. 땀은 감아올린 몸뻬 바지를 척척히 적시면서 줄줄 흘러내린다. 봄 가뭄 때문인지 벌써 새득새득 줄기가 말라붙어 마늘 밑 역시 신통치 않다. 꼬막녀네는 아까부터 이뻐라는 총각 점쟁이 이야기를 해쌓다가 갑자기 샛골댁의 옆구리를 찌르며 하늘 한구석을 손가락질했다. 하늘에는 버들잎새처럼 곤두박질을 치는 제비들의 날갯짓만 여유로운데.

"저기 호텔 옆에다 또 뭔 건물을 짓는개비여라."

과연 야산 귀퉁이를 깔아뭉개며 들어선 3층 호텔 옆에 새로 건물이 올라가고 있었다.

"저것들은 용가리 통뼈가보구만. 저쪽 산 아래는 낮아짐해 가지고 영춘이랑이 그쪽에다 양식장 허가를 얻어내려고 그렇게 뛰어다녀도 허가를 안 내주었는디 저것들은 뭔 빽으로 저렇게 떡 벌어지게 건물을 또 짓고 있으까."

"아짐, 저기 사장이 알아주는 읍내 건달이랍디다. 여기 매립헐 때 돌 공장 내가지고 수억 벌어들였다는 거 모르요?"

"그래?"

"영춘이도 여기 말고 춘배처럼 멀리 대신리 쪽에다 양식장이나 꾸렸더라면 좋았을 텐디."

"저라고 그런 생각이 없었겠는가. 돈이 문제제. 눈밖에 났는데 융자가 그리 쉽당가."

샛골댁은 다시금 아들 생각에 마음이 어지럽다. 남들은 보상을 좀 더 타낸답시고 공장을 늘려 짓네, 새로 짓네 하며 법석을 떨었는데 영춘이는 매립 반대를 줄창 외치다 그 도저도 아닌 보상을 그것도 기중 늦게 받았던 것이다. 바다를 막게 되자 포구를 빼놓고는 빙 둘러 배 하나 댈 수 없는 벼랑이 되어버렸다. 아예 춘배처럼 다른 마을로 가서 양식을 하거나 배를 사서 고기잡이나 하면 몰라도 그때 이후론 농사 아니면 움치고 뛸 수 없게 된 것이었다. 돌산을 파내 유자와 감나무를 심다가 그것도 뜻대로 안 되자 아들은 바람든 무처럼 섯들섯들 밖으로만 나돌았다. 그러다 마음을 잡고 다시 시작한 것이 흑염소 기르는 일이었는데.

"아짐, 저번 참에 서울에 가셨다면서 폭 쉬었다 오시제 어째 금방 내려와 부렀소."

샛골댁의 말대꾸가 시큰둥하자, 꼬막녀네는 말머리를 돌려 물었다.

"영민이가 어버이날이다, 생일 쇠 준다, 하도 올라오라고 그러길래 그참저참 올라갔제. 올라간 김에 영순이, 영희 년한테도 들리고 신간 편하게 한 매칠 폭 쉬었다 올라고 했는디, 클씨 덕이 밥걱정이 되어갖고 그냥 눌러 있을 수가 있어야제. 이녁은 꼬막네가 그렇게 서울에서 같이 살자고 조른담시러 어째서 올라가 살제 팍팍하게 혼자서 이 고상인가?"

"하기사 갯바람 쐰 섬것들이 어디 서울에서 살겄습디여. 내 저번 참에 올라갔을 때는 손주 한 번 못 업어봤소이. 안짱다리가 뭔 말이께라. 애들은 엄마 등짝에서 정이 붙는 디."

두 사람은 밭 옆 아카시아 그늘에 가 앉아 다리쉼을 하면서 피트병의 물로 목을 축였다. 꼬막녀네는 주머니를 되작거리더니 반 남은 담배 꼬바리를 입에 물면서 말을 이었다.

"지 살기도 폭폭헐 텐디 늙발에 짐 되어갖고 어디 딸한테 얹혀서 살겄습디여. 이삐 애기대로라면 북쪽에서 올 소식이라면 딸밖에는 없는디."

"그랴 우세스럽게 딸집도 못 찾아가는 사람이 어치께 서울서 살겄어. 총기가 있을 때라면 몰라도."

"작년 겨울 일 말하는갑소이. 담배 사러 나왔다가 동호수가 까물까물해갖고 당최 집을 찾을 수가 있어야제라, 흐흐. 야튼 서울서는 시끌사끌해서 못 살겄습디다, 아짐."

딸이라고 달랑 둘인데 늙발에 기대고도 싶겄지, 쯧쯧. 샛골댁은 고개를 끄덕이며 묵묵히 들판을 건네다 본다. 바다 쪽에서 구름이 까맣게 밀려오고 있었다. 터진 구름 사이로 햇빛이 영사막처럼 들판을 훑고 지나가는데, 아직도 캐야 할 마늘밭이 반 이상 남아 있다. 눈은 길지만 일은 짧아서, 저 정도야 점심을 먹고 후딱 서두르면 금방 마칠 수 있을 것이다. 그때 꼬막녀네가 멍하니 있는 샛골댁의 어깨를 흔들어댔다. 오토바이 한 대가 철가방을 번쩍거리며 꼬불꼬불한 논틀밭틀을 쌩하니 달려오고 있었던 것이다.

"저쪽 사람들은 폴써 짜장면을 먹나보네."

점심을 집에 가서 먹으면 안 되는데 이 할망구를 어떡할까 궁리가 한창이던 샛골댁은 옳지 하며 호미를 놓고 뙤뚝뙤뚝 오토바이를 향해 뛰어갔다. 샛골댁의 외치는 소리에 저편 방죽으로 돌아가려던 오토바이가 잠깐 멈춰 섰다.

"어이 말이 총각, 이짝도 짜장면 배달을 해주면 안 된당가."

"몇 갠디요?"

"두 개, 얼리 배달해주소."

"허, 두 개를요? 이 들판까지…… 안 되것디요."

샛골댁의 위아래를 훑어보던 청년은 입을 싹 씻으며 부르릉 달아나려 했다. 황급히 그녀는 달아나는 오토바이의 끝을 붙잡았다. 오토바이는 휘청하더니 철가방을 덜거덕거리며 맥아리도 없이 논고랑으로 홀라당 자빠져버린다. 그네도 오토바이와 함께 덩달아 논고랑 옆으로 풀썩 처박히고 말았다.

"아니, 이놈의 할망구가."

철가방을 열어 엉클어진 음식을 살피던 청년이 황새가 붕어 낚아채듯 샛골댁에게 달려들다가 멈칫 섰다. 씨암탉처럼 어깨를 들먹거리며 으르딱딱 노려보는 노인네를 보고선, 청년은 침을 탁 뱉어내고 훌쩍 오토바이에 올라탔다. 다시 오토바이의 뒤를 붙잡으려 했지만 청년은 샛골댁을 뚝 떨쳐놓고 저쪽 봉고차가 세워진 마늘밭으로 날쌔게 달아나버렸다.

"너 이놈, 할마이를 내치고 달아나. 저런 빌어먹을 놈의 자식."

샛골댁은 그쪽 밭을 향해 찔뚝거리며 달려가기 시작했다. 옹기종기 모여서 짜장면을 챙기고 있던 사람들이 그네를 쳐다보고 꾸벅꾸벅 인사를 해왔다.

"샛골아짐이 여긴 우짠 일이요?"

같은 마을에 사는 모도댁이 말을 걸어왔다. 봉고차에서 흘러나오는 유행가 가락이 방방거리며 갯들을 욱신덕신 후려대고 있었다.

"저 총각이 나를 내치고 말두 없이 달아났단 마시. 이런 경우가 없는 총각이 어딨당가."

이제 음식을 내려놓고 가려던 청년이 힐끔 쳐다보더니 얼른 말을 받았다.

"할마이 두 개라 했지라. 거기로 배달해줄 텡께. 꺽정 마쇼."

"하이구, 인자 세상이 거꾸로 돌아가는 갑네요. 현금이라면 무사무사허던 아짐이 짜장면까지 들판에서 시켜먹고. 우리 동네 사람들은 역시 신식이랑께라. 할매들까지 들판에서 짜장면을 시켜먹는다니께."

모도댁이 어벌쩡하게 한 마디를 퉁기며 놀려대자 사람들이 히히히 웃어댔다. 웃든지 말든지 샛골댁은 "저런, 저런." 혀를 차면서도 안도의 한숨을 풀어놓았다.

이렇게 하여 어줍잖게 들논에서 짜장면까지 시켜먹었지만 샛골댁은 다시금 아들 생각에 엉덩이가 가늘거려서 그냥 앉아 있을 수가 없다.

"어이 말이. 나 퍼뜩 집에 좀 댕겨옴세. 물이랑 술이란 가져오고 보리 우케 널어놓은 것 써레질 좀 허고 올 텅께. 싸목싸목 쉬어감시러 일을 허고 있소이."

"오늘 아짐은 얼 나간 사람맹키로 정신이 하나도 없구만이라. 물통을 가지고 가야제."

허덕허덕 내빼는 샛골댁에게 꼬막녀네가 물통을 집어주며 한 마디 쌔알거린다.

안방 건넌방 뒷방까지 뒤져봐도 여전히 아들의 얼굴은 간 데가 없었다. 어쩐 일일꼬. 내가 정말 헛것을 봤나. 하지만 다락에 선물은 그대로 있는데. 샛골댁은 일단 널어놓은 보리에 발로 고랑을 타놓고선 좁다란 대청으로 들어갔다. 워낙 시아버지 때부터 내력이 있는 술꾼집인지라 담가놓은 술이 언제든 있었지만 요즘 술이 떨어지지 않는 것은 완전히 시동생 덕이었다. 목포에서 정비센터를 하는 시동생은 혼자 사는 형수에게 들릴 때마다 한 궤짝씩 술을 실어왔다. 영춘이 일만 아니면 여기가 동네의 사랑방이 됐을 터인데. 그녀가 술병을 챙겨나오자 언제 왔는지 성일이 마루에 엉덩이 한쪽만을 비스듬히 걸치고 앉아 애먼 동백분재를 발로 툭툭 건드리고 있었다.

"한 잔 줍쇼, 아짐."

"아야, 술 냄새 맡는 거 하나는 귀신이더라이. 아침부터 그렇게 받아 챙겼음시러 또 술 타령이여. 오늘 또 용코로 가게 생겼구만, 쯧쯧."

말은 그렇게 했지만 그녀는 대접을 챙겨와 소주를 한잔 가득 따라 성일에게 넘겼다. 성일이는 종구와 마찬가지로 영춘이와 학교를 같이 다닌 불알친구다. 객지로 나대다가 원양어선을 몇 년 타고 온 뒤로 집도 고쳐짓고 그럴 듯하게 살았는데, 부인이 집을 나간 뒤로 멀쩡한 날만큼이나 취해 지내는 날이 많았다.

"아침부터 술을 요래 마셔대니 어쩔려고 그래싼가. 자식 생각도 해야제. 그건 그렇고 저녁참에 딸딸이로 마늘 좀 실어다줄랑가 어쩔랑가?"

"핫따 마늘만 실어다줄까, 보리 넌 것까지 마다리 포대에다 담아서 정고까지 해줘야제."

"말은 잘헌다 잡것."

"캬, 맛 좋고. 인자 읍내 시찰 한번 나가 볼까나. 짜식들 잘하고 있는가 한번 가봐야제."

성일은 심심한 발로 동백 분재를 툭툭 걷어차며 술을 한 대접 쑥 들이키더니 된장에다 양파를 찍어 한 볼테기 우겨박은 다음 손가락을 쪽쪽 빨아대며 건들건들 대문 밖으로 내빼 달아난다.

오후 참이 지나자 구름발이 저쪽 상황봉까지 덮으며 끄름처럼 번져가기 시작했다. 이윽고 끄무레한 구름이 멀리 섬 모양부터 지워버리더니 바다 쪽이 잔뜩 새카매졌다. 선득선득한 물바람이 몰아쳐오며 빗방울이 후득후득 듣기 시작했다. 비가 떨어지자 이리저리 뛰는 사람들로 들판이 뒤숭숭하게 복대기를 치는데, 샛골댁은 아들 걱정하랴, 널어놓은 보리 우케를 걱정하랴, 캐놓은 마늘을 들이랴 몸과 마음이 한꺼번에 널을 뛴다. 마늘과 보리를 빗속에 처박았다가는 그나마 돈 나올 구멍마저 막혀 똥구멍이 멀끔해질 게 뻔한 일인데. 이리 뛰고 저리 붙잡으며 논밭에 나온 동네 사람들에게 하소연을 해봤지만 저마다 자기 일손 놀리느라 소 닭 보듯 한다. 샛골댁은 할 수 없이 마을을 향해 뛰기 시작했다.

마을에 와 꼬막녀네에게 우케를 담아라 이르고 그네는 경운기를 몰 수 있는 남정네를 찾아 동네를 한바탕 휘휘 젖고 다녔다. 빗줄기는 차츰 굵어지는데 고샅을 누비며 찾아봐도 성일이는커녕 멸치 꽁다리를 놓고 점방에서 술추렴을 해쌓던 노인네들도 보이지 않았다. 아마 지금쯤 남정네들은 읍내 식당에서 술타령이 무르익었을 터였다. 샛골댁은 아예 마늘을 거둬들이는 것은 포기하고서 우케를 담고 있는 꼬막녀네에게로 달려갔다. 두 사람이 우케를 걷어 담고 있을 때 승용차 하나가 샘거리 앞에 떡 멈춰 서며 반가운 얼굴이 쏙 튀어나왔다.

"형수님, 고생 많이 허구만이라."

시동생 종만이었다.

"벌써 왔네이."

"날이 좀 훤할 때 돌아갈라고라. 입찰관계로 동네 회의가 있다면서요?"

"그래, 그것 땜새 타합 좀 헐라고 불렀네."

시동생은 소매를 걷어붙이고 달려들었다. 보리 부대를 번쩍 들어 트렁크에 실을 때마다 승용차 바퀴가 움찔하면서 요동을 쳤다.

"들에 마늘도 들여야 허는디— 동네에 딸딸이를 운전할 사람이 있어야제……"

보리 부대를 창고에 들여쌓는 종만을 보며 그네가 한숨을 늘여 빼자 종만이 가빠를 덮어놓은 경운기로 달려갔다. 연해 헛바퀴질만 하던 경운기가 어쩌다 쌩 하며 피대가 돌아가며 통통통 검은 연기를 품어냈다. 매캐한 연기로 눈두덩이 쓰리고 아프다. 이어 할멈 둘을 태운 경운기는 꿀렁꿀렁 건들대면서 들판 길을 씽씽 달려나가기 시작했다.

한참 이렇게 복대기를 친 다음에야 한바탕 소란은 끝이 났다. 한잔하고 가라는 것을 꼬막녀네는 다행히도 자기 집 비설거지 때문에 손사래를 치면서 사양을 했다. 한숨을 돌린 샛골댁은 다시금 방문을 일일이 열어본다. 허나 어디에도 영춘이는 없었다. 이렇게 비도 오는데. 시동생이 사온 토마토를 자르면서도 마음 한켠 불길한 생각이 풍선처럼 커져만 간다. 감은 머리를 수건으로 탈탈 털면서 시동생이 마루로 다가왔다.

"허시고 잡은 얘기가 뭐 당가요?"

"글쎄 우리 어른이 말이여."

서두를 꺼내놓고도 그네는 더 이상 말을 잇지 못한다. 안달이 난 종만이 물었다.

"못 헐 얘기가 뭐 있겄어요. 편허게 얘기를 허세요."

"알다시피 여기 집터하고 밭 몇 마지기는 영민이 앞으로 돼 있어 그나마 건진 것 아닌가. 아무리 시상이 좋아졌어도 사람이라면 의당 땅이 있어야 들떠 있는 맘이 잡히는 법인다……."

"그래서요?"

"저번 참에 영민이한테 올라가니까 지 동생이 그 꼴이 됐어갖고 고향에서 우째 살겄냠시러 여기 땅이건 집이건 다 처분해버리고 올라와서 같이 살자고 해 쌓는데…… 어떻게 내 맘대로 그렇게 할 수 있겄능가. 덕이도 문제고…… 영춘이도 그걸 알면 형제간에 의는 여하간에 꿩 떨어진 매처럼 당최 맘이 안 잡힐 것 아닌가."

"말은 쉽지만 살던 땅을 등진다는 것이 어디 쉬운 일이당가요."

"영춘이 그놈은 지 형한테 치어서 많이 배우지 못했는디. 저라고 집도절도 없이 마냥 떠돌며 살라든가."

"야물딱스런 구석은 있는 놈이니께로 형수님은 너무 걱정 마씨요."

"우리 어른이 작년에 죽어감시러 내 몫으로 통장을 하나를 맽겨두었는디 그 돈으로는 두 마지기 택도 안 되겄드만. 여유가 좀 있으면 시아재가 좀 보태서 지금 불하허는 갯땅을 몇 마지기라도 잡아놓고 있다가 낭중에 영춘이한테다 넘기면 어쩌까 해갖고 불렀네 이. 내가 불하받는다고 허면 동네사람 눈이 있응께로."

"내 앞으로 논을 불하받으라는 그 말씀이구만이라. 저는 인자 외지인인데."

"근께 꺽정스라 죽겄구먼. 외지인은 안 된다고 동네사람들이 들쑤셔대는디. 어째야 쓰까. 오늘 모인다 했응께로 무슨 말이 있겄제."

"제가 싸들고 있는 돈이라도 있었으면 좋겄지만서두. 찬찬히 생각 좀 해보십다요. 하여튼 요즘 지내시긴 어쩐가요?"

"돌아가신 지 8개월이나 됐는디 시방도 눈앞에 삼삼해갖고 저녁마다 술 한잔씩 해야 잠이 온단마시. 무슨 고지서가 나오면 젤 꺽정이랑께. 은행문턱을 은제 가봤어야제. 하여튼 아까 얘기에 대해서 시아재 생각은 어떤가."

"좋은 방향으로 생각을 해봐야지라. 형수님이야 저한테는 어머니나 진배없고 영춘이하고는 형 동생처럼 컸는데. 길남이랑 성일이랑하고 상의를 해보면 뭔 수가 나긴 나겄지요."

어머니와 진배없다는 말에 샛골댁은 잠시 귀밑이 저릿저릿하다. 큰아들 영민이와 동갑내기라 같이 젖을 먹여 키웠으니까. 게다가 열 살 때 시어머니가 돌아가셨으니. 지금은 저리 점잖아졌지만 어렸을 때는 애도 참 많이 먹였다. 아침밥이 좀이라도 늦어지면 팽허니 아침도 안 먹고 나가는 바람에 시어머니한테 지천도 많이 들었었다. 묵묵하게 생각에 잠겨 있는 그네를 향해 종만이 말 매듭을 짓고 일어섰다.

"형수님, 어찌됐건 몇 마지기라도 잡아봅시다."

"그러면 같이 동각으로 싸게 가봐야제. 이야그가 어떻게 되어가는지."

비 맞은 사람들이 흙발 채로 마구 들어오는 바람에 공회당 안은 구중중하고 고리탑탑한 땀내가 등천을 했다. 두 사람이 들어섰을 때는 면도자국이 선명한 넥타이의 이야기가 막 끝나가는 참이었다. 이어 자초지종을 설명하느라 이장의 입이 바쁘게 돌아갔다. 사람들은 뚜릿뚜릿 눈알을 굴리면서도 이장의 말에 귀를 기울이는 성싶지 않았다. 오후 내내 코빼기도 보이지 않던 성일이놈은 후줄근하게 취하여 벽에 머리를 기대고 연방 늘어지게 하품을 해대고 있었다. 하지만 이렇게 굳어 있던 분위기는 너무나 엉터리 같은 수작에 형편없이 깨져버렸다. 젊은 시절 팔도를 싸돌아다니며 얻어들은 것을 씨우적씨우적 잘도 주워섬긴다고 해서 박람회라는 별호를 가진 불목양반이 옆의 천보영감의 무릎을 건드리며 흰소리를 쌔왈거려댔기 때문이었다.

"공개 입찰로 한다면 우리들은 완전히 홍어좃이 되아부렀네. 이 사람 천보, 이럴 때

쓰는 말 혹시 자네는 아는가?"

"이 사람아, 모르면 핵교라도 보내줄랑가. 발랑 까진 주둥아리 뒀다 숯불에 구워 먹으라고 멍하니 자빠져 있능가. 자네가 한번 그럴 듯하게 읊어보소."

얼굴이 마치 곶감처럼 쭈글쭈글하게 쪽 오그라붙은 천보영감이 몇 십 년 동안 논두렁 동무 값을 하느라고 흙 묻은 바지를 걷어올리며 말 반죽을 먹인다. 그러자 불목양반의 흰소리가 대번에 신바람이 난다.

"헤헤헤, 이 사람, 천보. 날씨도 후텁지근한데 누군가는 몰라도 시방 엉덩이로 밤 까는 소리만 골라 허고 자빠졌구만 이. 자네는 쌀밥 빌어다가 남의 시제(時祭)차린 꼴이 되아부럿다, 라는 말은 못 들어봤제?"

"똑똑한 제자가 선생보다 낫다고 허더니 옛말 그른 것 하나 없구만. 땀 삐질삐질 흘리는 것이 완전히 개구락지 낯바닥이 되어갖고, 그 얼굴로 뭔 말을 못해, 계속 한번 읊어봐."

"읍내 사람들이 땅을 사겠다고 값만 양껏 올려놓으면 우리 불하를 받아봤자 개털이지?"

"핫따, 입은 옆으로 짝 찢어졌는데 말 하나는 우뚝 섰구만."

"우뚝 설 것이 따로 있지, 이 사람아. 우리가 불하를 못 받는다 치면 불하 받은 것을 우리가 곱빼기로 비싸게 사야 되니 그것 역시 개털이지? 그게 쌀밥 빌어다가 남의 제사 차린 꼴이 아니고 뭐여."

"그렇게 잘난 자네는 갯벌을 막을 때 영춘이처럼 으리뻔쩍한 군수실에다 뻘조개를 한 바탕 들이붓지 않고 뭐하고 자빠졌었당가. 여보 길남이 군의원은 이번 일에 뭐라고 하든가?"

천보영감의 물음에 이장이 입을 똑 떼려드는데 불목양반의 입이 조금 더 빨랐다.

"이 사람아, 물어보나 마나지. 요번 참처럼 좋은 기회가 어딨겠능가. 하나나 뭐 집어먹을 것이 없나 허고 주막집 갱아지 새끼처럼 눈깔이가 삘개가지고 돌아댕기느라 우리 같은 사람들한테 얼굴이나 보여주었어. 선거 때는 떡 바구리에 생쥐 들락거리듯 하드만. 이 사람 천보, 자네도 한 마디 얼큰하게 씨부려봐 꿔다놓은 보리자루맹키로 가만 있지 말고. 나는 늙발에 땅 좀 얻어 부칠까 발싸심했는데 완전히 우물 옆에서 쪽박 깨진 셈이구만."

"나는 자네허고 족보가 달라 얼굴은 똑똑헌디 입이 젬병이란 말이시. 쥐약 살 돈도 없는디 어치께 보증금을 마련헌당가."

"이 사람 천보, 젖도 모르는 소리 말랑께. 땅 살 생각도 없으면 뭣하러 여기 앉았는가. 고약을 떨어야 부자가 된다는 말 몰러? 젊은 사람들이 없다고 눈 버언히 뜬 채로 바로 대문칸 앞의 땅을 도회지 사람들헌타 내주면 고것이 될 말여."

"암사, 바다를 어치께 포기했는디 뭣 땀새 생때같은 우리 땅을 띠어준당가. 인자 봉께로 불목양반 자네도 나이를 헛먹은 것 아니구만. 황새 눈발로 가다가 우렁이 잡는 식으로 한번 똑 맞춰부렀구먼, 헤헤."

"아따 이 사람아, 사람이건 소새끼건 낫쌀이나 먹어야 시시껄렁한 얘기도 다 알아서 새길 줄 아는 벱이여. 여태 그런 것도 모른다면 자네도 어른되긴 다 틀렸네."

두 사람의 웃고 떠드는 장단이 잠시 멈추자 사람들은 이쪽저쪽 고개를 맞대고 웅성웅성 한 마디씩 해댄다. 군청 직원이 손을 휘저으며 나섰다.

"공개 입찰이 정부의 방침인지라 군에서도 달리 손을 쓸 수가 없어요. 또 농업기반공사의 방침도 그렇고. 아까도 말씀드렸다시피 다른 면을 포함해서 실제 농사를 지을 수 있는 젊은 사람들에게 폭넓게 기회를 제공하자는 것이 정부 방침이고, 기업농을 육성하려면 농업 후계자들처럼 팔팔한 사람들에게 대한의 기회를……."

"니미랄, 쥐 소금 먹는 소리만 계속 씨부리고 있구만."

그때 다짜고짜 직원의 말 중동을 톡 자르며 뛰어든 것은 성일이었다. 찐붕어처럼 누렇게 낯꽃이 변하는 군청계장을 향해 성일은 입안에 남은 말을 거칠게 뱉어냈다.

"기업농, 농업 후계자 양성 좋아허네 시방. 스물댓 살, 서른댓 살 먹은 애들이 어치께 농사를 알겄어. 땅이 있어도 팡팡 빚만 지고 사는데. 커어, 당신네들이 바다를 알어, 땅을 알어. 바다를 내팽개치고 어치케 얻은 땅인디. 니미럴 날씨할라 후텁지근헌디 별 땀새기 없는 소리만 골라 하고 있구만."

"핫따 이 동네는 쌈꾼들만 있는가보네. 양반 살 데 못 되겄구만. 점잖게 말하고 있는데 이게 뭔 행패당가?"

"커어, 야 양반? 허쭈, 그 그래 예, 옛날 모냥으로 불상놈 같이 군청을 한번 뒤집어놓아불까. 디제이가 똥친 막대기처럼 우리를 천대허니까 별 오, 오사리잡놈들이 껄떡거리며 우리를 잡아먹으려고 덤비네그려."

"이 양반이 술이 곤자꾸가 되어갖고 와서 어따 대고 시비여."

계장도 성깔은 있었던지 눈알을 부라리며 자리를 박차고 일어섰다.

"허쭈, 요런 피리 젖만 헌 것이 어디다 생눈깔을 치켜뜨고 그래?"

성일이도 웃통을 벗어부치고 달려든다. 에게 하면서 우르르 일어선 사람들이 둘을 붙잡아 말린다. 이장이 얼른 나서서 성일의 앞을 가로막고서 달랬다.

"아니 이 사람아, 술김에는 뭔 얘기를 못 헌당가. 가만 있어봐. 다른 동네에서도 다 대책을 마련 중이니까."

하지만 성일은 이미 고삐가 풀어진 부사리처럼 이리 뛰고 저리 떠박지르며 게목을 질러댔다.

"이거 놔. 니미럴 땅을 한 평도 못 챙기게 생겼는데 지금 내가 열불이 안 나게 생겼냐구."

그러자 노인네들이 성일이를 끌어다가 자리에 앉히고 달래기 시작했다. 계장은 혀를 차며 다른 직원과 함께 슬그머니 밖으로 꽁무니를 뺐다. 일단 닫혀 있던 말문이 열리자 저마다 한 마디씩 거들고 떠들어대느라 공회당 안은 금세 시끌벅적한 토론마당으로 변해갔다.

샛골댁은 혼자서 조개껍질이 박힌 고샅길을 묵묵히 걸어내렸다. 담쟁이덩굴이 절반쯤 감싸며 타고 오른 전봇대 위에는 벌써 수은등이 벌겋게 일렁거린다. 비가 내리는 무거운 하늘밑, 영춘이가 울타리로 심어놓은 치자꽃이 튀밥처럼 하얗다. 텔레비전 앞에 앉아 입을 헤헤 벌리며 뭉그적거릴 손자놈이 오늘따라 웬일로 책상에 얌전히 앉아 있는 것이 신기했다. 살며시 구석방 문을 여니 까만 어둠 속으로부터 담배 냄새가 물컥 코로 스며들었다.

"내 하루종일 속이 보타져서 죽을 뻔 했는디 어디 갔다가 인제 왔냐. 그럼, 지금까지 아무것도 못 먹었겄다이. 쯧쯧."

"아부지 묘에 좀 있다가 성일이네 집에서 먹었구만이라."

"성일이 고것 참말 별것이네. 낮에 만났을 때도 시치미를 딱 뗐는데. 하여튼, 술을 옴팍 뒤집어 썼는디 고놈의 잘난 입이 가만 있을랑가 꺽정스라 죽겠네. 니 삼촌이 왔어야. 만나볼래 어쩔래. 인자 맘을 꼭 틀어잡고 타합도 좀 해봐야, 아이?"

대답이 떨어지지 않자 샛골댁은 혀를 클클 차며 부엌으로 달려갔다. 삶아온 닭을 내밀며 그네가 자분자분 다시 말을 붙여도 아들의 입은 좀체 떨어지지 않았다. 닭다리 하나만 쭉 찢어 먹을 뿐 아들은 비바람 지나가는 들창만 멀거니 쳐다보며 참나무토막처럼 묵묵히 앉아 있다. 몇 번이나 다그친 다음에야 된똥 떨어지듯 시원치도 않은 말대답이 겨우 떨어진다.

"만나보지요."

공회당 쪽으로 다시 가려고 마당을 나서는데 종만이 대문간으로 들어섰다. 시무룩해 있는 샛골댁에게 시동생은 걱정할 것 없다는 듯이 서근서근하게 입을 열었다.

"다른 동네서도 경쟁입찰은 절대 안 된다고 뜻을 모으고 있다니까 좋은 방향으로 결정이 나겄네요. 입이 많으면 지들도 옛날식으로 그냥 밀어붙이지 못할 텡께 형수님, 너무 걱정 마쇼. 땅 문제는 그렇게 결정이 난 다음에 얘기해도 늦지 않겄네요. 근디 성일이 오늘 봉께로 몸이 많이 상했습디다."

"글씨, 얘들 음식에다 빨래에다 두말할 것도 없겄제. 땅이나마 부칠려면 또 융자를 얻어야 헐 판인디 지 빚에다 영춘이 보증선 것에다 오죽 답답헐 것이라고. 저참에 요리허는 것 봉께로 그쪽으로 완전히 길나버렸드만. 아쉬운 것이 있어야 색시가 붙을 텐디……."

가만 한숨을 내쉬고 있던 샛골댁은 무릎을 바짝 들이밀며 슬쩍 귀엣말로 입을 뗀다.

"영춘이가 와 있단 말이시."

"예? 어디예요? 대체 어디 있었답디여?"

종만의 입에서 한꺼번에 여러 질문이 터져나온다.

"도통 말을 안 하니 당최 뭔 속인지 알 수가 없구만. 어째야 쓰까. 시아재 말이라면 그래도 들을 텡께 한번 만나서 얘기해보소."

"그랍시다."

영춘이는 어렸을 적부터 삼촌을 많이 따랐으니 뭔 말이라도 들어가지고 나올게다. 샛골댁은 구석방으로 시동생을 보내놓고 애써 들썽거리는 가슴을 가라앉혔다. 한참 만에 뒷방에서 나온 시동생은 불그레한 얼굴로 샛골댁에게 말했다.

"그동안 아이엠에프로 근근이 먹고만 살다가 원양어선을 탔던가 보대요. 이번에 한번 더 해외로 나갔으면 하는데 조카댁이 걱정되기도 해서 덕이를 데려갔으면 헙디다."

"덕이에미를 만나봤다고?"

"둘 다 막다른 골목에 있는데 힘을 합쳐야지 어쩌겄어요. 여수 근방 식당에 있는데 만나봤다고 그럽디다. 내가 땅 얘기를 했더니 내심 반기는 눈치대요. 지 처에게 덕이를 맡겨놓고 떠나고 싶은데 뎅그러니 혼자 살 형수님 때문에 걱정을 많이 헙디다."

"나는 암시랑토 않당께. 동네에 혼자 사는 사람이 한 둘이당가. 괜찮당께……."

샛골댁은 처진 눈을 자꾸만 끔벅거리며 머리를 도리도리 흔들어댔다.

늦은 저녁식사였다. 밖엔 여전히 빈 마당을 쓸어가는 비바람소리가 세차다. 골목길 쪽이 수런거리면서 개 한 마리가 컹컹 짖기 시작하자 그에 화답을 하여 온 동네 개가 이쪽저쪽 요란스럽게도 짖어댄다. 아마 회의도 이제 끝이 났는가 싶다. 그날 밤 영춘을 태운 승용차는 칠흑같이 어두운 밤길을 떠나갔다. 부엉이 눈깔처럼 전조등을 치켜뜨고 승용차는 대나무들 위까지 뻗어오른 칡넝쿨이 귀신 머리칼처럼 거칠거칠 바람에 흔들리는 산비탈을 서서히 돌아갔다. 배웅을 마치자 그네는 반찬과 돼지고기를 보자기에 싸놓고 덕이를 불렀다.

"덕아. 성일이 아재네 집에 얼른 다녀와라이."

"할무이, 나 거기서 자고 와도 되제."

저것이 아버지와 삼촌이 사온 과자까지 따로 챙기는 것을 보니 성일이 아들 길수하고 나눠먹으려는 모양이다. 하기사 동네에 같이 놀 아이들도 없으니까 그럴 만도 했다. 헐머니가 고개를 까닥이자 덕이는 보자기를 집어들고 비바람에 떨어진 치자꽃들이 하얗게 널려 있는 고샅 사이를 강종거리며 뛰어갔다. 외등 불빛이 담박질치는 아이의 머리꼭지를 비춰주며 뒤따르다 말고 까만 어둠 속을 올빼미처럼 지키고 서 있었다.

긴장이 풀리자 온몸이 후들후들 떨려왔다. 오슬오슬 한속이 들고 못에 찔린 자리마저 콕콕 쑤시는 것이 심상치 않다. 그네는 한사코 물크러지려는 몸을 일으켜 세우고 부엌으로 비척비척 걸어갔다. 부엌에서 숭어 한 토막을 구운 다음 술병을 찾아들고 안방으로 들어섰다.

"여 말이요, 이제 다 가부렀소."

방안은 냉랭할 만큼 조용한데 천장 위에는 구구구 쥐가 뛰어가는 소리가 들려왔다.

잘들 놀아난다. 그네는 시아버지와 남편 두 사람의 명정이 나란히 걸려 있는 벽 쪽을 향해 절뚝거리며 다가갔다.

"아바이, 당신부터 한 잔 드쇼. 손자에다 아들까지 왔다 갔으니까 당신은 참말로 오늘 복 터진 날이요. 모다 잘 있다 헙디다. 지내다 보면 좋은 날이 안 있겠소 이."

샛골댁은 시아버지의 얼굴을 향해 잔을 빙 돌린 다음 술을 훌쩍 한 모금 마신다.

"당신이 며느리한테 술을 가르쳤응께. 내가 음복을 하더라도 욕하지는 않겠제라."

시아버지는 닦달하는 시어머니와 달리 불을 때고 있을 때 낙지를 젓가락에 휘휘 감아서 슬쩍 건네주기도 했고 가끔씩 부엌에 불을 때주기도 했다. 시어머니를 보기 민망할 만큼 닦아세운 적도 많았지만 시아버지는 자신에게는 큰소리 한번 안 친 양반이다.

"인자 어무이 당신도 한 잔 허쇼. 다 지난 일이제라. 나빴던 거 기억하면 뭐허겠소. 좋은 것만 기억하기에도 벅찬디."

이제는 지나간 세월이 모두 꿈만 같다. 그네는 시어머니 몫으로 술 한 잔을 따른 다음 명정 밑의 빛 바랜 낡은 사진 액자를 보며 술잔을 뱅 돌린다.

"엄니, 나 그동안 당신 욕도 시누이 욕도 많이 했는디 요즘은 참 이상해라우. 그렇게 고생시럽던 것이 지나고 봉께로 어째 요렇게 짠하고 그리웁게라. 말도 안 되는 소리 같지만 클씨 그립단 말이요 엄니. 그래두 당신이 그렇게 보지란을 떨면서 일을 가르쳤응께 이만큼이라도 살지 않았겠소. 뒷 장담은 못하는 것이 인생이라 안 합디여. 모다 잘 산답디다."

샛골댁은 코맹맹이 소리로 이번엔 "여보." 하고 부른 다음 술을 따른다. 목소리가 축축하게 잦아들었다. 어느 논배미에선가 비 맛을 본 개구리들의 합창이 요란한데.

"여말이오, 자, 천덕꾸러기 당신도 한 잔 허쇼. 오늘 아들 절을 받아봉께로 기분이 오집디여 어쩝디여? 지도 살라고 발싸심하다가 그랬응께, 당신도 임종 못 했다고 타박하진 마쇼."

샛골댁은 술잔을 남편사진 쪽으로 두어 바퀴 삥삥 돌리더니 단숨에 술을 쭉 들이킨다. 그리고는 사진을 물끄러미 쳐다본다. 찐 고구마마냥 검게 탄 남편 사진을 벗기면 탈바가지 속처럼 젊은 날의 얼굴이 숨어 있을 것만 같은데.

"덕이마저 떠나면 외로워서 어쩌냐구라. 나 하나도 안 외랍고 하나도 힘 안든당께라. 당신 보내주듯이 보내줘야지 어쩌겠소. 당신이 나 잠자는 것을 이렇게 지켜보고 있는디 어째서 내가 외롭답디여. 당신은 하마 지옥에 갔을랑가. 지옥이 힘들다 허드라도 여기처럼 지나다 보면 또 옛날이 그립고 그라겠제라. 나도 한 잔 허라고라? 역시 못나도 내 서방밖에 없구만. 오늘 같은 날 한 잔 해야지 언제 허겄소. 안 그러요?"

이어 자기 몫으로 한 잔을 따른다. 우물처럼 고요한 방안에 샛골댁의 넋두리가 잦아들었다가 다시금 이어지는데, 자그만 그림자 하나가 마루기둥에 기대서서 큰방에서 흘러나오는 소리를 가만히 엿듣고 있다가 훌쩍거리며 작은방으로 쏙 들어간다. 금쪽같은 봄날 밤이 이렇게 자꾸만 깊어갔다.

절집 고양이

1

양털구름이 뭉글뭉글 피어오르는 아스라한 산 너머로 바다가 은빛으로 반짝이는가 싶더니 붉은 허리를 그대로 드러낸 너른 황토 들녘이 눈앞에 삼삼하게 펼쳐집니다. 비닐 냄새 섞인, 짚불 태운 연기가 스미는 들길을 자동차는 잘도 달려갑니다. 들판이 끝나는 가 싶자 이젠 산길이었습니다.

곳곳에 붉은 물이 들어가는 산길은 가도 가도 끝이 없습니다. 동백나무, 참나무 우거진 계곡 사이사이를 휘감아 돌 때마다 연보랏빛 쑥부쟁이는 차 바람에 휘감겨 나불거리고, 살진 까치는 하얀 배를 되록거리며 날아오릅니다. 매형이 자꾸 엉덩이를 달싹거리는 수봉을 힐끗 보더니 말을 건네 붙입니다.

"다 와간다야. 일단 한 메칠 쉬어감시러 머리 좀 식혀봐. 어때? 경치도 그럴 듯 하잖아. 쬐끔만 더 있으면 단풍도 볼 만헐 텐디."

수봉은 시들먹하게 알았다는 고갯짓을 한번 까닥하고서는 이내 창 밖으로 머리를 돌립니다. 시멘트 도로가 끝나자 나무뿌리가 길바닥까지 뻗어나온, 으슥지고 구불구불한 돌너덜길이었습니다. 좀 전까지 둘째 누나와 재깔거리며 얘기하던 누나 친구, 한때 왈패로 소문난 읍내 낚시가겟집 셋째 딸 성자도 오금팽이가 저리는지 이젠 별말이 없습니다. 볼따구니에 따갑던 햇살이 서늘해지면서 칙칙하게 하늘을 가린 나무숲이 차가 요동칠 때마다 차창을 후려칠 듯 함부로 달려듭니다. 빠각빠각 돌자갈을 옆으로 튀기며 승용차는 꼬불탕하고도 가파른 숲길을 여전히 꿀렁거리며 잘도 기어 올라갑니다. 동백나무와 붉가시나무 군락지를 지나자 부신 노란빛으로 눈앞이 갑자기 환해집니다. 은행잎이 숲길을 온통 노랗게 수놓고 있었던 것입니다.

절간 앞마당에 돌자갈을 비비며 차가 멈춰 서자 감색 바지를 입은 까까머리 행자가 개구리처럼 폴딱폴딱 뛰어와 합장을 했습니다. 마당 한 귀퉁이 높다란 감나무 중간 가지에 용용하게 걸터앉아 간짓대질을 하던 스님이 아래쪽을 내려다보며 손을 흔들어댑니다. 황소 등허리 같은 산마루로 떨어지고 있는 햇살에 스님의 까까머리가 마치 잘 익은 감처럼 투실투실 금빛으로 번뜩입니다. 누나들과 매형이 허리를 굽혀 나붓이 합장을 합니다.

감나무 아래에는 바구니마다 싱둥싱둥한 장두감이 더펄더펄한 이파리째로 둥덩산같이 쌓여 있네요. 감나무 가지를 쑤석이는 소리에 아름드리 은행나무에 덩어리로 엉겨서 궁둥이를 뜰먹이며 재자재자 우짖던 새떼들이 우르르 쏟아져내려 건너편 대나무 숲으로 숨어듭니다.

누나가 맹숭맹숭하게 서 있는 수봉의 어깨를 잡아끌었습니다. 법당으로 가자는 것이었지요. 수봉은 불상 앞에 코가 깨지게 절을 올리는 누나네들 옆에 한차례 절을 올리고 맹하니 손을 비비고 서 있다가 슬그머니 법당 밖으로 빠져나왔습니다. 담요 한 장 만한 법당 앞 화단에는 보랏빛이 허옇게 지어진 수국, 졸가리만 앙상한 백일홍 사이사이에 노란 산국이 호리낭창한 고개를 쑥 내밀고 있었습니다. 새떼들은 콩이 튀듯 하늘로 아득히 박혔다가 아래쪽 붉가시나무 숲으로 날아가 묻히고, 포근하게 암자를 감싸안은 대나무 숲은 끊임없이 바람에 설렁거립니다. 크고 작은 오지항아리들이 의좋은 형제들처럼 줄줄이 늘어선 장독대 앞 평상에서 늙은 보살이 상추를 다듬고 있고, 까만 고양이 놈이 갈그랑거리며 기어나와 양지바른 댓돌 위에 삽짝 뛰어올라 배를 깔고 누워 저무는 햇살을 즐깁니다. 평화롭기 짝이 없는 가을 풍경이네요.

그런데 앞마당에서는 놀이 한판이 그럴싸하게 벌어지고 있습니다. 행자가 위에서 따내리는 감을 받아내느라 간만에 들바람을 쐰 강아지처럼 마냥 신나게 돌아치고 있었던 것입니다. 어쩌다 장대 살에 걸리지 않고 비끗 감이 떨어지기라도 할라치면 행자는 야구의 외야수처럼 바구니를 잡아들고 그쪽으로 화닥닥 내리뛰었는데, 물색없이 자꾸 바구니를 엉뚱한 곳에다 받쳐대는 통에 아까운 감들이 땅바닥에 턱턱 떨어져 감 조각이 사방으로 튀겨나갑니다. 궁둥이 뒤춤으로 러닝셔츠 옷깃이 꿰져나와 더펄거리는 줄도 모르고 고무신을 찰싹이며 황황히 달려가는 행자를 보고 밖으로 나온 누나들이 손바닥을 때리며 깔깔댑니다. 행자는 코를 한번 쭝긋 하며 헤벌쭉 웃어 보이곤 그예 바구니를 들고 팔딱팔딱 뛰어갑니다. 헤헤 웃던 매형도 바구니 하나를 챙겨들고 고대 동참해 나서네요. 수봉은 마당 한쪽 너럭바위에 뚱하게 앉아 자못 우스꽝스러운 광경을 시들먹하게 바라봅니다. 설령 비구, 아니 비구니가 야구 아니라 당구를 친다 하더라도 뱃속 유하게 껄껄 웃고 싶지는 않습니다. 어째 거품이 가득찬 것처럼 가슴이 쓰렁하고 답답하기만 합니다.

한참을 이렇게 복대기를 치다가 드디어 스님이 중간 살이 덜렁거리는 대나무 사닥다리를 날렵하게 딛고 내려왔습니다. 그제야 수봉은 스님의 얼굴을 제대로 볼 수 있었습니다. 붕어처럼 조그마한 입에, 모과처럼 울퉁불퉁한 두상에, 왕머루 알 같이 검은 눈이 박혀 번들댑니다. 스님이 깨진 감을 골라내고 손싸게 이파리를 다듬어대던 누나들을 불러댑니다.

"허이, 먼 길에 고생 많았을 텐디. 가입시다. 따끈한 차라도 한잔 해야지."

"오랜만에 왔은께 공양 준비라도 해놓고 가야 마음이 개블 텐디. 그리고 김치 쪼까 담아온 것 냉장고에 넣고……."

"허허, 쉬려고 왔으면 쉬어야지. 공양주 보살님도 계시고 하니까, 찬찬히 하시고, 자, 가입시다."

붕어처럼 조그만 입에서 꽤나 툭툭하면서도 걸걸한 목청이 터져 나오네요. 스님은 뭉그적거리는 누나네들 앞장을 서서 요사채 쪽으로 씨엉씨엉 발걸음을 옮겨갑니다. 수봉이 맨 뒤에서 어슬렁거리며 따라가는데 뒤쪽에서 터벅대는 소리가 들려 돌아보니, 목에다 수건을 두른 행자가 빈 지게를 설명설명 지고 오다가는 수봉을 향해 헤벌쭉 웃어 보입니다. 수봉이 불퉁스러운 눈으로 칩떠보자 코를 찡긋하더니 산발치를 돌아 휘적휘적 뒷산으로 숨어들었습니다.

스님의 서재는 대나무 숲속에 새둥지처럼 오목하게 파묻힌 작은 토담집이었습니다. 서재 돌토방 앞에는 야자수가 잎을 치렁하게 늘어뜨리며 섰고, 수련 잎과 단풍잎이 붉게 떠도는 마당 한켠 작은 연당(蓮塘)에는 버들치들이 뛰놀고 있네요.
노르께한 불경들이 꽂힌 책장 사이에 전축이 하나, 차 탁자가 하나, 벽에 걸린 대롱 속에 놀놀한 대금이 몇 개 꽂혀 있을 뿐 방안은 간소하기 짝이 없습니다. 남천죽 시붉은 열매와 생동생동한 구절초 하얀 꽃잎이 탁자 위 화병에 꽂혀 있어서 그런지 방안에는 자못 청아하고 고즈넉한 기운이 넘쳐납니다. 자리를 잡고 앉자 스님이 차 탁자 위에 다구를 쭉 늘어놓으며 매형에게 인사말을 건넸습니다.
"다들 어렵다고 그라던데 어때 방앗간은 잘 되셔요?"
"요즘 잘 되는 일이 뭐 있당가요. 그럭저럭 잘 견디고 있습니다."
"잘 견디고 있다면 잘 되는 거네. 진짜 어려운 사람들은 똑 낯꽃부터 다른데…… 이쪽이 전화로 얘기한 동생인가 보지."
누나가 고개를 끄덕이며 수봉에게 눈짓을 합니다. 수봉이 엉거주춤 손을 모으며 고개를 꺼벅 숙이자 스님이 갸웃갸웃 수봉을 쳐다보더니 말을 잇습니다.
"끄으, 얼굴이 많이 상했구먼. 그래, 한번 푹 쉬어봐. 쉬는 걸로 치면 고향 집 안방이 따로 없을 테니까. 헌데, 얼마나 있을려고?"

"한 며칠 머리 좀 식혀볼까……."

수봉의 말끝이 채 떨어지지도 전에 누나 친구 성자가 심심하던 입으로 볼쏙 뛰어들어 말 중동을 딱 자릅니다.

"머리 식히고 말고 할 필요가 뭐 있대. 나 같으면 몇 년이라도 신간 편하게 폭 쉬어불겠 구다야. 여기서 밥 달라 물 달라 하는 사람이 있것냐, 돈 달라 술 달라 허는 사람이 있것 냐. 공기 좋것다 경치 좋것다, 생각허고 자시고 헐 일이 없제. 인자 좀만 있으면 곧 한겨 울인디 나가 봤자 일자리도 없을 텐디."

성자 누나는 말을 마치고 나서 서로 무슨 짬짜미가 있었는지 그렇지 않냐는 듯 누나 쪽을 힐끗힐끗 곁눈질합니다.

"그래 수봉아, 딴 생각허덜 말고 여기서 폭 쉬어보란 마다. 며칠 있어 갖고 니 병의 뿌 리가 달랑 뽑아지것냐. 복작복작한 집에 대하면 을매나 좋냐."

누나도 슬그머니 맞장구를 치는데, 잠깐 말끝이 흐려집니다. 그러자 매형이 "아이구, 수봉이가 여기서 몇 달씩 있다가 정말 스님이 되면 어쩔라구?" 하며 분위기를 눅인답시 고 농담을 한 자락 깔았는데, 성자 누나가 그예 잘나터진 입으로 대번에 그 말을 받아 " 스님 되면 좋지, 뭘 그래요. 집안에 스님 한 분 나오면 그 음덕이 얼만데. 수희 너는 인자 거기 가는 차표 걱정 없게 생겼다이." 하며 덜퍽 그 자리에서 널을 띕니다.

수봉이는 차표 좋아하네, 하는 말이 금방 튀어나오는 것을 혀끝으로 간신히 말아넣으 며 "중은 무슨?" 하고 뜨악해져서 눈알을 뒤룩거리고 있는데, 이번에는 누나가 요즘 유 행하는 노랫가락을 뚝 따와서는 손사래를 치고 나서네요.

"얘는, 스님을 아무나 하는 줄 아나봐? 전생에 공덕을 얼매나 쌓아야 하는 건데. 옷자 락 한번 스칠라 해도 천년새가 한 번씩 앉았다 가는 바위가 다 닳아빠진다는데."

허참, 천 번이라도 스님이 됐으면 좋겠지만 그게 뭐 호락호락한 일이냐고 사뭇 서운해 하는 눈치입니다. 이야기가 참말로 요상스럽게 흘러갑니다. 윷놀이 훈수꾼들 말금을 가지고 서로 찢고 까불듯, 옆에 사람을 가만히 앉혀놓고 차 치고 포 치고 이건 해도 조금 너무 한다 싶습니다. 하기사 중이 되면 누나들이야 걱정 하나가 덜어지니까 참 좋기도 하겠습니다. 하지만 그 덕으로 딴 것을 챙기려 한다면 정말.

수봉은 그 말에 대척하는 것이 우습기도 하여 그냥 코를 불며 실쭉 웃고 마는데 스님이 찻잔마다 조르륵조르륵 녹차를 따르다 말고 누나를 향해 새삼 말머리를 돌려 물어보네요.

"보살님은 잠을 자다가 혼자 눈을 뜹니까 남편 눈까지 대신 떠줍니까?"

"그야, 혼자 뜨지……."

누나가 말끝을 잇지 못하자 스님이 예의 투실투실한 까까머리를 흔들며 허허 웃어댑니다.

"그건 집에 가면서 생각 좀 해보시구, 여기 동생이 어디가 편찮다고?"

"공황증이라고…… 스님도 그런 거 아셔요?"

누나의 말대답이 채 떨어지기도 전에 수봉이 기다리고 있었던 듯 시르죽어 있던 고개를 삐딱하게 쳐들며 반문합니다.

"공황증이라?"

스님이 형광불빛에 번뜩이는 머리를 좌우로 몇 번 휘젓는데 누나가 수봉에게 눈을 찌긋거리며 서둘러 말을 갖다 붙입니다.

"얘가 시방 씨잘데없는 소리를 허고 있네. 공황증이 뭣이대? 그게 그게, 알코올중독증이 아니고…… 얘가 자꾸 자기 병을 키워쌓더니 인자는 쌩병까지 만들어내고 그럴까."

"누나야말로 아무것도 모름시러 자꾸 그래쌓네. 내 병은 내가 알제 누가 알어. 누난 내가 목포에 내려온 뒤로 병원에라도 한 번 같이 가봤어?"

수봉이 참지 못하고 꿰지는 소리로 불쑥 말을 내뱉자 드디어 매형이 어른 값을 하려는 듯 목을 가다듬고 나섭니다.

"그래, 며칠이건 몇 달이건 간에 일단 푹 쉬어본 뒤로 이야기를 하더라구. 사람이란 가끔씩 머리도 좀 쉬어주어야 되요. 쉬다보면 어느 구석인가는 몰라도 좋아지는 구석이 있것제."

"그러엄."

"그럼."

수봉이만 빼놓고 모두 고개를 까닥까닥하며 맞장구를 칩니다. 며칠 있어 보겠다고 따라나선 것이 물엿 늘어나듯 대번에 몇 달로 쭈욱 늘어나 버리네요. 나가 봤자 일자리도 없긴 하겠지만 밤고구마 처먹고 김치 국물 안 마신 것처럼 어째 속이 더부룩합니다.

"절에 온 색신데 내가 무슨 할 얘기가 있것소."

수봉은 볼통스럽게 말을 내뱉고선 떨떨한 낯꽃을 하고 뒤로 물러앉았습니다. 누나가 그 꼴을 보고 연방 혀를 차는데 스님이, "다 마음먹기 탓이야. 꿔다놓은 보리자루라고 밭에 뿌리면 싹이 안 나. 그냥 쉬어 보세요. 차차 깨닫게 될 테니." 하며 수봉의 말을 뒤받아 눅이고선 슬며시 말머리를 돌립니다.

"참, 아들이 전에 고3이라고 했지? 마음고생 많이 하겠구먼?"

누나가 머슬머슬하게 찻잔을 기울이며 코를 숙이고 가만 있자, 매형이 손을 비비적대며 대답해 나서네요.

"스님, 요즘 애들은 참 불쌍허대요이. 눈떴다 허면 학교로 독서실로 학원으로 얼이 삥삥 돌겠드만요. 도대체 자고 오는지 놀고 오는지 알 수 없지만, 야튼 간에 얘들도 얘들이지만 우리들도 꼭 호주머니에 날계란 하나 담고 댕기는 거맨치로 저마저마하면서 살아야 되니. 거참, 나야 일 나갔다 돌아와 골아떨어지기 바쁘니께로 도통 애들 코빼기나 볼수가 있나. 근디요, 스님. 이 사람은 절에서 한 일주일이라도 발원기도라도 해보고 싶다고 그라는디 어째야 쓰까요? 집도 문제고, 일도 문제고, 기도도 문젠디."

"허, 문제될 것도 참 많네. 집안 살림 팽개쳐두고 여기 와서 빌면 어떡해. 이기자는 공부만 있고 지자는 공부가 없으니 그게 다 껍데기 공분데. 쯧쯧. 발원기도도 좋지만 우선 맘 편하게 해주는 것이 첫째라. 너무 비벼대면 생밤처럼 익기도 전에 까져요. 애들도 들보리처럼 때가 되면 다 여물게 돼 있어. 맘을 편하게 가져요. 어머니들 욕심대로 해봐. 일류대학이 백 개가 생겨도 모자라겠지."

이야기는 수봉이와 상관없이 바닥으로 떨어진 경기 얘기로 길목을 잡더니, 증권투자 했다가 폭삭하는 바람에 직장 월급에 차압이 들어와 퇴직금으로 틀어막고 사직했다는 매형 친구 얘기로 넘어갔다가, 내년에 배추농사를 허면 성을 갈겠다는 고향사람 얘기로 내빼더니, 드디어 김장 얘기로 터를 잡습니다.

버성기게 뒤로 물러앉아 띠살문에 어른거리는 야자수 잎 그림자를 막막하게 바라보고 있는 수봉에게 스님이 불쑥 얼굴을 돌리며 물어봅니다.

"전에 무슨 일을 했었지?"

"미장일을 했습니다."

"미장이라, 여기서도 미장할 것들이 수두룩한데 거참, 잘 됐네. 사람은 밥값은 해야 목소리에도 살이 붙고 마음이 뜨지를 않지. 요 정도 미장이라면 할 수 있겠네?"

스님이 부엌문 미세기창을 드르륵 엽니다. 쪽창으로 스며든 햇살이 환등기처럼 긴 빛길을 내, 덩실하게 높은 아궁이 쪽으로부터 먼지가 그 길을 타고 나울나울 올라갑니다. 어슴푸레하나마 장작이 차곡차곡 쟁여진, 그을음이 까맣게 앉은 벽 뒤쪽은 돌과 황토 그대로 화방이 드러난 곳이라 미장을 하긴 해야 할 것 같기도 합니다.

"이런 토담집 미장은 안 해봤지만 허면 못 허겠어요, 다 길은 한가진데."

"잘 됐구면. 그럼, 읍내 나가서 흙손만 사다주면 되겠네."

"철물점에서 사온 싸구려 연장 가지고 미장하라구요? 우리는 고렇게는 일 안 하는디. 스님도 자기 목탁이 있듯이 우리들도 다 자기 연장이 있다니께요."

"허허, 젊은 친구가 길은 한 가지람서 연장 탓을 허고 있구먼. 이래뵈도 토담집을 지을 때 여기 방바닥 미장은 내가 했어. 벌써 20년이 다 돼가네. 그때는 팔팔했었는데……."

수봉은 벽과 방바닥을 한번 짯짯이 훑어보고서는 혼잣말처럼 "이 정도면 시로또들이 한 게 아닌데……" 하며 이죽거리듯 말을 늘여 빼자 스님이 손바닥을 탁 때리며 아퀴를 짓습니다.

"허어? 젊은 친구가 말에 뼈다귀가 있는 거 본께로 맹탕은 아니네. 암, 사람도 뼈다귀가 있어야 몸집이 되지. 그렇다고 뼈다귀만 있다고 다 집이 되느냐. 그게 아니란 말씀이야. 여기 토담집이 시시껄렁해 보여도 서까래건 벽돌이건 간에 4킬로도 넘는 저 산 밑에서 직접 등짐해다가 지었어. 집이라…… 하여튼 몸집이건 여염집이건 들락날락하는 고것이 항상 문젠데."

말을 마치고 잠깐 고개를 쳐들고 생각에 잠겨 있던 스님이 누나 쪽으로 얼굴을 돌리며 "보살님, 통뼈는 통뺀데 멋대로 굴러먹었어. 걱정 마셔. 다 방법이 있으니까." 하더니 이내 수봉이 쪽으로 고개를 홱 돌리며 남은 말을 뱉어냅니다.

"어이, 팔팔하게 젊은 친구가 공황이 뭐여? 김포공항도 아니고. 그냥 한번 푹 쉬어봐. 그리고 말야, 술? 마시고 싶으면 언제든지 얘기를 허라구. 내 읍내 나가서 비싼 거로 후딱 사다줄 텐께. 알았지?"

"이예……."

수봉은 어줍잖았지만 늘어빠지는 대답일망정 하지 않을 수 없었습니다.

누나네들은 가고 결국 수봉이만 꿰다놓은 보릿자루처럼 방안에 우두커니 남았습니다. 방이라고 해봤자 낡은 기와집의 귀퉁이에 달라붙은 쪽방으로 두 사람이 활개 치며 자기에도 부족하리만큼 작습니다. 대나무를 묶어 달아 내린 횃대에 보살들의 승복 몇 벌과 수건이 달랑 걸려 있을 뿐, 곰팡이 슨 벽에는 그 흔한 달력 하나 붙어 있지 않네요.

라디오는커녕 이불 한 채와 텔레비전 낯바닥만 한 앉은뱅이 책상이 전부입니다.

개구리처럼 눈알을 끔벅끔벅 손깍지베개를 하고 누워 있는데 당최 잠이 올 것 같지가 않습니다. 누나는 누나대로 안타깝고 말 못 할 이유가 얼마든지 있을 것입니다. 말도 많고 뒷소문도 많은 소도시의 아파트에서 낮살이나 먹은 동생이 밤낮 술에 절어 다니는 꼴이 보기 좋을 턱이 없었을 테니까요. 그렇다고 이렇게 절에다 처박아놓고 랄랄라라니, 봄만 되면 곧 일도 풀릴 텐데. 수봉은 한숨을 푸우 내쉽니다. 절에다 바치는 그 돈이라면 에이, 값싼 개소주라도 한 제 지어주겠다 젠장할.

밖으로 나오니 절간 마당은 대나무 숲을 쓸어가는 골바람 소리와 굴러가는 낙엽 소리로 부산합니다. 달도 없는 칠흑의 하늘에 금모래 알을 뿌린 듯 별들만 총총하고 어둑신한 마당 구석 어디선가 뭐가 나풀대면서 불쑥 일어설 것만 같습니다. 가까운 마당 한쪽 담벼락에 쭈르륵 오줌을 갈기는데 갑자기 저쪽에서 희끄무레한 것이 쑤욱 늘어납니다. 돌 자갈이 부딪듯 가슴에서 쩔렁 불이 납니다. 얼른 손전등을 쏘아보니 그것은 한갓 수돗가에 널어놓은 수건 걸레에 불과하네요. 하지만 손전등을 거두어들이면 금방 뒤끝이 수상해집니다. 손전등이 지나가지 않은 곳이면 장독대 뒤쪽이건, 납작 돌들로 높게 쌓아올린 돌탑 모퉁이건, 가마솥이 걸려 있는 배롱나무 그늘이건 간에 뿌잇뿌잇하고 끄무레한, 온통 의심스러운 것들 투성이입니다.

수봉은 오소소 한기를 느끼며 잽싸게 방안으로 달려 들어옵니다. 재각재각 시계소리가 귀를 움켜쥐었다 놓았다 하며 쉴새없이 돌아갑니다. 책상 위에는 『천수경』, 『천지팔양신주경』 같은 노란 표지의 불경과 누군가 놓고 간 몇 권의 소설책이 있었습니다. 수봉은 그 중에서 『손오공』을 골라잡고 아무렇게나 펼쳐봅니다.

이야기는 그런대로 심심풀이 땅콩으로 읽을 만합니다. 근데 삼장법사가 저팔계를 만나고 우짜고 하는 대목에 이르자, 지금 얘기하는 것이 사오정인지 저팔계인지 도대체 분간이 가질 않고 반쪽을 읽고 나면 벌써 앞 내용이 까막까막 합니다. 다시 첫줄부터 읽기 시작해도 곧 글자가 몇 개로 겹치며 잠자리눈알처럼 눈이 핑핑 도는 것이 역시 책 읽는 것에는 개미 발바닥인가봅니다. 그런데 방문턱 바로 밑 어디선가 고양이가 야우야우 새청맞게도 울어대네요. 요놈의 고양이를 당장, 우우, 내일은 고무신짝으로 귀싸대기를 한 번 후려갈겨 줘야지. 아이구야, 잠 좀 자자.

수봉은 불을 끄고 드러누워 눈을 감아봅니다. 하지만 까만 게 어둠이라지만 눈만 감으면 눈 뿌리가 콕콕 쑤셔대고, 까맣다 못해 천만 개의 별이 뜬 듯 눈앞이 하얗습니다. 멀리 잠자리 날갯짓하는 소리도 들릴 만큼 모든 피가 귀로 쏠리고 혓바닥은 바짝바짝 말라갑니다. 안 되겠다 싶어 이불을 뒤집어쓰고 엎어져봅니다. 그러자 이제껏 들려오던 소리들은 잠시 물러나고 새로운 소리들이 살쾡이처럼 살금살금 떼지어 몰려듭니다. 낙엽은 바스락대고 대나무는 쓱쓱적쓱적 잎을 비비대고 문짝의 돌쩌귀는 찌걱거리고 가끔씩 쟁강쟁강 풍경이 웁니다. 그런데 바로 귓속 가까운 곳은 징하게도 조용합니다. 졸졸 물 흐르는 소리에다, 어디선가 개굴개굴 악머구리 우는 소리도 들리는 듯한데.

수봉은 참지 못하고 다시 불을 켭니다. 그리곤 가방 지퍼를 쭉 따고서는 누나 몰래 짱박아 놓았던 비장의 무기를 빼어듭니다. 병 옆구리에 쪽 입을 맞추고는 회심의 미소를 지어봅니다. 후루룩 내용물을 마셔대자 독한 기운이 목젖을 뜨끈하게 적시며 뱃속이 짜르르 울리고 금방 숨이 따뜻해지는 것부터가 역시 그럴 듯합니다. 풍선처럼 부풀어올랐던 가슴이 스르르 녹아드는데 정신은 칼끝 위에 선 것처럼 되레 말똥말똥하네요. 안 되겠다 싶어 다시 꼴깍꼴깍 마셔대고선 그냥 이불 위로 퍼드러집니다. 돼지 머릿고기에다가 김치가 눈앞에 삼삼하게 어른거리고, 국화무늬 천장이, 횃대에 걸린 수건이, 앉은뱅이 책상이, 나중에는 방바닥까지 기우뚱갸우뚱 출렁댑니다. 수봉은 난파라도 당한 것처럼 베개를 꼭 껴안고 출렁거림에 몸을 맡기고 동동 떠내려갑니다. 좀 전까지 귓속에서 졸졸 흐르던 시냇물 소리는 까무룩히 멀어지고 사방이 사뭇 조용합니다. 하지만 내가 왜 여기 와 있지, 하고 생각을 할 때마다 뜨거운 홍당무가 치받는 것처럼 가슴속이 울근

불끈 끓어오르는 것은 어쩔 수가 없습니다. 근데 또 예의 으으아 으으 하는 울음소리가 들려옵니다. 망할 놈의 고양이가 이젠 별 요상한 소리도 다 냅니다.

수봉이는 참지 못하고 자리에서 발딱 일어났습니다. 절간에 왔으니 절간 대장에게 비는 것이 상수다, 라는 생각이 기특하게도 머리에 번뜩 스쳐지나간 것입니다. 손전등을 휘두르며 섬돌 계단을 휘청휘청 밟아 오르는데 머리의 깊은 뜻을 다리가 좀체 따라주지를 않습니다. 허공을 디디는 것처럼 다리가 힘아리 하나 없이 꽈배기처럼 배배 꼬이기만 하더니 고무다리 꺾어지듯 휘뚝 몸이 한쪽으로 쏠리는가 싶었습니다. 어허, 하는 사이에 몸뚱어리는 이미 계단 밑 화단으로 꺼져 내립니다. 눈앞에 허깨비가 아른거리고 귓속에선 수천 마리의 벌떼가 붕붕거립니다. 한참 어벙벙하게 꽃밭에 누워 있는데, 얼결에 휘어잡은 나뭇가지 사이로 몰큰 풍겨나는 국화꽃 향내가 어째 그리 알싸할까요.

팔뚝만 한 왕초 두 개에 불을 붙였어도 법당 안은 여전히 끄무레합니다. 칠성전과 산신전 앞의 촛대까지 불을 밝히자 법당 안이 겨우 밝아집니다. 그런데 불긋불긋 단청이 그려진 보꾹 서까래가, 실쭉하게 눈을 홉뜬 나한들이, 검은 테를 두른 천도제 사진들이 흘기죽거리며 일제히 팔을 부르걷는 것 같아 등허리가 산득합니다. 좌불 뒤에 걸개로 그려진, 한쪽 어깨를 드러낸 석가모니 개불탱이 차라리 포근하다 싶네요. 수봉은 자라처럼 목을 움츠리고 차디찬 법당 마루에 너부죽이 엎드려 머리를 조아립니다. 보살, 아미타불, 석가모니불 되는 대로 주워섬기면서.

부처님 제발 잠 좀 자게 해주소서. 소리들을 없애주시고 한숨만이라도 좋으니, 제발 좀 아미타불님, 편안하게 쉬도록 한숨만이라도…….

2

　수봉을 깨운 것은 으스스한 새벽 냉기였습니다. 비척비척 법당 쪽문을 밀고 밖으로 나오자 뜨락은 안개비에 자우룩이 잠겨 있네요. 아무래도 산사에서의 아침은 새소리로부터 시작하나봅니다. 심호흡을 하는데 새소리가 그 날카로운 부리로 콕콕 후벼파는 것처럼 귓속이 아릿아릿해왔으니까요. 새벽의 청량한 바람이 자신들의 겨드랑이 솜털을 간질이는지 솟치며 까부는 새들의 날갯짓이 나무 가지가지마다 새롭습니다. 수봉은 어리어리한 머리를 쳐들고 큰 숨을 몇 번 들이마신 다음, 쪽방으로 들어와 벽에 기대앉아 다리를 쭉 뻗고 눈을 감았습니다.

　아, 그런데 눈만 감으면 다시 헛것들이 는실난실 춤을 추고 온갖 소리들이 자신들의 일과를 시작합니다. 새소리가 저렇게 시끌방자한 것인지 예전에 통 모르고 지냈다는 것이 참말 신통합니다. 새소리에다, 칼 도마소리에다, 고양이 우는 소리, 두런두런 속닥이는 소리, 발자국 소리에 이어 낙엽을 쓰는 빗자루 소리까지 몽땅 한데 버무려집니다.

　"해가 똥구멍까지 치밀었는데 여태 자고 있구만."

　그때, 게두덜거리는 소리 하나가 쫑긋 얇은 귀로 쏙 들어와 박힙니다. 또랑또랑 살찐 것으로 보면 주지스님의 목소리 같은데, 빗자루소리에 섞여 쌕쌕대는 것을 보면 스물댓 살 갓 넘을까 말까 한 까까머리 행자가 분명합니다. 넓은 뜰을 혼자 쓸다가보면 약이 오르기도 할 것입니다. 하지만 마당 저쪽 갈그랑거리는 고양이 숨소리까지 들리는 판에, 방문 바로 코앞에서 씨부리는 소리를 듣고 보니, 숫제 머리꼭대기에 꼬챙이가 날름한 팽이가 올라앉은 것처럼 핑핑 머리꼭지가 도는데 붙잡아맨 것처럼 몸은 꼼짝딸싹 할 수가 없네요. 너도 할 말이 그렇게 많으니 목탁 꽤나 부셔먹어야 되겠구나, 하는 생각만 마른 입안에서 뱅뱅 돕니다.

　낮이 길기도 하지만 햇살은 왜 그리 부신지 모르겠습니다. 화장실 갔다가도 엄나무 가시같이 톡톡 불거진 햇살이 눈알을 톡 찌르는 것만 같아 고대 방안으로 뛰어들어옵니다. 눈을 감으면 눈썹 밑이 환장하게 간지럽고 눈앞에 흰나비 떼들이 왔다 갔다 합니다. 남은 술을 후루루 벌물켜듯 들이마시고 그냥 퍼드러졌는데, 꿈인지 생시인지 모를 헛잠과 악몽의 연속입니다.

흐린 눈빛에 창호지문이 거무스레한 것이 다시 밤이 되었나봅니다. 근데 이젠 뱃속에 개구리가 들어가 창자벽을 들이박는 것처럼 가슴이 벌떡벌떡 뛰고 창자가 뒤틀리는 통에 당최 견딜 수가 없습니다. 이럴 때 딱 소주 한잔이면 해결되는데 이젠 술도 다 떨어졌습니다. 눈을 감으면 눈썹 밑이 부시며 허연 불이 뜨고 퍼런 술병이, 둥그레한 얼굴이, 면도날이, 온갖 헛것들이 춤을 춥니다. 게다가 소리들이 그동안의 긴 휴식을 끝내고 다시금 자신들의 노래를 시작합니다.

어제보다 차진 바람이 부는지 나뭇잎들은 바스락바스락 비명을 지르고 풍경은 쉴새 없이 쟁강거립니다. 또르르 굴러가는 소리가 그중 요란합니다. 수봉은 벌룽거리는 가슴을 이기지 못해 문을 탁 열어젖히고 손전등을 비쳐댔습니다. 회오리바람이 낙엽을 팽이 돌리듯이 말아올리고 있는데 어디서 굴러왔는지 모를 종이컵 두 개가 바람이 불 때마다 또르르또르르 마당을 신나게 굴러다니고 있네요. 수봉은 종이컵을 발로 쿡쿡 짓밟은 다음 방으로 씩씩거리며 들어옵니다. 그런데 집 어느 구석에선가 또 어제처럼 으아, 아하 하는 고양이 울음소리가 들려옵니다. 수봉이는 이불을 뒤집어쓰고 귀를 틀어막습니다. 그러다가 머리를 내놓고 큰숨을 몰아쉬노라면 예의 그 소리가 또 들려옵니다. 니 칠자나 내 팔자나 얇기는 한겨울에 홑이불 한 겹인데 시도 때도 없이 울기는 왜 우냔 말이다. 망할 놈의 고양.

수봉은 자리에서 벌떡 일어나 손전등을 켜들고 소리를 향해 다가갑니다. 소리 나는 곳을 노리며 살금살금 다가가는데 귀퉁이 방문이 삐거덕 열리며 발이 하나 불쑥 튀어나오네요. 수봉은 소름이 오소소 돋친 채 그 자리에서 얼어붙었습니다. 더듬거리며 신발을 찾는 것이 머리가 부스스한 보살 할머니였습니다.

"쯧쯧 오늘 한 끼도 안 먹었을 텐디 을매나 배가 고플까. 컬럭컬럭, 총각, 밥 차려줄 텡게, 얼렁 공양방으로 들어가."

그때 고양이 한 마리가 할머니 발 뒤쪽에서 볼쏙 튀어나옵니다. 얼결에 걷어찼는데 고양이는 날쌔게 허리를 꺾으며 부르르 어둠침침한 장독대 속으로 숨어들더니 약올리듯 그 속에서 아옹아옹 쇳소리를 질러댑니다. 조걸 그냥. 수봉이 비척비척 그쪽으로 달려가자 눈심지에서 파란 불이 확 켜지는 게 면상을 향해 뾰족한 발톱을 금방이라도 들이댈 듯합니다. 보살이 손을 까불면서 어이, 어이 하자 퍼런 불이 사르르 잦아드네요. 수봉은 담배를 불 붙여 물고서 캄캄한 어둠을 노려보며 긴 연기를 뿜으며 한숨을 푹 내쉬었습니다.

수봉이 어리뜩하게 밥상머리에 앉자마자 보살은 옆으로 뽀짝 다가앉으며 뭐가 그리 안타깝고 짠한지 연방 혀를 차면서 군시럽게도 까무댕댕한 깻잎과 허연 동치미국물을 턱 앞으로 자꾸만 밀어놓습니다.

"총각, 고향이 무안 일로 것구만?"

"그걸 어떻게 안대요?"

"히히히, 다 알지. 근데 아이구 젊은 나이에 쯧쯧. 내 친정이 그 옆에 청계랑게. 그라믄 총각, 시방 나이는 몇이나 됐당가?"

다 안다니 뭘 다 알고, 게다가 젊은 나이에라니! 도대체 누나는. 밥맛이 뚝 떨어져 숟갈을 팽개치고 일어서고 싶은데 보살은 축 처진 눈시울을 마냥 끔쩍거리며 수봉의 입을 쳐다보고 있습니다.

"서른하나네요."

말을 마치고선 수봉은 고개를 모로 젖히고 우적우적 무쪽을 씹어댑니다. 무쪽은 맛은 맹탕인데도 씹히는 소리 하나는 그럴 듯합니다.

"우리 아들놈이 살았드람사 총각보다 여섯 살 더 먹었겠구먼."

훌쩍거리는 소리에 수봉이 보살의 얼굴을 흘깃 쳐다보니 곰팡이 슨 부침개같이 누르께한 살가죽 위로 눈물이 질질 흘러내리고 있네요. 보살은 눈을 감고 앉아 수봉이 식사를 마칠 때까지 염주 알을 돌리면서 두설두설 중얼거림을 그치지 않았습니다. 수봉은 우째 가슴이 저릿하여 큼큼 콧김을 불어내며 개수대 쪽으로 설거지그릇을 챙겨갔습니다.

"아이구 착한 것. 설거지까지 할라구. 하기사 절에 무슨 놈의 남녀노소가 따로 있당가. 자기 업은 자기가 다 가지고 가는 것인디."

설거지를 끝내자 보살은 기다렸다는 듯이 법당으로 기도하러 가자고 자꾸 수봉을 떠다미네요. 수봉은 하는 수 없이 가르랑가르랑 숨차하는 보살의 뒤를 따라 주뼛주뼛 법당 안으로 들어갔습니다. 촛불을 켜고, 향을 사르라고 이르더니 보살은 일어서기도 힘든 듯 앉은 채로 부지런히 불상 앞에 코를 숙입니다. 수봉이 나무토막 자빠지듯 절을 하자 보살이 일어나서 수봉의 옷깃을 붙잡네요.

"처사, 마음공부는 고개를 숙이는 절 공부부터 시작이랑게."

그리고는 절하는 법을 몸소 보여주며 설명합니다. 수봉이는 시키는 대로 절을 한 다음 엉거주춤 가부좌를 틀고 앉았습니다. 이제 보니 수십 개의 나한상이 쌍둥이처럼 닮았어도 전부 모양이 다르네요. 불경을 든 나한, 여인처럼 곱상하게 고개를 숙인 나한, 팔로 턱을 받치고 사색에 잠긴 나한, 눈꼬리를 치켜뜨고 죽비를 들고 당장 후려갈길 듯한 나한들. 멀뚱멀뚱 쳐다보고 있자니 얼굴 모양도 수시로 달라 보입니다. 어떨 땐 눈물 나게 슬프게도 보이고, 어떨 땐 묵은 친구처럼 다정한 듯 하다가도 머리털이 솟도록 무섭게도 보입니다. 벌불이 부르르 일어 촛불이 까물거릴 때마다 나한상의 얼굴이 늘어났다 줄어들었다 춤을 추고, 사르르 촛불을 쪼는 기름진 음향에 가슴이 마른 대추알처럼 쪼들아드는데, 보살은 꼿꼿이 앉아 염주 알을 굴리며 두설두설 독경을 하고 있네요. 고개를 숙이다가 얼핏 본 연화대 위에 앉은 관세음보살의 발, 그 발끝이란.

몽치로 가슴을 얻어맞은 것처럼 가슴이 콱 막히며 숨이 가빠지는 게 이러다가 여기서 까무러쳐 죽는 게 아니냐는 생각이 휙 지나갑니다. 이런 순간은 정말 무섭고 싫은데. 아아, 부처님! 수봉은 벌떡 일어나 불상 앞에 넝큼 엎드립니다. 자신도 모르게 눈물이 뚝뚝 방석을 적십니다. 분향냄새가 코에 스미자 벌떡거리던 가슴의 통증이 천천히 가시고 차차 호흡도 골라집니다. 하지만 보살의 독경은 쉽게 끝날 것 같지가 않습니다.

한참을 그렇게 앉아 있는데 염불을 마친 보살이 무릎걸음으로 다가와 기특해 죽겠다는 듯 등짝을 몇 번이나 툭툭 두드리며 쓰다듬습니다. 이어, 기침을 쿨룩거리더니 말을 잇습니다.

"총각 처사, 열심히 기도해봐. 글먼 다 복을 받으니께로. 아참, 요 절간 뒤쪽 봉우리 너머론 가지 말어이."

"왜요?"

"위험한께로. 흐흐, 복된 땅이지. 고럼 복된 땅이고말고."

마룻바닥이 차 오스스 한기가 몰려왔습니다. 보살은 가르랑거리며 교리를 설명하다가는 혼자 넋두리 같이 독경을 꿍얼거리며 한숨을 또 푹 내쉽니다.

휘익휘익, 두륜봉 골짝을 맴돌던 성난 바람이 대빗자루로 쓰는 듯 어디선가 탁탁 나뭇가지 부러지는 소리가 들리고 풍경이 잦으러질 듯 울어대며 밤은 그렇게 깊어만 갑니다.

3

아침 공양 후, 수봉은 방안에서 뒹굴뒹굴하면서 『손오공』을 읽을까 건넌방을 뒤져 가져온 『삼국지』를 읽을까 머리를 굴리고 있는데 밖에서 끙, 하는 소리가 납니다.

"박 처사, 박 처사, 또 자나?"

밖으로 나와 보니 스님이 푸른 솔가지들이 가득 쟁여진 지게를 평상에 기대어 놓고 수건으로 이마에 흐르는 땀을 씻어내고 있었습니다. 수봉이 흘러나오는 하품을 손바닥으로 끄면서 다가가자 스님은 지게의 동바를 풀어내리며 말했습니다.

"심심하지?"

"이예?"

"그래서 내 저 밑 계곡까지 내려가 이걸 져왔지. 역시 소나무 향은 요렇게 껍질이 뻘건 참소나무가 좋단 말야."

수봉이 머리를 모로 잦히고 벙벙하게 서 있자, 스님은 "뭐하고 있어, 들고 오지 않구." 하고선, 솔가지를 한 아름 안아들고 휘적휘적 공양방으로 건너갑니다.

미적지근한 방안에 앉자 스님은 바구니를 옆에 놓고 솔가지를 하나 딱 후려잡더니 "자, 이렇게 솔잎을 뜯으라구. 솔방울이야 초파일 넘어서가 좋지만 솔잎은 요렇게 습기가 적당히 빠진 요새 솔잎이 좋아. 요걸 말이야. 그늘에서 말린 다음 가루를 내 차로 마시면 맛이 좀 쌉쏘름하지. 하지만 목에도 좋고, 허파에도 좋고, 간에도 좋으면 다 좋은 거지 안 그래? 또 술을 담가봐. 뒷날 기분이 거뜬해서 참 좋단 말야. 그래서 수봉이를 위해 내가 특별히 따왔지. 이게 술이 되려면 한 세 달 걸리나. 수봉이 나갈 무렵이면 푹 익겠구먼." 별로 말이 없던 스님의 입이 오늘따라 바빠지는 게 좀 수상합니다.

"만화 같은 데를 보면 스님들이 솔잎을 물고 천리를 간다 하드만요."

수봉은 가만히 앉아 있기도 뭣해 스님 말에 슬며시 맞장구를 치며 닭털 뜯듯 솔잎을 잡아뜯기 시작합니다.

"그야 주먹밥이라도 먹고 가겠지, 때 되면 배고프지 않은 식신이 어딨겠어. 허허? 거참, 그렇게 들입다 잡아뜯으면 안 돼. 검은 밑이 달려나오잖아. 거기엔 독이 있어. 많이씩 잡지 말고 요렇게 조금씩 잡아서 입이 달린 방향으로 잠자리 잡듯 살며시 잡아채는 거야. 한 걸음에 데꺽 천리를 가려면 안 되지."

수봉은 요령과 눈치에 대해서라면 할 말이 많았지만, 조개처럼 입을 꾹 다물고 수굿하게 행감을 치고 앉아 부지런히 손을 놀립니다. 닭털 뜯는 거야 혀끝에 침이 도는 만큼 재미진 것이겠지만 요건 일이 같잖아서 되레 만만치가 않네요. 스님은 사부자기 잡아당기며 슬근슬근 뽑는 것 같아도 금세 바구니에 솔잎이 수북이 쌓였는데 수봉이는 더운 콧김을 불어내며 엉덩이에 힘을 불끈불끈 집어넣어본들 여전히 바구니의 빈자리가 큽니다. 스님이 빙긋이 웃으면서 한 마디 합니다.

"어때, 엉덩이 밑이 저리고 힘들지? 쉬운 일 같아도 정작 하다보면 힘든 일이 참 많아. 근데 힘든 일 같아도 실제로 하다보면 이상하게 쉬운 일도 많단 말야. 세상일이라는 것이 원래 그래. 마음먹기 나름이지."

말뜻을 새겨볼 틈도 없이 스님이 빙글거리며 또 묻습니다.

"엊그제도 계속 잠을 못 잤지?"

"어떻게 알아요?"

"알지. 처음엔 다, 그렇지. 부처님 품안이니까 점차 편안하게 될 거야."

"그래요?"

그 말에는 대꾸를 하지 않고 스님은 승복에 어질러진 솔잎을 털면서 불끈 일어섭니다.

"공양주 보살이 몸이 안 좋아 참 걱정이네. 가족들이 온다고 한 지가 언젠데 여직 안 올까. 내 읍내 모시고 나가 병원에 들려올 테니 밥은 알아서 챙겨 먹으라구. 인제 밥도 하고 국도 좀 끓이고 그래봐. 남을 위해 공덕을 쌓으면 다 자기에게 돌아가는 거야, 안 그래?"

예, 라는 대답이 없자, 스님은 나가려다 말고 삐딱하게 고개를 젖힌 채 솔잎을 뽑아대는 수봉을 잠깐 내려다보더니 "니 발 바로 밑이 극락이야. 소털 있지. 소털을 뽑아서 뽑은 그 구멍에다 집어넣을 수 있겠나. 다 그렇게 가볍고 부질없는 거야. 말꼬리에 붙어서 천리를 가려 하면 안 되지. 앞날이 구만리 같은 사람이……" 하며 선문답 같은 아리송한 말을 휙 던지고 갑니다.

소털에 말꼬리라니? 하여튼 절 사람들은 소를 엄청 좋아한단 말야. 야튼 여기 법당 외벽에도 단청이 다 떨어져나갔을망정 소가 그려져 있으니까. 수봉은 소털, 소털 하면서 솔잎을 소털 뽑듯이 잡아뜯습니다. 앞날이 구만리 같다는 걸 누가 모르나. 그래, 소라면……, 소도 언덕이 있어야 비비는 거 아니냔 말야. 스님은 소 공부는 됐을지라도 언덕 공부는 안 됐구먼, 하고 결론을 내리고는 묵묵히 솔잎을 뽑아대는데 문득 솔잎이나 뽑고 밥하고 국이나 끓이려고 여기 왔나, 하는 생각이 불쑥 고개를 쳐듭니다. 허리도 아프고 스스로가 한심스럽기 짝이 없습니다. 빈둥거리는 동생의 꼴에 누나야 시댁 식구들에게 눈치가 보이기도 할 것입니다. 큰매형이 철물점 내는 데 전셋돈만 꼬라박지 않았다면. 망할 놈의 아이엠에프만 아니었더라면.

수봉은 뒤뜰에 나와 숲에다 오줌을 갈긴 다음 단풍이 물들어가는 산을 넋을 놓고 바라봅니다. 근데 가까운 데서 또 고양이 울음소리가 들려왔습니다. 파처럼 푸르싱싱한 상사초가 더북더북 돋아나 있는 언덕의 불쑥 내민 바위 위에 고양이 놈이 올라앉아 얄망스러운 앞발을 들어 까뭇한 가슴 털을 핥으며 할끔할끔 쳐다봅니다. 바위 밑에는 야릇하게도 물이 담겨 있는 사기그릇이 하나 놓여 있습니다. 저놈의 고양이 때문에 밤잠을 설쳐온 것을 생각하자 수봉은 옆에 있던 빗자루를 몸 뒤로 감추고 슬금슬금 축대 쪽으로 다가갑니다. 고양이는 버들잎 같은 눈심지를 모로 세워 힐끗거리며 몸을 슬슬 뒤로 빼더니 빗자루가 눈앞에 나타나자 날쌔게 꼬리를 말면서 사부랑삽작 바위를 내려뛰어 산비탈로 내뺍니다. 그러고는 폭신해 보이는 낙엽 위에 발랑 몸을 까뒤집고는 예의 그 장난을 계속합니다. 글쎄 아니올시다라는 기색이 역력합니다.

모지랑빗자루를 내던지고 담배를 불붙여 무는데 언뜻 공양방 뒤쪽 장작더미 옆에 밥덩어리가 더뎅이져 말라붙어 있는 양재기가 언뜻 눈에 잡힙니다. 옳지, 수봉은 쾌재를 부르며 공양방으로 달려갑니다. 군밥을 한 주걱 퍼다가 그릇에 던져두고 고양이가 보이지 않는 나뭇단 뒤로 몸을 숨깁니다. 고양이는 발맘발맘 그릇 쪽으로 다가와서는 코로 냄새만 한번 맡아보고선 수봉이 쪽을 흘깃 보더니 다시 어슬렁거리며 아까 그 바위 위에 꼬리를 말고 앉아 날것들에게 앞발을 날리며 다시금 장난이 무르녹네요. 담배를 두 개비나 태우고 나서야 고양이는 슬그머니 밥그릇 쪽으로 다가와 밥에 입을 대기 시작했습니다. 저것은 저리 여유가 만만한데 괜히 열 올라 촐랑댄 것 같아 빗자루 들고 설친 자신이 되레 무참해집니다.

아, 정말 심심해 죽겠네. 솔잎주 담가놓을 테니 봄까지 기다리라구? 거참 스님도 많이 웃긴다. 흥, 나도 세상바닥에선 한 껍질 벗어진 사람인데 이거 왜 이래! 나를 완전히 어리배기 손방으로 아나본데. 쳇, 여기서 밥값을 허는 것으로 따지면 한 바가지 가득 쌀알 개수라도 세라면 세겠다. 젠장할, 도대체 내가 왜 여기와 있는 거야. 공적자금을 뒤로 빼돌리기를 했어, 그 흔하디흔한 실업수당을 한번 받아먹어봤어, 도대체 뭐가 잘못된 거야. 단지 고놈의 술이 문제긴 한데. 스님 당신이라면 멀쩡하던 살림이 요렇게 팍 짜그라졌는데 술을 안 마시고 어쩔 거야. 그렇다고 젊으나 젊은 놈이 절간 방에 쪼그리고 앉아 솔잎이나 뜯고 있어야 하냔 말야. 솔잎 뜯는 것이 뭐가 어렵다고, 언제라도 글쎄 뜯으면 될 거 아냐.

뒷산에는 딱 벗어진 원숭이 궁둥이 모양으로 너럭바위 몇 개가 불쑥불쑥 솟아 있었는데 거기서 내려다보면 아래 풍경이 그럴 듯하게 보일 것만 같네요. 보살이 위험하다구 했겠다? 헤헤 15층 꼭대기에서 널을 뛰던 사람인데 위험한 것 좋아헌다 흥. 수봉이는 한 손을 청바지 옆구리에 빗찌르고 욜랑욜랑 머리를 흔들며 건들대면서 절 뒤 숲속으로 다가갔습니다. 폭신폭신한 낙엽들이 수북이 쌓여 있는 참나무 숲을 지나자 쭉 빠진 처녀들의 다리통 같이 줄기가 허연 동백나무숲이, 거기를 지나자 허리를 넘는 산죽이 발길을 막습니다. 숨이 목에까지 턱턱 받히고 구름 위에 뜬 것처럼 다리가 잠시 허둥댑니다.

바위에 오르고 보니 먼 산의 주름은 첩첩하고 만귀가 잠잠한데 은가루처럼 반짝거리는 동백나무숲에, 울긋불긋 도드라진 단풍에 사뭇 멀미가 나겠습니다. 수봉은 갑자기 조용한 게 탈이 날 것처럼 아뜩해집니다. 조용할 때마다 불현듯 찾아오는 손님, 가슴이 갑자기 콱 막히고 어찔어찔한 그 순간이 닥친다면.

수봉은 손갈퀴를 만들어 머리를 득득 긁어보기도 하고 고개를 뒤로 젖혀 목 돌리기도 해봅니다. 그래도 심심하고 재미가 없는 것은 어쩔 수 없습니다. 마침내 수봉은 신발짝을 벗어들고 바위를 딱딱 때리면서 이 도령 따라 방자 천자문 읽듯 몸을 좌우로 비틀어가며,

"관자재보살 행심반야 바라밀다시 설라무네 관세음보살⋯⋯." 하다가는 드디어는 길게 일어나는 하품을 참아내지 못합니다. 역시 심심한 것은 옆에 사람이 없다는 것입니다. 마음 한쪽을 무지근하게 눌러오는 어떤 그리움에 갑자기 울고 싶기도 하고 바락바락 소리 지르고 싶기도 한 폭폭증이 일어 견딜 수 없습니다. 아하하, 하면서 소리를 고래고래 내지르는데, 아니, 아이쿠, 왔네, 왔어.

저쪽 산기슭으로 멧돼지처럼 검실검실 기어 올라오는 까만 승용차 허리가 보입니다. 수봉이는 훌떡 일어나 절간을 향해 노루처럼 날쌔게 내려 뛰기 시작했습니다.

절에 당도해보니 스님 차인 줄 알았는데 그게 아니네요. 타이탄 트럭 한 대와 승용차 한 대가 절간 마당에 세워져 있었습니다. 짐차에서 연장들을 들어내 창고에다 들여넣고 있던 허우대가 말만 한 사내가 쭈뼛쭈뼛 다가서는 수봉을 힐긋 한번 쳐다보고는 하던 일을 계속합니다.

"무슨 일이다요? 스님도 안 계신데."

두 사람은 묻는 말에는 대척도 하지 않고 그냥 나무토막 보듯 하네요. 수봉이 다시 묻자 허우대가 수봉의 위아래를 한번 짝 훑어보더니 "스님하고 이야기가 다 됐어. 여기서 공부하는 학생인가부지." 하는데 초면인데도 아예 반말로 막 내리깝니다. 그리고는 돌샘

으로 달려가 약수를 벌컥벌컥 들이키더니 트렁크에서 가방을 꺼내 올리는 구레나룻이 거무튀튀한 청바지 사내에게 빙글빙글 웃으며 소리칩니다.

"강 소장, 외롭지는 않것네. 여기 학생도 있응께로. 이왕 절에 있는 거 도나 열심히 한 번 닦아봐. 헤이 근디 강 소장이야 신선놀음에 좋것지만 우리는 인자 막고로 잡아 돌릴 테니 광도 못 팔고 팔만 아프게 생겼구먼. 하여튼 내일 일찍 여기 드릴과 자동 대패를 잘 챙겨 나오드라고. 학생 처사, 이 분 좀 잘 부탁해. 저 밑에 사람들이 기다리고 있응께로 나는 이쯤해서 가볼게."

"그래, 가봐. 전 사장, 밤엔 술 좀 작작 마시라구."

사장이란 자는 먼지 묻은 손을 탈탈 털고는 승용차를 날쌔게 몰고 그냥 달아나버립니다. 청바지가 벌그레한 얼굴로 입맛을 다시고 있는 수봉에게로 다가왔습니다.

"앞으로 같이 있을 건데 잘 지내봅시다. 난 강종태라 합니다."

"박수봉입니다."

엉덩이를 뒤로 빼며 수봉이 엉거주춤하게 손을 내밉니다. 종태는 마루 안쪽 방에 짐을 부린 다음 방안을 닦으면서 수봉에게 물었습니다.

"절간에서 지내보니 어떠세요? 우린 요 밑 큰절에 보수공사 들어왔거든요."

"어쩌긴요. 귀만 간지럽고 속은 쓰리고 다 그렇지 뭐. 콧구멍은 맹하고."

"콧구멍이 맹하다뇨?"

"맛난 것들이 없으니께로. 다, 지내다보면 알게 돼요."

"난 토끼띠 서른여덟인데 그쪽은 내 또래 같기도 하고, 훨씬 덜 먹은 것 같기도 하고 아리송하네."

"저는 개띠니까 한참 형님이시구먼요."

"그렇겠네. 절에 왔으니까, 부처님께 인사를 해야겠지."

나이 소개가 끝나자마자 금세 말투가 아래보기로 꺾어지네요. 종태는 말을 마치자 운동화를 꺾어 신고서 헤적헤적 법당 쪽으로 걸어갑니다. 수봉은 멀뚱하게 바라보고 있다가 법당 문을 막 열려는 종태를 불러 세웠습니다.

"허허이, 아저씬 절에 대해 통 모르시는구면. 옆문으로 들어가야지. 앞문은 스님들만 드나드는 거예요. 그리고 법당 들어가려는 사람이 신발을 꺾어 신는 그런 경우가 어딨대."

"허, 그래요?"

종태는 꺾어 신었던 신발을 바로 하고는 꺼벅거리며 옆문으로 걸어갑니다. 수봉은 법당 밖에서 종태가 절하는 모습을 힐긋 바라보다가는 참지 못하고 법당 안으로 날래게 들어갑니다. 수봉의 입이 대번에 신바람이 납니다.

"무슨 절을 제사 모실 때 큰절 하드끼 한대요. 두 손을 이렇게 정중하게 모아서 턱 밑까지 올린 다음 술과 담배에 꼲아버린 몸을 깨끗이 씻어주십사, 그렇게 소원을 빌어도 좋고 또 안 빌어도 좋은디. 하여튼 뭔가 경건한 마음으로 해야 되요. 또, 일어날 때도 발뒤꿈치를 요렇게 딱 모으고 단번에 일어나야 된당께요. 요 앞에 아미타불에게 세 번, 왼쪽에 칠성님께 세 번, 오른쪽에 산신님께 세 번…… 옳지. 인제 잘하시네. 내가 너무 아는 척 했나, 헤헤헤."

객방 마루는 북향이라 찬 기운이 감돌았습니다. 늦게 온 사람이 그것도 마루가 있는 큰방을 떡 차지한 것이 수봉은 종내 못마땅하지 않을 수가 없습니다. 간단히 방 정리를 마친 종태가 마루기둥에 기대고 댕댕하게 앉아 있는 수봉에게로 포도와 귤을 꺼내 왔습니다.

"딱 좋은데 한 가지가 빠졌구면."

수봉이 혼잣말처럼 중얼거리다간 마루기둥에 걸린 공양 목탁을 살살 때려보면서 "……저, 아저씨는 어디가 아파서 여기에 와 계시려는 거다요? 아저씨도 몸이 안 좋지요?" 묻습니다.

"안 좋다기보담도, 뭐, 좀 쉬면서 생각도 하고, 맑은 공기도 마시고……"

"헤헤, 아저씨 얼굴도 탁 보니까, 구름이 쫘악 끼었구만. 누구한테 되게 한 방 얻어맞은 것처럼 퉁퉁 부어 있는데 뭘 그러쇼. 근디 아저씬 몸 어디가 편찮으시당가요?"

"몸은 뭐, 마음이 편찮다고나 할까?"

"그게 그 소리지. 아저씨도 귀에서 무슨 소리가 들리고 그러지요?"

"소리라니?"

"그건 그렇고 사회에서는 신고식도 있고 그라든데 절에서는 없나."

말을 마친 수봉이 종태를 말똥말뚱 쳐다보며 입맛을 쩝쩝 다십니다. 수봉의 말눈치를 알아듣고 종태가 넌지시, "그래, 우리 아래로 내려가서 빈대떡에다가 한잔 으으 어때요?" 하며 턱짓을 합니다.

"조옹지요."

수봉은 거참 바라던 바라 걸쭉하게 말대답을 했지만 얼굴이 금세 어두워집니다.

"근데 뽑을 것은 다 뽑아야 허는디 큰일났네."

"뽑다니요?"

"그런 게 있어요. 기쁨은 두세 시간이요, 지천 듣는 거야 고작 1분이라. 글쎄 언제라도 뽑으면 될 거 아냐 젠장할. 자, 가입시다."

수봉은 점퍼를 걸쳐 입고 건들거리며 종태를 따라나섭니다.

산 아래엔 빈대떡이나 산채비빔밥을 파는 식당이 두어 군데 있었습니다. 두 사람은 붉은 페인트가 칠해진 슬레이트집을 골라잡았습니다. 개울이 건너다보이는 단풍나무 아래 놓인 평상이 자못 은근해 보였던 것입니다. 솔솔 가을바람은 불어오고 밤콩처럼 통통하게 살이 찐 새들이 돌돌 흐르는 개울 사이로 포르르 날아다닙니다. 두 사람은 메밀빈대떡에다가 소주를 시키고선 평상에 마주 앉았습니다. 개울가 꾸부정한 감나무 가지에 매달린 낡은 스피커에선 〈명상의 말씀〉이나 〈심진스님〉의 청처짐한 노랫가락이 흘

러나와 가뜩이나 추썩이던 마음이 개울 바닥의 오리처럼 동동 떠서 갈 곳을 모르는데,

"앗따, 그림 좋은 거."

시든 배춧잎처럼 후줄근히 앉아 있는 수봉을 흘긋 보더니 종태가 짐짓 능청을 떨어 댑니다. 남자 옷을 뒤집어쓴 여자를 사내가 뒤에서 바짝 껴안고 지나가고 있었던 것입 니다.

"저건 유도 아녀요, 아저씨. 저보다 좋은 그림들이 을매나 많은디."

"그건 또 무슨 말이여?"

술잔을 따르다 말고 종태가 눈알을 빛내며 물어옵니다.

"형님, 내가 한때 영화판에서 일하지 않았것소. 오정혜, 안성기랑 어깨동무하고 박은 사진이 집에 있당께라."

"한때 엑스트라를 했나뵈?"

"헤헤이, 엑스트라라니요. 명색이 우리는 엔지니언데. 영화 세트장 만드는 데서 1년 남짓 굴러먹었지라. 생각해보면 그때가 봄날이었는디."

"새파랗게 젊은 사람이 아무데서나 봄날 찾고 있어. 거기서 뭔 일 했는디?"

흘긋 자신을 깔떠보는 종태의 시선을 무시하고 수봉이 코를 찌긋거리며 말을 잇습니다.

"별 수 있것소. 미장을 해야제. 미장이의 '미' 자가 '아름다울 미' 자 아니요. 그리고 아 무데나 '장이'자를 붙인당가요. '장이'란 말은 장인이나 예술적인 일에다만 붙이는 것이 니께로 영화배우랑은 딱 격이 맞제."

"'아름다울 미' 자 좋아하네. 덮어놓고 쓱쓱 문대고 미니까 미장이지 그게 뭐 별 뜻이 있는 줄 알아."

"아저씨가 아시긴 쪼께 아시네. 그렇다고 우리 미장이들이 되나캐나 처덕처덕 발라놓 고 막 밀어대는 줄 아쇼?"

"아니믄?"

두 사람의 목청이 두꺼비 씨름하듯 술청 중간에서 맞부딪쳐 걸걸하게 높아집니다. 수봉이는 종태더러 형님이라 했다 아저씨라 했다 호칭에도 두서가 없습니다.

"아저씨, 미장이라는 것이 아무나 할 수 있는 것 같이 말랑말랑하게 보여도 2,3년 안짝에 배울 수 있을 줄 알아요? 텍도 없지. 세멘을 흙손에다 한 방울도 안 흘리고 뜨는 데만 한 4개월 걸리는디. 왼쪽으로 뜨고 오른쪽으로 뜨고 안으로 잡아당기면서 뜨고 밖으로 밀면서 뜨고. 어디 그것으로 끝난당가요. 그 다음부터가 미는 것인디, 미는 것도 왼쪽을 훑어다가 오른쪽으로 밀고, 찍어서 밀고 물 발라서 밀고, 초벌 다르고 두 벌 다르고 바닥 다르고 천장 다르고 우리가 뭐 괜히 미장이라는 소리를 듣는다요. 한 3년 계속 쓱쓱 밀어대야 겨우 초보 딱지를 떼는데. 그렇다고 누가 가르쳐주기나 한대요? 띵한 데모도들은 맨날 사모래만 개다가 판나는디. 하여튼 간에 우리가 일 배울 때는 사수가 날캄한 연장을 집어던지고 후려갈겨도 찍소리를 못 했당께요."

"그렇게 어려운 기술을 어떻게 배웠댜. 나이도 별로 안 먹었으면서."

"별 수 있겠소. 모두 퍼자는 점심시간마다 현장 모퉁이에서 도둑공부 했지. 아저씬 아래 현장에서 뭐 한다요?"

"잡부."

"헤이. 농담도 잘하셔. 아까 그 양반이 형님보고 소장이라고 했는디?"

"어? 그게 그렇게 되나. 끗발 좀 세워주려고 농담으로 한 말이것지."

말을 마친 종태가 허허 웃으며 술잔을 들자, 수봉이 부드럽게 말을 눅입니다.

"아저씬 고런 배짱 가지고선 질통도 못 지겠구먼. 참, 걱정 많이 되네. 딱 거기엔 약이 있긴 있는데."

"약이라니?"

"꽃게잡이 배를 한 6개월만 타봐요. 똥구멍이 따로 있나. 우 아래서 막 뿜어나오는데. 그러면 여기 땅바닥에 발붙이고 사는 것도 참말 고맙다 생각하게 될 거요."

"미장에서 제일 어려운 것이 천장 바르는 것이지?"

"아저씬 그 어려운 것을 어떻게 아셨대?"

"그 정도를 왜 몰라. 미장을 할 때 좌에서 우로, 위에서 밑으로 그렇게 하겠네 뭐. 구석탱이하고 천장하고가 제일 힘들 테고."

"잡부라면서 박사네."

"헤헤헤."

종태는 그냥 웃다가는 말을 잇습니다.

"벽이 가장 쉽고 아래 바르기가 그 담이고 천장이 가장 어렵지? 아래야 먹줄 금 따라 밀면 될 것이고. 아무리 바닥 바르기라 해도 시로또들은 가운데가 우푹지푹 꺼지거나 나오겠네?"

"형님은 먹물 냄새가 나는디도 말이 쪼깨 통하네. 말이 나왔으니까 말인데 스님하고 누나 매형이랑 같이 만났을 땐데 말이요. 같이 한잔씩 했는디요."

"스님들이 술을 한잔씩 하더라고?"

"헤헤이, 차요, 녹차. 스님도 사람인디 접대용으로 술 한잔씩 하는 것이 뭐 어때서요. 그때 스님이 나보고 토담집 미장을 해봤냐고 묻길래 고건 안 해봤는디요, 했더니 원 세상에 자기 서재 방바닥을 자신이 직접 미장을 했다네요, 글쎄. 가만 봉께로 차 탁자 바퀴 위에다 종이를 받쳐놓은 걸 보면 제대로 된 것은 아니라 쳐도 그 정도 바를라 해도 초짜들은 어림 반푼도 없당께요. 내가 미장 밥을 10년을 넘게 먹었는데 고 정도를 모르겠어요? 내참, 스님들도 금방 뽀롱나는 것을 가지고 뻥칠 줄도 알대요. 절집에 오니까 주지 세도가 댕댕하드만."

두 사람은 헤헤헤 웃어대면서 술잔을 서로 부딪칩니다.

"흙벽돌집은 벽돌 결이랑 살려야 하니 어렵겠지. 흙은 세멘하고는 다를 테고."

"하면 왜 못 하겠어요. 중노릇 아무나 하나 하면서 제멋대로 떠드는데, 내참 그럼, 미장은 아무나 한당가요? 세상 사람들이 다 미장을 해도 안 되겠지만, 봐요, 세상 사람들이 전부 까까중이 돼버리면 나중에는 인간 종자가 없어질 텐디. 후우, 내 또래가 없으니께로 앞으로 그 바닥에선 대접받으며 살 텐데."

"수봉이가 세상이치를 빠삭하게 꿰뚫고 있네."

종태가 능청스럽게 말을 받아줍니다.

"세상이치 꿰뚫고 있으면 뭐해요. 지금은 절에서 팍팍 썩고 있는데. 근데 형님은 요 아래 현장에서 진짜 뭔 일을 한다요?"

"그냥, 데모도야. 연장 갖다주고 나무 져다주고……."

"농담 말구요."

"하여튼 나는 이쪽 목조건축 일은 잘 몰라. 아무튼 건설현장에서 10년 가까이 밥 빌어먹고 산 셈이지."

"그럼, 그렇지. 어쩐지 잘 알드라. 그럼 우린 서로 동업자끼리 만난 셈이네요."

"그런 셈이구먼. 그동안 어디서 일했드랬어?"

"서울서 10년 가차이 살면서 싸돌아다닌 셈이네요. 행님은 건설 현장에서 뭔 일을 했는디요?"

"천천히 다 알게 되것지 뭐. 근데 말야, 저녁은 몇 시에 묵나?"

"5시에 먹는데 밑에 식당 밥이 더 맛있을 텐디."

"절에 왔으니 절밥 좀 먹어보게. 모였다 허면 포카나 고스톱 판이니, 어물쩍하다가는 빠져나오기가 어려워. 사람이 궁상맞아지고."

"시간 지났다 허더라도, 행님 밥상은 내가 봐놓을 게요. 동업자 좋다는 게 뭐당가요."

그리곤 두 사람은 객지에서 동네 친구를 만난 것처럼 신이 나서 떠들어댑니다. 올라오는 길에 수봉은 소주를 두어 병 사서 챙기는 것을 잊어먹지 않습니다.

절간에 도착하자 스님이 사다리에 올라타고 법당의 풍경을 떼어내고 있었습니다. 수봉은 풍경을 떼어내 시끄러운 소리 하나가 죽어진다 하고 생각하니 시원하기 이를 데 없습니다. 스님은 떼어낸 풍경의 불알을 쟁강쟁강 흔들어보더니 수봉을 부릅니다.

"누워서 천장만 보면 정신이 썩게 되어 있어. 일은 안 하고 머리만 굴리는 놈들이 나라를 이 꼴로 만들었잖아. 자, 저기 기슭에 벌그뎅뎅한 마사토 있지. 그걸 가져다가 수세미로 빡빡 문대봐. 그럼, 아무리 구리라 해도 잘 닦여질 거야."

수봉은 행여 술 냄새가 풍길까봐 고개를 모로 빼고는 "예 예" 시원스럽게 잘도 대답합니다. 하지만 종을 들고 어물쩍하게 서 있자, 스님은 고대 산기슭으로 달려가 직접 마사토를 퍼와서는 수세미로 종을 싹싹 문대 보입니다.

"스님, 시내 병원에 가신 보살님은요?"

머리를 주억거리며 어름어름 서 있던 수봉이 슬쩍 물어봅니다.

"며칠 입원해야 된대. 전화를 몇 번 해도 가족들은 코도 보이지 않고 간병할 사람을 구해야 하는데 큰일났네."

스님은 수세미를 던지고 일어섰습니다. 그리곤 두 손을 맞잡고 쭈뼛거리는 종태를 보더니 "좀 있다 서재로 오세요." 하고는 내처 가다가는 수봉을 다시 부릅니다.

"해우소 말야. 청소 좀 하라구. 이게 뭐야. 종이도 좀 치우고. 화장실도 밥상이나 똑같은 거야."

그리곤 긴 물 호스를 잡아빼더니 화장실에 칙칙 소리가 나게 퍼부으며 손수 청소를 하기 시작합니다. 이건 좀 너무하다 싶어 수봉이 버엉뗑한 얼굴로 서 있자 스님이 한 마디 덧붙입니다.

"자연 발효되고 정화가 되니까 이만큼 환경에 좋은 것이 어딨겠어. 뱃속을 뒤집어봐, 이보다 더 깨끗한가. 더러운 것과 친해지면 마음이 저절로 닦아지는 거야."

"더러운 것과 친해진다면서 청소는 왜 해요? 그냥 놔두지."

수봉이 고개를 외오빼고서 저도 모르게 볼통거리며 말을 내뱉자 스님은 뭐에 맞은 듯,

"그래, 불구부정(不垢不淨)이라. 그 말이 맞다 맞다."

멍하니 한 마디를 뇌까리더니 지지벌게진 얼굴로 쿵, 기침소리 크게 올리며 휭허케 대나무 숲으로 사라집니다. 하여간 닦는 일만 시키는구먼. 수봉은 스님이 자기에게 일을 시키려고 안달이 난 사람같이만 보입니다.

한참 수봉이 툴툴대면서 풍경을 닦고 있는데 서재에 갔던 종태가 환한 얼굴로 돌아오더니 목을 한 바퀴 휘돌리며 심호흡을 합니다.

"뭐래요? 나한테 술 사다 주지 말라고 그러죠?"

"어떻게 알았어? 저녁마다 백팔배를 하래. 몸이 무시처럼 바람들었대나."

"거봐요. 형님은 누가 보더라도 바람이 든 것 같애. 코가 쑥 빠져 있으니까. 그래서 형님은 술을 사다줄 거요 안 사다줄 거요?"

"나도 좀 술을 끊어야 하는데 서로 참으면 좀 좋겠냐."

종태도 말을 마치고는 악에 바친 듯 종을 빡빡 문대고 있는 수봉에게로 수세미를 들고 달려듭니다.

4

불은 좀체 붙지 않습니다. 신문지에 불을 붙여놓고 장작을 들이밀기만 하면 커다란 가마솥 아궁이에선 연기와 그을음만 그냥 솟구칩니다. 축축한 바람이 불어오는데다 나무까지 생나무라 콧물을 질질 흘리며 씨름을 한들 생각만큼 불은 쉽게 활활 타오르지 않습니다. 보살도 퇴원하면 모래 글피쯤 메주를 쓴다고 커다란 솥 아궁이를 말려놓으라 했는데 어쩌나. 아하, 왜 그걸 몰랐을까. 수봉은 손바닥을 딱 치며 쓰레기통으로 달려갔습

니다. 장작을 X로 포개 걸친 다음, 그 위에 주워온 쓰다 남은 양초를 몇 개 올려놓고 밑구멍에다 신문지로 슬슬 불을 붙입니다. 그러자 촛농이 뚝뚝 떨어지면서 금세 불이 화르르 살아납니다. 후후후, 이젠 솥 닦는 일도 불 피우는 일도 별거 아니네. 금방 비라도 한바탕 쏟아질 듯 잔뜩 흐린 하늘, 빠끔히 터진 구름 사이로 햇살이 부시게 쏟아져 콩기름을 바른 솥에선 번들번들 광이 납니다. 하지만 흐린 하늘처럼 가슴은 마냥 답답하기만 합니다. 그때 전화벨이 찌리링 귀를 사납게 잡아당깁니다.

"아, 보살님이요? 그분 입원하셨는디 여직 모르고 있었단 말이요?"

"알았지만 어쩔 수 없었어요. 괜찮나요?"

"허허, 그런 말은 병원에다 물어봐야지. 자기 어머니를 절에다 처박아놓고 밥이 입으로 넘어갑디까?"

"불쌍한 우리 어머니. 모셔다놓으면 자꾸 절로 가는 통에 오빠들도…… 나라도 모시고 싶었는데. 좀 어떻나요?"

여자의 훌쩍이는 소리가 시끄러운 전화 잡음 속에 파묻힙니다.

"좋아졌지만, 여보쇼, 그런 말을 전화로 물어보는 것이 실례인 줄 모른단 말이요. 대체 지금 누가 간병을 하는 줄 알아요? 스님이 간병을 해요, 스님이."

"내려가고 싶었는데 일을 나가니……."

수봉이는 내친 김에 한마디 더 하려고 숨을 몰아쉬었다가는 딸이 계속 훌쩍거리는 바람에 잠시 기다립니다. 그런데 전화가 뚝 끊깁니다.

수봉이 혀를 내두르며 아궁이로 가는데 화물차가 파란 가빠를 들씌운 채로 절간 마당으로 들어섰습니다. 차에서 내린 종태가 비닐봉지를 쳐들면서 헤헤 웃습니다. 그런데 걸어오는 발걸음이 어째 절뚝절뚝댑니다. 봉지를 받고 보니 양념통닭 옆에 오지고 숭굴숭굴한 것이 두 개씩이나 쌍둥이처럼 나란히 어깨를 포개고 있었습니다. 수봉의 입이 금방 해낙낙하게 벌어집니다. 두 사람은 히히 웃으며 벽돌을 몇 장 들어다 아궁이 옆에 금방 자리를 마련했습니다.

"오늘은 일찍 왔네요."

"비가 떨어지잖아."

"많이 다쳤어요?"

"그냥 기왓장에 무릎이 찍혔어."

"어디 좀 봐요."

바지를 걷자 무릎에 감은 붕대 위로 벌건 피가 번져나와 있습니다.

"왜 병원 가지 않구서?"

"이 정도 가지고 병원에 간다꼬?"

"하기사 현장에서는 다친 것도 창피한 법이니께로. 오늘 신도들이 다녀가서 과일도 많이 있는데……."

수봉이 종태의 속을 다 안다는 듯이 고개를 끄덕이면서 광으로 달려갑니다. 아궁이를 가린 낮은 슬레이트 지붕 위로 빗방울이 뚜두둑 콩알이 튀듯 떨어집니다.

"수봉인 벌써 한잔 한 얼굴인데?"

종태는 말은 그렇게 했지만 손으로는 벌써 수봉의 잔에 술을 가득 부어줍니다. 두 사람은 헤헤 웃으며 맥주 컵을 쨍하고 부딪칩니다.

"남겨둬보왔자 마음만 싱숭생숭헐 테니 일찌감치 마저 남은 거 봐렸죠. 그래도 나 지금 많이 참고 있소이."

벌써 고기 냄새를 맡은 고양이가 얼쩡얼쩡 주변을 뱅뱅 돌며 자꾸 울어대네요. 고양이는 수봉이 고기를 한 점을 휙 던지자 잽싸게 물고 달아납니다.

"형님, 고양이가 과연 영물은 영물입니다. 인제 내 얼굴을 알고 졸졸 쫓아댕긴당께요. 목덜미를 한두 번 긁어주면 빙빙 돌면서 난리예요. 발랑 뒤집어 까고서는 거시기를 쭉쭉 핥는데 조그만하고 쪼뼛한 것이 쑤욱 나온당께요. 지가 나를 보고 드러눕고 뒹굴고 그래봤자 어쩔 것이여, 똑같은 수놈들끼리. 하기사 절간에 있으니 고기가 있나 뭐가 있나 저나 나다 똑같이 삼팔 따라지 신센데. 그건 그렇고 형님, 혹시 공황증이라고 들어봤소?"

"공황증이라니, 비자 말하는 거야? 외국 나가려고?"

"아니 아니…… 공황 말이야, 공황."

"공황이란 자본주의의 기본 모순에서 생기는 것인데. 경제공황을 물어보는 거야?"

"하여튼 공황이라는 게 뭐냐구요?"

"그게, 글쎄, 예를 들어 건설경기가 좋을 때 너도나도 달려들어 분양이 될지 안 될지 모르는 아파트를 계속 지어댔잖아. 그럼 과잉생산이 되지. 그러면 값이 폭락하겠지?"

"값이 떨어지면 뭐해. 우리 같은 사람들은 천신도 못하는데."

"바로 그거야. 창고에 물건이 가득 쌓여 있어도 우리 같은 서민들은 이상하게도 물건을 살 돈이 없단 말야. 공장 시설은 확장해놨는데 물건이 안 팔리니 어떡해. 회사가 은행 빚을 못 갚잖아. 그러면 결국 회사가 부도가 나겠지?"

"그러겠죠. 부도난 회사 때문에 우리도 돈 못 받은 게 얼만데."

"한 회사가 문제가 아니라 경제 전체가 그렇단 말야. 창고에 물건을 쌓아놓은 회사들이 줄줄이 부도가 난단 말야. 그러니 거기에 돈을 빌려준 은행까지 넘어가고, 거리엔 실업자가 넘치고 주가는 떨어지고 결국 사회가 완전히 마비 상태가 되지. 그게 공황이야. 이를테면 우리가 지금 바로 경제공황일지도 모르지."

"근데 공장에 물건이 가득 쌓였는데도 왜 팔리지 않는당가요?"

"물건을 사야 할 우리는 쥐뿔도 없는 반면에 돈은 자꾸만 큰 데로 뭉치게 되어 있어. 이 놈의 사회가 그렇잖아. 콩이 백 번 굴러봐 호박이 한 번 구르는 것만 하냐. 바로 그 짝이지 뭐. 기중에서 등치가 큰놈들을 독점자본이라 하는데 미국 같은 나라에는 더 큰놈들이 있어. 초국적자본이래나."

"그러면 팔리지도 않을 걸 무턱대고 생산해내지 않으면 될 거 아뇨?"

"세계화니 국제화니 허면서 시장이 개방되니 세계가 거미줄처럼 연결돼 수요 예측이 안 될 수밖에. 벼농사 풍년 들면 뭐 하냐. 수입해 들어오는데. 우리로선 곳간이 열린 셈이지. 경쟁만 있고 예측은 없어. 이 사회에서는 그러한 상황이 항상 닥치게 되어 있어. 중국 같은 사회주의 국가라면 몰라도 이 사회에서는 불가능해."

"형님, 본께로 꽤나 유식하네. 그렇게 유식한 형님이 어치께 절간 공사에 데모도나 하고 있을까. 도대체 형님 정체가 뭐요?"

"다 들은 풍월이지. 명색이 386세대 아니냐."

"나도 한 2년 부대끼다보니까 거미줄에 걸린 잠자리 모냥으로 단물이 쪽 빨렸지만. 하여튼 지금도 수십만 원짜리 빤쓰가 백화점에서 불티나게 팔려나가고 있는 판이니 호박이 구르니 어쩌니 하는 얘기 하나는 그럴 듯 하구먼요. 근데 어쩌다가 나라가 이 모양이 됐다요?"

"문민정부 때부터 세계화니 우루과이라운드니 떠들어대며 시장을 열어주었다가 결국 벼락을 맞은 것 아니냐. 결국 서로 자유롭게 경쟁을 하자, 그게 신자유주원데 말은 얼마나 좋냐. 고건 결국 대가리 큰 놈들이 이기게 돼 있거든. 코스닥도 벌써 코 큰 놈들의 밥이 됐잖아. 하여튼 이렇게 밑바닥을 내리훑어 조지니 그것 때문에 박 터진 사람들 참 많다."

"말하자면 우리 같은 노가다나 농사꾼이나 마찌꼬바에 다니는 노동자들이야말로 피 똥 싼다 그 말 아니요? 우리는 그동안 맹물 먹고 이 쑤시고 가는 똥 싸며 잘 살았는디. 형님, 공황이 이 모양이니 어떡해야 된다요?"

"바닥을 쳤으니께로 점차 나아지겠지. 문을 닫고 쥐를 잡아야 하는데 문을 열어놓고 쥐를 잡으려 하니 쥐가 잡히냐. 하여튼 자주와 민중이 중요한데 껍데기들만 설쳐대고 있으니……."

"눈에 쌍심지를 켜는 것을 보니께로 형님도 솥뚜껑을 열심히 닦아야 허겄구만요."

"솥뚜껑이라니. 그게 뭔 말이대?"

"우리 스님이 오늘 나한테 며칠 후에 메주 쓴다고 솥을 닦으라고 해서 내가 시큰둥해 있으니까 형님같이 백팔배 하는 것보다 고게 백 번은 낫다고 허드만요. 어쩔 수 없이 또 빡빡 문댔지요. 시뻘건 녹물이 금방 닦아지기나 한당가요. 닦다보니 화가 부락부락 나잖아요. 그래서 한 바퀴 닦는데 절 한 번이다 고래 세면서 닦았지만, 그래도 신세를 생각헐 때마다 심장이 벌렁벌렁해가지고 참을 수가 있어야지요. 그래서 남은 술을 꼴깍했지요. 하루아침에 도를 다 닦는다면 중들도 쪽박 찰 텐데, 시간이 좀먹냐 녹이 스냐 닦다보면 어떻게 되겠지. 그러다가 어쩌다가 폭폭증이 쪼깨 가라앉더만요. 한참 그렇게 닦고 있는데 스님이 지나가다 보고서는 웃으며 '그렇게 빡빡 문대다가는 솥바닥 구멍 나겄다야.' 하면서 고개를 내둘거리기에 속으로 한 마디 했죠. '헤헤이 도 닦는 스님이 고런 것도 모르나. 솥바닥이 뚫어지면 더 바랄 게 뭐 있어. 하산하는데.' 했죠."

지짐거리던 빗방울이 마침내 후드득후드득 떨어지고 비에 젖은 은행잎이 바람에 풀풀 날려 마당에 노란 자국을 새겨갑니다.

"허허, 그래 닦다가 안 닦으니까 녹이 슬 수밖에 더 있냐. 그냥 알천이 나오도록 계속 닦아야 하는 거야. 민주주의도 그렇고 세상이 다 그래. 근데 아까 말야, 공황 얘기는 왜 꺼낸 거야?"

"그거요? 잠을 자도 잠을 잔 것 같지 않고 헛잠만 잔 것 같다니께요. 그러니 요렇게 빼짝 마를 수밖에. 남들은 알코올중독이라 허는디 병원에서는 공황장애라 하대요."

"그게 어떤 것인데?"

"아참, 그러니까, 그 증상이 나타나면 심장이 곧 멈춰버릴 것 같이 가슴이 답답하고 울렁거려 당최 숨을 쉴 수가 없당께요. 자다가 혹시 그 증상이 나타나면 그대로 죽는 거 아닐까 생각하니 잠도 안 오고, 이러다가 혹시 미치거나 실수를 하지 않을까 걱정 때문에 친구도 못 만나겠는 거라요. 그래서 술을 한잔씩 마시고 나가죠. 그러면 괜찮아요."

"그러면 알코올중독이잖아."

"알코올중독일지도 모르죠. 아무튼 그런 증상이 일어난다 싶으면 근처에 약국이 없으면 무조건 술집으로 달려가니까. 술을 한잔 마시면 속이 쑥 내려오며 괜찮아지데요. 그러다가 결국 알코올중독으로 가겠지요, 뭐."

"언제부터 그런 증상이 나타났는데?"

"대통령선거 전부터, 엄청 경제가 어려웠잖소. 서너 달 일자리가 없어 빈둥대다 친구랑 경마장에 갔었지요. 거기서 홀랑 몇 백을 까먹고 나서 친구와 같이 한 3일 동안 밥도 안 먹고 내리 연타로 마셔댔는데 그때 처음으로 가슴이 두근거리고 숨이 콱 막히는 증상이 나타난 거라요. 전철을 타고 가는데 차 안에서 미치거나 꼴깍 할지도 모른다는 생각이 들어 차에서 내려 약국으로 달려갔죠. 그 뒤론 그런 증상이 나타날까봐 버스나 전철을 타기도 무섭고…… 하여튼 또 그런 증상이 나타나 우연찮게 술을 마셨는데 이상하게 그 증상이 가라앉는 거예요. 그 후부턴 그런 걱정이 생길 때마다 술을 마셔댔지요."

"그런 증상은 누구에게나 있는 거야. 너무 그걸 의식하니까 그러지. 나부터도 그런 경험이 있는데……."

"어떤 경험인데요?"

"도시가스 공사 현장에 근무한 적이 있었는데 하청에서 배관을 엉뚱한 곳으로 묻었어. 축대를 헐고 묻어야 하는데 그냥 뱅뱅 돌린 거야. 그래서 도면대로 하라고 했지. 그쪽 사장이 나를 불러내더니 거머리처럼 붙들고 늘어지는 거야. 다 그렇게 넘어갔다는 거야. 룸에 가서 거나하게 한잔 사는 것까지는 좋은데 말야, 여자에다 돈까지 찔러주데. 그냥 뿌리치고 나왔지. 그게 봐줄 성질의 것이 아니었거든. 그게 잘못되면 내 모가지가 아니라 다른 사람 모가지가 달린 문제 아냐. 그 뒤로 이상하게 우리 부서장이 계속 나를 쪼고 골탕을 멕이는 거야. 내가 뇌물을 먹고서도 자기에게 상납을 안 했다는 거지. 회사를 때려 쳤지. 그런데 집에서 놀고 있으니까 온갖 소리들이 다 들리는 거야. 숨이 벌벌 떨리며 가슴이 수지침으로 찌르듯 콕콕 쑤시는 거야. 미쳐버릴까 겁나드라구. 그것도 신혼 초인데 아무에게도 차마 말 못하고 얼마나 살이 떨리던지. 한 6개월 쉬다보니 빌딩만 봐도 현기증이 나더라구. 다 지난 얘기지."

그때 가까운 숲길 쪽에서 부르릉 하는 차 소리가 들려왔습니다. 두 사람은 얼른 먹던 것을 싸서 굴뚝 뒤로 숨깁니다. 보살은 보이지 않고 스님이 차에서 달랑 내려섭니다.

"내일 퇴원하기로 했으니까 그렇게 알더라고. 솥단지가 반들반들하구먼. 고생했네. 한 잔 하는 거야? 많이 하진 말어. 난 저녁 공양은 했으니까 신경 쓰지 말고 쉬라구."

그리곤 야채가 든 까만 봉지를 수봉에게 넘기더니 해적해적 서재로 사라집니다. 절 마당에 추적추적 내리는 빗소리가 새 부리처럼 가슴을 쪼고 지나갑니다. 수봉이 스님의 뒷모습을 보며 고개를 갸우뚱거리다가 말을 뱉어냅니다.

"오늘은 스님 얼굴이 좀 흐리네. 하여튼 형님 그래서 어떻게 했소?"

"죽기 아니면 까무러치기로 정면 대결을 하기로 했지. 미쳐서 죽나 벌벌 떨면서 죽나 고통스럽기는 마찬가지 아니냐. 죽을 테면 죽어라 까짓거, 하면서 그 순간을 가까스로 극복했지. 몇 번 극복을 했더니 그 후론 그 증상이 나타날까 두려워했던 것이 참 우스운 거야."

"그런데 실제로 자꾸 그런 증상이 나타나는데 어떻게 눈 딱 감고 가만히 참고 있으란 말이요?"

"그게 일종의 자기 암시거든. 그래서 마음이 중요해. 근데 너 같은 경우는 알코올중독하고 혼합되어 있으니 일단 술부터 끊어봐. 공황장애는 아무것도 아니야. 알코올중독이 무서운 것이지. 금단 현상도 공황장애란 것과 비슷하고."

"내 병은 이런 절간에서 고칠 병이 아니랑게요. 여기서 술을 끊었다고 밖에 나가서 안 마시라는 법이 어딨당가요?"

"그럼, 여기서 안 마셨는데 밖에 나가서 전처럼 마시라는 보장이 어딨냐. 한번 술을 끊고 마음을 다스려봐."

"형은 여러 가지로 박사네?"

"니가 지금 말해서 알았지. 그땐 그게 공황장애인 줄 몰랐어. 나도 그 때문에 얼마나 고생했는 줄 아냐. 마누라에게도 말할 수 없었다니까."

"하기사 누구든 내 병에 대해 이야기하면 신경이 예민해졌다, 술을 끊어라, 그것뿐이랑께요. 아무도 내 심정을 모를 거라. 그렇다고 현실 속에서 병을 고쳐야지. 이런 산 속에 처박아났다고 병이 고쳐지나요. 이렇게 맨날 술로 사는 판인디. 점점 더 망가져가네요."

"그래서 마음이 중요하단 거야. 너 말대로 솥바닥 닦듯이 마음을 도슬러 먹으면 마음이 안 다스려지지 않것냐. 스님의 생각도 아마 그럴걸."

"과연 그럴까요. 만만하니까 다들 먹을 콩으로 아는지. 보살이 입원을 했으니까 밥하고 설거지하는 것이야 그렇다 치더라도 쯧쯧, 원 세상에 솔잎을 뽑으라지 않나 변소청소를 하라질 않나……. 누나들부터 나를 요따위로 대접을 하는데 내가 누구한테 무슨 대접을 바라겠소. 후우, 죽을 때 죽더라도 낼이라도 당장 보따리 싸가지고 내려가고 말 거야."

"내려가면 갈 데 있어?"

"갈 데야 왜 없겠소. 내려가자니 누님 낯가림은 해야 되겠고 해서 이제껏 참았었는데, 가만 있자 하니 모두 쓰디쓴 참외 보듯 허는데 참을 수가 없고. 젠장 내려가고 말 거야."

수봉의 넋두리를 가만히 듣고만 있던 종태도 크게 숨을 몰아쉽니다.

"나야 한심한 놈이니까 그렇다 치더라도 행님이 웬 한숨을 그렇게 쉬시오?"

"니나 내나 우박 맞은 채소처럼 신세가 뭉창 거덜났지만, 그래도 우리는 양반이다. 역전 마당에서 헤매는 사람들이 얼마나 많은데."

"그래서 노가다판에서 데모도나 하고 계시오?"

"나라가 거덜나는 판에 대학 나왔다고 노가다를 못 하라는 법이 어디 있냐?"

"하지만 내 통빡에는 그게 아녀. 여기 온 뒤로 형님이 밖으로 전화하는 것을 통 보지를 못 했는디, 저어 혹시 가출한 거 아녀. 내 말이 틀렸소?"

"전화를 여기서만 하라는 법이 어디 있냐. 일 나가서도 전화를 하고 그러는 거지. 너, 아까 그 술 말이야……."

종태는 서둘러 말을 돌리는데 수봉이 말 중동을 딱 끊고서 "핸드폰은 있는데 오는 전화도 당최 없으니 거 참말로 이상허다." 하며 말긋말긋 종태를 쳐다봅니다. 종태는 한숨을 푹 내쉬며 고개를 돌립니다.

"지금 세상에 문제 없는 가정이 어디 있것냐. 그래서 너 정말 내려갈 거야?"

"여기 가만 있다가는 생사람 잡게 생겼당께요. 도대체 잠을 잘 수가 있나. 여기서 죽나 내려가 죽나 매한가진데. 까짓것 오늘은 기어코 스님하고 결판을 짓고 말 거요. 게도 제 구멍이 아니면 들어가지 않는다고 했는디 대체 절간에서 이게 무슨 꼴이란 말이요. 안 그렇소?"

"그래, 하다못해 새우젓 장사를 하더라도 밖에서 병을 고쳐야겠지. 하지만 마음이 그렇게 오락가락해가지고 내려가면 될 일도 안 될 텐데. 술부터 일단 끊어보고 공황증이 아무것도 아니라는 것을 안 다음에 내려가는 게 어때? 수봉아, 우선 일주일만 참아보자. 다음 주에 내가 시내에서 술을 한번 거하게 사줄게."

"누가 오너라가너라 한다고 해서 내가 거기에 따를 놈이요. 형님도 나를 잘못 봤소. 나도 한 가지 곤조는 있는 놈인디."

수봉은 속 썩는 한숨을 토해내더니 울컥울컥 술을 들이킵니다. 두 사람 다 자기 생각에 잠겨 말없이 술을 마셔댑니다. 나뭇잎에 얹힌 빗방울이 이따금씩 부는 바람에 후드득 떨어질 뿐 서쪽 하늘이 번한 것이 비는 하마 그친 것 같습니다. 찬비에 젖은 낙엽들이 뒤널린 마당은 마치 붉고 노란 장판으로 도배를 한 것만 같네요.

5

토담집 창호에는 불이 켜져 있었습니다. 인기척을 내고 기다렸지만 안에서는 아무 대답이 없고 토방의 축 늘어진 야자수 잎만 가끔씩 들이치는 바람에 치렁거립니다.

"스님, 수봉입니다. 공부하세요?"

"내일 오너라, 밤이 너무 늦었다."

"오늘 꼭 드릴 말이 있는데요."

"오늘 꼭 해야 될 이야기가 내일이면 도망가느냐. 술이 벌써 많이 된 것 같은데 밝은 날에 보자."

더이상 말을 붙여보지도 못한 채 돌아서 나오는 발걸음이 천근같이 무겁기만 합니다. 오늘 할 얘기와 내일 할 얘기가 어떻게 같아? 사람 마음이 시시각각인디. 까짓거 떠나면 될 거 아냐. 하지만 울타리 밖으로 나온 오리새끼처럼 마음이 오락가락 도대체 종잡을 수 없습니다.

수봉은 갈림목까지 터덜터덜 되짚어나오다가, 문득 암자 쪽이 아닌 산길을 무턱대고 걸어오릅니다. 어디서 실컷 울어나보고 싶었던 것입니다. 그동안 열심히 안 살았달 것도 없는데, 집도 절도 없는 떠돌이라니. 도대체 왜 이렇게 된 거야. 큰매형 가게에 전셋돈만 안 꼬라박았다면. 이 누나 저 누나네 집을 전전해가며 눈칫밥을 먹을 것 같냔 말야.

흥, 동생 중 만들어놓고 자기들이 극락 갈라고? 흥, 어림 반푼도 없는 소리. 천년새 좋아헌다. 그게 말이여 막걸리여. 죽어가는 개구리를 똥구멍 불어서 살려내듯 하나밖에 없는 남동생, 왜 못 살려네. 아이엠에프 이삼 년에 완전히 거덜났는데 술을 안 마시고 어쩔 거야. 서울의 큰매형이 그래도 내 속을 아는데 벌써 내 방을 치웠겠지. 셋째 누나도 그렇지 들에 탈곡하러 간 놈이 일꾼들과 술 한잔 하면 뭐 어때. 그걸 가지고 식구들한테 온통 전화질을 해서 법석을 떠난 말야. 내가 주정을 부렸어, 돈 달라고를 했어? 전부 쓴 도라지 씹은 듯 하니 내참, 왜 내가 이렇게 까불림을 당해야 하냐 말이다.

재봉은 울화가 머리끝까지 치밀어올라 바윗돌에 주먹이라도 그냥 처넣고 싶습니다. 문득 골바람이 불 때마다 후드득 빗방울이 떨어집니다. 한참을 걷다보니 고무신을 신은 발바닥이 따끔따끔 아파왔습니다. 이젠 돌아가야지 하면서 주위를 둘러보니 길은 끊어지고 전혀 막다른 곳입니다. 손전등이 아니고는 한 발짝도 옮기기 어려운, 검은 송곳이 눈알을 쑤시는 것 같은 칠빛의 어둠입니다. 발길이 닿은 흔적이 있어 반갑게 그쪽으로 가다보면 어깨 하나를 들이밀 수 없이 찍찍하게 우거진 산죽이, 키를 넘는 억새가, 동백나무가, 돌벼랑이 발길을 턱턱 가로막습니다.

길 표지 리본을 찾아내고선 안도의 한숨을 불어내는데 갑자기 사방이 암흑으로 변해 버립니다. 웬걸, 똑딱이단추를 눌러봐도 손전등에 불이 들어오지 않네요. 전지약이 떨어진 모양으로 반딧불 같은 작은 불똥이 일어났다가는 고만 사그라집니다. 주위가 온통 까맣다 못해 하얗습니다. 그 많던 새들도 어디에 숨어 잠들었는지, 숲을 쓸어가는 날파람소리만 이랑가랑합니다.

수봉은 이젠 라이터를 켜들고 길을 찾기 시작합니다. 엄지손가락이 뜨거워 라이터의 스위치를 놓으면 금세 까만 어둠이 뒷덜미를 움켜쥡니다. 해종일 술을 마신 셈이라 손과 발이 허당을 짚는 것처럼 공중에서 제멋대로 놉니다. 결국 어느 비탈에서 쭈르르 미끄러지며 된통 뒤로 자빠졌는데 다행히 낭떠러지는 아니네요. 엉금엉금 기면서 나뭇가지를 붙잡고 일어섰지만 바위부리에 치받친 엉덩이가 쪼는 듯 쓰려옵니다. 빗물에 젖었는지 이젠 라이터 불마저 켜지지를 않습니다.

잘 됐다, 잘 됐어. 수봉은 가만히 돌에 앉아서 막막한 어둠을 그냥 지켜봅니다. 언젠가 한번은 닥칠 죽음, 그 맛, 그 냄새, 텅 빈 공간의 공포. 몇 번씩이나 그 문턱에서 미끄러졌는데, 멀쩡한 사내놈이 산에서 길을 잃고 드디어 이렇게 가는구나. 따지고 보면 그동안 죽음을 주머니처럼 옆에 차고 있었던 세월이었습니다. 낄낄낄 소가 웃는 듯 바람이 회오리치고 어디선가 나뭇가지들이 뿌지직 부러집니다. 죽음이 달콤한 꿈처럼 왔으면 싶은데 턱이 덜덜 떨려오고 자꾸 뜨거운 것이 볼을 타고 줄줄 흘러내립니다. 스적스적 떨어지는 빗방울에 척척하게 젖은 가슴이 송곳으로 긁는 듯 가늘가늘 아파 올 뿐 서러운 생각도 무서운 생각도 다 꺼지고 먹먹한 적막이 이상스럽게도 어머니 품속처럼 아늑하고 달콤하기까지 합니다.

그때 건너편 산 쪽에 어디선가 개 짖는 소리가 컹컹 들려왔습니다. 나무 이파리 사이로 얼핏 담배 불빛 같은 게 번쩍 한 것도 같습니다. 됐다, 수봉은 그쪽 암자를 향해 천천히 손을 더듬적거리며 다가갔습니다. 여전히 앞은 까마귀 나라처럼 컴컴합니다. 그렇게 얼만가를 갔는데 갑자기 발 밑이 푹 꺼지며 뭔가 양쪽 귀를 잡아채면서 날카로운 물고기의 이빨에 콱 물린 듯 번갯불이 일면서 의식을 잃었습니다.

엄마의 등에 업힌 아이는 팔을 나불나불 흔들며 들로 갑니다. 엄마의 등짝은 정말 따스합니다. 엄마는 아이를 밭둑에 내려놓고 푸릇푸릇한 양파 밭으로 들어갑니다. 아이는 엄마 없어도 놀 것이 참 많습니다. 시계풀을 뜯고 개미와도 잘 놉니다. 그런데 고양이만 한 개구리가 입을 짝 벌리며 폴짝폴짝 뛰어옵니다. 아이는 울먹줄먹 동동거리며 엄마에게 달려갑니다. 웬일로 엄마는 불러도 불러도 등을 돌린 채 양파밭만 매고 있네요. 엄마 등을 붙잡고 막 숨을 돌리는데 뒤돌아보는 얼굴은 웬걸 엄마가 아닌, 낯선 얼굴이 히히히 웃습니다. 아이는 막 달아납니다. 노을빛으로 사방이 벌겋게 타고 온통 낯설고 막다른 길뿐입니다.

길이 뚝 끊어지는가 싶더니 사방이 망망한 바다로 변합니다. 갑판 위에는 낯선 얼굴들이 더 많습니다. 검푸른 파도가 뱃전을 때리고 감아올리는 그물마다 꽃게가 펄떡펄떡 뜁니다. 싯누런 이빨의 턱석부리가 히히 웃으며 다가옵니다. 툭툭 칼질을 할 때마다 꽃게의 두꺼운 각질이 대번에 토막토막 갈라집니다. 한쪽에서는 삼치를 갈라 회를 뜹니다. 회에다 꽃게탕에다 대접 하나씩 소주가 건네집니다.

그런데 어느 틈에 왔는지 커다란 배가 갈고리를 던지며 공포를 쏘며 덤벼듭니다. 손바닥만한 방으로 쏜살같이 들어가 납작 엎드려 있는데 배가 끼우뚱 부서질 듯 요동을 칩니다. 배에 오른 사내들이 쏼라쏼라 하며 몸을 오랏줄로 꽁꽁 묶더니 배 바닥에 밀어 처넣습니다. 축축한 어둠 속에서 물컥 풍겨나는 생선 비린내. 허기가 지고 목이 말라 발버둥을 칩니다.

갑자기 불이 환하게 켜지며 사방이 환해집니다. 의사가 수술 칼을 집어들면서 묻습니다. 4개월인데 뗄 거요? 옆에서 흑흑 흐느끼는 정겨운 목소리가 들립니다. 향수 냄새, 아카시아 향기, 정말 닿고 싶은데, 꼼짝할 수가 없습니다. 올챙이처럼 불러 있는 배로 칼이, 얼음 같은 칼이 닿습니다.

아이는 출렁이는 바다에 둥둥 떠내려갑니다. 햇살은 참으로 따갑고 바다는 갈치비늘처럼 은빛으로 반짝입니다. 갈매기들이 톡톡 얼굴을 쪼는데 그렇게 시원할 수가 없습니다. 등이 꺼뭇꺼뭇한 커다란 돌고래가 소용돌이를 일으키며 다가옵니다. 안 돼, 안 돼. 하지만 고래는 몸을 꿀컥 집어삼킵니다. 고래는 자꾸자꾸 작아지더니 옥돔으로 변합니다. 옥돔의 뱃속은 참으로 따뜻하고 유리처럼 투명합니다.

회칼이 다시 춤을 춤추기 시작합니다. 옥돔은 순식간에 뼈만 남기고 회 접시에 담깁니다. 바다가 보이는 별장은 한적하고 아늑하기 그지없습니다. 몇 개의 얼굴이 겹쳐지는데 돈을 떼어먹고 달아난 하청 사장의 얼굴도 있고 깡패 녀석 종구도 있고 쌕쌕이 선생도 있습니다. 사람들의 뱃속 역시 기름지고 따뜻합니다. 뱃속으로 달큼하고도 독한 술이 들어옵니다. 술을 찔끔찔끔 받아 마시니까 속이 후련해지고 정신이 면도날처럼 얇아지는데. 그래, 후후, 이 속에서 불을 지르면!

라이터 불이 번쩍 하면서 벌건 불이 솟구치네요. 불이야, 불이야. 소방차가 오고 사람들이 콩 튀듯 날고 들고 뛰는데, 바람은 솔솔 불어, 산불이, 뜨거운 불길이 나울나울 번져갑니다. 사방이 온통 벌겋게 타오르는 노을빛입니다.

이제 아이는 캄캄하고 냄새나는 변소를 거쳐 시궁창 속을 둥둥 떠가려갑니다. 좀만 더 가면 넓고 푸른 강물이 나올 텐데 갑자기 숨이 켁 막히며 사지가 부들부들 떨립니다. 어디선가 견딜 수 없이 뜨거운 물이 머리로 뚝뚝 떨어졌던 것입니다.

바람이 불 때마다 후드득 떨어지는 빗방울이 북채로 머리를 후려갈기는 것처럼 멍뗑한 머리가 쿵쿵 울렸던 것이지요. 깜빡 의식이 깨어난 수봉은 오소소 떨리는 한기에 달팽이처럼 몸이 오그라붙습니다. 진저리를 치면서 몸을 버르적거려도 몸을 일으킬 수가 없네요. 안개비가 나울나울 내려오는 숲속은 어스레하게 밝아오고 있었는데 어디선가 덕더그르르 덕더그르르 하는 목탁소리가 들려오는 듯도 합니다.

수봉은 아뜩하게 까무러칠 듯한 몸을 간신히 추스르며 소리가 들려오는 쪽을 향해 뻣뻣하게 솔아붙은 먹먹한 다리를 끌면서 뼈르적뼈르적 기어가기 시작합니다. 섬광처럼 나무숲 속에서 휙 지나가는 빨간 불빛. 가까이 다가가자 자우룩한 비안개를 밀어내고 있는 것은 작은 호롱 불빛이었습니다. 수봉은 피대가 벗어진 기계처럼 대나무 울짱에 등을 기대고 고만 스르르 맥을 놓아버립니다.

목탁을 두드리며 독경을 하는 스님의 뒤를 따라 고개를 까딱까딱하면서 마당을 뱅뱅 돌고 있던 행자가 인기척에 놀라 "거기 누구요?" 하며 외마디 소리를 질렀습니다.

숫돌 이마처럼 반들거리고 깡마른 체구의 노스님이 행자를 돌아보며 턱짓을 했습니다. 행자가 겅중거리며 달려와 쓰러질 듯 비칠거리는 수봉을 곁부축하여 침소로 안내를 합니다. 그곳은 조그마한 방이 하나 달랑 달린 토굴이었습니다. 밋밋하게 온기가 흐르는 방안에 들이밀자마자 수봉은 비그르르 그대로 엎어집니다. 조그마한 불상이 하나 덜렁 놓인 방안에 시큼털털한 술내에다 땀내에다 피비린내까지 등천을 합니다. 수봉은 엎드려 흐득흐득 울면서 울부짖습니다.

"스님, 흐윽 흐윽, 길을 잃고 헤매다가 여기까지 왔습니다. 흐윽, 길 좀 가르쳐주세요."

수봉의 양말을 벗겨내고 있던 행자가 문 쪽을 흘긋 보고는 짐짓 목청을 돋우어 말합니다.

"어디 따로 길이 있다더냐? 그물망을 빠져나가는 바람처럼 가는 것도 오는 것도 따로 없느니. 네 가는 곳이 바로 길인데 어디서 그것을 찾으려 하는가."

"스님, 저를 하산시켜주십시오. 저는 집에 돌아가고 싶습니다."

"절에서는 오는 자 막지 않고 가려는 자 붙잡지 않는다. 다 네 뜻이 다 길이거니."

"누이가 절에다 저를 맡겨놔서…… 흐으으, 저는 밖에 나가도 갈 곳이 없는데……."

"돌아갈 곳이 없으면 그냥 여기 머물러 있거라."

"스님, 저는 절대 여기 있고 싶지 않습니다."

"허허, 깊은 늪에 빠졌구나. 앞으로 가자니 여관이 없고 뒤로 가자니 주막이 없는 셈이로다. 이것도 아니고 저것도 아니고…… 그러면 대체 어째야……" 하는 말이 채 끝나기도 전에 행자의 머리에 뭔가 떨어지며 따닥, 소리가 불같이 났습니다. 스님이 행자를 향해 삥긋 웃더니, 죽비를 들어 공중에 기러기 모양을 긋고 동그라미를 세 개를 그린 다음 죽비 끝을 까딱까딱하면서 부처님상을 가리켰습니다. 이어, 마루 위에 있는 『금강경』을 가리키더니 두 손바닥을 짝 펴 보입니다. 행자는 얼굴이 금세 찐 고구마처럼 지지벌겋게 일그러지더니 황황히 밖으로 쫓겨나갑니다. 하지만 밖에 나와서는 혀를 쏙 빼밀며 웃더니만 머리를 건들대며 뒤 켠 아궁이 쪽으로 달려갑니다. 이어 불 때는 연기가 모락모락 피어오르기 시작했습니다.

수봉은 여전히 그냥 엎드려 꺽꺽거리며 느껴가며 울고 있네요. 스님은 수봉을 담요 위에 눕히고 이불을 가져와 덮어주고선, 맨바닥에 결가부좌를 틀고 앉아 목탁을 두드리며 독경을 하기 시작했습니다. 자기 방석을 뺏긴 노란 털의 고양이 한 마리가 불상 밑에 앉아 앞발로 얼굴을 씻어대고 있다가는 떽데구르르 굴러가는 목탁소리에 가끔씩 눈알을 끄먹끄먹 귀를 쫑긋 세우곤 합니다. 이따금씩 비바람이 들이칠 때마다 문풍지는 들들 떨어대고 목탁소리는 흐느낌에 따라 높아졌다가 잦아들었다 파동을 칩니다. 잠꼬대에, 코고는 소리가 토굴 서까래를 뜰뜰 울리도록 높아지는데 청아한 독경소리는 숲을 쓸어가는 바람소리에 섞여 꿈결처럼 아늑하게 안개비 속으로 솔솔 내리깔려가는데.

6

언뜻 의식이 들어보니 잠결에 듣던 빗소리, 바람소리도 그치고 주위가 우물 속처럼 사뭇 조용합니다. 흐드러지게 내리 통잠을 잤나봅니다. 그런데 갑자기 몸이, 배꼽이 천장으로 붕붕 떠오르는 듯한 신기한 느낌에 터져나오는 웃음을 참을 수가 없습니다. 무겁게 짓누르는 눈을 뜨자 서까래가, 억새가, 흙이 그대로 드러난 거물거물한 천장에 달덩이처럼 부신 얼굴이 멀겋게 떠 있습니다. 깜짝 놀라 몸을 일으키려는데 엉덩이와 허리께가 시큰시큰 칼로 도려내듯 쓰려옵니다. 까불거리는 촛불 주위로 어두운 그늘이 진 것이 밤도 저으기 깊은 듯 싶네요.

"스니임, 고맙습니다."

그런데 발바닥이건 겨드랑이건 살이건 간에 간지러운 손이 마구 쳐들어옵니다. 토굴 스님이 어린애처럼 헤헤 웃으며 간질밥을 먹여댔던 것입니다. 웃음을 터치며 수봉이 몸을 겨우 절반쯤 일으키자 스님이 얼른 방석을 돌돌 말아서 등 뒤로 집어넣었습니다. 무릏 앞에 쥐코밥상이 차려져 있었는데 시래기 된장국 냄새가 가뜩이나 여린 코를 자극하네요. 스님이 어여 먹으라는 듯 턱을 몇 번 치켜올립니다. 찬물을 뒤집어쓴 것처럼 온몸이 오소소 떨려와 숟가락이 저절로 방바닥으로 쟁강 떨어집니다. 스님이 숟가락을 집어들어 어린애들에게처럼 죽을 떠 먹이기 시작했습니다. 시샘을 하듯 누렁고양이 놈은 스님의 무릎 사이를 비비고 들어오며 얄망스럽게도 울어쌓네요. 스님이 한 손으로 고양이의 머리를 지긋이 눌러댑니다.

"스님, 여기가 대체 어딥니까?"

스님은 벙긋 웃으며 불상을 향해 턱짓을 합니다. 그리곤 동굴 같이 우묵한 눈을 들어 수봉의 얼굴을 그윽하게 들여다봅니다. 수봉은 거울이 눈앞으로 확 다가서는 것 같아 가슴이 철렁하여 자신도 모르게 얼굴을 옆으로 돌리지 않을 수 없습니다.

격자창살 문이 어두워졌다 밝아졌다 하는 것이 밖엔 구름이 지나가나봅니다. 거물거물한 촛불 사이로 금빛 광채 그대로 지긋이 내려다보는 불상 때문인지 아니면 스님의 푸르스름한 눈빛 때문인지 때도 장소도 모르는 속없는 눈물은 우째 그렇게 질질 흘러내리는지요.

죽을 먹고 나자 몸이 스르르 풀어지며 다시 잠이 쏟아지기 시작합니다. 어리마리한 잠결에 문득 깨어보면 여전히 스님은 까불거리는 촛불 사이로 돌같이 앉아 있습니다. 머릿속은 실타래가 얽힌 것처럼 뒤숭숭한데 또 웬일로 잠은 그렇게 쏟아지는지요.

긴 잠에서 다시 깨어나보니 영창에 빛이 환히 들어와 있었습니다. 엉덩이의 통증도 많이 가시고 뻑적지근하던 몸도 꽤나 가볍습니다. 서까래와 댓개비와 황토 흙이 그대로 드러난 천장도 그렇지만 나릿하고 푸근하게 꽉 차 보이던 방이 그렇게 휑하고 헐렁해 보일 수가 없습니다. 가구가 하나도 없어서 그런지 모르지만, 간밤에는 사천왕보다 더 어엿하던 불상도 겨우 새끼염소만 할 뿐입니다. 방안을 둘러봐도 그 흔한 불경책자 하나 없고, 작은 탁자 위에는 창호지가 한 두루마리 말려 있을 뿐 스님은 보이지 않았습니다. 밖으로 나와보니 스님은 새벽안개 까무룩한 마당의 평상에 돌처럼 앉아 묵상에 잠겨 있었습니다.

수봉은 살짝 비껴 토굴 뒤꼍으로 살금살금 걸어 들어갔습니다. 묵은 오줌을 누고 슬몃슬몃 돌아 나오는데 뭐에 맞은 듯 정신이 고만 아뜩해지네요. 앞이 갑자기 하얘지며 어슴푸레한 시누대 숲 위로 부챗살 같은 볕살이 쏘듯이 얼굴을 때려왔던 것입니다. 섬광 같은 빛 무리에 눈뿌리가 시고 머리가 어찔하여 고만 눈을 뜰 수가 없습니다. 그때 탁소리가 났습니다. 눈을 비비고 다시 둘러보니 스님이 싱그레 웃으며 죽비를 들어 마당 한쪽을 가리킵니다. 단풍이 붉게 물든 벼랑 아래 작은 돌샘이 있었습니다. 물을 한 바가지 떠 마시고 나자 세상이 새삼 달라져 보입니다.

금잔디가 뜨문뜨문 깔린 마당 돌담 너머 시누대 숲에선 안개가 퍼렇게 일렁거리고 떨어진 단풍잎으로 초가지붕이 온통 벌겋습니다. 스님은 너덕너덕 기운 장삼차림 그대로 밤이슬에 함초롬 젖은 대나무 평상에 가부좌를 틀고 앉아 있었습니다. 평상 아래쪽, 불이 매진 화덕에서는 약을 달이는 새큼달큼한 향내가 풍겨나 코가 금세 맹맹해집니다. 수봉이 얼뜨게 다가가자 스님은 죽비를 들어 가만 아궁이 쪽을 가리켰습니다. 부뚜막 위개다리소반에는 어제보다 더 많은 찬그릇이 올라와 있습니다.

"스님은요?"

밥그릇이 하나인 걸 알고 쭈뼛거리며 묻자 스님은 고개를 설레설레 흔들며 죽비를 상쪽에서 방 쪽으로 천천히 옮겨갑니다. 수봉은 차르르 감싸고 흐르는 새벽냉기에 몸을 와싹 옹송그리며 부뚜막으로 주춤주춤 다가섰습니다.

공양을 마치고 밖으로 나오자, 스님은 평상 위에 붉은빛이 감도는 향나무 찻상을 차려놓고 기다리고 있었습니다. 수봉은 속으로 움쑥 들어가는 대나무 평상에 엉거주춤 엉덩이를 붙이고 앉았습니다. 차 맛은 쌉소롬하면서도 알근달근합니다.

"무슨 차당가요?"

스님은 대답대신 움집의 처마를 가리킵니다. 처마에는 흙이 채 마르지도 않은 칡뿌리뿐만 아니라 매달려 있는 것이 참 많습니다. 쑥, 시래기, 표고버섯, 도라지에 더덕까지.

"스님, 이렇게까지…… 고맙습니다. 저는 이제 고만 내려가봐야 하는데……."

수봉이 말을 마치고 고개를 떨구자 스님이 수봉의 손을 따뜻하게 거머쥡니다. 갈퀴에 잡힌 듯 뼈만 앙상한 스님의 손길은 설명하면도 깨나른합니다. 수봉의 손을 잡고 묵묵히 생각에 잠겨 있던 스님이 이내 창호지를 꺼내와 글을 쓰기 시작했습니다.

─어디로 가려는가?

벙어리스님인가. 그럼 어젯밤에 독경소리는? 수봉은 머리를 갸웃거리며 펜을 받아들고 그 밑에 글을 씁니다.

─어디로 가야 할지 갈 곳을 모르겠습니다. 소도 언덕이 있어야 비비는데 바보같이 살아서 비빌 언덕도 없습니다.

─아상(我相)이 곧 중생상(衆生相)이라. 그대 가는 길이 곧 내가 가는 길이다.

수봉이 그냥 어기뚱하게 앉아 있자 스님이 수봉의 등을 토닥거리더니 글을 마저 잇습니다.

길 잃은 청년이 길 위에 서서 길을 묻는다.

갈 곳 없다는 친구야.

날아가는 새에게 길이 있는가.

봐라, 저기 붉가시나무 둥지에 걸린 새털 하나

새의 발자취는 간 곳이 없다.

마음에는 언덕이 없는데 어찌 언덕을 구하는가.

쓰는 것을 멈추고 스님이 건너편의 나무숲을 가리킵니다. 잠포록한 안개 속에 쨍째굴 지저귀는 노랫소리는 높은데 나무 새중간에 새털이 묻은 둥지가 덩그렇게 매달려 있을 뿐, 새들의 모습은 간 데가 없습니다. 수봉은 펜을 받아들고는 고개를 뒤로 젖히고 잠시 생각에 잠깁니다.

－소가 요렇게 속이 텅텅 비어 있는데 비빌 언덕을 찾으면 뭐합니까? 빈손으로 내 가고 싶은 곳으로 그냥 갈 겁니다.

－맞다, 맞다.

글을 쓰는 것을 마친 스님이 갑자기 껄껄 웃어댑니다.

"허허, 길마저 비어 있는데 길을 쓰는 바람도 비어 있구나."

갑작스런 말에 수봉이 입을 헤 벌린 채 벙뗑하니 앉아 있자 스님은 다시 창호지에 글을 적기 시작합니다. 스님의 까까머리 뒤쪽 지붕 위에 청설모가 부르르 용머리를 넘어갑니다. 하늘이 다시금 *끄무레하게* 흐려지네요.

만월은 빈 하늘을 채우고
묘한 바람이 길을 쓰는데
떨고 있는 시린 발 하나.

천지간에 붉은 허깨비 놓아버려라.
머무는 곳이 없으니 길이 비어 있고
길을 쓰는 바람마저 비어 있는데
떠오르는 티 없이 둥근 달 하나.
그대는 아는가 내 그냥 이렇게 웃는 뜻을.

헤져서 훌부드르르한 스님의 장삼 끝자락을 만지작거리며 맹맹히 앉아 있던 수봉이 쓰겁게 웃으며 머무적거리다 한마디 내쳐 물어봅니다.

"스님, 귀에서 소리가 들리고 도통 잠을 잘 수가 없는데 어떻게 하면 되겠습니까."

"불면이란 스스로를 너무 사랑하거나 미워하는 과도한 집착에서 오는 것이니, 집착을 끊되 집착을 끊는 데도 집착하지 말라. 삼독심(三毒心)의 뿌리를 뽑으면 그게 곧 무아(無我)라. 내가 방법을 일러줄 테니 내 말대로 하겠는가?"

"예."

"여기 뒷산은 그리 높지 않다. 하루에 한 번씩 오르거라. 정상이 눈앞에 보이거든 맨발로 걸어올라보거라."

"맨발로요?"

"허허허, 맨발로 태어났다 맨발로 가는데 뭐가 걱정인가, 친구. 얼굴이 아직 부어 있구면. 이쪽으로 쭉 내려가다 보면 바위 밑에 웬 도깨비 같은 놈이 하나 잠들어 있을 것인즉 깨어서 올려보내게. 그쪽 바위 밑에 샘이 있네. 얼굴을 물에다 한번 비추어보게."

"스님, 길을 가르쳐주어 감사합니다."

"나는 길을 말하거나 가르쳐준 적이 없네. 참으로 법이 없는데 어떻게 길을 가르쳐주겠나. 가르쳤다는 사람도 배웠다는 사람도 없네. 응무소주 이생기심(應無所住 而生其心)이라. 마음에 그림자가 있던가. 맺힘이 없이 마음을 내게. 친구, 밑에 내려가거든 암자의 스님에게 좀 왔다 가라고 전하게."

"안녕히 계십시오, 스님."

"내 마당을 항상 쓸어놓을 테니 언제 다시 올 건가."

"조만간에, 올 마음이 생기면……."

비 개인 하늘은 고요하면서도 그리 어둡지는 않습니다. 비밀스런 즐거움으로 촐싹거리는 가슴으로 솔솔 와닿는 바람이 참 선선하네요. 몸이 아직 어근버근 결리기는 하나 고무신 발바닥에 닿는 낙엽의 감촉도 폭신하기 이를 데 없습니다. 궁둥이가 시원하고 미끈미끈한 것이 자고 있는 사이 약도 발라준 듯 싶습니다.

벼랑 밑은 좀 어둡습니다. 벼랑 옆으로 돌아난 길을 천천히 내려오는데 누렁고양이가 살진 궁둥이를 탈래탈래 흔들며 참나무 썩은 등걸 사이로 어슬렁어슬렁 기어들어갑니다. 휘어진 참나무, 뿌리가 다 드러난 붉가시나무를 지나, 눈앞에 제법 널따란 마당이 펼쳐집니다. 과연 까까머리 사내가 땅바닥에 앉아 고개를 까딱까딱하고 있었습니다. 가만 다가가보니 행자네요.

"행자님, 거기서 뭐해요?"

그러나 행자는 들었는지 못 들었는지 계속 고개방아를 찧고 있습니다. 그래서 이번에는 제법 큰 소리로 "뭐해?" 했더니, 행자는 벌떡 일어나 수봉을 향해 넓죽 엎드려 절을 합니다. 수봉이도 엉겁결에 엎드려 반절을 하고 나서 눈을 휘둥그렇게 뜨고서는,

"도대체 어따 대고 절을 올리는 거야?"

행자는 웬 말이냐는 듯이 어리어리한 눈을 들어 사방을 두리번거리더니 계면쩍게 헤헤 웃습니다. 가만 보니 행자의 머리 뒤쪽에는 찌를 듯이 높게 바위가 솟아 있었는데 거기에 마애불상이 흐릿하게 새겨져 있었습니다. 기름하고 넓데데한 미륵의 얼굴은 자못 망측하게 이지러졌으나 못생겨서 차라리 친숙합니다. 그런데 미륵의 머리 위에는 안타깝게도 두리넓적한 커다란 바윗돌이 하나 덜렁 얹혀 있네요.

"그림이 다 좋은데 딱 한 가지가 안 좋구먼."

수봉이 바위를 가리키며 한 마디 퉁기자 행자는 더뎅이져 달라붙은 촛농을 떼어내다가 뭔 말인가 하며 눈알만 멀뚱멀뚱 굴리고 있습니다.

"차고 다녀도 시원찮을 판인데 짐을 머리에 이고 있으니."

"하아, 다 뜻이 있어요. 달마가 짚신 한 짝을 머리에 이고 서쪽으로 갔다는 얘기도 있

는 걸. 내가 있다가 책을 갖다줄 테니 한번 보세요."

"별 희한한 얘기도 다 듣겠네. 빤히 쳐다봐도 모르는데 책을 본다고 어떻게 알어?"

행자는 말없이 비척비척 동굴 쪽으로 다가갑니다. 초와 성냥을 챙겨오던 행자가 몸을 부르르 떨며 진저리를 칩니다. 축축이 젖어 있는 옷과 돗자리, 절실한 그 무엇이 있길래 밤새도록 이러나. 문득 생각에 잠겨 있는 수봉을 물끄럼말끄럼 쳐다보던 행자가 킥킥 웃음을 터칩니다.

"얼굴이, 후후 찐빵이 따로 없네요. 헤헤헤."

아참, 그렇지. 수봉은 기웃기웃 주위를 둘러보다가 마당 한쪽 납작하게 기울어진 바위 쪽으로 씨근벌떡 달려갑니다. 그곳, 비를 피할 수 있을 만하게 기울어진 바위 밑의 돌샘. 이렇게 높은 곳 샘에도 이끼는 퍼렇게 살아서 숨을 쉬고 있습니다.

수봉은 물을 한 바가지 떠가지고 볕 속으로 화닥닥 달려나왔습니다. 바가지 속에 뜬 얼굴이 히히히 웃습니다. 모과처럼 오동통하게 부어 있는데다, 벌겋게 긁힌 자국이 몇 가닥 지렁이처럼 기어가고 있는 얼굴이란, 정말 꼴새가 영 말이 아닙니다.

열심히 닦아본들 그 모양에 그 꼴새가 어디로 가나. 곳간이 텅텅 비었는데 얼굴이 좀 통통 부어 있으면 어떠냐, 젠장할. 스님 말짝시로 다 허깨빈데. 내비둬라 내비둬, 좀 내비두면 어떠냐.

수봉은 대충 얼굴을 씻은 다음, 다시금 열심히 절방아를 찧고 있는 행자를 물끄러미 쳐다보다간 후후, 웃으며 버럭 소리를 질러댔습니다.

"노스님이 말야. 허라는 공부는 안 하고 실컷 도둑잠이나 자는 도깨비 같은 놈 깨워서 넝큼 올려 보내라고 그러드만."

행자는 수봉에게 한번 실쭉 웃어 보이곤, 돗자리를 돌돌 말아 안쪽 바위굴에다 집어넣고 찔뚝찔뚝 다리를 절면서 토굴 쪽으로 달아납니다.

참, 세상에 이런 곳이 있다니. 나도 스님처럼 이 대목에서 한 수 읊지 않을 수 없지. 뭐라고 할까. 돌을 머리에 였더니…… 에라 모르겠다. 하여튼 간에 발걸음이 땅에 붙어 안 떨어지더라! 수봉은 혼자서 꿍얼거리며 바위가 달걀처럼 포개진 산기슭을 돌아 천천히 아래로 아래로 내려갑니다.

  암주 스님의 서재에 다다르자 텃밭에서 하우스 작업이 한창이었습니다. 잿빛 스웨터를 입고 돌토방에 옹송그리고 앉아 무시래기를 다듬고 있던 보살 할머니가 수봉에게 반갑게 손짓을 합니다. 수봉이 쭈뼛쭈뼛 다가가자 할머니 바로 앞에서 몸을 까뒤비며 재롱을 부리던 검은고양이 놈이 포르르 몸을 삐쳐 달아납니다. 할머니는 수봉의 얼굴을 보더니 연방 클클 혀를 찹니다. 그때 아래 산밭 고랑에서 스님의 예의 걸걸한 목청이 들려왔습니다.
  "허허, 속은 괜찮나. 인전 술이라면 정나미가 뚝 떨어지겠구먼. 그렇게 멍하게 서 있으면 어떡해. 저쪽 밭고랑을 하나 잡지 않고."
  "웬 술?"
  스님 앞쪽에 몸을 웅크리고 앉아 손김을 매고 있던 사내가 허리를 펴고 일어섰다가는 수봉의 얼굴을 보더니 캐득캐득 유쾌한 웃음을 차마 끄지를 못합니다.
  "이예."
  수봉은 어름어름 대답을 하고서는 밭고랑으로 뛰어들었습니다. 보드라운 흙 속에 발그스름한 새싹들이 다보록다보록 고개를 내밀고 있었습니다. 일은 싱겁고 햇살만 눈부십니다.
  "이게 뭔 줄 알어. 얼마나 고소한지 이름마저 고소야. 겨울에 향기가 이만한 생채가 없지. 수봉이도 아마 그 맛을 볼 수 있을걸."
  수봉이 대답할 말을 고르는 사이, 처사가 흙 묻은 발을 풀에 쓱쓱 문대며 스님에게 물어봅니다.

"전에 계시던 행자스님은 안 보이시네요. 메주를 쓰려면 있어야 할 텐데."

"토굴에 갔다 큰절에 갔다 나보다 더 바쁜 사람이야. 여기 팽팽한 젊은 친구가 하나 왔는데 뭐가 걱정이야."

처사가 수봉을 쳐다보며 흙 묻은 손으로 합장을 하는 시늉을 하더니 스님에게 묻습니다.

"토굴의 스님은 아직도 묵언하신당가요?"

"3년 다 돼 가지 아마."

그 말끝을 잡아 수봉은 기다렸다는 듯 얼른 말을 갖다붙였습니다.

"위에 토굴의 스님이 스님 좀 뵙잡네요."

"웬일일까. 요 몇 년 동안 보자고 한 적이 없었는데."

셋이서 서두르자 김매기 작업은 싱겁게 끝나버렸습니다. 수봉이 밧줄의 한쪽 끝을 잡자 스님이 걷어냈던 비닐을 덮어씌우고 건너편에서 줄을 팽팽히 당겨 붙잡아맵니다. 수봉이 손을 털고 나오자 공양주 보살이 수봉이를 불러 세웁니다.

"저번 참에 딸년한테서 온 전화를 받았다지?"

"예, 근데 미안해서 어떡허죠. 노인이 병원에 입원했는데도 코빼기도 보이지 않는다고 한바탕 욕을 퍼부었더니 찔끔찔끔 짜대요."

"아이구. 인자 내 살면 얼마나 산다고 얹혀 살겄어. 지 업장도 얼만데."

부엌에서 물을 받아 손을 씻던 처사가 보살의 말을 받습니다.

"보살님은 그래도 여기 있는 게 쪼까 낫지 않것소. 억울하게 죽은 자식이 구천에 떠돌고 있는데 집안에 틀어박혀 있어봐, 나라도 숨이 콱콱 막히것네. 인자 의문사위원회도 생겼는디 과연 진상이 낱낱이 밝혀질까. 하여튼 간에 산 사람도 문제고, 죽은 사람도 문제라. 핫따, 콩이 다 퍼졌겄네. 빨랑 가봐야 쓰겠구먼."

처사는 혼자서 눈알을 빛내며 열을 내더니 공양주 보살이 다듬어놓은 상추 바구니를 서둘러 챙겨들고서 날째게 절간 마당으로 달려갑니다. 수봉은 그 뒤를 따라 터덜터덜 암자 쪽으로 발걸음을 옮기는데 뺨에 스치는 햇살이 왜 이리 따갑고도 까슬까슬하기만 할까요.

며칠 전에 수북이 쌓여 있던 낙엽을 누가 쓸었는지 마당은 깨끔합니다. 장작불이 매진 가마솥에서는 김이 모락모락 솟구치고, 메주방아기계는 돌아가고 공양방에는 보살들이 까르르 쏟아내는 웃음소리가 시절을 만났습니다. 장작을 패고, 콩을 일건지고, 짚을 간추리고 오랜만에 명절을 만난 듯 절간 마당이 욱적거리는 사람들로 들썩들썩합니다. 이겨진 메주를 공양방으로 퍼나르는 일이 수봉에게 떨어졌습니다. 근데 보살들이 자신을 힐끗 보며 쑥덕대는 소리를 귓등으로 흘려듣다보니 영 속이 뒤틀어지지 않을 수 없습니다. '저 처사가 알코올중독이라며.' 아니면, '멀쩡헌 얼굴을 어따가 쥐어박았을까'라든지 하는 소리를 들을 때마다 잠잠하게 가라앉았던 울화가 다시금 북받쳐오릅니다. 토굴에 갔던 일이 절간에 와자하게 퍼진 모양입니다.

그때 어디선가 전화벨 소리가 날카롭게 귀를 후벼댔습니다. 이쪽저쪽에서 사람들이 고개를 내미는데 그 소리는 분명 방 쪽에서 들려오는 것 같습니다. 수봉이 종태의 방으로 달려갑니다.

"여보세요. 종태 씨 핸드폰 아니에요?"

투명한 여자 목소리가 귀를 가득 메웁니다.

"예, 근데 지금은 안 계신디."

"전화 받는 분은 누구세요?"

"저요? 옆방에 있는 동생뻘 되는 사람인디 그쪽은 어떻게 되시죠?"

"집사람인데요. 실례지만 지금 전화 받는 데가 어디죠?"

"여기요? **사 **암인데요."

"절이라구요? 왜 절에 있지요?"

"절에 있으면 안 된당가요?"라고 대답하다가 수봉은 그 말뜻이 참 이상하여 얼른 말을 바꾸어 물어봅니다.

"근데 무슨 일이죠?"

"도대체 어디서 무엇을 하는지 하도 연락이 없어서…… 항상 전화기가 꺼져 있으니. 그래 잘 있던가요?"

"예, 걱정 마십시오. 아주 잘 있고 건강합디다요. 여기는 워낙 오지라 전화가 되다 안되다 해요."

"잘 있어도 전화를 해야 걱정을 안 하지. 사람 애만 녹이고…… 그 사람 거기 절에서 뭐해요?"

여자의 목소리가 조금 날카롭게 떨리는 게 심상치가 않습니다.

"절에서야 도를 닦지……."

얼결에 입에 발린 말로 대답하던 수봉은 또 아차 싶어서 "지금 뭐라 했어요? 잘 안 들리는데요." 하며 일단 시간을 번 다음 잠시 머리를 굴리는데 "그 암자에서 뭐하냐니까요?" 뻔한 질문이 추상같습니다. 사실대로 '백팔배를 하고 있다' 하기도 그렇고, 그렇다고 입에 발린 말로 '마음을 비우고 있다'라고 하기도 낯간지럽고, '일 나갔다 잠만 자러 들어와요'라고 말하는 것도 종태 마음을 모르는 한 함부로 내뱉을 수 없는 일이라서 하는 수 없이 "에, 그러니까 저는 잘 모르겠는데요."라고 받을 수밖에 없습니다. 그런데 여자는 거기서 물러서지 않고 쌕쌕대면서 별 것도 아닌 것을 끈질기게도 되짚어서 물어옵니다.

"어떻게 옆방에 사신다면서 그런 걸 잘 모를 수가 있어요? 거기로 가려면 어떡허죠?"

"여기는 찾아오기 아—주 힘듭니다. 워—낙 오지라서요."

"그래요? 알았어요."

전화가 딱 끊기고 나서야 수봉은 밤에 쏜 화살처럼 도대체 자신이 무슨 말을 했는지

조차 아리송하기 짝이 없었습니다.

7

참으로 두려워 해왔던 순간이 오긴 온 것 같습니다. 갑자기 귀밑 맥이 툭탁툭탁 뛰기 시작하며 뒷골이 댕기고 뻗치면서 손발까지 저릿저릿합니다. 수봉은 죽거나 미칠 것 같은 불안감으로 안절부절 못합니다. 오늘은 다른 신도들이 많이 와 있어 이상타 생각할까봐 밖으로 나가기도 겁이 더럭 납니다. 머리를 벽에 쥐어박기도 하고 좁은 방안을 뱅글뱅글 돌기도 하고 물구나무도 서봅니다. 그러다가 벌떡증이 서서히 가라앉았지만 수봉은 언제 또다시 닥칠지 모르는 두려움과 공포를 견딜 수가 없습니다.

밖으로 나오자 다행히 신도들이 보이지 않네요. 어제도 이렇듯 숨이 가빠와 할머니 보살 방문을 두드려 함께 백팔배를 하며 이 한순간을 견뎌낸 적이 있었는데 방문 앞에 코고무신이 없는 것을 보니 보살도 어디 갔나봅니다. 그때 야우 하는 고양이 울음소리가 들려왔습니다. 옳지, 고양이가 우는 데라면 보살이 계실 거야. 수봉은 소리가 나는 쪽으로 발걸음을 재우쳤습니다. 하지만 고양이 놈이 뒷마당 댓돌 위에 늘편하게 드러누워 목을 핥고 있을 뿐 거기에도 사람의 그림자란 찾아볼 수 없네요. 뭉긋하게 뻗어나간 산자락이, 까슬까슬한 햇볕이, 축 늘어진 대숲이 모두 고만 아뜩하게 느껴집니다. 귀밑 맥이 다시 툭탁거리며 뛰기 시작합니다.

아참, 내가 왜 그 생각을 못했을꼬. 수봉은 헐레벌떡 창고를 향해 달려갔습니다. 지게와 톱과 낫을 챙겨 들고 나왔지만, 벌그스름하게 녹슨 낫이 영 성에 차지 않습니다. 장독대 항아리 밑에서 어렵잖게 숫돌을 찾아냈는데 아이구야, 옴팍하니 가운데가 떨어질 만큼 얇게 닳아 있네요. 이 정도 되려면 스님 여럿 후려먹었겠구먼. 수봉은 혀를 차면서 낫을 쓱싹쓱싹 갈아댑니다. 연장이 잘 마련되자, 지게 지고 산을 오르는 것쯤이야 아무것도 아닙니다. 지게는 거뿐하고, 작대기는 목검처럼 내리뻗고 좌우로 휘두를 만합니다.

발바닥 공부라! 그래 공부가 머리에만 붙어 있으란 법이 있냐. 사방천지가 공부거린데. 개코나, 너희들이 어찌 발바닥을 아느냐? 흐흐흐! 수봉은 혼자 중얼거리면서 신발을 지게에 대롱대롱 매달아 묶었습니다. 신발이란 게 시원섭섭하기 그지없었지만, 써금써금한 슬레이트 지붕을 딛는 것처럼 등허리를 오싹오싹 후리는 긴장감이 그래도 우선은 그럴싸합니다. 근데 헤헤거린 것도 잠시 뿐, 금세 발바닥이 우네요. 퍼런 하늘이 등에 업힌 듯 빈 지게가, 아니 몸뚱어리가 아예 물동이가 된 양 발바닥을 푹푹 짓눌러댑니다.

산은 첩첩하고 산마루는 덩실덩실 멀어지고, 당나귀 목털 같이 누런 억새가 휘감겨 있는 능선 위로는 무심한 구름만 둥둥 떠 흘러갑니다. 천길 물 바닥으로 가라앉는 듯 서늘하면서도 어쩌면 매콤달콤 하기까지 한 넉넉한 슬픔이 바로 발바닥 아래에 있습니다.

그렇게 한참 산을 더듬어 오르고 있었는데 위쪽에서 등산객들이 우르르 몰려 내려왔습니다. 길을 돌아갈까 하는 생각도 났지만, 피한다는 것도 좀 우습습니다. 가까이 지나치던 등산객들이 맨발을 보고는 헤 벌어진 입을 차마 다물지 못합니다. 젠장, 미친 놈 다 됐구먼.

그러거나 말거나 수봉은 자꾸 뒤를 돌아보는 등산객들을 향해 벌쭉 웃어 보이고는 휘파람을 불어대며 발길을 재촉했습니다. 휘파람 부는 것까지야 좋았지만 돌부리에 채인 발가락이 크으, 소리가 절로 나오게 콕콕 쑤셔댑니다. 귀와 눈이 발에 붙은 듯 이거 별떡증은 아무것도 아닙니다. 낙엽의 폭신한 감촉도 속에서 톡톡 불거져나오는 나뭇가지에 고만 정나미가 뚝 떨어지고, 웬일로 차디찬 바위가 불을 딛는 것 같이 뜨거울까요. 왁자한 새소리도, 알록달록 도드라진 단풍잎들도 산죽이 자라는 곳마다 어김없이 있는 폭신한 땅기운만 하지 못합니다. 장작 짐을 지고 내려올 때가 오히려 맨발로 걷는 것보다 백 배나 짐이 가볍고 몸이 가뿐가뿐 날아갈 듯한 것도 참말 요상합니다.

수봉이 장작 한 짐을 해다가 가마솥 옆자리에 부리고 들뜬 숨을 가라앉히며 담배를 한 대 불붙여 물었을 때였습니다. 어디선가 소여물 먹는 소리처럼 쑹얼거리는 소리가 연거푸 들려왔습니다. 수봉이 소리를 찾아 암자 뒤꼍으로 돌아가니 공양주 보살이 언덕의 바위 밑에 앉아 고개를 열심히 주억거리고 있었습니다. 푸릇푸릇 상사화가 돋아오른 언덕에는 황소 궁둥이만 한 바위가 우뚝 박혀 있었는데 뭉툭하게 내민 바위 밑자리에는 예의 정한수가 덩그렇게 놓여 있었습니다. 공양주 보살이 새벽마다 돌샘 물을 떠다놓는 것은 몇 번 본 적이 있었지만 대낮에 이렇게 비는 것은 처음 보는 낯선 광경이었습니다.

"보살님, 몸도 아프신 분이 거기서 뭘 헌대요?"

"아무것도 아니랑게. 돌이…… 그냥 짠해서……"

"무슨 돌이 짠하고 불쌍하고 말고 한데요? 우리같이 식신이 있는 것도 아닌디."

"허따, 식신이 뭐 별 거랑가. 썩으면 흙도 되고 물도 되고 비도 되고 술도 되고 하는 것이제."

왜 하필이면 거기다 술을 갖다붙일 건 뭐야. 수봉은 근 며칠 동안 불교 책을 되작거린 턱을 하려고 얼렁뚱땅 한 마디 둘러댑니다.

"비어 있다, 공(空)이라 이 말씀인데, 물심(物心)이 에―. 우쨌건 간에 만물이 하나다 그런 말씀이죠 이?"

"클씨, 고따위 어려운 것들은 스님들이나 열심히 딲을 일이고, 우리사 그냥저냥 열심히 빌고 보시하면 된당게."

"보시라―" 하면서 수봉은 토굴 스님처럼 말을 길게 늘여 빼면서 토를 한번 그럴 듯하게 달아보려 했지만 불쌍한 머리가 맴맴, 말을 듣지 않습니다.

"보시가 별 거랑가, 짠하게 생각허고 그냥 퍼주는 것이제. 처사, 부탁이 한 가지 딱 있는디 들어줄랑가 어쩔랑가? 지금 당장이 아니라 뭔 훗날 해도 되고 안 해도 되는 일인디."

"해도 그만 안 해도 그만 허는 것이 어치께 소원이 된당가요? 보살님도 아시다시피 저는 시방 달랑 두 쪽밖에 가진 것이 없는디요."

"긍께 나중에 힘이 나면 허란 말이시. 딴 게 아니고 저기, 저거 말이여. 저 돌을 거북으로 맨들어줄랑가."

"이예?"

"우짤랑가, 하고 싶지 않으면 안 해도 된당께로. 아들놈이 크으 크으……."

지켜도 되고 안 지켜도 되는 약속이라면 밑질 것 하나 없겠는데도, 예, 하는 말이 쉽게 입에서 떨어지질 않네요. 눈물이 질금거리는 쪼그라진 잿빛 눈망울에는 외면할 수 없는 간절한 소망이 가득 담겨 있었으니.

"저것 봐. 고양이 놈이 놀아도 꼭 저 위에서만 논당께. 아이구 억울하게 죽은 생떼 같은 내 자식. 크흐흐, 장가도 못 가고……."

뭉툭하게 내민 바위 위에는 고양이 놈이 보추없이 고개를 빠끔히 내밀고 두 사람이 하는 양을 흘긋거리고 있었습니다. 수봉이 우물우물 말대답도 못하고 입만 붕어처럼 뻐끔뻐끔하고 있는 사이, 보살의 오글오글한 얼굴 잔주름 위로 드디어 눈물이 질금질금 흘러내리기 시작했습니다. 그리고는 한번 뱉어진 사설이 그칠 줄을 모르는데.

"10년도 더 지났는데 어째 이리 눈앞에 삼삼허끄나. 구렁이 알 같은 내 자식, 군대에다 바치고 내가 살아도 산 것이 아니랑께. 보안안사가 뭐하는 디당가, 주욱인 노옴들은 다 어디 가고 푸르딩딩한 시체만 돌아왔으니, 아이구, 아이구…… 컬럭컬럭 인공 때 구욱방군하안테 주욱은 우리 오래비 가마니때기에 덮었어도 이리도 억울한 줄 모올랐는데 생때 같은 우리 자식, 어쩌다가 흐흐흑, 어엉덩이짝에 시퍼렇게 머엉 들었는디 어째 자아살이 되엔당가."

"알았어요, 할머니. 꼭 그렇게 할 텡게 울지 마랑게라. 머언, 먼 훗날이 되겠지만."

수봉의 입에서 예, 소리가 떨어지자, 보살은 가죽처럼 미지근한 손으로 수봉의 손목을 턱석 붙잡고 놓지를 않습니다. 부축해 방으로 모시고 가자 보살은 손지갑을 뒤적거리더니 사진 한 장을 꺼내들고서 다시금 눈물을 짜냅니다. 빛바랜 사진 속에는 귀를 반쯤 가린 장발의 청년이 학교 돌계단에서 팔짱을 낀 채 희멀겋게 웃고 있네요.

"자식 같은 사람 앞에서 그렇게 눈물을 짜면 된다요. 내가 시방은 아무것도 없지만 그 약속은 지킬 텡께 염려허지 마시쇼. 내가 누구냐면 말이요. 헌다 허면 허는 잘생긴 박가 놈 아니요."

수봉이 싱긋생긋 웃으며 주먹을 불끈 쥐어 보이자, 보살은 눈물을 훔친 다음 부지런히 손가방을 되작거립니다. 푸른빛이 감도는 수정염주를 챙겨들고서 한참 눈을 감고 두설두설 염불을 외우던 보살은 팔에 둘렀던 묵주마저 풀어내 수봉에게 건네주며 말했습니다.

"내 부탁을 들어줬는데 줄 것도 없고, 옛소! 이거나 받소. 20년 가차이 끼고 있던 건디 줄 사람도 없었는데 잘 되았구만. 컬럭컬럭, 마음이 뒤숭숭헐 때는 요 묵주를 하나씩 하나씩 찬찬히 돌려봐. 그러면 갑갑증이 가시거든. 내가 아들놈 잃고 을매나 숨이 벌렁벌렁하던지……."

보살은 가르랑가르랑 숨을 몰아쉬며 등을 벽에 기대앉습니다. 열심히 살아야 할 이유가 한 가지 생긴 것 같지만 수봉은 어째 속이 아리기도 하고 어쩌면 기쁜 것 같기도 한 자신을 스스로도 잘 모르겠습니다. 수봉이 그것들을 받아들고 먹먹하게 서 있으니까, 보살은 눈물을 닦아내며 일어서더니,

"거참, 눈물 한번 시원허다. 휴우, 나는 암시랑토 않응께 이녁 몸 걱정이나 허소. 얼굴이 수세미처럼 쪽 빨아 있드만 인자 술을 안 먹응께로 낯갗이 요리 낫낫해갖고 보기도 좋구면. 내가 옥수수를 쪄줄 텡께 쪼까만 기다려봐 이." 하면서 되똥되똥 부엌으로 들어갑니다.

오늘따라 시간이 무쇠덩어리를 달아맨 듯 가지를 않습니다. 옥수수를 먹어도 맛을 모르겠고, 숟가락 하나를 들고 고양이를 살살 얼러봐도 재미를 모르겠습니다. 무 우거지를 엮어서 달아매놓고 퍼렇게 동녹이 슨 범종도 닦아내고, 고무신도 빨고, 머리도 감아 봅니다. 그래도 무엇에 끄달리는지 안절부절, 근질근질 멀미가 날 것 같은 시간은 왜 그리 가지를 않는지.

동동 뜬 헛생각을 쪼개는 데는 역시 장작을 패는 일이 최곤가봅니다. 행자가 슬렁슬렁 찍어도 두어 번에 쫙쫙 갈라지는 것을 헛찍고 빗찍고 하다보니 애먼 짜시라기만 멋대로 튀겨나갔지만, 오금팽이가 자르르 약이 올라, 손바닥이 따끔따끔 쓰라리는 것이 오히려 쾌미가 일어 에라, 만판으로 찍어대는 맛도 그럴 듯합니다.

이렇듯 콧바람을 씩씩 불어내며 한바탕 북새를 놓고 있는데 택시 한 대가 절간 마당을 비비대기치며 들어섰습니다. 호리호리한 여인네가 차에서 내려서더니 눈알을 뚜릿뚜릿 굴리면서 사방을 훑어보는데 눈치가 자못 심상치 않네요. 수봉이 가슴 옷깃을 할랑거리며 쭈뼛쭈뼛 다가서자 여자는 삐죽 실그러진 입으로 옹골찬 목청을 곧바로 쏟아냅니다.

"여기에 강종태 씨 계시죠?"

"아, 형수님이세요? 전에 전화를 받았던 사람입니다. 근데 형님은 시방 안 계신데 어떡허죠?"

"지금 어디에 계시는지 몰라요?"

수봉이 잠시 머무적거리고 있자, 종태 처는 대뜸,

"그렇게 어물쩍 넘기지 말고 사실대로 좀 말해봐요. 내가 뭐 빚쟁이도 아닌데 숨길 게 뭐가 있어요?" 하더니 새처럼 가슴을 볼록거립니다.

"예, 그렇지만, 형님 말을……"

수봉이 얼결에 손깍지를 끼며 말을 더듬자, 종태 처는 수봉의 말끝을 자르며 턱을 바짝 쳐들고 부르댑니다.

"여자가 남편을 만나고 싶다는데 말 안 해줄 이유가 도대체 어디 있죠?"

호비고 뜨개질하듯 쳐다보는 발긋한 눈망울에 그만 가슴이 달롱합니다. 저리 발끈거리는 것을 보면 사단이 나도 크게 날 것만 같습니다.

"예, 그렇지만, 그러니까, 조금 있으면 오겠죠. 일이 곧 끝날 테니까요."

"지금 일하고 있어요?"

수봉은 대답할 말이 궁색하여 때 아니게 손에 진땀이 솔솔 배어납니다. 하지만 이미 뱉어놓은 말이라, "이예."라고 대답하지 않을 수 없었습니다. 종태 처는 숨을 돌릴 틈도 없이 내처 물어오네요.

"어디서요?"

"요 밑 큰절 보수 공사장에서요."

종태 처는 내려가는 길을 물어보고는 수봉이 안내를 하겠다는 것을 한사코 마다하고 혼자서 시근벌떡거리며 산길을 타고 내려갑니다. 수봉은 잠시 맹하니 있다가 종태 처 뒤를 쫓아 충충거리며 산길을 달려 내려가지 않을 수 없었습니다. 낯선 산길을 여자 혼자서 헤매게 할 수는 없었기 때문이지요.

8

수봉은 법당으로 들어서려다 우뚝 발걸음을 멈춰 섰습니다. 안에서 흐득흐득 여인네의 울음소리가 들려왔기 때문입니다. 언뜻 보니 낯선 얼굴인데 문간에 벗어놓은 노루 빛 등산화 코가 간만이라 반갑습니다. 그래 울어라, 울어, 실컷 울어라.

요렇게 심란할 때는 고양이와 노는 것이 제격입니다. 수봉이 손을 까불자 너럭바위

우에서 몸을 눕히고 있던 고양이놈이 못이기는 척 허리를 쭉 도스르더니 늘쩡늘쩡 다가옵니다.

"헤이— 헤이—."

근데 요것이 발 앞에 와서는 허리를 활처럼 구부리고 오줌 마려운 애들 진저리치듯 자발머리없이 몸을 발발 떨더니 팩 돌아서서 발랑 등을 까뒤집습니다. 이리저리 뒤까불며 배와 샅을 핧아대다가도 손을 내밀기만 하면 보르르 달아납니다. 은근히 다가가 등을 쓸어주면 머리를 위로 추켜들며 허리를 쭈욱 펴는 게 호랑이 종자 아니랄까봐 제법 의연하기까지 합니다.

수봉이 쪼글려 앉아서 널널하게 놀고 있는데 스적스적 옷 비비는 소리가 들리면서 눈삿갓 속으로 얍실얍실한 청바지에 녹신녹신한 노루코 등산화가 설렁거리며 들어옵니다.

"저—, 저—, 처사님은 고양이를 굉장히 좋아하네요?"

"첨에는 멀리 귀양 보낼까 했는디 인제는 싹수가 좀 있구만요."

방심한 어깨에 가늘게 떨리는 여자의 눈시울이란 차마 마주칠 수가 없네요. 발가우리한 눈을 찡긋거리며 여자가 손을 내밀자 고양이는 반가운 듯 몸을 발랑발랑 까뒤집습니다. 낯선 객들에겐 실실 내빼는데 이거, 전에 못 보던 해망쩍은 짓거리입니다.

"전보다 살이 통통히 쪘네. 스님 계세요?"

"안 계신데 무슨 볼일이라도 있당가요?"

"공양주 보살 딸이에요."

"아, 전에 우시던. 그땐 미안했어요. 방에 어머니 보셨어요?"

"예, 많이 안 좋으시네요. 이 은혜를 뭐로 갚을까. 그쪽은 고시공부 하나뵈?"

"공부는 무슨. 식당 한다면서 어떻게 시간을 내셨네요. 모셔 가시게요?"

"아니, 그게 아니라……."

말을 채 끝맺지도 못하고 우물우물하는 여자의 얼굴 위로 갓 익어가는 토마토처럼 발그레한 홍조가 스쳐지나갑니다. 촉촉한 볼이 참 예쁘군, 하고 헛생각을 하다 여자와 눈길이 턱 마주쳤는데 어렵쇼, 여자가 내력 없이 쿡쿡 웃네요. 얼굴에 상처딱지 때문에 그러나. 여자가 웃음이 헤프면 팔자가 센 법인데, 걱정된다, 걱정돼.

"내 장을 봐왔으니까 처사님, 맛있는 거 해줄게."

비슷한 또래 같은데 동생을 대하듯 대번에 말투가 너나들이로 가는 것도 좀 야릇합니다. 그렇게 어머니 방에 들어간 딸은 해가 설핏하도록 방안에 틀어박혀 좀체 나오지를 않네요.

저녁 무렵, 수봉이 가마솥에 씻을 물을 데우기 위해 불당그래로 재를 긁어내고 있는데 등산복 차림의 사내가 꺼벅꺼벅 다가와 말을 건네 붙입니다.

"스님 또 어디 가셨나보네요. 허참, 만나보기 힘드구마. 이게 벌써 며칠째가." 하며 툴툴거리다가는 수봉이 별 말이 없자 혼잣말처럼,

"산에 오르는 것도 옛날 같지 않네. 일출보다 일몰이 더 장엄한데 해가 구름 사이로 도망가삐서 그냥 왔심더."

"하, 그래요?"

수봉이 심드렁하게 말대답하며 잠자코 아궁이에 장작을 밀어넣자, 처사는 뚱하게 서 있다 세면장 쪽으로 경중경중 걸어갑니다. 며칠 전 마산에서 온 처산데, 까딱하면 화왕산의 억새가 어떻고, 비슬산의 철쭉이 우짜고 하면서 하냥 옛날의 금잔디식의 경치 타령입니다. 산이나 읍내 근방을 들락날락 잠시도 절간에 붙어 있지를 못하는 게 병통이라면 큰 병통이구요. 스님에게 뭔가를 한 수 배우려 하나 스님은 좀체 꼬리를 내밀지 않습니다.

혹시나 했더니 마산 처사의 귀살쩍은 짓거리가 오늘도 여전합니다. 양말을 빠는지 머리를 감는지 세면장 문짝이 불이 나고, 법당으로 갔나 싶으면 마당에서 홀떡홀떡 뛰며

피티 체조를 합니다. 뒤꼭지가 간질간질하여 뒤를 살피면 삶아논 개다리처럼 뻣뻣하게 서서 팔게 타오르는 불땀을 노려보고 있고, 뒤에 있나 살피면 벌써 앞마당의 너럭바위에 기대서서 뿌옇게 밝아오는 하늘을 멍하니 우러르고 있습니다. 학원선생을 했다 해서 뭔가를 배우고 싶었지만, 정작 수선스러워 즘짓해 있던 마음이 다시금 폭폭해져서 싫습니다. 공황증이 천만 아니라지만 심히 걱정되지 않을 수가 없습니다. 보살 딸도 걱정이 됐는데 공양간에서 투닥투닥 도마질 소리가 경쾌하게 들려오는 게 그렇게 다행스러울 수가 없네요. 그냥 잠시 툭탁툭탁 한 것 같은 데도 딸은 엄마만큼이나 솜씨가 수월찮이 좋아 저녁 상머리에는 맛깔난 반찬들이 수두룩하게 올라와 있었습니다.

간만에 걸게 저녁 공양을 마치자 사방은 금시 어둑어둑해집니다. 수봉은 가마솥 자리에 퍼더버리고 앉아 고구마를 은박지에 싸서 재 속에다 파묻고, 석쇠 위에다 밤을 굽습니다. 스님도 종태형도 여전히 오지를 않습니다. 턱을 손으로 기둥처럼 받치고 멀거니 불을 쳐다보고 있는데 보살 딸이 슬몃슬몃 다가왔습니다. 수봉이 익은 밤을 딸에게 건네주자, 딸은 밤을 한두 개 맛을 보더니,

"히야, 맛 죽인다. 잠깐만 기다려요." 하더니 종종거리며 객방 쪽으로 달려가 자그마한 손가방을 들고 옵니다.

"내 처사님, 생각해서 사왔지." 하며 손가방을 슬쩍 들치며 꼭지를 살짝 보여주는데, 아이구야, 주둥이가 시퍼런 것이 '참이슬' 소주가 분명합니다. 얼굴은 이제 낫낫해졌다지만 삐쭘 내민 입에서는 무슨 할 말이 엄청 꿈틀거리는 것만 같습니다. 수봉이 쩍쩍 입맛을 다시며 담배를 불붙여 물자, 보살은 말긋말긋 수봉을 쳐다보더니 "저도 하나 줘봐요." 합니다. 수봉이 담배 한 개비를 넘겨주었더니, "아참, 담배끊었지." 하면서 돌려주네요.

수봉은 여자의 뒤꼭지 위로 앙증맞게 감아올려 꽂혀진 호랑나비 모양의 머리핀을 보며 그니에게 쑥색의 댕기 머리핀을 사주었던 기억으로 눈앞이 고만 아뜩합니다. 그러다

간 얼결에 받아든 담배를 놓치고선 가슴이 뜨끔하여 얼른 군고구마를 쪼개서 아궁이 옆에서 얼쩡거리는 고양이에게 휙 집어던지며 얼른 말을 건네 붙였습니다.

"방안에 재우기도 하면서, 어머니가 저 고양이를 엄청 좋아하시데요."

"엄만 저 고양이 놈이 오빠의 후생(後生)이라는데, 참 말도 안 돼. 오빠 천도제 지내기 전날, 꿈에 아기를 낳았는데 하필 고양이더래나. 다음날 아침, 여기 뒷산 바위 밑에서 들고양이가 새끼를 낳았는데 그 중에 두 마린가를 집에 가지고 와 길렀었는데 누가 고양이를 좋아하나. 올케가 어머니 몰래 갖다버렸지. 그 뒤로 집에를 도통 붙어 있지 않으려 해요. 아마 저놈은 그 고양이 놈들의 후손일 거라."

"펄펄한 자식을 쎙으로 군대에서 죽였으니 그럴 만도 하겠지라. 그래도 손자 얘기 딸 얘기 많이 합디다."

"오빠 죽고, 그 이듬해 아빠 죽고, 집안이 몽창 거덜났어요. 내가 어머닐 모시고 싶은데 그 돼지 같은 놈이 놀고 있으니……. 아참, 안주가 있어야지. 김치전을 부쳐올 테니까 잠시만 기다려봐요."

눈이라도 올 것 같은데, 김치전에 소주라. 기가 막힌 배합인데 우째야 되나. 갈등의 순간을 저절로 맞닥뜨린 셈입니다. 입안에선 신맛이 슬슬 돌아 입맛을 쩍쩍 다시는데 저 산 밑에서 흥얼흥얼 노랫가락이 낭자하게 들려왔습니다. 어슬어슬한 산모퉁이를 돌아 모자를 팍 눌러쓰고 까만 봉다리를 흔들어대며 흐느적거리며 걸어오는 것이 역시 종태였습니다.

"오늘 형님, 많이 되아부렀네. 형수님은 잘 주무시고 가셨당가요?"

수봉이 달려가 봉지를 받아들고 고개를 꺼벅꺼벅 숙여가며 미안한 태를 내자 종태는 손을 휘휘 내젓습니다.

"자알 갔지. 여기까지 찾아왔는데 나를 안 만나고 갈 사람이 아냐. 설마 이 먼 곳 현장까지 직접 달려올 줄 누가 알았겠냐. 지가 잘나 여자냐, 내가 못나 남자냐. 어쨌든 잘 되아부럿다야. 여자란 남자들이 일하는 것을 봐야 정신이 똑바로 백히거든. 아, 글쎄 등짐을 지다가 웬 말쑥한 여자가 쳐다보고 있길래 깜짝 놀랐지. 근데 넌 따라오지 않고 왜 그냥 가버렸냐?"

"두 분이서 오붓하면 삼라만상이 편안허다요, 형님, 아무튼 걱정 많이 했는디 잘 되았다니 좋네요."

"저녁 먹다 말고 엉엉 울대. 한두 달 동안 소식 일절 없다가 난데없이 절간이라니까 놀라자빠지게도 생겼지. 내가 나쁜 놈이지……."

종태는 나무둥지 위에 털퍼덕 주저앉아 꺽꺽거리며 더운 콧김을 푹푹 불어댑니다.

"부부 사이에 가타부타 그런 얘기도 못한다면 형님도 걱정 많이 된다 정말."

"그래, 거억정 많이 되지. 그렇다고 서로 얘기 안 한 것도 아니야. 날일이라도 할까 했더니 말도 안 된다고 팔팔 뛰대. 부도나고 1년 가까이 놀았는데 낯바닥 추릴 게 뭐 있냐. 사내가 자존심을 숙이고 아무 일이나 덤비게 되면 평생 그 꼴로 산다는 거야. 그 꼴이 아니면 우리는 무슨 꼴로 살아야 허냐, 대체?"

너울너울 불빛이 비치자 종태의 얼굴이 푸줏간의 쇠고기처럼 한층 발그댕댕해지며 꺼시시한 턱수염이 울근불근 도드라집니다.

"허, 그럼 우리 같은 노가다들은 평생 고개를 못 쳐들고 살아야 쓰것네요. 가만 보면, 배웠다 허는 사람들이 직업의 귀천을 더 따진당께요. 하다못해 장의사, 엿장수들도 자기 한몫은 다 하는데, 제기랄 고걸 근수로 달아버리면 우리 같은 쭉정이들은 대체 어쩌란 말이요. 그러니 나라가 맨날 요 모냥 요 꼴이지."

"그래서 친구 일 거들어준다고 속이고 그냥 집을 나와서 이렇게 난장을 도는 거 아니냐."

"제가 형님 그 깊은 속을 어찌 알것소만, 그렇다고 집에 전화마저 탁 끊어버리는 법이 어딨다요? 내 갈 길도 천리지만, 걱정되는 사람들 참 많네."

"화가 나서 안 했다 우짤래? 그동안 이렇게 몇 달 떠돌아다니며 돈을 보내다가 집이라고 들어가보니, 아, 글쎄 없는 돈에 과외까지 시키는데 환장하겠드만. 우리말도 잘 못하는 아홉 살짜리 애한테 영어는 개뿔이나 영어냐. 영어에다 피아노에다 태권도까지 애들 학원비가 말이다. 내 뼈 빠지게 버는 돈 절반이 넘는데 고거 문제 아니냐? 세상이 도대체 어떻게 돌아가는 거냐? 당장 때려치라 했지. 다른 애들한테 뒤지면 나에게 책임지라는데 그래, 책임 못질 것도 없지마는 배웠다는 사람 머리에서 어떻게 그런 말이 나오냐?"

"형이 전에 말한 대로 그게 경쟁 사회 아니요? 자식 공부에 돈이 들어가는데 뭐가 걱정이요?"

"니 말이 맞다마는 우린 과외 없이도 잘 컸어. 그렇게 너나없이 부추겨가지고 교육이 되겠냐? 그게 남을 죽이는 공부지, 뭐냐? 하여튼 고게 내 철학하고는 안 맞어. 등짐을 해보니까 땅 넓고 언덕 높은 줄 이제야 알겠더라."

"형수님이 현장까지 쫓아오니 사장이 뭐랍디까."

"헤헤 웃지 어쩌것냐. 창피하게 됐지 뭐. 내 건설회사 감리할 때 잘 지낸 오야지인데 괜찮은 친구야. 집 나와서 돌아다니다가 난장에서 우연히 턱 마주친 거 아니냐. 이게 웬 일이냐 하데. 일당을 좀이라도 더 줄 테니 같이 일하자 하니 고맙지 뭐냐."

"아무튼 형님, 자존심 되게 상하겠다. 그래서 마음을 식히러 절에 왔구나. 아니면, 형님은 사람들 앞에서 사장이 소장 소장 부르면 민망할까봐?"

코를 훌쩍거리던 종태가 손을 휘휘 내젓습니다.

"그런 뜻도 있지만 그것만은 아니야. 누가 뭐라 부르면 좀 어떠냐. 돈 더 주는 것도 싫댔어, 임마. 빈둥빈둥 놀면서 구박당하고 손가락질 당하는 것보다는 이렇게라도 일하는 것이 백배는 낫지, 안 그러냐?"

수봉이 엄지를 우뚝 세우며 "천 배는 더 나아요, 형님." 하고 맞장구를 치다가 재우쳐 물어봅니다.

"그것만은 아니라면 또 뭐다요?"

"참나는 뭐고, 새로운 사회에 대한 대안이 뭐냐는 것인데, 야야, 너 토굴에 언제 갈 거냐?"

"형이 시간을 내야지 내 시간이야 항상 널널한 거 아니요?"

"쉬는 날이 내 맘대로 되냐? 근데 저 양반은 우째 저기서 펄떡펄떡 뛰고 있냐?"

수봉이 고개를 돌려보니, 젖빛 달무리가 지나가는 숲은 푸르죽죽한 옥빛으로 떨고 있는데, 마산 처사가 마당 한쪽에서 달밤에 체조하듯 홀떡홀떡 뛰고 있습니다. 수봉이 묵묵히 있자 종태가 한숨을 쉬면서 말을 내뱉었습니다.

"하기사, 직장에서 떨려났는데 달밤에 팔딱팔딱 좀 뛰면 어쩌냐. 달이 저리 떴는데 방 구석에 처박혀 있는 놈이 이상한 놈이제. 내 이럴 줄 알고 뭐 좀 사왔지롱."

수봉은 그제서야 봉지 안을 슬쩍 들쳐봅니다. 희멀건 놈이 두 개, 은박지에 싸인 것에서는 족발 냄새가 몰큰몰큰 풍겨납니다. 낙지 발같이 탁 달라붙는 끈적끈적한 유혹에 뜨거운 숨이 후텁지근하게 목까지 차오르며 차라리 오금팽이에선 자르르 서릿발이 돋습니다. 수봉이 손을 살래살래 흔들자 종태가,

"야야, 너무 술을 끊는 데 집착하는 것도 문제야. 내 불경을 읽어보니까, 깨닫겠다 깨닫겠다 하는 것도 병이라. 야, 막힘없이 흐르는 대로 허심탕탕(虛心蕩蕩), 바로 그거 아니겠냐?"

그때 딸이 차반에 부침개를 들고 와 부뚜막에 놓고서 들오리처럼 물묻은 손을 경삽하게 털면서 마산 처사에게로 달려갑니다. 어물쩍 할 틈도 없이 불 아궁이 중심으로 도리도리 엉거주춤 좌석이 마련됩니다. 종태는 사람들이 둘러앉자 엄부렁하게 손짓이 커지며 입이 되게 바빠집니다.

"가는 날이 장날이라고 하참, 술이 작겠는데, 여기 마아산 처사님은 우째 공부가 잘

되십니껴? 우리 같은 노가다들은 금고가 텅텅 비어갖고 더 비우고 자시고 할 것도 없는 디. 궁하면 변하고 변하면 통한다고 해서 궁즉통(窮卽通)이라 카던데 뭐 좀 토옹했습니껴? 근데 여어기 보살님은 어디서 많이 본 듯한 얼굴인데 머리가 돌이라 생각이 통 안 나네. 뭐라고 불러야 되지요?"

"최라고 불러주세요, 최."

여자는 곱살한 눈을 버들잎처럼 샐긋거리며 사뭇 시퉁스럽게 말을 받습니다. 그때 올빼미 불이 할깃할깃 하늘을 휘젓더니 차가 하나 마당으로 굴러 들어왔습니다. 차에서 내려선 스님은 불무지로 헤적헤적 걸어와 여자를 보더니,

"이게 얼마만이야. 완전히 아줌마 티가 나네. 뻐꾸기 한 마리 날아왔으니, 모여앉아 술 한잔 하려구?"

그리고는 술병을 청하여 최 보살로부터 쭉 한 잔씩 따라주다가 수봉의 차례에 와서는 수봉의 눈을 빤히 들여다봅니다. 수봉이 받아놓은 술잔을 한쪽으로 잦혀놓자, 마시라고 턱짓을 하네요. 술을 한잔 받아 후루룩 마신 스님이 김치 부침개를 한 젓갈 맛을 보더니,

"어머님이 딸 자랑을 많이 하더니, 역시 솜씨가 좋네. 요새, 여기 박 처사가 공양 준비하랴 어머니 간병하랴 나무하랴 고생이 많았어요. 절에 왔으니 많이씩은 마시지 말구. 자아."

스님은 벌떡 일어나더니 크응, 기침을 뱉어내며 서재 쪽으로 휘휘 건너갑니다. 마산 처사가 스님 뒤를 쫄레쫄레 쫓아갔다가 어깨를 축 늘어뜨리고 되돌아옵니다.

"스님이 뭐래요?"

"밝은 날에 봅시다, 이라는기라. 마, 그냥 갈라캐도 뒤가 섭섭해서 몬 가겠고. 우에 했으면 좋겠는겨."

"쇠불알이 저절로 떨어지는 것 봤어요? 헤헤헤, 아저씬 기다리는 것을 좀 배워야 허것

소. 감자를 툭 깎아놓은 것 같이 생겨먹은 스님한테 뭘 그리 배우고 싶어하는지 나는 도통 이해가 안 가네요."

쇠불알 소리에, 최 보살이 캐득캐득 터져나오는 웃음을 차마 끄지를 못 하는데 마산 처사가 입맛을 쩍쩍 다시면서, 혼잣말처럼 주절거립니다.

"원 세상에 뻐꾸기라니! 숲속과 나무와 하늘을 몇 번이고 바라보게 했던 바로 그 울음소리. 너를 찾으려 숲속과 풀밭을 얼마나 헤매었던가!"

무슨 뚱딴지같은 소린가 싶어 수봉이 고개를 내둘거리는데, 최 보살이 그 말을 척 받아 한 마디 멋지게 퉁기네요.

"너는 여전히 내가 그리는 소망이요 사랑이었으나 끝내 보이지 않았다."

그 대목에서 두 사람의 장단이 우짠 일인지 척척 잘도 맞아떨어집니다. 사랑이었으나 끝내 보이지 않았다라, 수봉은 그 구절을 입안에 뱅뱅 굴리며 생각을 떠올려봐도 알쏭달쏭 머리만 되게 어지럽습니다.

"보살님은 워즈워드의 「뻐꾸기에 부쳐」란 시도 알고, 시를 쓰는거? 뭐하십니껴?"

"한때는 그랬죠. 호프집이나 하는 주제에 다 지난 꿈이죠. 산다는 게 왜 이리 높고 외롭고 쓸쓸한지……. 막상 어머니를 보니까 더 그러네요."

최보살은 말을 마치고 훌쩍거리며 까맣게 빈 하늘을 가물가물 우러르는데 삐죽 내민 입이 새부리처럼 뾰족해서 앙증맞아 보입니다. 공양주 보살은 딸이 식당을 한다고 했는데, 딸은 정작 호프집이라 우긴다! 호프집이 더 높을까 식당 일을 하는 게 더 쓸쓸할까? 수봉은 꽤나 복잡하게 따져보며 부침개를 되작거리고 있고 종태는 구석에 웅크리고 앉아 "뻐꾸기라, 흐흐흐, 남의 집에다 제 새끼를 기르는 뻐꾸기라, 흐흐……" 하며 쭝얼쭝얼 혼잣소리를 해대며 술잔을 비우고 있습니다. 마침내 마산 처사가 특특한 목소리로 비싼 침묵을 터칩니다.

"쓸쓸하니까 높고, 높으니까 외로운, 마 그동안 우리는 너무 뜨거운 것에 목말라한 기라요."

그때 고개를 팍 수그리고 술잔만 비우고 있던 종태가 그 말을 받아 "쓸쓸한 거 참 좋아허네요. 삶이란 낮아서, 한없이 낮아서 축축하고 비릿한 거라요." 하며 꺽꺽거리는 입으로 한 마디씩 씹듯이 뱉어냅니다. 자리가 조금 서름서름해지자, 종태가 미안한 티를 내며 마산 처사에게 술을 따라주며 고개를 꾸벅꾸벅하며 말을 이었습니다.

"절대 처사님 욕하는 거 아니네요. 내 요즘 심사가 확 뒤틀려 있어서 그러는지 말이 자꾸 헛나가네요. 근데 처사님이 불경공부를 많이 한 것 같아 물어보는데 개가 불성이 있네 우짜네 왜 따지는 거죠?"

"고게 조주무자(趙州無字)라는 화둔데 만물에 불성이 있네 하는 고런 고정관념, 분별마저 타파하자는 거 아니겠는겨. 만물에 불성이 있네 없네 하는 것도 다 망상인기라."

"그래요? 망상이나 분별이 꺼져버리면 그 자리에 뭐가 남게요?"

"참나, 부동심(不動心) 아니겠십니껴. 근데 고걸 나도 통 모르겠는기라. 본원 청정심(本源 淸淨心)이라캐서 거울 같이 맑고 그물에 걸리지 않는 바람같이 자유로운 거라 카는데 대체 그게 뭐꼬?"

그게 뭘까? 과연 그게 뭘까? 그 부분에서 모두 맥을 놓고 앉아 생각을 굴리고 있는데 수봉이 왜퉁스레 툭 볼가지는 소리를 해댑니다.

"개는 불성이 없다, 사람이 죽으면 술이 된다 비가 된다, 짚신을 머리에 이고 다닌다, 요즘 참 많이 헷갈리네. 처사님은 수월스님에 대해 아시것네요? 책을 보니까 그 스님은 아무도 몰래 짚신이나 주먹밥을 만들어 사람 다니는 길에다 내놓았담서요? 나무하고 불만 때던 사람들도 다 성불을 하는갑대요."

"수봉이 니도 잘해봐라. 시궁창에서 연꽃이 우뚝 솟는다고 말하지 않냐 말이다."

종태가 으쓱 손을 내밀며 헛폼을 잡으며 몸을 휘돌리는데, 수봉이 족발을 먹던 흐벅진 입으로 대퉁스럽게 그 말을 받아칩니다.

"남자들은 젊으나 늙으나 우둑을 너무 좋아해서 탈이야."

최 보살이 등을 돌리고 킥킥 웃는 바람에 나무판자 위에 야부롯이 놓여 있는 술잔이 기어이 엎어지고 자리가 잠시 어수선해집니다. 즐거운 소란 끝에 이야기가 삼천포로 빠지는가 싶었는데 마산 처사가 정색을 하고 말을 이었습니다.

"육조 혜능(六祖 慧能)도 방아를 찧었고, 당나라 때 백장이란 선사도 일일불작(一日不作)이면 일일불식(一日不食)이라캐서 하루 일 안 하면 하루를 먹지를 않는기라."

"일하지 않는 자여 먹지를 말라, 고거 어디서 참 많이 듣던 소린데. 놀고도 잘 먹는 사람이 콧방귀도 안 뀌는데 고 따위 김칫국 먹는 소리를 해보이 뭐 하노?"

"종태 형님은 오늘따라 상당히 삐딱허요이."

후우, 한숨을 내쉬며 술잔을 들이붓던 마산 처사가 "맞십니더. 나처럼 펑펑 노는 놈이 백날 이리 씨부려보이 뭐하겠노? 시간이 많다는 것이 안개 속에 갇힌 것처럼 와 이리 숨막히노." 하고선 손을 탈탈 털고 자리에서 일어섭니다. 수봉이 일어서려던 처사의 어깨를 잡아 주저앉히며 술잔을 권합니다.

"또 개구리처럼 발딱발딱 뛸라고요? 처사님 말이요, 넌지시 하는 말이 비싼 말이라구, 내 농담 한마디 할 텡께 들어보실라요?"

"고래, 말 몬 할 게 뭐 있겠나, 한번 해보소."

"처사님, 거, 불경 공부도 좋고 마음 공부도 좋은디, 처사님 산에 올라간 뒤에 봉께로 고무신이 한 짝은 이쪽, 또 한 짝은 저쪽 그것도 뒤집어져 있대요. 신발을 달걀처럼 나란히 이쁘게 벗어놔야제라. 그게 마음 공부 아닌가베. 내가 너무 엉뚱했나, 헤헤."

말을 마친 수봉이 뱅충맞게 연방 너스레를 떨었지만, 처사는 마른 호박처럼 놀놀하게 찌그러지던 얼굴을 아래로 푹 떨구고 말까지 우물우물 더듬습니다.

"고게 그러니까, 그, 그게 맞네요. 그, 그게 중요한데 요즘 고게 막 헷갈리는기라."

자리가 다시금 고자누룩해져서 모두 묵묵히 앉아 있는데, 잠시 자리를 비웠던 최 보살이 후닥닥 달려와 고개를 처박고 있는 사람들을 마당으로 불러냅니다.

"모두 이쪽으로 와봐요. 눈이 오나봐요, 눈이."

모두 무슨 일인가 어안이 벙벙하게 있는데, 보살이 잿빛 하늘을 가리킵니다. 사방이 끄느름한 밤안개 속에 까무룩히 잠겼는데, 젖빛으로 뿌연 형체만 남아 있는 달이 해파리 떼같이 밀려오는 구름을 헤치고 획획 지나갑니다. 가무끄름한 하늘에 재티 같기도 하고 싸눈 같기도 한 희끗희끗한 눈꽃들이 날개 돋친 바람을 타고 나울나울 내려오고 있었습니다. 휘어지는 은행나무 끝을 보니 그제야 하늘에 부는 바람도 알겠습니다. 산 매들린 골바람이 나무를 휘젓고, 꺾고, 내리훑는가 본데, 여기는 새둥지처럼 오목하게 파묻힌 곳이라 낙엽 우수수 휘말리는 소리만 낭자합니다. 모두 선 채로 눈오는 하늘을 멍하니 우러르고 있는데, 더덕장아찌처럼 물크러진 채 옹송그리고 앉아 있던 종태가 혼잣말처럼 한 마디 씨부렁거립니다.

"하, 참. 이놈의 절에는 인물들이 참 많네. 눈이 한두 번 오나."

그때 염소가 우는 듯한 으흐흐 하는 가녀린 신음소리가 바람소리에 섞여 들려왔습니다. 최 보살이 고개를 갸웃대다가 놀란 토끼 새끼같이 방으로 달려갑니다. 안으로 들어갔던 딸이 곧 튀어나오며 사람들을 외쳐 부릅니다. 딸이 흔들어도 어머니는 초점 없는 눈을 번히 뜬 채로 신음을 뱉어낼 뿐, 사람조차 알아보지 못했습니다. 깨알처럼 진땀이 송송 돋아오른 얼굴의, 시들마르고 해발쪽 벌어진 푸르뎅뎅한 입술로 가쁜 숨이 들락거리는데.

"흐흐흐, 나암수야, 흐흐으 나암수야……."

"오빠 이름만 불러대지 말고 엄니 눈 좀 떠봐요. 엄니! 아이구 불쌍한 우리 엄마!"

보살은 헐헐 밭은 숨을 몰아쉬며 장작개비 같은 팔로 허공을 자꾸만 움키는데, 흰자위가 바둑알 만하게 커지며 홱 까부라지는 게 여간 심상치가 않습니다. 요 며칠 동안 한

밤중에도 않는 소리를 해 달려가보곤 했지만 이런 경우는 처음입니다. 수봉은 도저히 안 되겠다 싶어 스님의 서재로 불 밟은 강아지같이 튀어갑니다. 맥을 짚어보고 눈꺼풀을 뒤집어보던 스님이 츳츳, 혀를 차며 빙 둘러 선 사람들에게 바쁘게 소리쳤습니다.

"강 처사는 119를 빨리 불러주고, 여기 따님은 울지만 말고 짐 챙기시고 수봉이는 얼른 숭늉을 데워와라."

물수건이, 동치미 국물이, 약봉지가, 숭늉이 들락날락 한바탕 북새를 놓습니다. 잠자코 보살의 손을 잡고 나직하게 독송을 하던 스님은 문간에서 넘성거리는 마산 처사를 흘깃 쳐다보고는 불쑥 말을 건네 붙입니다.

"아이구 머리꼭대기에다 상여를 달아매놨구면. 처사는 여기 암자에 계속 있을 건가?"

"스님, 예에, 말씀드리고 싶은 게 있어서……."

마산 처사가 우물우물하자, 스님이 대뜸 한 마디 후려갈기듯 내쏩니다.

"같이 내려갑시다. 이웃을 섬겨봐요. 그러면 마음부터 따뜻해질 테니까. 그 따뜻한 마음이 부천데 왜 그것을 절에 와서 찾소?"

마산 처사가 뜨악하게 뒤로 반 걸음 물러서자, 스님이 씽긋 웃으며 말꼬리를 짐짓 누그러뜨립니다.

"학원이건 서점이건 우선 마음속에다 먼저 차려보시오. 병원에 가더라도 교대를 좀 해야 될 테니 같이 내려갔으면 싶은데."

"짐을 챙기고 나올까요?"

"그건 알아서 하시고……."

잠시 후, 삐뽀삐뽀 소리도 요란하게 불 눈깔을 휘저으며 119차가 달려왔습니다. 최 보살은 짐을 챙겨들고 마산 처사는 껍죽껍죽 고개를 둘러대며 바쁘게 구급차에 올라탑니다. 두 대의 차가 꽁무니에 매운 바람을 일으키며 산길을 휘돌아 떠나가자 암자에는 갑자기 음습하고도 휑한 냉기만 감싸고 도네요.

고양이는 아으아으 울고 눈발은 핑핑 날리고 낙엽은 소스라칩니다. 장작을 던져넣자 불은 금세 팔게 타오릅니다. 등허리와 발끝이 아려오는데도 두 사람은 방에 들지도 않은 채 벌겋게 익은 장작불 옆에서 그냥 고개를 처박고 있습니다. 수봉이 자리에서 벌떡 일어나 양말을 벗어붙이고 마당으로 달려갑니다. 그리고는 훌떡훌떡 뛰면서 노래를 불러 댑니다. 뻘건 불두꺼비가 쥐어박는 듯 심장이 푸덕푸덕 뛰어 견딜 수 없었기 때문입니다. 희끗희끗 떨어지는 눈발 속에 노랫가락이 끊어지고 얼크러집니다.

"세상이 너를 버린다 해도 너라면 할 수 있을 거야. 할, 수, 있, 어. 할, 수, 있……."

수봉이 들뜬 숨을 가라앉히며 자리에 앉자 무릎에 코를 박고 있던 종태가 수봉이의 어깨를 끌어안고 코맹맹이소리를 합니다.

"너, 임마, 그동안 잘해왔잖아. 딸도 같이 갔고 마산 처사도 갔는데 뭐가 걱정이냐?"

"보살과 한 약속도 있고 한데, 잘 되겠지요. 근데 어째 마음이 이리 우글부글 동뜰까요."

"수봉이 넌 요즘도 내려갈 생각을 하니?"

"엎어진 김에 쉬어간다고, 당분간 여기에 가만 엎드려 있을랍니다. 서 있는 자리가 극락이라고, 일단 나를 이기는 것이 중요한께로. 원마, 발바닥 공부를 하느라고 일주일 만에 술을 마셨더니 우째 술이 이리 심심하당가요."

남은 술을 한잔 목에 부으며 수봉이 너스레를 떨어댑니다.

"술이 심심할 때를 조심해야 되는 거야. 그러다가 용코로 가니까. 같이 한번 참아보자야. 하, 애들도 보고 싶은데……."

"주말에 한 번씩 집에 갔다오지, 형님도 참 답답하네요."

"우리가 주말이 어딨냐. 알면서도 자식이."

종태가 자리에서 일어나며 비척거리자 수봉이 얼른 종태의 옆구리를 끼고 부축을 합니다. 볼뺨에 스치는 눈송이도, 불 주위를 얼쩡거리며 아으아으 울어대는 고양이 울음소리도 차가워서 차라리 뜨겁게 자릿자릿 몸 속으로 저며듭니다.

9

삽자루가 하늘에서 붕붕 뜨고 뿌연 시멘트가루가 풀풀 나는 현장일지라도 쉴 참에 콧구멍을 벌렁대면서 막걸리 한잔을 빨아대면 그래도 세상은 그럴 듯했는데, 낙엽을 쓸고, 객방 청소에 화장실 청소까지 끝내놓고서도 수봉은 우째 몸이 근질근질합니다. 아마 뻑적지근하면서도 고리탑탑한 그런 일맛이 없어서 그런가봅니다.

수봉은 이쪽저쪽 몸풀 자리를 찾아 헤매다 아래 주차장 옆, 잡풀이 무성한 묵정밭이 언뜻 생각이 났습니다. 스님이 언젠가 지나가는 말로 봄에 거기다 채소를 갈겠다는 말을 들은 적이 있었던 것이지요. 뙤밭을 한바탕 갈아엎으며 땀을 빼고 나자 들썽거리는 마음이 후련해집니다. 사람은 역시 일을 해야 썩은 생각이 가셔지나봅니다. 번질번질하게 돋은 땀을 들이며 밭머리에 앉아 쉬노라니까 오늘따라 그니의 얼굴이 삼삼하게 떠오릅니다. 꼭지 밑에 점까지. 하, 수봉은 우두망찰 서 있다가 다시금 돌밭을 삽으로 월걱덜걱 찍어대기 시작합니다.

한참 돌밭을 갈아엎고 있는데, 택시 한 대가 산비탈을 멧돼지처럼 색색대며 굴러오더니 멈춰섭니다. 유도선수들처럼 통통한 어깨를 추석거리며 내려서는 것이 마산 처사였습니다.

"우째 스님 차를 타고 오지 않고 혼자 오신데? 보살님은 어찌 됐당가요?"

"스님이 김장 배추를 봐야 한다꼬 먼저 가라대요. 보살님은 하, 폐렴이 양쪽으로 번져삐서 읍내 병원에서도 머리를 절레절레 흔들대요. 그래서 별 수 없이 안양 아들네 집까지 모시고 간 거 아입니껴. 여태 거들떠보지도 않았다 카던 두 아들이 근데 그기 뭐라,

인제 얼마 못 사실 테니까네 죄 막음이나 하려는 긴지 형편이 뻔하니까네 서로 생각해 주는 긴지 내 몰라도, 서로 모시겠다고 옴두꺼비맨쿠로 우겨쌓는데 차마 눈물겹데요. 와 인제 데려왔냐 따지는데 우째 교회 집사라 카는 사람 입에서 그런 말이 나오노? 스님이 뭐라 했는지 궁금하지요? 죽은 뒤에 금거문고를 뜯으면 뭐합니껴, 이라는기라. 아무려면 자식들하고 같이 살고 싶지 않은 노인이 어딨겠노? 안 그런겨?"

"계속 의식도 없이 그럽디까?"

"읍내 병원에서 링게르를 맞으니까네, 의식이 돌아왔었는데 사람이 죽는 기 그리 고통스러우면 우에 사노?"

수봉은 처사와 함께 암자로 돌아왔습니다. 수봉이 방문 앞마루에 걸터앉자, 처사는 방으로 들어가 주섬주섬 짐을 챙겨들고 나오더니 책 두 권을 수봉에게 내밀었습니다. 한 권은 선(禪)에 관한 책이고 또 한 권은 노자의 『도덕경』 해설서였습니다.

"오시자마자 간다니께로 참 섭섭하네요."

"어차피 우리 인생이 번갯불 같은 거 아입니껴. 그동안 신세 많이 졌네요. 전에 신발짝 얘기는 참말로 고마웠심더. 얼음물에 머리를 감은 것처럼 정신이 확 들대예. 공부가 딴 데 있는 게 아인기라. 고맙심더."

별 것도 아닌 걸 마산 처사가 껍죽껍죽 숙이며 고맙다고 하는 것이 되레 미안스러워서 수봉은 토굴 스님 생각이 퍼뜩 떠올랐습니다. 그래서 경상도 말투를 흉내 내어 처사에게 같이 만나러 갈 것을 청해봅니다.

"여기 뒷산 토굴에 스님이 한 분이 계시는데예, 공부가 되도 많이 된 기라요. 수십 년 동안 하루에 사시마지(사시에 올리는 점심공양) 일식(一食)밖에는 안 한다 카대요. 내 좀 알거든예. 같이 가보입시더. 이리 좋은 기회가 어딨겠습니껴?"

그런데, 웬걸 반색을 해야 할 사람이 의외로 두 손을 살래살래 흔들어댑니다.

"됐심더. 지금 고게 무슨 필요가 있겠는겨. 내 속에 부처가 있는데 밖으로 찾으러 댕기면 뭐하겠십니껴. 학원에서 떨려나와 나는 대체 어떤 놈인고, 뭐하고 살꼬 하며 그동안 안달복달했는데 죽음 앞에서는 그게 아이대요. 내 잘못 생각하는지 모르겠지만서도, 흔히 비운다 버린다 카는데 비울 것도 버릴 것도 없는기라요. 그냥 그대로 순리, 평상심인데 내가 누구면 뭐하고 누구 아닌 내 주체적인 내를 주장하면 뭐하겠노. 거짓 없이 욕심 없이 마음 따뜻하게 먹고 편한 대로 살겠심더."

수봉은 그러냐는 듯 고개를 끄덕끄덕했지만 도대체 이야기가 알 듯 말 듯 아리송합니다. 식자들은 뻔한 소리를 배배꼬아 이야기하는 수가 많기도 하지만, 말하는 태도로 보아 그런 것 같지는 않습니다. 전에는 뒷문이 훨쩍 열린 것처럼 얼싸덜싸 했는데 어찌 보니 전보다 많이 자차분해진 것도 같습니다. 떠나기 전 처사는 전화번호를 적어주며 꼭 놀러오라는 말을 신신당부하고 떠나갔습니다.

수봉이 오후마다 하는 맨발 산행을 끝내고 절간에 오자 웬일로, 며칠 동안 보이지 않던 까까머리 행자가 평상에 앉아 제법 까뭇까뭇한 머리를 좌우로 흔들며 손짓을 했습니다. 토굴에서의 수행이 힘들었는지 몸이 홀쭉해지고 광대뼈도 볼쏙 튀어나왔는데, 떼꾼하게 패인 눈만은 그저 서늘합니다.

"공양주 보살이 없으니까 절간이 휑하네요. 암주 스님한테서 전화가 왔는데, 오늘 저녁 늦게나 들어온다고 메주를 한번 뒤집어놓고 서재 방에 불 좀 때놓으라시던데요."

"왜, 행자 스님은 바빠요?"

수봉은 불 때는 거야 늘 하는 짓거리지만 짐짓 퉁바리를 놓습니다. 행자는 그 말엔 들은 척도 안 하더니, 메주방 쪽으로 가는 수봉을 뒤따라오며 엉뚱한 사설을 늘어놓네요.

"박 처사님 때문에 큰스님이 3년 동안의 묵언(默言) 참선을 끝냈다는 것 알아요?"

"그게 뭔 말이데?"

"허허, 암주 스님이 말을 안 했나 보군. 토굴 스님은 눕지도 않는 건 예사라요. 그때는 아예 냉방에서 자지도 않고 그것도 생쌀만 한 끼씩 먹어가며 일주일째 철야수행을 하고 있을 땐데, 박 처사가 하루 종일 코를 골아대며 신선한 도량을 난장판으로 만들었으니. 게다가 3년 묵언을 깨게 만들어놓고."

"허, 그걸 어쩌지? 정말 큰일났네."

수봉이 메주를 뒤집다가 놀라 몸을 벌떡 일으키자 행자는 짓물러 늘큰한 메주를 떡판 뒤집듯 발랑발랑 뒤집으며 싱긋빙긋 웃어댑니다.

"후후, 농담이고, 큰스님이 그 일로 해선가는 몰라도 이번 참에 뭔가 크게 깨달은 바 있는 것 같아요."

"무슨 깨달음?"

"우리가 그 높은 뜻을 알 수 있나요. 제가 미륵바위 밑에서 철야기도를 그렇게 드려도 눈 하나 깜짝 안 했었는데 이제는 저에게 많은 가르침을 주거든요, 헤헤. 그건 그렇고 박 처사님은 요즘 불경 책도 보고 맨발로 산도 오르고 그라든데 공부는 좀 되세요?"

"솥이나 설거지그릇이나 닦는 나한테 무슨 공부 타령이데?"

"절에서는 솥도 자꾸 닦다보면 도가 트게 돼 있어요. 저도 3년 동안 닦는 거라면 신물이 나네요. 그런데 토굴 스님이 처사에게 전하라는 말도 있는데."

"뭔데?"

"비교와 원망을 버리면 술을 끊을 수 있다, 비교와 원망이란 남이 진정 남이 아니라는 것을 깨치지 못한 무명(無明)에서 생긴다라고 그러시데요. 그리고 왜 놀러 안 오지 하면서, 기다리시던데."

"내가 시방 노스님하고 놀 군번이요? 근데 그게 무슨 얘기일까?"

"탐진치(貪瞋癡), 삼독(三毒)이 술을 마시게 하는 원인들이겠지요. 세간 사람들이 거기서 벗어나기가 어디 쉽나요."

"스님은 고렇게 어렵게 이야기 안 하는데. 우째 말이 되게 어렵네."

"후후, 처사님이 금방 눈치챘구면. 그래도 처사님 찾는다는 얘기는 터럭 하나 없는 알짜예요."

"어른을 깔고 앉아 문자 쓰고 있어, 이 양반이."

말은 그렇게 했지만, 행자 놈이 자기를 가지고 엎었다 뒤집었다 하는 것이 고약하긴 하지만 그리 싫지는 않습니다. 근데 스님이 자기를 찾는 거야 고맙지만 혹시 머리를 깎으라면 어떡하지 하는 생각에 겁이 더럭 나지 않은 것도 아닙니다.

수봉은 행자의 손을 잡아끌고 스님의 서재 쪽으로 발길을 옮겼습니다. 천장에 닿을 정도로 차곡차곡 쌓인 장작들, 높지막하게 걸린 솥. 두 사람은 오목한 아궁이에 사이좋은 형제처럼 둘러앉았습니다.

"저번엔 미안했어요. 처사님에게 농담 몇 마디 했다가 금강경을 베끼는 거야 맨날 하는 공부니까 그렇다 쳐도 삼천배(三千拜) 올리느라고 무릎이 발랑 다 까졌네요. 덕분에 많이 깨닫기도 했지만."

말을 마치고 행자는 무릎을 걷어올립니다. 볼쏙 튀어나온 무릎에는 딱지가 허옇게 벗겨지고 있는 중이네요.

"나한테 미안하다고?"

"모르면 약이라는 말도 있으니까 모르면 그냥 넘어가요, 헤헤헤. 처사님이 하루 종일 코를 골다 울다 하는데 밖에서 볼 때면서 나도 그냥 울다 웃다 했네요. 재미있는 한 편의 농담이었죠. 행자 생활에 제일 힘든 것이 뭔지 아세요? 재미난 농담거리가 없다는 건데. 공부는 엄청 재미난데, 산사엔 코미디가 없어요."

하지만 섭섭하다는 것은 말뿐, 얼굴에는 부드럽고도 익살스러운 즐거움이 풍겨납니다.

"여기 있으면 뭐, 먹고 싶은 거 많지?"

수봉은 시룽시룽 웃어대며 좋아할 듯한 것들을 쭉 꼽아봅니다.

"떡? 파전? 삼겹살? 술? 아가씨? 낙지? 두부김치?"

수봉은 뚱하게 고개를 설레설레 흔들어대는 행자 옆으로 자리를 바짝 당겨 앉았습니다.

"스님이 갑자기 왜 묵언을 그만두었을까?"

"한 사람을 구하면 7층 불탑을 세우는 것보다 낫다는 말도 있잖아요."

"그래?"

"그와 상관되는 제가 들은 얘기를 한 번 옮겨볼까요?"

"그래, 한번 얘기해봐."

"옛날에 산 속 토굴에 스님이 한 분 수도를 하고 있었대요. 어느 깊은 밤, 한참 좌선 중인데 밖에 흑흑 울음소리가 나길래 '거기 누구냐?' 물었겠지요. '스님 저는 떠돌아다니는 거진데 며칠 동안 굶었어요, 저 좀 재워주세요.' 근데 목소리가 꾀꼬리 아니, 이소라 같이 섹시한 거라. 방도 하나뿐이라 스님이 '여기는 여자가 머물 곳이 못 된다.'라고 말했겠지요. 그러자 여인이 왈, '스님, 허기가 져서 이젠 한 발짝도 움직일 힘이 없네요. 스님이 받아주지 않으면 저는 이제 굶어 죽는 수밖에 없습니다.' 하면서 앞으로 쿡 꼬꾸라지는 거예요."

"행자님, 시방 여우 얘기하려고 하는 거지 헤헤?"

수봉이 장작불 위에 초를 올려놓다 말고 시룽거리며 토를 달자 행자는 일리 있다는 듯 고개를 까댁거리며 말을 잇습니다.

"맞아요, 아무리 공부가 된 스님이라도 상황이 그러니 여우 얘기가 생각나지 않았을리 없었겠지요. 스님이 입술을 깨물어보고 손을 꼬집어봐도 이건 분명히 생시라. 거참야단이 났네. 10년 동안 면벽수도를 해왔고, 이제 바야흐로 용맹정진 중인데 이런 딱한 경우가 없는 거라. 하지만 급한 건 목숨이라, 부싯돌을 탁 쳐 불을 붙이는데, 여인이 깜짝 놀라, '스님, 불을 켜면 전 당장 혀를 깨물고 죽겠어요.' 하는 거예요. 스님이 드르륵 병풍을 치고는 '내 밥을 차려줄 터인즉 병풍 건너편에서 먹고 쉬거라.' 이랬겠지요. '손이 아파 저는 혼자 밥을 먹을 수도 없사옵니다, 스님.' 하면서 또 흐느끼는 거라요. 스님이 어둠 속에서 더듬거리며 밥을 떠서 먹여주고 나자, 여인은 뻔뻔하게도 '스님, 몇날 며칠을 닦지도 못했는데, 얼굴과 발이나 좀 씻어주었으면.' 하는 거예요. 그래서 발까지 닦아주었겠지요.

그 뒤로도 스님은 여자를 보내지 않고 계속 같이 지내는 거라. 그러니 저같이 입이 심심한 행자들의 손을 거쳐 소문이 쫙 퍼졌겠지요. 법문을 듣고자 각지에서 사부대중들이 우글우글 몰려들 만큼 당대 선지식(善知識)으로 추앙 받던 스님인지라 모두 의아하게 생각한 거라요. 그런데 간혹 토굴에서 여자의 간드러진 웃음소리도 들려오고 하니, 참으로 이상야릇한 일이라 하지 않을 수 없었겠지요.

결국 사부대중들이 스님에게 몰려가 진상을 밝힐 것을 요구한 거예요. 스님은 말하길 '문을 열지 말라, 그러면 나는 영원히 떠날 것이다.' 스님이 계속 문을 열지 말 것을 호소했으나 대중들은 전혀 듣지를 않았어요. 결국 대중들이 문을 억지로 열어젖히자, 스님이 절뚝절뚝 걸어나왔는데 손과 발에선 이미 진물이 질질 흐르고 있었대요. 여자는 손가락도 발가락도 없는 문둥이였지요. 가지 말라고 붙잡는 대중을 뿌리치고 스님은 여자 보살과 함께 길을 떠나 다시는 돌아오지 않았답니다."

"다음날 보낼 수도 있었을 텐데 왜 그랬을까?"

"여자 보살로선 처음으로 갖는 평화였는데 그걸 깨고 싶지 않았겠지요. 참다운 보살행이란 계율을 지키면서도 그것을 넘어서는, 그게 참말 어려운 것인데, 어쨌든 우리 같은 사람이 보기에 그 스님은 계율보다는 사람을 택한 것이겠지요. 아마, 토굴의 스님도 처사님을 보며 그런 생각을 했을랑가."

"핫따, 행자님이 꺼벅꺼벅 졸기만 하는 줄 알았더니 공부가 많이 됐네."

"얼마 후면 행자교육 들어가니 사실 여러 생각이 나네요."

"교육 들어간다꼬? 송별회라도 해줘야 할 텐데 어떡허나. 부디 교육을 잘 받아서 좋은 스님이 되쇼. 또 만날 수야 있겠지?"

"얼마간 못 볼 거예요. 교육 끝나고 스님과 약속한 것이 있어서…… 그게 참 걱정이 많이 되는데……."

"무슨 걱정?"

"큰스님이 말하길, 교육 끝나고 여기로 오지 말고 한강 고수부지에서 걸식자들과 함께 세 달을 살고 오라는데…… 그건 그렇고 처사님은 머리 깎을 생각 안 해봤어요?"

"머리라구?"

머리를 깎는다? 거참 맹랑하면서도 은근합니다. 뜻밖의 소리에 수봉이 가슴이 달롱하여 할 말을 미처 찾지 못하고 머리만 주억거리고 있자 수봉의 얼굴을 멀뚱멀뚱 쳐다보며 대답을 기다리던 행자는 부지깽이로 부엌 바닥을 탁탁 치며 일어섭니다.

"처사님, 토굴에도 한번 가보세요. 곧 동안거에다 보림(保任)수행 들어가면 만나고 싶어도 못 만날 테니까요. 부디 건강하시고."

행자는 떠나갔지만 투닥거리며 타는 불꽃은 여전히 벌겋습니다. 하늘에는 금모래를 흩뿌린 것 같은 별들이 또록또록 여물어가고 휑뎅그렁하게 떠오른 달빛으로 대나무 숲은 검푸르죽죽하게 젖어 너풀거립니다.

스님은 어디쯤 오고 있을까. 이 추운 밤, 며칠 못 본 스님이 사뭇 기다려집니다. 타는 불을 멍하니 쳐다보노라니 자신도 모르게 뺨 위로 눈물이 흘러내립니다. 수봉은 늘어 빠지는 곡조로 부지깽이로 부엌 바닥을 탁탁 두드리며 노래를 불러대기 시작합니다.

"……언젠가 웃으며 말할 수 있을 때까지 너를 둘러싼 그 모든 이유가 견딜 수 없이 힘들다 해도 너라면 할 수 있을 거야……."

10

아니 왜 그따위로 살어? 내가 왜? 그럼 내가 먹여살릴까? 얼굴이, 벌건 얼굴이, 턱을 들이대고 눈을 흘깁니다. 춥네 정말 춥네. 몸이 보리타작마당에 들어선 듯 꺼끌꺼끌합니다. 덜컹덜컹 열차 칸으로 다시 동실동실 그 얼굴이 나타납니다. 하이 참, 그렇게 말구. 그래, 그렇게……. 김나는 어깨가, 허리가 는실난실 노래합니다. 숨이 꺽꺽 막힙니다. 승강기가 쑥 내려가고 청룡열차가 비비대기를 칩니다. 홍당무처럼 몸이 벌겋게 달아오르는데도 헐거운 땀구멍마다 날파람이 술술 들어옵니다. 수봉은 꼬챙이에 꾀진 메추리처럼 비질비질 식은땀을 흘리며 깽깽거리다가 문득 잠에서 깨어 창호를 휙 열어젖혔습니다. 시척지근한 방으로 찬바람이 휙 들이칩니다. 빗발은 꺼끔해졌으나 밖은 잠포록한 비안개로 아직 어둑어둑하네요.

낮잠치고는 좀 해괴합니다. 거미가 지나가듯 온몸이 수물수물 간지러운데 찌르릉찌르릉 전화는 연방 울어대고 있네요. 바로 코앞 마루에서 전화가 그리 울어대도 종태는 세상 모르고 들들 코를 곯아대고 있었습니다. 수봉은 눈을 비비며 비척비척 마루로 다가갑니다.

"아, 처사님이세요? 공양주 보살 딸인데요. 흐흐, 어머님이 좀 전에 운명하셨네요. 그동안 고마웠어요……. 스님께 전해드리고…… 천도제를 거기서 하라면서…… 그때는 만날 수 있겠죠."

찬바람이 윙윙거리듯 전화기 속이 시끄럽더니, 목소리가 가물가물 멀어집니다. 예상했던 일이지만 가슴이 울컥울컥 받치면서 머리가 찌르르 울리며 뗑합니다. 통무가 처박힌 듯 가슴속이 그냥 무지근하고 마음마저 섯들섯들 정처가 없습니다. 수봉은 암자 뒤쪽으로 천천히 발길을 옮겨갔습니다. 언덕의 바윗돌은 그냥 추적추적 비를 맞고 있었습니다. 어쩌면 황소가 머리를 언덕에 치받고서 땀을 질질 흘리고 있는 것처럼도 보입니다.

저게 거북이가 될 날은 올 건가.

수봉은 고양이를 찾아봅니다. 근데 참 요상하네요. 고양이놈이 장작더미를 받쳐놓은 통나무에 부르르 올라갔다가는 내려오더니 다시 부르르 치올라갑니다. 수봉이 손을 까불어도 아예 신청도 안 하고 계속 그 짓을 반복합니다. 발톱이 간지러워 그러나, 저게 대붙고 싶어서 그러나.

그 순간 장가도 못 가고 죽은 자식, 하면서 울부짖던 보살의 얼굴이 휙 떠올랐습니다. 이제 저놈의 고양이는 우짤꼬! 근데 그때 기막힌 생각 하나가 머리에 떠올라 이제까지의 우울이 확 걷힙니다요. 근데 다시 생각해보니 그런 망측한 짓이 따로 없습니다.

수봉은 백보 양보하여 공양주 보살을 위해 백팔배를 올리고 났을 때까지 고양이가 통나무 위에서 놀고 있다면 망측한 그 짓일지라도 마땅히 한번 해보기로 작정을 합니다. 수봉은 종태가 자는 방으로 재우쳐 달려갔습니다. 전화 온 얘기를 하고 백팔배를 같이 올리자고 하자 종태는 코를 벌룽거리며 두말없이 따라나섭니다.

백팔배를 마친 다음, 장작더미께로 다시 가자 처마 밑에 있던 고양이놈이 비 맞은 몸을 한번 부르르 털더니 수봉을 보자 닌자처럼 통나무를 다시 날쌔게 치올라갑니다. 어쩔 수 없군. 수봉은 쯧쯧 혀를 차며 고개를 끄덕거릴 수밖에 달리 도리가 없습니다.

오후가 되자 지짐거리던 비가 그치고 하늘이 빤해지면서 햇살이 탐조등처럼 계곡을 휘젓기 시작합니다. 수봉이 싱글벙글하면서 고양이 목에 끈을 둘러매자, 등 뒤에서 기다리고 섰던 종태가 툴툴거리며 재촉합니다.

"야야, 빨리 가잖구 뭐하나. 토굴에 간다면서 고양이는 왜 데려가나?"

"공양주 보살도 돌아가셨으니, 고양이가 얼마나 서러울꼬. 그래서 고양이를 위한 축제를 열자는 것 아니요?"

"보살님이 돌아가셨는데, 고양이한테 축제라니. 아이구, 오늘따라 저게 말을 얼토당토 않게 갖다 붙이네."

"죽는 날이 태어나는 날이라고, 형님은 불경 책을 그리 읽었어도 고걸 모를까? 우리 인생이 시방삼세(十方三世)로 떠돌아다니는, 에이, 문자 쓸라니까 말만 안 되네. 하여튼 장구는 제가 칠 테니까 형님은 춤출 준비나 허쇼."

종태는 생게망게한 채로 고개를 갸웃거리며, 고양이를 끌고 가는 수봉의 뒤를 쫄레쫄레 따라갑니다. 바람이 불 때마다 후드득 떨어지는 촉촉한 물바람을 맞으며 산턱을 두 번째 돌았을 때 수봉은 어쩌다 목끈을 놓치고 맙니다. 고양이가 메롱 하면서 산 아래로 쏜살같이 내뺍니다. 고양이따라 수봉이마저 날쌔게 산 밑으로 줄달음질을 치자 종태도 어쩔 수 없이 툴툴거리며 산을 내려올 수밖에 도리가 없습니다. 암자에 이르자 수봉이는 뜬금없는 고구마전을 부치느라 부산을 떨고 있었습니다. 고양이가 마루 밑바닥에서 나올 생각을 안 했던 거니까요.

역시 고양이 녀석도 먹는 것 앞에는 촉을 못 쓰나봅니다. 언제나 그랬나 싶게 마루 밑에서 슬슬 기어나왔으니까요. 수봉이 봉지를 들고서 앞장을 서자 고양이는 전을 입에 물고 잘도 따라옵니다. 아예 끈을 놓아도 달아나기는커녕 삽작삽작 바위를 건너뛰어 앞장을 섭니다.

마침내 산등성이를 돌자 툭툭한 염불소리에 두 사람은 발걸음을 우뚝 멈추어 섰습니다. 미륵돌 밑 공터에서 누군가 가부좌를 꼿꼿이 틀고 앉아 목탁을 두드리고 있었던 것입니다. 토굴의 노스님인 줄 알았는데 가까이 가보니 까까머리 행자였습니다.

두 사람은 그쪽으로 반갑게 발길을 재우쳐갔지만, 웬걸 행자는 발자국소리는커녕 옆에서 고양이가 울어도 꿈쩍하지 않고 『대다라니』를 독송하고 있네요. 푸르스름한 얼굴에는 빗물이 번질거리고, 축축이 젖은 옷자락에서는 김이 모락모락 피어오르는데.

"형님, 뭔가 느낌이 와요?"

눈알을 희번덕거리고 있던 종태가 입 모양을 크게 벌리면서 수봉의 귀에 바짝 입을 들이랍니다.

"온다 와, 근데 깨우면 안 되잖아. 조용히 지나가자야. 우째 이런 곳이 있었네. 이 옆으로 몇 번씩이나 지나갔었는데."

"형님, 길이란 본시 아주 가까운 곳에 있는 거라요, 안 그렇수?" 하면서 수봉은 신병 앞에선 고참처럼 목을 한번 우쭐합니다. 앞장서서 미륵돌 옆을 살금살금 휘돌아 올라가던 수봉은 마침내 고양이의 끈을 풀어줍니다. 고양이는 귀를 쫑긋거리더니 바위를 타고 부르르 토굴 쪽으로 달려갑니다.

두 사람이 토굴 마당에 이르자 마당 한쪽 귀퉁이에선 이미 두 짐승이 발톱을 세우며 서로 어르며 딱딱거리며 맞서고 있었습니다. 두 사람이 머리를 주억거리며 방문 쪽으로 다가가자, 저쪽 텃밭 쪽에서 인기척이 들려왔습니다.

"스님, 일하고 계세요?"

"어? 그냥, 놀아."

쪼그리고 앉아 배추를 다듬고 있던 스님이 흙 묻은 손을 털면서 텃밭을 나옵니다. 맨발에 고무신이 벗어질 듯 찰딱거립니다.

"이번에는 동무까지 데려왔구먼."

"워낙 스님을 뵙고 싶어 해서요. 한 사람이라도 더……."

"좋아, 좋아. 그래 마음은 편안한가?"

"예, 많이 좋아졌습니다. 발바닥 공부를 했더니 고양이가 울어도 잠은 그런대로 잘 잡니다."

"그래, 물 흐르듯이 욕심을 내지 말아. 원래 병이란 마음에서 오게 돼 있어."

"친구, 근데 저 검은 고양이는 암자의 고양인가?"

두 고양이가 이제 서로 꼬리를 붙들려고 마당을 빙빙 도는 것을 보고 스님이 물었습니다. 온화하고도 근엄한 눈빛에 수봉은 바로 뒷장이 켕기면서 말을 더듬습니다.

"제- 제가 데-데려왔습니다. 저것도 짝이 있어야 되겠기에."

"짝이 있어야 한다? 좋아, 좋아. 역시 친구는 재미가 있구먼. 다, 괜찮아. 보살이 키우던 고양이 아닌가?"

"그 보살님은 오늘 끝내 돌아가셨구먼요."

"그래? 된장 보살이 기어이 이사가셨구먼. 노장이 7년 만에 외출할 일이 생겼네그려. 아무렴 도(道)보다는 행(行)이 먼저니까."

스님은 합장을 하면서 눈을 지그시 감고 관세음보살을 염합니다. 그러더니 자리에서 발딱 일어나 조그만 아궁이에 단지를 올려놓고 불을 피웁니다. 수봉이 불을 때는 거라면 이력이 붙어 소매를 부르걷고 나섰으나 스님은 수봉에게 결코 자리를 양보하려 들지 않았습니다. 고양이들은 이젠 아웅다웅이 끝났는지 레슬링 선수들처럼 엉겨붙어 장난질을 치다가 시누대 우거진 숲속으로 숨어들어가네요. 묵묵히 두 사람에게 차를 권하던 스님이 불쑥 종태에게 말을 건넵니다.

"처사는 빈승에게 무슨 볼 일이 있는가?"

"참나를 찾고자 해서요."

"어디서 참나를 잃어버리고서 노장에게 와 그것을 찾는가?"

"예?"

"참나를 찾거든 그것을 나에게 가져오소. 그러면 내가 그것을 짝대기로 한방 후려갈겨줄 테니."

난데없는 벼락같은 소리에 종태가 자리를 뒤로 물리며 입을 쩍 벌립니다. 두 사람이 말뜻을 헤아리며 고개를 주억거리고 있자 스님이 빙글빙글 웃으며 말했습니다.

"그게 소등에 타고서 소를 찾는 격이라. 그것은 본래 제자리에 가만 있는데 왜 밖에서 그것을 찾으려 하시오? 찾고자 해도 찾을 것이 없고 버리고자 해도 버릴 것이 없소. 그게 다 어리석은 분별이고, 헛것이오."

"찾을 것도 버릴 것도 없다면 도대체 어떡하면 되나요?"

"물 위에 뜬 달을 보라. 바람이 불면 흔들리지만 달은 항상 그대로가 아닌가? 물가에 서서 보면 10년 전에 보던 물과 지금 보는 물은 같은가 다른가? 욕심을 내고 화를 내고 어리석은 분별에 얽혀 있기에 진면목을 못 보는 것이지. 변함없는 것이 하나 있지. 그게 마음이라. 번갯불이 하늘에서 서로 얼크러진 것을 보았는가. 마음의 진면목도 마찬가지라. 생각이란 마음에서 일어나는 것이니 바른 마음이 곧 부처라. 산사에 올라와 부처를 찾지 말고 고요 속에서 부처를 찾지 말아요. 고요함을 취하는 것도 술에 취하는 것과 같아서 그 속에 도가 없는 거니까."

"스님, 어떻게 하면 욕심을 내지 않고 화를 내지 않고 할 수 있겠습니까?"

"개구리 속에 우리 육신이 사는 뜻을 아는가?"

스님의 설명이 차분해지자 종태가 이제는 "모릅니다."라고 자신 있게 얘기합니다.

"다 알고 있는 얘길 텐데. 한없이 멀쩡할 것만 같은 우리 육신도 개미와 구더기와 곰팡이가 다 파먹어 흙이 되고 말지. 나머지 썩은 물을 밤나무 뿌리가 쑥 빨아들였다가 표고버섯에게 그것을 넘겨주고, 그 표고를 개구리가 먹으니 개구리 속에 우리 육신이 있는 것이 되고, 개구리를 쪼아먹은 암탉을 인간이 먹는다면 우리 육신 속에 개구리가 있는 것이 되지 않겠는가. 물론 수억만 가지로 설명할 수도 있겠지. 온갖 물질이 서로가 서로에게 기대니 그게 결국 상생(相生)이라. 어떤 물질도 그냥 제자리에 가만 있지 않고 변화하니 무상(無常)이요, 인연 따라 흩어졌다 모였다 하니 연기(緣起)라. 그리고 어떤 물질이나 나누고 나누어 끝까지 나누다보면 정말 보잘것없는 원소밖에 남지 않네. 그 원소마저 저 미세한 끝까지 나누면 결국 파동 즉 어떤 마음의 부스러기만 남게 되는데, 그것이 곧 진공묘유(眞空妙有)라. 공(空)은 공(空)인데 그냥 텅 비어 있지 않고 묘하게 있다 해서 묘윤데. 결코 허망하지 않은 참나, 진여(眞如)란 그 속에 있네. 나라고 주장하는 것도 기실 내 것이 아니기에 무아(無我)요, 내 몸이 개구리 것이기도 한 만큼 가질 것 하나 없으니까 무소유(無所有)라. 그런데 욕심을 내고 화를 낼 것이 어디 있겠는가?"

스님의 설명이 길어지자 종태가 한자를 섞어가며 제법 배운 티를 내며 물어봅니다.

"스님, 『맹자』를 보더라도, 항산(恒産)이어야 항심(恒心)이라고 목구멍에서 예절이 나온다고 했고. 지금 세상에도 모래라도 쥐어짜 돈을 만들고 싶을 만큼 배고픈 사람도 많은데 무소유만을 주장하는 것은 불공평을 용납하는 것이 아닌지요?"

"부처는 이제껏 평등을 이야기하지 않은 적이 없네. 재산은 있으면 나누고 마음이 있으면 보태면 될 것이 아닌가."

"부와 권력을 가진 사람들이 그것을 자발적으로 내놓지 않거나 스스로 능력이 없으면요?"

"허허허, 그럼 재산은 빼고, 마음은 곱하면 될 거 아닌가. 자고로 가장 밝은 것 같은 지식이란 것이 고작 무명(無明)에 불과하고 그게 불평등의 원천이라. 보라, 흙탕물 속에서 연꽃이 피어나는 것은 무슨 뜻인가? 곧은 마음이 흐르는 곳에 부처가 있고, 일꾼의 마음이 보살심이야. 청정심이 벽장 속의 보석인줄 알았던가?"

스님은 깡마른 머리통을 흔들며 웃더니, 부드럽고 서늘한 눈길을 수봉에게 돌립니다.

"친구, 지금도 술은 마시는가?"

"이예. 일주일에 한 번씩 마시기로 했구만요."

"친구, 일주일 열흘 따지지 말고 마시고 싶을 땐 마시게. 약속을 해두면 그것이 또 짐이라. 규율이나 도라는 것도 원래 그렇네. 식구들을 지금도 미워하는가?"

"전에는 미워했지만 지금은 모두 저의 잘못된 마음 때문이라 생각하면서……."

수봉이 말끝을 맺지 못하고 한숨을 푹 내쉬자 스님이 고개를 끄덕끄덕합니다.

"문제는 경제인데. 아무튼 내가 식구들 가슴속에 들어앉았다 생각하고 사람들 모두를 보살로 섬겨. 그러면 평화가 오지. 호흡이란 마음이 드나드는 문인데 숨소리가 거칠구먼. 호흡을 다스리면 울화가 사라지네. 내 다음에 오면 호흡법을 가르쳐주지."

"감사합니다 스님, 저는 여기서 잘할 수 있는 것이 겨우 닦거나 때는 것밖에 없는데, 동안거 들어가면 뵙지도 못할 텐데 며칠이라도 스님 방에 불을 때 드리면 안 될까요?"

"그 마음이면 됐네, 친구. 내 불은 내가 땔 테니까 당장 급한 것, 당신 불이나 때봐. 아집을 버리고 가족과 이웃을 위해 불을 때는 거야. 그게 곧 내 방에 불을 때주는 것일세. 그게 바른 마음 정심(正心)일세. 그리고 동안거에 상관치 말고 둘이건 혼자건 올라오게. 난 문을 열어놓은 적도 닫아 걸은 적도 없는데 만나뵙지도 못한다니 무슨 해괴한 말일까."

"그럼, 스님, 장작이라도 몇 짐……."

"그건, 알아서 하게. 아미타불."

"스님, 길을 가르쳐주어서 감사합니다." 하며 종태가 스님에게 합장을 하며 고개를 깍뿍 숙이자 스님이 허옇게 바랜 누비옷소매를 펄럭이면서 손사래를 칩니다.

"허허, 내가 길이나 법을 모르니 길이나 법을 어찌 가르친 바 있겠나."

수봉은 자리에서 일어서서 잠시 머무적거리다가 용기를 내어 스님에게 물어봅니다.

"스님, 한 가지 궁금한 것이 있는데, 왜 달마 스님 같은 분들은 짚신 한 짝을 머리에 이고 다닌당가요?"

"발바닥이 하늘에 붙었으니 얼마나 자유롭고 가볍겠는가? 허허허."

스님이 대패같이 길고 홀쭉한 얼굴을 들어 껄껄 웃어젖힙니다. 두 사람도 덩달아 싱긋빙긋 마주 웃어대며 산죽 우거진 산비탈로 접어듭니다. 황소 잔등같이 누런 털이 설렁거리는 산마루로 해는 넘어가고 석양빛을 받은 동백나무가 콩기름을 바른 듯 은빛으로 반짝거렸지만 아래 골짜기에는 아직 산안개가 스멀거리고 있었습니다.

얼마나 가벼운 바람이 흔들었는지 풍경이 살갑게도 쟁강거립니다. 비에 씻긴 둥근 달빛도 희고, 그 달빛 부서지는 동백나무 이파리도 희고 목덜미를 스치는 바람마저 흽니다. 창호문마저 희번하여 잠을 이루지 못하는 두 사람이 방안에 마주앉아 귤껍질을 까면서 밀린 이야기를 나눕니다. 이럴 때는 술 한잔이 딱 좋은데 입맛만 쩝쩝 다실 뿐 별 도리가 없습니다. 둘이서 그렇게 노닥거리고 있었는데 전화벨 소리가 찌르릉 울려왔습니다.

암주 스님이 두 사람이 함께 요사채로 오라는 분부였습니다. 두 사람이 바쁘게 서재 앞마당에 들어섰을 때 스님은 서재 툇마루에 선 채 무연히 달빛을 우러르며 기척도 하지 않고 있었습니다. 침묵이 워낙 무겁고 처연하여 두 사람은 마당에 그대로 얼어붙었습니다. 한참 만에 스님이 무겁게 말문을 열었습니다.

"보살님은 내게는 누님 같으신 분인데…… 다 연 따라 맺히고 흩어지는 것이겠지만 어째 오늘은 잠이 오지 않을 것 같아 불렀네. 전부터 이런 자리 마련하고 싶었는데, 여러 가지로 쉽지 않았구만. 수봉이도 전에는 핀들핀들하더니 이제는 시키지 않아도 일을 잘하구, 얼굴도 많이 좋아졌구. 술 안 마신 지도 꽤나 오래 됐지?"

수봉이 머뭇거리자, 종태가 말을 받아 수봉이를 엄부렁하게 공중으로 방방 띄웁니다.

"보살님 딸이 왔을 때 간단히 한잔했으니까 근 보름 동안 손가락만 빤 셈이네요. 그동안 맨발 산행도 하고, 불경 책도 열심히 읽고 부지런한 점에서 황소 뒷다리라니까요. 오늘도 내가 읍내 가서 술 한잔 하자 했지만 싫다네요."

"꼭 지금 읍내 같이 나가자는 말로 들리는구먼. 그렇지 않아도 내 저기 마루에 술을 준비해놨어. 고기도 사왔으니까, 그건 나중에 가지고 가서 볶아먹구 여기서는 녹두빈대 떡으로나 한잔 하세."

마루 한쪽 검은 봉지에는 술과 안주가 깔끔하게 갈무리되어 있었습니다. 달빛 환한 앞마당에 돗자리를 깔자 금방 자리가 마련됩니다. 종태가 스님부터 술을 한잔 따라 권합니다.

"보살이 유언을 했다네. 우리 암자 토굴 스님이 출상과 천도제 때 독경을 해달라고. 토굴 스님은 결제(동안거 하안거를 말함)에 들어가야 되니 밖에 나갈 수 있나. 그래서 내가 대신 하겠다니까. 글쎄, 안 된대. 어떡하나. 독경을 하고 싶다는 건지 아닌지 알 수가 없구만. 그리고 우리 절 때문에 자기 어머니가 밖으로 나돌았다는 식이니, 불교의식은 싫다는 표현 같기도 하고. 식구들끼리 종교적인 갈등이 있었다지만, 왜 그러는지 몰라. 토굴 스님도 그렇지만 나 역시도 보살과는 인연이 참 깊어. 이 절에 한 20년 다녔지 아마."

스님이 술을 반쯤 마시고는 나머지 술은 고수레하는 것처럼 마당에 흩어 뿌립니다.

"사실, 오늘이 우리 어머니 제삿날이기도 하네. 제삿날이 하루 상관이 됐구먼."

스님이 입맛을 쩍쩍 다시자 수봉이 얼른 스님의 잔에 술을 따르며 말을 건네 붙입니다.

"토굴의 스님에게 보살 얘길 했더니 7년 만에 외출할 일이 생겼구먼, 하시던데요."

"그래, 웬일일까?"

스님의 얼굴이 사뭇 밝아집니다.

"도(道)보다는 행(行)이 먼저다, 그러시던데요. 그래서 저도 같이 행을 먼저 하면 안 될까요, 스님?"

"그래 수봉이도 같이 가자. 이미 나 있는 길, 길보다는 길을 가는 사람이 먼전데 뭐가 문제겠나?"

"스님, 저도 행을 먼저 하면 안 될까요? 오랜 만에 집에도 가볼 겸 해가지고요."

종태도 같이 가자고 따라나서네요.

"하, 어떡하나, 행자도 교육준비 때문에 절에 없어 절이 텅텅 비는데 어떡하나. 그래, 까짓 강 처사도 같이 가지 뭐."

"그럼, 절은 어떡하구요?"

종태가 놀란 눈을 동그랗게 뜨며 묻습니다.

"절은 고양이보고 지키라지 뭐, 허허허."

달빛에 숲은 검푸르게 일렁거리고, 오늘따라 별이 유난히도 반짝입니다. 사람들은 묵묵히 술잔을 돌립니다. 스님이 종태를 건네다 보고 물어봅니다.

"강 처사, 일은 이제 좀 끝나가나?"

"아직 좀 남았는데 일 끝나고도 좀 더 쉬었다 갈래요."

"산다는 것 중에 이별이 제일 힘든 거야. 나머지는 갖고 가서 마시라구. 그럼, 가봐."

손전등 없어도 스며든 달빛으로 숲길은 그리 어둡지 않습니다. 고무신에 밟히는 낙엽의 감촉도 새로운데 대금소리가 버들잎처럼 파르르 떨며 귓가로 적셔듭니다. 스님이 전축을 틀어놓은 듯 싶습니다. 수봉이 덜렁거리며 종태의 옷깃을 잡아끌면서 보챕니다.

"형님하고 내 약속을 하나 하고 싶은디 형님, 할래요 우짤래요?"

"너와 내가 구별이 없는데 뭐가 걱정이냐. 이야기해봐라."

"아까 얘기한 바대로 보살 할머니가 나에게 부탁한 절간 뒤에 바위 있잖소. 그것을 형하고 나하고 같이 돌거북으로 만들라요? 형님이야 해도 되고, 정 무거우시면 안 해도 되는디."

"알았어 임마, 그 아들이 사실상 우리 세대이기도 하고, 아들을 죽인 것도 군사독잰데, 그 원혼을 달래주고 그 뒷일을 완성하는 것도 우리가 해야 할 일이 아니겠냐. 지금도 신자유주의란 철갑상어가 우릴 먹으러 달려드는데, 아직도 껍데기들이 판을 치고 있으니 갈 길이 참 멀다야. 그건 그렇고 수봉아, 앞으로 날이 풀리면 나랑 같이 일 다닐래 우짤래?"

"나는 그 말이 언제 나오나 했네. 지당하신 말씀에 현명하신 판단이요."

두 사람이 겅중겅중 암자에 도착하자 환한 달빛을 뚫고 고양이가 마중이라도 나온 듯 야아옹 하면서 반갑게 튀어나옵니다요.

철강수첩

장편소설

철강수첩 **차례**

철강수첩

서설

  이제 아니면 언제 다시 고향에 가리. 고추밭에는 밀잠자리가 날고 햇살은 여전히 뜨겁다. 바람이 불 때마다 폴폴 스미는 산들깨 냄새, 두꺼비는 잔솔밭 옆 으늑한 개울과 축축한 늪이, 갈대숲이, 숲에 뜬 반달이 무척 그립다. 그리움이란 항상 언덕 저편에 있는 것, 마침내 두꺼비 삼 형제는 고향을 찾아 먼 길을 나섰다.

  잠포록한 아침안개 속에 잠긴 들판은 언제나처럼 따습고 아늑하고 싱그럽다. 쇠뜨기, 산들깨, 명아주가 우거진 수풀로 바람은 살랑살랑 불어오고, 벼는 남실남실 춤추고 초가을 볕은 따끈따끈 등을 데운다. 그러다 갑자기 하늘 가득 까무룩히 비꽃이 피고 후득후득 소낙비가 듣기 시작했다. 흙탕물이 대봇도랑을 콰랑 소리 내며 흐르고 아카시는 휘어진 어깨를 떨어댔다. 바람은 지둥치듯 불고 비는 채찍으로 후려치는 듯하다. 결국 휘몰아치는 물살에 휘감겨 두꺼비들은 덩실덩실 떠내려갔다.

  비가 개이면서 근처 공사현장에서는 쿵쿵 폭약 터지는 소리가 울려왔다. 포크레인이 공룡처럼 포효하며 산 언덕마루를 쪼고 덤프트럭이 뻘밭에 흙발자국을 새기며 쌩쌩 지나갔다. 그래도 콩밭 그늘은 깊고 아늑하고 아직 훈훈하다. 울음은 고래힘줄보다는 질기고 또 힘이 세다. 그들은 차 소리도, 기계 소리도 그친 저녁 무렵, 울음소리로 서로를 찾아낼 수 있었다. 그들은 다시 도랑을 건너고 개망초, 쑥부쟁이 우거진 언덕을 넘기 시작했다. 그리곤 기어이 아스팔트 길 위에 올라섰다. 어기적어기적 기어 큰 도로까지 나오는데 꼬박 보름이 걸린 것이다.

큰형이 앞장을 서서 아스팔트 위를 뚱기적거리며 건너기 시작했다. 두 동생이 그 뒤를 따른다. 그때 덤프트럭 한 대가 세찬 물바람을 쏟아내며 아스팔트 위를 달려왔다. 앞서 가던 큰형은 흔적도 없이 사라진다. 두 놈마저 차 바람에 휘감겨 야구공처럼 공중으로 높이 튀어올랐다. 한 놈은 도로의 콘크리트 갓돌에 부딪쳐 두 다리를 발발 떨며 죽어갔고, 또 한 놈은 다행히 갓돌 너머 도랑의 갈대숲 가지에 걸렸다가 소용돌이치는 물 속으로 떨어졌다. 물은 차갑지만 이제 미끌미끌 알근달근 간지럽기까지 하다. 한참 떠내려가던 두꺼비는 물 밖으로 나와 목젖을 떨면서 울었다. 울음에는 항상 끝이 있다. 울다울다 날파리 몇 마리에 겨우 기운을 차린 두꺼비는 아기작거리며 다시 봇도랑을 기어오르기 시작했다.

또 꼬박 보름을 기어서 아스팔트길 위에 오른 두꺼비는 이번에는 흙먼지를 튀기며 달려오는 덤프트럭 소리를 들었다. 도로는 한없이 넓고 거룩한 시간은 너무 짧다. 하지만 도사리고 앉은 갓돌 밑은 아직 따뜻하고 은근하기까지 하다. 차가 지나자 두꺼비는 팔딱팔딱 뛰며 도로를 건너기 시작했다. 거의 다 넘어갔는데, 승용차 한 대가 쌩 소리를 내며 날쌔게 옆구리를 훑으며 지나갔다. 두꺼비는 차 바람에 휘감겨 돌더미에 부딪쳤다가 건너편 도랑에 다시 처박혔다. 다리를 발발 떨며 두꺼비는 물을 따라 한없이 흘러갔다. 그러다 갑자기 배가 뜨겁고 눈이 부시다. 까슬까슬한 아침놀은 언제나 장엄한 만큼 맑고 투명하다. 의식이 트인 두꺼비는 뻘 모래로 허리까지 파묻힌 갯버들 낭창한 줄기를 타고 방죽을 타오르기 시작했다.

그리곤 다시 걀걀걀 울며 길을 찾아 나서는데…….

1. 옹이 박힌 사람들

아주 마른 바람만 불어왔다. 뜨겁게 달구어진 아스팔트 위로 트럭이 달려갈 때마다 등짝이 휙 떠밀리며 뜨거운 먼지바람이 몸을 휘감는다. 봉석은 먼지 속을 투덜거리며 시외버스정류장 쪽으로 다가갔다. 그늘을 찾아 두리번거려봤지만 횟집, 건어물전, 과일 상점들이 올망졸망 들어서 있는 거리는 그 흔한 파라솔 하나 없이 그저 뜨겁고 적막했다. 두리번거리며 걸어가는데 건어물 가게에서 모자에 수건을 받쳐 두른 아줌마가 툭 튀어나오더니 가게 앞마당에 물을 확 뿌리며 고개를 절레절레 흔들어댔다. 툭툭 여물은 쉬파리 떼들이 아줌마의 발뒤꿈치를 따라 앵앵거리며 맴돌 뿐 중천에 떠 있는 벌건 해는 좀체 식을 것 같지가 않다. 길모퉁이 쪽으로 돌아가자 그럴듯한 팽나무 그늘 아래 두 노인네가 평상 위에서 연방 부채질을 해대며 장기를 두고 있는 게 보였다. 봉석은 장기판을 보며 잠시 숨을 돌린다. 근데 포, 마와 졸만 남은 막판인데도 두 영감은 입을 쑥 내밀고 궁리가 태산이다.

장기판을 좀 보고 있노라니 드디어 버스가 새득새득 말라붙은 길가 잡초 더미에 흙 먼지와 매연을 쏟아내며 도로 모퉁이를 삐꺼덕 돌아 들어섰다. 정차한 버스에서 한 떼의 사람들이 닭장에서 풀려난 닭들처럼 사방으로 흩어지자, 건물 그늘 아래 늘어서 있던 택시에서도 부르릉 시동이 걸리고 상점들도 아연 활기를 띄기 시작했다. 승객 맨 꽁무니에, 도드라진 광대뼈에 갸쭉한 얼굴의 사내가 배낭을 한 손에 들고 어슬렁거리며 버스에서 내려섰다. 사내는 삐딱하게 눌러썼던 모자를 벗어 들고 풀어헤친 가슴 쪽으로 연방 부채질해대며 주위를 훑어본다. 봉석은 손짓을 하며 사내에게 다가갔다. 하지만 사내는 까무잡잡한 손을 들어 시계를 한번 보고는 맹하니 가게 쪽으로 걸어간다. 봉석이 달려가 사내의 어깨를 툭툭 치자 그때서야 사내는 등을 돌리며 큰 눈을 끔벅거리며 웃어댔다.

"어, 형. 언제 왔어?"

"지금, 막 도착했다. 어딜 멍청하게 가고 있는 거야. 가자, 차가 저쪽에 있어."

터미널 모퉁이, 먼지를 잔뜩 뒤집어쓴 승용차 쪽으로 걸어가던 봉석은 광대뼈를 힐끗 쳐다보며 이죽거린다.

"자슥, 까무잡잡하게 탄 것 본께로 고생 허벅지게 했나보구만. 오질라게 덥네. 당진 한 보에 있을 때는 저리 가라겠다야."

"봉석이형, 나 배고파 죽겠다. 삼수갑산을 갈 때 가더라도 밥이나 먹구 가자."

광대뼈가 뱃살을 구부리며 죽는시늉을 한다. 광대뼈가 뱃살을 구부릴 때마다 손에 든 배낭의 끈이 질질 끌리며 땅바닥에 희미한 빗금이 새겨지는데.

"그래, 삼식이 니 말이 맞겠다. 지금 가봤자 기름에 튀긴 통닭 신세밖에 더 되겠냐?"

봉석이 떡 벌어진 허우대를 끄덕거리며 앞장을 서자 광대뼈는 두리번거리며 쫄래쫄래 그 뒤를 따른다. 식당에 들어서자 덜거덕거리는 벽걸이 선풍기 밑에서 블라우스 옷깃을 활랑활랑 흔들며 살진 젖가슴 사이로 바람을 불어넣던 식당 아줌마가 기지개를 켜면서 벌떡 일어났다. 봉석은 냉수를 한 컵 벌컥벌컥 들이키고 난 다음 아줌마에게 물었다.

"선감리 가려구 하는데 어떻게 가면 된대요?"

"거긴 버스가 하루에 두 번밖에 안 다니는디, 돌공장 가시유?"

"바닷바람도 쏘일 겸 낚시나 좀 하러 왔구먼."

"저는 낙지 구덩이나 파러 왔구먼이요."

광대뼈 사내는 봉석을 쳐다보며 새실새실 웃으면서 덩달아 한 마디 보탠다.

"거기는 뻘밭에 둑을 쳐 막아 매립을 해서 낙지 잡을 데도 없을 텐디요."

"낙지 구덩이 좋아허네 자슥이. 아짐니 거기까장 가는데 얼마나 걸린다요?"

"차로 가면 한 이십 분 정도 갈 거유. 큰길로 쭉 가다가 삼거리가 나오면 우회전 해가지고 물어보세유. 선감리 사는 사람들이야 인전 다 뜨고 얼마나 되남요. 고기 잡을 데도 없을 테고 공장 같은 거만 몇 개 있을 텐디, 거기 일하러 가시유?"

선풍기로 가슴에 바람을 불어넣던 광대뼈는 아줌마의 말투를 흉내 내어 날름 말을 받는다.

"아짐니는 족집게 점쟁이 저리 가라네. 암만해도 바닷가가 육지보단 시원하겠지유? 그나저나 뱃가죽이 들러붙어가지구 죽겠네유, 여기 잘하는 음식이 뭐래유?"

"시원한 콩국수를 드릴까, 아니믄 오이냉국에다가 백반을 드릴까? 아참, 여기는 바지락 칼국수가 얼큰해서 좋은디."

"바지락 칼국수에다가 공기밥 하나씩 얹혀주쇼. 이 등치에 칼국수 한 그릇 먹고 어디 힘이나 쓰겠어요."

봉석이 점잖게 주문을 하는데 광대뼈는 달랑거리며 또 껴들었다.

"봉석이형, 난 시원한 콩국이 더 좋은디."

"맘대로 혀. 니 돈 내고 니가 먹는디 누가 탱자탱자 허겠냐 짜샤?"

"형이 돈 내고 동생이 배부른디 언 놈이 짓까불어 대겠소?"

"이 자슥이 가만 보니께 은근슬쩍 형을 욕하고 자빠졌네."

"오는 말이 양반이어야 가는 말도 양반이지. 형, 날씨도 찌근덕거린디 우리 야자타임 5분, 아니 딱 2분만 하다 갈까."

"날씨도 더운데 뭔 야구게임이래. 형 동생이 사이좋게 바지락 칼국수에다가 콩국수 하나씩 드리면 되겠구먼요."

손님들의 말눈치를 날름 넘겨짚은 아줌마가 음식주문을 아구 맞추며 키득거린다. 물쟁반을 흔들며 아줌마가 주방으로 들어가자, 봉석은 혀를 차면서 말을 뱉어냈다.

"동생 하나 잘 키워 쓸 만허다 싶었더니 이제는 자리마저 바꾸자고 나서는구먼. 내 참 디러워서."

"농담 한번 했다고 귀한 동생을 뺄밭에다 고대 쑤셔박아불라구만 허니 내참 등짝 가려워서 죽겄네."

"뭐라구 이놈의 자슥이 몇 달 안 봤더니, 싸가지 없이 이빨만 늘었네. 쯧쯧, 밥 한 숟
갈이라도 더 먹고, 대가리라도 쪼끔 굵은 형이 참어야제. 내 참 날씨가 더러운께 별 좁씨
알만 한 파리 새끼들이 내덤비는구먼."

"콩국수라도 잘 얻어먹고 가려면 별수없이 착하디착한 동생이 참아야 되겄구먼. 내참
날씨가 더우니께 염소 똥만 한 파리들이 진창 달라붙……."

"이놈의 자슥이 정말!"

봉석의 커다란 손이 광대뼈의 머리를 향해 날아가다가, 식당 아줌마가 차반에 반찬을
내오는 바람에 탁자 위에 붙어 있던 애먼 파리에게로 떨어진다. 탁 하는 소리와 함께 탁
자가 기우뚱하며 물컵이 불불 떨어댄다. 광대뼈가 고개를 잽싸게 숙인 채 탁자 끝에 달
랑거리는 물컵을 한 손으로 잡고, 집게손가락으로 뒤집혀진 채 떠는 파리를 얼른 퉁겨내
는데, 아줌마는 파리 때문에 미안한 듯이 손사래를 치며 광대뼈에게 말했다.

"여긴요, 모기 하루살이에 비하면 그래도 파리들은 양반이여유. 이쪽 바다가 막혀버
린 뒤로 웬 날벌레들이 요리 설친대요. 그리구 전에 없이 날씨까지 사람을 잡는다니께.
감안해서 이해해주셔유."

"감안하고 자시고 할 게 뭐가 있겄소. 찬 것 더운 것 가리는 거야 팔자 좋은 사람들이
나 하는 짓거리고, 우리 같은 떠돌이야 그냥 스쳐 지나가는 바람인디."

아줌마가 주방으로 들어가자 봉석이 목을 굳히면서 광대뼈에게 나직하게 다짐을 받
는다.

"삼식이 니 말야 아무 데서나 제발 널뛰지 말그라이. 거기 가서도 이렇게 질척대면 진
짜로 뻘밭에 처박아 버릴겨. 둘이서야 무슨 얘길 못허겄냐마는 보는 사람 눈도 있응께.
알겄냐? 여름철에는 강원도나 충청도 산꼴챙이로 처박혔어야 허는디. 그래두 잘하면 공
사가 추석까지는 간다고 했은께 니만 자발 안 부리면 세월은 참 잘도 갈거라. 어쨌든 여

기서 이번 여름 잘 견디어 보자이."

"형도 참 내가 허구한 날 맹꽁인 줄 아쇼? 형하구 만난 지 벌써 10년도 더 돼가는디 콩하면 맥주에 땅콩이지 안 그래요? 객지생활 20년에 쇳가루 현장밥 십 몇 년, 거저먹은 거 아니랑께요. 내가 형이나 되니께 허물없이 요런 농담도 하지 아무한테나 한답디여?"

"자슥, 생색내서 말하네. 쇳가루 마신 것이 무신 벼슬이나 되냐 자랑하긴? 청천동 교회 하계수련회 때는 조막만 허던 것이 에라이 주딩아리만 살쪄가지고. 인젠 머리가 제법 여물었다고 꼬박꼬박 말대답까지 해쌓고 하여튼 니도 많이 커부렀는갑다. 그때가 쌍팔년도였은께 니도 봉제 공장 자알 다녔으면 지금쯤 요거 하나 물어가지구 잘 살 텐디."

봉석이 새끼손가락을 흔들면서 히히 웃는다.

"같이 늙어가는 처지에 너무 그러지 마시랑께요 헤헤. 이래봬도 방위 제대하구 누나 다니던 봉제공장 다닐 때는 아가씨들이 줄줄 따라다니며 하이구 업빠 했었는디. 군 가기 전부터 칼을 잡았으니께 지금쯤은 재단사 할애비래두 됐겠지만서두 그렇다구 그게 어디 불알 달린 사람들이 할 일이요?"

"불알 체면 되게 따지네 자슥, 남자 일 따로 여자 일 따로 그게 어디 성경책에라도 써 있다디? 꽃 속에서 노는 것이 좀 좋은 거냐? 그런디 니네 누나는 잘 사냐 어쩌냐?"

"매형이라구 하나 있는 것이 아이엠에프 등쌀에 봉제공장 들어먹구 호프집 하다가 말아먹구 트럭 하나 사갖고 과일장사 헌다구 나섰는디…… 이젠 제발 쫄딱을 안 해야 쓸텐디. 정말이지 오죽했으면 누나가 다시 봉제공장에 들어가 재봉틀 밟고 있겠수? 내가 형한테 누나 잘 해보라구 했을 때 잘해봤으면…… 에이그."

"자슥, 실없기는…… 콩국수 식어분다 얼른 처먹어라이."

"형도 참 냉콩국순디 어째 그것이 식는 것이다요? 근데 형, 지금 바로 들어갈 거요?"

"그래, 날 밝을 때 현장도 둘러보고 인사도 트고 그래야 안 쓰겄냐?"

"날마다 하는 일 둘러보고 자시고 할 것이 뭐 있겠소? 하기사 형이사 제관씨니까 현장도 한번 둘러보고 도면도 챙기고 해야 되겠지만. 근데 형, 날씨도 더운데 여기 물이 얼매나 좋은지 임검 한번 해봐야 될 거 아니유?"

"멀쩡한 파출소 순경이 여기 또 하나 있구먼그랴. 남의 동네 와 가지고 별 걸 다 챙길려구 하네, 일없다이."

두 사람은 식당을 나섰다. 봉석이 주머니를 뒤지며 점포 앞 커피 자판기 쪽으로 다가서자 삼식은 벗어든 모자로 뻗쳐들면서 건너편 건물을 가리킨다. 삼식의 손을 따라 봉석은 눈시울을 좁히며 올쏙볼쏙 달려 있는 간판들 사이를 헤매다 가까스로 '기러기다방'이라는 팻말을 골라낸다.

지하 다방에는 음음한 공기를 가르며 프로펠러 날개 같은 선풍기가 천장을 휘저으며 천천히 돌아가고 있었다. 봉석은 커다란 어항 반대편 자리에 풀썩 퍼더버리고 앉자마자 소파에 머리를 기대며 말했다.

"아이구 광양이 멀긴 참 먼갑다. 머리가 댕겨 죽겠네. 삼식아, 니가 성만이한테 전화 한번 넣어봐라이."

삼식이 쟁반을 들고 다가서는 다방 아가씨를 힐끗 쳐다보며 봉석의 옆구리에서 핸드폰을 빼내든다.

"주성만 씨 핸드폰이지요? ……누구긴요, 삼식이지. 읍내에 도착했네요 형님. 헤헤 차 좀 보내주세요…… 아까부터 봉석이 형님한테는 내가 전화를 때려봤는디, 이쪽으로 못 오고 부산인가로 일하러 간다던데요…… 큰일 나긴 그까짓 것 가지고 뭐가 큰일이 나요? ……택시 타고 오라고요? 헤헤 돈 만원이 아쉬운 판인디, 땅을 파보쇼? 택시비 2만원이 나오는가 헤헤……."

"하여튼 삼식이 저것은 심심하면 지 할아배 장딴지에다가도 불침놓을 놈이라니까."

봉석이 젖혔던 몸을 벌떡 일으켜 전화기를 달라고 옆구리를 찔벅거리건 말건 삼식은 아예 모르쇠로 뻗대며 말을 이어간다.

"아이엠에프로 거덜난 데다 저쪽 일한 데서 돈을 아직 못 받아서 완전 개털이랑게요. 총각 팔아서 돈이 나오면 고추라도 팔아볼 텐디…… 헤헤헤 농담이구요. 봉석이 형님하고 지금 같이 있네요 히히히…… 어떻게 가면 된다요? 우리가 이 삼복에 더위 먹은 강아지 새끼 모냥 이리저리 핵핵거리며 찾아댕겨야 쓰겄소. 그보단 이쪽으로 차를 보내주는 것이 훨씬 부드럽겠네요. 좀 기다리라고라…… 터미널 옆에 기러기다방이네요, 기러기. 그럼 여기서 기다리고 있을께요…… 헤헤."

"이 아저씨, 총각 되게 비싸게 팔아먹네요."

차반을 들고 온 아가씨가 삼식의 앞자리에 앉으며 입술을 꼬부리며 말을 건넸다. 삼식이 아가씨를 힐긋 쳐다보며 마저 남은 웃음을 흘리는데, 아가씨는 빨간 입술에 빙긋이 웃음을 빼물고 삼식의 얼굴을 물끄럼말끄럼 쳐다본다. 아가씨의 시선에 그냥 어벙벙하게 있던 삼식이 불퉁스럽게 한 마디 뱉어낸다.

"총각을 팔아먹든 전봇대로 활을 쏘든 그게 아가씨하고 무슨 상관일 것이여."

"호호 누가 상관한댔어요? 자랑하듯 이야기하니까 그러지. 아저씨 아니 오빠, 진짜 총각 맞아요?"

우물우물 말대답 한 마디 못하고 그예 풀어헤친 목 단추나 잠그며, 갑갑하게 동작만 커진 삼식을 쳐다보며 아가씨는 풋풋거리며 웃어댔다. 그때 마담이 짙은 향수 냄새를 풍기며 삼식의 옆자리에 다리를 꼬며 앉았다. 마담은 화장독이 올라 얼굴에 퍼런 자국이 군데군데 찍혀 있었으나, 뚜렷한 이목구비와 풍만한 허리에는 화려했을지도 모를 과거의 잔상이 아직 꺼지지 않고 남아 있었다. 같잖게 쩔쩔매는 삼식의 꼴을 보다 못한 봉석이 실실 야기죽거리며 아가씨의 말을 받았다.

"이 아가씨가 누구 허리띠 푸는 꼴을 봐야 알겠어. 정 과장님, 어디 허리띠 한 번 풀어보쇼. 감자가 얼마나 탱탱 잘 여물었는지 보게, 이 아가씨가 뭔가 책임을 지겄지요 뭐."

이번에는 아가씨가 부쩌지를 못하고 휘둥그렇게 커진 눈망울을 굴리며 서늘한 웃음만 쏟아낸다. 아가씨가 얼굴을 붉히며 돌아앉자 마담이 나서서 어물쩍 말을 받아넘긴다.

"하이구 아저씨, 여기서 허리띠 푼다고 누가 외눈 하나 꿈쩍할 것 같애요? 요런 깡촌에는 총각 금이 똥금이라는 거 여직 모르나봐. 후후후 저는 홍이라구 하고 이쪽은……"

"미스 진이라고 해요. 총각 오빠 많이 사랑해주세요."

"날씨도 더운디, 아가씨가 총각 옆구리 쏘삭거리며 솔솔 약을 올려대니까 그렇지. 멋쟁이 아가씨가 뭐 진짜 처녀라도 되는 것처럼 오두방정을 떠실까."

봉석이 사뭇 풍하게 앉아 있는 진 양을 바라보며 짐짓 이죽거리는데 마담이 싱긋빙긋 웃으며 봉석의 말을 하냥 시쁘게 받아넘긴다.

"처녀라구 금테 두르고 있으면 밥이 나온당가요, 국이 나온당가요? 호호 이 총각 오빠는 시원한 칡차를 한 사발 하셔야 되겠구만, 가슴 좀 식히게. 그리고 여기 데데한 멋쟁이 아저씨는 뭣으로 드릴까?"

"어허, 뭔 소리. 여기 진짜 멋쟁이 과장 오빠한테는 시원한 칡 차 한잔 주구, 나는 얼음 동동 뜬 커피 한잔 주어봐. 그리고 언니들도 좋을 대로 차 한잔씩 드시라구."

"크음, 오늘 김 반장님이 완전히 기분을 내시는구먼. 좋았어, 이왕이면 나는 냉랭한 우유로 할래."

마실 것을 내온 진 양은 수굿하게 다리를 꼬며 다가앉았다. 얼음이 동동 떠 있는 우유는 시원했다. 삼식은 해초처럼 흐늘거리는, 어항에 비끼는 치렁한 진 양의 머리칼만 벙벙하게 바라보고 앉아 있다. 심심한 금붕어가 진 양의 뒤꼭지 쪽을 주둥이로 툭툭 밀어보더니 꼬리를 설레설레 흔들며 헤엄쳐간다. 진 양이 봉석을 힐긋 쳐다보더니 삼식에게 넌지시 물었다.

"오빠, 밖엔 엄청 덥죠. 에어컨이 돌아가도 이리 더운데. 여긴 놀러 오셨나요? 어디서 오셨어요?"

"한 번에 한 가지씩만 물어보셔 아가씨. 인천이야, 어때 인천 잘 알아?"

봉석이 다시금 진 양의 말에 오금을 박자 진 양은 무르춤하게 얼뜨며 콜라만 꾹꾹 빨아댄다. 빨대로 콜라가 빨려 올라가는 까르륵까르륵 소리가 들릴 때마다 파진 연두색 셔츠 위쪽 목 우물이 가늘게 떨리고 은빛 귀걸이가 달랑거린다.

"잘 알죠. 한때 거기서 살았는데. 근데 고향은 거기가 아녀요."

"고럼 고향은? 인천 어디서 살았대요?"

삼식은 이제 갸웃갸웃 진 양의 얼굴을 뜯어 살피며 묻는다.

"비밀이에요 호호호. 놀러 가시나보네요, 참 좋겠네."

전화벨이 몇 번 길게 울리고 진 양이 계산대 쪽으로 휭허케 달려가자, 봉석이 삼식의 옆구리를 쿡쿡 찌르며 나직하게 말했다.

"얌마, 고향도 백 개, 이름도 백 개일 텐데 그걸 뭐하러 물어보냐? 그리고 자슥아, 내가 너를 과장으로 한 끗발을 올려주었으면 니도 나를 부장으로 세워줘야 이치가 딱 맞는 거 아냐. 반장으로 되레 깎아버려. 요게 정말."

"형도 참말로 순진하긴, 고런 수작이 이런 달아빠진 다방에서 먹힐 거 같수?"

"어쭈그리, 그걸 아는 놈이 어째 여자 앞이라면 사족을 못 쓰냐?"

"헤헤, 그건 총각이니까."

진 양이 다시 자리에 앉자 머리 뒤에 손깍지를 끼며 몸을 좌우로 뒤틀고 있던 봉석이 물었다. 봉석의 티셔츠에서 실밥이 터지는 듯 득득 뼈마디가 풀리는 소리가 났다.

"미스 진, 어때 이쪽에 구경할 만한 좋은 데가 많지?"

"좋은 데야 천지지만 어디가 딱 좋다고 말할 수가 있나요?"

"그 말은 좋은 데가 있다는 얘긴가 없다는 얘긴가. 알아먹기 쉽게 똑 부러지게 얘기해서 어디가 좋다는 거여?"

"나도 요기 읍내 밖으로 잘 안 나다녀봐서 어디가 똑 부러질지 잘 모르겠네요. 바다를 매립한 뒤로 많이 망가졌다는데, 가슴에 품어둘 사연만 만들 수 있다면 어느 곳이든 아름다운 거 아녀요?"

"거, 이야기 참 멋지게 해버리네."

삼식이 진 양의 말에 맞장구를 치며 출싹 뛰어드는데, 봉석이 고개를 까딱거리며 말을 이었다.

"거참 연속극 같은 데서 많이 듣던 대사구먼. 지금 바로 여기가 극락이다, 마음 한 칸 사이에 세상이 왔다갔다 한다, 요런 식의 얘기인데, 요새는 아무리 좋은 경치를 봐도 왜 가슴에 딱 안 들어박힐까. 인전 나도 가슴에 요따만 한 옹이가 박혔나봐. 도대체 한가하지 않아서 그럴까?"

"뚜드려 붙이기도 잘하셔. 가슴에 옹이 박힌 사람 여럿 되네요. 옹이야 세월이 스쳐간 흔적일 테니까, 박히면 좀 어때요? 그렇게 옹이 박힌 가슴으로 바다는 왜 왔대요?"

"복숭아처럼 부들부들한 가슴에 옹이 박힐 게 뭐 있겠소? 우리 같이 발바닥 손바닥 가지고 일하는 사람들이야 몸 구석구석 사방 천지가 옹이밭이지 옹이밭."

"그러면 여기는?"

"레미콘 공장 증설 공사 들어왔어."

봉석의 말이 채 끝나기도 전에 주먹만 한 파란 공이 계단을 콩콩 뛰어서 다방 안으로 굴러 들어왔다. 삼식은 얼른 발을 내밀어 공을 멈추게 하고 계단 쪽을 훑어본다. 다섯 살쯤 되어 보이는 아이가 계단 벽을 붙잡고 다방 안을 곁눈질해 가면서 내려오고 있었다. 다방 계산대에 앉아 있던 마담이 웬일이냐는 듯이 일어서는데 진 양이 발뒤축을 울리면서 아이에게 달려갔다. 이어 앵앵 울음소리와 더불어 속닥거리는 소리도 들려왔다. 진 양이 아이의 겨드랑이를 추켜안고 계단 위로 올라가자 아이의 울음소리는 점점 아득히 멀어져갔다. 삼식은 멍하니 파란 공을 집어들고 만지작거리고 있다가 잔걸음으로 계단을 뛰어올라간다.

잠시 후, 삼식이 밀대 모자 하나는 제 머리에 쓰고, 하나는 달랑달랑 흔들어대면서 다방 계단을 벙긋거리며 내려왔다. 봉지에 든 아이스크림을 마담에게 하나 건네고 헤벌쭉 웃으며 다가오는 삼식에게 봉석이 물었다.

"웬 모자?"

"이 날씨에 뙤약볕에 굴러봐 얼굴이 깜상이 되는데 형수님이 좋아도 허겠다. 그래도 알아서 챙겨주는 사람은 나밖에 없다니까."

"챙겨주셔서 황공무지로소이다. 과장님."

그때 작업복에 스포츠머리를 한 청년이 들어와서 다방을 삥 한 바퀴 둘러본다. 파란 작업복은 땀에 절어 무릎과 어깨 부근이 표가 나게 검푸르죽죽하다. 봉석의 눈이 회동 그렇게 커지며 반가운 목청이 터져나온다.

"아니, 이게 누구야?"

"아이쿠, 형님, 오랜만이네요."

청년도 봉석을 보며 반갑게 외쳤다.

"삼식아, 야ㅡ, 인사해라. 니가 형뻘이 될 거라. 성만이랑 이삼 년 전 여름에 안산에서 같이 일했던 친구야. 한 달 정도 같이 일했었지 그제?"

"맞아요. 이재기라 합니다. 많이 부탁드릴 게요. 저는 딱 서른이네요."

"정삼식이라 하네요. 서른이면 동생뻘이구먼. 나는 서른다섯인데. 잘 지내보더라고."

삼식과 재기가 서로 인사를 나누자 봉석이 재기에게 물었다.

"학교 졸업을 했지 않나? 철학과 다닌다 했었지 아마."

"맞네요. 했어야 하는데 아, 아직 못 했네요. 돈두 그렇구 해서 휴학 중이네요."

"여기 온 지 얼마나 됐냐? 일은 잘 돼가고?"

"한 달 다 되어가요. 형님, 근데 더위가 한 열흘 볶아대는데 정말 아이구야 소리가 절로 나대요. 안산에서 일할 때는 양반이라니까요. 신발가죽도 땀에 젖데요. 물 속에 들어간 것처럼 워카가 철벅철벅해가지고 찌리링 전기 아쓰를 먹는다니까요."

"더워봤자 추운 것보다는 낫지 않겠어? 우리야 더위건 추위건 간에 이골이 난 사람들 아니냐. 바다 바람에 장사 없다구 겨울철에 바닷가에서 한번 견뎌봐라. 처음엔 살점이 딱딱 떨어져나갈 것 같이 춥고 아린데 좀 지나봐라. 마취주사를 맞은 것 같이 멍멍해서 칼로 몇 점 딱 베어내도 안 아플 것 같단게. 당진 한보 아이쿠, 아찔하다야. 얼마나 추웠든지 10분 일하구 20분 불 쬐고 했으니까. 그건 삼식이 니도 알잖아."

"형님도 참 딱도 하네, 한여름에 폼도 안 나는 한겨울 얘기를 뭐 그리 재미나게 해쌓소."

삼식이 봉석의 말을 언죽번죽 뭉때리면서 새실새실 웃어댄다.

"주 반장 형님이 상추랑 돼지고기랑 사오라고 했는데 저 먼저 장을 봐올 테니 형님들은 잠깐 여기 시원한 데서 기둘리고 계세요."

"그럴 것 뭐 있겠냐? 읍내 구경도 할 겸 같이 나가지."

세 사람은 기분 좋게 헤헤 웃으며 밖으로 나섰다. 하지만 한증탕에 들어선 것처럼 울컥 밀려오는 열기가 단박에 숨을 콱콱 막아왔다.

2. 대충이 없는 사내

트럭을 따라, 봉석의 승용차는 카세트 음악을 흘리면서 논밭을 가로지르고 솔밭 길을 휘휘 돌아서 달려갔다. 멀리 갯벌이 보이는가 싶으면 다시 산이 앞을 떡 하니 가로막는다. 땅김이 올라오는 포도밭 어디선가 두엄이 뜨는 듯 시금털털한 냄새가 폴폴 코로 스며들 뿐, 아직 바다는 보이지 않았다. 미루나무 잎사귀엔 미처 숨지 못한 새 둥지가 거

옷처럼 아슬하게 걸려 있었고, 다랑이논에선 불어오는 바람 따라 나락이 물결처럼 술렁거렸다.

산자락을 돌아서자 비로소 앞이 시원하게 터지면서 멀리 바다가 오후의 햇살을 받아 은빛 실을 잘게 흔들어대는 것처럼 반짝거리며 다가왔다. 아득히 둘러진 산발 속에 푸른 우물처럼 떠 있는 바다, 그 위에 배들이 핀에 박힌 곤충들처럼 붙박여 있었다. 차는 방조제 위로 시원스레 달려 나아갔다. 차창 밖으로 헤적거리며 떠가는 갈매기 떼들은 들창 가를 지나가는 봄 나비처럼 아늑하다.

"형님 잠깐, 이 대목에서 우리 바다 구경이나 허고 갑시다."

"거참 영양가 있는 소리."

빵빵 소리가 나고 깜박이 신호가 들어갔다. 방조제 널따란 길가에 두 대의 차가 멈추어 섰다. 세 사람은 둑 위로 올라섰다. 철조망이 쳐진 갯벌은 그저 막막하게 넓은데 군데군데 밑뿌리를 벌겋게 드러낸 섬들이 상고머리처럼 푸른 숲을 무겁게 머리에 이고 있었다. 물길이 막혀 말라붙어 쩍쩍 갈라진 갯벌에는 뜨거운 지열을 견디다 못해 솟아오른 소금기가 석회 분을 뿌려놓은 것처럼 하얗다. 그 마른땅 위에 녹슨 철판처럼 벌겋게 달라붙어 있는 해홍나물이나 칠면초 같은 바다 풀들, 부서진 배의 밑바닥을 간질이는 바닷물, 찌그러진 캔 깡통과 벌겋게 녹슬어 푸슬푸슬 녹아내리는 닻, 흙을 잔뜩 담은 채 삐뚜름히 처박힌 운동화 짝들, 바람은 시원하게 불어왔지만 갯비린내 속에는 뭔가 부패해가는 시큼한 해감내가 풍겨났다.

"아직 멀었나?"

"저기 산만 휘돌아가면 돼요."

산모퉁이를 돌아서자 돌들과 황토가 그대로 벌겋게 드러난 민둥산이 눈앞을 가로막았다. 깎아질러 파낸 언덕빼기에는 자우룩한 먼지 속에 돌공장이 어연번듯하게 서 있었고, 그 위쪽 산 중턱에는 마치 바닷가재처럼 생긴 포크레인이 산의 머리를 짓이기며 돌

무더기를 물어서 덤프트럭에 싣고 있었다. 그것은 마치 섬의 골수를 파내는 것처럼 보였다.

차는 돌공장을 옆으로 끼고 천천히 달려갔다. 빠각빠각 바위를 깨는 돌공장 분쇄기 소리가 연발 총소리처럼 묵직하게 들려오고 컨베이어 벨트에서는 돌가루가 화약 연기처럼 꾸물꾸물 하늘로 솟아올랐다. 공장 소음만이 무더운 적막을 깨고 살아 움직이는 것 같았지만, 공장 건너편 잘 가꾸어진 콩밭에선 수건을 쓴 머리가 몇 개 굼벵이처럼 고물거리고 있었다.

좀더 가까이 가자 돌공장과 다락밭들 사이에 컨테이너 사무실 두 동, 철골 뼈대만 앙상한 철제 공장 한 동이 바다 쪽으로 난 평지에 그 완연한 모습을 드러냈다. 승용차는 아스팔트 옆으로 난 새마을 도로를 뚫고 들어가 철제 공장 컨테이너 사무실 앞에 끼익 자갈 비비는 소리를 내며 멈춰 섰다.

공장은 앙상한 철골 뼈대 반쪽만 파란 포장으로 지붕을 덮고 나머지는 검은 망사 천막을 휘두른 사뭇 황량한 것이었다. 넓은 마당 안에 그득히 깔려 있는 철재 빔들 사이로 용접 연기는 몽글몽글 솟아오르고, 덜덜 끼익끼익 기계 돌아가는 소리에 떵떵 울리는 망치질 소리, 콩콩, 웽웽웽, 철컥, 쉬쉬 푸푸 키익, 귀를 기울여보면 여기 철제 공장 또한 만만치 않은 소리들의 천국이었다.

마당 한쪽에서 밀짚모자에 수건을 받쳐 쓴 사내가 한 손에 각목을 들고 다른 손은 연방 까불어 대며 지게차 운전사 쪽으로 수신호를 보내고 있다가 두 사람을 향해 반갑게 소리를 질러댔다.

"벌써 왔구마. 잠깐만 기다리래이, 철판을 후딱 내려삐고."

밀짚모자는 지게차 기사가 내미는 영수증에 사인을 해 넘겨주고선 숨을 헐떡거리며 두 사람에게 다가왔다.

"봉석아 더운데 오느라구 욕봤제. 정말 오래간만이구마. 그동안 돈 좀 많이 벌었나?"

"그냥 뭐, 바닷가라 해서 좋다구나 했는데 와보니 난장에다가 영 파이네."

"고래서 내 도와달라 하소연 안 했나. 현장이 좀 험하제? 공장 짓다가 아이엠에프로 부도난 공장이라 이란대이. 난장 일이 다 그런 거 아이가. 여기 사장이 공사 따는 대로 마 딸꾹딸꾹 해먹는데 괘안타."

"성만아, 어쨌든 사실로 탱크하고 집진기, 호퍼를 제작한다고 했지?"

"고래. 우리는 배차플랜트 일만 하면 된다 아이가. 우리 오야지는 여기 공장 주인에게 일 받아서 하는기라. 여기 도면 있으니까 일단 짐부터 풀어놓고 와서 한 번 살펴보그라. 재기야, 빨리 와본나. 이 형들 퍼뜩 숙사로 모셔다 드리래이."

봉석과 삼식은 배낭을 챙겨들고 재기의 뒤를 쭈뻣거리며 따라갔다. 숙사로 가는 길목 고랑창 위에는 어느 철거 현장에서 주어온 듯한 철제 난간이 다리 대용으로 끼우듬하게 걸쳐져 있었다. 그 철제 다리를 건너자 빈집을 개조한 듯한 슬레이트 흙집 한 채가 덜렁 길게 늘어서 있고 집 뒤로는 아카시 숲이 무성했다. 그 옆으로 토담벽이 온통 호박잎으로 둘러싸인 헛간이 하나 있었다. 숙소라 해봤자 연이은 방이 세 개, 우 측 끝엔 세면장 뿐이었다. 마당 앞 커다란 아카시나무 밑에 놓인 평상이 그런대로 한적한 정취를 자아냈다. 축담 너머 돌공장 쪽, 블록으로 지은 막사 두 동을 가리키며 봉석이 물었다.

"저쪽 막사는 뭐지?"

"저건 먼저 온 사람들이 차지해버렸는데 철골 제작팀하구, 돌공장 이전설치 팀, 여기 돌공장 직원들이 있지요. 저쪽은 여기에 대면 완전히 호텔급이라요. 방마다 욕실 겸 화장실이 있으니까. 여긴 밤에 화장실 가려 해도 망할 놈의 모기 땜새……."

"뭐가 이래 형, 한여름에 그것도 토굴 속에서 살게 돼부렀네. 요렇게 흙 냄새 나는 곳에서 어떻게 잔다요?"

"그러기에 임마 가방 끈이 짧으면 부모 팔자라도 잘 타고나라고 내 안 그러디?"

"부모 팔자 욕하는 사람 치고 잘 되는 놈 못 봤응께."

"오늘따라 저것이 살짝살짝 부애만 질러대네. 부모 팔자 못 타고 났을깝새 어깨 씸이라도 타고났으면 누가 뭐라고 허냐? 자슥이, 비리비리해 터져가지고는."

두 사람의 언성이 높아지자 재기가 재빨리 말을 막으며 나섰다.

"형님들, 이래 생겼어도 지내다보면 견딜 만하대요. 그냥 거꾸러지면 시간은 잘도 갑디다요. 두 분은 저쪽 끝 방을 한갓지게 쓰시죠? 가운데 방은 약간 좁거들랑요." 하고는 끝 방으로 조르르 달려가 거기 있던 물건들을 챙겨 가운데 방으로 밀어넣는다.

봉석은 갓방에 짐을 부려놓고 문턱에 걸터앉아 담배를 불붙여 물었다. 앞마당 옆쪽, 바닥철판 위에 용접해 붙인 쇠말뚝과 아카시나무 한쪽을 붙들어맨 빨랫줄에는 작업복, 양말, 팬티들이 불어오는 바닷바람에 펄렁펄렁 나부댄다. 삼식은 배낭 끈을 풀어 불똥 자국이 난 작업복을 꺼내 탈탈 털어 바지랑대에 내걸고, 반바지와 티셔츠로 옷을 갈아입으면서까지 연방 불퉁거린다.

"형은 그럼 여기 현장이 맘에 드시우? 나는 영 싹수가 없는 것 같구면."

"맘에 안 들면?"

"소 외양간 냄새가 나는 거 같구만."

"소여물 뜯어먹는 소리허고 있네 자슥이. 그럼 고향에 온 기분 내면 될 거 아냐. 추석 명절에 조기 몇 토막이라도 올리려면 꼴깍 숨소리도 안 나게 엎드려 있어도 션찮을 판에. 주제에 겉멋만 들어가지고 깝죽거리긴. 찍소리 말고 엎드려 있어."

봉석은 삼식의 말 중동을 무지르고 삼식의 밋밋한 장딴지를 한 대 후려갈기며 일어섰다.

사무실 책상에 앉아 현도(철판 실제 크기로 마분지를 잘라 구멍을 뚫거나 절단할 곳을 표시하는 일)를 뜨느라 마분지를 가위로 잘라내던 성만이 봉석을 보더니 장갑을 손에 쥐고서 자리에서 일어났다.

"공장 구경 한번 해야제?"

"그려, 근데 이쪽 공장 안에서 일하는 사람들이 모두 우리 식구나?"

"아이다. 공장 저쪽 편에서 철골 빔 작업하는 사람들은 다른 쪽 식구들이고, 우리 식구들은 이짝 편 크레인 밑에서 철판 작업하는 사람들이대이. 서로 인사라도 나눠야 안 하겠나?"

그때 귀에 담배를 꽂은 머리가 희끗희끗한 사내가 투덜투덜 사무실로 고개를 살짝 내밀며 성만을 불러냈다.

"주 반장, 당신 팀에서도 20미리짜리 드릴 쓰제? 아나드릴(철골의 구멍을 뚫는 드릴)이 뿌라져가지고 말야. 딴 작업을 시키자니 작업 연결이 안 되고 읍내 나가서 사오자면 날 샐 텐데. 뼁끼도 떨어졌는디 김 사장은 어째 안 오는 거야. 뼁끼 같은 거 많이 사다놓고 쓰면 누가 때리나 니미럴거."

말을 마치자 사내는 물이 급했던지, 사무실 옆 그늘로 달려가 아이스박스를 열어 얼음 속에 둥둥 떠다니는 페트병 하나를 꺼내들고서 후루루 목가심을 하더니 땅바닥으로 푸 뱉어낸다. 성만이 면장갑으로 손바닥을 탁탁 치면서 말했다.

"우리도 내일 사비를 칠해야 하는디 우짜나. 요러다가 철판이 비에 쫄딱 맞아뿌리면 좃되는데. 20미리 기리야 우리가 잘 쓰고 있지만, 고래 서로 도와가면서 삽시대이. 저쪽 구멍 뚫는 사람들한테다 20미리 기리는 넘기라고 내 야그를 해볼끼라요."

성만은 사무실을 나오는 봉석에게 사내를 인사시킨다.

"봉석아, 서로 인사하지. 저쪽 철골팀 오야지셔."

"하성봉이라……."

"김봉석…… 아니?"

두 사람은 거의 동시에 인사를 나누다 말고 화들짝 놀래 내민 손을 엉겁결에 빼낸다. 봉석은 우물거리다가 눈알을 쓰벅거리며 뜨직하게 말을 뱉어낸다.

"어디서 차암, 많이 보던 얼굴이네요."

"그러네요."

말을 마치자마자 하 사장은 희끗희끗한 뒤꼭지를 건들거리며 씨엉씨엉 현장으로 바쁘게 달아나 버린다. 봉석은 달아나는 하 사장의 뒤꼭지를 짯짯이 노려보며 중얼거렸다.

"아니, 하참, 개성봉이를 요런더서 만나다니……."

성만이 우두커니 서 있는 봉석에게 물었다.

"와 그러고 서 있나? 아는 사람이가?"

봉석은 말없이 손을 딱 그러쥐면서 침을 탁 내뱉는다. 그러쥔 팔뚝에 거뭇거뭇한 힘줄이 꿈틀 도드라진다.

"원수를 외나무다리에서 만난다 카더니 딱 그짝이구먼."

"니 뭐라카나?"

"참, 그런 게 있어…… 근데 우리 오야지는 어딨어?"

"오야지? 내일쯤 올 기라. 사람은 좋은데 실력은 파이라. 내가 뭔 얘기를 해도 몬 알아묵고 엉뚱한 소리를 해 재끼는데……."

"어떻게 그런 사람이 오야지야?"

"오야지야 돈만 제때에 잘 풀어주면 되는 거 아이가. 우리사 일헌 다음 돈만 잘 받아내면 장땡이구. 컨추리 크레인도 있겠다 더워서 그렇지 일해먹기는 참 좋다."

두 사람은 늘어선 철판과 H빔을 피해 발을 골라 디디며 천막이 쳐진 공장 안으로 들어갔다. 대머리 사내가 사람 머리통만 한 핸드드릴의 양 날개를 고무 튜브로 묶어 고정시킨 작업 틀 앞에서 땀을 뻘뻘 흘리며 사다리꼴 모양의 철판에 구멍을 뚫고 있었다.

"구멍 잘 묵나? 허허이 박형 말야. 아나를 아즉도 고렇게 힘으로 뚫나? 고러니 몸만 축나지. 보소 보소."

성만이 대머리를 비켜 세우며 드릴 손잡이에 슬쩍 힘을 실어 누르면서 말했다.

"보소 마. 고래 힘으로 눌러댈 것이 아이라 카네. 그냥 요래 살짝이 힘을 실어주었다 놓았다 달래가면서 누르는기라. 그리고 항상 마지막이 중요한 거 아이요. 요렇게 녹아서 똑 떨어진다 싶을 때 살며시 뺐다가 다시 진득하게 누르는기라요. 그러면 보소 뽕 소리가 나면서 뚫어지잖나."

"누가 그걸 모리나? 허이 주 반장, 나도 철일 20년에 구멍이라면 이제 신물이 나는 사람이여. 요런 거는 침도 안 바르고 손가락으로도 뚫네, 이 사람아. 여기 쌓여 있는 물건을 보면 몰러. 니미 혼자 물건 집어넣을라 뚫을라 허니 이젠 좆심이 딸려서 죽겠구먼. 근디 재기 이느마는 어디로 도망갔노?"

그때 마침 재기가 물이 뚝뚝 떨어지는 페트병 대가리를 뱅뱅 돌려가며 나타났다.

"도망간 재기 여기 있네요. 형님, 시원한 얼음물 한 사발 하라고……."

재기가 둘러선 사람 사이로 비집고 드는데, 볼펜이 반쯤 찢어진 바지 뒷주머니에서 떨어질 듯 대롱거린다.

"재기야, 이쪽에도 물 한잔 다고. 하이고 숨 넘어가겠다야."

저쪽 편에서 산소 절단기로 철판을 잘라내며 연방 어깨로 흐르던 땀을 닦아내던 사내가 쪼글뜨리고 앉았던 무릎을 펴며 큰 소리로 재기를 불러댔다.

"카수형, 잠깐만 기둘려요."

재기가 카수라는 사내에게 페트병을 달래달래 흔들며 새끼 염소 뜀뛰듯 부르르 달려간다.

"주 반장아, 여기 드릴 좀 갈아조봐."

"헤헤이, 금방 큰소리치드만 와 뒤로 빼노. 철일 20년에 아직 아나드릴도 못 간다카요?"

"니열 갈아두 잘 안 먹는디 어떡할겨. 신경 뚝 걱정 뚝이여. 이래 살다 죽을겨."

"아이고 박형 나가 죽을죄를 지었다 안 카요."

"자, 박형 서로 인사하지. 같이 일할 사람이야."

"저 박원식이라 합니다."

"김봉석이라 합니다. 잘 부탁드립니다."

"박형, 지금 쓰는 기리가 20미리요?"

"몰러, 아니 아마 그럴 거야."

"박형 구멍 뚫는 거 고마 놔둬삐고 저기 호퍼 있지 그거 용접이나 마저 끝내주라요. 자리가 나야 이 양반들이 내일부터 철판을 깔구 작업 들어가지 않겠는겨?"

"아이구야 지금 날씨에 용접하라구? 니미 나만 찐감자 되란 말여. 저기 최씨 있잖여?"

"박형, 와 그라요. 용접은 그래도 박형이 기중 잘하잖나. 핫다 박형 잘 부탁합니대이."

성만이 박씨의 축축한 어깨를 툭툭 두드리며 부추긴다. 넓데데한 박씨의 얼굴은 흘러내린 땀을 더러운 장갑으로 함부로 훑어낸 얼룩으로 숯검댕 묻은 호박처럼 거무죽죽하다. 성만이 툭툭 쳐 드릴을 빼내 집어들고 산소 절단하는 쪽으로 걸어가며 속삭였다.

"지금 박형 말야, 우리보다 한 열 살 위일 것 같지? 근데 사실 우리보다 네댓 살 위야. 머리가 저리 벗겨졌다 캐서 우리가 훌러덩 박이라 카는데 본인 앞에서 그렇게 부르면 망치가 날라온다카이. 조심하그레이. 하하하, 사람 하나는 진국인데 욱하는 성미는 안 있나."

두 사람이 시시덕거리며 산소 절단하는 쪽으로 다가가자, 머리에다 마실 물병을 통째로 쏟아붓던 카수라는 사내는 비 맞은 개 몸 털 듯 도리도리 머리를 까불어댔다. 그리곤 목에 감았던 수건으로 젖은 머리를 닦더니 밀대모자를 집어들고 부채질하면서 일어났다.

"최형 고생이 많수다. 서로 인사들 하라구."

"김봉석이라 합니다. 많이 부탁드립니다."

"잘 해봅시다. 최선영이라 합니다."

"여기 최형은 절단, 취부 하면 아닌 말로 똑 소리가 나네. 말이 나왔으니 말인데, 노래 했다 카면 또 사람들이 완전히 뻑 가삐는 기라. 그래서 우리가 카수라 안 하나. 노래 한 번 잘 배워봐, 뺑뺑이 도는 것은 빼구."

"아이구 주 반장도 뺑뺑이하고 연을 끊은 지 언젠데 그래. 조용히 사는 사람 들쑤성 거리지 말더라구."

"뺑뺑이라니?"

"그런 게 있어. 모르는 게 약이야."

봉석은 주성만으로부터 도면을 넘겨받아 앞으로 해야 할 작업내용과 선후 작업에 대한 설명을 들었다. 이어 도면을 꼼꼼히 살피며 내일 작업에 필요한 절단 치수를 뽑고 시공도면을 그려나갔다. 하지만 개상봉이와 얼굴을 마주 대할 생각만 하면 뒷덜미에 보리 까끄라기가 들어간 것처럼 불쾌할 만큼 끕끕하고 답답한 마음은 어찌할 도리가 없다.

하루 종일 물쿠던 해가 드디어 서쪽으로 기울었다. 주 반장은 사무실 옆 전기 단자의 메인 스위치를 내리고 한 손을 머리 위로 올려 큰 동그라미를 두 번 그었다. 사람들은 연장을 하나둘 치우기 시작했다. 그때 옆으로 기울어진 사각 호퍼 옆구리 맨홀 뚜껑 위로 사람 대가리가 불쑥 나오더니 칼 빗맞은 돼지 멱따는 소리를 질러댄다.

"허이! 한 10분만 때우면 된다니께. 하이! 재기야, 스위치 좀 올려라이."

소리가 닿기에는 사무실은 현장에서 조금 멀었다. 박씨는 마침내 깡깡이망치(용접 통털이 쇠막대)로 철판을 쾅쾅 때리면서 소리를 바락바락 질러댄다. 박씨의 파란 작업복 상의는 이미 척척하게 땀에 젖어들어 검푸른 색으로 변해 있다. 지금 땀에 젖은 부분은 내일이면 소금 얼룩이 말라붙어 또 하나의 하얀 등고선을 그려내고 말 것이다.

"니미 좆도 내일 다시 이 안으로 들어가라구 하면 짐 쌀겨. 사오라는 댓자 선풍기는 안 사오고 멀쩡헌 사람 완전 엿 믹이는구면."

드디어 박씨는 호퍼를 발로 차가며 쌔왈거리는데 산소 절단기 줄을 감던 가수 최가 그

소리를 알아듣고 전기 단자로 후닥닥 달려간다. 용접기가 다시 찌르릉찌르릉 울면서 호퍼 속에서 용접연기가 뭉글뭉글 피어오르기 시작했다. 뻘건 불빛은 철판 용접선을 따라 지렁이처럼 하냥 느리게 꿈틀꿈틀 기어간다.

"허이, 박형! 대충대충 때워버려."

최씨는 겨드랑이 밑까지 런닝을 말아올린 채 밀대모자로 가슴 쪽으로 부채질해대며 한 마디 쏘아붙인다. 그러는 최씨의 겨드랑이 밑은 오돌토돌 돋아난 땀띠로 온통 뻘겋게 달아올라 있다.

"대충대충 좋아하네. 허벌창인데 어떻게 대충 때워? 도대체 누가 취부한 거야 니미럴 거."

살뚱맞은 박씨의 음성은 마치 징 소리의 여운처럼 웅얼웅얼 호퍼 안을 뱅뱅 돌며 메아리친다. 최씨는 밭둑으로부터 공장마당까지 뻗어나온 칡넝쿨을 망연히 바라보다가 중얼중얼 노래를 부르기 시작했다.

"고향이 어디냐고 묻지를 마라. 말을 하면 옛 생각에 가슴 서럽다……."

용접봉 움직이는 소리는 다된 형광등 떠는 소리를 내며 한참 동안 질기게도 계속되었다.

3. 환영식

숙사 앞 토방에 어빠자빠 벗어 젖혀둔 작업화들 사이로 쇠파리 떼들이 달려들었다. 아카시나무 밑에 평상이 은근하게 놓여 있었으나 아직 날은 뜨거웠다. 봉석과 삼식은 갓방에서 장기를 두고, 가수 최는 웃통을 벗은 채 세면장 옆방 노란 장판 위에 신문지를 깔아놓고 화투 패를 뗀다. 그 옆에 박씨가 팬티만 입은 채 새카만 털이 뭉성뭉성한 다리를 쭉 뻗대고 두 손을 뒤로 받친 채 선풍기 바람을 맞고 있다. 세면장으로부터 재기의 노래 소리가 낭자하게 들려왔다.

"두만강 푸른 물에 노 젓는 뱃사공을 볼 수는 없었지만/그 노래만은 너무 잘 아는 건 내 아버지 레퍼토리/……고향 생각나실 때면 소주가 필요하다 하시고/눈물로 지새우시던 내 아버……."

"그기 뭐라. 기왕에 부르는 노래, 음정이 맞던지 아이면 박자라도 맞던지, 아이고야 몸뚱아리가 참나무 몽디맨치로 끄실려갖고. 세상에 목욕탕에서 노래 부르는 놈이 어딨노?"

샤워를 마치고 수건으로 몸을 닦던 주 반장이 작업복을 빠는 재기의 홀딱 벗은 엉덩이를 철썩 후려갈기며 버럭 소리를 질러댔다. 잘 나오던 노래 소리는 엉덩이 찰싹 한 대에 쏙 들어가버렸지만, 재기의 목청은 그예 금방 죽지 않고 되살아난다.

"형님, 와 그라요. 궁둥이 큰 여배우가 욕탕에서 노래 부르는 것 영화에서 안 봤어요? 그게 최고로 아름답고 섹시한 장면인디. 오늘은 엉덩이 맞고 그냥 넘어가지만 형님 구린 것은 내 손바닥 안에 꽉 쥐고 있으니까 알아서 하쇼."

"근데 이 자슥아 내가 무슨 구린 것이 있다고 그라노? 아하, 니 구린 것이라 카면……옹야옹야. 알았다."

주 반장의 손이 재기의 엉덩이를 향해 아까보다도 더 맵차게 날아간다. 후닥닥 무릎걸음 하는 재기의 허벅지 사이로 크고 길쭉한 물건이 까닭 모른 채 털레털레 흔들린다. 재기는 피한다고 설설 기었지만, 장딴지에 뻘건 손바닥 자국이 그대로 찍히고 만다. 가릴 것도 방어할 것도 많았던 것이다.

"에라 자슥아, 고기 굽고 해야 할 놈이 다른 사람 다 씻고 쉬고 있는데 늘쩡거리며 시방 뭐하고 있노?"

"물건이야 다 사다놓았겠다. 여름밤이 얼마나 긴데, 까짓거 금방이지. 일없네요 행님."

재기가 입술을 쑥 빼밀며 볼멘소리를 하자 주 반장이 밖으로 나가다 말고 혀를 차면서 한 마디 덧붙인다.

"젤 쫄따구가 빠져가지고 쯧쯧."

"찬물도 우 아래가 있는데, 나 먼저 씻었다가는 하이구 버르장머리 없는 개 아들 되는디……."

재기는 웅얼웅얼 말끝을 내리 흐리다간, 작업복을 조물조물 문대어 빨며 아까 부르던 노래를 흥얼거리며 계속 이어간다.

"눈보라 휘날리는 바람찬 흥남 부두 가보지는 못했지만/그 노래만은 너무 잘 아는 건 내 어머니 레퍼토리……/눈물로 지새우시던 내 어머니 이렇게 얘기했죠/죽기 전에 꼭 한 번만이라도 가봤으면 좋겠구나 라구요."

술판을 준비하자 상추를 씻네 마늘을 까네 하며 제일 먼저 엄벙덤벙 헤덤빈 사람은 박씨였다. 박씨는 방바닥에 쪼글뜨리고 앉아 바가지에 마늘을 까 담으면서도 툴툴거리며 사람들을 들쑤셔댔다. 그렇지 않더라도 사뭇 출출하던 참이라 숙소 안팎이 술판 준비로 댕댕거리며 돌아갔다. 주 반장은 평상까지 올 선풍기 전선을 연장한답시고 전선과 플러그를 찾느라 공장 안을 넘나들고, 삼식과 재기는 깨를 부룩 박아 심어놓은 현장 옆의 콩밭으로 시시덕거리며 달려간다. 최씨가 숙소 앞 공터에 벽돌 두 개 깔아 휴대용 버너를 올려놓으면, 박씨는 웃통을 벗어붙인 채 아카시 줄기를 후려 다듬어 만든 긴 나무 막대를 젓가락 삼아 삼겹살을 열심히 되작거린다. 봉석은 평상 위에 신문지를 깔아놓고 김치와 술잔, 술병들을 챙겨오기 바쁘다.

사람들이 제각기 할 일을 찾아 서둘자 금방 그럴싸한 술좌석이 만들어졌다. 엉덩이 한쪽만 들이밀어도 모자라는 평상 위에 사람들이 둘레둘레 자리를 잡고 앉자, 주 반장이 비닐 잔에 소주를 한 잔씩 돌리면서 건배를 청했다. 사람들은 제가끔 컬컬한 속을 달래느라 한 잔씩 술잔을 쭉 들이킨다. 고기는 불불 익어가고 두 대의 선풍기는 돌아가고, 넘나드는 술잔에 젓가락이 서로 엉기면서 좌석은 금세 와자그르르하게 달아오른다. 주반장이 입을 열었다.

"이제 사람도 왔겠다, 손발을 잘 맞춰 일 좀 해보더라구. 여기 봉석이는 인천에 마찌꼬바 다닐 때부터 아는 사인데 용접이건 제관이건 철 일에는 빠꾸미 아이가. 여기 삼식이야 아나씨에다가 또 용접도 잘한대이. 약간 띨띨하고 촐싹대기는 하지만 사람은 참 좋다."

엉거주춤 한쪽 엉덩이만 평상에 걸치고 앉아 쭈뼛거리며 젓가락질을 하고 있던 삼식은 눈알을 살짝 빗뜨면서 얄망궂게도 볼멘소리를 질러댄다.

"형님은 지금 칭찬하는 거라요 욕하는 거라요? 사람 좋다구 허면 요즘 세상에는 그게 욕인디, 내 듣고 봉께로 기분이 참 요상 야릇하네요. 형님들, 정삼식이라구 하구먼요. 잘하는 것 별로 없지만 시다바리 하나는 잘헐 텐께, 여러 형님들 좋은 색싯감이나 있으면 중매나 한 수 부탁허네요."

"뿔 달린 것이라고 나서긴. 어쨌든 오야지가 있건 없건 내는 마 잔소리허는 거 젤 싫어하는 사람 아이요? 알아서 해주면 고맙겠구마. 배차플랜트 공사 말구 또 추석 지나면 철골 공사도 떨어진다구 했으께, 여기서 마 잘해가지고 올 겨울 한번 잘 넘겨봅시대이. 박형은 오늘 고생 많았제? 최형은 어째 오늘 술잔도 안 들고 조용하노? 술이라 카면 환장하면서 달려들던 사람이."

"사람이 살다보면 흐린 날도 있는겨. 봉석씬 고향이 어디래여?"

최씨가 잠자코 있던 입을 열어 봉석에게 물었다.

"전 익산이구요, 삼식이 저 친군 남쪽 끄터리 해남이래나. 최형은 고향이 어디셔요?"

"내는 고향이 참 많지, 한 다섯 개는 될 거야. 강원도 양구라면 양구고 춘천이라면 춘천이고 인천이라면 인천이고……."

"어떻게 그런 사람이 있대요?"

삼식이 그새를 못 참고 고기 먹다 쉬는 입으로 또 살짝 끼여든다.

"어쨌든 나는 김해이고 박형은 충청도고 팔도 각지에서 다 모였뺐네. 우리 일하는 사람들끼리 뜯어먹을 것이 뭐 있다꼬 지역 같은 거 따질 거 있겠나, 어이? 여기 김형하고 안 지도 벌써 10년이 다 돼가지만 우리 사이엔 그런 거 엄따. 안 그러나 김형?"

주 반장은 사람들의 고향을 짚어주고는 봉석에게 슬쩍 말을 돌렸다.

"고럼, 지역감정이야 정치하는 것들이 자기들 배 따땃할라고 맨들어 놓은 것이제. 안 그런가 주형?"

"두 분이서 손발이 척척 맞아떨어져 뿌네요. 근디 어치케 고향이 여러 개다요?"

삼식이 끈질기게 보채며 다시 묻는다. 봉석은 나서지 말라고 삼식에게 눈알을 찌긋거리며 신호를 보낸다.

"아버지가 말뚝이었거든. 주형, 내일 나 집에 좀 갔다오면 안 될까. 집안 제사도 있고 해서 말야."

"사람이 왔으니까 가도 되긴 하겠지만 언제 올라꼬?"

"내일 갔다 모래 아침에 일찍 올게. 뭔가 낌새가 이상해서 말이야."

"뭐가 말이야?"

"집안 일이야……."

"형님 올 때 기타나 좀 가져오시죠. 쉬는 날 근방에 놀러도 가고 노래도 좀 배우게요."

재기가 지글거리는 프라이팬을 화장지로 닦아내며 청한다.

"기타 손놓은 지 몇 년 되었네, 이 사람아. 노래야 노래방 가서 배우면 되지 이런 현장에서 기타 쳐봐, 지나가는 개들도 웃을 테니까. 안 그런가 주 반장?"

"일과 시간 끝나고 노는데 어떤 개부랄 놈들이 지랄할 것이여?"

이제껏 조용히 술잔만 기울이던 박씨가 느닷없이 끼여들어 질퍽하게 한 마디 쏟아낸다. 사람들은 멋쩍게 킥킥 웃음을 터뜨리는데 주 반장만은 쩝쩝 입맛을 다셨다.

"박형이 가만 보니 나한테 유감이 있나봬. 재기야 시아시 된 술 한 병 더 가져온나. 박형이 뱃속에 땀띠가 났나보대이."

"사람을 가만히 찜통 안에 가둬놓고 니미럴 통돼지 구워 먹을려구 그러나. 댓자 선풍기는 언제 사올겨?"

"왜 카나. 기성이 아즉 안 풀린 거 박형도 알 거 아이가. 오야지한티다 몇 번씩 전화질해도 불통이고 그래서 지금 내 돈으로 굴리고 있는 거 아이요. 박형 오늘 정말 고래 통돼지 됐뺐나."

"그 사람 어디로 튄 거 아냐?"

박씨가 벌건 얼굴로 말을 휙 내뱉는다.

"그런 재수 없는 소린 하덜 말라요."

재기가 건들거리며 세면장에 앵앵거리는 중고 냉장고에서 허옇게 김이 서린 소주병을 꺼내 흔들며 평상 쪽으로 다가왔다. 그런데 평상 가까이 와서는 갑자기 소주병을 거꾸로 잡아들더니 오른쪽 팔 뒤꿈치로 병 밑을 툭툭 두어 번 내리박았다. 그리고는 젓가락 두 개를 가지런히 모아 소주병 마개에다 대고 지렛대 질을 하자 탁 하는 경쾌한 소리와 함께 마개가 공중으로 튀었다. 이어 왼손으로 소주병을 잡아 약간 기울인 다음, 마당 한쪽을 향해 오른쪽 수도(手刀)로 병목을 살짝 쳐서 윗 술을 흩어 뿌리며 '고수레' 하더니, 엄지손가락을 병 주둥이에 집어넣었다가 빼냈다. 뻑, 하는 상쾌한 울림은 작았지만 술좌석의 소란을 일시에 잠재우고도 남음이 있었다. 이 각개 동작이 황소 눈 꿈쩍할 순간에 펼쳐졌는데, 흩뿌려진 소주와 뻑 하는 극히 조용한 음향이 불러일으킨 야릇하고도 달뜬 흥분감은 오늘 저녁이 순탄치 않게 지나갈 것임을 예감하는 것이었다. 사람들은 서로의 얼굴을 맹하니 쳐다보다 마침내 콸콸 웃음을 쏟아냈다.

"자슥, 웨이터 생활 좀 해봤다꼬 되게 분위기 잡네."

"그래두 지난 겨울방학 주안 술집에서 아르바이트할 때 형이 경마 끝나고 왔던 적도 있잖아요. 재미는 형님이 혼자 다 보고서는."

"퍼뜩 술이나 따러 임마."

"어떤 재미? 재기야 그렇게 재미있는 거라면 나도 좀 시켜도라."

박씨가 벌그데데한 머리통을 들이밀며 이야기를 재촉하는데 봉석이 중간에 나서 말을 슬쩍 돌린다.

"주형 말야, 쐬주에는 역시 삼겹살이 최고여. 우리같이 일하는 사람들이야 저녁 때 요로코롬 둘러앉아 술 한잔 쫘악 찌크리는 요 맛에 요 기분 아니겠어?"

봉석이 건배를 청하자 모두 한 마디씩 와실덕실 주절거리며 술잔을 치켜든다.

"자, 소주와 삼겹살을 위하여 건배."

"삼겹살아 잘 가거라 우리는 진군한다. 형님들 자 건배."

"고래, 무진장 쫀득쫀득해삐는 삼겹살을 위하여."

"아이구매, 불쌍한 돼지를 위하여."

박씨는 술을 한잔 쭉 들이키고 난 다음 살오른 턱을 만지며 쌔왈거려댔다.

"삼겹살 좋아허네 니미럴거. 술 취한 통돼지 하품 나와 죽겠구만."

삼식이 재기에게 눈을 맞추며 키들키들 웃는데, 묵묵히 술만 들이키던 최씨가 걱정스러운 듯 주 반장을 향해 말했다.

"오늘 내가 짤라놓은 잔넬하고 앵글부터 내일 구멍을 뚫어야 쓸 텐데. 그래야 호퍼가 변형이 안 갈 텐디 말야."

"알았다 카이요. 술 마실 때는 일 이야기는 안 하는기라요. 소주에는 마 삼겹살도 좋지만 꼼장어 안주가 최고 아인겨? 다들 여기 읍내 포장마차에서 꼼장어 맛을 봐서 알겠지만 고추장 맛밖에 더 나나. 근데 부산 자갈치 시장 꼼장어는 그 맛이 쪼께 다른기라. 요리법부터 확 안 다르나. 고추, 마늘에다가 파를 동동 썰어넣은 다음, 양념을 살짝 발라 일단 약간 데치는 기라, 그런 다음 고추장을 발라 굽는기라. 하, 삼식아, 고래 입에 침 흘리지 말고 언제 부산 가면 한번 묵어봐라카이. 그리구 박형, 술 한 잔 받아뿌소. 오늘은 내 어쩔 수 없었다 않나. 박형한테 무슨 감정이 있어서 그런 거 아이요.”

“통돼지, 꼼장어 좋아허네. 땀을 얼매나 뺐는데……”

“주 반장 형님, 뭘 어디다가 동동 썰어넣는다 허요?”

재기와 시시덕거리며 술잔을 나누던 삼식이 지나가는 말 한 소절을 귀동냥해 듣고선 볼쑥 끼여든다. 주 반장이 실실 웃으면서 말했다.

“자다가 봉창 두들긴다더니 저건 완전히 등짐 지고 삼천포로구마. 마, 니는 꼼장어에 파를 동동 썰어넣지 김치를 동동 썰어넣나?”

“어쩌나 보게 형님 머리 식히라구 한 번 물어봤시요. 유머 아니유? 내가 패죽일 놈이구먼요.”

봉석이 째긋째긋 눈짓을 해댔지만 술 들어간 삼식의 입은 그예 전혀 아랑곳없이 실팍하고 기름지다. 봉석은 술잔을 들이킨 다음, 삼식의 말을 돕는답시고 술렁술렁 말을 이었다.

“허허, 주형 고것이 말야. 삼식이 말은 동동 써는 거야 무쪽 같은 것이고, 대파 같은 거는 송송 썰어넣어야 맛이 난다 이런 얘기 아냐?”

“니기미, 별 희한한 이론 다 보겠네. 동동 썰건 쑥쑥 썰건 간에, 젠장할 꼼장어 맛만 좋으면 되는 거 아닌겨.”

박씨가 쓰잘데없는 얘기에 성질이 난 듯 말을 댕강 자르고 덤벼든다. 좌석이 약간 낯설어지는 판에 재기가 익힌 고기를 날라와,

“형님들 말요, 나는 홍합 국물을 한 대접만 허면 원이 없겠네요.” 하며 능청을 떨면서 말을 받았는데, 주 반장이

“닌 공부헌다는 놈이 툭허면 술타령, 홍합 타령이냐.” 하며 불쑥 퉁을 주는 바람에 홀

떡 뛰어내린 데가 하필이면 개골창인 꼴이라.

그때 한쪽 구석에서 시무룩히 술잔만 기울이고 있던 최씨가 술잔을 단숨에 비운 다음 "내 가만히 있으려구 했는디 한 마디 안 할 수가 없구먼. 요기 서해안 홍합이 홍합이냐구. 홍합이라 카면 역시 동해안 홍합이라니까. 요기 홍합이야 알만 뎅그렇게 크고 허옇게 속살만 쪘지 쫄깃쫄깃 씹히는 맛이 없지? 근데 동해안 홍합은 쪼맨해도 입안에 달그작작 쪽쪽 씹히는 것이…… 흐흐흐, 쯧쯧." 하더니 혀로 입시울을 한번 닦고서 말을 이어간다.

"그래서 동해안 홍합을 동해부인이라 안 하나. 동해안 물살이 실컷 내지르는데 지가 뚝뚝 안 여물어지고 배기겠어? 재기야, 이담에 강릉 경포에 한 번 가봐라 어이?"

"먹는 얘기 자꾸 해대니까 인제 삼겹살이 안 팔려뿌네요. 그래도 요런 현장에서 돼지와 상추, 마늘이 만난다는 것 자체가 예술 아니요. 형님들, 오뉴월에 돼지고기 먹어봤자 본전이라지만 그래두 고기 몇 점이라도 뱃속에 담아놔야 지방질 분해돼서 힘도 나고……."

"재기야, 니처럼 유식허게 지방질이니 고런 말 몰라도 삼겹살 먹는데 지장 있나? 잘난 체하지 마라 자슥아. 니가 자랑하는 철학 까짓거 다 내 손바닥 안에 들어 안 있나? 봐라 이 두 손바닥 가지구 못 만드는 거 있나?"

"형이 참 못 만드는 거야 쌔버렸네요. 형님이 상추를 맨들어요 프라이팬을 맨들어요?"

"자슥이 토를 달긴. 이러트면 그렇다는 얘기 아이가. 근디 니는 뭘 좀 안다고 어디서 주디를 나불거리나?"

"형님도 참 별 걸 가지구 그러네요."

모기향에 불을 붙이던 삼식이 재기를 변호하듯 말을 받았지만, 재기는 심드렁하게 코를 숙이고 한쪽으로 찌그러진다. 그러다가는 주 반장을 힐긋 쳐다보더니 옆에 앉은 삼식에게 살짝 말을 건넨다.

"저기, 심심풀이로 땅콩으로 퀴즈 하나 내볼 테니 한번 맞춰볼래요? 박원식이 형님도 심심하면 한번 풀어보세요. 자, 파리하고 포리하고 차이점이 뭐래요?"

"웬 뚱딴지같은 소리래야. 그걸 알아서 뭐에다가 쓰게?"

박씨가 별 싱거운 소리를 다한다는 듯이 걷어올린 런닝 아래로 드러난 뱃살을 탁탁 두드리며 말했다. 통통하니 육덕이 좋은 가슴팍에는 볶은 깨 같은 땀띠가 빨갛게 붙어 있다. 주 반장이 봉석과 이야기하다 말고 이죽거리며 말참견을 했다.

"요즘 대학에서는 별 걸 다 가르치나보구먼."

"어드렇게 차이가 나는데?"

삼식이 이미 신바람이 나버린 주둥이를 번들거리며 묻는다.

"나 이야기 안 할라요. 얘기 좀 할라 카면 형님이 저리 왁살을 먹여싸니."

"해보셔."

"해봐."

"헤헤헤, 별 거 아녜요. 쉽게 말해서 파리는 앞발로 비비고 포리는 뒷발로 비빈다 이런 얘기 아녀요."

삼식이 머리를 요리조리 흔들며 웃다가는 좋은 이야기 감이 떠오른 듯 재기에게 말했다.

"허허허 재기 씨 말야, 약간 지릿하고 짭짤한 얘기 하나 있는데 들어볼겨."

"둘이 잘 놀아나는구먼. 최형 우리끼리 한 잔 합시다."

주 반장이 봉석, 최씨에게 술을 권한다. 주 반장과 봉석은 안 한다던 현장 일 얘기로 돌아갔다가 정치얘기로 접어들고 있었다.

"삼식 씨 아니 이제부터 형이라 캐야 되는데 일단 서로 한 잔씩 댕긴 다음 얘기를 해보자구요."

"내 사촌 여동생이 추석에 차를 몰고 시골집으로 내려갈 때 있었던 얘기라. 내려가는 호남선이 좀 복잡하냐. 둘 다 운전을 할 줄 알았응께 교대로 운전을 하고 간 거라. 두 살 먹은 아들놈이 쉬야를 한다고 보채는디 어떡해. 복잡한 길이라 세워달라고 말은 못 하고, 별 수 없이 요구르트 병 속엣 것은 마시고 거기다가 쉬를 보게 한 거야. 휴게소 나오면 버릴려구 요구르트 병을 조수석 문짝 홈에다 딱 허니 놓아뒀지. 장장 열 몇 시간 길인데 운전하기가 좀 힘들었겠어. 인차 여동생이 운전을 하고 갔제. 집에 도착해가지구 요구르트 병을 버릴려구 찾아봉께로 조수석 발 밑에서 나뒹굴고 있는 거야. 냄새 나겠다 싶어서 시트를 뒤적거려 살펴봐도 물 자국이 안 보이는 거라. 젠장 그래서 서방한테 물어봤지. 그러자 서방이 미안타이, 잠결에 목이 타서 마셔부렀는디 우짜까, 근디 요구르트가 어째 시큼털털하니 맛이 간 것 같더라 이라는 거라. 황당한 여동생이 당신 자식 거니까 괜찮겠네 그랬대. 신랑은 '미안타 미안타 낭중에 비싼 걸로 사주지 뭐' 요러더라는 거야. 동생은 자지러지게 웃어댔는데도 신랑이 멍청하니 모르냥 해서 그냥 덮어뒀대. 그러다 올라올 때 사실 이야기를 헌 것 아니겠어. 근데 신랑이 하는 말이 걸작이야. 애기 오줌은 허리에 참 좋대나 글쎄."

두 손을 뒤로 뻗쳐 받치고 큰숨을 몰아쉬며 늘쩍지근하게 퍼질러 있던 박씨가 고리삭은 동물이 신경통에 좋다느니 하면서 얘기에 껴들면서 얘기는 똑 떨어지게 민간요법으로 발전했다. 결국 뼈마디 부러진 데는 산골이 좋니 독사주가 좋니, 하며 저마다 한의사 저리가게 속설에다 경험담을 쏟아붓는데, 시끌버끌 달아오른 옆 좌석을 보다 못한 주 반장이 말 중동머리를 딱 잡아채어 삼식을 타박하고 나섰다.

"삼식이 저것도 낫살이나 먹더니 주디에 썰만 늘었네. 그동안 코빼기도 안 비치고 어디에 처박혀 있었노?"

"팔도강산을 열심히 짚고 다녀야 돈이 되지라. 당진 한보에다가 문막, 구미, 마산, 목포 안 돌아다닌 데가 없구만이라. 서로 일해달라고 하니, 삼식이표 믿음성이 어디 간당가요."

"흐흐, 자슥, 그래 돈 좀 많이 벌어 모았나. 기술도 많이 늘키구."

"엄마 모시고 쓰는 게 남는 거지 별 거 있겠소. 근디 쯧, 기술이 가면 갈수록 모자라니."

"황소가 뒷걸음치다가 쥐잡는다 하더니 삼식이가 가다가 옳은 소리 하나 딱 해뿌네. 기술이라 하는 것, 거참 끝이 없더라구. 다 배운 것 같아도 항상 얼마씩 모자라니."

봉석이 시들어가는 삼식의 말 꽁무니를 붙잡아 거들고 나선다.

"고래 허튼소리 한다 캐도 가만히 보면 쓸 말이 딱 한 자리씩은 있는기라. 기술이라 카는 것도 매한가지 아이가. 하수들도 어떨 때는 고수 뺨치게 수를 잘 볼 때가 한두 번씩은 있는기라. 좋고 빠르고 쉽게 작업할 수 있는 거, 마 확실한 제안이 아니라 캐도 내게 그때그때 야그를 하라고 안 그랬드나."

위쪽 돌공장으로부터 돌 부서지는 소리가 드드득 실밥 터지는 소리처럼 은근히 가슴을 쥐어뜯는 듯 들려왔다. 입 뻥긋도 하지 않고 술잔만 질금거리던 최씨는 이미 술좌석을 떠나 낚싯대를 챙겨들고 아카시 언덕을 넘어간 지 오래다. 땅의 열기가 식어가면서 좌석 또한 고자누룩하게 잦아드는데, 술잔을 치켜들고 기계 돌아가는 소리를 맹하니 듣고 있던 봉석에게 재기가 다가와 술잔을 권했다.

"재들은 야간에도 기계를 막 잡아 돌리나보네."

"물량이 딸리는지 시도때도 없이 돌리더라구요. 그냥 곯아떨어지는데 저 소리가 들릴 게 뭐예요. 제가 제일 막내니께 시킬 일 있으면 언제든지 불러주셔요."

"그래그래, 그 나이에 돈 벌어서 배운다고 허니 우째 짠허네. 근디 아가씨는 있나?"

"아가씨들이 뭐 쥐뿔도 없는 사람한테 달려드나요. 하하하."

"그러면 니가 돈 냄새나는 여자애들을 꽉 물면 안 되냐?"

"그럼 돈을 무는 똥개가 되잖아요. 후후. 마음에 담아둔 여자 얘는 있지만 뭐 이빨이 워낙 부실해서 그런지…… 잘 안 되네요."

여름밤은 긴지라 이야기는 다시 정치로, 아이엠에프 때 고생 얘기로, 아이들 이야기로, 음담패설로, 과거 현장 경험담으로 말꼬리가 꼬리를 물고 두 사람 세 사람씩 서로 엉켰다 풀어졌다 하며 끝없이 이어졌다. 술 방울이 튀면서 술병은 비워지고 그에 따라 냉장고 문은 열렸다가 닫혔으며, 사람들의 더운 입김 어지러운 술잔 사이로, 달캉거리는 선풍기 메마른 바람 사이로 모기들은 소리도 없이 날아다니다가 취한 손바닥 아래 빨간 피를 뱉어내며 죽어 나갔다. 총소리처럼 끈적끈적하게 귓등에 달라붙던 돌 부서지는 소리도 오르는 술기운 따라 까마득히 멀어져가고, 여름밤은 이렇게 즐겁게 이울어갔다.

4. 하늘 나는 저 새는

다음날 새벽, 삼식은 막사를 나와 술이 덜 깬 얼얼한 기분 그대로 헛간 쪽으로 비척비척 걸어갔다. 사방이 새벽안개에 자우룩이 잠겨 있었지만, 숲에서 불어오는 바람은 시원했다. 풀숲에 김이 폴폴 나며 풀벌레 소리가 잦아드는데, 아카시 숲 둔덕 밑 끄무레한 헛간 쪽에서 쓰윽 하는 소리가 들려오더니 새카만 그림자가 불쑥 튀어나왔다.

"누 누구여?"

삼식은 찔끔 오줌을 자르고는 훌떡 뒤로 물러선다. 오금팽이가 저릿하며 대번에 등허리가 선득선득해왔다.

"놀래긴, 구멍 찾기 되게 힘드네. 알전구라도 달아야지. 망할 놈의 모기새끼들, 엉덩이가 얼얼하니 주사 맞는 기분이네 쌍."

엉거주춤 바지를 추스르며 어슴푸레한 어둠 속을 자박자박 걸어오는 것을 보니 최씨였다.

"어휴, 놀랐네. 근데 옷을 차려 입구 어딜 가신대요?"

삼식은 자지러붙었던 오금을 쭉 펴며 큰숨을 내쉬었다. 올빼미처럼 지키고 선 외등의 어스름 속에서도 양복에 넥타이까지 쭉 빼입은 게 뚜렷하다. 최씨가 발을 툭툭 굴러보다 길가 풀 더미에다 구두를 쓱쓱 문대더니 느물거리며 말했다.

"나 지금 집에 올라갔다 올 테니까 그리 알더라구."

"아침식사나 하시고 가지 그러세요?"

"일없네. 식사라고는 꽁치조림에다 신김친데."

최씨가 삼식에게 담배를 권했다. 라이터 불빛이 최씨의 덜렁한 코와 먹 포도알처럼 서늘하게 박힌 눈매를 설핏 비추다 사라진다. 전신주에 매달아놓은 수은등에 하루살이 떼가 부딪치며 댕댕거리며 울어댄다. 최씨는 담배 연기를 검은 하늘 향해 한 모금 푸, 뿜어대더니 삼식의 어깨를 한번 탁 치고선 거무스레한 그림자를 달고서 현장 마당으로 넘어간다. 삼식은 담배를 꼬나물고 오소소 진저리를 치면서 잘린 오줌을 다시 눈 다음 평상에 앉았다. 가마푸르레한 샐녘의 어둠을 뚫고 멀리 선창에서 뱃고동 소리가 트림하는 것처럼 아련히 들려왔다.

"물갈이하는 건가, 현장만 바꾸면 꼭 잠을 설친단 말야."

모기가 셔츠를 뚫고 어깨를 쪼고 달아나는 바람에 상념이 깨지면서 정신이 번쩍 든다. 얼씨구, 이제는 발가락, 아니 옆구리. 이번에는 등짝. 손이 옆구리로 가면 발가락을 물고 어깨 쪽을 후려갈기면 종아리를 쪼는데 모기 따라 손바닥이 뒤 장단만 치면서 담배 맛이 십리나 달아난다. 삼식은 담배를 집어던지고 숙소 쪽으로 줄달음질을 친다. 슬리퍼가 시멘트 토방 위에서 엉키는가 싶더니 그중 하나는 두세 발짝 더 날아가서는 홀렁 까뒤집힌다.

삼식은 궁싯거리며 눈을 붙이려 했지만, 모기 물린 자국들이 가려워 도통 잠을 이룰 수가 없다. 설핏 잠들었다 싶은데 옆에서 뽀스락거리는 소리에 결국 깨어 일어났다. 봉석이 모기 핏자국이 얼룩진 도면을 깔아놓고 계산기를 두드려가며 치수와 숫자들을 적고 있다. 선풍기 바람에 자꾸만 뒤집히는 도면을 팔꿈치로 누르며 봉석이 말했다.

"너 참 잘도 자더라이."

"형이 발로 걷어차고 코를 고는 바람에 난 한숨도 못 잤구면 그러네. 이런 찜통 속에서 자야하니. 현장 한번 된통 걸렸구면."

"이것이 쓸 만하면 저것이 더럽게 재미없고, 현장 다 그런 거 아니냐."

"형은 이 공사 끝날 때까지 여기 있을 거야?"

"아니믄?"

"다른 오야지가 부르면 하이고 형님 하면서 달려갈 텡께 형도 나 원망하지 마쇼."

"한 현장에 오래 진득하게 붙어 있을 그런 재미진 생각을 좀 해봐라. 아침부터 자슥이 초를 치고 있어. 빨리 씻거."

"형은 워낙 살이 딴딴해서 모기 침이 톡 부러질 거요."

삼식은 방 한 구석에 돌돌 말려 있는 홑이불을 대충 갠 다음 세면장을 향해 갔다. 세면장에는 벌써 박씨가 머리를 감고 있었다. 벗어진 머리 위를 거북이 등짝 같은 손이 열심히 훑고 지나갈 때마다 통통한 뱃살이 그에 따라 출렁거린다. 삼식이 까무댕댕하게 때 묻은 세숫대야에다 물을 뜨고 있는데 주 반장이 운동복 속으로 배를 만지작거리며 들어왔다.

"최씨는 어디 갔나?"

"지금쯤 고속도로 탔을 거요."

"뭐라구 안 그러드나? 오늘 일 끝나고 갈 줄 알았는데."

"그냥 가던데요."

세숫대야의 물을 수챗구멍에다 버리던 박씨가 "요리조리 내빼니 니열 용접 일만 왕창 쌓이겠구면. 일이 좀 힘들겠다 싶으면 조상까지 팔아먹는다니까." 하고 살똥스럽게 말을 받았다. 작은 수챗구멍에 버린 물이 고대 빠지지 않고 뱅뱅 맴을 돈다.

"박형이 하던 용접 자리에 여기 삼식이가 붙을 테니 걱정일랑 붙들어놓소."

"나는 구멍을 따고 싶은디요."

삼식이 툴툴거리는데 주 반장이 옹골차게 말을 막아 지른다.

"장난하지 마라 자슥아. 힘든 일 교대로 하면 서로 좀 좋나."

그때 전화벨이 찌르릉 울었다. 주 반장은 후닥닥 방으로 뛰어 들어간다. 물을 휘젓거리는 소리, 버리는 소리, 푸푸 얼굴 문지르는 소리에 섞여 주 반장의 커다란 목소리가 들려왔다.

"예? 오늘 검수 나온다구얘? 예 예 호파 1대 분하고 거기에 들어가는 다릿발은 다 됐지만 서도 악세서리는 아직 안 됐는데얘…… 아참, 지게차 사장이 돈 얘기해서 하는 말인데얘…… 돈이 필요하면 우리 정 사장은 김 사장님한테 이야기하라구 하더만요…… 안 그러던데얘. 오야지는 기성을 아직 안 받았다구 하던데…… 예, 알겠심더."

"그게 무슨 소리야?"

봉석이 목에 수건을 걸치고 나오면서 주 반장에게 묻는다.

"에이 참, 어떻게 된 거야. 한쪽에서는 돈을 주었다고 하고 한쪽은 안 받았다구 하구. 엊그제부터 이 양반이 계속 통화가 안 되니 무슨 속인지 내도 모리겠다."

"엇 둘 세이야."

일꾼들이 일 열로 서서 늘어서서 철판을 까뒤집을 때마다 채앵 하는 소리와 함께 먼지가 풀풀 솟구친다. 이런 일들은 크레인을 빌려 일을 할 수 있으나 철판이 그리 무겁지 않은 것이라 여럿이 힘으로 뭉쳐 하는 것이 훨씬 속도가 빨랐다. 호퍼를 제작하기 위해서는 철판과 철판을 맞대기로 이어붙여야만 했기에 너른 마당에 철판을 늘어놓을 필요가 있었던 것이다. 그들이 철판을 쭉 늘어놓고 마당 한 구석에서 퍼더버리고 앉아 잠시 쉬고 있을 때였다. 갤로퍼 승용차가 먼지를 일으키며 철판이 깔려나가는 마당 한 결에 자갈을 비비대며 멈추어 섰다. 승용차로부터 빵 모자를 쓴 사내가 호리호리한 체격에 까무잡잡한 얼굴을 내밀었다. 주 반장은 벌떡 일어나 사무실 안으로 뛰어 들어갔다.

회전의자에 앉은 빵 모자는 목을 뻣뻣이 세우고 주 반장이 건네준 콜라만 홀짝이며 한동안 말이 없다. 그 앞 책상 앉아 있는 하 사장은 콧잔등에 파리가 날아와 붙건 말건 빵모자가 자신을 찐 감자 보듯 말긋말긋 쳐다보며 혀를 차건 말건 치수를 뽑기에 열중이다. 하 사장이 도면을 바쁘게 챙겨들고 일어나자 마침내 빵모자의 입에서 거친 목청이 터져나왔다.

"하 사장 도대체 어떻게 된 거요?"

회전의자에서 못으로 유리를 긁는 것 같은 기분 나쁘게 삐거덕거리는 소리가 났다.

"그건 또 뭔 말이여?"

"사람들을 설치현장에 보냈으면 확인 전화 같은 거 해보는 겨 안 해보는겨? 지금 상주 현장에 자기네 사람이 떨어져가지고 저리 난린데 하참, 돌아버리겠구만."

"김 사장, 누가 떨어졌는데?"

하 사장이 화들짝 놀라며 전화기로 달려간다.

"박철규라든가 하는 친구 있지."

"일 잘하는 친군데, 많이 다쳤다고 해? 머리는?"

"오다가 전화를 받았으니까 나도 잘 몰러. 7주 진단이랴. 다리만 뿌라졌다고 하니까 전화로 확인을 해봐."

"하참, 하참."

하 사장이 입맛을 쩍쩍 다시며 전화를 계속 찍어댔지만 시원하게 통화가 떨어지지 않는다.

"근데 누구 말아먹을 일 있나 이거? 자식들이 안전모 쓰고 일하면 누가 때리기라도 하냔 말야? 그리구 정덕구 이 양반은 돈 준 지가 언젠데 현장에 돈은 안 풀고 뭐하는 거야. 돈 없다구 나한테 전화질까지 하구. 쯧쯧, 주 반장한테 할 얘기는 아니지만."

김 사장이 모지락스럽게 말을 하다가는 뚱하게 서 있는 주 반장에겐 고개를 끄덕이며 그래도 봐줄만 하다는 시늉을 했다. 하 사장은 희끗희끗한 머리를 만지작거리며 무르춤하게 서 있는데, 주 반장은 나란히 맞잡았던 두 손을 그제야 풀고서 말했다.

"다리만 뿌라졌다면 괜안겠지만 김 사장님 그 친구 지금 병원에 입원했는거?"

"당신네 일도 아니잖아. 나도 오면서 전화를 받아서 잘 몰러. 하여튼 오늘 태진공영에서 호퍼 검수 나온다구 했는데 지금 일은 얼매나 되는가? 상도 페인트까지는 칠해놔야 할 텐디. 빨리 정덕구한테 전화 좀 해봐."

"좀 전에 통화해보이 동생 일 보랴, 어음 할인하랴 정신없대요. 오늘 오후쯤 현장에 나올 거라 하대얘."

고개를 모로 흔들며 혀를 차던 김 사장이 두 사람을 번갈아보며 말했다.

"태진은 회사가 짱짱해가지고 어음 할인이 잘 될 텐디 왜 그러나. 아참, 하 사장 지금 내려갈기여?"

"바로 내려가봐야지. 그러면 여기 현장 일이 또 엉망이 되는데…… 환장하겠구먼."

급히 도면을 챙겨들고 현장으로 나가려는 하 사장을 김 사장이 다시 불러 세운다.

"아참 또 16미리, 20미리짜리 하이텐샬 볼트가 부족하다는데 그것도 창고에서 좀 챙겨가라구. 아참 C형강 구멍을 뚫어야 한다고 자석드릴도 보내달라고 하데."

"자석드릴은 우리도 써야 하는데요?"

주 반장이 급히 말을 받는데, 하 사장은 잔뜩 이맛전을 찡그리며 김 사장 쪽을 향해 꿍얼거리며 말했다.

"하참, C형강하구 앵글하고 구멍을 뚫어서 보내려고 했더니 차에 짐을 채워야 한다구 그냥 실어보내자는 사람이 누구야? 일을 거꾸로 하라는 통에 맨날 나만 골탕 먹는다니까, 쯧쯧. 설치 현장에서 뚫으려면 공수가 두 배가 드는데. 하여튼 주형한테는 미안쿠만. 마그네띠끄드릴은 내가 빨리 쓰고 부치도록 해볼게."

"하 사장 시방 그 말 나한테 하는 얘기야? 구멍을 제 때에 뚫어났어봐 그런 얘기가 나오나."

"상주 현장에서 대충 산소로 뚫어버리자고 한 사람은 누군데 그래? 그게 뭐가 급하다고 실어보내냐구. 내 돈은 돈이 아닌가 젠장할."

"주 반장, 설치가 우선 더 급하잖어. 빨리 실어보내줘."

김 사장이 싸우기 싫다는 듯 고개를 도리도리 흔들며 주 반장을 향해 말을 퉁겨낸다. 주 반장은 하는 수 없이 고개를 끄덕이다가는 도면을 펼쳐 들고 김 사장에게 다가간다.

"아참 김 사장님, 도면에 나온 앵글 구멍 치수가 계산해보이 잘 안 맞는 것 같네요. 그래서 아직 구멍을 뚫지 않았구만요."

"설계하는 사람들이 컴퓨터로 계산하는디 틀릴 일이 있겠나? 그냥 뚫어버려."

"저도 계산기하고 망치 가지고 이날 입때껏 밥 벌어먹은 사람 아입니껴? 어제 온 제관 씨도 계산해보니까 틀린다 카던데. 그건 그렇고 산소 값하고 식대는 우선 사장님이 주시고……."

"하참 환장하겠구먼. 도면이 이상한 것은 검수 나오는 천 부장에게 물어보구. 그 친구 믿을 만하다 싶었는데 정말 아니올시다네. 이쪽저쪽 마냥 돈 타령이구만. 내 저녁에 상주 현장에도 내려가봐야 하니까 식대는 밀쳐놓으라구. 공장 놔두고 도망가지는 않을 테니까. 나 없을 때 검수 나오더라도 단도리 잘해서 받으라구. 참 새로 사람들이 왔나보지? 아무튼, 주 반장 당신만 믿네. 어차피 정씨는 잘 봐주려고 해도 안 되겠어. 연장도 잘 좀 챙기구 말야."

주 반장은 50만원짜리 수표 한 장을 받아 챙기고 푸우, 한숨을 내뱉으며 장갑을 낀다.

용접을 하다 보면 마른 콩대를 태우듯 치지직 타들어가는 메케한 연기가 밤꽃 냄새처럼 비릿하면서도 달콤하기까지 하다. 코끝이 맵고 눈알은 쓰리나 향기에 취한 듯 몽롱해지는 기분 또한 그럴싸하다. 그리고 귀는 열려 있어서 온갖 소리를 다 듣는다. 공중에서 짹짹거리는 새소리 건 축포 터지듯 터지는 남포 소리건 뱃고동 소리건 간에 귀에 쏙쏙 들어온다.

이번에 끼룩끼룩하는 것을 보니 제법 큰 새다. 하지만 절반 남은 용접봉을 떼내며 한가롭게 한눈을 팔 수는 없다. 삼식은 용접면을 옆으로 살짝 기울여본다. 흑유리 속에 마치 깊은 호수면처럼 양떼구름들만 둥둥 떠 흐른다. 유리 속의 하늘에 갇힌 새들이 뱅뱅 돌던 몸을 하늘로 높이 솟구친다. 새는 저처럼 유유히 나는데, 쇳물은 하냥 답답하게 질금질금 녹아만 간다. 삼식은 용접봉이 다 녹자 흑유리 속에 갇힌 새를 자유롭게 놓아주는 것처럼 용접면에서 눈을 떼어냈다. 용접봉 꼬다리를 버리고 고개 들어 하늘을 보니 물새들은 저희끼리 솟구쳤다 내려앉았다 하며 이미 돌산을 비껴 멀리 바다 쪽으로 가고 있다.

삼식은 잠시 호퍼 그늘에 머리를 식힌 다음 이제 땅바닥에 드러누워 위 보기 용접을 해나가기 시작했다. 푸른 하늘은 사라지고 흑유리 속 검은 하늘로 용접불똥이 별똥별처럼 떨어져내린다. 뜨거운 땅바닥에 닿은 축축한 등가죽이 마른 흙을 빨아들여 작업복 상의가 가죽처럼 뻣뻣해지는데, 열기는 자꾸만 목덜미 쪽을 핥으며 달려든다. 등에 껄끄럽게 치받이는 자갈 때문에 오히려 일 욕심이 일어나며 기진했던 기운이 다시금 야울야울 솟아오르는데, 늘어선 H빔들 사이로 두런대는 소리와 더불어 번쩍거리는 것이 자박자박 다가왔다.

삼식은 뻣뻣해진 등을 땅바닥에 대고 쉬면서 고개만 돌려서 그것을 쫓아가본다. 그것은 분가루처럼 먼지가 얇게 덮인 번쩍번쩍 광이 나는 구두였다. 체크무늬 바지에 회색 남방을 걸친 사십대 신사가 서 있었는데 그 뒤에 직원으로 보이는 사내가 노트를 들고 볼펜으로 뭔가를 적고 있고 주 반장은 도면을 든 두 손을 포개어 혁대 부근 배에 붙인 채 신사의 말을 묵묵히 듣고 있다.

"사일로 탱크는 언제 작업이 들어가죠? 그걸 찐따가 안 지게 잘 말아야 할 텐데."

"철판 마는 거야 염려놓으십쇼. 지금 저쪽에서 철판을 자르고 있잖습니껴?"

"주 반장 말이야, 상주 현장에서 사고 난 거 알고 있지? 근데 일하는 사람들이 다들 왜 그 모양이지. 아무리 덥다고는 허지만 안전모 좀 쓰면 누가 뭐라구 하나. 그거 때문에 지금 대양건설에서 난리야 난리."

번쩍 구두코 신사는 호퍼 쪽으로 다가가며 말했다.

"천 부장님, 다치고 싶어서 다친 사람 있겠십니껴. 그리고 그기 덥어서 그라는 게 아이라요. 우리 일하는 사람들은 마 겁 없는 거를 장땡만큼이나 높이 쳐주는 기 아입니껴. 그래서 그럽니더. 고게 문젠기라요."

주 반장이 호퍼의 실린더 꼭지를 밀어넣자 맞물렸던 철판이 벌어지면서 배출구가 메기처럼 아가리를 짝 벌렸다. 정상적으로 실린더가 작동되면 모래가 아래로 우수수 쏟아져내려 컨베이어를 타고 오는 부드러운 시멘트와 배합 될 것이다. 뒤에 섰던 직원이 호퍼의 실린더 꼭지를 맨손으로 잡아당겨본다. 벌어진 아가리가 뜨거운 열기를 떠 담으며 스르르 닫힌다. 천 부장이 맞물린 철판의 틈새를 유심히 살피더니 말했다.

"게이트가 요정도면 모래가 새지는 않겠네요. 그런데 상차(上車)는 언제쯤 할 건가?"

"게이트가 이빨이 딱딱 들어맞죠 천 부장님? 물건은 이번 주 중에 보내겠심다."

"작업이 이래 늦어가지고 밥값이나 하겠어요? 금요일쯤 보내세요. 토요일 오전에 도착하게. 그래야 상주 공장 사람들이 다 퇴근한 뒤 물건을 한갓지게 받을 테니까. 용접 상태는 좋은데 시아게(뒷손질)를 잘해야겠구만. 앵글은 아직 안 됐나?"

"아ㅡ, 그거 도면에 문제가 좀 있어서."

"도면에 또 뭐가 잘못된 것이 있나?"

"잘못됐다는 것보담도 메다판(철재와 철재간을 볼트로 결합하기 위해 구멍을 뚫은 철판)하구 앵글 기장(길이)이 아무리 계산해봐도 그 치수가 안 나오는 기라요. 그래서 물어보구

나서 제작하려 한기라요."

"어디 도면 좀 봅시다."

도면을 받아든 천 부장이 어디냐는 듯이 주 반장에게 턱짓을 한다.

"천 부장님 여기는 더우니 저쪽 그늘로 가입시더."

주 반장은 앞장서서 차양이 있는 공장 안으로 걸어 들어갔다. 공장 안에 들어서자마자 구멍을 뚫고 있는 재기에게 냉장고에 음료수를 가져오라고 이른 다음, 쌓인 철판 위에 도면을 펼쳐놓고 천 부장에게 설명한다. 천 부장이 주 반장이 건네준 계산기로 수치를 찍어보더니 말했다.

"아마 컴퓨터가 거짓말하지는 않을 테지만 일단 내가 사무실에 가서 검토를 해보죠. 뭐 다른 거 이상은 없나요?"

"제 경험으로 봐서 호퍼하고 집진기 용량이 너무 작지 않은가 싶은데요. 그리고 사일로 탱크는 돌공장에 잘 얘기하고 크레인만 대주면 거기 설치 현장에서 따박따박 말아삐면 편한데얘. 짱구도 안 질 테고. 파이가 아주 큰 편은 아니지만서두 운반하기도 어렵고 여기서 제작하는 것은 공수도 많이 들고 당최 힘들고 해서……."

"그건 말야 일신 사장한테 말해보지? 크레인 비용이 한두 푼이야. 그리고 그건 어디까지나 제작 일이잖아. 게다가 대양건설을 통해야 허는데 또 돌공장에선 설치가 늦어진다고 난리구. 게다가 우리 사장은 사고 때문에 지금 완전히 한랭전선이야."

"무릎이 부서졌다고 하던데 산재는 되겠지요?"

"그거야 우리 쪽에서도 내려갔으니 무슨 결론이 나겠지."

일행은 재기가 가져온 음료수를 마신 다음 흐르는 땀을 닦으며 호퍼의 치수와 기둥에 붙어 있는 메다판의 방향을 살피면서 계속 검수를 해나갔다.

일과가 끝나, 봉석이 숙사 앞마당 텅 빈 개집 위에 한쪽 다리를 걸쳐놓고 작업화 끈을 풀고 있을 때 누군가 등을 툭툭 두드렸다. 고개를 드니 주 반장이 소리 나지 않는 입모양만으로 '오야지'라고 말했다. 눈알이 툭 튀어나오고 할랑할랑한 셔츠를 입은 삼십대 후반쯤 돼 보이는 키 큰 사내가 허청허청 걸어와 악수를 청했다.

"정덕굽니다. 앞으로 잘 좀 부탁합니다."

"김봉석입니다."

"좀 도와주세요. 서운하지 않게 해드릴 테니까. 자꾸 일이 터져가지고 현장에 신경을 많이 못 써서 미안네요."

세 사람은 식당 쪽을 향해 천천히 발걸음을 옮겨갔다. 아카시 숲길은 분칠하듯 먼지를 뒤집어쓴 채 치대는 열기에 까무룩히 졸고 있다. 까치만이 정적을 깨고 바로 발 앞에까지 포르르 날아와 뙤록뙤록 살진 꽁지를 까댁이면서 울어댄다. 얼굴로 날아와 붙는 깔다구를 손으로 쳐내며 주 반장이 물었다.

"우째 동생 분은 좀 괜찮은기라요?"

"뇌수술까지 받았는데 우선하네요."

"참말 다행이구마. 근데 어음할인은 했습니껴?"

"대우가 넘어가니 하는 판국에 어음을 하루 이틀에 할인할 수가 있나. 딸라 돈 얻어쓸 수도 없구. 처남에게 맡겨놓았는데 잘 되겠지요. 이왕 기다린 김에 조금만 더 참아주지."

"딴 거보다도 소모잡비까지 딸려가지고 이러는 거 아닌겨?"

"내가 오늘 이쪽저쪽에 돈을 좀 돌려가지고 왔으니까 부족하겠지만 좀씩이라도 노임을 나눠갖기로 하자구요. 어음 깡을 하는 대로 다 해결이 될 테니까. 주형이나 김형 우리 한번 잘해봅시다. 제가 나이는 어려도 발은 쪼깨 넓어가지고 오다 때문에 걱정은 안 해요. 포천에 철골이 한 2백 톤쯤 곧 떨어지는데 이번 일 끝나구 한번 잘해봅시다."

잠자리들과 깔다구가 앞서거니 뒤서거니 따라오는 숲길에는 삐죽삐죽 솟은 돌들이 무시로 발바닥을 쑤셔댄다. 봉석은 발바닥으로부터 허기짐보다도 더한 갈증이 타는 듯 가슴으로 치올라오는 것을 느끼며 묵묵히 발걸음을 옮겨갔다.

5. 평화란 그늘과 함께 있어서 아름답다

탁, 소리도 경쾌하게 번호가 새겨진 공이 반반하게 골라진 마당을 도르르 굴러갔다. 할머니가 선캡을 두르고 고개를 갸웃갸웃하는 것도 아름답지만, 공이 빠르게 굴러가도 빨간 연지 입술에 웃음을 킥킥 흘리며 늘쩡늘쩡 걸어가는 것은 더 아름답다. 적색 조끼를 입은 노인네가 발빠르게 다가가 크게 손짓을 하면서도 소곤소곤 공을 쳐야 할 방향을 가르쳐주는 것도 멋지고, 방향이 어그러졌어도 괜찮아 아주 괜찮아 하지 않고 껄껄 웃어대는 것은 더 멋지다. 평화는 부시게 쏟아지는 아침햇살 속에도 있고 저렇게 무성한 플라타너스 잎 그늘 아래 헐렁한 반바지에 음료수를 한 잔씩 하는 것에도 있고, 볼이 맞을 때마다 투닥투닥 쏟아내는 저 박수 속에도 있는 것이다.

놀이터의 가죽그네가 몸을 쪼여와 선영은 몸을 털면서 자리에서 일어났다. 아침 햇살이 너무 부셔서 선명은 갑자기 현기증을 느낀다. 갑작스런 휴식도 그렇지만 넉넉하면서도 평화로움 또한 이렇듯 서름한 것이다. 아버지는 아직도 보이지 않았다.

또 다른 할머니 한 분이 스틱으로 공을 공그면서 동글납대대한 얼굴을 들어 옆의 할아버지를 보며 히히 웃는다. 선캡 차양 속의 금이빨이 햇살을 받아 번쩍 빛난다. 탁 소리를 나며 번호가 박힌 공이 황토마당을 또르르 굴러갔다. 뚜덕거리는 손뼉소리에 할머니는 몸을 배배 꼬면서 쿡쿡 웃음을 굴려가며 웃는다. 발갛게 삐져나온 입술에는 간지럽고 여유로와 죽는 노년의 시간이 그대로 웅크린 채로 숨어 있다.

선영은 천천히 운동장께로 다가갔다. 조끼를 입은 노인네가 아는 체를 해왔다.

"아니 자네가 여기에 웬일인가?"

"아버님이 집에 안 계셔서 여기에 와봤네요."

"허어, 요새 여기 안 오는데……." 하면서 노인네는 의미심장한 미소를 지었다.

"그래요. 저 여기 왔다는 얘기하지 마세요."

선영은 걸음을 돌쳐나오며 괜히 왔다는 생각이 가슴을 친다. 아버지와 사이가 틀어진 것은 어제오늘의 일은 아니었다.

집에는 이미 아무도 없었다. 현관 키를 따고 들어간 선영은 냉장고 문을 열어 보리차로 목을 축인 다음 천천히 집안을 둘러보기 시작했다. 안방 경대 밑은 벗어놓은 옷가지에다, 각종 세금고지서, 화장품, 둘둘 말린 스타킹들로 어지럽다. 선영은 입맛을 다시면서 아이들의 방으로 들어갔다. 중학생 아이의 방은 그런대로 잘 정리되어 있었다. 둘째 아이 방에 들어선 선영은 쩍 벌어진 입을 다물지 못했다. 흩어져 있는 장난감이야 그렇다 치더라도, 먹다 남긴 과자 부스러기, 찢어진 일일 공부 시험지, 양말, 속옷 나부랭이들이 온통 뒤엉켜 있었던 것이다.

선영은 안방으로 달려가 장롱서랍을 뒤지기 시작했다. 생일선물로 그녀에게 사주었던 목도리와 화엄사에 같이 놀러갔을 때 사준 달마조사가 새겨진 수정 목걸이도 잡동사니 물건들 속에 처박혀 있다. 과거 찬란했던 것들의 초라한 몰골이 슬프게 가슴을 짓누른다. 선영은 황소처럼 거친 숨을 내뱉으며 꽂을 건 꽂고 버릴 건 버리며 집안을 치우기 시작했다.

그러다 내친 김에 다락방까지 치우기 위해 올라갔다가 선영은 터져나오는 한숨을 어쩌지를 못한다. 그릇과 책들이 이사 온 뒤 1년이 다 되가는데도 풀지도 않은 채로 잔뜩 먼지를 뒤집어쓰고 있었던 것이다. 그 박스들 위에 덩그렇게 놓여 있는 기타가 얼핏 눈에 들어왔다. 음을 퉁겨봤지만 늘어진 소리만 헐렁하게 딩동댕할 뿐더러 밑에 두 줄은 이미 끊어져 있다. 선영은 기타를 팽개치고 내려와 전화기를 집어들었다.

"여보세요. 저 최선영이여요. 남양 현장에서 올라왔구먼요…… 여기 집 근처에서 다닐 만한 데가 없을까요…… 일당이 박하더라도 집에서 편하게 다니고 싶어서요…… 형님이야 발이 넓잖아요…… 막걸리 집에 있다고요? 알았어요."

길모퉁이 찌그러져 가는 슬레이트집이었지만 툭 내민 팻말만은 햇살이 빗길 때마다 면도날 같은 광채를 번뜩번뜩 쏘아댔다. 그것은 멀리서는 근사하게 보였지만, 가까이서 보면 '토속주점'이라고 쓰인 바탕글 아래 담배라는 글씨가 채 지워지지 않고 아련하게 얼비치는 조악한 것이었다. 폐타이어 몇 장 올려져 있는 지붕 위에는 녹슨 안테나가 세상에 대해 무슨 시비라도 하듯 길 쪽으로 앵돌아지게 걸려 있었다. 선영이 집 앞마당으로 들어서자 늘편하게 퍼질러 앉아 있던 개가 게으른 궁둥이를 실실 흔들며 달아났다. 선영은 대나무 발을 걷고 방안에 들어섰다. 석봉이 불콰하게 달아오른 길쭉한 얼굴을 들고 아는 체를 해왔다.

"선영이 잠깐만 기다리더라구. 경아엄마는 뭐 하구 있남. 노는 동동주 한 병 더 내놓지 않구."

"와따메, 또 쏴부렀네. 이걸 어떡해야 쓰끄나."

전라도 말투의 아줌마가 큰 엉덩이를 들썩거리며 호들갑을 떨어댔다. 방안에는 아줌마 둘, 사내 둘이 화투판을 벌이고 있었는데, 화투판 옆 작은 도리상에는 꼴뚜기와 김치, 오징어, 김치 부침개가 절반쯤 벌써 축이 나 있었다.

"내숭 떨긴, 손에 잔뜩 쥐고 앉아서 저 난리라니까."

경아엄마가 선영에게 고개를 까딱하고 화투 한 장을 팽개치듯 내려놓고서는 주방으로 달려간다.

"내 제발 그래 들었으면 백 번이라도 언냐라고 부르겠다."

"석봉이 형님도 대낮부터 고스톱이나 치고 팔자 한번 쭉 늘어졌네요."

"점 백 짜릴세. 벌건 대낮에 집에 있기 끔끔해서 말야. 노는 입에 염불헌다고."

석봉이 화투 깔개로 쓴 군용담요를 치우자 아줌마들이 서운한 듯이 뭉긋거리며 엉덩이를 뒤로 물렸다.

"경아엄마, 괜히 판을 깬 거 같아 이거 미안합니다이."

"괜찮아유, 술이건 안주건 하나 사보라요. 호호, 아주 오랜만에 오셨네."

경아엄마가 눈꼬리에 잔주름을 잡으며 살살 눈웃음을 쳤다. 그녀는 늘상 파진 골로 공을 굴리듯 묘하게 사람을 끌어 잡아당기듯 웃어댄다.

"계속 일했으면 돈 좀 많이 벌었겠는데. 난 올 여름은 완전히 망쪼다야. 갈수록 일해 먹기가 힘이 드니 말야. 아무리 아이엠에프라지만, 이젠 공사판도 완전히 개판 5분 전이야. 여기 반장 형님하고도 아까 그런 얘기를 했지만 말이다. 밥술이라도 먹구 살려면 이젠 오야지 생활 폐업을 하고 막일이나 해야 쓸라는갑다. 한달 일거리도 안 되는 짜시래기 일을 가지고 새파란 담당자들이 드러내놓고 돈을 밝히더라니까. 이쪽 인천이야 원래 업자들이 득시글거리기도 하지만 이젠 정말이지 아 소리가 절로 나온다야. 그건 그렇고 박 반장님, 전에 내 밑에서 일하던 친구라요."

까무댕댕한 얼굴에 머리칼이 희끗희끗한 사내가 무릎을 방바닥에 붙인 채 앉았던 엉덩이만 들썩하며 엉거주춤하게 손을 내밀었다. 주름진 얼굴에 돋보기안경을 걸친 것이 60은 넘어 보였다. 경아엄마가 선영에게 쌀밥 알갱이가 식혜처럼 둥둥 뜬 막걸리를 잔에 철철 넘치게 따러 권한다.

"경아엄마는 정분나면 어쩌려고 요렇게 잔을 남실남실 따른대? 장사가 잘 돼서 그러나 막걸리 마시고 속살 쪄서 그러나 얼굴이 훤하십니다요."

"과부 속살이 찌건 말건 그게 자네하고 뭔 상관인가 이 사람아. 우린 오늘 완전히 짠지 먹은 속이구먼. 여기 반장 형님하고 어제 견적을 넣으러 음성까지 가지 않았겠어. 철 골이 한 200톤 되니까 두 달은 너끈히 해먹겠다 싶었는데 나이도 새파란 것들이 단가를 사정없이 깎아가지고 내리박은 거야. 그냥 헛물만 켰지. 거기 사장이 여기 박 반장님 밑에서 일하던 친구라서 믿고 덤볐는데 말야."

박 반장이 막걸리를 한잔 쭉 들이킨 다음 선영에게 한 잔 권하며 말했다.

"그러게 말야. 그 친구들 어떻게 견적을 그렇게 내나. 무슨 중뿔난 재주가 있는 것도 아닐 텐데 말야. 공사가 깨지면 밑에서 일하는 사람까지 덤터기쓰는데. 서로 치고 박아 봤자 우리만 아픈데, 이 바닥 물도 이젠 많이 흐려졌어. 그것도 우에서 다 따먹고 몇 번 걸쳐서 내려온 물건인데 말야. 제기랄거 게나 고동이나 전부 달려들어 단가를 사정없이 깎아대는데 이건 들러리서는 것도 아니고, 석봉이, 자네 말대로 나도 이젠 오야지 짓 작파해야 쓸라는갑다."

"싸게 오다를 땄으니 본전은 뽑으려고 밑에 사람들을 내리 조져되겠지요. 그렇게 서두르다 보면 오작이 나오게 되고 당연히 부실공사가 되는 건데. 그런 거야 우리도 다 해본 나남이지. 삼풍, 성수대교가 무너진 것이 다 따먹고 내려오는 내리내리 하청 때문이 아니겠어. 요즘 세상은 여러 가지로 무서워."

"그래도 형님들이야 베테랑 급이니까 그동안 돈을 좀 많이 벌어났을 거 아녜요. 전 노래방 한다고 돈을 홀랑 까먹고 보니까 정말 힘드네요."

박 반장이 선영을 뚜릿뚜릿 쳐다보며 말을 받았다.

"돈을 벌어났다구? 허허, 이 사람, 맨살을 찢어봐 안 아픈 사람이 있나. 돈 버는 만큼은 다 고달픈 겨. 하기사 젊었을 적에는 많이 벌었지. 그것도 사우디다 뭐다 경기 좋을 때 얘기고. 인젠 완전히 텄다고. 자네도 나이 먹어봐. 이건 한달 벌어가지고 두 달 써야 하니 제기랄 거. 딸린 식구들은 많지 놀면 집사람이 후벼파지. 이건 사람 쌩으로 말려 죽이는 거야. 자네들도 알다시피 용접 2년짜리나 10년짜리나 노임이 똑같잖아. 직장생활이야 햇수가 차면 호봉 올라가, 그러면 봉급 올라가, 봉급 올라가면 퇴직금 올라가, 퇴직금 올라가면 인격도 올라가, 전부 잘도 올라가는데 우리는 철일 30년에 그냥 씹히는 풍선껌이라구. 나이 들면 더 좋아져야 허는데 우째 생활이 용접사로 일할 때보다 더 못할까. 오야지 했던 경력에 누구 밑에서 일하는 것도 자존심 깔아지는 일이지만, 용접사 좀 구해달라고 해서 내가 가면 안 되냐 하면 짜식들이 그럽시다 해놓고는 며칠 지나서는 사람이 찼다는 거야. 나이 먹고 오야지급이라 부려먹기 힘들다 이거지. 그렇다구 오야집네 하면서 구들장 지고 앉아 있어봐 돈이 나오나 밥이 나오나. 그렇게 자네들도 부지런히 돈 벌어 식당을 차리든지, 일찌감치 과일장사로 나서던지 하라구. 꺼떡꺼떡 하다가는 오십 줄에 들어서봐. 그때는 돈 벌고 싶어도 완전히 망통이니께로."

석봉이 박 반장의 말을 받아 막걸리를 들이키다가 맞장구를 치면서 나선다.

"그래서 우리 같이 노가다 해서 집사는 사람 드물다는 얘기가 거기서 나오는 거야. 임대주택이나 재개발이라도 운 좋게 걸린다면 모를까 평생 가봐라 집 장만하는가. 나야 사우디서 한 5년 썩다 나와 가지구설랑 그래도 집 한 채 꾸리고야 살지만 그것도 마누라가 그동안 식당이라도 해서 이만큼 버틴 거지 뭐. 그것도 애들 대학 보내고 나니까 인제 전세로 내려앉아야 될 판이야."

"그것도 사람 나름이지 않겠어요. 그래도 하루일당은 좋으니까 요즘처럼 놀지만 않으면 되겠는데……."

"그려, 잘해봐. 자네는 이쪽 일은 오래 안 해봐서 잘 모를 거야. 인천 요 쪽에 일자리를 구한다고? 내가 알아봐주께. 하지만 일 도중에 나오면 돈 받기 힘드니까 잘 생각하라구. 지금 주성만이하고 일한다고 했지. 그 친구 성질만큼이나 일도 잘 쳐나가지만 일하는 게 조금 급해. 아참 거기 재기라는 친구 있지. 옛날에 내 직장 생활할 때 야간학교 다니던 꼬만데 일은 잘하나? 일자리 좀 구해달라고 해서 성만이에게 소개시켜 주었드랬는데."

"전에 공장생활도 해봐서 그런지 학생 티 안 내고 빠릿빠릿하게 눈치껏 일을 잘하데요. 약간 맹할 때도 있지만."

"일손이 몸에 배야지 멍한 것이 떨어지지, 고것이 금방 떨어지나. 하하하, 어쨌든 반갑구먼. 여름철에 낮술, 이거 사람 쥑이는 것인데 그래도 오래간만인데 한 잔 받어."

"기식이 형님, 소식 못 들었나요?"

"그건 자네가 잘 알지 않나? 공사 맡지 못하고 아마 날일 나가고 있을 걸. 기식이는 왜?"

"전에 일한 돈이 좀 물린 게 있어 가지구요. 하청 받은 데서 부도가 나가지고 원청에서 직접 받아내려고 하지만 그게 여의치 않은가보더라구요. 한 이백 되는데 포기하자니 자존심 상하고 쫓아다니자니 쫀쫀해지고 정말 성질만 더러워지네요."

"작년 그 천안 공사 건 말하는구만. 전세방 빼지 않는 한 기식이도 별수 없을 거여. 돈이 너무 많이 물려가지고 말야. 경아엄마, 병어회 한 접시 썰지 않고 뭐해? 선영이도 바쁘지 않으면 여기서 한판 같이 돌리고 가지 그래. 점 백짜리니까."

"영 마음이 불편해가지고…… 기식이 형님 집에도 들려보고. 다음에 한가할 때 놀죠 뭐."

"안주 다 썰어났는데 성의가 괘씸해서라도 한 잔 하시고 가야지 우째 그냥 간대야."

일어서려는 선영을 경아엄마가 입구 쪽으로 막아서며 술잔을 들이민다. 선영은 일어나려고 하던 엉덩이를 붙이고 앉아 하는 수 없이 잔을 받았다.

기식의 집은 싯누런 수성페인트가 벗겨지고 있는 양옆으로 블록 담벼락이 줄지어선 산자락의 주택가에 있었다. 여러 집이 사는 집이라 대문은 이미 열려 있었다. 집 마당에 들어서는데 난데없는 아이의 울음소리가 자지러지게 들려왔다. 선영은 어리번쩍 들면서 복잡하게 얽혀가던 생각들이 쑤욱 꺼져버리는 진공상태를 맛본다. 여자아이가 위험천만하게 안채와 연결된 창틀입구에 놓인 LPG통 위를 야부릇이 밟고 서서, 샤시 창틀을 넘어가려고 고개를 집어넣었다 뺐다 하면서 어으어으 울고 있었던 것이다. 선영은 아이를 LPG통에서 번쩍 들어 고추와 토마토가 심어진 작은 화단 위를 빙 돌려 마당가에 내려놓았다. 아이가 초롱한 눈으로 최씨를 힐끗 쳐다보더니 찔끔찔끔 울기 시작했다. 울먹일 때마다 아이의 댕기머리 끝에 손톱만 한 플라스틱 둘리 인형이 달랑거린다. 선영은 아이의 눈물을 닦아주고는 일어섰다.

그런데 술김에 한 번 따라와본 것이라 기식의 살림집이 어느 곳인지 가물가물하다. 4공단이 한참 호황이었을 때 자취방이나 살림집으로 내주기 위해 지어진 집이라 'ㄱ' 자형 벽돌건물에 마당 쪽으로 각각 별개의 방들이 여러 개 나 있었기 때문이다. 아이가 다시 울기 시작했다.

잠시 머뭇거리던 선영은 마당 한가운데 서서 "계세요?" 하며 주인을 불렀다. 목소리가 생각보다 작아 아이의 울음소리에 금방 묻혀버린다. 그때 어느 방 쪽에선가 고양이 울음소리가 야옹 하며 들려왔다. 그러자 아이의 울음소리도 뚝 그치고 사방이 사뭇 쥐 죽은 듯 조용해진다. 선영은 아이를 힐끗 살피다가 야옹 소리가 나는 방문을 탕탕탕 세차게 두들겼다.

스티로폼 통에 심어놓은 호박 잎사귀가 대나무로 엮은 발을 타고 지붕 위쪽으로 뻗어오르다 아이의 머리통만 한 호박의 무게가 힘겨운 듯 시르죽은 어깨를 푹 떨구고 있을 뿐, 어느 방에서도 이제는 소리 한 점이 없다. 선영은 발걸음을 돌려 나가려다 쭐컥쭐컥 울음을 늘키면서 가슴을 들먹거리고 있는 아이에게 다가갔다. 눈물과 콧물이 얼룩진 아이의 얼굴에는 눈망울이 마치 물에 젖은 검은콩처럼 아련하게 박혀 있다. 아이의 등을 다독거리며 물었다.

"아가, 안에 아무도 안 계시나 본데."

"몸이 안 들어가요. 어흐어흐."

"열쇠 없어?"

"어으어으 잃어버렸어요."

"그럼 엄마 오실 때까지 친구 집에서 놀다가 오면 될 거 아냐?"

"엄마는 저녁 늦게 와요. 흐흐."

"그럼, 아빠는?"

"아빠는 더 늦게 와요."

아이가 더 크게 울기 시작했다

"그렇다고 이쁜 공주님이 엉엉 울면 되나. 그래 점심은 먹었어요?"

"유치원에서요."

"여기로 들어가면 문을 열 줄 아니?"

아이는 눈물을 그치더니 고개만 까딱까딱한다. 선영은 창틀 너머 안을 들여다보았다. 안은 바로 부엌이었다. 벽에 붙은 찬장 밑 개수대에는 설거지 그릇으로 그득하다. 다행히 창틀 밑엔 다른 물건들이 쌓여 있지 않고 비어 있었다. 선영은 아이의 겨드랑이를 껴안아들었다. 아이의 가슴이 불끈불끈 복받쳐 뛰는 것을 손으로 느끼면서 선영은 아이의 발을 먼저 창틀 안으로 집어넣은 다음 팔을 잡아서 안쪽으로 천천히 내려놓았다. 아이가 옷을 추스르며 부엌문을 열었다. "고맙습니다." 하고 작은 머리를 꾸벅 숙인다. 둘리 인형이 숙인 머리끝에서 가볍게 까불거린다.

"이쁜 공주님, 앞으로는 이런 일 가지고 울지 마세요. 아이구 착하네. 그래 이름은 뭐예요?"

"김하경이에요."

"아이구, 착하다. 그럼 아빠는 김기식 씨고?"

"네, 아빤 늦게 오는데……."

선영은 뒷주머니를 더듬어 지갑을 꺼냈다. 천원짜리 두 개를 주려고 하자 아이는 손을 맞잡고 몸을 비비대며 꼰다.

"아저씨가 하경이가 너무 이뻐서주는 거니까 이것 받으세요. 몇 살?"

아이가 한 손과 엄지와 검지손가락 둘을 펴서 내보인다. 아이의 손을 벌려 돈을 쥐어주자 아이는 쭐꺽쭐꺽 부푼 숨을 내쉬며 돈을 받는다. 선영은 방안으로 들어가는 아이의 등을 토닥거리고는 밖으로 천천히 걸어나왔다. 좁은 골목은 여전히 후텁지근하고도 뜨거운 바람이 불었다. 좁은 골목으로 차가 지나갈 때마다 후텁지근하고 물큰한 바람이 얼굴을 핥고 지나간다. 뜨거운 바람이 할퀼 때마다 막걸리 마신 속이라 울컥울컥 가슴이 받치며 타는 듯이 가렵다.

집으로 올라가는 골목 역시 길면서도 더웠다. 슈퍼 앞에 반바지 차림으로 서성대는 사람들도 오늘따라 보이지 않았다. 대문을 열고 들어서자 아들놈이 고개만 까닥하고는 바로 텔레비전에 코를 박는다. 검게 탄 다리와 얼굴이야말로 근 보름 동안 얼마나 신이 났는지를 보여주는 빛나는 상징이었다.

"요놈의 자식이 아빠가 들어왔으면 불끈 일어나서 인사는 하지 않고. 도대체 어디서 배운 버르장머리냐?"

선영은 한 대를 쥐어박으려고 손을 번쩍 들어올렸다가 내리면서 벌컥 소리를 질렀다.

"테레비에서 얼른 떨어지지 못할까. 후딱 돌아앉아서 무릎 꿇고 앉어. 요놈의 자식, 그렇게 가만히 앉아서 무엇을 잘못했는지 반성해봐. 누나는?"

"아직 안 왔어요."

아이는 꿇어앉아서는 올리라 하지도 않은 손까지 번쩍 들어올리고 몸을 비비꼰다. 한 가닥 붉게 염색한 애교머리가 눈에 선뜻하게 들어온다.

"손은 내리고. 놀려거든 목에 때나 벗기고서 놀아라, 어이?"

"예" 소리가 오그라지며 아이의 손이 천천히 내려오는데, 그때 현관문이 삐꺽 열리며 아내가 들어왔다.

"당신은 어딜 쏘다니다 이제 오는 거야. 요놈아를 한번 봐봐. 목에 때가 드르드륵 쪄 있는데 목욕도 시키고 밥도 챙겨 먹이고 해야지. 이건 까마귀다 까마귀. 돈 몇 푼 번답시고 집구석이 완전히 난장판이구먼 난장판."

꿇어앉은 아이의 몸이 점점 더 비틀어지는데 아내의 목에서 앙칼진 소리가 곧바로 튀어나왔다.

"당신이 돈만 잘 벌어와 봐. 그럼 유리창까지 반질반질 닦아놓을 테니. 열심히 일하고 온 사람 들어서자마자 난장판이래 내참. 난장판이야 당신 생활이 난장판이지. 돈이나 잘 벌어다 주면서 큰소리치면 밉지나 않지. 돈이라고는 찔끔찔끔 갖다주면서……."

"이 사람이 애 앞에서 못 하는 소리가 없어. 이걸 그냥."

"그래 그 잘난 손바닥으로 다시 한번 손을 대봐? 어디?"

열기가 확 달아오르며 방안에 갑자기 팽팽한 밧줄이 당겨진 것 같은 침묵이 흐른다. 그때 침묵의 밧줄을 끊는 듯 전화벨이 울렸다. 아이가 통나무처럼 서 있는 두 사람을 번갈아보며 입을 쪽 내밀고 전화기로 달려갔다.

"예, 맞는데요. 엄마요? 계셔요…… 바꿔드릴까요? 예. 그럼 잠시……."

아이가 전화를 조심스레 내려놓고 엄마의 눈치를 살핀다. 엄마가 목을 가다듬고 전화기로 다가갔다.

"예, 전화 바꿨습니다. 알았어. 있다가 전화할게."

"무슨 일이야?"

"당신은 몰라도 돼요."

"내가 몰라도 되는 일이 어디 있어? 선권이 니는 얼른 씻고 니 방으로 가서 공부나 해."

"식사는?"

아내가 최씨에게 물었다.

"안 먹었어."

"미리미리 전화 좀 하고 오지, 핸드폰 두었다가 뭐에 써? 하는 짓이 지지리도 못나 가지고 항상 저 모양이라니까."

"내 좋은 반찬 안 먹어도 되니께 회사 끝나고 일찍일찍 좀 다녀라. 애들 굶겨 죽이려고 그러냐?"

"당신이 돈만 고대 잘 벌어다주어봐. 그러면 내가 왜 집나가 사서 고생을 할까?"

"고래? 객지 나가서 고생허고 오는 남편한테 자꾸 그렇게 씨부려쌀래?"

"누구는 일 안 하고 왔나, 왜 이래?"

아내의 목청 또한 쨍하게 높아지자 선영은 휴전을 선언하듯 방문을 닫고 옥상으로 올라갔다. 자신이 흙을 등짐해다 만들어놓은 작은 화단에는 고추와 방울토마토가 주렁주렁 열려 익어가고 있었다. 선영은 등받이 없는 나무의자에 앉아 발갛게 익은 토마토를 하나 따서 입에 물고 하늘을 쳐다보았다. 밤거리는 하나둘 불이 당겨지고 있었으나 어슴푸레한 하늘에 별은 하나도 보이지 않았다.

세 식구는 오랜만에 밥상을 마주하고 앉았다. 선풍기 소리와 수저 놀리는 소리만 달그락거리는 가운데 그들은 묵묵히 식사를 했다. 답답한 침묵을 깨고 선영의 아내가 먼저 입을 열었다.

"전에 일한 거 돈은 나오는 거야 안 나오는 거야?"

"조금만 더 기다려봐. 일해놓은 거 어디 가겠어?"

"아파트 중도금 내는 거 힘들어 죽겠단 말야. 어떻게 자식이 집 사는데 아버지가 나 몰라라 할 수가 있지. 그러기도 쉽지가 않을 거야. 인정머리 없는 거는 어떻게 그렇게 닮았는지 몰라."

"아버지가 어째서? 커어, 밥 좀 먹자 밥."

선영의 얼굴이 험악하게 일그러지자 아이는 몸을 외로 꼬며 수저를 달그락거린다.

"당신은 자기 생각만 하지 내 생각은 하나도 안 하는 사람이야. 어쩜 그럴 수 있지. 내가 공장에서 얼마나 힘드는지 한번이라도 생각해봤어?"

"왜? 생각은 천리나 되지만 입이 짧아서 그러니까 이해 좀 해주라."

"아참, 내 정신 좀 봐. 김치공장에다 핸드폰을 놔두고 왔네. 나 미장원도 갔다 와야 하니까 좀 늦을 거야. 잠깐 나갔다 올게."

"하이고 그 정신 가지고 살림하겠다!"

"당신은 그래 멀쩡한 정신 가지고 노래방을 들어먹었수?"

"저게 꼬박꼬박……."

아내는 날래게 몸을 빼내 현관으로 달아난다. 선영은 웃통을 벗어젖히고 선풍기 바람을 쏘이며 한숨을 푹 내쉬었다. 잠시 후, 최씨도 옷을 주섬주섬 차려 입고선 아직 뜨거운 거리로 나섰다.

6. 한여름 밤의 축제

사람들을 앞뒤에 태운 타이탄 트럭은 해변도로를 쌩쌩 달려나갔다. 일렁이는 암녹색 파도 위로 갈매기 떼 나울나울 춤추는 바다는 언제 보아도 눈이 부시다. 지릿하고 텁텁한 바닷바람이었지만, 단추 살품 사이를 파고들어 가슴에서 등허리까지 사그리 시원하다. 실타래 같이 풀어져내리는 햇살이 얼굴에 거미줄처럼 휘감기는 것을 보면 아직 해는 많이 남아 있다. 카스테레오 음악을 방방거리며 차는 이제 포도밭 구릉을 지나 솔숲 사이로 파고든다. 짐칸 옆 문짝을 한 손으로 잡고 한쪽 무릎을 때려가며 스테레오 음악을 따라 불러대는 삼식은 벌써 신이 나 있다. 재기가 삼식에게 은근슬쩍 말을 건네 붙인다.

"목청 좋고 음정 좋고, 저기, 오늘 회식 끝나고 노래방 어때요?"

"거참 영양가 있는 소리. 나도 바로 그 생각이라." 하며 삼식이 엄지와 중지를 비벼 까툭툭 소리를 내며 헤헤거리는데, 박씨가 시퉁머리 터지게 말을 박는다.

"노래방이라구? 구신 씨나락 까먹는 소리하고 자빠졌네 시방."

"박씨 형님은 요새 완전히 저기압이야."

"두 달이나 쌔빠지게 일했는데 절반이 뭐야, 절반이."

그때 앞쪽 차창에서 주 반장의 머리가 옆으로 볼쏙 튀어나오더니 차 옆구리를 탕탕 친다.

"머리 숙여, 검문이야."

"웬 검문?"

그 말에 까불대던 재기가 차 바닥으로 바로 엎어진다. 그 바람에 두 사람 역시 바닥으로 쓰러져 눕지 않을 수 없다. 그들이 서로의 옆구리를 잡고 꿀렁꿀렁 요동치는 대로 흔들거리다 얼얼한 머리끝을 들었을 때는 솔숲 언덕을 올라채고 방조제로 접어들고 있었다.

갯비린내다. 가까이서 본 바다는 늘 불안하게 설렌다. 더구나 갯비린내에는 뙤약볕에 시달린 목젖을 독하게 톡 쏘며 사람들의 마음을 들떠 설레게 하는 그 어떤 비약이 숨어 있는 듯했다. 그것도 객지, 벅찬 노동 끝의 외출이었으니.

읍내의 밤거리는 낮과는 달리 호젓하면서도 흥청거렸다. 알록달록 불을 밝혀든 포장마차도 그럴 듯 하거니와 횟집 앞 둥그런 파라솔 밑에 모여 회나 산오징어, 조개구이를 먹는 사람들도 찬물 위에 동동 떠 있는 수박만큼이나 서늘하게 보였다. 휴가철이 벌써 시작되고 있었던 것이다. 그냥 지나가기 미안할 만큼 해물이 타는 구수한 냄새가 굴풋한 뱃속을 마구 후벼대는데, 여기저기서 손님을 잡아끄는 목청 또한 드높다. 골목에 있는 횟집으로 들어가 자리를 잡고 앉자 정 사장이 조용히 말문을 열었다.

"한여름에 객지에서 고생이 참 많네요. 내 요즘 현장 일에 신경을 많이 못 써서 미안하구먼요. 노임을 다 해결했어야 허는데 어음할인이 쉽지가 않아서…… 그러니 쪼끔 이해를 해주셔요. 바빠도 내 보채지 않을 테니께, 날씨도 더운데 쉬어감시러 따박따박 그렇게만 하세요. 기분 좋게 밖에까지 나왔는데 뭐 잡소리 계속 떠들어봤자 듣지도 않을 거구, 딱 한 가지만 얘기헐 께요. 안전이 최고니까 각자 자기 몸뚱아리는 스스로 알아서 챙기시라 이 말씀, 멋들어지게 한 잔 합시다. 빈잔들 채우고, 자 건배!"

술잔이 돌아가자 주 반장이 책임자 틱을 하느라고 정 사장의 말을 받아 이었다.

"정 사장님이 똑 떨어지게 안전, 그 한 마디만 얘기허고 넘어갔지만서두, 하여튼 스스로 그저 조심해가며 일하는 것이 젤이라. 누가 다치려고 해서 다치는 사람 있겠나. 운이 나쁘면 언제 어느 귀신한테 당할지 모른다카이. 내 충북 음성에서 철골을 맡아서 일했을 때구마. 한 놈이 학카로 H빔을 뒤집다가 자루가 탁 부러져 퉁겨나간기라. 근데 와 하필이면 고 옆에 철판에다 마킹(marking, 철판을 자르거나 붙일 수 있도록 철판 위에 금으로 표시를 하는 일)을 하고 있는 내 허벅지를 팍 찍노. 고래 갖고 삼복더우에 근 한두 달 쌩고생 안 했겠나. 멍청하게 자기 일만 하지 말고 옆도 마 살펴가며 일하는 게 젤이라."

주 반장은 말을 마치고 반바지를 걷어올렸다. 허벅지에는 허옇게 도드라진 반원 모양의 흉터가 선명하다. 사고에 대해서라면 현장 사람 너나없이 할 얘기가 없지 않아서 덩달아 한 마디씩 챙기고 나섰다. 이런 이야기판은 자기의 현장 경험을 은연중에 과시하는 자리이기도 했던 것이다. 봉석이 먼저 접시에 딱 달라붙은 낙지를 젓가락으로 떼어내며 말문을 열었다.

"내 당진 한보에 있을 때 얘기라. 현장소장이 기성을 타내려 하는데 겨울이라 작업 공정이 별 진척이 없는 거라. 그러자 스스로 용접기를 잡았다 취부도 했다 구멍도 뚫었다 하면서 막 설쳐대드라구. 빔을 쫙 깔아놓고 마킹을 하고 있었는데 웬 호각소리가 들려오는기여. 고개를 들어본께 누군가 개구락지 모양으로 질펀하게 땅바닥에 엎어져 있는 거라. 달려가 보니, 딴 사람도 아니고 소장이더라고. 얼굴이 허옇게 자지러졌대. 사람들이 달려들어 일으켜 세우려는데 손을 뒤로 휘휘 내젓는거라. 앰브란스 불러, 이렇게 막 소리지르며. 그래서 결국 그냥 놔둔 채 앵앵 앰브란스가 온 다음에사 간신히 까뒤집어 놓고 보니 철골 지붕 트러스에 들어가는 잔넬 각 쳐놓은 것 있제. 그게 무릎에 그대로 꽉 박혀 있더라구. 참 독하대. 앰브란스 올 때까지 신음 소리 한번 안 내드만. 결국 소장 소원대로 잔넬이 그대로 박힌 채로 병원에 실려갔지."

"하, 삼식이 같았으면 산송장 간 떨어지게 비명을 질렀을기라."

"반장 형님도, 우째 이 대목에서 멀쩡한 삼식이 얘기가 삐어져나온다요, 참내."

삼식이 기가 차다는 듯 볼통스럽게 말대답을 하고선 술잔을 홀짝 비우는데 봉석이 웃으며 말을 이었다.

"그게 말이야. 나중에 얘기를 들어보니 소장이 용접을 하다 자재가 들어왔다고 하니까 또 그걸 자기가 받겠다고 그쪽으로 뛰어간 거라. 그러다 용접 아쓰 댄다고 현장 바닥에 환봉을 쭉 깔아놓은 것 있제. 거기에 딱 걸려 가지고 넘어졌는데 하필이면 무릎을 날름하게 각을 쳐 놓은 잔넬에 꽉 처박은 거라. 무릎이 산산조각 나서 근 6개월 동안 꼼짝 달싹 못하고 침대 신세 지게 된 거지 뭐. 소장 자기가 직접 용접기 든다고 현장이 잘 돌아가나? 막말로 현장이야 위에서 그냥 잘만 받쳐주면 일은 아래서 팽팽 잘도 돌아가는 거라."

"김 형 얘기는 어째 나한테 들으라고 하는 말 같으네. 김 형 딴 것은 몰라도 그런 걱정일랑은 하지 마세요. 내는 일 단도리까지는 못 하더라도 부지런히 심부름 하나만은 똑 떨어지게 잘한다요. 그러니까 실컷 부려먹은 담에 제자리에다만 딱 갖다놓으셔요 하하하."

"사장님한테 하는 얘기는 아니었는데 말이 그렇게 되나 헤헤. 아무튼 그리 생각해주시니 감사하네요."

"봉석이 말이야, 우리 사장님이 야튼 듬직하면서도 날랜 거 하나는 죽여준다 아이가. 일에 대해서도 가타부타 말없고, 자재나 소모품 사다달라 카면 시흥 공구상가까지 퍼뜩 달려가 사온다 마."

주 반장이 설렁설렁 주워섬기며 정 사장을 추어올리는데, 정덕구 옆에서 횟감만 부지런히 지범거리며 묵묵히 술만 들이키던 박씨가 느물느물 말을 이었다.

"옛날에, 한 십 몇 년 됐나. 인천 선일 포도당 옆에 열병합발전소 짓는데서 파이프 용접을 할 땐데 말이여. 어느 날 한동안 없던 야리끼리를 준다고 하는겨. 옳다구나 했지. 같이 용접했던 고 자식 이름이 뭐드라? 하, 갑자기 생각이 안 나네. 뭐 어쨌든 둘이서 물량을 맡아가지고 신나게 녹여댔지. 그게 엑스레이까지 찍는 용접이라. 그것도 20미터 높은 공중인데, 하 참 디지게 높대. 그 좁은 아시바에 둘이서 올라타고 한참 용접봉을 녹이고 있는데 아 글쎄 고놈의 자식 이름이 뭣이드라…… 허 참 생각이 안 나네……."

"형님 야, 생각 안 난다 치고, 그래서요?"

삼식이 입맛만 쩍쩍 다시는 박씨를 보다 못해 촐싹거리며 나섰다.

"그랴, 어찌됐건 고놈이 아시바를 옆으로 타고 돌면서 때우던 용접봉을 삥끼 묻은 내 작업복 겨드랑이에 슬쩍 갖다대고 있었던기야. 니미럴 거 핫 뜨거 허면서도 용접두 얼마 안 남았고 엑스레이두 찍고 하는디 기포가 생기면 도로아미타불 아녀. 그래서 그냥 참고 한참을 더 때우고 있었는디 등가죽이 얼매나 뜨겁던지 자동면을 턱 올리고 보니까 떠그럴 놈의 작업복 등짝에 불이 붙어가지고, 니기미 자동면을 벗으랴 피장갑 벗으랴 하 미치겠대. 근데 씨부랄 불이 왜 그리 안 꺼져. 마음은 급한디 밑에를 보면 아찔허구 망할 놈의 불은 툭툭 쳐도 꺼져야지. 그때 하마터면 끄실려서 개고기 될 뻔했네 떠그럴거."

"하하하 박형 말야, 와 나머지 얘기는 안 하나?"

주 반장이 박씨를 향해 해롱해롱 웃으면서 말을 치받고 나왔다.

"뭔 얘기?"

"그때 옷을 확 찢어발기고 홀라당 웃통을 벗었다는 얘기는 왜 안 하나 말다. 그때는 지금처럼 머리가 많이 안 벗어졌을 때 아이가. 고게 원래 옷을 홀라당 벗었다고 해서 홀러덩 박이 아이요?"

"긍께, 머리가 벗겨져 홀러덩이 아니라 홀라당 옷을 벗었다 해갖고 홀러덩 박이라는 얘기네."

봉석이 헤헤헤 웃으며 덩달아 말을 받았는데 박씨는 눈알을 사뭇 가파르게 희번덕거리며 쌔왈거렸다.

"니미럴 도깨비 웃통 벗는 소리하고 있네 시방. 아참 생각났다, 고놈의 작것 이름이 고정식, 그래. 고 작것이 내 옷에다 불질러놓고서도 불 꺼줄 생각은 안 하고 옆에서 빙글뱅글 웃고만 있는 거여 시펄."

"근데 박형, 이왕 말이 나온 김에 얘기 좀 더해야지 와 그러나. 기름통에 불난 얘기는 또 왜 빼먹노야?"

"뭐? 그래 불을 좀 냈다, 니미 어쩔겨? 그것도 아찔한 공중인디. 까딱허다간 까맣게 끄실린 개고기가 될 판국인디 까짓 옷이 뭐여. 등짝이 타 죽게 생겼는데 제기랄 옷가지가 어디로 떨어지나 봐가면서 옷을 찢어발길 놈이 세상에 어딨대? 근데 흐흐 그중 하나가 기름통 위에 떨어졌나봐. 뻘건 불이 막 솟구치는데 흐흐흐, 야 씨발 등짝은 쑤셔대고 하아 밑에선 새카만 연기가 솟고, 저 밑에서 사람들이 까맣게 모여들여 생난리를 죽이는데, 흐흐, 얼떨떨하면서도 우습기도 허면서 흐흐……."

엑스레이 용접 경력을 은근히 자랑하려다 본전도 못 추리고 망신살만 뻗친 박씨는 소주를 한입에 털어넣고선 자리를 뒤로 멀찌감치 물리고선 죄 없는 눈알만 뒤룩거린다. 사람들이 헤헤거리며 웃는데 봉석이 물러서는 박씨의 잔에 술을 그득 권해 따르며 묻는다.

"박형, 근데 불은 어찌 껐나요?"

"껐지 흐흐흐. 뭣이냐, 밑에 있던 포크레인 기사가 얼매나 똥줄이 탔던지 흙모래를 몇 삽 떠서 불난 데다 마구 들이부어버린겨. 좀 있다가 소방차가 오고 그런 난리가 없었지. 하여튼 누군지 몰라도 기계 속에 들어간 흙모래를 훑어내고 청소하느라고 아주 좆뺑이를 쳤을 꺼라. 난 바로 병원에 실려 갔걸랑. 흐흐."

"고놈을 그래 그냥 놔뒀어요?"

삼식이 광어회를 입안에 집어넣고 옴죽거리던 바쁜 입을 잠시 쉬면서 물어본다.

"일단 옷을 벗어 팽개친 다음 죽통을 내질렀지. 병신 같은 자식이 아구창이 날아가면서도 실실 쪼개더라니까. 이제와 가만 생각해보니까 그 공중에서 한방을 그렇게 세게 내질렀는디 어떻게 그 자식이 안 떨어졌나 몰라. 하마터면 노인 양반에 애들까지 구물구물한데 깜빡 철창 신세질 뻔했네. 근디 그 자식 때문에 그게 됐는데 낭중엔 전부 나보고 씨부랄거리며 놀리는데. 안 되겠다. 재기야 쐬주 없냐?"

"술 안 마신다 뒤로 빼더니 웬일로 소나기술을 마신대? 더위 먹은 데다 고래 술 마이 되면 내일 화장실을 쥐새끼 곳간 드나들 듯 할낀데." 주 반장이 토를 달면서 말리는데,

"고래, 그 자식 생각허면 자네라도 안 마실 수 있겠는가?" 하며 박씨는 술잔을 바로 치켜든다.

"핑계거리를 찾아 나서는구마. 됐다마. 하기사 이야기를 꺼냈다가 본전도 못 건졌는디 안 마실 수는 없겠제."

밖에 나서자 누구랄 것이 없이 노래방에 가자고 우겨댔다. 까무룩히 어둠이 내려앉아 읍내 거리는 이제 한산하면서도 호젓했다. 주 반장은 정 사장과 따로 할 얘기가 있다고 빠지고 결국 재기, 봉석, 박씨, 삼식 네 사람이 근처에 있는 노래방을 찾아들었다. 자리를 잡고 앉자 봉석이 음악을 틀어놓고 가는 아가씨를 불러 세웠다.

"아가씨, 일단 캔맥주 네 개에다가 기본 안주 오케이."

"캔맥주 헤헤헤, 역시 형님은 술 인심 하나는 참 왔다라니까. 내가 그럴 줄 알고 두 병 또 짱 박아왔지."

아가씨가 나가자 삼식이 헐렁한 반바지 속에서 소주 두 병을 꺼내든다. 봉석이 삼식의 어깨를 탁 후려갈기며 말했다.

"자슥이 언제 슈퍼까지 갔다왔대야. 하여간 일 동작은 느려빠졌어도 고런 것 하나는

귀신이라. 허허 저건 교회 가서도 재떨이 집어올 놈이라니까."

"형님은 좋으면 허 좋다 그럴 것이지 뭣 땀시 좋은 술병 앞에 놓고 신성한 교회를 팔아먹는다요?"

"하여간에 젊은 친구가 싸가지 한번 확실하구먼."

방 귀퉁이에서 가사집부터 넘기고 있던 박씨가 엉덩이 걸음하며 다가와 입맛을 쩍쩍 다신다.

"확실하긴요? 헤헤, 가게 갈 틈이 어딨씨요. 횟집에서 사장이 거하게 기분 낼 때 그냥 슬쩍 거시기해두었지."

"자슥 고런 짓은 시키지 않아두 잘한다니까. 자리 밑에 넣어두었다가 낭중에 안주 오면 한 잔씩 빨자이. 허허."

봉석이 술병을 탁자 아래에 집어넣자, 삼식이 이번에는 재기를 쑤석거리며 기분을 낸다.

"재기 씨, 뭐하고 있는 거여. 형들 먼저 한 곡 근사하게 때리지 않구서."

"재기 씨가 뭐래요. 삼식이성, 말을 팍팍 내리셔요. 이왕 나온 김에 우리도 몸 좀 한번 풀어봅시다요."

"고, 고롬, 그래, 재기야. 말을 참말로 이쁘게도 잘헌다이. 기분두 빵빵헌다 배짱도 맞아부렀어. 허쳐, 좋은 대목에서 기침이 왜 나오냐 이거. 이따 끝나고 읍내 나온 기념으로 포장마차서 홍합 한 대접씩 어때?"

"그럼요. 홍합에다 피조개 한 접시에다, 크으 좋지요."

"둘이서 북 치고 나발불고 잘헌다 정말."

봉석이 이죽거리며 삼식을 째리는데도 삼식의 입은 하냥 바쁘게 돌아간다. 서로 주거니 받거니 하는 양을 보다 못한 박씨가 소리를 버럭 질러댔다.

"노래 안 고르고 뭐 하는 기여, 시방?"

노래 반주가 나오며 오색의 불빛이 사람들에게 너울을 씌우며 빙글빙글 돌아가기 시작했다. 물보라 치는 백사장에, 쏟아지는 폭포에, 잎새 푸른 계곡에, 타는 저녁놀에 하늘거리는 비키니 차림의 아가씨의 분홍빛 입술. 오색 너울 흥겨운 가락이 받쳐주는 한, 자막의 여자들은 너나없이 육체파고 너나없이 늘씬하고 너나없이 간드러진다. 제일 먼저 노래를 시작한 것은 재기였다.

"그대의 슬픈 마음을 환히 비춰줄 수 있는, 변하지 않을 사랑이 되는 길을 찾고 있어. 어디서 찾을 수 있을까. 그대 마음에 다다르는 길……."

재기는 촉촉이 젖은 음성으로, 때로는 눈을 감은 채로 지긋이, 그러다간 허리를 잔뜩 비틀며 짐을 많이 진 수말 몸을 털듯 몸을 휘어 떨면서 노래를 불러댔다. 노래 가사와 목청이야 휙 뻗쳐오는 더운 열정에 숨이 컥 막힐 만큼 그럴 듯했지만, 나머지 사람들은 너무 높게 잡은 재기의 감정을 따라잡지 못하고 멀뚱멀뚱 박수만 쳐댄다. 하지만 자기 기분 내는 것만으로는 전혀 부족함이 없었다.

흥을 돋운 것은 봉석이었다. 〈강원도아리랑〉의 음정 박자에 맞춰 얼굴 표정이 시시각각으로 바뀌며 몸동작이 건들건들 잘도 휘감겨 돌아갔다. 몸을 배배 꼬며 노래 부르다가는 삼식의 손을 잡아 한 바퀴 돌리고 박씨의 입에 마이크를 대주는가 싶으면 제 몸을 한 바퀴 돌려 재기의 손을 맞잡고 뱅뱅 돈다. 삼식은 잘 맞아떨어지지도 않은 찰찰이를 철렁철렁 흔들어대다 홀떡홀떡 널을 뛰면서 좁은 홀 안이 비좁도록 돌아친다.

드디어 박씨가 캔맥주를 한 손에 쥔 채 마이크를 잡았다. 노래는 〈돌아가는 삼각지〉 로터리를 잘도 꺾어 돌아가는데, 재기가 잦아드는 흥을 되살린답시고 "천당에서 지옥까지 하나 두울 세엣 네엣" 손뼉을 내리갈기며 신이 나서 들고난다. 몸을 실컷 뒤로 젖혔다가는 두 손을 머리 꼭대기 위로 맞부딪치는 이 손뼉 동작은 기어이 박씨의 개다리춤을 불러들였으며, 체면과 허울이 벗겨진 사람들은 재기의 동작을 따라 큰 박수를 치며 홀 안을 뱅뱅 돌기 시작했다.

땀띠 난 가슴에 쓰리게 흘러내리던 땀방울이, 구질구질한 숙소의 불편한 잠이, 가족들에 대한 사무치는 그리움이, 낯선 객지에서의 어떤 외로움이 떠들추어지면서 고래고래 쏟아내는 목청에 실려 뿜어져나오고, 집중과 절제와 책임에서 해방된 자유로운 혼이, 그리고 서로간에 다소 낯설고 서먹하고 불편했던 감정들이 한솥밥을 먹는 사람들끼리 갖는 진한 동류의식의 끈으로 엉켜서 돌아갔다.

그들은 그렇게 한껏 뛴 다음 좌석에 모여 앉았다. 이미 캔맥주는 바닥이 난 뒤라 좌석 밑의 소주를 꺼내 병째로 돌리면서 한 모금씩 빨아대는데, 크으 하며 안주를 집는 박씨에게 삼식이,

"형님, 불알 달린 것들만 요렇게 촐랑대니께 어째 혹시 적적허지 않은가요? 요런데서 분위기를 살리려면 암만해도 요것이 있어야지 않겠소. 티켓 끊으면 된다 아니요." 하며 새끼손가락을 휘휘 돌리며 말했다.

"삼식이 니가 어째 고런 생각을 안 한다 싶었다."

박씨의 대답이 떨어지기도 전에 봉석이 삼식의 말꼬리를 잡아채며 짐짓 눈알을 부라린다. 허나 봉석의 얼굴을 힐끗 쳐다보고 난 삼식은 자신 있게 언죽번죽 말을 덧붙였다.

"형님 뱃속에 시커먼 것이 도사리고 있다는 거 알 사람은 다 안당께요. 후후후."

"삼식이 형님은 어째 고렇게 싱싱한 생각만 헌다요. 내 머리빡에는 어째 그렇게 근사한 생각이 안 나고 빠각빠각 돌멩이만 굴러갈께라." 하며 재기까지 삼식의 말을 흉내 내어 맞장구를 치고 나선다.

"부들부들한 거 참 좋지 뭘 그려. 이봐 삼식이, 이왕에 기분 내는 김에 내 짝도 하나 골라 도라."

박씨의 이 말이 결국 논란을 마무리짓는 셈이 되었다.

"삼식이 완전히 오늘 생일 만나부렀구먼."

봉석이 이죽거리는데도 삼식은 진짜 생일 만난 아이처럼 실죽벌죽 웃으며 카운터로

뛰어간다. 헛돌아가던 반주곡이 재기가 마이크를 잡으며 랩 음악의 바쁜 선율로 다시 흥겹게 돌아가기 시작했다. 삼식이 싱글거리며 오고 몇 곡의 노래가 끝났을 때였다.

방문이 삐쭘하게 열리며 아가씨 둘이 들어왔다. 봉석의 눈이 휘둥그렇게 떠지는데 삼식이 봉석에게 한쪽 눈을 끔뻑거리며 신호를 보낸다. '기러기다방'의 진 양과 좀 어려 보이는 아가씨였던 것이다.

"재기야 손님 받아라. 캔맥주 몇 병 더 시켜야 허지 않겠냐? 아가씨들도 한 곡씩 고르셔." "아이구 총각 아저씨. 인사도 안하고 목도 안 축였는데 노래부터 하라는 사람들이 어딨대요. 저는 미스 진이에요."

"저는 청포도알 같은 미스 박이네요."

"청포도알이라구, 후후. 저기 진 양 언니, 요런데서 만나니께 엄청 반갑네요. 정 과장님, 뭐하고 있는 기여, 생일 만난 김에 먼저 신나는 거로 한 곡 쏘셔야지."

삼식은 봉석이 쑤석쑤석 추켜세우는 말에 코대답은커녕 쌩하니 달려나가 캔맥주를 직접 차반에 담아 들고오기까지 한다. 엄범부렁하게 몸동작이 커진 삼식을 보면서 봉석이 점잖은 말투를 거둬들이곤 살똥스럽게 말을 뱉었다.

"저건 실컷 까불다가도 아가씨 앞에서는 쪽을 못 쓴다니까."

삼식은 자꾸 총각 턱을 내라는 바람에 발빠른 곡으로 〈맨발의 청춘〉을 부르지 않을 수 없었다. 이 노래는 "이렇다 할 빽도 비전도 지금 당장은 없고 젊은 것 빼면 시체지만 난 꿈이 있어……"로 시작하는 첫 대목부터 흥겹고도 근사하여 모두 자리에서 벌떡 일어서게 했다. 하지만 안타깝게도 빠른 랩 박자를 따라잡지 못하고 삼식이 컥컥 숨이 마치며 쩔쩔매는 통에 청포도알 아가씨가 마이크 하나를 잡아들고 거들고 나서며 춤판이보다 걸게 벌어지게 되었다. 어쨌든 삼식은 "맨발에 땀나도록 뛰는 거야 내 청춘을 위하여!" 이 대목만큼은 비장한 얼굴로 주먹을 내뻗지르면서 마감을 해 박수갈채를 받았다. 그런데 박 양이 도와준 덕인지 기계가 생일 만난 삼식을 알아봤는지 웬일로 팡파르가 울리면서 삼식은 한 곡을 더 부르지 않을 수가 없었다.

삼식의 노래가 끝나자 청포도알 박 양 차례가 왔다. 노랫가락이 귓속이 간지러울 만큼 박 양의 목청은 맑고 간드러진 것이었다. 게다가 반바지에 갇힌 풍만하고 육감적인 엉덩이에 찰찰이가 멋지게 비틀어져 꽂히는 동작이 일품이었는데, 그때마다 사람들의 입에서는 가벼운 탄성이 일었다. 팽팽한 엉덩이를 살짝살짝만 흔들었는데도 눈알이 아릿할 만큼 육감적이고, 목을 심하게 비틀지도 않았는데도 높은 음정을 부드럽게 타고 넘어가는, 고운 음색에 세련된 몸동작이었다. 몸을 뒤뚱거리면서 슬쩍슬쩍 훔쳐보는 맛을 즐기는 것은 박씨 또한 예외가 아니었다.

앵콜앵콜 하는 바람에 박 양이 한 곡을 더 뽑았는데 이번에는 흐느적거리는 블루스 곡이었다. 박 양의 간들거리는 목소리는 사람들의 숨은 욕망을 새떼처럼 일시에 푸닥거리며 솟치게 하는 뭔가 자극적이고도 뇌쇄적인 맛이 있었다. 낯선 객지에서 새털처럼 가볍게, 흔적도 남기지 않는 비밀스런 회합을 꿈꾸어본 적이 있는 사람들이라면, 숨어 있던 더운 욕망이 드디어 분출의 기회를 맞이한 셈이기도 했다. 같이 춤을 추던 봉석이 진 양의 손을 잡아 삼식에게 넘겨준 것은 어쩌면 안타까운 배려였는데 삼식은 살 냄새와 분 냄새에 달아오른 더운 입김을 숨기느라 진 양의 발을 밟으며 엄벙덤벙 홀 안을 뱅뱅 붙잡고 돌아갔다.

박 양의 노래가 끝나자 진 양이 마이크를 잡았다. 노래는 맑고도 청아한 곡이었다. 노래가 갑자기 쓰렁하게 쳐지자 좁은 공간이 넓어지며 비비대며 쿵적거리며 돌아가던 반주도 바닷물의 해초처럼 치렁거리는 곡조로 변한다.

나는 홀로 떠나고 싶다/이름 모를 머나먼 곳에 아무런 약속 없이
떠나고픈 마음 따라 나는 가고 싶다……

−남화룡의 〈홀로 가는 길〉

진 양은 눈을 지긋이 감고 발을 달싹거리며 노래를 불렀는데 높은 음을 토해낼 때마다 버들잎 같은 눈썹을 파르르 떨었다. 노래가 흐느적거리며 사람들의 맘을 처연하게 감치면서 녹여주었지만, 앙코르는 나오지 않고 순서는 다시금 봉석에게 돌아갔다. 이렇게 지친 몸과 헐떡거리는 영혼이 서로 맞부딪치는 이 밤은 비좁을 만큼 숨차게, 그리고 천장을 치받을 만큼 높게, 그리고 쓰라리게, 흥겹게, 그리고 한껏 그윽하게 깊어만 갔다.

7. 그냥은 못 가는 사람들

아무리 시멘트벽을 더듬적거리려도 스위치는 쉽게 손안에 쥐어지지 않는다. 목이 깔깔하고 속 또한 답답한데 누가 머리칼을 잡아채는 듯 뒷골 또한 어지럽게 쑤셔댄다. 배꼽 밑에 팬티를 찢을 듯 뻐근하게 부풀어오른 고것 때문에라도 몸을 움직거리는 것이 아주 불편하다.

겨우겨우 스위치를 찾아 밀었다. 툭, 하며 불이 켜지자 어둠이 왈칵 뒤로 밀리며 전깃줄에 내 걸린 양말, 런닝, 팬티 등이 거칠게 눈앞으로 다가왔다. 성만은 빨래들을 한쪽으로 쭉 밀어내며 엉금엉금 수도가로 다가갔다. 고무통에 잠겨 있는 고무 호스를 빼내 수도꼭지를 틀었다. 물을 그냥 얼굴에 몇 번 뿌리니 정신이 좀 든다. 그리곤 세찬 물줄기의 옆구리를 몇 번 따먹다가 그만 성이 차지 않아 호스를 아예 통째로 입 속으로 들이밀어본다. 난데없이 부어대는 찬물에 견디지 못한 위장이 통개통개 방아를 찧는 바람에 헛구역질이 그냥 터져나온다.

세면장 문을 열고 밖으로 나서니 안개다, 망할 놈의 안개. 제기랄 오늘도 한바탕 구워삶을 판이군. 사방은 연막을 쳐놓은 듯 희끄무레하다. 앞마당 한쪽으로 뒤뚱거리며 걸어가 소변을 갈기는데, 도랑에 휘뚝 넘어 박힐 듯 몸이 출렁거린다.

차가운 평상에 앉으니 그래도 가슴이 쭉 펴진다. 방안에서는 입맛을 다시거나 코고는 소리가 달달거리는 선풍기 소리에 얽혀서 엇갈린 박자로 들려왔다. 잘도 자는구마. 이슬에 젖은 팬티가 엉덩이에 달라붙는 불쾌한 촉감에 진저리를 치는데, 망할 놈의 모기가 슬리퍼 사이 발가락을 한 방 먹이더니 이내 무릎을 쪼아댄다. 앵앵 불길한 여운을 날리며 뒷등과 옆구리, 허벅지를 톡톡 쏘고 가는 모기에 해롱거리던 신경이 뜨겁게 울며 정신이 번쩍 든다. 모기의 피, 피의 감촉을 손가락 사이에 흐뭇하게 느끼다가 손가락 마디가 허전한 게 담배 생각이 간절하다.

담배와 라이터를 집어드는데 모잽이로 누워 자던 정 사장이 갑자기 "하참, 죽겠다니까." 잠꼬대를 하더니 옆의 이불을 찾아 보스락거리며 뒤챈다. 터진 옆방 구석에는 재기와 박씨가 서로 팔다리를 베개 삼아 뒤엉켜서 자고 있다. 최씨의 자리는 여전히 비어 있다. 흐린 형광등 불빛에도 사방 벽마다 모기의 핏자국이 선명하다. 텔레비전 크기만 한 들창 밑에 선풍기는 달캉거리며 잘도 돌아간다.

"아야, 잠 좀 자자, 어이."

훌러덩 박이 눈알을 비비대며 소리를 질러댔다. 성만은 한쪽 켠에 둘둘 말린 홑이불을 두 사람의 배에 길게 덮어주고는 불을 끄고 밖으로 나왔다. 단추가 하나 떨어져 나간 가슴 사이로 선선한 새벽 기운이 느껴진다. 돌공장의 기계소리도 들리지 않고 오늘따라 현장이 쥐죽은 듯 조용하다.

성만은 손을 뒤로 뻗치고 쭈르륵 소리를 귀로 들으며 목운동을 한 다음, 길게 심호흡을 했다. 축축한 새벽 안개가 가슴으로 빨려 들어오면서 멍한 정신이 좀 깨인다. 토막잠을 더 붙여볼까 했지만, 후덥지근한 방안에 드러누워도 잠이 올 것 같지도 않다. 라이터를 켜고 담배를 불붙여 물었을 때였다. 안개 속 어디선가 흐흐흑 하는 새끼고양이 울음 같은 소리 같은 것이 귓속으로 얇게 파고들었다. 둘러보니 현장 마당 쪽에 불빛 두 개가 올빼미눈알처럼 박혀 있다. 거참 이상하다.

성만은 잘금잘금 철제 다리를 건너갔다. 우윳빛 안개 속에 잠긴 현장은 거물거물 괴물처럼 웅크리고 서 있었다. 성만은 돌부리, 철 조각을 골라 디디며 올빼미 눈알을 향해 조심조심 다가갔다. 밀가루 같은 안개가 전조등 불빛 속에 뿌옇게 날아오르며 눈이 부시다.

차 문을 열어젖힌 채 운전대에 머리를 처박고 있는 사람은 최씨였다. 성만은 최씨의 어깨를 잡아 흔들었다. 최씨가 잡은 손을 후려치며 꽈배기처럼 꼬인 말투로 소리쳤다.

"씨부랄 누구야?"

"누구긴 누구야 나지. 최형, 언제 왔는겨?"

"나가 누구냐고?"

"아쭈구리. 왕창 맛이 갔구마. 나야 나 주성만이."

"지금 왔잖어. 왜 오면 안 되나?"

"누가 안 된다고 했는겨? 들어가서 자자요. 아이구야, 이게 뭐꼬. 으― 술 냄새. 이래 엉망이 돼갖고 우에 운전하고 왔노. 이 안개 속을. 정말 신통방통하구마. 들어가자요, 어이?"

"싫다."

성만이 최씨의 어깨를 잡아 일으키자 최씨는 완강하게 옷자락을 후리면서 밀쳐냈다. 그 바람에 성만은 잡았던 것을 놓치고 제물에 풀썩 땅바닥으로 나동그라지고 만다. 넘어진 엉덩이도 아파 죽겠는데 손을 뿌리치면서 스위치를 눌렀는지 경적 소리가 빼―하고 간떨어지게 울어댄다. 성만은 이제 손에 힘을 잔뜩 집어넣고 차 쪽으로 다가섰다. 한데 최씨는 운전대에 고개를 처박고 어깨를 들먹거리며 느껴 울고 있다.

"와 그러노? 최형, 도대체 와 그래?"

"제기랄, 집을 나갔어."

"누가 집을 나갔다는 말인겨?"

"새처럼 삐룽삐룽 날아가버렸어."

"날아가버렸다고? 뭐가? 집이? 새가? 무슨 뚱딴지 같은 소리노? 어이 말 좀 해보라요."

"날아가버렸다니까, 집사람이."

"그래서 우에 했는겨? 고래 이제껏 날아간 거 잡으러 다녔는겨?"

"잡으러 다녔지. 새처럼 날아간 거 강아지 새끼처럼 찾으러 다녔다. 왜 그렇게 잡으러 다니면 안 되나?"

"누가 안 된다고 했나? 그래서 찾았는겨?"

"못 찾았다. 찾아본들 뭐하겠나. 바람이 빵빵하게 든 여자 찾으면 뭐해?"

"내 보이 그래도 속이 무던할 것 같든데."

"무던할 것 같다고? 귀가 얇은 여자들이 바람 든다는 얘기가 맞기는 맞아."

"와 그렇게 됐는겨, 와?"

"내도 몰러. 잠깐 나갔다 온다는 년이 오밤중에 들어왔길래 한바탕 했지. 속이 부글부글 끓어가지고 밖에 나가 포장마차에서 한 잔 하고 왔더니 짐 싸가지고 나가삐렀어."

"곧 돌아오겠지. 부부싸움 칼로 물 베기 아닌겨. 걱정 마라요. 내도 한두 번 겪는 일이 아이요. 들어가서 자고 나중에 생각해도 늦지 않다 어이?"

성만이 다시 최씨를 잡아 끌어낸다. 최씨가 흐느적거리며 운전대에서 끌려나오는데 무릎에서 술병이 툭 떨어진다.

"그래 이 술 마시며 여까지 차를 몰고 왔나. 아이구야, 참말로 억시기 운이 좋아삤네. 고래 운이 좋은 거 보면 집사람도 고대 돌아올기라요."

"여기 도착해갖고 나발분겨. 왜? 그러면 안 되나?"

"젠장할, 내 참 삐딱하긴. 최형 들어가 자자요. 고래 삐딱하고 껄쩍지근한 마음 잡는 거는 일밖에 더 있겠나. 일하다보면 수르르 절로 다 해결되는 기라요."

성만은 휘뚝 쓰러질 듯 허청거리는 최씨의 어깨를 잡아 곁부축하면서 숙소를 향해 발걸음을 옮겼다. 안개가, 망할 놈의 안개가 살랑거리는 바람을 타고 여전히 거무끄름한 현장의 철재들 사이에서 스멀거리고 있었다.

　머리 위로 화톳불 같은 열기를 쏟아붓던 햇살도 오후가 되자 서서히 그 위력을 잃어 갔다. 하지만 여전히 쇠 덩어리는 쇠 덩어리대로 실컷 달아올라 디디는 발 밑마다 불덩어리다. 좀이라도 시원한 오전에 일을 좀 굴린다고 돌아쳐서 진이 빠진 만큼, 일하는 사람들에게 오후의 시간이란 한증탕에서 모래시계를 쳐다보는 것처럼 한없이 길고 답답한 언덕이었다.

　봉석은 재기와 더불어 사일로 탱크에 동그랗게 말아온 앵글 프린지(가장자리 결합쇠)를 붙여나가는 작업을 하고 있었다. 재기는 모자 밑에 수건을 감아내려 마치 사막의 민병대 같다. 봉석의 망치질에 맞춰 한 방씩 가접을 해나가다가 불쑥 꼴딱 숨넘어가는 소리를 했다. "아이구 더워라. 철판 위에다 계란 올려놓으면 그냥 반숙이 되어버리겠네. 이런 날씨에는 매미도 땀을 흘릴 거야. 형, 그치?"

　"……."

　"최씨 형님 집 갔다온 뒤로 영 얼굴이 반쪽 되어버렸대요. 무슨 일이 있었는가보죠?"

　"……."

　재기는 봉석이 그래도 말이 없자 혼자서 흥얼흥얼 노래를 부르며 가접을 한방 딱 하고 뒤로 물러선다. 봉석이 재기가 용접한 부분을 떵떵 때려 붙이면서 말했다.

　"더울 때는 말 많이 하면 더 덥다이. 더위를 이기는 데는 딱 한 가지라."

　"그게 뭔데요?"

　"등멱을 해봐라 그것도 그때뿐이지. 뛰지 말고 손만 빨리 놀려라 라는 말도 있지만 손만 빨리 놀린다고 안 덥겠냐. 손이 가는데 땀이 안 나고 배기냐고. 또 진이 빠진다고 오줌도 많이 누지 말라고도 허는디, 어떻게 오줌을 많이 안 눌 수 있겠냐? 물을 고렇게 많이 마셔대는데. 지금 삼식이하고 박형은 호퍼 속에서 용접하느라 정말 하늘이 놀놀할 거라. 그래도 우리 같이 밖에서 일하는 사람들은 양반이다이."

"아참, 이따가 물 좀 갖다주어야 쓰겠구만요. 근디 딱 한 가지가 뭔데요?"

"재기 니도 이제 용접 좀 허네. 딴 말 말고, 자아 여기나 징거."

재기가 달려들어 가접을 하자 봉석은 잠깐 한 박자 쉬었다가 망치로 탕탕 때린다. 사이가 벌어졌던 철판이 좁혀지면서 촘촘히 들러붙는다. 봉석이 망치로 다음 가접할 곳을 가리키며 모자챙을 숙여 용접 불빛을 가리자, 재기가 달려들어 한 방 딱 지지고 난 다음 말했다.

"헤헤, 저도 철일 경력 따져보면 상당허네요 뭐. 공고 다닐 때부터 밀링을 했으니 빡빡하게 날짜를 채워서 얘기해도 3년은 넘을 텐디. 근데 형, 딱 한 가지가 뭔데요?"

"일독이 오르면 돼."

"그 말이 뭔 말이데요?"

"그게 뭐 철학만큼 어려운 말이겠냐. 이를테면 일에 열심히 몰두해봐. 그러면 요런 더위 따윈 아무것도 아니라는 얘기 아냐. 딴 데 신경 쓰지 말고 빨랑 야(쐐기) 좀 가져와봐라."

봉석은 기역자 홈에다 쐐기를 처박아서 용접할 공간을 맞춘 다음 머리를 꾸벅 숙인다. 재기가 날름 달려들어 가접을 하며 말했다.

"말하자면 이열치열이네요."

"그렇게도 볼 수 있겠지. 일하면서 더워진 것 일로 배겨내니까."

재기는 쉬엄쉬엄 가접만 했으면서도 뱃가죽을 타고 줄줄 흘러내리는 땀을 주체할 수가 없어 밭은 숨만 푹푹 내쉰다. 게다가 허벅지 가랑이가 척척한 바지에 닿아 슬키는 바람에 쐐기가 물은 것처럼 쓰리고 따갑다. 하지만 봉석은 납작 지렛대로 철판을 후비느라 모질음을 썼는데도 거무튀튀한 살가죽에 소금기가 맺혀 반짝일 뿐 땀도 별로 흘리지 않는다. 그것은 체질에 따르는 것이기도 했지만 일과 마음을 일치시켜 술렁술렁 일을 쳐나갔기 때문이기도 했다.

짱구가 진 사일로용 원통은 크레인까지 빌려 밀고 잡아당기고 하였지만, 굴릴 때마다 제 멋대로 모양이 이지러지는 통에 두 사람이 헤헤 웃으면서 봐나가기에는 결코 녹녹한 작업은 아니었다. 원통 양끝에 앵글 프린지를 동그랗게 돌려 붙이고 난 다음 원통 옆 그늘에서 퍼더버리고 앉아 맹꽁이처럼 배를 드러내놓고 숨을 몰아쉬고 있을 때였다.

사무실 쪽에서 난데없이 와자끈 무엇이 부서지는 소리가 들려왔다. 자리에서 벌떡 일어나 내다보니 웬걸 한 사내가 일신기공 김 사장의 멱살을 잡아 흔들고 다른 사내는 쇠파이프로 김 사장의 안면을 겨누고 있는 것이 아닌가. 전혀 낯선 얼굴들이었다.

"김형만, 니가 우리 돈 떼어먹고 요런 바닷가에 숨소리도 안 나게 처박혀 있다고 우리가 못 찾아낼 거 같애? 니가 뛰어봤자 부처님 손바닥에 송사리지. 아이구야, 어디로 도망 갈라구? 어림 반 푼 어치도 없다야. 저런 상녀러 자식. 작년 가을에 일한 것을 아직 안 주고도 그래 잘 살 것 같았더냐."

사람들이 웬일인가 하며 사무실 앞으로 하나둘 모여들었다. 사무실 철제 문짝은 쇠파이프에 찍혀 오목하게 패어 있었고 앞마당엔 찌그러진 주전자가 나뒹굴고 있었다. 통통하고 다부지게 생긴 사내에게 허리띠와 멱살을 붙잡힌 김 사장은 캑캑거리며 팔다리를 버르적버르적 발버둥을 쳤지만, 사내는 끔적도 하지 않았다. 그 앞에서 오십대 초반쯤 되어 보이는 사내가 파이프를 들고 김 사장을 얼러대는데, 정 사장이나 하 사장은 말릴 생각도 못하고 기가 질려 멍하니 바라만 보고 있었다. 주 반장만 멱살 잡은 사내의 손에 매달려 하소연을 하고 있는데.

"핫다, 현장 노가다 밥 같이 먹는 사람들이 우째 붙었다 카면 싸움질이가. 일단 풀어주고 말로 합시데이. 입 두었다 뭐에 쓸기고."

"형씨는 아무 상관이 없는 사람이니께 얼른 비켜나셔. 몽둥이에는 눈이 없응께로."

"아무리 막가는 세상이라꼬 요렇게 남 일하는 현장에 와서 다짜고짜 윽박질로 나오는 벱이 어딨는거?"

"저 김형만이가 말로 해서 들어주었다면 우리가 비싼 밥 먹고 여까지 와서 개지랄 떨일이 어딨었어. 봐 이거."

사내는 파이프를 붙잡으려는 주 반장을 후리면서 빙 둘러선 일꾼들을 향해 갈고리눈을 홉뜨며 파이프를 쾅쾅 땅에다 박아댔다. 사람들은 쇠파이프 앞이라 감히 나서지도 못하고 둘러선 채 어리벙벙하게 마른침만 발라댄다. 나서지 못하는 것은 사내의 파이프가 어디로 튈지 몰라서였지만 그렇게 당당하고 기세 좋기만 하던 김 사장이 저렇게 황당하게 당하고 있는 꼴이 참으로 어처구니없기 때문이기도 했다. 김 사장이 다시 한번 땅에서 들린 발을 버르적거리며 캑캑 발버둥을 쳤지만 멱살을 잡은 사내는 전혀 끄떡도 하지 않았다. 사람들이 조금씩 가까이 다가들자 파이프를 든 사내는 전혀 허세가 아니라는 것을 보여주기나 하려는 듯 김 사장의 목 가까이 파이프를 쿡쿡 찔러대며 날카롭게 소리를 질러댔다.

"우리는 시팔 마누라 없이는 살아도 써빠지게 일해놓고 돈 못 받고는 못 살어. 김 사장, 워다다가 눈을 홉뜨고 째려보나 씨발. 부려먹을 때는 사장이랍시고 큰 소리 땅땅 치며 썰래발을 까더니 안즉 쓴맛을 못 봤구만. 원청이 부도가 났다 해서 봐주었더니, 니미 사람 알길 홍어좆으로 아나. 일 끝난 지가 언젠디."

파이프를 든 사내는 둘러싼 사람들을 다시 한번 가파르게 쭉 훑어보더니,

"당신들이나 우리나 똑같이 철 일에 목매단 개팔잔께 깝죽대며 나서지 말아. 몽둥이에는 예절이 없는 벱이니께. 우린 사람이 순해 터졌어도 삼팔따라지 막가는 곤조 하나는 있응께." 하고는 다시금 파이프를 쾅쾅 마른 땅바닥에 박아댄다.

두 사내가 만든 우리라는 방패는 사뭇 위력적인 것이어서 현장 일꾼들의 사기를 압도하고도 남음이 있었다. 사람들은 서로의 얼굴을 어리벙벙하게 쳐다보며 감히 달려들지도 못하고 땀나는 손만 부르쥔 채 어쩌지를 못 한다.

"어쩔겨. 돈 만원에 한 대씩 맞을겨. 지금 당장에 내놓을 겨, 어쩔겨?"

"아, 아, 녀. 지, 지금은 돈이 어없⋯⋯고 캑캑 곧 주울⋯⋯."

"언제는 곧 준다고 안 그랬어. 김 사장, 물뱀도 독이 있다는 말 들어봤어 못 들어봤어? 나불대던 입 두었다 뭐혀. 어여 말해봐, 어여? 들어봤어 못 들어봤어?"

파이프가 김 사장의 머리를 향하여 힘차게 내려긋자, 멱살잡이의 어깨를 붙잡고 뜯어 말리고 있던 주 반장의 몸이 애개 하면서 뒤로 잦혀졌고 김 사장의 입에선 악 하는 비명이 튀어나왔다. 다행히 파이프는 김 사장의 머리를 살짝 스치고 지나갔다. 김 사장이 고개를 잔뜩 움츠리며 말을 뱉었다.

"그, 그, 래, 드, 들어봤어. 주울게."

"언제 줄겨."

"이 일단 목, 목, 좀⋯⋯."

"김 사장, 날짜를 확실하게 박아보란 말이요."

파이프를 든 사내의 말이 약간 늘어지자 봉석이 팔을 걷어붙이고 어귀데데하게 그쪽으로 다가섰다. 파이프를 든 친구도 흠칫했고, 그 곁에 서 있던 하 사장도 흠칫 뒷걸음치며 물러선다.

"일단 멱살을 놓고 좋게좋게 이야기를 허더라고."

장내의 공기는 다시금 무게가 걸린 크레인 밧줄처럼 팽팽하게 당겨졌다. 사내는 파이프를 땅에 힘차게 때려 박으면서 김 사장의 뒷주머니에서 지갑을 빼들면서 말했다.

"돈은 손 안 댈겨. 주민등록이 확실한가 어디 봐야제. 명함이야 다시 박았겠지. 창수야, 놔 줘라. 이번에 안 주면 집구석으로 쳐들어 갈겨. 우리는 그냥은 못 가지. 암 못 가고 말고."

안타깝게도 한 살이라도 더 먹은 박씨나 하 사장이 나이 값을 할 수 있는 절호의 기회는 다시 오지 않았다. 풀려나자마자 김 사장이 옷깃을 추스르며 빙 둘러선 사람들을 향해 빽 소리를 질렀기 때문이었다.

"다들 하던 일이나 하서. 여기 일은 내가 처리할 테니까."

아무리 부리던 일꾼에게 멱살을 잡혔어도 사람들에게 명령할 권리는 여전히 그에게 있었다. 두 팀의 사람들이 내키지 않은 발걸음으로 흩어져 가고 일꾼 중에서는 주 반장과 봉석만이 남았다.

"우리도 엔간하면 사정을 봐주었지. 돈도 안 주고 뼁친 놈이 공장을 차렸다고 하면 성질 안 뻗칠 사람이 어디 있어?"

"공장 차린 것이 아니라 세 얻은 거여. 일을 해야 빚을 갚을 거 아녀?"

"허허 이 양반이 아직도 정신을 못 차렸네. 누가 일을 못하게 하남? 돈 없다는 사람이 차를 무쏘로 바꿔 끌고 다니면 어느 누가 열불이 안 나겄어."

"저건 중고차여. 사업상 타고 다니는 거라니까. 어음도 못 바꾸고 이번에도 상주에서 사고가 터져 그것 막기도 벅찬 형편이여. 손형, 이왕 기다린 김에 한 일주일만 참아주지."

"얼씨구 이 양반이 아직도 정신을 못 차렸나. 가만 보니 완전히 배째라 식이네. 배창시에 뭐가 들어있나 다시 한번 볼까."

"손형, 이번 약속 못 지키면 내 진짜로 개아들이여."

"개아들이 뭐여 그게 개새끼지. 창수야, 볼펜 가져온나. 일단은 주민등록번호와 집주소도 적어놓고 명함도 챙기고…… 한두 번 그런 말을 들었어야제."

이어 사내는 김 사장의 지갑을 뒤적거리다간 10만원권 수표 두 장을 꺼내들더니,

"이것 가지고는 텍도 없잖여. 지갑에 돈 좀 많이 집어넣고 다녀라. 그래야 이쁜 마담들이 한 코 줄 수도 있잖여. 근데 어음은 없잖여."

"지갑에는 없어. 현장일 볼라 어음 바꿀라 니미럴거 사타구니에서 종소리 나도록 뛰어댕겨도, 세 달짜리 어음을 누가 바꿔주겠어. 여기 현장도 여동생한테 돈 빌려갖고 돌리는 거여. 니미 하루에 잠도 몇 시간 못 자고…… 알고 보면 나도 불쌍헌 놈이여…… 일

하는 현장까지 찾아와가지고 너무 그러들 말드라고 정말……."

김 사장의 충혈된 눈동자에 눈물이 뱅뱅 돌면서 햇살에 반짝인다. 창수라는 친구는 김 사장을 힐끗 쳐다보다가는 얼굴을 돌리고 손씨의 말투도 약간 누그러진다.

"당신이 불쌍하면, 그럼 우리는 뭐여? 하참, 우리도 엔간하면 이러겠어. 당신 입만 입이고 우리 입은 주둥이여. 우리도 먹고 살아야 할 거 아녀. 우리 오야지 얼굴 쳐다보다가는 망쪼들게 생겨놔서 우리가 직접 나선 것이니까 그렇게 알라구."

정 사장이 앵앵거리는 냉장고에서 콜라를 따라 두 사내에게 권한다. 봉석은 입맛을 쩍쩍 다시며 현장으로 돌아간다. 사내가 콜라로 목을 축이며 가라앉은 목소리로 말했다.

"하여튼 부도난 사람이 공장을 얻는 거 보이 재주도 용하구만. 우리 원망하지 마셔. 당신 죄 값이니까. 당신이 불쌍하다치면 우리는 정말 깡통마저 찌그러진 거지꼴이 이랑께. 우린 얘들 점심식대도 못 대주는 형편이여. 그래도 당신은 아내 자식들로부터 소중한 남편, 존경스런 아빠 소린 듣겠지. 우리가 오죽 했으면 현장까지 찾아와 설칠까. 당신 형편 봐줄 처지가 못 되니께 현금 보관증이나 하나 써봐. 어찌됐건 다음 약속도 안 지키면 우리가 어떻게 나오더라도 우릴 원망하지는 마셔."

"오야지 거는?"

"오야지 거는 우리도 몰라. 지가 나서서 우리 돈을 못 받아주는데 우리가 뭔 지랄났다고 받아줄 것이여. 우리 일했던 사람 다섯 사람 거만 여기 통장에다 입금시키라구."

김 사장이 사내가 던져준 명세표를 보며 현금 보관증을 쓰고 있는데, 주 반장이 불퉁스럽게 한 마디 쌔왈거린다.

"원청 부도가 나면 옴팍 바가지쓰는 건 불쌍한 오야지라카이. 내도 오야지 한번 그럴듯하게 해 먹을라고 발사심했는데 정나미 뚝 떨어지는구마. 이왕 쇳물 먹은 김에 오야지까진 해먹어야 사람 대접받을 것 같드만 이제 보이 완전히 파이구마."

"하여튼 당신들 같은 사람들 첨이구먼."

김 사장은 지갑을 돌려받으며 한숨을 푹 내뱉었다. 이제 두 사내도 아까와는 달리 기세가 많이 누그러져 있다.

"창수야 가자. 우에됐건 돈 되걸랑 거기 명세표에 적힌 연락처로 전화하서. 딱 일주일만 기다릴 텐께."

"손 형, 이왕 봐주는 거 두 주일만 봐주지그려. 혹시 모르니까. 그럼 적어도 여기 기성도 풀릴 거구. 재판 중인 원청 일도 정리될 거니까. 나는 몇 천이 물려서 그래. 손형 정말 한 번만 봐줘."

"우리 일한 거 가지고 막을라꼬요?"

주 반장이 얼결에 툴툴거리며 말을 받았는데 김 사장이 정 사장과 주 반장을 향해 눈알을 씀벅거리며 손을 비비는 흉내를 냈다. 주 반장도 이제 장갑을 바지에 탈탈 털며 자리에서 일어섰다. 창수가 손씨의 어깨를 잡아끌며 말했다.

"형님, 돈 받으러 다니다가 흘린 택시비만 하더라도 고기 먹고 잘 살 텐디. 이게 무슨 꼴요. 갑시다."

"형씨들, 잠깐만 기둘려봐. 우리가 차로 읍내까지는 모셔다드릴게."

말을 마치고 주 반장은 현장으로 나가 재기를 불렀다. 김 사장이 재기에게 다가오더니 돈을 쥐어주며 말했다.

"오면서 수박이나 몇 통 사오세요."

재기는 땀을 워낙 많이 흘려서 머리까지 띵하던 참이라 시내를 나가라니 얼씨구나 하면서 차를 몰았다. 그래도 다른 사람에게 없는 짧은 휴식이라면 이렇게 읍내에 나가서 공구나 얼음을 사오며 차안에 에어컨을 틀어놓고 음악을 들을 때였다. 짧은 휴식이었지만 긴 여로에 발 뻗고 쉬는 단잠처럼 하루를 지루하지 않게끔 하는 양념 같은 것이었다. 두 사람을 실은 트럭이 꿍 소리를 내며 새마을 도로를 달려나갔다.

"김 사장이 그렇게 질긴 사람이에요?"

"엔간하면 봐줄려고 우리도 지금까지 잘 참아왔드랬어. 근데 작년 거 우리 노임도 아직 해결 못한 놈이 일 맡아가지고 헤헤거리며 공장 돌리는 꼴을 보면, 당신이라면 열불 안 나겠어? 열이 확 받치는 김에 한번 들어엎은 거지 니미럴거."

"나는 이 계통에 대해 잘은 모르지만 부도가 났을 경우 노동부가 있잖아요."

"노동부라구? 하이구야 그쪽에서 해결하느니 차라리 청개구리 수염 날 때를 기다리는 편이 났지. 사업주들이 노동부 알기를 자기 집 곳간 지켜주는 머슴 정도로 아는 판인데, 갸들이 노동부에서 부른다고 외눈 하나 깜짝할 거 같애? 어림 반푼어치도 없는 소리. 노동부? 니미 우리가 안 가본 줄 알어. 천만에 말씀이고 만만에 콩떡이여."

"하여간에 이놈의 세상은 만판 당하는 것들은 전부 힘없고 빽 없는 것들이라니까." 하며 재기는 어설프게나마 맞장구를 치는데, 묵묵히 있던 창수라는 친구가 재기의 말꼬리를 잡아 시퉁스럽게 말을 받는다.

"젊은 친구, 이제서야 세상 안 것처럼 새삼스럽게 호들갑 떨지 말어. 그런 것이라면 난 초등학교 다닐 때부터 알았응께."

"창수 니 그렇게 똑똑한 넘이 어째서 아까 김형만이 앞에서는 왜 찍 소리를 못했냐?"

"형님도 참, 둘이서 몽둥이 들고 망아지처럼 날뛰어봐 그럼 현장에 있는 사람들이 가만 있을 거 같애. 우리야 언제 어디서 마주칠지 모르는데 괜시리 현장 사람들하곤 싸울 게 뭐 있소. 그래야 담에 만날 때도 쑥스럽지 않고, 세상일이라는 게 뭣이냐 강약이 있는 거 아니요? 내 멱살을 휘감아쥐면 형님은 파이프를 들고 말 펀치를 멕이고, 내가 말리면 형은 맞장을 뜨고 오늘 우리가 북 치고 장고 치고 장단 한번 그럴 듯했지. 안 그러요 운전수 양반?"

"자석 꿈보다 해몽이 더 좋아번지네. 쇠만 잘 녹여 붙일 줄 알았는데 이젠 세상 통박도 훤허네그랴."

재기는 가타부타 얘기하기도 멋쩍어 헛웃음을 쏟아내다가 말꼬리를 돌린다.

"아저씨, 아까 주민등록주소랑 전화번호랑 좀 베낍시다. 우리도 나중에 써먹게 될지 어떻게 알아요?"

"그라제, 다 서로 좋자고 하는 일이니께."

재기는 바로 차를 도로변에 세웠다. 주민등록번호, 주소, 전화번호를 수첩에 베껴 적는 재기를 보고 손씨가 다정하게 말했다.

"태워준 것도 고마운데, 젊은 친구 나중에 만나면 우리가 술 한턱 쓰지. 우리 일 하는 사람들은 언젠가는 다시 만나게 되어 있어. 그래서 죄를 짓고는 못 사는겨. 태워줘서 고마워. 복 받을겨. 친구, 집은 어디데야."

"가리봉동이구만요."

"일해먹기 좋은 곳에서 사는구만. 나도 문래동에서 망치 맞으며 기술 배웠어. 나이 오십 넘어서도 돈 받으러 요렇게 쫓아댕겨야 허니 사람 팔자 한번 더럽게 풀렸지. 김 사장 저것이 그래도 대기업 외주 담당했던 나남이라 오다는 잘 따오는데 워낙 사람이 짜. 사실 이 바닥에서 좀 짜지 않으면 어디 해먹나."

"아, 그렇게 오래 철일 하셨으면서두…… 하여간 돈이 문제지, 사람이 문제가 되겠어요?"

"젊은 친구, 이것저것 다 봐주고 살다가는 자네만 살 떨리게 추우니까 잘혀. 세상인심 그 나이면 잘 알잖여?"

차창에 고개를 내밀고 바닷바람만 맞던 창수가 대뜸 한 마디 한다.

"그럼 형님은 이제껏 독하게 살아서 그렇게 잘 사시오?"

"그랴, 못 살아서 미안혀. 팔자가 그런걸 우짤겨. 생긴 대로 살아야지. 오랜만에 모가지에다 힘을 주어서 그런지 뱃속이 겁나게 출출하네. 사장 앞에서는 큰소리를 쳤지만 우에됐건 또 돈을 못 받아가니 집에 가선 마누라한테 병신 소리 듣게 생겼네. 제기랄거 우짤겨. 생긴 대로 살아야지. 어이 창수야 읍내 가서 막걸리나 한 잔 쫘악 찌클고 가자."

"그랍시다 형님. 어째 속이 쌉쓰름한 것이 오늘 술이 차암 잘 받게 생겼네요. 산오징어에다 한잔 푸고 갑시다."

"그려, 우린 그냥은 못 가지."

"암요. 짚을 건 딱딱 짚고서 가지 어떻게 그냥 간다요. 차를 얼마나 갈아타고 여까지 왔는데 양심이 있지."

"암, 고렇고 말고. 자식, 입은 덜 떨어졌어도 말은 어떻게 찰지게 잘도 한다야."

두 사람 말장단은 엇갈려 나가다가도 결정적인 대목에선 딱딱 잘도 맞아떨어졌다. 가속 페달을 힘껏 밟자 포도밭을 거쳐온 비릿한 갯내가 차창으로 몰아쳐왔다. 개펄 너머 아스라한 산발 위로는 벌써 낮달이 희뿜한 달무리를 지으면서 떠올라 있었다. 이렇게 하여 해거름에 그것도 난장에서 느닷없는 수박 파티가 열리게 되었다.

8. 10년이면 강산만 변한다?

"재기 녀석은 요령은 좀 있다캐도 덜렁덜렁한 게 탈이라. 저게 뭐꼬? 쫄따구가 낮잠 자지 말고 좀 부지런히 치우면 안 되나 말이다. 봉석이 니도 얘기 좀 하라 마."

주 반장이 사무실 안으로 들어오며 견삭기, 용접면, 몽키, 와이어줄, 그라인더가 어지러이 틀어박힌 공구통을 힐긋 쳐다보며 말했다. 밖은 어둑어둑했지만 그라인더 소리, 용접기 우는 소리가 여전히 시끄럽게 들려왔다. 일이 바빠 야간작업을 하고 있었던 것이다. 봉석은 계산기를 두드려가며 치수를 계산해가며 마분지를 잘라 현도를 뜨고 있다가 말을 받았다.

"우리가 쫄짜로 일 배울 때는 눈알이 팽팽 돌아갔는데. 하지만 요즘 시절이 그렇나. 배우는 학생인데 뭘 그려. 그래도 부지런은 하잖아."

"나만 얘기하니까 툴툴거리고 말발이 안 먹힌다카이."

이어 주 반장은 책상 위에 모기약을 들어 형광등 쪽에 뿌려댄다. 모기와 하루살이 떼들이 책상 위로 우수수 떨어진다. 주 반장이 물 한 컵을 마신 다음 현장으로 나가려다 말고 봉석에게 물었다.

"야, 태진공영 아들 씨알 안 먹히네. 도면대로 하면 호퍼 구멍이 서로 안 맞는데 그냥 하래네. 봉석아, 우에할기가."

"계산기를 몇 번 두들겨 봐도 그게 아닌데. 아참."

"책임질 거냐구까지 했는데 그냥 하래네. 왔다 가기 귀찮다면 귀찮다 카지. 참내."

주 반장이 막 나가고 나자, 공장 마당에 차바퀴 소리가 나면서 전조등 불빛에 창문이 번히 밝아왔다. 이어 뭔가를 잡아끄는 소리가 들리더니 사무실 문이 덜컥 열렸다. 하 사장과 자석 드릴을 함께 띔고 오던 사람이 봉석을 보더니 반가운 외마디 소리를 질러댔다.

"어? 이 사람 봉석이 아닌가?"

"누구신데?"

"누긴 누여. 박성재를 모른단 말여?"

"하이고 오랜 간만이네. 여긴 어쩐 일이여?"

봉석도 마침내 불빛에 드러난 사람을 알아보고 말끝을 흐렸다.

"이게 대체 몇 년 만이랑가. 자석드릴이 여기에서 필요하다 해서 차에 실어왔는데, 자네가 여기 있을 줄은 정말 몰랐네."

하 사장은 자석 드릴을 사무실 바닥에 내려놓고 얼렁뚱땅 봉석에게 목례만 하고 바로 문을 닫고 나간다. 성재는 어리둥절 눈알을 씀벅거리고 있는 봉석의 등을 몇 번씩이나 토닥거리며 반갑게 말을 이었다.

"근 10년도 더 됐지. 그동안 어디 있었나? 나도 봉석이 자네가 날일 한다는 소문은 들었지만 요렇게 만날 줄은 몰랐구만. 하참 세상 참 넓더니 이제 보이 손바닥이네. 만나야 할 사람은 결국 다 만나게 된다는 게 참 맞는 말이구먼."

"아니여. 사람이 죄 짓고는 못 산다는 말이 딱 맞는 말이여. 보라구 개 성봉이 꼬리 내리고 가는 것 좀 봐. 지가 떳떳하게 살았으면 누구한테 얼굴을 못 들 것이여."

"하 사장 때문에 그러는가 보네마는 다 지난 일 아닌가."

"다 지난 일이긴. 사람 신세 이렇게 쪼그라들도록 만들어놓구선. 하참 하참."

"자네 고생 많이 한 줄 다 알어. 자네들이 해고되고 나서 우리가 얼마나 가슴이 아파했는지 아는가. 그리고 자네들이 해고된 뒤로도 우리가 얼마나 노조를 복구할라고 노력했는가. 자네도 알잖어?"

"알긴 뭘 알어. 중간에 얍삽하게 뒤꽁무니를 사리고선."

"힘이 없는데 어쩔 것인가. 안형철이 고놈아가 꺼떡허면 사람을 잘라내는데 사람부터 살고 봐야 되잖어 안 그런가? 처자식 새끼들 신세가 눈에 아삼삼한데 대가리 쳐 박고 싸울 사람이 어딨었겠는가. 위원장인 자네한테는 미안했지만 어쩔 수 없었어. 자네가 짤린 뒤로 핵심들은 다 짤리거나 그만두거나 했는데 나서봤자 개털 신세가 될 게 뻔한데…… 자네들 짤린 뒤로 나도 홍보부장 했다고 욕 많이 봤어. 근데 김형철이 그놈아가 어떤 놈이야. 자기 밑에 있던 처남 동생들도 못 견디고 다 그만뒀잖어. 조합 물 먹었다는 사람들은 눈엣가시로 아는데 나도 한 2년 있다가 사표를 냈지. 코딱지만 한 월급 주면서 주야 막교대로 잡아돌리는데 남아날 사람이 어딨었어. 나중에 누구한테선가 들었는데 말야. 지금은 창원에다 제2공장 크게 짓고 잘 나가나보대. 아냐 거 있잖어. 변 정태라고 기숙사에 있으면서 주방장 하던 친구, 봉석이 자네도 알잖어?"

"흠, 어렴풋 생각나는구먼."

"우리가 파업하던 새벽녘에 구사대가 쳐들어왔잖은가. 서로 치고 박고 하다가 결국 개들이 쫓겨 도망갔잖어. 담 너머 도망가는 안형철이 동생 바지를 끝까지 붙들고 늘어져 그 동생 놈 바지를 홀랑 벗겨버린 놈 말야. 그놈아 지금 뭐하는지 알어? 하청공장 하면서 거기에 물건 납품하고 있당께. 세상 참 웃기게 돌아가지."

"그래?"

"그 친구를 우연히 만났었어. 어쨌든 산업체 학생들이나 쓰면서 그래도 공장을 확장하는 것 보면 신통하지?"

"그래?"

10년이면 강산도 변한다고 했는데 변하지 않는 것이 있다면 쉬지 않고 떠드는 저 날랜 혓바닥이군. 봉석은 이기죽거리며 성재의 말을 잘랐다.

"세상 신통방통한 거 이제 알았어? 하이참 자네도 신통방통하네. 자넨 어떻게 개 상봉이와 같이 붙어먹는가? 개상봉이 지는 공장장 주제에 상무 전무 해먹을 줄 알았을 거야. 지금 보면 지 팔자나 내 팔자나 토길 개길인데……."

"핫다, 이 사람아. 다 지난 일 아닌가. 먹고 사는데 진 거 마른 거 다 가리면 목구멍에 거미줄칠 텐디. 몇 년 전에 우연히 만났는데 반가이 하드라고. 같이 일 좀 하자고 해서 노는 입에 염불한다고 같이 일을 하게 됐제. 그때 회사 편에 서서 그렇지 그래도 밑에 사람들에겐 잘해주고 맺고 끊는 것이 분명한 사람 아닌가."

"맺고 끊는다고? 그렇게 맺고 끊느라고 실컷 뚜들겨 패서 사직서를 쓰라고 했구만. 뺨 때려놓고 미안하다 그러면 다 되는겨. 해고당한 뒤로 출근 투쟁하다가 회사 안으로 끌려가 집단으로 한나절 동안 뚜들겨 맞은 일, 그때 일을 생각하면. 아……."

"하기야 그렇지만."

봉석이 울컥하면서 말을 잇는다.

"그게 정상적인 사람들이 할 일이야. 니들도 일하면서 비명소리 들었을 거야. 그제?"

"들었지. 지금도 그때 생각하면 치가 떨린다야."

"치가 떨린다고? 그때 말야, 우리가 몰래 담을 뛰어넘어 야근하는 사람들과 합세하여 회사를 점거하려고 했을 때 누가 꼰질러 바쳤지?"

"나는 아냐."

박성재가 손사래를 치며 말을 더듬는데 봉석은 담배를 불 붙여 물었다.

"봉석이 앉아서 좀 얘기하더라고. 오랜만에 만났는데. 지난 일 용서하면서 살아야제 어쩔 것인가. 하 사장도 그때 공장장이니까 어쩔 수 없었던 거 아니었어? 그리고 다 지난 일인데 그깐 일 따져봐야 뭣 허겄어. 그렇다고 밥이 나오겠는가 국이 나오겠는가."

"가슴에 시커먼 못이 박혔는데 그깐 일이라고? 다른 관리자들도 가만있는데 현장을 책임지고 있는 지가 어째 나서서 설칠 것이여. 가만히 있으면 중간이나 가제. 용서 좋아하네. 그럼 때리라고 시킨 사장만 죄가 있는겨."

"하 사장이나 우리나 모두 사실상 피해자라면 피해자여. 지금은 모두 거기 공장에서 떨려나 노가다판을 돌아다니고 있잖아."

"피해자 좋아허네. 다 그렇게 도망가고 나면 가해자는 그럼 누구여. 그때 때린 사람은 누구냔 말이여. 누가 피해잔지 가해잔지 정말 헷갈리네. 이성적으로 얘기해서 나 지금 개상봉이와 같은 현장 밥 먹어가면서도 잘 참고 있다구. 그 당시 만났더라면 당장 거꾸로 매달아 처박아버렸을 텐디. 아무튼 감정적으로는 용서 못 해. 나는 자네처럼 마음이 너그럽지 못해 미안허네."

"그렇게 열 내지만 말고 그동안 어딨었어."

"그냥 저냥 떠돌았지, 별 수 있나. 포장마차도 했다가 길바닥장사도 팔다가 마찌꼬바를 뱅뱅 돌다가 이렇게 난장판에 들어섰지. 해고당하고 나서 블랙리스트에 올라 웬만한 회사는 당최 취직이 돼야지 시팔."

"고생 많이 했겠구먼. 하 사장도 자네 해고되고 얼마 안 있다 바로 사표를 썼어. 좌우단간에 만나서 참 반갑구만. 인제 서로 전화도 하고 술도 한 잔 하더라고이. 어떡할까. 좀 있다 한잔할까. 안 되겠구만. 여기서 술을 마시게 되면 오늘 집에 못 가는데. 내일 상주로 다시 내려가 봐야 하는데 어떡허지?"

봉석이 가만히 서 있자 성재는 책상 위 메모쪽지에다 전화번호를 적어준다. 봉석도 자신의 연락처를 적어 건네주는데 성재가 깜빡 생각났다는 듯이 말을 이었다.

"하참, 봉석이 자네 말야 혹시 아는 사람들 중에 도비 없는가. 사람이 떨어져 다쳐가지고 벌충을 해야 하는데 지방 일이라 도통 사람 수배가 돼야지. 그래서 올라왔는데 개똥도 쓸라면 없다고 사람을 구하니까 없네."

"내가 뭔 좋은 일 있다고 개 상봉이한테 사람 소개시켜줄 것이여?"

"그래, 너무 고깝게만 생각하덜 말고 지난 일 곱씹어봐야 뭐 좋은 일이 있었어. 그리고 나중에 꼭 좀 연락을 하더라고이. 내 거하게 한잔 살게. 그리고 그때 같이 일했던 사람 중에 지금도 연락되는 사람들이랑 같이 한번 만나세. 변정태도 반가워 할 걸세. 왜 여기 사무실에 계속 있을랑가."

"도면을 보고 도면 봐가며 치수를 좀 뽑을 것이 있어서."

"그래, 나는 먼저 가봐야 쓰겠구만. 하 사장하고 할 얘기도 있고. 정말 연락을 하랑께 어이. 사람들이 참 반가워 할 거야. 세상 참 좁구만이."

박성재는 세상 참 좁다는 말을 연방 씨부리며 문을 열고 밖으로 나갔다. 봉석은 고개를 뒤로 젖히고 눈을 감았다.

그래 세상 참 좁을지도 모른다. 만나고 싶은 사람은 안 만나지고 만나고 싶지 않은 사람들만 이렇게 만나지니. 그래 이 현장 저 현장 굴러온 지 벌써 10년. ……10년이면 강산도 변한다고 했는데 변하지 않는 것이 있다면 이놈의 떠돌이 신세. 그때 잘리지만 않았어두 지금쯤은 공장장 자리는 꿰차고 있을 텐데. 남동공단 입주가 시작될 무렵이었으니까. 그때가 청춘이었는데.

그래 4공단에 불어닥친 노조 결성 바람으로 우리공장도 술렁술렁 했지. 유압 프레스 돌리면서 일밖에 모르던 내가, 반장 직책까지 가지고 있던 내가 왜 앞장을 섰는지. 그때 노조는 희망의 등대였지만 덫은 아니었을까. 군대 제대하구 6년 동안 주야 막 교대로 코피를 얼마나 쏟아냈던가. 야간하던 날 아침, 잠이 안 와 소주 한 잔 먹고 쓰러져 자다, 깬 눈에 비치는 한낮의 햇살은 또 얼마나 낯설었던가.

발가락을 쪼아대는 모기에 상념이 확 달아난다. 회전의자를 빙빙 돌리며 모기약을 뿌려대다가, 벌떡 일어나 사무실 구석구석까지 모기 약을 분사하고서 열린 창문을 닫고서 자리에 앉았다. 약 냄새가 숨을 콱콱 막아온다. 참아내자, 저것들이 박멸될 때까지.

아참 생각이 났다. 그때 학생 출신이라던 이 재학이 고놈은 어디에 있을까. 잘 살고 있겠지. 그들은 떠나고 우리만 덩그렇게 남았다. 그 사이 달라진 것은 무엇일까. 눈물도 많고 참 좋은 놈이었는데. 나중에 자기 본명을 이야기해주며 울먹였지. 김동열이라던가 김동현이라던가. 이젠 기억도 아스라하다. 근데 무슨 조직 사건 때문에 수배됐다며 떠난 뒤 못 본 셈인데 지금은 어디서 무엇을 하고 있을까. 제자리 찾아 간 거야. 우리만 이 모양 이 꼴로 여기 남고.

정신이 까물까물하면서 숨쉬기조차 답답하다. 조금만 더 참자. 참다 보면 항상 끝은 있는 법이니까.

여름 휴가 보너스가 50프로밖에 안 나온다고 해서 모두들 술렁거리던 점심시간이었지 아마. 재학이가 점심시간에 유인물을 돌렸지. 사무실 직원 경비들이 우 하고 그 친구를 식당에서 끌어내려 했지. 신발이 벗겨지고 작업복이 찢겨진 채 끌려나가는 그 친구를 보면서도 사람들은 솜으로 귓구멍을 막은 것처럼 줄을 서서 그냥 밥을 타고 있었는데, 그때 내가 왜 밥 먹는 식탁 위에 올라섰는지 몰라. 일단은 저 친구가 뭐라구 말하려는지 들어나보자. 사람을 그렇게 끌어내는 법이 어디 있느냐. 내 말이 맞는 사람은 박수를 쳐봐라. 박수 소리가 처음에는 아줌마들로부터 딱딱 몇 군데 들려왔지. 다시 한번 박수를 쳐봐라 하자 뚜닥뚜닥 들리던 박수 소리가 함석지붕에 소낙비 쏟아지듯 했는데. 그럼 저 친구를 구해야 할 것 아니냐. 수십 명이 우르르 달려들었지. 결국 사무실 직원들을 식당으로부터 내쫓고 마침내 그 친구가 연설을 하고 올라서서 말한 죄로 내가 대표로 뽑히고 말았지. 오후엔 작업도 들어가지 않고 이틀 동안 농성에 들어가 결국 보너스 100프로를 받아냈지만.

봉석은 휴─ 큰숨을 몰아쉬며 아까 닫았던 창문을 다시 열었다. 모기들은 여전히 까맣게 모기장에 붙어서 안을 노리고 있다. 현장 안에는 여전히 찌르릉거리는 용접기 소리 요란하다.

그 친구는 휴가 끝나구 짤려나갔나 그랬지 아마. 위장 취업자라고. 그러나 한번 굴린 바퀴가 멈추는 법이 있나. 회사 밖에서 만나 노조 결성 준비 모임 할 때의 두근거림이란, 그렇게 크고 아름다운 세계가 거기에 있을 줄이야. 용문 계곡에서의 촛불 파티. 모래밭, 닭싸움과 기마전, 해방춤, 사박자춤, 벅찬 함성이 있던 노동자 대회. 집사람을 거기서 만났었지. 달라진 것은 무엇일까. 아냐 지금 생활이 뭐가 어때서…….

봉석이 한참 상념에 젖어 있을 때 주 반장이 사무실로 들어오며 외마디 놀란 소리를 버럭 질러댔다.

"야야, 봉석아. 니 너구리 잡고 있나 뭐 하나. 사무실 문을 처닫고. 하이, 자 고마 작업 끝내고 들어가자카이. 하 덥어라. 밤에도 와 이리 덥노."

봉석은 자리에서 화닥닥 일어나 책상 위의 도면들을 정리하고 주 반장을 따라 나선다. 더운 밤은 밖에서도 그들을 기다리고 있었다. 차라리 돌 깨는 소리가 간지러운 음악처럼 들리고 멀리서 뚜우─ 하는 기적소리는 가슴으로 묵직하게 돌 구르듯 굴러가는 그런 밤이었다.

9. 말뚝

식당이라 해보았자 돌공장과 인근 몇 개의 공장 인부들에게 밥을 해주기 위해 슬레이트 지붕을 달아내 나무 의자와 목로 등을 시설해놓은 동네 슈퍼였다. 반찬은 무를 넣은 고등어조림, 꼬막, 김치에 콩나물국이 전부였지만, 식 때마다 올라오는 두릅, 지칭개, 씀바귀, 돌미나리 등의 나물들, 수북하게 퍼주는 밥은 출출하고도 쓰린 속을 달래는데 부족하진 않았다. 오늘은 호박고지, 가지, 시금치, 고사리에 돌미나리까지 한 상 그득히 나물이 올라왔다. 커다란 대접에 그득히 비벼 먹고서 막 일어서려는 봉석에게 숟가락을 놓고 뭉그적거리고 있던 박씨가 말을 붙여왔다.

"한잔 안 할텨?"

"오늘은 그냥 지나가고 싶은디⋯⋯."

그냥 가겠다고 말을 늘여뺐으면서도 봉석은 그대로 자리에 주저앉아서 박씨가 내미는 사기 대접을 받아놓는다. 식당 문 밖으로 나서던 재기가 자기를 부르는 줄 알고 돌아섰다가는 입을 헤헤 벌리며 옆자리에 다가앉는다. 봉석이 재기의 술잔을 챙겨주며 야기죽거리며 말했다.

"니도 술을 되게 좋아헌다이."

"좋아헌다기보담도 두 분이서 술을 마시기에는 적적하다 싶어서요."

"내비둬. 술친구에는 나이가 없다잖여. 해란이 엄마, 선한 막걸리 내오지 않고 뭐햐. 오늘은 세 병, 각 일 병임세."

"또 한 잔 하시게유? 오늘도 무슨 일이 있었는감만."

밭일을 하고 온 듯 몸뻬 바지에 앞치마를 깡똥하게 걸쳐 입고 식기들을 치우던 밥집 아줌마가 싱긋빙긋 웃으며 냉장고에서 술병을 꺼내왔다.

"술 마시는 데다 레테르를 붙여서 뭣할 것이여. 이유가 없다면 없는 자식 생일이라도 만들어서 마실 판인디. 젠장할. 이 더위에 난장에서 한번 기어봐."

"박형. 하기사 누굴 탓하겠시요. 더위에 모기까장 덤벼드는데 술 한 잔 마시고 나가떨어지는 것이 장땡이지."

"근데 김씨 말야. 참 알다가도 모를 놈이 바로 나여. 아침나절에는 속도 쓰리고 신물이 치고 올라와 오늘은 그냥 지나가자 다짐을 해놓고도, 저녁때만 되면 바람든 것처럼 뱃속이 출출해지는 것은 대체 무슨 일이랑가. 암만 해도 뱃속에 술 좋아허는 거지가 수십 마리 들어앉았는감만."

"나도 그냥 지나자 했지만, 사실 누가 그 말 안 하나 하며 기다리고 있었당게요."

"내 김씨가 자리에서 밍기적거리는 것을 보고 딱 알았지."

"몸만 받쳐주면 뭐 술 마시는 것이 죄가 되나요. 근데, 봉석이 형님. 일신에 김 사장 말예요. 그 양반 엊그제 그렇게 된통 당하고서도 전혀 풀이 안 죽고 되레 쌩쌩하데요. 거 참 이상하데요. 우리 같으면 창피해서라도 고개를 못 들 텐디."

술잔을 든 채 가만히 재기의 말을 듣고 있던 봉석은 어글어글한 눈을 지릅뜨며 살똥스럽게 말을 받았다.

"그래서 아무나 사장 허는 거 아녀. 두꺼비 낯바닥처럼 빈들거리는 배짱이 그 첫째고, 둘째는 똥구멍으로 호박씨를 깔 만치 잘 비비는 것, 이 두 가지 것은 기본이랑게."

"김씨 너무 그러지 말어. 김 사장도 속으로 얼매나 울었겠어. 헤헤거리는 사람이 속이 더 깊은겨. 안 그려?"

"하기사 그렇기도 하겠네요. 인생이란 요만한 접시 물에도 그득히 담겨 있으니까."

"봉석이형, 접시 물이라니요?"

"내가 좀 어렵게 얘기했나, 헤헤. 좀 얍삽하게 사는 사람들에게도 인생이란 나름대로 그득하다 뭐 그런 뜻이지. 인생이란 다 나름대로 다 아프지. 근데 우리는 고렇게는 못 살지, 암."

"헤헤이, 김씨. 인생 별 거 있남. 술렁술렁 엎어졌다 뒤집어졌다 그렇게 가는 거지. 캬, 술 맛 좋고. 재기야 한 잔 받아라."

이렇게 세 사내가 빨갛게 약오른 고추를 된장에 찍어 발라가며 삶은 조개를 까 먹어가며 막걸리를 한 사발씩이나마 비우고 있을 때였다. 술청으로 촌 노인네 둘이 밀대 모자를 벗으면서 거무뎅뎅한 얼굴을 들이밀고 들어왔다. 구레나룻이 허연 노인이 대청 못에 걸린 수건으로 이마의 땀을 씻으며 말했다.

"해란이 엄마 선한 막걸리 있는감? 어휴 더워라. 하여튼 세상은 오래 살고 볼일이야."

"무신 재밌는 일이 있었는감만요."

아주머니가 대접을 내오며 서글서글하게 말을 받았다.

"넨장할 작것들이 차를 이리저리 끌고 다니다가는 지네 방구들 놔두고 왜 꼭 차안에서 그 지랄이랴."

"못 볼 거 또 봤는감만."

대머리에 코가 덜렁하게 큰 노인이 농약분무기를 토방에 벗어놓으며 심드렁하게 말대꾸를 했다.

"좋았던 풍속도 인젠 거덜나버렸어."

"거덜난 게 어디 풍속뿐인감?"

"까치들 땜새 깡통 매달아놓으려고 포도밭에 나가지 않았겠어. 근데 올라갈 텍이 없는 산 언덕빼기에 차가 있어서 낫을 딱 들고 가봤지. 전에도 포도밭 가에다 누가 차를 턱 버려놓고 갔잖어. 무슨 일이 있나 해서 조마조마허면서 가봤드랬지."

"좋은 비디오 한 프로 봤는갑네요."

막걸리와 안주를 챙겨오던 아줌마가 잇몸을 드러내 웃었다.

"비디오가 아녀 이 사람아. 저번 참에도 끔찍한 일들이 있었잖여. 혹시 또 무슨 일이 벌어지나 했지. 혹 도와줄 일이 생길지 어떻게 알어. 포도밭 고랑에서 모기 뜯겨가며 여수느라고 어젯밤엔 잠도 설쳤어 젠장할."

"허허, 이 사람아 그래 도움을 청하던가?"

대머리 노인네가 말꼬리를 비틀며 해죽해죽 웃어댔다. 세 사람도 술을 홀짝거리며 노인네들의 이야기에 귀를 기울였다.

"한참 망을 보고 있다가 혹시나 걱정돼서 가까이 가봤드랬지. 퍼드러져 자고 있더라고. 알타리무 포개지드끼 허구설랑. 자슥들이 인전 여기가 지네들 안방인줄 아는가벼."

"안방이 따로 있나, 폭신폭신한 데가 안방이지 뭘 그려."

"지난번엔 마산포 갯벌에서 뱅글란가 뭔가를 날린다고 개지랄을 해쌓더니."

모기 물렸다는 노인네는 헐떡거리며 막걸리를 한 대접 마시더니, 몇 개 남지 않은 이빨로 오이를 오물오물 씹어댄다. 재기가 맹하니 술잔을 들이키는 봉석과 박씨를 향해 중얼거렸다.

"행글라이더라고 경비행기 있잖아요. 그것을 갯벌에서도 날리나?"

모기 물린 노인네는 재기의 말을 건너 듣고서는 으스대며 쌔왈거렸다.

"젊은 친구, 우리도 알어. 뱅글뱅글 돌면서 내려온다고 뱅글라여. 하여간 웃기는 일 많이 보려면 하여튼 오래 살고 볼일이여. 갯벌이건 묵정밭이건 막 깔아뭉개며 짚차 경주대회를 한다고 생난리를 치질 않나 세상 참말로 웃기는 쌈봉이구만."

"그 정도 가지고 뭘 웃긴다고그랴 이 사람아. 요전번엔 어떻구? 허구 많은 자기네 땅 놔두고 여기까지 소를 끌고 와 소싸움을 시키는 건 뭐여. 뻘밭 자리를 자기 동네 운동장 정도로 아는 놈들인데 그까짓 거야 웃기는 짜장면도 아니야."

"그럼 뭐여?"

"그야말로 시방 웃기는 건 당신이지 뭐여?"

"내가 웃긴다고? 하참, 웃기는 사람들이 그렇게 많은 데 내가 뭘 웃겨? 뗙기 이 사람."

모기 물린 노인은 자신이 전혀 웃기지 않았음을 증명하기 위해 고추를 쥔 손으로 삿대질까지 해대며 지악스럽게 대머리 노인네에게 대든다. 대머리 노인네는 알량하다는 듯이 빙퉁그러지게 배배꼬면서 말을 받았는데.

"차 번호판만 적어놓고 끄덕끄덕 못 본 척 해야지. 그게 뭐가 좋다고 들여다봐 이 사람

아. 고것이 그렇게 볼 만하던가."

"하참, 연필 찔러넣고 밭에 가는 사람 봤어? 허이쿠, 이런 어린애 소갈머리 좀 봐."

"말이 그렇다는 얘긴데 뭘 그려."

"당신 산밭 들머리를 가로막고 거기서 떡허니 쌩쇼를 한바탕 해봐. 당신은 속이 안 뒤 벼지고 배기겠어?"

"그건 그렇지만 아무리 세상이 이판사판 공사판일지라도 우리야 이제 갈 판 아닌감. 낫살이나 제대로 퍼묵었으면 가만히 있는 것이 그대로 대우 받는겨 이 사람아."

"그런 당신은 자식들한테 대우받고 잘 사는겨? 낫살 퍼묵은 거 좋아허네. 처녀가 할망 구 되지 그럼 암탉이 할망구 되남?"

구레나룻 노인네는 말발이 전혀 안 먹힌다 싶자 이제 대머리 노인네의 자식들을 걸고 넘어진다.

"이왕에 농사도 못 지어먹을 땅 이리저리 만판으로 굴리면 어뗘? 근데 잘 나가다 말 가운데 토막에 남의 잘난 아들을 왜 물고 들어가남?"

"나도 말인즉슨 그렇다는 얘기여."

두 노인네는 금방이라도 싸울 듯 씨루고 삿대질하면서도 서로의 잔에다가는 철철 넘 치게 막걸리를 따라준다. 그것을 본 세 사내는 알다가도 모를 일이라 서로를 쳐다보며 픽픽 웃음을 흘린다. 모기에 물렸다는 구레나룻 노인네가 양미간을 쪼프리며 일행에게 말을 걸어왔다.

"아저씨들은 요기 돌공장에서 일하는 사람이대?"

"아뇨, 그 옆 철골 현장에서 일하는 사람들이구만요."

박씨가 고개를 꾸벅 조아리며 대답했다.

"아무리 사람들이 갯벌 메꾸느라 바쁘다지만 야간에는 돌공장 기계를 좀 안 돌렸으 면 참 좋겠드먼. 자네들이야 돈 많이 벌어서 좋겠지만 잠도 없는 우리는 어쩌라는 말이여. 몇 번 진정설 내두 메칠만 지나면 말짱 도루묵이야. 왜 사람들이 말을 그리 안 타는지 몰라."

"왜 그걸 모르남. 나이 헛먹었구만. 다 한 통속이니까 그러지."

대머리 노인네가 다시금 모기물린 노인네의 말에 토를 달았다.

"뭐가 한 통속이여 이 사람아?"

"이렇게 덜떨어지긴. 산을 왕창 까내고 공사를 많이 해야 군청에서 세금을 많이 받을거 아닌감. 군청이 누구네 편인지 아직도 몰러?"

"자네는 얼매나 잘 떨어져서 좋은 땅을 자식들한테 팔아먹게 다 퍼주고서 그렇게 잘사남? 자기 주제도 모르면서 떠들고 있어."

"그러는 자네는 뱃속 편하게 잘 사남? 할 말 없으면 국으로 가만 있지. 왜 남의 귀한 자식을 들먹여. 좋은 바다도 개판 되어버렸으니 인전 포도밭 몇 마지기 파먹고 산다왜?"

"내가 그때 뭐랬어. 보상금 받아봤자 개털이라고 했잖여. 도회지 놈들만 좋은 일 시킨다고. 걔들 눈에 개펄이 뭐로 보이겠어? 돈으로 보이지 바지락이나 낙지가 사는 곳으로보이겄냐구. 개펄이 살아있는 물건으로 보이겠느냔 말야, 이런 한심한, 쯧쯧."

"그러는 자네는 돈을 안 받았남? 자네도 돈을 받으니 자식들이 먼저 알고 달려오드만."

"우리 자식들은 그래도 살 만큼 살잖여."

"그럼 왜 따라가 살지 않고 여기서 살어?" 하며 대머리 노인네가 모기물린 노인네를다그친다.

"낯선 곳으로 가 어떻게 살어. 자네도 내 나이 돼봐. 낯 설은 것은 질색일 테니까. 얼매나 살겠다고 따라가 사남? 그려 안 그려 이 사람아?"

"하긴 그려. 근디 몇 살이나 더 먹었다고 나이 타령허는 자네도 참 안 됐네그랴……."

대머리 노인이 마침내 클클 혀를 차며 분무기를 메고 일어서자 구레나룻 노인네는 몇 개 남지 않은 이빨로 오이 쪽을 옴죽옴죽 배어물며 혜적혜적 그 뒤를 따라나선다. 나가는 노인네들의 뒷모습을 무연히 보고 있던 봉석이 말했다.

　"아줌마, 여기 앞 바다에서 바지락 같은 해물이 인젠 안 잡힌다요?"

　"전에는 대합, 모시조개, 낙지, 꼬막 같은 거는 흔천으로 널려 있었는데 지금은 보다시피 다 말라붙고 있으니 잡힐 게 뭐유. 촉촉한 곳도 시금내가 나는데 고기가 어떻게 살것이유. 우리야 인전 포도 농사나 지으면서 살아야제 별 수 없어유."

　아줌마가 행주로 술자리를 치우면서 한숨을 푹 내쉰다. 벌컥거리며 술을 들이키는 봉석에게 재기가 물었다.

　"봉석이형, 이렇게 갯벌 매립하는 거 어떻게 생각하세요?"

　"어떻게 생각하고 자시고 할 것 있겠냐. 갯벌이 자연의 콩팥이니 간이니 말해쌓지만 우리부터가 갯벌 매립하는 장비를 맨들고 있잖어. 하여튼 대기업들이야 이렇게 큰 공사가 있어야 장비가 팽팽 잘 돌아갈 거고, 그 덕분에 우리 같은 사람도 먹고 살겠지. 박형, 안 그려요?"

　"그러면 어떻고 안 그러면 또 어뗘. 언제 갸들이 공사한다고 우리에게 물어보고 말뚝 박았남. 내비둬. 우에 것들도 다 생각이 있었지. 잘난 사람들이 얼매나 많은디."

　"아까 할아버지 말대로 바다는 생물이 사는 곳인디. 형님들, 그런 바다에다 말뚝을 박고 피를 뺀 다음, 갈아엎어서 찢고 나누고 한다고 생각하니 어째 내 가슴에다 말뚝을 처박는 것 같이 끔찍허네요."

　재기가 약오른 고추를 반쪽 쪼개서 넘겨주며 봉석의 뜻을 다시 짚어본다. 봉석은 거무튀튀한 된장에다 고추를 찍어 바르며 말했다.

　"나도 전에는 핏대 올려가며 옳은 소리 많이 해봤던 사람이다마는 그렇게 어렵게 얘기할 것 하나 없다이. 인천 우리동네 슈퍼 옆에 오동나무가 한 그루 서 있걸랑. 올라가

쉴 때는 그 나무 밑 평상에서 동네 사람들하고 뺑 둘러앉아 술 한 잔 하는 게 낙이라. 하루는 호박잎이 담을 타고 밖으로까지 하도 무성하게 번져 있길래, 별 생각 없이 '형님네는 호박 많이 따묵겠네' 그랬지. 근데 마을버스 운전하는 금식이라는 집주인 형님이 말야, '호박이라구? 어떻게 생겼는지 구경 좀 시켜도라' 이러는 거라. '호박꽃이 저렇게 많이 피었는데 왜요?'라고 물어봤지. 길이 외져 밤중 내내 가로등을 켜놓는데 열매가 열릴 게 뭐냐는 거야. 식물도 밤에는 잠을 자야 한다네. 그리고 보면 자연의 순리란 정확하지."

봉석의 말을 듣고 있던 박씨가 말도 안 된다는 듯이 시통머리터지게 말을 박았다.

"식물이 잠잔다고? 고거 참, 어느 시절에 솟아난 낮도깨비 같은 소리여."

"원식이 형님의 도깨비 타령이 드뎌 또 나와부렀구만요. 형님 인젠 버전을 바꾸셔야죠?"

"못 봐줘. 이렇게 살겨. 자네들 요런 얘기는 못 들어봤제? 식물도 감정이 있다는 거, 헤헤헤."

"그건 대체 뭔 얘기다요?"

"우리 같이 무지랭이 밥통들도 써먹을 이야기 하나 정도는 손에 거머쥐고 다니지 흐흐흐. 연탄가스를 때던 시절 얘기니까 그리 뭔 얘기도 아니여. 나뭇가지가 자꾸 연통 반대쪽으로만 휘더란게. 전주 군산 가도를 가봐. 벚꽃들이 다 길 바깥으로 휘었어. 처갓집 갈 때마다 봤지. 내말 알아들었남?"

"아이구 잘 알아들었이요, 박형."

봉석이 웃으면서 박씨에게 잔을 내밀어 권배를 청하고 난 다음, 재기에게 눈을 돌려 마무리를 짓듯이 말했다.

"아까 재기 니가 끔찍하다 했는디 멀쩡한 사람들 가슴에다가 대갈못을 박고서도 헤헤거리면서 잘사는 놈들이 참 많다이. 근데 우리가 언제 저기 바다까지 신경 쓸 것이고?

그리고 자연을 파괴하지 않고 어떻게 발전이란 것이 있었냐? 나도 원칙이라는 말 되게 좋아하지만 요새 세상은 반칙으로도 잘만 굴러가잖어."

예상과는 달리 재기는 봉석의 말에 맞장구를 치고 나왔다. 그러나 그 방향은 좀 달랐다.

"맞아요, 형님 말대로 인류 문명이란 자연을 파괴하면서 발전해왔어요. 근데 현대 자본주의는 근본적으로 자연환경하고는 대립적이어요. 자연을 섬기고 돕는 것은 인간이 서로 섬기고 돕는 것과 마찬가지로 그게 인간의 본성적인 요군데…… 아이쿠 말이 너무 철학적으로 됐뺐네요. 죄송하네요. 어쨌든 요즘 세상에 잘 나가는 사람치고 반칙 안 하는 사람들이 얼매나 있었어요?"

그러자 두 사람의 수작을 멀거니 듣고 있던 박씨가 눈알을 뒤룩거리며 아기똥하게 한마디 하고 나선다.

"반칙 좋아허네. 나는 반칙은 모르는 사람여. 훑어 내리는 용접은 죽어도 난 안 해. 암사, 따박따박 때워나가지 얼렁뚱땅 때워 넘긴다는 말은 내 사전에는 없응게."

박씨는 어려운 얘기를 아주 쉽게 정리하고선 흐뭇하게 똥배까지 툭툭 두드리다가는, 먼지가 잔뜩 묻은 작업복 어깨로 코밑을 훔쳐간다. 쿡쿡 웃어대던 봉석이 술잔을 벌컥 비우고선 자리를 털고 일어났다.

"박형, 난 저 할배들 보니까 가슴이 짠한 게 고향에 계신 엄니 생각이 나네요."

"고롬, 그런 생각도 안 나면 그게 사람이여. 해란이 엄마. 오늘 엄청 잘 마셨어요."

세 사람은 아줌마가 내미는 장부에 각자 이름을 적은 다음 식당 문을 나섰다.

바다 쪽으로 난 갯고랑에는 칼날처럼 뻣세게 기가 오른 갈대가 석양빛을 받아 붉게 너울거리고 있었다. 해거름의 햇빛 속에는 청결한 바람 한 줄기 숨어 있을 듯도 한데 애터지게 간지러운 바람만 불어왔다. 둑길을 따라 검푸르게 일렁거리는 고래실 논의 벼를 유심히 살펴보던 봉석이 갑자기 앞에 가는 두 사람을 향해 말했다.

"나락이 좋아서 미치고 있구만."

"뜬금없이 그건 또 뭔 말이대?"

박씨가 코맹맹이 소리로 말을 뱉었다.

"문고병도 몰라요? 박형도 고향이 촌이람서."

"알지. 근데 왜 미치나?"

"비료를 들입다 많이 주어봐요. 그럼 나락이 미쳐번진당께요. 그냥 지나가다가도 우린 고런 것은 잘 보지. 이래봬도 내가 농고 출신 아니요."

"형님, 벼가 좋아서 미치면 농사가 기막히게 잘 됐다는 얘기네요?"

재기가 얼굴에 날아와 붙는 깔다구 떼를 모자로 휘휘 쳐내며 말했다.

"허허이 어째 찬찬히 얘기했는데도 말뜻을 고래 못 알아들으실까. 좋은 것을 너무 많이 주면 탈이 난다는 거 몰러? 세상 이치란 게 그려."

봉석은 말을 마치고 볼록하게 배동이 올라 설렁거리는 나락 중에 불긋불긋 말라가는 것들을 손가락으로 가리킨다. 눈알을 뱅글뱅글 굴리던 박씨가 능갈맞게 해죽해죽 웃으면서 말했다.

"그려, 얼씨구나 좋다 하면서 들입다 달큼한 것만 밝혀봐 뿌리부터 썩지, 안 그려 김씨."

"그라지요. 에헤헤, 박형도 응용하는 재주 하나는 비상허네요. 근데 나락이 저렇게 벌겋게 타게 되는 것은 한랭, 고것이 문젠네."

"할랭이 뭐래요?"

"거, 뭣이냐 찬바람인데, 거 통풍이 안 되면 먹거리들이 다 쉬잖어. 딱 그짝이여. 요렇게 사방을 막아대며 난리를 치는데 어떻게 한랭이 될 것이여. 찬바람과 더운 바람이 슬슬 섞여서 상통하는 것, 휘휘 돌아가는 순환 원리, 그게 자연이친데, 철학과람서 주역도 모르냐고? 허참 얘기가, 그러네요. 박형, 하여간 요렇게 공기가 시금털털해가지고 농사가 뭣이 되겄어."

"떼그럴. 별 희한한 이론 다 듣겠네. 공기를 맛으로 먹나 그냥 먹지. 배꼽이 떼지게 웃는구먼."

박씨의 입에서 또 도깨비 소리가 안 나온 것은 천만 다행이었다. 세 사람은 허허 웃으며 아카시와 소나무가 어우러진 숲길로 들어섰다. 발아래 무성한 풀숲에서 푸드득 꿩이 튀면서 아카시 숲으로 날아가 묻힌다. 뒤에서 갸웃갸웃 생각을 굴리며 따라오던 재기가 갑자기 뭔가를 깨달았다는 듯 허벅지를 때리며 앞장을 서서 산발치를 설레설레 돌아 올라간다.

언덕 위에 오르자 열린 바다와 닫힌 바다를 가로지른 도로를 사이에 두고 잘려져 나간 섬이 뻘건 황토를 드러냈다. 섬과 섬 사이의 물길을 막아, 닫힌 항아리가 되어버린 바다로부터 그런대로 축축한 바람이 불어왔다. 소나무 세 그루와 참나무 하나 사이로 통나무를 엮어 그 위에 판자를 걸쳐놓은 원두막에서, 세 사내는 잠시 더위를 가리고 다리쉼을 하였다.

아래 포구 횟집 마당으로부터 즐비하게 늘어선 자동차 차창에 반사된 석양의 햇빛이 칼날처럼 번뜩번뜩 빛을 쏘아왔다. 하루의 지친 노동을 끝낸 해가 서쪽 바다 허리 잘록한 섬 머리에 걸려서 잠시 쉬고 있었다. 매미 우는소리, 까치가 쩍쩍거리는 소리에 묻혀, 솔숲 언덕으로부터 기타 반주에 맞춰 노래 소리가 흐느적거리며 들려왔다. 박씨가 혀를 차며 말했다.

"최씨가 벌써 저쪽으로 올라갔나 보구먼."

산언덕으로부터 꼬스름한 깨 냄새가 바람을 타고 실려왔다. 솔숲이 끝나는 황토밭, 그 밭두둑에 부룩을 박아 심은 들깨로부터 흘러오는 것이 분명했다.

그때 저 아래 숙사로 통하는 돌너덜길을 터덜터덜 내려가는데 아래쪽으로부터 삼식이 바쁘게 달려 올라왔다. 일행은 잠시 쉬면서 삼식이 가까이 오기를 기다렸다. 삼식이 턱까지 오르는 숨을 바쁘게 뱉어내며 말했다.

"성만이 형이 또 붙어버렸당께요."

"그건 또 뭔 말이다?"

박씨가 느물느물하게 말을 늘여 빼는데, 삼식은 뻗친 숨을 내쉬며 툴툴 말을 이었다.

"지금 우리 방에서 걸지게 한판 벌어졌단 말이요."

"싸움이 벌어졌다고? 하참."

봉석이 그쪽으로 뛰어갈 듯 벌떡 일어서자, 삼식이 한심하다는 듯 봉석의 어깨를 잡고 앙알댄다.

"형은 그 나이 돼 갖고 고래 쉬운 국산말도 못 알아묵고 그러요. 한바탕 크게 도박판이 벌어졌다는 말 아니요."

"치, 야 임마, 자슥아, 그럼 성만이가 또 거기에 붙었다는 말이네. 그럼 저쪽 오야지 하성봉이도 있더나?"

"없을 텍이 없죠. 형님, 재미난 꼴 한번 보게 112로 신고해버릴까. 성만이 형 지난달에도 월급을 홀라당 해먹었다는디 엊그제께 쪼깨 받은 월급 지금 남아났을지 모르겠네."

"그래선 안 되지, 야, 어떻게 해야 하냐 이거."

"형님도 참, 방에 들어가자마자 한 푼이라두 덜 축 냈을 때 뜯어말겨 그만두게 해야 할 거 아니요?"

"고래, 가보자."

모두들 날랜 걸음으로 잡아 뛰는데 삼식이 봉석의 뒷발 가까이까지 와서 툴툴거렸다.

"형님도 참말로 깝깝하네. 가서 뜯어말기려면 뭔가 작전이 있어야 될 거 아니요?"

눈살을 쪼프리며 고개를 갸웃갸웃하는 봉석을 향해 느리장나리장 따라오던 박씨가 냅떠 나서며,

"니열, 작전이 뭔 필요가 있댜. 딴 데 가서 혀, 온몸이 녹작지근하니 피곤하니께로, 한숨 퍼드러지게 자야 쓰겄으니 그만혀 허면 될 거 아녀." 하며 숙소 쪽으로 씨엉씨엉 먼저 걸어간다.

삼식이 이에 어림없다는 듯이 혀를 차며 말했다.

"박씨 형님도 참, 성만이 형님이 여기서 그만하란다고 저쪽 숙소까지 안 따라붙을 것 같으요?"

묵묵히 앞서 가던 재기가 걸음을 늦추며 봉석에게 좋은 수가 생겼다는 듯이 말했다.

"형님이 작업 관계로 상의할 것이 있다고 반장 형님만 쏙 빼내면 될 거 아녜요?"

"재기야, 그 양반이 고런 말에 씨알이나 먹힐 것 같애. 시방 눈이 벌게 있는데."

봉석이 재우쳐 가던 발걸음을 문득 멈춰 서며 곁눈으로 삼식을 힐끗 보며 말했다.

"야, 나는 안 되겠다. 거기 꼴 보기 싫은 놈이 하나 딱 있거든. 어떡하면 좋으냐?"

"꼴 보기 싫은 놈이라니요?"

"나는 개라면 딱 질색이거든."

"개라니, 뜬금없이 그게 무슨 소리다요?"

"고런 게 있어. 어쨌든 일단은 가보자야."

막사에 이르자 열린 방문 앞에 신발이 어빠자빡 뒤엉켜 있는 것부터가 벌써 심상치 않았다. 담배 연기, 땀 냄새가 풍겨나는 너른 방안에 칠팔 명의 사람들이 둘러앉아 포커에 한창이었다. 철골 팀에서는 하 사장을 포함하여 세 사람, 포크레인 기사, 주 반장이 함께 어우러져 있었다. 구경하는 축도 두세 명 더 있었지만 최씨는 보이지 않았다.

"핫다, 이 양반들이 남의 방에 들어앉아 이게 무슨 짓들이랴."

봉석이 사람들 틈을 어기적거리며 헤쳐 들어가며 불퉁스럽게 한 마디를 던지자, 주 반장이,

"봉석아, 미안케 됐다. 심심풀이로 몇 판만 돌리는 기라." 하며 머리를 까닥까닥 미안

하다는 시늉을 해 보인다. 하지만 나머지 사람들은 포커 패에 눈을 박은 채 얼굴조차 들지 않았다.

봉석은 일단 반바지로 갈아입은 다음 뚱하게 고개를 내밀고 포커판을 훑어보았다. 사람들로 구물거리는 방안에는 엉덩이를 비집고 들어앉을 자리조차 있을 성싶지가 않다. 보는 사람들도 없이 텔레비전은 마냥 헛돌아가고, 선풍기는 시절을 만난 듯 앵앵거리며 고리탑탑한 담배 연기를 밖으로 날려보내고 있었다. 그 와중에 벽에 등을 기대선 채로 삼식은 봉석에게 자꾸만 눈짓을 해댄다. 봉석은 어쩔 수 없이 작업복 입은 채로 패를 나누는 주 반장 옆으로 무릎을 들이밀며 끼어 앉았다. 이번 판에 돈을 질러 박았는지 하 사장은 희끗희끗 털이 박힌 갸름한 턱을 샐룩거리며 담배를 찾는다. 헤헤거리는 주 반장의 무릎 앞엔 만원짜리 지폐가 수북이 쌓여 있었다. 주반장의 입이 즐겁게 나불댄다.

"삥 카 칠라카면 기본은 갖구서 덤벼야지 나는 꼭 확인을 하는 사람이라카이. 자 핵교 갑시대이."

동전들이 깔아놓은 홑이불 위에 쩔렁 떨어지며 판이 다시 돌아갔다.

"삥."

"나도 삥이네."

"나도 삥."

"봉 가지고 막판까지 질러대는 사람이 어딨나. 나는 집 가지고도 죽었는디."

"보초서는 사람도 있어야 마음 놓고 죽거나 살거나 하제."

"손바닥 그림은 좋았었는데 고거 참 딱 한 장이 안 뜨는구먼."

"누구는 시방 여러 장 기다렸나. 마담이 아예 안 떴으면 돈도 안 찔러박았을 거 아냐."

사람들은 저마다 한 마디씩하며 카드에 눈을 붙인다. 주 반장이 헤헤 웃으며 봉석에게 패를 살짝 보여주며 말했다.

"어때 그럴 듯 하제?"

"뭐 별론데."

봉석이 심드렁하니 대꾸를 하며 얼핏 삼식을 보니 눈알까지 씀벅거려 가며 안달하는 모양이 차마 불쌍하다. 주고받는 눈길을 본 주 반장이 선심 쓰듯이 삼식에게 만원짜리 두 장을 집어주며 말했다.

"삼식아, 가게에 한번 갔다와야 쓰겄다. 션한 맥주에다가 안주나 좀 사온나."

"콜라도 좀." 하고 포커 패를 쪼고 있던, 멀대 같이 앉은키가 껑충한 청년이 말을 덧붙였다.

"혀, 형님은, 여기 어린 사람들도 많은디 어째서 나한테다 그런 심부름 시켜 쌓소."

삼식이 앵돌아지게 엇대면서 씨우적거리자 하 사장이 동료의 패를 뒤넘어 흘끗거리고 있던 젊은 친구에게 얼른 갔다오라고 눈짓을 한다. 젊은 친구는 입을 빼 밀고 샐쭉거리며 돈을 받아들고 밖으로 나간다.

몇 판이 더 돌아가자 포크레인 기사에게 돈이 몰리기 시작했다. 주 반장의 무릎 앞 돈도 이미 절반이 달아나 있다. 멀대가 패를 까 던지며 화가 난 듯 담배를 질금질금 씹으며 말을 뱉었다.

"핫다, 포크레인 굴리는 양반이 돈을 참 좀스럽게 질러대네그랴."

"잘게 먹고도 된 똥 싸는데 뭘 그려." 하며 포크레인 기사가 뱅글거리며 너스레를 떤다.

"사장님, 한 번만 더 밀어주셔."

멀대가 부리부리한 눈을 끔벅거리며 하 사장에게 말했다. 하 사장의 주머니에서 10만 원짜리 수표가 나와 멀대 손에 갔다가 다시 카드 판에 섞인다. 앞에 쌓였던 돈이 다 나가자 주 반장의 뒷주머니에서도 새로 돈이 나오기 시작했다. 몇 판 돌아가지 않아 금세 또 밑천이 달랑달랑해진 멀대가 하 사장에게 또 돈을 빌린다. 이제는 돈이 하 사장 앞으로 모이기 시작했다. 포커판은 누가 보더라도 재미있게 돈이 이리저리 흘러갔다. 주 반장은 돈이 졸아들면서 속이 타는지 자꾸 맥주만 마셔댔다. 하 사장은 속이 안 받는다며 권하는 술잔도 마다하고 콜라만 홀쩍거리며 판 밖으로는 아예 눈을 돌리지 않았다. 삼식이 다시금 봉석의 옆구리를 질벅거리며 눈짓을 했다. 볼을 세차게 샐룩거리며 오징어 안주를 씹어대는 것을 보니 심히 실망스럽다는 표정이 역력하다. 그때 포크레인 기사가 두 사람을 힐끗 쳐다보더니 봉석에게 말을 걸어왔다.

"형씨도 한 자리 끼지 그러쇼."

"그래 주형 한번 빠져봐라. 내 한번 해볼게. 그 밑천만 내게 빌려줘 봐."

"아니 그러지 말고 한 자리 만들지 그랴."

"봉석이 니 언제 카드를 배웠다고 그카나?"

성만이 볼멘 소리로 말을 뱉어낸다.

"굴러다니다보면 다 배우는 거지 뭘 그려. 주형 패가 꿀리는 거 보니까 안 되겠어. 잘하는 솜씨는 아니라 해도 초짜가 싱글벙글 복도 많다고도 하잖여."

봉석이 억지로 자리를 조여앉자 주 반장은 엉거주춤하게 자리를 내준다. 기세 좋게 시작했지만 초반부터 패가 꿀리기 시작했다. 연거푸 맞서보았지만 돈은 포크레인 기사나 하 사장에게 돌아갔다. 주 반장이 다시 끼여들려고 무릎을 들이미는데, 봉석은 나무둥치처럼 떡하니 자리를 꿰차고 앉아 자기 지갑까지 열어가며 돈을 태워나간다. 이제 안달복달이 난 것은 삼식이었다.

"봉석이형, 그만하고 일어서요. 고런 개끗발 가지고 널뛰다간 기둥뿌리도 안 남아나겠네."

"우리는 중간에서 손터는 염통머리 없는 사람 아니다 너. 봐라 죽이잖아."

"죽이긴 개뿔이나."

주 반장이 봉석의 패를 보더니 화가 난 듯 말을 내뱉었다.

"옆에 있는 사람들은 잠 조용히 합세다."

멀대는 여전히 패가 풀리지 않은 듯 부루퉁하게 씨월거렸다. 돈을 잃은 사람들이 입만 열면 욕지거리할 소재를 찾았기 때문에 이젠 구경꾼들도 헤헤거리며 함부로 웃음을 내뱉지 못했다. 하 사장은 덤덤하게 슬쩍슬쩍 패를 돌려나가는데, 봉석은 벌개진 얼굴을 패에 파묻은 채로 쩔쩔맨다.

결국 돈이 바닥이 난 봉석은 자리를 털고 일어났다. 하지만 판은 여전히 잘도 돌아갔다. 판세는 이미 결판이 난 거나 다름없었다. 그런데 주 반장은 말리는데도 한사코 봉석의 자리를 다시 꿰차고 앉아 슬렁슬렁 패를 받는다.

"오늘은 패가 영 안 풀리구마. 자, 이젠 잘 될기라."

"안 되는 판은 안 되는 거여. 자— 이제 그만하고 일어납세다. 우리도 씻고 좀 쉬어야 할 텡께."

봉석이 홑이불 깔개를 들치면서 말했다.

"형씨, 몇 판만 더 놀아봅시다. 돈 잃고 기분 좋은 사람 없응께로."

멀대가 홑이불을 후리면서 하 사장에게 패를 돌리라고 눈짓을 했다. 머뭇머뭇하던 하 사장이 멈칫했다가는 는실난실 패를 경쾌하게 나누어간다. 눈꼬리가 치켜 올라가며 봉석의 입에서 되통스러운 한 마디 말이 툭 튀어나왔다.

"핫다, 그만하라면 그만할 것이지. 젊은 사람이나 늙은 사람이나 하는 짓들이 영 개판이구만그랴."

"개판이라꼬? 글 안 해도 속 타는 사람 염장 지르지 맙시다이."

멀대가 패를 꼬나 쥔 채 눈알을 가파르게 치뜨며 봉석의 얼굴을 한번 내리훑는다. 봉석은 턱까지 치받쳐오르는 화를 억지로 눌러 참으며 그냥 자리에 앉았다. 하지만 그에 상관없이 쩔렁 소리가 나게 돈을 태우는 하 사장의 얼굴이 번이 눈앞에 잡힌다.

"내가 뭐 잘못 말했나. 낫살이나 처먹어 가지고 자식뻘 되는 얘들한테 돈을 꿔줘 가며 판을 벌이는 사람이나, 얼씨구 좋다하고 꾼 돈 가지고 들이박는 놈이나 개판이 따로 없구만."

"허허, 이 아저씨가 가만 보니 니기미 몰아 때려서 욕을 하고 있네. 돈 잃었으면 조용히 자빠져 있을 것이지 어디다 개뼉다구 같은 소리를 하고 있어?"

멀대가 포커판을 뒤집으며 옆에 있는 술병을 집어들었다. 털이 무성한 팔뚝에 파란 문신이 돋아나며 삽시간에 방안에 얼음장이 깔렸다.

"내가 뭐 잘못 얘기했나? 젊은 친구가 이제 보이 싸가지가 완전히 거덜났구먼."

포커판이 어질러지자 판을 벌이던 사람들은 화닥닥 자기 돈을 챙겨서 일어나며 비켜섰다. 삼식이 봉석의 옆구리를 잡고 늘어졌고 아까 맥주를 사왔던 젊은 친구가 멀대의 어깨를 잡았다. 두 사내가 햇살에 그을린 턱을 서로 뽐내며 으르딱딱거리며 다가섰지만 안타깝게도 둘 사이에는 여러 겹 사람의 장막이 가로막았다. 멀대가 돈 잃은 울화를 풀기라도 할 것처럼 말리는 친구의 어깨 너머에서 으름장을 놓았다.

"쇳물 곱게 처먹었으면 좀스럽게 굴지말구 붙어 새꺄. 이게 어디서 찍자를 붙고 있어."

"저런 우 아래도 없는 후레아들 놈이 있나."

눈에 퍼렇게 모를 세우며 봉석도 붙잡힌 몸을 뿌리치며 달려들었다. 병이 벽에 부딪쳐 깨지며 사방으로 유리가 튀었고, 간장이 자지러붙는 어이쿠, 하는 비명 소리도 났다. 어느 틈에 손을 잡아 비틀었는지 멀대의 손에서 술병이 떨어지며 방바닥으로 굴러갔다. 하지만 봉석의 오른 팔뚝에는 피가 주르르 흘러내렸다.

"이런 피라미 새끼가 어른을 몰라보고 어디서 꺄불고 있어."

봉석이 다시금 달라붙는데 사람들이 우르르 몰려들어 두 사람을 문밖으로 잡아 끌어냈다. 칼날 같은 초생달은 하늘에서 고요히 떠 흐르고 별들마저 까무룩히 졸고 있는데, 괴괴하게 흐르는 수은등 불빛 아래 어슥어슥하고 거칫거칫한 그림자들이 들썽거리며 마주섰다. 숫자나 덩치는 엇비슷했지만 하 사장 팀이 나이가 많이 어렸다

그때 박씨가 세면장에 붙은 방문을 열고 나와서는 잠 덜 깬 눈을 비벼대며 나릿나릿

굼뜨면서 사람들에게 다가왔다. 재기는 주 반장 옆에 붙어 서서 주먹을 움켜쥔 채 마른 침을 삼키고 있고, 삼식은 주 반장에게 열쇠를 받아들고 약을 가지러 사무실 쪽으로 날쌘 토끼처럼 뛰어간다. 최씨는 왁시글거리는 소란에도 모습이 보이지 않았다. 주 반장이 하 사장을 향해 말했다.

"서로 말을 함부로 하다보니까 그렇게 된 것이니까. 사장님 서로 참읍시다."

"허지만 저 양반이 저리 날뛰니 어디 말이나 붙여보겠어?"

멀대는 피가 흐르는 손목을 움켜쥔 채 콧김을 씩씩 불어내며 금방 달려들 듯 시근덕거렸다. 쥐고 있던 병 유리에 자기 손이 찔린 것이었다. 두 사람이 접전을 벌이다 모두 피할 수 없는 상처를 입은 셈이었다. 주 반장이 봉석의 팔뚝에 흐르는 피를 화장지로 닦아내며 말했다.

"봉석이 자네답지 않게 이 뭐꼬? 다 내 잘못이대이. 재기야, 퍼뜩 차 몰고 오지 않고 뭐하고 있노? 니 눈치 되게 없대이. 병원으로 후딱 가야 안 하나 어이?"

재기가 뛰어가자 저쪽 편에서도 한 사람이 뛰어갔다. 박씨가 그제서야 사태를 짐작했는지 훌러덩 머리를 흔들며 말을 뱉어냈다.

"이게 뭔 짓이냐? 떠그럴거 이젠 현장에도 우 아래가 까꾸로 뒤잡어졌구먼그랴."

그때 거친 숨을 토해내며 숨을 고르고 있던 봉석이 가파르고 적의에 찬 눈빛으로 하 사장과 멀대의 얼굴을 내리훑으며 말했다.

"내가 잘못 얘기했냐구? 그만하라면 그만해야지. 아들 뻘 되는 아한테 돈이나 빌려주면서 계속 판을 벌이면 쓰겠어. 노가다 판도 이젠 정말 개판 5분 전이네."

담배를 불붙여 물은 하 사장의 얼굴이 창백하게 일그러진다. 분을 삭히지 못한 멀대가 잡은 손을 뿌리치며 앞으로 달려들었다.

"저 양반이 돈 잃고 어디다 화풀이여 시방. 같은 현장에서 일한다고 적당히 봐 넘길라 했더니 정말 안 되겠네. 어따가 시방 야지를 놓냐구. 우리를 완전히 먹을 콩으로 보고 있네. 이거 놔. 니미 낫살이나 처먹었으면 주딩이라도 잘 놀려야지."

봉석이 다시 달려드는데 이번에는 박씨가 봉석의 어깨를 붙잡았다. 하 사장이 멀대의 앞을 막아서며 점잖게 타일러댔다.

"인걸이 니 조용히 안 할래. 내일이면 서로 얼굴을 맞댈 사람들이 이렇게 창피하게 싸우면 어이하노."

하지만 하 사장의 말투에는 대차게 밀어붙이고 드는 자기 식구에 대한 대견함 같은 것이 배어났다. 그때 삼식이 동동거리며 다리를 건너 달려왔다. 약을 발랐어도 깊게 파인 상처라 피가 하물하물 쉴새없이 흘러나온다. 상처를 대충 동여매고 있을 때 차 두 대가 오솔길에 난 풀들을 깔아뭉개며 다가왔다. 화물차는 재기가 몰고 왔지만, 저쪽 편에서도 승용차 한 대를 몰아온 것이었다. 환자들을 나눠 실은 차들은 서둘러 읍내를 향해 떠나갔다.

뒤뚱뒤뚱 불빛을 흘리며 산자락을 달려나가는 차 꽁무니를 따라, 어둑시근한 산 그리메 어디쯤에서 불쑥 개짓는 소리가 튀어나와 사람들의 마음을 심란하게 긁어댔다. 이어 개 짓는 소리마저 그치자 얄푸르른 정적 속에 아카시 숲을 스르랑거리며 감아 도는 바람 소리만 남겨진 사람들의 가슴속에 쓰렁하게 파고들었다.

10. 위험한 무기

움쑤셔대는 것이 곪으려는 거 아냐. 덜떨어진 놈 같으니라고. 이게 무슨 꼴이냐고? 토끼몰이 갔다가 코가 깨져 돌아온 사냥꾼처럼 창피하게시리. 다 지난 일인데……. 하지만 하성봉이가 미꾸라지 같이 뺀질뺀질하게 나대는 꼴을 옆에서 빤히 보고만 있어야 하냐구. 아니야, 다 지난 일인데, 다 지난 일이고 말고.

봉석은 잊기 위해 손을 잽싸게 놀려보지만 다시금 약이 뻗쳐오르고 뜨거운 주먹이 목구멍을 치받는 것처럼 가슴이 답답해 견딜 수가 없다. 까마득히 잊은 것 같았던 고통스러웠던 기억들이 아물었던 상처를 다시 찢어 덧나고 있는 것이었다. 봉석은 심호흡을 하고 쪼그려 앉았던 자세를 몇 번이나 추슬러 앉았지만, 땀방울이 상처를 건드릴 때마다 으쓱으쓱 쑤시면서 남모를 비통함과 회한이 새로 똬리를 트는 것이었다.

어둑어둑하던 밤. 담을 뛰어넘어갔을 때 준비하고 있었다는 듯이 시커멓게 다가들던 그림자들, 몽둥이질, 발길질, 세 사람의 얼굴에 들씌워지던 수건, 눈을 가린 채 울퉁불퉁한 비포장도로를 끌려가며 느꼈던 죽음의 냄새, 괴괴한 달빛 속에서의 폭행, 사직서, 두 달 동안 병원에 드러누워 있었던 참혹한 기억들. 근데 누가 그것을 꼰질러 바쳤을까. 집사람과 만나 데이트를 할 때 아내의 머리 너머로 보이던 하성봉의 얼굴. 하아…….

봉석은 절단하는 것을 멈추고 일어나 심호흡을 했다. 끄느름한 하늘에 줄줄이 늘어선 구름장을 보면 금방이라도 한 줄금 비를 뿌려댈 것 같았지만, 축축한 바람만이 땀벌창이 된 어깨 짬을 끕끕하게 간질이며 산들산들 불어왔다. 밭두둑의 백양나무가 이파리를 화르르 떨 때마다 은빛 알갱이가 고대 떨어질 듯하여 눈알이 시리다. 호퍼 그늘에 앉아 마당까지 줄기를 뻗어 올라온 칡넝쿨을 무연하게 바라보고 있을 때였다.

호퍼 모서리에 수첩이 하나 떨어져 있는 게 언뜻 눈에 들어왔다. 손바닥만 한 메모용 수첩인데 땀이 스며들어 모서리가 많이 뭉개지고 안의 글씨도 퍼렇게 번져 있었다. 봉석은 수첩을 엄지로 후루룩 훑으며 안을 살펴보았다. 우선 글씨체부터가 주 반장과는 완연 다르다. 우연히 펴본 쪽에는 깨알같은 글씨로 이런 글이 씌어져 있었다.

'땀은 불꽃이다. 그래서 아름답다.
땀에 젖은 팔뚝을 물어뜯는 모기도 아름답다.
모기가 커가는 시궁 물에 떨어지는 달빛도 아름답다.

아늑하고 편안한 침대 위에서 잠자는 이여!

이 절핍한 시대에

적어도 남보다 더 많이 가진 것에 대해

부끄러워할 줄 안다면 그대는 자유인이다.'

봉석은 하, 탄성을 지르다 일기장 같아서 수첩을 덮는다. 그러나 이내 호기심을 참지 못하고 다음 구절을 펴 읽어본다.

'벼가 미쳐버린다. 한랭이라? 찬 것과 뜨거운 것의 순환과 변화, 얼마나 중요한 말인가.　낙엽이 지렁이를 숨기고 지렁이가 은방울꽃을 터치고 은방울꽃이 나비를 품어 안는다. 인간의 살이 숭어의 꼬리가 되고 개구리의 오줌이 개미의 머리가 된다. 물이 불을 만나 바람이 되고 바람이 불이 식으면 물이 된다. 물이 꽃이 되고 꽃이 돼지가 되고 돼지가 인간이 된다. 서로 나누고 합하고 취하고 버리는 것, 이러한 섬김에는 에누리가 없다. 그래서 조화다. 그런 의미에서 우리는 이 지상에 온 하나의 손님이다. 이러한 섬김과 소통은 인간간에, 인간과 자연간에, 자연 상호간에 그 얼마나 중요한 말인가.

한데 성장 중심, 획일화, 세계화를 추구하는 신자유주의 자본의 발전전략은 인간 공동체를, 궁극적으로는 자연 공동체 모두를 파괴하는 방향으로 몰아간다. 여기에는 탐욕적인 지배와 경쟁이 있을 뿐, 존재 상호간에 섬기고 나누고 사랑하는 소통의 정신이란 없다.'

'식물들에게도 감정이 있다? 물질계에서도 생물계에서도 서로를 잡아 끌어당기거나 밀어내는 힘은 존재할 것이다. 거기에 어떤 긴장상태는 있는 것이다. 그게 태극일까? 물질적이면서도 비물질적인 것, 카오스 상태, 그것은 마음이 아닌가?'

봉석은 머리를 갸우뚱하며 수첩의 첫머리를 들췄다. 땀으로 일부 글씨가 흐리게 번져 있었다.

'다시 현장으로 돌아왔다. 전에 방학 때마다 현장에 온 것은 묵은 때를 벗겨볼까 하는 허세였다면, 지금은 어찌해 볼 수 없는 불같은 현실이다. 어머니, 아 어머니. 쫓기는 자의 꿈은 밤이나 낮이나 이렇듯 힘겹고 고달프다. 여전히 불안과 공포 속에 있지만, 일을 하는 동안만큼은 평화롭다. 조금씩 안정을 되찾아간다. 아무튼 노동 속에는 고통을 깨치면서 우러나오는 장엄한 기쁨이 있고 꿈처럼 달콤한 휴식이 있다. 레닌도 니체도 하버마스도 석가도 장자도 하이데거도 루카치도 없는 곳. 지적인 고민이 나의 머리를 헤집고 훼방을 치지도 않는다. 그런데도 왜 이리 마음이 무거운가? H 때문인가. 아, 뜨거운 적막이 너무 무겁구나. 꺼져버린 불심지, 보내야 하리. 나는 이제 어디로 흘러가야 할 것인가? 나의 뿌리는?'

재기의 노트였다. 노동에 기쁨이 있다? 기쁨이야 크지. 하지만 희망이 사그라진 노동이 얼마나 황폐하고 무거운 것인지 아직 모르고 하는 말이군. 봉석은 뒷장을 들쳐보았다. 거기에는 짤막한 단상들이 적혀 있었는데 시 같지도 않고 산문 같지도 않은 글들이 휘갈겨져 있었다.

'눈앞이 왜 이리 침침할까요. 엄숙주의를 경계하라. 가장 큰 현실은 일상 속에 있다. 그래서 더욱 겸허하라. 비겁한 대로 그냥 마음이 편해집니다. 정직한 것이 왜 불편해질까요? 혼란스러운 나를 구출하라! 구출하라!'

'지루한 작업을 반복하며 땀 흘리는 사람들에게 고독이란 얼마나 사치스런 것인가. 노동의 즐거움과 고통, 이것은 허무나 고독과는 전혀 인연이 없다.

현장은 표면상 10년 전과 비교하여 달라진 것이 별로 없다. 달라진 것이 있다면 그것은 과연 무엇일까. 적의 구체적인 모습이 사라졌다는 것 아닌가. 적은 우리의 안일과 나태 속으로 숨어버린 것은 아닌지. SO적인 휴머니즘이 진정한 것이라면 이 시대에 계급적인 문제해결이란 과연 어떤 길로 나서야 하는 것일까. SO 사회란 어떤 모습이어야 하고 과연 가능한 것일까.'

계급이라고? 후후후, 철학과 아니랄까봐 허무라든지 비겁이라든지 정직이라든지 추상적인 단어를 줄줄이 늘어놓았구먼. 봉석은 고개를 갸웃거리며 다음 구절을 읽어나갔다. 이번에는 제법 긴 문장이었다.

'많이 알수록 진실에 가까워질 수가 있다고 생각했는데 많이 알수록 결국 진리와는 멀어질 수 있다는 것을 알았습니다. 몸을 기울이고 있다고 기도가 되지 않는 것처럼, 눈물을 흘리고 울부짖는다고 고해가 되지 않는 것처럼, 많이 알수록 진실에 가까워지는 것도 아니라는 것을 알게 됐습니다. 잘 모르겠습니다. 전에 알던 것도 이제는 더 알지 못하겠습니다. 점점 더 대담해졌지만, 갈수록 날카로워졌다지만, 아니 조금씩 너그러워졌다지만 아는 것은 아는 것끼리 맹세를 하고 입 밖으로 나온 말은 이상하게도 아집이 됩니다. 이제는 신념이, 지식이 더러운 것이라는 것도 알게 되었습니다. 모든 게 이렇게 어려워지니 쾌락이, 희망이 저에게 머물지 않습니다. 이제는 침묵을 크게 생각하는 버릇이 생겨나고 있습니다. 갈수록 너그러워지는, 이런 침묵이 비겁한 것임을 너무나 잘 압니다. 문제는 가릴 수 없는, 울타리에 가두어둘 수 없는 우리의 작고 단단한 사랑, 실천, 이것만은 샛별처럼 빛날 겁니다.'

뭔가 어리숙하게 봤는데 고민하는 것을 보면 그게 아니네. 봉석이 고개를 처박고 글을 보고 있을 때 누군가 어깨를 툭툭 건드렸다. 삼식이 물병을 들고 헤헤거리며 웃고 있었다.

"형, 온 지 얼마나 됐다고 벌써 일한 날짜를 계산하고 있소? 아니 그것은 재기가 현장 한쪽에서 끄적거리곤 하던 그 노튼가 본데."

봉석이 슬쩍 수첩을 보여주자 삼식은 몇 장을 뒤적거려 보더니 볼통스럽게,

"땀이 불꽃이라고? 젠장할 모기를 아름답다 허는 놈 첨 봤네." 하면서 자기 일자리가 있는 사일로 쪽으로 씨엉씨엉 건너간다.

봉석은 수첩을 주머니에 집어넣고 재기를 찾아나섰다. 마침 돌공장 실측을 같이 할 사람이 필요하던 참이기도 했던 것이다. 재기는 주 반장과 같이 일하고 있었다. 주 반장에게 사정을 얘기해 재기를 빼낸 다음, 사다리를 들게 하고 도면을 챙기기 위해 사무실 쪽으로 걸어가며 말했다.

"우리 재기 철학자 다 되었드면."

재기가 뭔 말인가 어리둥절 눈길을 던지자 봉석은 재기의 궁둥이를 툭 치며 수첩을 건네준다. 재기가 눈알이 뚱그래지면서 얼굴이 벌겋게 달아오르는데, 봉석은 염려 말라는 듯 눈알을 끔벅거리며 말했다.

"그려 아픔 없는 영혼이 어디 있겠냐. 근데 고독이나 허무 너무 미워하지 마라."

"예?"

"그게 장식이 아니라면 불씨야, 불씨."

봉석은 어벙벙해하는 재기에게 씽긋 웃어 보이면서 사무실 쪽으로 발걸음을 재우쳤다. 사무실 문을 막 들어서자마자 빈정거리는 목소리가 귀에 쏙 들어와 박힌다.

"좀 짜게 굴어봐 이 사람아, 사람들한테 그렇게 헤푼데푼 돈을 쓰다가는 망쪼 드네.

사람이 좀 빡빡하게 굴어야 한 푼이나 떨어지지. 이런 한심한……."

사무실 한쪽 켠에서 실린더를 들치면서 영수증과 물건을 비교해나가던 김 사장이 수박을 가르고 있는 정 사장에게 툴툴거리며 말을 건네는 중이었다. 김 사장은 상비약통을 꺼내는 봉석을 힐끗 쳐다보고는 빈들거리며 하던 말을 마무리 지었다.

"저기 하 사장 보라구. 새참이 있나 뭐가 있나 지 연장 하나 안 사다 써도 현장이 팽팽 잘만 돌아가잖아."

"더운 데서 고생하는데 입을 딱 씻으면 되나요? 다 먹자고 하는 일, 그만큼 현장 사람들이 열심히 해주잖아요."

정 사장이 봉석에게 그렇지 않냐는 듯 턱짓을 했다. 김 사장은 퉁하게 노려보는 봉석의 눈길을 외면하고 혼잣말처럼 "어찌됐건 하늘이 꾸무럭한 것이 비가 한 줄금 할 거 같구먼. 제발 좀 하루 반나절만 쏟아져라." 하더니 봉석에게 "허이 김씨, 비 단도리나 잘하라구. 요즘 일기예보는 맞추드라니까." 하며 애써 말을 돌려서 건너짚는다.

봉석이 입을 꾹 다물고 말없이 상처에 약을 바르고만 있자, 무안했는지 사무실 문 앞에서 얼쩡거리는 재기를 향해 불쑥 말을 내뱉었다.

"허이, 웬 사다리야?"

사무실 밖에서 멀뚱하게 서 있던 재기는 갑작스런 질문에 옴씰 목을 움츠리고 뒤로 물러서자, 봉석이 나서서 뚝뚝하게 말했다.

"현장 실측 좀 하려구요. 치수가 안 나와서리. 그래야 설치할 때 고생을 안 할 거 아뇨?"

"하 사장 팀은 실측 안 해도 잘만 맞대. 설계하는 친구들은 폼으로 있나. 일이 늦는다고 저쪽에서 난리야."

봉석이 실쭉하니 입술을 빼물자 정 사장이 눈을 끔쩍거리며 말했다.

"김형, 바쁘니까 그냥 하자구."

봉석은 고개를 픽 돌리며 잠자코 상처에 반창고를 붙인다. 그때 하 사장이 사무실로 들어왔다. 이어 뒤따라오는 멀대를 향해 지절거리는데.

"엄벙덤벙 맨날 꾀만 부리니까 또 그렇게 다치지. 인걸아, 제발 좀 차분해봐라, 어이?"

"꾀를 부린 것이 아니랑께요. 하필이면 장갑 터진 데로 시뻘건 불똥이 떨어질 게 뭐야. 헤이 연고가 다 떨어졌잖어."

상비약통을 뒤적거리며 구시렁대는 멀대에게 봉석은 소독약을 머쓱하게 넘겨주었다. 전날의 상처 옆 누르께하게 손가락이 타 뭉개져 있다. 소독약이 닿자 달구어진 쇠에 물방울 튀듯 거품이 뿌옇게 인다. 하 사장이 이맛살을 찌푸리며 김 사장에게 말했다.

"약 좀 사와야 쓰겠구먼. 소독약만 발라서 되겠어?"

"하 사장이 한번 사와 봐. 그게 몇 푼이나 가나. 하여튼 돈이라면 저리 발발 떠니."

봉석은 정 사장이 잘라놓은 수박을 가지고 나가며 중얼거렸다.

"얻어먹는 입이 더 기름지다더니 소금보다 더 짠 것이 사방에 널렸구만."

"지금 저 양반 시방 뭐라 씨부리고 나가나?"

멀대가 이를 악물고 스스 바람을 들이키다가 나가는 봉석을 향해 눈알을 부라린다.

"자네한테 하는 말 아니니 상관 마셔."

봉석은 멀대의 말을 귓등으로 흘리며 현장으로 내달아갔다. 불에 달구어진 철판처럼 빨그스름하던 구름마저 온통 잿빛으로 흐려지면서 현장으로 선득선득한 냉기를 머금은 바람이 불어오기 시작했다. 수박 물이 흘러내린 입을 씻으며 핸드폰에 온 문자를 보고 있던 재기에게 삼식이 물었다.

"좋은 데서 소식이 왔나벼. 입이 헤벌쭉 찢어지는 것을 봉께."

"아녀요."

"아니긴 뭐가 아녀. 얼굴에 그림이 좌악 그려져 있는 걸. 재기야, 니는 비오면 집에 갈 거여?"

"집에 가면 뭐해요. 여기서 밀린 잠이나 실컷 한번 자봐야지."

"난 집에 가봐야 하는디 난초에다 물을 주어야 하고. 엄니도 보고."

"어머님이 계시다면서요?"

"누나 집에 계실 거라. 풍란이 아니랑께. 그것들은 고향 뒷산에서 잡아온 거라. 패랭이꽃, 월출산에서 잡아온 은방울꽃, 메발톱꽃, 화분이 많어. 해남 달마산 알어?"

"아니요, 난이야 적어도 한 달쯤 물 안 줘도 끄떡없을 텐디요."

"집에 갔다온 지도 벌써 한 달도 넘게 되어가는 갑다야. 저쪽 음성 현장에서 바로 왔으니까. 메발톱꽃은 모를걸?"

그때 삐! 하며 재기의 목에 걸린 핸드폰에 빨간 불이 켜졌다. 재기가 황황히 핸드폰을 눌러댄다. 이어 해죽이 웃으며 화장실 쪽으로 냅다 뛰어간다. 하늘엔 검은 구름이 물소떼처럼 몰려오고 사위가 어둑어둑해지며 빗방울이 후드득 떨어지기 시작했다. 빗방울이 후드득 찍히는 대로 마른땅에서는 풀썩풀썩 먼지가 일었다. 연장을 걷고 치우며 비설거지를 하느라 사람들이 이리 뛰며 저리 달리며 복대기를 치는 판국이라 정 사장까지 실린더나 모터 등에 가빠를 씌우는 사람들을 돕고 나섰다.

하지만 봉석만은 하던 작업의 뒤끝이라 비를 흠뻑 맞아가며 절단을 계속해나가지 않으면 안 되었다. 떨어지는 빗방울이 허옇게 소금기가 올라온 반팔 티셔츠는 물론이고 쓰린 팔뚝까지 배어들어, 새로 붙인 가제가 금세 단풍 물이 든다. 게다가 고압을 푸푸 쏠 때마다 맵고 뜨거운 열기가 코로 팔뚝으로 무시로 넘나들어 쓰리고 따갑고 숨막히다. 절단할 것이 몇 줄 안 남지 않았는데, 빗방울은 절단속도보다 더 빨리 먹줄을 튀겨놓은 절단선을 지우며 쓱쓱 퍼져나간다.

"형님, 일라서요. 제가 퍼떡 내리조져버릴 게요."

봉석은 뻑뻑한 허리를 펴고 일어섰다. 삼식이었다.

"먹는 약 말고 연고하고 가제랑 소독약이랑 사와야 되겠대요."

"어떻게 알았지?"

"내 코가 개코 아니요. 진즉 약통 열어봤시오. 연고가 떨어진 지가 언젠데."

"저건, 눈치 하나는, 아이구야 이젠 절단도 제법인데?"

"요 정도야 두부모 자르듯 우습당께요. 형님, 비 맞으면 상처 난 디에 해로운께, 얼릉 사무실로 들어가란 말이요. 얼른이요."

"임마, 절단은 호흡 조절에다가 정신집중인디 꿍얼거리지 말고 후딱 자르기나 해라이."

이어 재기, 최씨, 박씨가 달려왔다. 다 함께 절단한 철판을 종류별로 쌓고 잔재를 주워서 고철장에 버리고 하자 금방 바닥 정리는 끝이 난다. 얼추 정리됐다 하더라도 현장 안은 얼기설기 쌓인 철제 물건들로 여전히 비좁게만 느껴지는데, 그래도 크게 터진 사일로 원통 속으로는 비를 머금은 바람이 피유피유 휘파람 소리를 내며 지나간다.

상처는 이미 벌겋게 부어올라 있었다. 봉석의 팔뚝에다 가제를 갈아붙여주던 삼식이 씩둑거리며 한 마디 챙기고 나섰다.

"형도 참. 똥배짱 하나는 알아줘야 한당께. 덧나게 생겼구만. 여름 살은 땀 냄새 맡으면 물크러질 게 뻔한디. 쯧쯧, 그래서 내가 하루 정도 푹 쉬랬지 않았수."

"나는 살성이 좋아 괜찮을기여. 이보다 더 깨졌을 때도 쩔뚝거리며 회사로 나간 놈이야."

그때 사무실에 들어오려던 하씨의 얼굴이 설핏하더니 사라진다. 삼식이 얼쩡거리는 하씨를 넘겨보더니 싱글싱글 까불며 말했다.

"저쪽 오야지 되게 형 어려워하는 것 같어. 아까도 뭣이냐 자동펀치 빌리러 왔다가 형한테 있다고 하니까 얄름얄름 형을 쳐다보더니 그냥 가더라고. 혼자서 금 긋고 펀치 때리고 붙이고 절단해가지고 금방금방 물건을 맨들어내는 거 봉께로 일재간이 보통은 아닌데, 하는 짓을 보면 어째 놀부 할애비 같당께요."

봉석은 쓰렁하게 그냥 웃는다. 먼지가 더께로 앉은 창틀 모기장엔 빗방울이 이슬처럼 매달린다. 하늘이 온통 캄캄한 것이 비가 며칠씩이라도 쏟아질 듯하다. 작업일지를 정리하던 주 반장이 봉석에게 걱정스러운 눈빛을 던지면서 말했다.

"봉석아 이제부터 저 양반한테 연장 빌려주지 말라카이. 싹싹해서 좋다 싶었는데 영 아이구마. 당최 도움이 안 되는 양반이야. 낫살을 먹었으면 그만한 눈치는 있어야지."

그때 재기가 빗방울이 서린 모자를 탈탈 털며 들어왔다. 삼식이 재기에게 물었다.

"재기야 나랑 같이 읍내 나갔다 안 올래? 소독약이랑 가제랑 다 떨어졌걸랑."

"그랍시다."

재기가 시원스럽게 말대답을 하는데 봉석은 여러 사람을 고생시키는 것 같아 사뭇 신경이 쓰여 말을 막고 나섰다.

"비도 오는데 낼 가지그랴."

"형님, 낼은 비 안 온다고 하느님한테서 전화가 왔소?"

삼식이 그 잘난 입으로 깡똥 말을 받아채는데 주 반장이 헤헤 웃으며 삼식의 등짝을 쥐어박는다.

"자슥이, 비오라고 터놓고 제사지내는구먼. 작업 물량이 태산같구마."

"식사하러 가자구."

박씨가 사무실 안으로 밀대모자를 들이밀며 말했다. 기다렸던 비였지만 밀짚모자로 피하기엔 쏟아지는 빗발은 너무 굵었다. 사람들은 어깨를 옹송그리며 숙사를 향해 코뿔소처럼 뛰어가는데, 빗방울도 함께 뛰면서 사람들의 몸으로 화살처럼 날아와 붙는다.

칙칙한 대나무가 우쭐우쭐 춤추는 것 같은 빗속을 뚫고 트럭은 천천히 나아갔다. 장대 같은 빗발은 트럭 바퀴 안으로도 어지럽게 휘감겨왔다. 가끔 지나는 차가 튀기는 물창으로, 갑자기 먹장이 낀 것처럼 캄캄하던 눈앞이 바쁘게 한드랑거리는 창닦개에 썩썩 밀려나가는 것을 보며 삼식이 말했다.

"재기야, 출렁출렁하는 것이 완전히 바퀴 달린 배네그랴. 금방 밥을 먹었는데도 오늘따라 어째 촐촐한데……."

"형, 쓸쓸해서 그럴 거요. 비가 오든 눈이 오든 하게 되면 잘 먹고도 우째 속이 좀 허전하지요. 눈이나 비는 사람 맘을 싱숭생숭 바람 들게 하나봐요."

"근데 재기야 우리 말야, 읍내 나온 기념으로 당구나 한 게임 칠까. 나는 이제 배우는 중이라 쪼깨밖에 못 치는데."

"형은 얼매나 치는데."

"내외빈 접대용으로 삼십. 헤헤헤, 사람이 잡기도 좀 할 줄 알아야 대접을 받지, 맨송맨송 심심하게 보여선 안 되겄드라야."

"형하고 심심한 거 하고는 전혀 아귀가 잘 안 맞는데요. 하기사 짠 사람들이 스스로 짜다고 절대 안 하드만요."

"내가 짜다구? 허, 나도 알고 보면 정이 많이 고픈 놈이야. 바다바람 쐐 가지고 여그 포도가 엄청 달다든디 찬바람 불면 포도밭 한번 놀러 가야제."

"그렇게 좋은 시간이 날까요?"

"일요일은 뭐 폼으로 있냐? 니 숨겨둔 까이도 불러내고 같이 가면 되잖어. 동생이 살았으면 니 또래는 됐을 텐디."

삼식이 새끼손가락을 깐닥거리며 말했다.

"하기사 그렇긴 하지만…… 동생이 어째서요?"

"결핵으로…… 돈이 없응께. 지금이라면 살았을 텐디."

"형, 인젠 돈이야 빵빵허게 모아났겠네요?"

"빵빵 같은 소리 허덜 말어. 소리소문도 없이 스실사실 빠져나가는 것이 돈이더라야. 집안에 처진 사람이 있으면 몽창 다 처지게 되더만. 엄니가 왔다갔다 하면서 쑤석거리면 어쩔 수 없당께. 살겄다고 발버둥치기는 허는데."

"한심이 밉순이가 하나 있나보지요?"

"한심이는 아니구. 야, 철학과라고 해서 물어보는디 순결하고 순수하고는 어떻게 차이가 나냐?"

"뭐라고 해야 되나? 허어, 어렵네. 그거 쪼깨 생각 좀 해봐야 쓰겠네요…… 형 참, 선도 좀 보고 그러지 그라시오?"

"선볼 줄 몰라서 이러고 있는 줄 아냐? 객지로 돌아다니니까 혼인발이 안 서기도 했지만…… 나이 따지고 직장 따지고 집안 따지고 학벌 따지고 돈 따지고 얼굴 따지는 따순이들이 왜 그렇게 많냐. 젠장할, 천둥처럼 만난다느니 첫눈에 홀딱 하는 말은 소설 속에서나 나오는 딸딸이 치는 얘기 아냐?"

"그야…… 흠, 그렇다고도 볼 수 있죠. 옛날부터 결혼이란 신분과 돈에 따라 거래돼 왔으니까요. 사랑은 아리고 쓰리고 그래서 참 좋은데, 결혼이란 사랑 사랑 하다가도 결국 이리저리 따지고 재면서 흥정하는 것이고, 하지만 그런 거 아닌 경우도 쌨으니까, 기다려 보셔요 형. 운명적으로 딩동댕, 그런 사랑이 왜 없겠어요? 다 와가네요."

"그러니께 니 커피내기 당구 한 게임 힐텨 안 할텨?"

"그랍시다. 기사가 무슨 힘이 있남요."

커피내기 당구라? 그냥 대답 후에 재기는 그 말이 참 묘하다 생각하면서 일단 차를 세웠다. 이미 약국에 다 왔던 것이다.

삼식은 빗속을 달려 약국 문을 열었다. 알림종이 휘파람 소리를 내며 자지러지게 울어댔다. 한참 후에야 밀창이 버걱거리는 소리가 나더니 게게하니 눈자위가 풀어진 아줌마가 하품을 하며 걸어나왔다. 그때 뒤쪽에서 휘파람 소리가 다시 자지러지게 나면서 빗방울을 머금은 냉기가 확 끼쳐왔다. 삼식은 적어온 종이를 펴다가 무심코 등을 돌렸다. 기러기다방의 미스 진 양 깜짝 놀래면서 눈인사를 해왔다.

"웬일이세요?"

"아, 다친 사람이 있어서요. 바쁜 일 아닌게로 먼저 일을 보세요."

"아, 아녜요. 먼저 일 보세요."

진 양은 한사코 사양을 했다. 짜증이 난 약사가 삼식에게 무엇을 살 것인지를 물어왔다. 삼식은 약을 사고 난 다음, 별도로 건강음료를 사더니 그 중 하나를 진 양에게 건네주며 말했다.

"지금 다방에 들어가실 건가요?"

"아, 시간 약속이 있는데, 어쩌지요."

"오늘은 그럼 안 되겠네."

"아가씨는 뭐로 드릴까요."

두 사람의 대화가 끝나기를 기다리고 있던 약사가 뚱하게 진 양에게 물었다. 진 양은 삼식을 한 번 힐끗 쳐다보더니 입을 우물거린다. 삼식은 서둘러 음료수를 마시고 밖으로 나왔다. "후리덤하고……"라는 소리가 귀에 날아와 붙는다. 삼식은 옆 슈퍼에 들러 아이스크림을 샀다. 약국을 나오는 진 양에게 하나 건네주자 그냥 픽 웃는다. 빗속을 휙 달려다 뒤돌아보니 진 양이 손을 흔들고 서 있다. 삼식도 덩달아 손을 흔들며 뛰는데 아이스크림을 넣은 봉다리가 아프게 팔을 때린다.

"누구예요?"

삼식이 차에 오르자 후사경으로 보았는지 재기가 물었다.

"기러기 아가씨."

"어떻게 한번 잘 해보지 그래요?"

"유부년데?"

"유부년지 아닌지 어떻게 아셔요?"

"척 보면 아는 수가 있지."

"척 어떻게 알았는데?"

"배우는 학생이 별 걸 다 알려고 그러네. 후후후 그런 게 있다니까."

두 사람이 당구장을 나왔을 때에도 비는 추적추적 내렸다. 수챗구멍을 넘쳐 거리에까지 흥건한 물마 위로 네온불빛 따라 울긋불긋 너울이 번들거렸다. 작은 읍내지만 눈이 오건 비가 오건 끝까지 밤을 지키는 것은 여관과 노래방과 술집이었다.

"재기야 양념통닭을 좀 사가야겠지. 읍내 나온 기념으로."

"그럽시다. 지금 시간이면 뭐 맛난 거 없나 출출하고 궁금해 할 시간이네요. 형이 게임비를 냈으니까 내가 살게요."

"그제? 식당으로 심부름 갈 사람도 없을 테고. 그래 지금쯤 참 굴풋할 거라. 게임은 게임이고, 한두 푼씩 보태야 오가는 정이 있지 안 그러냐?"

두 사람이 서로 돈을 추렴해 양념통닭 집을 향해 동동거리며 가고 있었는데 거리 저쪽으로부터 난데없는 비명소리가 귓전을 후벼팠다. 벗겨진 여자의 신발 한 짝이 흥덩한 물마 위로 나뒹굴고 있는 가운데 사내 하나가 여자의 옆구리를 잡아채 끌고 가려 하고 있었다. 비명은 분명 그 여자에게서 나온 것 같았다. 삼식은 재기의 옆구리를 쿡쿡 찔러 통닭집으로 먼저 들여보내고 머리를 갸웃갸웃하면서 그쪽으로 다가갔다. 가까이 다가서 보지 않아도 기러기다방의 아가씨들이 분명했다. 노래방 입구였는데 사내는 셋이고 여자는 둘이었다. 삼식은 주뼛주뼛 그쪽으로 다가섰다. 여자는 이제 질질 끌려가던 다리를 버팅기며 세차게 발버둥을 친다. 여자의 웃옷이 벗겨질 듯 치켜 올라가는가 싶더니 물장구를 치면서 두 사람의 몸이 서로 엉켰다가 떨어졌다. 여자에게서 떨어져 나온 사내가 잠시 자신의 어깨를 움켜쥐고 앉았다가는 벌떡 일어나 손바람을 일으키며 여자의 뺨을 훑쳐갔다. 여자의 몸이 손바람에 휘감기며 물 바닥으로 벌렁 쓰러진다. 여자는 벗겨진 나머지 신발 한 짝을 집어들고 피가 흐르는 입술을 깨물며 남자를 향해 대들었다. 분명 미스 진이었다.

"요따위 것이 다 있어."

사내의 손이 다시 한번 여자를 향해 날아간다. 미스 진이 머리를 숙인 채 떠박지르며 신발을 휘젓는다. 사내의 날카로운 손이 여자의 빈곳을 향해 다시 한바탕 그어진다. 여자는 다시 한번 물 바닥으로 나뒹굴었다. 그때 발맘발맘 다가가던 삼식이 잽싸게 달려들어 사내의 턱을 세차게 후려갈겼다. 사내는 아이쿠 얼굴을 쥐고 뒤로 주춤주춤 물러서더니 그대로 땅바닥에 주저앉는다.

"요런 개자식. 여자를 그렇게 개 패듯 하는 놈들이 어딨어?"

"넌 누구야?"

옆에 있던 두 사내가 빈약한 삼식의 체구를 비웃으며 뚱기적거리며 다가왔다. 삼식은 돌멩이를 잡은 손을 비끄러쥐며 주춤주춤 물러섰다. 시작은 그럴 듯했지만 끝이 나기까진 무궁무진한 시간이 기다리고 있는 셈이었다. 그때 불시에 한 대 얻어맞았던 사내가 두 사내를 밀어젖히며 입에 피 버캐를 흘리며 달려왔다.

"놔두어봐. 요런 쥐씨알만 한 것이……."

사내는 다짜고짜 달려들었다. 돌멩이가 날았고 두 주먹도 함께 날았다. 사내는 옆구리를 움켜쥐며 주저앉았고 삼식은 건물의 셔터 문에 쩡, 소리를 내며 굴러 떨어졌다. 사내는 찔뚝거리면서 다가와 삼식의 멱살을 휘감아 올렸다가 면상을 한 대 실컷 쥐어박았다. 삼식은 번들거리는 물마 위로 넉장거리로 떨어져 박힌 채로 몇 번 굴렀다. 그때 돌개바람이 일면서 사내의 등을 향해 발길질이 날아들었다. 재기였다. 사내가 나가떨어지며 술 냄새를 확 품어냈다. 이번에는 팔짱을 끼고 서 있던 두 사내가 한꺼번에 재기에게 달려들었다. 나가떨어졌던 사내도 일어나 입에 피 버캐를 훔치며 구두를 절벅거리며 어기적어기적 재기에게 다가갔다. 그리하여 한바탕 드잡이질이 비오는 거리에서 볼 만하게 벌어졌다. 진 양은 한 손엔 돌멩이, 한 손엔 신발 한 짝을 들고 맨발째로 빗속에서 바들바들 떨고 있다가 삼식에게로 다가갔다. 진 양이 붙잡아 일으키자 삼식은 씽긋 웃으면서 일어섰다. 박 양은 어디로 달아났는지 종적도 없다. 재기는 날렵하게 사내들의 공격을 피하고 있었지만 역부족이었다. 술 취한 남자들이라 동작은 컸지만 둔했고 힘 또한 없었던 것이 천만다행인 셈이었다. 번번이 헛손질을 한 사내들은 약이 올랐는지 이젠 고함 소리를 지르며 한꺼번에 덤벼들었다. 몇 번씩 뒤엉켜서 주거니 받거니 하고 있는데 호각소리와 함께 급하게 딛는 발자국 소리가 들려왔다. 사내들은 뒤쪽으로 주춤주춤 물러서더니 공격 범위를 벗어나자 등을 돌려 황급히 달아났다. 경찰들 뒤에 박 양이 숨을 몰아쉬며 달려오고 있었다.

"어떻게 된 거요?"

경찰이 물었다.

"보시다시피 이렇게 된 거 아니요?"

삼식이 부루퉁하게 뻗대면서 말했다. 진 양이 나서서 진상을 설명했다.

"노래방에 불러갔더니 여관으로 가자고 마구 생떼를 쓰면서 두들겨 패잖아요."

"허허 다방 아가씨들이로구먼. 어느 다방이야?"

"기러기요."

"못 보던 아가씨들인데. 근데 따라가면 될 텐데 뭘 얻어터지고 그래."

경찰들은 말을 마치고 서로를 쳐다보며 웃어댔다. 삼식이 사방을 둘러보며 재기를 찾는데 재기의 모습은 종적도 없다. 경찰이 삼식의 얼굴을 빤히 쳐다보며 물었다.

"이 사람은 뭐야? 아저씨, 다친 데 없어?"

"보면 모르요?"

"우릴 도와준 사람들이에요."

삼식과 진 양의 두 개의 입에서 거의 동시에 말이 튀어나왔다. 박 양이 나머지 신발 한 짝을 주워와서 건네주자 진 양은 후들거리며 비에 젖은 신발을 신는다. 스타킹이 길게 찢겨진 무릎 생채기에서 핏자국이 스멀거렸다. 경찰들은 서로 눈짓을 교환하더니 말했다.

"도망간 친구들 알아요? 갑시다. 아가씨, 아저씨, 일단 파출소에 가서 얘기를 합시다."

"파출소라구?"

삼식이 얻어터진 눈을 홉뜨며 주춤 뒤로 물러서자 박 양이 앞으로 나섰다.

"언니를 때린 놈은 군바리에요. 지 입으로 말했어요, 중사라고. 한 놈은 가끔씩 와요. 또 한 놈은 모르겠지만."

"어찌됐건 일단 비도 오고 하니까 파출소에 가서 좋게 얘기합시다."

"좋게 이야기할 게 뭐가 있어. 니미럴거 도망간 놈들 잡으려 하지 않구서."

삼식이 손을 툭툭 털어내며 꺼드럭거리며 말을 받았다.

"아저씨, 입이 되게 험하네."

"제기랄 그럼 얻어맞은 입에서 좋은 말 나오게 생겼어."

"어렵쇼? 이 양반 봐라. 나중에 딴 소리 말고 아픈 데 있으면 빨랑 얘기하쇼."

경찰봉으로 자신의 종아리를 툭툭 치면서 삼식에게 말했다.

"알았은께 아저씨들이나 좋은 데로 후딱 가보셔."

"그래요. 이 분들은 아무 죄가 없어요."

"아가씨들 앞으로 행동을 잘하셔. 괜한 일로 얻어터지지 말고. 애로사항 같은 거 있으면 재깍 찾아와 얘기를 하고."

경찰은 두 여자에게 엄숙하게 한 마디 하더니 "달라고 하소연할 때 감쪽같이 주면 이런 일도 없잖아. 지가 공주인줄 아나봐." 하며 자기들끼리 시시덕거리며 등을 돌려 걸어갔다.

경찰의 뒤꼭지를 향해 씩씩대던 진 양의 입에서 맵싸한 한 마디가 불쑥 튀어나왔다.

"지저분한 개자식들!"

경찰이 가자 모퉁이 골목에 웅크리고 있던 재기가 팽개쳤던 우산을 집어들고 다가왔다. 그들은 비에 젖은 몸을 떨면서 함께 통닭 집으로 들어갔다. 터져 부어오른 입술을 오물거리며 삼식은 계속 피를 뱉어내야만 했다. 진 양은 젖은 손수건을 삼식에게 건네주고선 연신 훌쩍거렸다. 빗물에 향기가 지워진 손수건은 금세 벌건 물이 든다. 사내의 손이 훑고 지나간 진 양의 얼굴에도 손바닥 자국이 붉은 황토자국처럼 검붉게 우러나 있다. 삼식은 주머니에서 소독약을 꺼내들었다. 깨진 무릎의 상처는 깊었다. 약을 뿌리자 진 양은 눈을 찔끔 감고 버들잎 같은 눈썹을 바르르 떨어댔다. 진 양이 연고를 짜서 상처에 바르며 말했다.

"총각 오빠, 참 고맙네요. 내가 맥주 한잔 살게. 그것들은 인간이 아냐, 늑대지."

"늑대, 늑대 그러지 마, 총각 늑대 둘이나 여기 있는게로. 우쨌든 참 자주 보네. 정들까봐 겁나네."

"형도 참 배짱 한번 좋대. 어떻게 세 사람을 바워내려고 달려든 거야?"

맥주가 나왔다. 삼식은 비에 젖은 촌닭처럼 꼴이 추레하고 우스꽝스럽기까지 했지만, 고개를 뒤로 잦히고 호기를 부리며 술잔을 받았다.

"그게 깡다구지 어디 배짱이냐? 나도 고향에서는 알아주는 돌팍이었단께. 그래서 어릴 때 별명이 정깡이었잖아, 정깡."

"이 오빠가 덩치는 요래도 한방에 육군 중사가 해까닥 나가떨어지던데요 뭐."

박 양이 정말 감탄했다는 듯이 입을 크게 벌렸다.

"가슴이 뻥 뚫리는 것 같이 정말 시원하드라야. 총각 아저씨 한잔 받으셔요. 미안해요. 저희들 땜에."

진 양이 말을 보태며 삼식에게 술잔을 따른다.

"내 펀치가 돌멩이 펀치잖아. 그리고 자꾸 총각 총각 그러지 말어."

"그럼 뭐라고 불러요? 정깡 오빠 그럴까요, 호호."

"얻어맞는 주제에 깡은 무슨 비루먹을 깡이야. 삼식이야 삼식이."

"호호호 삼식이 삼치기…… 동생은 사식이고 언니는 이순이고…… 어머머 참 재밌네."

박 양은 손바닥을 딱딱 두드리며 그대로 신바람이 나버린다.

"허허 족보에 올라간 이름 가지고 아가씨가 함부로 장난하는 거 아니여. 우리 아부지가 성의 없이 이름 지어 가지고 잘난 아들 우세시키는구면. 우쨌든 그놈의 자식 눈앞에 호랑나비 하얀 나비가 왔다갔다 했을껴."

"형은요?"

"난 낭떠러지에서 뚝 떨어진 것 같았지만 괜찮여. 암시랑토 않어. 근데 너는 경찰이 왔을 때 갑자기 어디로 사라진 거야."

"아아, 소변도 마렵고…… 발목도 삐어서……."

"이 아저씨도 참 멋지대. 한 잔 하셔야죠?"

"운전해야 돼서. 수모를 많이 당하셨지요? 제 잔을 받으시죠."

시원한 맥주는 싸늘하게 식은 가슴에 천천히 모닥불을 피워올렸다. 모닥불은 피돌기를 데우며 사르르 온몸으로 번져나가면서 먼저 막힌 입부터 터주고 배배 꼬인 한숨 뭉치도 풀어헤쳐주었다. 조용히 울리는 경음악 또한 빗방울 스며든 짚단에 나는 훈김처럼 은근하고 아늑한 것으로 부족함이 없었다.

"하여간에 이 세상에 위험한 연장 가진 사람들은 전부 연장 붙잡고 반성해야 된당께."

"형은 뜬금없이 웬 연장 타령이라요?"

"무기 말이야. 넌 위험물 취급인가 읊지? 너도 반성해야 돼."

"제가 왜요?"

"어찌됐건 형이 반성허라 허면 반성해야 되나보다 그러면 되야."

"하아, 그러는 형은 취급인가가 있수?"

"호호호."

푸르뎅뎅하게 부어오른 진 양의 입에서 비로소 유쾌한 웃음이 튀어나온다.

"암 있구 말구. 형이 있다 하면 있는가보다 그래야 써."

삼식은 수탉이 암탉 주변에서 푸드덕 발돋움질을 치는 것처럼 가당찮게 목에 힘을 주며 어깨를 으쓱 치켜올린다. 맞아도 싸다는 말도 있지만 맞아도 목에다 힘을 줄 수 있다면 그것으로 그만이었다. 재기가 삼식의 옆구리를 쿡 찌르며 양념통닭을 가리켜 보이자 진 양이 걱정스럽게 말했다.

"젖은 옷도 말리고…… 비도 오는데 내일 가면 안 되나요."

"가야 혀."

"재워야 못 주겠지만 젖은 옷은 빨아 드릴 게요. 딴 뜻은 없어요."

"가야 혀. 우리는 한다고 하면 하고, 간다고 하면 가는 사람이야. 재기야 그치?"

"예 예, 형님. 가입시다."

입술연지가 지워진 진 양의 부루퉁한 입술이 쑥 내밀어진다. 박 양은 턱에다 손을 받치고 재기의 얼굴을 물끄럼말끄럼 쳐다보며 웃고 있었다. 이미 통닭은 식어버렸을 것이다. 통닭을 들고 비가 쏟아지는 거리에 나서는데, 뒤따라 나오던 진 양이 삼식을 불러 세웠다. 그리곤 옆 건물 층계참으로 끌고 들어가더니 삼식의 귀를 살며시 당기며 소곤거렸다.

"언제든지 불러요. 내드릴 게요."

"내준다니?"

"달래면"

"뭐?"

"드린다구요."

말이 끝나자 진 양은 우산도 쓰지 않고 비오는 거리를 마구 달려나간다. 삼식은 '드린다'라는 말 한 구절이 식지 않고 뱅뱅 도는 귀를 만지작거리며 트럭을 향해 종종걸음을 쳤다.

11. 모색이냐 도피냐

다음날도 비는 그치지 않고 추적추적 내렸다. 쓰적쓰적 쥐 고구마 파먹는 소리를 내며 빗방울은 쉴새없이 슬레이트 지붕을 때렸다. 그 지붕 아래, 모기도 돌공장 기계소리도 삐거덕거리는 선풍기 소음도 없이 실로 오랜만에 노그라지게 흐무뭇한 낮잠이 있었다. 질펀하게 누워 사르락거리는 빗소리와 쩍째굴 쪼로롱 숲을 털며 날아가는 새소리를 들을 수 있다는 것만으로도 그들은 넉넉히 행복했다. 비록 희누스름한 형광불빛 아래였지만 후틋하면서도 달곰삼삼한 평화가 거기에 있었다. 파리들만은 이 까닭 없는 평화를 꼬집어보고 싶어 벗어부치고 자는 몸뚱이 위를 함부로 딛고 까불며 날아다녔다.

하지만 이 지극 무던한 평화를 자못 허무하게 깨트린 것은 후각을 쏘아대는 국물 냄새였다. 깨우지 않았어도 누워 있던 몸을 일으켰을 만큼 이 매콤한 향기의 위력은 강력했다. 재기가 달가닥거리며 라면을 끓이고 있었던 것이다. 위장의 평화가 그 어떤 평화보다 우선이었던지, 상이 차려지자 사람들은 너나없이 국물 턱이라도 보겠다고 달려들었다. 모두 재기에게 칭찬 한 마디씩 건네 붙이며 한 자리 꿰차고 앉는데 삼식만은 벌겋게 부어오른 턱살을 만지작거리며 이불에 등을 기댄 채 벙벙하니 앉아 있다.

"빨랑 오지 않구, 삼식 씨 뭐하는겨. 보니까, 삼식 씨도 한 가닥 멋진 구석이 있었더구먼."

최씨가 삼식에게 엄지를 우뚝 세워 보이며 떠받들어서 국물 맛 보여주기로 나왔다. 하지만 봉석은 실쭉하게 혀를 차며 말했다.

"쯧쯧, 멋지긴요? 한 대 때리고 허벌창 나게 맞았을 거라. 약 사온 거 니가 다 발라야 쓰겄다야,"

"형, 괜찮아?"

그래도 걱정해주는 것은 어제의 투쟁 속에 맺어진 동지가 먼저였다.

"고롬, 암시랑토 않아. 어제 고 자식 지금쯤 디지게 아플 거다. 니는 그 장면 못 봤제이."

"어떤 장면이요?"

"고 자식 나가떨어지는 장면 말이다."

"못 봤죠. 통닭집 나왔을 때 형은 이미 나자빠져 있었으니께로. 허지만 그 자식 아구통이 깨져 피가 철철 났으니까 아마 형처럼 눈탱이가 밤탱이 됐겠지요."

"그제?"

"형, 정말 아픈 데가 없어?"

"참말로 암시랑토 않당께 자꾸 묻네. 욱신욱신 쑤시더니 한숨 잤더니 괜찮아. 내 소싯적 별명이 정깡 아니요, 정 빠가사리."

"빠가사리가 다 얼어서 죽었는갑다 제기럴거."

봉석이 다시 한번 빙퉁그러지게 말을 받는다. 국물을 후후 불어 마셔대던 박씨가 입맛을 다시며 말했다.

"최씨, 오후에 비 개면 우리 낚시나 가자구. 망둥이가 엄청 살이 올라 있을겨."

"낚시는 무슨, 날씨가 요래 꾸무럭한데 청승맞게시리."

"아님 말고. 요런 날은 파전에다 막걸리를 한 사발 들이키픈서 아랫목에 등을 따뜻하게 지지픈서…… 춥춥…… 우리 각시 파전 잘 부치는 거 주 서방은 잘 알겨."

"맞구마. 참, 형수님 해물파전 기깔 나게 잘 부치드만. 입에 슬슬 녹데. 우리 언제 같이 한번 맛보자구마."

문밖 하늘 저편에서는 꼬무레한 비안개가 스멀거리며 계속 비를 몰아오고 있었다. 빗소리는 사람들의 마음을 심란하게 들쑤성거리며 쓰적쓰적 마당을 적셨다. 모두 드러눕거나 앉아서 텔레비전에 눈을 붙이고 있는데 재기만 번듯하게 외출복을 차려입고 나선다. 내리는 비를 멍하니 바라보고 있던 성만이 물었다.

"금방 올끼제?"

"오랜만에 후배를 만나는디 한 잔 안 할 수가 있나요. 트럭 몰고 갔다가 내일 새벽에 올게요."

"내일 온다꼬? 니는 후배 선배 따져가며 언제 등록금 벌라 카나. 정신 좀 차리거라 자슥아. 현장 밥 고만치 먹었으면 고대 정신 차릴 때도 안 됐나 어이?"

"뭐 좋은 일이 있는갑제."

발바닥 굳은살을 면도날로 발라내던 박씨가 느물거리며 말했다. 검댕이 묻은 거울을 기우듬하게 들고서 얼굴에 연고를 발라대던 삼식이 뚱하게 입을 삐죽거리는 재기에게 부어오른 눈을 찡긋한다. 홍시처럼 벌겋게 부풀어오른 뺨에는 연고자국이 금방 튀긴 통닭처럼 번들거린다. 성만이 뚝딱거리며 장기 알을 가르고 있는 옆방을 향해 고개를 내밀며 소리를 버럭 질러댔다.

"봉석아, 최형 뭐하고 있노? 점 백으로 한 판 돌리자카이."

이미 판이 벌어졌는지 또각 하면서 말을 따먹는 소리가 이쪽 방까지 들려왔다. 재기가 우산을 받쳐들고 나서자 문 앞에서 알씬거리고 있던 삼식이 우산 속으로 볼쏙 뛰어들어왔다.

"기러기에 갈 거제?"

"어떻게 알았어? 형, 내 그 아가씨들 만나면 잘 얘기해줄께."

"그럴 필요까진 없고 미스 진이 물어보면 나 괜찮다 해라이. 암시랑토 않다고. 박 양도 참 착하게 생겼드라야."

"알았어 형."

비가 추적추적 내리는 읍내 거리는 깨끔하면서도 괴괴할 만치 한적했다. 재기는 우산을 비스듬히 받쳐 쓴 채로 물웅덩이를 찔룩찔룩 깨금발로 골라 디디며 힐끗힐끗 사방을 훑어본다. 별 이상한 조짐은 없었다. 기러기다방 골목 어림에 이르자 신발 끈을 묶는 것처럼 하고선 뒤쪽을 또 한 번 한눈에 내리훑는다. 이어 도둑고양이처럼 슬그머니 기러기다방 안으로 숨어 들어간다. 다방은 썰렁하면서도 비누거품 냄새같이 뭔가 미지근하면서도 달착지근한 냄새가 풍겨났다. 으슥한 수족관 뒤쪽에 자리를 잡고 앉자 박 양이 주방 쪽에서 뚜걱뚜걱 달려와 아는 체를 해왔다.

"멀쑥하게 차려입고 보니 오빠두 멋있네."

"멋있긴?"

"어제 되게 많이 맞았죠? 괜찮은 척 하지만 몸이 온통 쑤시고 아프죠? 그죠?"

"쬐끔."

"히히, 거짓말. 내 다 알아요. 남자들은 이래 엉큼하다니까요."

"뭐가?"

"남자들은 꼭 수탉 같애. 아파 죽겠어도 여자들 앞에서라면 뻐겨대며 알량한 체면만 들입다 내세운다니까. 하다가 여자가 아예 그대로 냅두면 또 화딱지를 부려요. 그러니 엉큼하죠. 빤한 자존심, 속 보인다구요."

"괜찮다니까 그러네."

재기는 몸을 이쪽저쪽 두들겨 보인다. 하지만 가슴 부근을 주먹으로 때리자 뜨끔하게 결려왔다. 괜찮다는 것은 말뿐 몸은 정직하게 자신에게 가해진 폭력을 기억해냈던 것이다.

"우리 아빠가 늘 그랬걸랑요. 지금은 돌아가셨지만 병원에서 엄마가 하루라도 안 보이면 마구 나한테다 화를 냈어요. 엄마는 말끝마다 다 큰 개구쟁이 하나 키운다구 그랬으니까."

"비가 오니까 집 생각이 나나보지. 어제 그 언니는?"

미스 박은 대답 대신 손으로 턱을 괴고 말긋말긋 웃음만 굴린다. 민소매 티셔츠에 숨은 봉긋한 가슴 선이 차마 보일 듯 아스라하다. 재기는 쿨룩쿨룩 마른기침을 뱉어내며 고개를 쿡 숙인다.

"언니는 자기 방에서 쉬고 있어요. 얼굴이 그 모양으로 밤탱이가 됐는데 어떻게 일을…… 오빠, 안 되겠다. 따끈따끈한 쌍화차 어때?"

재기는 목 부근을 주무르면서 고개를 끄덕였다. 삐끗한 목이 딱딱 마치면서 등줄기로 시원한 바람이 지나간다. 오소소 한속이 들면서 자릿자릿한 게 아, 하는 탄성이 절로 나오는데. 박 양이 차를 가지고 와 자리에 앉으며 말했다.

"오빠, 어제 그 삼치기 오빠가 진 양 언니 마음에 둔 거 아냐? 요즘 사람들 남의 일 참견하기 무쟈게 싫어하는데…… 오빠 만일 말야, 내가 신발이 벗겨진 채로 웬 남자한테 끌려가고 있어. 내가 막 살려달라고 소리지른다. 오빠는 약속시간이 늦어서 무척 바빠. 외지고 으슥진 골목이라 오빠밖에 다른 사람은 없어. 오빤 나를 전혀 모르는 거야. 이럴 때 오빠 같으면 어떡할 거야?"

"달려들어 구해주어야겠지."

"그럼, 상대들이 쌈을 무지무지하게 잘하는 폭력배다 그럴 때 말야. 아니 칼을 숨기고 있을지도 모른다 이럴 때 말야."

"그러니까 어, 그건 사정에 따라 좀 다르겠지."

"그렇지? 그러니까 오빤 스스로를 속이는 거야. 왜 무서워서 못 구해준다고 말을 못해? 사람들은 도덕이다 정의다 하고 내세우지만 껍질하고 속하고는 다 달라. 내가 아는 세상은 그래. 배운 사람들이 껍질은 더 두꺼워."

"그래?"

"근데 어제 그 삼식이 오빠 달려들었어. 얻어터질 각오를 하고. 나도 맞는 거라면 정말 질색이야. 그래서 어제 난 그냥 따라갔어. 돈도 벌어야 하고. 남자들은 여관으로건 어느 으슥한 곳으로건 폭력으로라도 일단 데려가기만 하면 우리를 이미 꺾었다고 단정해. 그래놓고 여자들이 싫다고 하면 흔히 내숭 떤다 그러지. 남자들은 세상을 힘이 남아돈다 하면 마냥 찔러대는 섰다판으로 알겠지만 여자들은 뭐라 할까 기분, 어떤 느낌인 줄도 모르고……"

"내가 오늘 철학 강의를 듣고 있구먼. 남자들도 얼마나 느낌을 갈구하고 있는데, 그래서?"

"남자는 차면 비워야하는 오줌보라면 여자는 뭐랄까 항상 채운 채로 있고 싶어 하는 항아리 같은 거지 뭐."

"항아리라, 완전히 남자를 동물로 만들어버리는구먼."

"동물이지 그럼 식물이야? 어쨌든 오빠 솔직하지 못해. 커피 몇 잔 배달시키면서 멀쩡하고 근사하게 생긴 넘들이 더 은근하게 눈을 희번덕거려요. 그걸 보면 다 똑같애. 난 구질구질한 눈은 싫어. 가지고 싶으면 솔직히 왜 말 못 해? 다른 말은 잘도 하면서."

"그렇게 생각할 만하겠지요."

재기는 뜨직하게 말대답을 뱉어내면서도 얼굴이 홧홧 달아오르는 것을 느끼지 않을 수 없다. 그때 한 청년이 슬그머니 다가와 재기의 어깨를 툭툭 건드렸다. 껀정한 키에 모자를 삐딱하게 쓴 청년이 이를 드러내며 해죽해죽 웃었다.

"민철아, 앉아라야."

"차를 여러 번 갈아타고 오다보니까 많이 늦었네. 형, 많이 기다렸지?"

"조금, 별 일은 없었냐?"

"별 일이야 참 많지. 근디 형 살이 참 많이 탔네. 일이 힘드나부지?"

"힘드냐고 물어볼 때 힘들다는 사람 봤냐? 커피 한 잔 해야지?"

"커피는 싫고 시원한 우유나 한 잔 주세요."

"저 이쁜 파랑새 미스 박이네요."

박 양은 고개를 까딱하고선 발뒤축을 딱딱 울리며 주방 쪽으로 걸어간다.

"도망 다니기 어떠냐? 먹는 거는?"

"여러 사람 민폐만 끼치면서 잘도 먹고 살죠. 제일 힘드는 것이 사람들 만나고 싶은 건데. 딴 사람들이야 어떤 경로를 통해서건 다 만나는데 형 만나고 싶은 것은 못 참겠더라. 그래서 왔어."

"잘왔다야. 근 사오 개월 못 만났지. 사회 분위기가 우리에게 우호적이지 않아서, 어때 힘들지?"

"언제는 안 힘들어겠수? 산과 들을 건너다보면 쉴 자리도 있겠지 뭐. 형은 어떻수?"

"나? 나 잡아봐라 하면서 내놓고 돌아다니니까 숨쉬기는 편해. 후후, 이렇게 처박혀만 있으니 미안타야. 같이 하지도 못하구."

"형이야 나이가 있잖수. 근데 형, 저 아가씨하곤 다정한 눈치든데, 여긴 자주 왔었수?"

"이 다방에 가끔 와서 알지. 올 땐 괜찮았어?"

"검문이 많아 좀 으스스 하드만. 허허실실이라고 사람이 많은 곳이 젤인데 형처럼 저도 이 근방 어디 짱 박힐 데는 없을까요?"

그때 박 양이 건들거리며 우유를 가져왔다. 재기 옆에 앉은 박 양은 청년을 말끄러미 쳐다보더니 생뚱하게 말을 건네 붙인다.

"여긴 학생 같기도 하고 어쩜 날라리 같기도 하고…… 좀 썰렁썰렁한 게 바람이 든 거 같이 참말로 느낌이 이상하네."

"같은 동네 아는 동생이야."

"바람들었다는 소리 참 많이 듣네요. 섯들섯들 바람 들어가지고 철없이 나댄다고 어머니가 자꾸 그러드만. 하여튼 형, 이쪽에 쓸 만한 일자리 없을까요?"

"내 있는 데는 좀 힘들고 한번 알아봐야지."

"여기서 늘 맡아오던 냄새와는 좀 달라서요."

박 양이 고개를 갸우뚱하며 말했다.

"그래요? 아가씨, 만판으로 굴러다니다보니 몸에서 쉰내가 나서 미안네요. 형, 오늘 바로 들어가봐야 되나?"

"쉰내가 아닌데……."

박 양이 말끝을 흐리며 상클하게 생긴 코뿌리에 잔주름을 긋는데,

"내일 새벽에 들어간다고 얘기하고 나왔어. 니가 왔는데, 흠, 나가서 우리 술 한 잔 때려야지. 박 양 잘 있어." 하며, 재기는 서둘러 말 매듭을 지으며 자리에서 일어선다.

"술 잘 마시구 노래방 가시거든 부르세요, 오빠."

카운터에 가자 박 양이 전화번호가 적힌 메모지를 재기의 손에 쥐어주며 눈을 찡끗한다. 엉거주춤하게 서 있던 청년이 싱긋빙긋 웃음을 굴리다간 넌지시 눙치면서 말했다.

"나그네는 뒤를 돌아보지 않는다고 했는데……."

"피이."

빗방울이 꺼끔해진 거리는 빗자루로 쓸어놓은 듯 깨끗했지만 여전히 음음한 기운이 감돌고 있었다. 두 사람은 주위를 살피며 차 쪽으로 다가갔다. 청년은 심하게 다리를 절룩거렸다. 재기가 청년의 등을 또닥거려가며 걱정스레 물었다.

"민철아, 다리는 왜 그래?"

재기는 이제까지의 좀 어리뼁뼁하던 태도가 돌연 사라지고 어린 후배를 앞에 둔 당당한 선배의 모습으로 의젓하게 탈바꿈했다. 목소리에도 힘이 들어가고 어깨도 곧게 쭉 펴져 있다.

"공사판에서 등짐을 한 이틀 했는데 발목이 삐끗했나봐. 형, 어디 조용한 데 없을까."

"어떡할까. 우리 드라이브나 할까."

"그래, 좋아요. 대낮부터 술 하기도 그렇잖아."

뻘건 흙탕물이 부들, 갈대들을 쓸어눕히는 개천 옆길을 타고 차는 달려갔다. 포도밭과 다락 밭이 줄지어선 산언덕을 넘자 멀리 바다는 잿빛 구름 항아리 속에 까무룩히 잠겨 있다. 바람은 시척지근했지만 여전히 시원했다.

"형, 아까 그 아가씨 되게 눈치 빠르데. 나는 속으로 시겁했네요."

"무척 당돌하지? 나도 많이 놀랐다야. 역시 애로를 많이 겪어서 그런지 그 아가씨 되게 날카롭더라구. 직관력이랄까, 더듬이, 촉수 같은 거 말야."

"안테나 같은 것? 그건 나에게도 있어. 50미터 전후방 사람들이 한눈에 잡히걸랑. 고시촌에 가면 고시생 흉내를 내고, 공사판에서는 날라리 흉내를 내고, 아르바이트를 할 때는 대학생 흉내를 내고 탤런트가 따로 없다니까."

"안테나야 우리에게도 분명 있지. 한데 경험이 다르니까 코가 달라."

"형이 갑자기 사라져서 많이 놀랐어. 형이 생각을 바꿀 사람은 아닌데, 말이 많았어. 형이야 수배가 곧 풀릴 것이고 그래서 공부를 하나 했는데, 공사판에 처박혀 고생할 줄이야."

"바닥 세계에서 몸으로 부대껴가며 해결점을 찾아보려고 했는데…… 아직 길은 보이지 않고 몸만 으스스 춥다야."

"아참, 현란이는 하와이로 영어 공부하러 간대. 형은 만나봤어?"

"아직, 전부터 그런 이야기가 있었지. 공부하는 거야 좋지, 근데 결국 우리에 대한 열등감만 키워가지고 올 텐데. 그래 가지고 우리의 억압적 현실이 달라지겠냐? 세계화란 바로 우리집 곳간 내주는 것인데."

"이념과 사랑을 일치시키기 힘들겠지만, 형, 그래도 떠나기 전에 한번 만나보지 그러슈?"

"생각을 가졌던 사람이 거기에 편승하려구 하니…… 거길 간다는 것 자체가 나를 떠나겠다는 거겠지. 물질, 경쟁의 노예가 되는 길인데……"

"하기사, 형. 이라크 사태나 기후협약만 보더라도 힘으로 판을 깨버리는 깡패 국가에게서 배워 올 것이 뭐 있겠수. 배워오는 것이 퇴폐와 껍데기 민주주의밖에는."

밖엔 바람이 세차다. 재기는 열어놓은 차창을 닫았다. 트럭은 덜커덕거리며 포구로 들어섰다. 두 사람은 차에서 내려 해변 둑길을 천천히 걸어 올랐다. 깨어진 부표와 판자 조각들이 파도에 맞아 덩시렇게 솟구치고, 싯누런 파도가 늠실거리며 해변을 때리며 부서진다.

"형, 그래서 해결점 같은 거를 찾았어?"

"안개야, 안개. 공고 졸업하고 공장에 다닐 때는 그래도 살 맛 났는데. 너는 잘 모를 거야. 직공들이 공장의 주인으로 나서는 긍지와 자랑, 새 세상에 대한 설렘 같은 거 말야. 근데 지금은 새로운 사회의 전망은 있는 것인지 없는 것인지…… 미안타야. 내가 이래서."

"형이 고민하는 실체가 도대체 뭐지요?"

"예를 들어 가지고 말야. 소샬리즘이 실패한 것이 인간의 이기적인 본성 때문이라고 한다면 거기에 뭐 다른 가능성 같은 거는 없겠지. 한데 그것만은 아니란 말야. 그래서 그 실패가 욕망의 문제냐, 근본 이념의 문제냐, 제도의 효율성 문제냐로 가를 수 있겠지. 자본주의는 끊임없이 욕망을, 즉 상품을 확대 재생산하는 체제잖아. 그래서 어제는 386에서 오늘은 486으로 모래는 팬티엄으로 상품이 바뀔 때마다 욕망이 비틀거리며 따라가는 거잖아. 그렇다고 더 행복해지느냐 하면 아니다라는 말씀야. 갈수록 어떤 부족감에 시달리는 거거든. 부족감을 생산하는 체제야. 그렇다면 불교식으로 맘을 비우고 자시고 한다고 해서 그 모순이 해결되느냐 하면 그것도 아니고. 아무튼 자본주의의 모순구조는 누가 뭐래도 명명백백한 것이잖아. 조화와 상생을 파괴하는 방향으로 발전하고 있고 그게 바로 신자유주의구. 근데 또 사회주의 역시 아주 기본적인 욕망 하나도 해결하는데 실패했다면 그것 또한 문제 아니냐?"

자욱한 비안개가 수평선과 섬을 가리며 후드득후드득 빗방울이 듣기 시작했다. 세찬 비바람이 민철의 모자를 답삭 휘감아서 둑길 위에 또르르 몇 번 굴리더니 바닷물 속으로 휘익 밀어넣는다. 모자는 갯바위 쪽의 날름거리는 물너울 속에서 당실당실 춤을 춘다. 재기가 막대를 주워와서 모자를 건져냈다. 그들은 빗낱이 후득후득 듣고 있는 둑 위를 묵묵히 걸어갔다. 바람은 몸을 날릴 듯 세차게 불어왔다. 민철이 제방의 쇠말뚝에 걸터앉으며 말했다.

"형, SO의 실패가 아니라 후퇴야. 그게 이기적인 본성 때문은 아닐 거예요. 유사 이래 인간은 서로를 도우며 자주성을 억압하는 것에 대해 끊임없이 싸워왔잖아요. 현실 사회주의가 욕망을 조절하는데 실패했다지만 자본주의 역시 통제 받지 않은 욕망이 한없이 날뛰는 것은 사실 아니겠어요. 욕망을 잘 조정 통제하는 것이 보다 진보된 사회라 할 수 있고, 어쨌든 서로를 죽이는 경쟁이 아니라, 공동의 조절된 이상을 추구하는 것, 그것은 어쩌면 상식이 아닌가요? 형, 사회주의는 가장 상식적인 사회를 현실에 맞게 주체적으로 만들어가는 과정 속에 있는 거 아녜요? 그리고 또 아직 실패하지 않은 국가들이 있잖아요."

"그건 그래, 공동체적인 사랑이란 미개하다는 인디언들에게 오히려 더 생생히 살아 있겠지. 그들은 풀 한 포기 새 한 마리도 섬기고 아끼니까. 우리의 두레나 향약도 그렇구. 근데 이제 물질적인 조건이 달라졌단 말야. 공동체적인 이념보다는 익명의 문화, 복제된 문화가 판을 치잖아. 죽어 있는 문화가 산 문화를 갉아 들어가니 결국 신앙도 상품이 되고 말거라. 인간의 정신은 경쟁으로 마르고 황폐해져서 콘크리트처럼 단단해져 가고 있어. 축축하고 말랑말랑하고 흙 냄새, 자연의 냄새가 그립지 않냐? 근데 또, 소샬리즘은 또 어떻고? 최소한의 욕망, 의식주도 해결하지 못하는데, 과연 인간을 행복하게 할 수 있겠어? 소샬리즘이 최고의 휴머니즘이라고 하지만 자본의 억압이 사라진 뒤에 새로운 형태의 억압이 있다면 어떻게 되는가 말야. 욕망의 절제만 있는, 소통보다는 규율과 엄격성이 앞서는 체계라면 그것이 과연 우리가 가야할 길일까? 실패의 원인이 소통의 문제 즉 민의를 전달하고 수렴하는 체계상의 문제라면 사회민주주의 같은 것도 가능할 것 같은데 그것이 과연 계급의 문제를 해결할 수 있느냐는 아직 의문이구."

그때 비에 젖은 개 한 마리가 재기의 발뒤꿈치를 핥다 재기가 몸을 휙 돌리자 묶인 쇠줄을 철철 끌면서 음식점 쪽으로 달아났다. 개는 내달리다가 뒤를 힐끔 쳐다보고는 다시 어슬렁거리며 두 사람 쪽으로 다가왔다. 민철이 발을 한번 구르자 꼬리를 사리고 내닫더니 음식점 문틈에 고개만 내밀고 컹컹 짖어댄다. 문틈이 열리며 허리가 꾸부정한 할머니가 지척지척 불편한 다리를 끌며 나와 쇠줄을 붙잡아 음식점 옆에 있는 개집에 붙잡아 맸다. 개 짖는 소리가 잦아들자 민철이 말을 이었다.

"형은 이것도 아니다 저것도 아니다. 그럼 도대체 해결점이라는 것이 뭐지요?"

"안개라니까. 지난 10년 뭣이 어떻게 달라졌는지. 혁명적인 해결은 있는 것인지 시민운동으로 가도 되는 것인지 현재로선 몸뚱아리로 부대끼면서 찾아보겠다는 것, 그것뿐이야."

"형, 좀 허무적인 냄새가 나는데."

"현실에 대해 절망해야 허무지, 현실을 인정하는 데 어떻게 허무냐? 내가 벌지 않으면 난 하루도 살 수 없어. 그게 니들과 다른 점이지. 앓고 계시는 어머니 놔두고 어떻게 절망하냐. 민철아, 땀 속에는 허무가 끼여들 틈이 없어. 처박고 싸우는 것이 더 마음 편할지 몰라. 아무리 개 같은 현실이지만 그 속에 코를 박고 있으면 기쁨은 그 속에도 항상 있어. 그 잠시의 기쁨이 얼마나 숭고하고 무서운 것인지 아냐? 그 잠시의 기쁨을 영구적인 기쁨으로 일깨우는 것이 우리의 희망이겠지. 어쨌든 민중들은 현실에 매몰되어 있는 것 같지만 우리보다는 훨씬 건강해, 난 그걸 느껴."

"그래요? 형, 난 코앞에 문제 하나 확실히 싸워가지 않고 뜬구름 잡는 식으로 고민해서는 안 된다고 생각해. 진로에 대한 고민 나 역시 언젠가는 맞닥뜨리겠지만 지금은 그럴 때가 아냐, 형."

"민철아, 마라톤에서 먼저 출발한다고 어디 일찍 도착하디? 고뇌와 함께 가는 운동이 힘 있는 거야. 사회모순도 모순이지만, 자기 운명의 주인은 자신이라구."

민철은 바다를 향해 심호흡을 한번 하더니 머리를 휘휘 내저었다.

"길 위에서 나그네는 어디로 갈까 머뭇거리진 않아 형. 어디론가 가야해. 글쎄 나그네는 뒤를 돌아보지 않는다니까."

재기는 파도를 응시하다보니 자꾸 몸이 뒤로 밀려가는 환각에 잠시 머리가 어지럽다. 그래서 쪼그리고 앉았던 몸을 일으킨다.

"자식아, 나그네는 말을 때리지 않는 거야 임마. 하하하. 자, 이제 읍내로 가볼까?"

그들은 골목에 늘어선 술집을 기웃거리다 어느 그럴듯한 갈빗집으로 들어갔다. 식당 안은 유선방송만 혼자 찌그럭거리며 돌아가고 있었다. 손님이 왔는데도 한참동안이나 사방이 기척도 없이 사뭇 조용하여 재기는 마침내 주방 쪽을 향해 큰소리로 아줌마를 불러냈다. 아줌마는 옆문 쪽에서 신발짝을 질질 끌며 나타났다. 벽 선풍기가 까딱까딱 돌아가기 시작했다. 고기가 나오자 재기가 말문을 열었다.

"민철아, 많이 먹어라야. 내 이래 일해도 니 술 한 잔 사줄 돈은 얼마든지 있다."

"형, 무리하는 거 아니요? 먹고 살기도 바쁠 텐데."

"머리론 안 되지, 그런데 몸으로 때우면 뭔 일이든지 되긴 돼. 하하하. 웨이터 생활하는 것보담 훨씬 많이 받으니까 걱정 마라이."

"참, 작년 겨울엔 웨이터 생활했드랬지?"

"겨울철엔 쇳일이 없잖아. 배운 철일 잘 써먹는다야. 덕분에 방학 때마다 일해 등록금이나 챙겨 썼지. 칸트 헤겔 맑스도 좋지만, 사람이 노동을 하면 얼뜨기 철학 나부랭이보다도 정신이 훨씬 청량해지는 거 같거든. 노동이야말로 최고의 명상이야. 하하하. 일이야 힘들지. 하지만 현장 형들이 다 잘해 주니까 마음은 편해."

"형이 일을 열심히 하나 부지 뭐. 경력자들도 많을 텐데 형을 데려다 쓰는 걸 보면. 어쨌든 형을 만나면 복잡한 논리의 함정에 빠지지 않고 청량감이 있어. 시원한 맥주처럼."

"자슥, 맥주 먹을래?"

"아냐, 고기 안주에는 역시 쐬주지 않수? 어쨌건 형이 현실에 안주하지 않고 비판적 시각과 관점을 가지고 학생운동에 대해서도 실천적으로 고민하는 점이 참 좋아. 딴 사람들 같으면 그 나이에 공부만 때려 파면서 자기 앞길 닦느라 정신없을 텐데."

"야야, 민철아, 열심히 공부하는 사람 니 생각대로 퍽퍽 내리깎아서 얘기하지 말그라이. 공부 못해 억울해하는 사람들도 쎘으니까. 학자금 대주는 부모들 생각해서라도 그런 얘기를 니 입으로 해서는 안 되는 거야 임마. 또 지금 열심히 공부만 파는 사람들 중에 나중에 절절하게 현실에 맞닥뜨리고 난 후 대중활동에 나서는 사람들도 얼마나 많은데 그래. 어찌됐건 니가 왕초라도 된 것처럼 니 생각 아니면 안 된다거나 니가 가장 옳다고 나서면 못 써. 자임하지 말라는 얘기야. 앞장서는 사람들이 더 겸허해야 하는 거야 임마."

"형 그래 맞아요. 하지만…… 그런 어려운 얘기는 나중에 하고 일단 술이나 한 잔 합시다요."

가위를 가지고 오는 식당 아줌마를 보며 민철이 얼른 술잔을 들었다. 두 개의 술잔이 부딪치면서 넘친 술이 탁자에 놓인 상추 위로 찔끔 떨어진다. 아줌마가 능숙하게 가위질을 하는 동안 두 사람은 암암리에 즐겁고 반가운 눈빛을 교환한다. 민철이 불불 타오르는 매운 연기를 모자를 벗어 부채질하며 말했다.

"형, 근데 요즘 말야, 전처럼 운동하는 게 힘도 안 나고 회의만 생기고 힘들어 죽겠다요. 그렇다고 군대 갈 수도 없고."

"대중과 결합하려는 전술을 항시적으로 개발해야 허는데 그게 참 어렵지. 그렇다고 일상적인 경제투쟁으로 정치의식이 저절로 고양되진 않을거구. 일반 사회 분위기에도 문제가 많이 있긴 하지만, 그래 계속 얘기해 봐."

"사실 그것 때문에 갈등이 많아요. 우리만 턱없이 앞서 가는 것이 아니냐 하는 생각도 들고…… 대중은 따라오지도 못하는데… 많이 잡혀가는데도 학생 대중들의 호응은 적고… 통일의 통자나 미제의 미자만 나오면 기존 운동단체 같은 데서도 배척을 하는데 미치겠어… 지금의 활동이 학교 다닐 때만 반짝 했다 꺼지는 불꽃같은 자기만족은 아닌지…."

"웃기게도 똑같은 것을 추구하면서도 자기들은 과격이 아니다라는 거지. 그런 빌미를 준 우리도 문제가 있지만. 하여튼 지금 생각을 가진 사람이라면 우리와 똑같은 고민을 할 거라. 모색하는 것으로 따지면 우리 모두 삼각지 로터리에 서 있는 거 아니냐."

"형, 어찌됐건 기성 운동세대들은 현실이 뭐가 그렇게 달라졌다고 뒤로 빼며 물러서는지 모르겠어. 누군가는 사회 모순을 지적해주어야 하는 거 아냐?"

"민철아, 물러난 것인지 새 길을 내나가고 있는지는 아직 알 수 없지 않겠어? 어찌됐건 내가 지금 할 수 있는 얘기는 누구도 아직 쉽게 결론을 내리지 못한다는 거야. 삼가 모색 중이라는 거지."

"구십년대 내내 모색이었네요. 그러고도 모자라나요? 그렇게 모색만 하다가 판이 끝날 거라요. 형까지 모색으로 도피한 거 아니요?"

"아이구 아프다야. 어찌됐건 표면상이건 본질적이건 세상이 달라져도 많이 달라졌어. 고전적 의미에서 계급이라는 것이 존재하는가 하는 의문도 들고 참 어려운 문제야. 적의 모습이 툭툭 튀어나오면 들입다 처바르면 되겠지만 적의 모습이 은폐되었다는 데 문제가 있어. 잘 나가는 세계화시대에도 늘어터진 것이 인간의 자각이니까. 니도 양질의 법칙을 알잖아. 소리 소문도 없이 양적으로 축적되어가는 거, 보이지 않지만 진행되고 있는 거, 그러니까……."

"형, 은폐된 것이 아냐. 그리고 계급이 있냐 없냐는 중요하지 않아. 좀만 유심히 보면 현실의 모순이 다 보이는데 왜? 핑계를 찾거나, 안 보려고 하니까 문제지. 그리고 그건 축적이 아냐. 실천이 없이 옛날만 우려먹고 가만 있는데 어떻게 그게 축적이야? 하기사 이승만이 때부터 시계를 거꾸로 돌려댔으니까. 잘 돌아가겠수? 구석구석에 친일파들이 친미파로 둔갑해가지고 들어박혔었으니까. 실제로 만주에서 총 들고 무장투쟁을 한 사람들도 있었는데."

"자슥아. 비도 오는데 술맛 안 나게 니가 무슨 우국지사처럼 그러지 마라. 국가보안법 같은 썩은 법률이 안즉 쌩쌩하게 살아 있어 임마. 좋은 생각이 있더라도 겨울 김치 파묻어 두듯 묵혀야 되는 거라. 아무리 세계화가 좋다지만 우짤겨, 지들이 우리 가슴팍의 사상이나 의식까지 파갈겨 우짤겨. 남이 듣기에 충신 열사처럼 과격하게 말하는 것이 뽀다구도 나고 얼매나 쉽냐? 그렇게 해가지고선 일이 안 풀리는 거야."

술이 들어간 재기는 '자슥아'를 주 반장이나 봉석이 자기를 향해 째왈거렸던 것보다는 한층 더 멋지게 구사했다. 먹물의 언어와 현장의 말투를 잘 배합해낸 것이었다. 그러고는 호기 있게 갈비와 공깃밥을 추가로 더 시키기까지 한다. 바람이 문살을 때리며 유리창이 드드드 울어댔다. 비바람이 몰아치며 천막에 고인 물이 털썩 쏟아지며 창밖에 뿌옇게 물안개가 일렁인다. 민철은 재기의 말투를 금방 흉내내 헤헤 웃으며 씩둑거렸다.

"형, 저쪽에서 우짤겨 우리식대로 살겨, 하는 것이야 사면초가로 몰렸어도 당당한 맛은 있는데, 이쪽에서는 미국놈들 허자는 대로 맞장구치면서 우짤겨 코쟁이들이 하자는 대로 할겨, 이라는 게 늘 문제라요. 형, 사실 요즘 힘들어선지 욕하고 싶어서 근질근질해 죽겠다니까. 근데 형 말 들으니까 생각나는 게 하나 있네. 우리가 외딴 구석에 몰려 있는 것이 아닌가 하는 생각, 뭐냐면 선명하게 주장하지 않으면 스스로 나가떨어질 것 같으니까 좀더 강하고 격하게 얘기하고 싶어하는 것 아니냐 하는 의구심 말이지요……. 역사상 보다라도 성공한 혁명은 뭔가 유연하면서도 원칙적인 무엇이 있지 않았나 하구요."

"그래, 자신감이 부족하기 때문에 스스로 극단으로 밀고 나가는지도 모르지. 내가 겪어본 바로도 가장 선명한 체 얘기하는 사람들이 가장 먼저 나가떨어지더라고. 원래 극과 극은 통한다고 극우와 극좌는 상호간에 필요충분 조건이 될 수도 있겠지."

"형님, 조중동 언론에서 그렇게 몰고 있지만 우리가 뭐가 극단이우? 과격하기로 치면 80년대가 훨씬 과격했을 텐데. 하기사 학생운동이 외롭지 않은 적은 있었수. 우짤겨 외로우면 외로운 대로 가야지. 정말이지 대중들하고 함께 가려고 우리가 얼마나 기를 써왔나요. 학생운동권이 젤 헤매고 있는 것 같지만 기성 세대들이 사실 훨씬 더 헤매고 있는 거 아녜요? 우리가 붙지도 않지만, 피하는 것을 보면 비겁해요. 그러니까 민주화의 과실을 보수정파들이 다 따먹게 놔두지."

"민철아, 내가 언제 우리를 극좌라 허든. 전혀 아니잖아. 힘을 내자구, 임마. 정 그렇게 열 받으면 니가 5.18 기념탑 꼭대기라도 올라가 여러분 정말 헤매지 맙시다, 라고 크게 한 번 소리쳐봐라, 어이?"

"피 흘린 사람들은 누군데 엉뚱한 놈들이 제사를 지내려 하니까 그러는 것 아니요."

"그렇다고 학생들만 제사지내면 되냐, 자슥아. 사회는 강물 같아서 똥물도 섞이고 된장국물도 섞이고 비눗물도 섞이고 그러는 것이야 임마. 칡넝쿨처럼 얼키설키 얽힌 것이 사회라. 학생들이야 맑은 물이겠지. 쯧, 나도 말은 멋있게 한다마는 내 자신도 주체 못하는 떨거진데. 지금은 말뿐이니까."

"형 피곤하지 않아? 시간도 많이 됐잖아."

"그래, 밀린 얘기는 여관에 들어가서 하고 말야. 많이 달려들어가던데…… 니는 앞으로 어떡할 거냐?"

"하이고 힘들어요. 근 1년을 쫓기다보니까 얼른 딸려가서 상황 끝 했으면도 싶어. 어차피 겪을 거라면. 몸이 사방이 아프구 쑤시구, 정의와 진실이 가는 길이 이렇게 험하니……."

"나도 너 있을 자리를 알아볼게. 이렇게 박히는 것도 괜찮아. 활동에는 지장이 있겠지만. 그리고 여기 돈 조금 있는 거 주머니에 넣어가지고 가라야."

"내 걱정은 말아 형. 아빠 내논 자식 취급하지만 속은 그렇지 않다는 것 나 다 알아. 엄마 생각하면 슬퍼져. 아줌마들만 보면 엄마 생각이 나……."

민철이 고개를 숙이고 코를 훌쩍인다. 재기는 뒷주머니에서 봉투를 꺼내 한사코 안 받겠다는 민철의 주머니에 찔러준다. 이어 두 사람은 어깨동무를 하고 바람이 부는 거리로 다시 나섰다. 회오리바람을 일으키며 빗방울은 에누리 없이 지둥치듯 두 사람의 몸을 휘두들기며 날아왔다.

다음날 새벽, 재기는 트럭을 몰고 가다 옷자락에서 흰 것이 불쑥 튀어나와 차를 멈춰 세웠다. 어제 민철에게 준 그 봉투였다. 안의 내용물도 그대로 있고 거기에 쪽지 하나가 끼어 있었다.

'형 고마워. 형의 깊은 마음 접수할게. 그러면 내가 약해져. 지금 나를 버티게 하는 것은 아버님과 형과 같이 묵묵히 일하며 자신을 일구어나가는 사람들이야. 형의 돈 만원에는 얼마만큼 땀의 무게가 실려 있을까 하는 생각도 해보았어. 땀내를 진정 사랑하기에 받을 수 없는 거야. 형 말처럼 좋은 세상은 멀리 있지 않고 우리 가슴속에 있다는 생각도 들어. 하지만 누군가는 지금 이 순간 가슴속에 있는 생각을 빼내들고 메마른 땅 위에서 외쳐야 돼. 그건 형과 나의 차이야. 형 말대로 먼저 나는 가슴속의 탐욕부터, 잘났네 하는 오만과 편견으로부터 훌쩍 벗어날 거야. 세계의 주인으로 자기 운명의 주인으로 살아나가는 형을 보며 보다 겸손하고, 보다 철저하게, 내 자신을 떠밀어나갈 거야. 더 낮은 곳으로, 작지만 더 깊은 곳으로 나의 삶과 의식을 밀어나갈게. 또 만나게 되겠지. 만나야 할 사람은 끝내 만날 수밖에 없음을. 강물이 흐르듯 언젠가는 우리 모두 하나 되는 통일의 바다에 닿게 되겠지. 여러 갈래의, 수천 빛깔의 물이 만나 결국은 자본과 탐욕의 산들을 깔아뭉개고 맑게 터져서 아름다운, 활짝 개인 그 수평의 바다에 말야. 형, 우리 건강하자. 부지런히 사는 거야. 그게 형과 나의 의무야. 땀의 아들이고 싶어하는 민철이가.'

12. 현장 마당굿은 걸다

사르락거리던 비바람이 휘익 기스락 물을 후벼대 빗방울이 뿌옇게 방안으로까지 들이쳤다. 활짝 열어젖뜨린 방안에는 웃통을 벗어붙인 네 사내가 둘러앉아 고스톱에 한창이었다. 풋고추가 몇 개 꽂혀 있는 플라스틱 고추장 통 옆으로 김치, 그 곁에 한 조각 남은 채로 말라 가는 두부 모, 그 옆에 달랑 꼬리만 몇 개 남은 오징어 위로 심심한 파리들은 자꾸만 날아들었다. 그 네다리 밥상 밑으로 수저가 꽂혀 있는 김치찌개 냄비, 어빠자빠 널려 있는 소주병과 음료수병, 과자봉지 등은 이미 심심치 않게 하루가 지나가고 있음을 보여주고 있었다. 최씨의 낯꽃이 기중 해낙낙하게 풀어져 있었는데, 그것은 무릎 앞에 수북한 동전들과 만원짜리 지폐 몇 장의 위력이 아닌가 싶었다.

"오늘 최 서방 집에 소 들어가는 날인가벼. 싸는 쪽쪽 잡아가니. 우리는 자기 목구명만 안 챙기지, 요렇게 척척 밀어주는겨. 월라, 근데 하필이면 요놈의 작것이 대가리를 뚝 디밀고 나온댜."

고개를 까닥까닥하며 패를 보고 있던 박씨가 봉석에게 눈을 찡긋하면서 말했다. 이미 얼근하게 달아오른 박씨의 홀러덩 머리는 삶은 고구마처럼 거무뎅뎅하게 변해 있다. 봉석이 암암리에 눈짓을 보내며 미소를 흘리는데 최씨의 입이 쫘악 벌어진다.

"고롬 그렇지. 내가 든 것만 쏙쏙 까주니 박형도 화투치는 것만 보면 참말로 복 받겠네."

"녠장할, 또 최형이 났잖여."

"하이하이, 그놈의 똥끗발 하나 못 쥐이고 그카나. 내가 나서야 되겠구마."

성만이 쉬는 목에 소주 한 잔을 걸치고 무릎을 들이밀면서 덤벼든다. 최씨가 능숙하게 패를 고르며 말했다.

"근데 김형, 잘 나가다 왜 그래? 초반 끗발이 개끗발이라고 영 촉을 못 쓰는구먼."

"최형이 워낙 잘 치니까 그러는 거 아녀."

봉석이 뚝뚝하게 말을 받으며 패를 집어든다.

"잔말이 필요 없다카이. 우린 항상 몸으로 보여주는 거 아이가. 허허 박형, 고래 꼴이면서 한없이 들여다본다꼬 뭐가 나오나. 오래 들이다보는 거 보이 광도 없구마. 내 이번 판에 실컷 혼내줄기라."

"그려, 우째 그리 잘 안댜."

박씨는 패를 내려놓고 거뭇거뭇한 코밑을 한번 쓸면서 쓴 입맛을 다신다. 그때 드러누워서 맹하니 천장만 쳐다보고 있던 삼식이 불쑥 최씨에게 물었다.

"카수형, 전번에 가져온 기타 어따 났다요?"

"갑자기 무슨 얼어죽을 기타노? 그럼 그렇지 마. 헤헤이 최형도 이제 밑천이 그만 딸리나보구마. 봉석아 탁 묵었다 싸뿌라. 걱정 마라카이. 내 한 주먹 쥐었다 아이가."

"형, 기타 차 안에 있어요?"

삼식이 재차 추근덕거리며 묻자 바쁘게 패를 끌어모으던 성만이 불퉁스럽게도 쏘아붙인다.

"삼식이 니 정말 정신 사납게 자꾸 이럴기가?"

"차 트렁크에 있는데…… 차 키는 여기, 아니 저기 바지에 봐라…… 요걸 먹은 다음에 고럼 그렇지, 요것까지……. 왜 기타는 뭐 할라고? 삼식 씨, 이왕 나가는 김에 식당에도 좀 갔다 오지그랴. 해물탕 포장된 것이랑 사오고."

"이렇게 시간 날 때 형한테 배우려구요."

삼식은 시푸르뎅뎅하게 부어오른 눈언저리를 궁상스럽게 얼뜨면서 씨무룩하게 말했다.

삼식이 옷과 신발을 적셔가며 술과 음식을 산 너머 식당까지 가서 사왔을 때, 화투판은 이미 끝나 있었다. 드러누워 천장보기를 하고 있던 사람들은 삼식이 들어오자 하나둘 자리에서 일어났다. 삼식은 휴대용 버너에 냄비를 얹고 해물탕을 끓이기 시작했다. 봉석이 벽에 기대선 기타를 흘깃 보며 추썩거렸다.

"최형 노래 안즉 못 들어봤는데 이럴 때 한번 퉁겨보셔."

"아무 데서나 퉁기나. 저래 봬도 밤무대에서 놀던 사람인기라. 최형 말야, 젊었을 때 여자 여럿 울린 거 아이요?"

"많이 안 울렸다면 바보 소리 듣겠네 내참. 사실 음악다방 디제이 시절 훌쩍훌쩍 하면서 따라다니던 여자애들도 많았는데. 그 시절이 좋았는개벼."

"옛날? 옛날 좋지 않았던 놈이 어딨다? 내 돌아다녀 봐도 한 시절 없다는 놈 못 봤는게. 고런 옛날 얘기야 뻥튀기고 거짓말해도 표시가 나나 뭐."

박씨가 최씨의 말을 바로 받아 시퉁머리터지게 짓뭉갠다.

"박형, 돈 잃고 샘통이 좀 나나 보지요."

봉석이 말을 받으며 쐐기에 물린 것처럼 뜨악해 있는 최씨에게 술잔을 권한다. 허나 검질긴 박씨의 입이 그에 껌벅 죽고 물러설 리가 없다.

"술 한 잔 들어갔겄다. 나 같으면 시키지 않아도 알아서 뽑겄다, 젠장할."

"나는 무대가 아니면 노래 안 하는데."

최씨가 궁둥이를 실실 빼면서 손사래를 치는데 이번에는 성만이 한술 더 뜨고 나섰다.

"헤헤이, 무대 맨드는 게 뭐이 어렵다고 그카나."

여럿이 술상을 옆으로 비키고 대접과 신문지 자락을 후닥닥 치우자 기타가 놀 만한 자리가 금방 만들어진다. 카수는 기타 줄을 한 번 찌르릉 뚱기며 쫌쇠를 만지작만지작 음을 고른다. 봉석이 기다렸다는 듯 술병에다 숟가락이 꽂아 최씨의 입에 대주자 마이크에 어울리지 않게 조용하고도 그윽한 노래가 천천히 뿜어져 나왔다. 뽕짝을 기대하던 사람들의 입이 헤 벌어진다. 그것은 더도 말고 백날이 오늘 저녁만 같아라 소리가 딱 나올 만큼 고즈넉한 것이었다. 청처짐하면서도 그윽한 노랫가락은 빗방울이 지짐거리는 앞마당으로 안개처럼 스르르 퍼져나갔다.

저녁 늦게 나는 잠이 들었지. 너를 생각할 시간도 없이
너무나 피곤해서 쓰러져 잠이 들었지
넌 왜 이렇게 사는 거야.
눈을 뜨면 또 하루가 가고 내 손엔 작은 너의 사진뿐
너를 다시 만나면 꼭 안고 놓지 않으리

흐느끼듯 짜내며 늘키면서 터졌다가, 서뻔서뻔 속삭이듯 다가섰다가, 웅얼웅얼 치늘어뜨리고, 간들간들 잦아들었다 싶으면 질기게 휘몰아친다.

사람들은 그냥 묵묵히 술잔을 들었다. 노래가 끝났어도 사방이 만귀잠잠한 침묵 속으로 가라앉는 통에 아카시 숲에서 자늑자늑하게 치대며 설레는 바람소리와 지붕 위에서 스르락거리는 빗소리만 열린 귀로 소록소록 스며들었다. 주 반장이 가라앉은 분위기를 돋우듯 어깨를 옆으로 건들건들 흔들어대며 말했다.

"봐라 봐라 마, 신나는 노래는 없나?"

"노래는 기분 내키는 대로 불러대는 것으로 땡이지 뭐 신나고 말고가 어딨어. 노래는 역시 보여주는 느낌이나 몸짓도 중요하단 말야. 하여간 노래가 쥑이는구만. 안 그러요,

박형?"

봉석이 슬쩍 눈을 성만에게 끔벅여 보이며 박씨에게 말을 슬쩍 넘긴다.

"개뿔이나 느낌은? 비가 오는디다 슬픔에 목이 메여 술맛만 더 댕기네 젠장할."

박씨가 술잔을 들어 한 입에 털어넣는데 삼식이 최씨에게 무릎걸음을 하며 다가갔다.

"카수형, 나도 인자 뽕짝 같은 거보담도 젊은 친구들 노래로 확실히 한 수준을 높여야 되겠어. 형 방금 그 노래 이름이 뭐지?"

주 반장이 옆에서 술을 들다가 실실 웃으면서 빙퉁그러지게 한 마디를 쏘아붙인다.

"야, 마 〈존재의 이유〉 그것도 모리나? 자석 그래 가이고 장가 가겠나 어이?"

"성만이 형은 참 장가가는 거 하고 노래하고 무슨 상관이 있다고 그래 쌓소."

"상관이 와 없나. 노래방 같은 데 가더라도 여자들한테 분위기 있는 것으로 한 방 딱 믹이고 시작하는기라. 겨울 바다니 가을비니 해 가면서 여자들 마음을 확 휘어 잡아뿌는 거 니 모리나? 여자들은 아나 어른이나 분위기하고 선물에는 뿅 가는기라. 봉석아 안 그러나?"

봉석이 미처 대답하기도 전에 박씨가 씨월거리며 주 반장의 말을 얼른 받아 채며 나섰다.

"내참, 비가 오니께 도깨비 한강 물 퍼마시는 소리를 허고 있네, 시방."

"말끝마다 귀신, 도깨비, 박형은 아예 귀신하고 살림 차렸구마."

주 반장이 입을 실룩거리며 말을 받는데 박씨는 들입다 한술 더 뜨고 나왔다.

"내참, 살다보니 물귀신 계룡산 뛰넘는 소리를 다 듣겄네. 나는 가을비 겨울비 그런 거 개코나 몰라도 여자들이 지 좋아서 밀물에 망둥이 뛰듯이 허드만. 뭣이냐, 태극기가 바람에 펄럭입디 몰러? 우선 백록담이건 저수지건 듬벙이건 좌우단 간에 태극기를 콱 꽂아뿌는겨."

"흐흐 웬 태극기랑가요? 노래 하다가 방구 뀌는 짝으로 헤헤헤. 태극기건 만국기건 박원식이 형님이 한 곡 걸지게 때려부쇼."

비로소 삼식이 퉁퉁하게 부은 입술 그대로 촐싹거리며 헤덤비는데 사람들은 저마다 한 마디씩, "태극기 고것 참 좋은 것이야." "역시 못자리가 흐벅져야 혀." "꽃을대 수입을 잘해야 하는기라."라고 씨부리면서 참아왔던 웃음을 콸콸 쏟아낸다. 애꿎은 태극기 타령에 깰깰깰 웃음이 얼크러지면서 애꿎은 술잔만 공중에서 불이 난다. 마침내 성만이 입가의 웃음을 지우며 박씨를 향해 뻔하다는 듯이 말했다.

"박형이사 뭐 있겠나. 들으나마나 콩밭이나 실컷 매겠지."

역시 박씨는 그 길로 콩밭을 매기 시작했다. 열심히 매는 것도 좋고 '포기마다 눈물 심는' 것도 좋지만, 갑자기 손을 뻗대며 휘 둘러치면서 기분을 내는 바람에 옆에서 싱긋빙긋 웃으면서 기분 좋게 술잔을 치켜들던 봉석의 술잔이 옆으로 튀었고, 그 흘린 술로 자기 바짓가랑이가 철벅하게 젖거나 말거나 박씨는 모르쇠로 버티며 마냥 노그라지면서 콩밭을 매나갔다. 그리곤 기타 반주가 한참 남았는데도 소주병 마이크를 놓고 콩밭을 다 맸다고 벙글거리며 벌써 술잔으로 손부터 닿는다. 그 다음에는 순서 없이 서로 뻗대 나서면서 노래를 불러나가기 시작했다. 딩동거리는 기타 반주 속에 봉석은 소주병 마이크를 넘겨받아 아예 무르팍을 내리 조지면서 〈사노라면〉을 흐린 날이 당장이라도 개일 것처럼 잔뜩 희망 어린 목청으로 부풀렸고, 주 반장은 어디까지나 군인간 오라버니로서 끝까지 '낙동강'을 사수했다. 노래가 몇 바퀴 돈 다음에야 삼식에게 차례가 왔다. 삼식은 술도 못 마신 멀뚱멀뚱한 눈알을 끔벅거리면서 부어터진 입술에 올라가지도 않는 목청으로 가파른 노래의 비탈을 넘어가느라 고대 숨이 넘어간다. 노래 부르는 꼴이 너무 처량할 정도로 진지하여 전부 손을 놓고 벙하니 쳐다보고 앉아 있었는데, 가사 내용을 곰곰이 음미해 보면 사뭇 쓰라린 구석이 없지 않았다.

나의 조국은

찢긴 철조망 사이로

스스럼없이 흘러내리는 저 물결

바로 저기 눈부신 아침햇살을 받아

김으로 서려 피어오르는 꿈속 그곳

바로 그곳……

　－김민기 노래 〈내 나라 내 겨레〉

가사를 얼마나 열심히 외웠는지 긴 대사까지 하나 빼먹지 않는 것 자체만으로도 대단한 지성이었다. 삼식의 노래가 끝나자 최씨가 안타깝다는 듯이 말했다.

"이봐 삼식이. 고상한 노래를 부른다고 인물이 절대 고상해지는 것이 아녀, 이 사람아. 자기 음색에 맞는 노래가 딱 몇 개는 있는 거라. 가수가 아닌데 박자 음정 틀리면 좀 어때. 듣는 사람들 생각해서라도 쥐어짜야 할 때는 꽈배기 꼬듯이 몸을 살짝 비틀어주고, 가볍게 넘어갈 곳은 오리 궁둥이 털듯 그야말로 술렁술렁 넘어가고, 언덕길에서는 지팡이 짚고 가듯 찬찬히 높여가면서 음을 고르다가 대번에 꼴까닥 올라채는 거야. 첨부터 끝까지 고래고래 소리질러댄다고 노래가 되는 것이 아녀 이 사람아."

조용하던 최씨의 사설이 길어지자 박씨가 덩달아 신이 난 듯,

"그럼그럼, 드디어 오늘 최씨의 입이 터졌구먼. 말을 근사하게 잘하네그랴. 콩쿨대회 하는 것도 아니고 나처럼 음정박자가 틀리면 뭬 어뗘." 하면서 냄비 뚜껑을 투닥투닥 두들기며 말 장단을 맞춘다. 최씨가 내친 김에 목을 가다듬고 말을 계속 이어간다.

"다시 말해서 숨죽일 때는 죽이고 숨이 곧 넘어갈 때는 꼴까닥 죽는시늉까지 하고 강약이 있는 거라니께. 까짓것, 일편단심 민들레도 좋지만, 마냥 소리만 질러봐 듣는 사람 다 도망가지. 그러니까 살짝 감정을 노래에 실어 가지고설라무네 된똥 누듯이 무겁게, 그러다간 처녀 옷 벗겨먹듯이 얇게, 또 구렁이 담 넘어가듯이 술렁술렁 부드럽게……."

최씨가 말을 미처 끝맺지 못하고 머뭇머뭇하자 주 반장이 덜컥 말을 받아 넘겨친다.

"거 마, 버들개지맨키로 휘아질 듯 뿌라질 듯 낭창낭창하게. 최형, 어때 그럴 듯하제?"

"고래, 잘도 주워섬기는구먼. 쯧쯧, 뿌라질 듯 좋아허네. 흐흐."

최씨가 혀를 내둘거리는데 삼식이 그 대목에서 심심한 입을 참지 못하고 볼쏙 끼여든다.

"참나무 장작 숯불맨치로 뜨겁게. 그리고 뭣이냐 장독대에 소낙비맨치로 차갑게. 형님, 어쩐게라?"

"헤헤헤 삼식이 그려, 어쨌든 노래 부르는데도 철학이 있다구."

한참 궁색하게 머리를 짜내고 있던 봉석이 그제야 최씨의 말을 받아 "딱 한 마디가 빠졌구먼 이. 인절미 떡치듯이 찰지게." 하며 절구통에 인절미 되믹이듯 한 마디를 떡 올려놓고선 휘 돌아보며 주위의 반응을 살핀다.

그러자 박씨가 얼씨구나 하고 나서며, "떡치는 것은 하여튼 좋은 일이여." 하면서 통통한 뱃살을 퍽퍽 치며 느물거리는데, "하여간에 좋은 것이라면 약방에 감초라." 하며 주 반장도 새새거리며 한 마디 하는 걸 빼 먹지 않는다.

"세상살이에 철학이 아닌 것이 읎지. 개똥이 이슬 밭에 굴러가도 다 이유가 있는 것이란께."

봉석은 이야기를 나름대로 올차게 마감을 하며 흡족하게 껄껄거리며 웃는데, 주 반장이 그 새를 못 참고 웃으면서 한 마디 더 뚱긴다.

"우째 이 대목에서 개똥철학이 와 안 나오나 했지."

이리 하여 노래는 다시 '술잔을 들다 말고 우는 사람아'로 넘어가게 되었다. 박씨는 아예 냄비뚜껑을 높이 들고서 숟가락으로 두들기며 신바람을 낸다. 술잔을 드는 흉내를 내며 기분을 내던 사람들은 〈울고 넘는 박달재〉로 노래가 넘어가자 카— 하며 술잔을 흡족하게 마셔댔다. 이러다 결국 노래는 '나비야 나비야 이리 날아오너라', '깊은 산 속 옹달

샘 누가 와서 먹나요'로부터 시작해서 이천 년을 입어도 까딱없는 '도깨비 팬티'와 같은 값비싼 동요로까지 발전했다. 이렇듯 요란 방자한 노랫가락은 야트막한 슬레이트 지붕 중천장을 들먹거리게 하고도 훨씬 남음이 있어, 꾸무럭거리는 빗줄기를 뚫고 항아리처럼 오목한 섬 허리를 휘돌아서 비안개 설렁거리는 바다 쪽으로까지 깽깽거리며 퍼져나갔다. 마침내 '저 푸른 초원 위에 그림 같은 집을 짓고'가 안 나올 수가 없었는데, 반바지 차림에 웃통을 벗어붙인 사내들이 지붕 밑이 좁다고 뚜뚜루 뚜루뚜뚜 손나팔을 불어대며 개다리 춤을 추어댔는데, 이것은 비오는 날의 마당굿 치고는 흥겹고도 처량하고 또 기도 안 차게 어처구니없는 것이어서 재기가 그걸 보지 않아 두고두고 가슴을 쳤을 정도였다. 아마도 이 집이 생겨난 이래 이렇게 야단스러운 잔치는 없었을 듯했다.

13. 섬세한 여자

비가 개인 후 며칠 동안 현장은 한층 바쁘게 돌아갔다. 시장 바닥이 시끌벅적할수록 갈치 장사 칼장단이 춤을 추듯, 현장 사람들 또한 바쁘게 웍더글덕더글 복대기칠수록 몸에 신명이 붙게 된다. 찌르릉거리는 용접기 우는 소리와 쿵쾅거리는 망치질 소리, 쇠 갈아내는 그라인더 소리가 돌 깨는 소리와 경쟁하며 산기슭을 후비고 째며 현장은 어김없이 소리와 먼지들의 천국이 되어갔다. 비가 와 눅눅하던 땅바닥은 이미 말라붙었고 태양은 오늘도 찌물쿠면서 땀을 우려내기 시작했다.

재기는 상도 페인트를 칠하고 있었다. 반나절도 채 되지 않아 재기의 작업복은 벌써 땀과 녹색 페인트 얼룩으로 범벅이 되어갔다. 얼굴은 물론이고 콧구멍까지 마치 풀물이 든 것처럼 뽀유스름하다. 사무실 쪽으로 잰걸음으로 지나치던 주 반장이 재기에게 불쑥 한 마디 던졌다.

"아이구야, 완전히 떡을 치고 있구마. 아예 얼굴까지 뻥끼 도배를 해라."

"떡을 못 칠 것이 뭐 있겠어요. 그러면서 배우는 거지."

재기는 시큰둥하게 말을 받으며 부지런히 손을 재우친다. 옷이 엉망이 되는 것이 전혀 낯뜨겁기는커녕 열심히 일하고 있다는 징표라도 되는 것처럼 맘 한편으론 왠지 자랑스럽기까지 하다. 그때 새 용접봉을 꺼내들고 지나던 삼식이 주 반장의 말을 받아 안쓰러운 얼굴로 재기에게 말을 건넸다.

"아이쿠 재기야, 굉장하다 너. 이력이 난 농사꾼은 아무리 논두렁 밭두렁 갈고 다녀도 바짓가랑이에 흙 하나 안 묻힌다이. 아짐씨들이 고추전을 그냥 막 뒤집는 것 같아도 다 요령이 있는 것인디. 그렇게 생판 힘으로만 문대지 말고 원리를 생각혀 보라구, 원리를. 잠깐 후끼(뿜통) 좀 줘볼래."

"저도 형들 따라가려면 한참 멀었지만 그래도 뻥끼칠에는 이골이 난 사람이네요."

용접봉을 내려놓고 한바탕 훈수를 하며 거들어주려는 삼식에게 재기는 페인트 뿜통을 내놓기는커녕 고개를 뒤로 잦히며 끄먹끄먹 페인트를 계속 뿌려나간다. 삼식의 입이 볼쏙 삐어져나오더니 혼잣말치고는 제법 질기고도 험한 사설이 지절지절 튀어나온다.

"고거이 하로 아침에 되면 숟가락 쥐고 밥상을 탁탁 치기만 해도 밥이 나오겠제. 니열 하찮은 일에도 앞뒤가 있고 선후가 있는디 생각해서 한 수 가르쳐줄라고 형께로 개코나 암 것도 모르는 것이 다 안테끼 시건방을 저리 떠니……. 하기사 높은 의자에 들어앉아 펜대나 굴리는 똥대가리들이 어치케 그 오묘한 뜻을 알겠냐? 입으로야 백 번도 더 알겠지. 머리로 알면 뭐혀. 쯧쯧, 고런 것은 뼈다구로 느껴 알아야지. 뼈다구로……."

재기가 그 말뜻을 새겨들을 시간도 없이 삼식은 팔을 냅다 휘저으며 자기 일자리로 씨엉씨엉 건너간다. 재기는 된통 한 방을 먹어먹고서 벌개진 얼굴로 호퍼 한쪽 그늘에 앉아 담배를 하나 빼물었다. 이번에는 봉석이 체인블록을 들고 지나가다 말을 건넨다.

"헤헤헤 굴뚝 쑤시고 다닌 것 같구먼. 힘들지? 페인트는 바람의 방향을 잘 살펴봐야

혀. 내가 한번 해볼까?"

"내비두세요."

재기가 볼통하니 까진 입으로 찌무룩하게 말을 받는데 봉석은 이미 뿜통을 집어든다.

"그래도 여름철 뺑끼칠은 한겨울에 비하면 양반이다이. 내 칠하는 거 한번 봐라이. 살짝 가늠쇠를 이렇게 놓고서 바람으로 먼지를 훅훅 불어낸 다음…… 쭉 나가다 끊고 왼쪽 오른쪽, 우에서 밑으로, 겹쳐서 반복해서……. 잘 봐라이…… 뺑끼가 요렇게 되면 가찹게, 묽으면 좀 떨어져서, 알아모셨어? 기술이나 요령이라는 것이 마술 부리는 거 아니다이. 손가락 마디마디에 자기도 모르게 배어드는 거라. 봐라 신이 나잖여? 쭉 나가서 끊고, 다시 돌아서 왼쪽 오른쪽, 겹쳐서 반복해서…… 근데 뺑끼가 너무 되다야. 신나를 쪼께 더 부어야 쓰겄구먼. 내가 이쪽만 한바탕 칠해볼텡께 니는 뺑끼 단도리나 좀 해봐라."

"엉뚱한 데서 스텝 밟고 있구먼, 흐흐흐."

지나쳐가던 주 반장이 낄낄거리며 한 마디 던지고 가는데, 시너를 부어 페인트를 휘젓고 있던 재기는 밀렸던 한숨만 푹 내쉰다. 그때 하 사장이 두 사람이 페인트칠하는 데로 다가와서는 흘긋흘긋 얼쩡댄다. 봉석은 하 사장을 뚱하게 쳐다보더니 아예 윗도리를 뒤집어 입고 모자까지 푹 눌러쓴다. 채비를 마치자 능숙하게 페인트를 칠해나가는데, 하 사장이 머무적거리다가 재기를 향해 말을 건네 왔다.

"언제 다 칠할 건가? 우리도 페인트칠해야 허는디."

재기가 채 대답하기 전에 봉석이 어깨를 으쓱하면서 뒤슬뒤슬 말을 받았다.

"시간이 겁나게 많이 걸려버릴 것 같구먼요. 철골이야 농약 통을 사서 칠하든지 봉걸레로 밀던지 그래야지 후끼로 칠하면 된다요?"

"후끼로 칠해야 때깔이 나잖아. 일이 워낙 바빠서 말이지."

"그럼, 읍내 나가서 후끼통을 사온 사람은 그냥 병신 소리 듣게 생겼네."

하 사장은 더 이상 말을 붙여보지도 못하고 자기 현장으로 뒤뚱뒤뚱 걸어간다. 하사장의 뒤꼭지를 향해 봉석이 불쑥 한 마디 던졌다.

"하여간에 잔머리 쓰는 것들이 꼭 뒤통수친단께. 재기야, 안 그러냐?"

"뭐가 뭔지 몰라도 안 그러면 큰일 날 것 같네요."

"저것 별명이 뭔 줄 아니?"

"모르는디요."

"저것 별명이 개상봉이었더란다."

"……개가 어느 골목길에서 서로 상봉해서 붙어먹었나보지요?"

"어디에 붙어먹었든지 핥아먹었든지 간에 하여간 개종자인 것만은 확실해."

"형이 언제 저 양반한테 되게 당했나 보죠?"

"보추없고 느자구없는 것이 간신 짓은 도맡아험시러 모지락스럽게 사장 앞잽이 노릇이나 했지, 뭐했겠냐. 아이구 갈비뼈 마디마디에 닭살 돋는다야."

"뭔가 슬픔이 있었구면요."

"슬픔만 있냐? 저것 때문에 신세 조진 놈이 하여간 여럿 된다니까. 개새끼들도 자기 식구들은 안 무는 뱁인디……."

"뭔가 짱짱한 사연이 있는 것 같네요?"

"짱짱? 그때로 되돌아갈 수만 있다면 신나게 다시 한판 붙어볼 텐디."

"지금도 늦지 않았다고 허면……."

"내 말이 그 말이다. 근데 재기야, 태풍이 오듯이 그럴 날이 오지 않겄냐. 기다려보라구. 하하하. 태풍이 괜히 바닷물을 한바탕 뒤집는 것 아니랑게."

"그럼 뭣 때문에 뒤집는데요?"

"찬물과 뜨건 물이 속에서 뒤집어지면서 섞이는데 고것이 고기에게 축복이 아니고 뭣이겄냐. 아무튼 뺑끼는 요렇게 구석구석부터 먼저 손을 본 다음 싸목싸목 칠해나가는 겨. 구석구석 손을 봐주면 세상이 고대로 편하다이."

"태풍이라, 구석구석 손봐주면 세상이 편해진다라, 가슴에 뭔가 진하게 딱 감이 잽히는구만요."

"후후후, 이야기는 말이다, 안팎으로 새겨들으면 좋을 때가 참 많다이. 그랴, 후후 알아 묵었지? 다 그런 거야. 세월이 좀먹는 것도 아니고, 그러니까 마음을 자차분하게 먹구설랑 딱 신나 냄새가 달다라고만 생각허면서 칠하면 돼."

"숨이 콱콱 막히는데 어떻게 달다고 생각한대요?"

"땀냄새처럼 두엄냄새도 달콤할 때가 있는 거라. 문제는 사람 마음이랑게. 그게 다 짠 밥잉께로 내가 그때가 언제라고 말할 수가 있겄냐? 몸이 말해주는 것인디."

시너 냄새는 달콤하기는커녕 코만 쿡쿡 쑤셔댔다. 재기는 넘겨받은 뿜통을 흔들면서 흥얼거리며 스텝을 밟아나갔다. 싸목싸목, 구석구석, 세상이 편하다는 말을 해죽해죽 되새기면서. 몸동작이야 전과 없이 신이 났지만 얄궂은 바람이 자꾸 방향을 바꾸는 통에 얼마 남지 않은 매끈한 얼굴마저 페인트로 뒤범벅이 되어갔다.

저녁 무렵, 연두색 양산을 비스듬히 들고 현장 입구에서 갸웃갸웃 안을 들여다보는 여자가 있었다. 그것을 제일 먼저 발견한 삼식이 박씨와 최씨가 일하는 곳으로 날쌔게 달려갔다.

"카수형님, 저기 좀 봐봐. 멋지게 생긴 여자가 우릴 빤히 쳐다보고 있네요."

"헤헤이 이봐 삼식이. 지나가는 조개보고 그렇게 널뛰어 싸면 골 문전에다 침만 묻히고 말겄네 이 사람아."

"그러는 최씨는 어째 입이 쫘악 찢어지는겨? 예비군복이건 작업복이건 간에, 제복만 있었다 허면 전부 강아지 새끼가 된다니까."

박씨가 능글능글 말 반죽을 먹이며 끼들끼들 웃어댄다.

"살짝 농담했는데 욕을 되게 뻑시게 해대는구먼. 그러는 박형은 어째 담배를 꼬나물고서 입맛을 다시나?"

"내가 언제 입맛 다셔?"

"목젖이 고대 올라갔다 내려오는 걸 내가 봤는데 까아불고 있어."

두 사람의 대화를 귀 넘겨들으며 눈알을 끔벅거리며 밖을 주시하던 삼식은 화들짝 놀란 토끼처럼 사무실 쪽으로 달려간다. 부르는 소리에 사무실에서 정 사장과 얘기를 나누던 주 반장은 자리에서 벌떡 일어났다. 미간을 쪼프리며 삼식의 손길을 따라가던 주 반장은 아이쿠 소리를 지르며 여자에게로 달려간다. 여자는 주 반장을 알아보자 현장 안으로 또각또각 여유 만만하게 걸어왔다.

"여기는 왜 왔나?"

"와? 아낙이 남편 만나러 왔는데 뭐 잘못됐나?"

"회사는 어케하고 웬일로 느닷없이 찾아오나 말다. 창피하게 여기가 어디라꼬."

"와 내 잘 몬 왔나? 당신 어떻게 사나 볼라꼬 찾아온 기라. 얼른 받아라. 무겁어 죽겠대이. 통닭 두 마리 튀겨왔다, 따끈따끈할 때 식구들 먹이그라 어이?"

얼결에 보자기를 받아든 주 반장은 얼굴이 벌겋게 달아오르다 못해 어쩔 줄 모른다. 하지만 일판은 이미 벌어진 셈이었다. 그는 숨을 가다듬고 천천히 전원단자로 걸어가 메인 스위치를 내렸다. 일꾼들은 머리를 빼고 내다보다 주 반장이 하늘로 저어 돌리는 동그라미 신호에 하던 작업을 멈추고 창고 옆 백양나무 그늘로 하나둘 모여들었다. 삼식이 인사성 바르게 제일 먼저 말문을 트고 나왔다.

"형수님 잘 먹을 게요. 저 아시죠 삼식이."

"내 마누라대이. 봉석이 니 한번 본 적 있제?"

"워낙 취해 쳐들어가 나서…… 여까지 어려운 걸음 하셨네요."

"허향숙입니다."

주 반장의 처는 누구 엄마라든지 그냥 고개만 까딱하면 될 것을 이름 석자를 똑 떨어지게 발음하며 고개를 숙였다. 각자 이름을 대거나 눈인사를 하는데 재기만은 페인트가 범벅이 이라 얼굴을 옆으로 돌리며 인사를 한다.

"저쪽 철골 팀도 부를까요."

재기가 봉석을 힐긋 쳐다보며 주 반장에게 물었다.

"아이다. 누구 코에 붙인다꼬. 됐다마. 우리 마누라는 몬생겼어도 애교 하나는 딱 봐줄 만하대이."

서운하게도 일꾼들은 애교 같은 것에는 별 관심이 없고, 헛헛한 배를 채우느라 바쁘다. 닭다리 한쪽을 발겨먹던 최씨가 샐기죽거리며 말했다

"주 반장, 갑자기 목이 콱 메이는구먼."

"재기야, 숙사에서 물 좀 가져온나. 여기 물이 똑 떨어졌다야."

봉석의 말에 벌떡 일어나 달려가려던 재기는 터지는 웃음소리에 사람들의 얼굴을 알쏭달쏭 되짚어보다 빙글거리며 닭의 어깻죽지 하나를 죽 찢어든다. 그때 삼식이 눈알을 비비대면서 얼렁뚱땅 지나가는 말처럼 한 마디 중얼거렸다.

"하, 나는 뻥끼칠도 안 했는데 왜 자꾸 눈물이 앞을 가릴까."

"손수건 여기 있어애."

향숙은 곧바로 노란색 바탕에 알록달록 무늬가 새겨진 손수건을 핸드백에서 빼내들었다. 습자지에 떨어진 잉크처럼 향수 냄새가 사람들의 코로 달콤하게 스며든다. 삼식의 수작을 익히 아는 주 반장이 손을 내저으면서 소리쳤다.

"치아라. 삼식이 저 늠아는……."

그러자 이번에는 박씨가 뱅글거리면서 빙퉁그러지게 한 마디 내뱉으며 나섰다.

"우째 나는 갑자기 가슴에 두드러기가 날라고 그런댜."

"사람들이 말야, 기름기 발린 입으로 못하는 소리가 없구먼. 쯧쯧. 허이, 주 반장 말야, 여기 온양 온천도 가깝고 헌디 방문 기념으로 모시고 가셔서 따뜻한 온천물에 담금

질 좀 하시지그랴." 하며 봉석이 슬쩍 말머리를 돌리면서 헤헤 웃는다

"이왕 객지로 나왔으니 편지를 쓸려거든 촘촘허게 써야 혀."

다시 한번 박씨가 날름 한 마디 뭉기면서 뱅글거린다. 주 반장의 얼굴이 대번에 사과 껍질처럼 빨그스름하게 달아오른다. 갑자기 튀어나온 말에 일꾼들은 얼치기로 그냥 따라 웃는다. 따라 웃지 못한 향숙과 재기만은 머리를 갸웃갸웃 맹하게 있자, 바로 주 반장이 서둘러 말 매듭을 짓고 나섰다.

"자 고래, 오늘은 일찍 마칠까?"

"그려, 주 반장, 오늘따라 우째 아랫도리가 흐리마리해가지고 당최 일할 맛이 안 나는구먼그랴."

박씨는 여전히 능글능글 말꼬리를 끈질기게 붙잡고 늘어진다. 마침내 주 반장이 "됐다, 됐다 마." 하면서 자리를 털고 일어서는데 이번에는 최씨까지 얄망궂게도 그 말에 달랑 한 마디를 덧붙이면서 이기죽거렸다.

"박씨도 참, 우리가 언제는 아랫도리 가지고 일했남?"

저녁참을 걸게 먹은 일꾼들은 두둑해진 뱃심을 믿고 잠깐 동안이었지만 달구치기로 데바쁘게 복대기면서 일 매듭을 지었다. 식사하러 가는 길에 재기가 궁금한 듯 삼식에게 물었다.

"삼식이형, 반장 형님이 편지를 써서 오라고 했나보지요?"

그예 삼식이 입을 보로통하게 쏙 내밀며 데퉁스럽게 말을 받았다.

"그런 건 우 아래 말이 왔다갔다 하는 통박으로 바로 알아묵어야제. 어치케 그런 머리로 그 어려운 공부를 헌다냐? 침 묻혀가며 또박또박 공들여서 편지를 써서 보냈다 그런 얘기 아녀."

삼식의 말속에는 재기에 대한 꼬부라진 감정이 풀리지 않은 채 그대로 녹아 있다. 뒤

따라오던 박씨가 삼식의 말을 듣더니 최씨에게 눈짓을 해가며 끼들끼들 웃어댔다.

"아하!"

"아하는 얼어죽을 아하냐? 또박또박 침 발라 쓴 편지, 후후 그렇게 좋은 말이 머리에 쏙쏙 안 들어박히면 적어라 적어."

삼식은 '또박또박'이라는 해석에 스스로 감탄하면서 길에 걸리는 돌멩이마다 힘껏 발길질을 하며 오솔길을 내달아간다. 재기는 "젠장할 누가 그런 걸 모르나." 중얼거리며 삼식의 뒤를 쫄래쫄래 따라가는데, 그들의 등 뒤에서 최씨가 말했다.

"하여간 저것들이 여러 차례 웃기는구먼."

잠깐이면 온다는 성만은 한참씩이나 기다려도 오지 않았다. 물길이 막힌 개골창 늪에, 푸릇푸릇 날을 세운 갈대는 선선한 바람결 따라 서걱거리고, 헛간의 축담 밑, 새득새득 말라가는 봉선화에는 아이들 고추같이 투실투실한 멍울이 지고 있다. 반쯤 잘려 나간 산언덕 위에 삽날을 땅바닥에 꽂은 채 쉬고 있는 포크레인이 뻘건 광주리에 쪄놓은 바다 가제처럼 보여 낯설다.

향숙은 한숨을 쉬며 숙사 방 하나를 빼꼼이 열고 들여다본다. 땀 냄새, 고린내에다, 남자냄새까지. 향숙은 잠시 코를 막는다. 하지만 어느 냄새 한 자락은 이미 익숙한 냄새였다. 향숙은 숨을 한번 크게 몰아쉰 다음 숙사 문을 덜컥 열어잦혔다. 눈에 익은 가방 하나가 한눈에 쏙 들어왔다. 향숙은 엉금엉금 무릎걸음으로 기어가 가방을 문지방까지 끌고 와 자크를 열었다. 어휴, 자릿내. 향숙은 고개를 내저었다. 양말과 속옷들이 화장지, 줄자, 석필 등과 한데 뒤엉켜 있다. 빨 것들을 주섬주섬 집어내고 가방을 한쪽으로 밀쳐냈다.

세면장에 들어서니 고리탑탑하고 후텁지근한 뜬내가 후끈 얼굴을 핥듯 달려든다. 향숙은 까맣게 때가 엉겨붙은 세숫대야를 깨끗이 씻은 다음 옷가지를 집어넣고 바가지로 고무통 속의 물을 뿌려대며 빨래를 하기 시작했다. 지하수라 그런지 손에 와 닿는 물의 느낌은 시원했다. 향숙은 빨래를 바지랑대에 넌 다음 다시 평상에 앉았다.

그래도 남편은 여전히 오지 않았다. 향숙은 머리를 갸웃거리다 마음을 다잡아먹고 조심스럽게 방문을 다시 열었다. 이내 방 한구석에 처박힌, 머리칼과 참외 씨가 꾸덕꾸덕 말라붙은 수건걸레를 들고 나와 주물주물 빨아들고 방안으로 들어갔다. 파리똥이 잔뜩 묻은 형광등과 모기 피가 얼룩진 때 묻은 바람벽을 보니 절로 한숨이 터져 나온다. 먼지가 더께로 앉아 있는 아이들 책가방만 한 들창, 텔레비전 위에 딱딱하게 굳어 있는 오징어 발, 담배가 짓이겨져 있는 종이컵, 국물이 말라붙은 신문지 쪽들. 향숙은 축축해진 코를 킁킁거리며 개켜진 이불을 옮겨가며 쓸어가듯 찬찬히 걸레질을 해나갔다. 장판 군데군데 난 담뱃불 자국이 무릎에 스칠 때마다 스타킹에 뭔가 쫀득쫀득 달라붙는 것 같은 느낌에 가늘게 진저리를 치면서, 방 3개를 닦는데 다섯 번이나 걸레를 빨아야 했다.

아직도 남편은 무슨 할 일이 그리 많이 남아 있는지 오지 않았다. 내친 김에 향숙은 이불을 들어내 탈탈 털어 마당의 바지랑대에 걸고, 또 방안에 어지럽게 걸려 있는 옷가지들을 세면장의 커다란 고무통 안에 담았다. 고무통에 가루비누를 쏟아 붓고 발로 지근지근 밟아대고 있을 때 밖에서 수런수런 사람들의 목소리가 들려왔다.

웃통을 벗어부치고 세면장으로 들어서던 박씨는 안의 광경을 보고 황소눈깔이 되어 뒤로 벌러덩 물러섰다. 뒤따라오던 사람들도 안을 들여다보고 입들이 쫙 벌어지는데.

"어, 혀 형수님, 이게 무슨 일이다요? 냄새나는 세면장에서……."

"냄새라니, 그게 어째서요?"

사람들이 화들짝 놀라하는 통에 향숙은 고무통 밖으로 나오지 않을 수 없었다. 종아리에 비누거품이 꺼지면서 뽀얀 살이 그대로 드러난다. 그때 주 반장이 봉석, 정 사장과 얘기를 나누며 오다 그 광경을 보고 기겁을 하며 안으로 달려들었다.

"니 거기서 뭐하나?"

"뭐 잘못됐나?"

"얼른 나와라. 이 뭐꼬?"

주 반장은 얼굴이 시뻘개지면서 안절부절을 못한다. 공기가 순식간에 얼어붙는다. 일꾼들도 무춤하여 그냥 울레줄레 서서 눈알만 굴리고 있는데.

"내가 뭐 잘못됐나?"

어물어물 세면장에서 나왔지만, 향숙은 코를 숙이고 가만 있지를 않는다.

"잘못된 정도가 아니라 니 엄청 잘났대이…… 나 참……."

"청소 좀 해준 게 무에 잘못됐다고 그카나?"

"아이구야 내 가슴아……."

주 반장은 마침내 쿵쿵 가슴을 치면서 뒤로 물러선다. 그동안에도 방 입구 핸드백 가죽끈에 걸어놓은 스타킹은 달달거리는 선풍기 바람에 잠자리 날개처럼 하느작하느작 나부낀다. 드디어 한 살이라도 더 먹은 사람이 나잇값을 할 절호의 기회는 왔다. 박씨가 윗도리로 통통한 뱃살을 대충 가리면서 말했다.

"주 반장, 그깟 것 가지구 뭘 그려. 내도 이쁜 마누라 생각이 번뜩나는구만. 모처럼 숙사가 깨끗해지니 그 얼매나 좋나. 허허허."

선발로서 박씨의 말이 끝나자마자 다른 사람들도 아니나 다를까 잽싸게 지원사격에 나선다.

"그려, 깨끗한 것은 둘째 치고 다부지고 맵싸한 손맛이 정말 좋네그랴."

"주 반장아, 알뜰살뜰한 모양새가 그 얼마나 좋은데 뭘 그래."

전부 한 마디씩 보탰지만 그 무엇이 억울한지 주 반장은 안절부절을 못하다가 향숙의 손을 낚아채 사무실 쪽으로 달아난다.

"니 지금 무슨 짓이가?"

"와?"

"사람들 무안스럽게 그게 뭐꼬? 내 언제 오라캤나 청소해 달라캤나? 닌 시키지도 않은 짓을 어찌 그리 잘하나 어이?"

"그럼 당신은 시키는 짓만을 그리 잘해왔나? 돈을 언제 제 때 가져다줘봤나, 집안일에 신경을 좀 써봤나?"

기어이 향숙의 눈에서 참아왔던 눈물이 찔끔찔끔 쏟아져나온다. 말로 못 하는 감정이 숙인 어깨 속에서 들먹거리는 그 사이, 부신 저녁 햇살은 향숙의 머리칼을 한 올 한 올 자주색으로 물들여간다. 들먹거리는 가녀린 어깨를 벙벙하게 쳐다보고 있던 주 반장이 처의 어깨를 탁탁 두드리며 달랜다.

"어린아들맨키로 찔찔 짜긴. 가자 마. 밖에 좋은 데로 식사나 하러 가자 어이?"

아내를 사무실에 잠시 기다리게 한 다음, 흔들다리를 건너온 주 반장은 봉석이부터 찾았다. 하지만 봉석은 이미 식당으로 가고 없다. 밖으로 같이 식사하러 가자고 했는데 부부 사이의 심상찮은 기색을 알아채고 부러 도망치듯 식당으로 간 것이 틀림없었다. 주 반장은 외출복으로 갈아입으면서 세면장 쪽을 향해 소리쳤다.

"'형, 박형. 밖으로 회나 한 사라 먹으로 가꾸마?"

"어째 썰렁한 데 끼어서 찬밥 신세 될라꼬……."

최씨는 손사래를 치며 뒤로 물러선다.

"괘안타. 워낙 바지런한 사람이라 그런다카이. 이해 좀 해주라마."

"주씨, 편지를 쓰려거든 눈물이 쏙 빠지게 촘촘하게 써야혀."

물을 퍼 찌크리며 샤워를 하고 있던 박씨는 그 틈에도 코맹맹이 소리로 눙치고 든다.

"박형도 고론 말 자꾸 하면 머리만 홀딱 더 벗겨지니까. 그만 하소마."

"서두가 길어야 된다, 그런 말도 우린 못하지. 박형 그려 안 그려?" 하며 이번에는 최씨가 실실 쪼개면서 박씨에게 말을 넘긴다.

"고럼, 한번 쓸 때 진자리 마른자리 잘 살펴가며 촘촘하게 길게 써야 한다, 요런 말도 우린 못하제. 헤헤헤, 안 그려 최씨?"

"고롬, 추신 똥똥 찍고 나서도 빠진 구석이 있나 살피며 풀을 잘 발라 미끈하게 봉을 잘해야 한다는 말도 우린 못하지. 흐흐흐."

"헤헤이 참, 허튼소리 말고, 재기 어딨나? 삼식아, 니 같이 갈래?"

성만이 재기와 삼식을 찾는데 박씨가 능갈치면서 한 마디 더 씨부린다.

"오붓하게 보낼 시간도 짧을 텐디 우째 자꾸 사람들을 데려갈라구 그런다. 뭐 집사람 한테 켕기는 것이 있는감만. 주씨, 경마장에서 돈 날린 거 들통이 났나?"

"하여간 내 말을 몬 하다카이. 재기야 빨리 씻고 온나. 삼식이 니도."

그렇게 하여 향숙이 담가놓은 빨래는 엉뚱하게 최씨, 박씨, 봉석 세 사람에게 떨어졌다.

사람들을 태운 승용차는 아득한 포도밭 구릉 위를 노랫가락을 흘리면서 신나게 달려나갔다. 야트막한 산비탈로부터 말린 풀을 태우는 연기, 두엄 냄새가 들척지근하게 코로 스며들고, 선선한 바닷바람에 흙 냄새 또한 싱그럽다. 그들이 간 곳은 섬의 한쪽 끝 방아머리였다.

차에서 내렸지만 줄지어 좌우로 늘어선 횟집에 가로막혀 바다는 아직 보이지 않았다. 멀리 바다 건너 도시의 불빛만 촛불처럼 아련히 까물거렸다. 그들은 일단 바다 쪽으로 길을 잡았다. 바다 쪽으로 다가갈수록 지릿한 갯내가 코를 콕콕 쏘아왔다. 신비스러운 자궁같이 잿빛 항아리 속에 담긴 듯한 바다는 수만 마리의 상어 지느러미가 일시에 꿈틀대는 것처럼 검실거렸다.

"낮에 왔으면 참 좋았을 낀데…… 애들은 잘 있나?"

망루의 불빛이 물결을 잡아 흔들 때마다 불빛기둥이 흐리마리 흔들리면서 사금파리 같은 빛을 쏘아왔다. 검은 파도 깊은 곳 어디선가 끼룩끼룩 갈매기가 울어댔다.

"잘 몬 있으면 우짤긴데?"

"자꾸 신경 좀 건드리지 마라카이. 내 미안타 안 카나. 남의 돈 먹기가 그리 쉽나? 돈이 재깍재깍 나와야 카는데 내도 우짤 수 없어 속이 터진다카이."

"자꾸 와 우짤 수 없다구만 그러나? 바람 든 무시처럼 와 그리 속이 없나? 누구처럼 내팽개치고 내도 한바탕 놀아보구마. 자기 기분이야 얼매나 좋겠노. 헤픈데픈 돈을 사방에 흘리고 다니니 내 살림 몬 하겠다. 이제껏 집에서 돈 얼매나 갖다 쓴지 알기나 하나?"

"지금 현장 오야지 형편이 줄어들어서 그렇지. 나도 인간들 사귀고 공장 하나라도 차려야 할 기 아이가?"

"공장 좋아한다 네. 지금 아-들 학원비도 몬 주고 있다는 거 가장인 니 아나?"

"그 간에 끌어다 쓴 것은 내 오늘 조금 줄기구마. 됐나? 나이 값이라도 할라치면 주머니에 돈이 좀 있어야 안 하나?"

"나잇값, 서방 값 못 해도 되니까 똑 아비 구실만 잘하래이. 우에됐건 집에 돈 끌어다 쓴 거나 다 내놔라. 당신 보나마나 지금 일한 거이야 얼마 몬 했다 하면서 삥칠 거 뻔한데. 포커에다가 경마장 가고 내 모릴 줄 아나? 당신 주머니를 잠자는 사이에 몇 번 뒤비 봤지만 내 그동안 아무 말 안 했다카이."

"알았다 마. 저기 아-들 기다리니까 빨리 가보자. 가서 현장에 있는 사람들 회 한 접시 떠서 보내야 안 하나. 나만 밖으로 외박 나온 셈인데."

"당신 정신 있는 소리가? 내한테 그리 인심이 좋아봐라 어이? 통닭 튀겨갔으면 됐지. 하이고 난 이래 가슴 띠놓고 산다. 아이고 내 이쁜 가슴아 닌 무엇을 바라고 사노?"

"그래도 그게 아인기라. 다 오는 정 가는 정이 있어야 하는 기 아이가?"

"가족들한테 그리 깊은 정 고운 정을 오고가봐라. 잘난 서방아, 아들 얼굴 안 잊어 묵었나?"

"그래 그래, 됐다 안 카나. 가자 마."

그들은 다시 모여 어느 호젓한 횟집으로 들어갔다. 성만은 모듬회와 소주 한 병을 주문했다. 창밖은 그대로 바다였지만 쓰렁하게 드러난 개펄은 텅 빈 쌀독을 들여다보는 것처럼 괴괴하다. 멀리서 기선이 불빛을 쏘아오면서 뱃고동 소리가 뚜웅 나무주걱으로 빈 솥바닥을 긁는 것처럼 사람들의 가슴을 긁어댄다. 어두운 분위기를 언죽번죽 깨고 든 것은 역시 삼식이었다.

　　"형수님, 내 몇 번 뵀지만 오늘은 정말 탄복했구먼요. 보통 여자라면 그늠의 냄새 때문에라도 숙사 방 근처에도 안 갔을 텐디."

　　"이 사람 땀 냄새 맡으며 산 지 13년이라예. 폭폭 찌는 한여름에 우에 그런 디서 잠을 자는지 모르겠더라요."

　　"형수님, 그리 다부지고 알뜰살뜰한 것을 본께로 살림살이를 기막히게 잘하실 거 같네요. 저에게도 형수님 같은 마누라가 있다면 날마다 발바닥이라도 닦아드릴 텐디."

　　"삼식이 니 시방 무슨 얘기하고 있나 어이?"

　　성만은 삼식의 발바닥 얘기가 어디로 튈지 몰라 화르르 말 구멍을 막고 나서는데 향숙은 퉁하고 앉아 있다가 그래도 듣는 귓맛이 괜찮았던지 무릎을 도사려 앉으며 말했다.

　　"칭찬이라요? 저 양반 보소야, 콧방귀도 안 뀌고 있는 거 보라예."

　　"성만이 형님은 기술 좋겄다, 성질도 앗살해서 뒤끝도 없겄다, 우리 동생들한테 서글서글하니 꿉꿉수가 있나 뭐가 있나. 제가 겪어본지도 근 사오 년은 됐지만, 하여튼 멋쟁이 형님이라요. 한두 가지 버릇만 고치면 백 점은 못 된다 해도 구십 점은 따놓은 당상인데."

　　"좋은 이바구가 저 사람한테는 전부 독이니까…… 삼식이 니 그만 씨부리거라이."

　　"제 발 저리긴. 딱 한 가지 요거 손버릇만 고치면 된다카이요."

　　이야기가 점차 모로 비틀어지자 재기가 냅다 나섰다.

"삼식이형은 모르시는구만. 밖에 점수하고 안에서 매긴 점수하고 거꾸로 가는 거. 반장 형님이야 다른 사내들처럼 술이 가도록 마시길 하나 한눈 팔기를 하나. 심심할 때마다 형수님 자랑, 애들 자랑을 하는데……"

재기가 입에 발린 말로 덩달아 추스르며 드는데, 향숙은 재기의 말이 끝나기도 전에 고개를 잘래잘래 흔들었다.

"두 사람 칭찬하느라고 참 애 많이 쓰네요. 내 묻겠는데애, 손버릇 고치는 데 그 무슨 좋은 비결은 없는겨?"

"거…… 뭣이냐…… 반장 형님은 요즘 우리가 점백짜리 치자 캐도 연속극 보자고 한다니께요. 그리고……"

삼식이 계속 눈에 뻔히 보이는 수를 계속 주워섬기려 하자 주반장이 모지락스럽게 말을 막았다

"연속극 같은 소리하고 있네. 야야, 고마 치아라. 좋은 얘기만 할라캐도 밤이 짜를 텐데 말이래……"

옥퉁소 소리도 맘이 그에 따라가지 않으면 주정소리로 들리는 법이다. 주 반장은 말을 마치자 썰렁썰렁하게 어깻짓을 하면서 밖으로 나갔다. 재기가 뭉기적거리며 그 뒤를 따라나가는데.

"어쨰 썰렁허네요. 형님, 글 안 해도 반장 형님 속이 뭉그러지고 있는데 자꾸 속을 긁어대면, 아참, 아까 그거 말예요. 제가 생각허기로는 딴 수가 없이요. 저기…… 뭣이냐…… 형수님처럼 그때그때 보초를 서거나 잘해주면서 달래는 수밖에. 월급날이나 돈 받는 날에는 외식하자 영화를 보자 허면서리…… 이런 얘기허면, 속내 보이는 것 같아 쑥스럽지만…… 우리 아부지가 머슴을 사셨는디 새경을 받기만 허면 며칠 새로 재끼를 해가지고 다 날려부렀당게요."

"재끼가 뭐겨?"

"자기들끼리는 심심한게 허는 손바닥 장난이라 오락이라 허고…… 어려운 말로 예술이라나……. 울 엄마는 하다하다 망단해가지고 아예 쥔한테 울고불고 해가며 직접 받아 챙겼는디, 그것 땜새 우리 자식들 팔자가 요렇게 늘어터지게 된 것 아니요. 그래서 나는 화투 같은 거라면 딱 질색이랑게요."

자기가 꺼낸 얘기에 아버지의 못난 과거까지 끌어대는 삼식이 딱했던지 향숙의 얼굴이 조금 풀어진다.

"이거 월급 날짜가 대중이 있어야 보초를 서가면서라도 살림을 놀 낀데. 남우세스럽게 다 큰 사람 쫓아다닐 수도 없고, 그런 걸 잘 아는 삼식 씨가 돈 나오는 날 옆에서 보초를 서주시라얘."

"참, 곤란하네요. 제가 보초 서봤자 별 용빼는 재주가 없는데, 하참."

"그래서 보초를 서주라 안 하는겨. 나에게 전화만 해주시라얘. 그러면 내가 현장으로 쫓아가건 아양을 떨어 구슬리건 간에 내 서방은 내 챙길끼구만."

"두 사람 장단이 척척 맞아떨어지는구마."

밖에 나갔던 성만이 들어오면서 이죽거리는데 재기가 빙글거리며 삼식에게 말했다.

"삼식이형도 참, 요럴 때 중매 한 수 해달라고 그러지 어째 뜸을 들이고 있대요?"

"요새 선 안 보시는겨?"

"그게 뭐…… 흰 고무신짝도 제 짝이 있다는데. 인전 포기할까 말까 하고 있네요."

"재기야 자슥아. 중매를 아무나 하는 줄 아나?"

"형은 잘 알잖아요, 삼식이형 진국이라는거."

재기는 얘기의 주제를 돌리려다 성만에게 된통 퉁을 맞고 말끝을 흐리는데.

"요즘 시상에는 진국이 헛떼기구마. 요새 진국을 누가 무주나. 마, 우쨌던간에 내 딴 보증은 몬해도 삼식이 욤마가 좀 촐싹대기는 하지만 사람 하나는 영악스럽지두 않구 수박처럼 잘 익었삐렀대이. 당신이 교회에서 이쁜 처녀 말고 당신처럼 약간 되바라지고 궁디 큰 여자 있으면 하나 소개해 조뿌라 어이."

"사람 앞에다 가만히 앉혀 놓고 간 떼고 쓸개 떼고 엄청 낯간지럽네요 이."

삼식은 말을 마치고 잔칫상에 오른 꼴뚜기처럼 짐짓 풀이 죽어서 뒤로 물러서는데, 향숙이 갇혀 있던 웃음을 터트리며 묻는다.

"호호호 글쎄 어떤 여자를 원하는겨?"

삼식이 꺄우뚱대며 생각을 굴리다 마침내 말을 뱉었는데 바로 앞에 앉은 여성을 주제로 한 경쾌한 직유법이었다.

"형수님처럼 약간 다부지고 섬세한 여자."

"삼식이 니 간살 떠나 뭐하나. 섬세하다꼬?"

"내가 섬세 안 할게 뭐 있는겨?"

두 양주가 갑자기 별 거 아닌, 아니 따져보면 대단한 주제를 가지고 서로 씨루며 목소리가 갑자기 높아진다. 재기가 황황히 발벗고 나서지 않을 수 없다.

"형님 말이요, 별 거 아닌 것 가지고 그래 쌓네요. 내숭이나 떨고 다소곳한 여자를 보고 섬세하다 그러는 줄 아세요? 남자 속을 지긋이 꿰면서도 지는 듯이 이겨먹는 여자가 섬세한 거지."

"재기 니 많이 배워서 그런지 말도 참 똑 떨어지게 잘헌다이. 내 말이 바로 그 말이여. 겉보다는 속이 섬세하게 꽉 들어차야 헌다는 것 아니겄어."

"당신 오늘 그렇게 좋은 말 듣고 잠 안 오게 생겨구마. 하기사 우리 각시가 겉으론 부실해 봬도 속살이 좀 찌긴 찐 기라."

"각시 좀 좋게 이야기하면 누가 옆에서 쿡쿡 찌르드나. 내도 처녀 같다 섬세하다 그런 얘기 많이 듣는다 와?"

"누가 안 된다카나. 어서 회나 들어라. 재기야 내일 아침 일찍 이리로 오그래이. 올 수 있제?"

"그럼요. 이래봬도 제 배꼽시계는 알아준다요."

"삼식아, 술잔 받으라카이. 니 고향에서도 회를 많이 묵나?"

"우린 세발 낙지도 좋아허지만 홍어를 제일로 치제라. 가마니때기에다 덮어 가지고 부엌재 칸에 살짝 묵혀서 곰삭헌 다음, 크으, 술 맛 좋네요, 형님. 그러니께로 뻘그죽죽헌 홍어를 묵힌 김치에 싸설랑 삶은 돼지고기 한 점 살짝 고 위에 얹어 가지고설라무니, 하 그래 먹으면 물큰하면서 오독오독 씹히쫀서, 박하사탕처럼 입안 전체가 화해지면서 톡 쏘는 것이……."

삼식은 이야기를 마저 잇지 못하고 입맛을 쩍쩍 다신다.

"안 물어봤으면 큰일날 뻔 했네얘. 참, 삼식 씨, 여자를 볼 때 얼굴이나 몸매도 보는 겨?"

"아까 말했잖아요. 형수님처럼 섬세한 여자면 된다고."

"색시가 있긴 있는데. 서로 맞아야지얘."

삼식이 쑥스러운 듯 말머리를 돌리며 재기에게 짐짓 물어본다.

"재기 니는 홍어 창자로 끓인 보릿국 못 묵어봤겠지?"

"홍어찜은 먹어봤지만……."

"고거는 몰라도 아까 삼합이라는 것까진 내 다 묵어봤다카이. 목포에 크레인 설치 현장에 갔을 땐데 거참 반찬 걸게 나오대. 그래도 난 그 맛 모리겠더래이."

"입맛이야 고향 따라가는 것 아니겠소. 형수님도 쉬셔야 헐 텐디 우리는 먼저 일어날랍니다. 형님, 재기가 내일 어디로 오면 된다요?" 하며 삼식이 일어설 채비를 한다.

"아까 내 밖에서 다 얘기해놨대이. 그라고 아지매 회 아직 안 됐는겨? ……됐다 카니까 가지고 가그라. 술도 한두 병만 사 가지고. 많이 묵지 말그래이. 내일 일 바쁘대이."

사람들을 떠나보낸 뒤 내외는 비둘기 곡식을 쪼듯 한 마디씩 툭툭 던지며 잠자코 식사를 했다. 분위기는 더없이 고즈넉하고 청량한데 열없이 들이키는 술잔이라 그런지 성만은 취기가 알딸딸하게 달아올랐다.

밖으로 나오자 눈앞을 가로막는 것이 어스름 바다 안개였다. 멀리서 서치라이트가 불빗자루처럼 바다를 쓸어갈 때마다 까만 공중에 해미가 자우룩하게 드러난다. 바다 어느 쪽에선가 갈매기가 끼룩끼룩 울어대고 써늘한 밤기운이 스르르 몸으로 파고든다. 성만은 컬럭컬럭 마른기침을 토해내며 몸을 휘청거렸다. 향숙이 얼른 남편의 허리를 잡아 곁부축을 한다. 그런데 댕댕하고 투실투실하던 등허리 살집이 웬일로 헐렁하다. 잠자리를 찾아 해변을 돌아가는데, 어디선가 개가 컹컹 짓고 짐승 털이 타는 듯 노릇한 냄새도 풍겨났다. 짙은 바다 저편 눅진한 곳으로부터 오래된 추억을 되살리는 듯 등대가 깜빡깜빡 불빛을 쏘아오는데.

"니는 무슨 맘으로 청소를 했노? 속이 상해 청소했나? 구질구질 더러워서 청소했나 어이?"

"그것 가이고 당신 자존심 무지 상했나? 그런 뜻으로 한 게 아이다. 그냥 앉아 있다가 눈에 보이는데 어케 그냥 지나가노? 그래서 청소했다. 마, 산이 있으니까 오른다 카데. 당신 살 냄새, 발 냄새 다 그런 거 아이가? 괜한 자격지심은……. 청소하면서 내 울었대이. 당신이 돈은 제때에 안 갖다준다 캐도 우리 식구 벌어 먹인답시고 고생하는 거 보이속이…… 흠흠, 당신 고생하는 거 내 다 안다."

향숙이 마침내 훌쩍거린다. 성만은 향숙의 어깨를 감싸안았다. 향숙이 성만의 가슴으로 파고들어 흐느낀다. 비릿한 갯내가 코 속에 스며들며 그들은 세차고도 간절한 어떤 욕구가 숨가쁘게 가슴을 적셔오는 것을 느낀다.

"내도 당신 마음 안다. 내 하고 싶은 말이 가슴에 스멀거려도…… 막상 말이 돼 나오지 않으니까네…… 내 당신 깊은 정 많은 것 다 안다. 당신이야말로 정말 고생이 많대이."

"아이다, 내 당신 그 맘 안다. 당신이 고생 참 많다."

두 사람은 서로 고생이 많이 한다고 우기며 모텔의 문을 힘차게 열어젖혔다. 복도 양편에 꼬마전구 불빛들이 끔벅끔벅 눈인사를 하듯 두 사람을 반긴다. 빨간 양탄자 위에 하얀 천이 덧깔린 복도는 결혼식 대청처럼 정갈하면서도 아늑하다. 두 사람은 서로를 부축하며 감싸안은 손으로 상대의 등을 따독거리며 뒤뚝뒤뚝 계단을 올라간다. 한참 후 샤워 소리가 들렸고 두런두런 말소리가 점차로 잦아들었다.

밤안개 설렁거리는 바닷가. 파도는 사르락사르락 가는 모래톱을 핥으며 여전히 따스한 해변을 발볌발볌 적셔간다. 갈매기는 새라서 안개 아득히 깊은 저 밑에서, 끼육끼육 울다가 열기를 토해내듯 파닥파닥 날개깃을 털어댄다. 물은 물이라서 섬의 뿌리 가장 깊은 곳까지 적셔 흐르다, 안으로부터 전류처럼 뜨겁고 저릿한 혼돈의 회오리를 몰아다가 밖으로 넘실넘실 퍼내면서 섬을 와락 감싸안는다.

두 사람은 이윽고 저 가려운 발바닥까지 서로를 비비대다가, 빈 공중에서 추락하는 새처럼 미끄러운 깊은 잠의 바다로 서서히 떨어져갔다. 어디선가 풀벌레 소리가 잠을 설치는 사람들의 여린 귀를 물어뜯었지만.

14. 인생은 오케스트라

한숨 늘어지게 자고 일어나 화장실까지 다녀온 박씨는 담배를 하나 꺼내 물었다. 그런데 옆자리에 있어야 할 최씨가 웬일로 보이지 않는다. 불길한 예감에 옆 방문을 열어보고 집 주변과 공장 마당까지 둘러보았어도 최씨의 행방은 여전히 묘연했다. 성만을 깨워 물었으나 그 역시 모르기는 마찬가지다. 박씨가 삐거덕대는 문짝을 함부로 열어젖히며 안으로 밖으로 돌아다니며 엄벙덤벙 설쳐대는 바람에 봉석도 눈을 비비며 일어났다. 재기와 정 사장은 물어봐도 고개만 내젓고는 그대로 잠으로 곯아떨어진다. 그 와중에 삼식은 깨어났다가 벽에 등을 기대고 앉아 고개를 까닥거리며 자울자울 존다. 밖으로 나가 주변을 한바탕 둘러보고 들어온 성만에게 박씨가 말했다.

"보나마나 저쪽 솔밭에 있는 원두막으로 갔을겨. 같이 가보드라고. 이 양반이 요새 술렁술렁한 게 도대체 종잡을 수가 없단 말여. 봉석이 자네도 갈겨?"

봉석도 옷을 챙겨 입고 따라나선다. 세 사람은 얼굴에 엉겨붙는 하루살이를 툭툭 쳐내면서 아카시 숲 언덕을 터벅터벅 걸어 올랐다. 식당으로 오가는 길에 쉬곤 하던 고개 언덕 원두막에도 최씨는 보이지 않았다. 그러다 박씨는 바다 쪽으로 잔뜩 기울어진 해송이 있는 바닷가 너럭바위에서 최씨와 함께 소주 한잔을 했던 것을 언뜻 기억해냈다. 그 곳은 돌산을 끼고 돌아야 갈 수 있는 깎아지른 벼랑 밑에 있었다.

세 사람은 잔 자갈이 박혀 있는 오솔길을 내려가 어둑어둑한 바닷가 작벼리 밭을 조심조심 골라 디디며 바위 쪽으로 나아갔다. 산자락을 돌자 후틋하던 기가 쏙 꺼지면서 서늘한 바닷바람이 불어왔다. 산턱의 소나무 숲을 돌자 으슥한 너덜바위 위에 용용하게 앉아서 건들거리는 거무스레한 그림자가 하나 있었다.

그들은 그림자를 향해 그들은 동동거리며 달려갔다. 다들 잘 달려가는데 바위틈에 운동화 짝이 끼는 바람에 철퍼덕 넘어진 주 반장은 크으, 입으로 바람을 들이키며 그 자리에 우뚝 선다. 먼저 달려간 박씨가 씩씩거리며 최씨의 어깨를 잡았다. 바로 앞 검실거리는 파도 속에서 물에 비친 반달이 은빛 불방망이처럼 길게 흔들린다.

"최씨 여기서 뭐하고 있댜?"

"……."

곰처럼 웅크리고 있던 최씨는 콧김만 씩씩 불어내며 잡는 손을 호되게 뿌리친다. 박씨가 다시금 최씨의 어깨를 잡아 흔들며 씩둑거리며 말을 뱉는데.

"지금 여기서 뭐하는겨? 바다가 가만히 잠자고 있는 당신을 오라고 불러내던가, 귀를 막 잡아댕기든가?"

"그래, 바다가 귀때기를 잡아당겨서 왔다 왜?"

"헤헤이 최형도 마, 술 귀신이 귀때기를 확 잡아당겨서 왔구마."

그제야 뒤뚝거리며 당도한 성만이 바다 쪽을 막아서면서 슬쩍 농을 친다. 바위 한쪽에는 됫병들이 페트병이 아무렇게나 자빠져 있고 참치 캔은 뚜껑이 열린 채로 그 옆에 나뒹굴고 있다.

"열불 나는 사람 복장을 질러대지 말라구."

불뚝성을 내며 자리에서 비척비척 일어난 최씨는 갑자기 바다를 향해 황소 영각하듯 어허 어어 어허허 울부짖었다. 무심한 바다는 메아리는커녕 고함소리를 날것 그대로 삼키며 어슴어슴한 산자락만 슬쩍슬쩍 걷어찬다. 저 멀리 포구의 불빛은 가마푸르레한 파도 속에 노랗게 빨갛게 뿌리를 뻗으며 잘름잘름 흔들거린다. 어흐어흐 황소 비명소리는 잠시 잦아드나 싶더니 어깨를 들먹이며 신음소리 같은 염소울음이 토해져나왔다. 무르춤해진 사람들은 팔짱을 낀 채로 우두커니 선돌처럼 굳어가는데, 이윽고 박씨가 침묵을 깨면서 말했다.

"그만혀, 이 사람아. 그런다고 도망간 여자가 돌아오겄어 어쩌겄어. 몸만 축나지 별 수 있냥 말여."

"씨발 글쎄, 가만 놔두라니까 그러네. 어째 맘대로 울지도 못하게 하냥 말야."

최씨는 휘뚝 바다로 처박힐 듯 비척거리더니 바위에 퍼더버리고 앉아 무릎 사이로 머리를 처박고서 예의 염소울음을 계속 뱉어낸다.

"잘못 살아왔어……"

그리곤 갑자기 몸을 뚱기적거리며 돌려 앉더니 곁에 있는 페트병을 날래게 잡아 열고 소주를 벌컥벌컥 들이킨다. 박씨가 최씨의 어깨를 감싸 안으며 달랜다.

"젠장할. 소가지 부려봤자 몸만 망가져 이 사람아. 우리끼리 얘긴데 결혼 생활 잘헌다 하는 사람도 뒤벼보면 한 귀퉁이는 다 썩어 문드러져가는겨. 정도의 차이는 있을랑가 몰라도, 억지로 살아가는 사람들이 얼매나 많은데 그려."

"너무 그라지 마이소. 가만 보이 귀가 얇고 이쁘장한 여자만 바람나는 거 아인 기라요. 하여튼 풍속을 어지럽히는 글마들은 꺼꾸로 매달아 사우디맨치로 주리를 확 틀어삐야 카는데. 마 우짜겠노, 확 잊어뿌소. 세상 마 물 흐르는 거맨치로 살면 안 되겠나. 또,……."

주 반장이 제물에 열이 올라 자기 가슴을 치며 말을 받았는데, 최씨는 "물 흐르드끼 좋아하네." 하며 단칼에 말 매듭을 자르고선 그냥 헉헉거린다. 이번에는 봉석이 성만을 거들고 나섰다.

"그래요. 물 흐르드끼 열심히 살아도 우리 같이 없는 사람들은 가정 하나 지키기 참말 힘들더라요. 요놈의 사회가 남자건 여자건 탈선을 하려고 맘만 먹으면 얼마나 뒷구멍이 많은가요."

"구멍, 구멍 하지 말어, 썅."

최씨가 다시 거친 숨을 몰아쉬면서 씩씩거리는데 어쩔 수 없이 박씨가 나서서 뜨직뜨직 말을 잇는다.

"그게 못할 말인감. 살다 보면 부처님 귀때기도 잡아댕기는 수도 있는겨, 이 사람아. 우리도 당신 마음 알어. 집이라는 게 한쪽 기둥이 좀만 짜그라져도 비가 왕창 샌다는 거, 그려 구멍이 뻥 뚫렸을겨. 그렇지만 어쩔겨 거무 새끼들이 새 집 짓듯 다시 지어야지. 토끼 새깽이 같은 자식들이 있잖여."

"누가 그깟 것 몰라서 그러나. 그게 그리 간단한 문제가 아니라니까, 하참."

"세월이 약이라는 노래도 있잖여."

"세월 좋아하네. 당장 얘들 먹이고 입히는 것이 문젠디 저리 한심하게 세월타령만 하고 있으니, 내참, 환장허겠구먼."

그들은 튀는 입 따라 말장단을 맞추느라 허겁지겁해 했지만 되바라진 최씨의 입은 조자룡 헌 칼 쓰듯 막고 자르는 데 전혀 거칠 것이 없다. 허당을 짚은 것처럼 마음만 헙헙해진 사람들이 드디어 말문을 막고 물러서는데, 최씨는 갑자기 몸을 뒤틀며 벌떡 일어나더니 바다 쪽으로 허청허청 달려간다. 와뜰 놀란 사람들이 최씨 주위를 빙 둘러섰다. 그러자 최씨는 그 자리에 털버덕 주질러앉아 서 있는 사람들의 발을 붙잡고 바다 쪽을 향해 꺼이꺼이 울부짖기 시작했다. 무심한 구름은 바다안개 속에 잠겨 있는 달을 바쁘게 스쳐지나간다. 파도까지 거들먹거리며 털썩털썩 바위 돌을 걷어차며 보채는데, 박씨가 나직하게 중얼거렸다.

"앓던 이빨도 빠지면 서운한 법인디 자네 속은 오죽헐까. 우리야 국외자인데 뭔 말을 허겠는감."

"그냥 쇳일이나 하는 것을, 장사한다고 덤볐으니. 내가 죽일 놈이지 후-."

"노래방 장사 말이지, 근데 그건 왜?"

"내 워낙 놀기 좋아하는 놈이어도 손가락질 받을 짓은 이제까지 안 하고 살았어. 정말…… 커윽, 망할 년이 손님방에 들어가 놀 때부터 알아모셨어야 하는데."

"그랴, 접시는 밖으로 돌리면 깨지게 되어 있어." 하며 박씨가 입맛을 쩍쩍 다시며 말을 받았다.

"가끔씩 룸 아가씨들을 손님들에게 소개시킨 적은 있지만 지가 손님방에 들어갈 게 뭐야. 크윽, 그 뒤로 직장 다닌다 뭐한다…… 젠장할, 이리저리 싸돌아다니더니 해까닥 맛이 간 거라."

"그만혀, 이 사람아. 두엄더미는 자꾸 헤집어봤자 냄새만 더 지독해지는겨. 바람피웠다는 것이 확실한겨?"

박씨가 머리를 절레절레 흔들며 말을 물었다.

"내가 바보야? 하여튼 이젠 여자가 무섭더라니까. 이렇게 객지로 나돌아다니지 말았어야 했는데."

주 반장이 머리를 끄덕거리면서 말했다.

"최형, 알고 보면 남자건 여자건 서로가 다 무서운거. 마누라 궁디 몬지작거리며 한 10년 사는 놈치고 마누라 안 무서워하는 남자 있으마 나와 보라카이. 꼬집히지 않을 만큼마, 약점 안 잡히게 단도리 잘허는 것이 상수라."

"궁둥이 좋아허네. 니열 사, 사는 것이, 인생이 허무허다니까. 헉헉대며 지랄 염을 하면서 현장을 갈고 다녀도 마, 마누라 하나 지키기 힘들고 집 한 칸 마련하기 바쁘니. 헛, 헛살았다니까."

"참, 귀신 씨나락 까먹는 소리하고 있네. 오십 고개 다와가는 사람이 허무는 무슨 개뼉다귀 같은 허무랴."

쌔왈거리며 말을 마친 박씨는 바다 쪽을 향해 오줌을 내리갈겨댄다. 성만이 박씨의 얘기에 맞장구를 치고 나섰다.

"허무라꼬? 말 마소야. 고론 거는 비벼댈 언덕이나 있는 놈들이 씨부리는 것이지 우리 같이 막 사는 인생에 그기 뭐꼬. 죽기 아니면 까무러치기지 별 수 있겠노. 우리는 마 그런 거 모린다카이."

봉석도 덩달아 한 마디 챙기며 최씨를 달래지 않을 수 없다.

"나도 인생을 많이 살아보지는 않았지만, 죽을 각오를 한다면 못할 것이 무어 있겠소. 최형, 인생이란 막장에서 길이 다시 터진다 하는 말두 있잖수."

그런데 최씨는 그 말을 바로 받아 "죽음이 바로 여기 요-기 발 밑에 있는데 누가 그 심정을 알겨. 그 누가 아냐구?" 하더니 나중에는 혼잣말하듯 떠듬떠듬 말을 잇는다.

"마- 마- 누라가 알겨 대- 대중이가 알겨 누- 누가 알겨."

"……."

그 말에 사람들은 비릿한 바다바람만 마시며 그냥 그렇게 장승처럼 묵묵히 굳어 있다. 멀리 포구의 네온불빛으로 노랗고 붉은 꽃가지가 검실거리는 파도 속에 파들파들 떨어댄다. 밀물처럼 어떤 비애가 그들의 가슴을 그들먹하게 치오르는데, 최씨의 사설은 토막토막 갈라진 채로 흐느적흐느적 이어진다.

"세상살이에 도통한 사람처럼 커어 그렇게 얘기하덜 말어 이 사람들아. 크으 나도 도통한 걸로 치면 으으 배 백담사 절 꼬─꼭대기에 걸터앉았던 놈이야. 내도 좋아허던 노래 걷어치우고 크으 얼매나 아득바득 살아왔는지 알기나 하냐구. 근데 이제 크으 다시 시작하라구? 흠, 당신들이 내 마음 알어? 아냐구 시방?"

성만과 박씨가 콧숨을 들이키며 나서려 하자 봉석이 두 사람들의 어깨를 잡아당기며 조용히 말했다.

"지금 이야기 해봤자 별 뾰쪽 수가 없당게요. 지금은 갈 때까지 그냥 내버려두자요. 갈 때까지 가라구. 그러다 결국 되돌아오겠지요. 다른 길이 없을 테니께로. 달구어진 쇳덩이두 결국 다 식잖아요. 우리는 그냥 최형 얘기나 조용히 들어봅시다요."

"카아, 세상 참 잘못 살아왔어. 머리통이 완전히 벌통이야. 흐흐 사방에서 웽웽거리니. 커어, 하 니열 용서하고 사자니 자존심 상하고 크으 그냥 니 갈 데로 가라 허자니 성질만 뻗치고, 에이춰."

쿨룩거리는 기침에 최씨는 몸을 도르르 말면서 풀썩 바위 아래로 쓰러질 듯 비틀거린다. 최씨의 몸을 부축하며 성만이 말을 이었다.

"돌아올 끼구만. 애들이 있잖나. 나도마, 밥풀떼기 하나 없는 데서 시작했고마. 다 살아갈 궁리는 있는 법이니까 너무 그라지 마이소."

"돌아오면 뭐혀 다 끝났는데. 하아, 세상살이란 게 백그라운드라는 것 말고도 백, 백뮤직이라는 것이 있는 것인데……."

"빽뮤지크라니? 뜬금없이 그건 또 뭔 소리여. 거참, 땅바닥에서 솟아난 낮도깨비 같은 소리래야?"

박씨가 도깨비를 쳐들면서 분위기를 눅이려 들었지만, 최씨는 되려,

"허이쳐. 커억 가정생활이라는 것은 사랑만 가지고 안 되는 거라. 그래서 백, 백뮤직이란 것이 있다구. 뚱뗑이 박씨가 그 어려운 것을 크으 어떻게 알겠어. 유식한 말로 한번 해볼까? 백그라운드, 배경 그것 참 중요하지. 사랑 사랑, 참 좋은 말이지. 열심히 포장을 씌우고 덧칠을 해봐, 뭐가 얼마큼 달라지나. 근데 커억 집안, 학력, 경제력 뭐 요, 요 따위 백그라운드 말고 백뮤지크가 있다니까. 홀라당 박씨, 당신이 그거 아냐구? 애들 손잡고 극장도 가고, 산에도 가고 회 먹으러도 가는 거, 커억 세상사는 게 그게 아니드만."

"별 희한한 얘기 다 듣겠네 시방. 돈 없고 시간이 없어서 그렇지, 그게 뭔 문제랴." 하며 박씨가 혀를 내둘거린다.

"시간, 시간은 항상 있었어. 커억, 카아 오늘 기분 좆같이 좋네. 요새는 노래를 들어도 크으 백뮤직이 귀에 쏙쏙 들어오더란 말야. 커억, 마음이 허해서 그런지 하모니카, 드럼, 바이올린 소리, 하여튼 그런 것이 몽땅 다 들리, 들린다니까. 크, 늘어터진 박씨가 그걸 어떻게 알겠어. 아암, 그런 잡살뱅이들이 자―알 어울려야 음악이 되지. 암, 크으 그래 잘난 박씨, 자네들한테는 돈과 섹스가 세상에서 젤 중요하겠지. 그거이 아니, 아니더라 이 말씀이야, 가정에도 여러 가지 소리가 있더라고. 뚱뗑이 박씨 당신 그거 알어? 당신이 가정이 종합대학이라는 거 아냐구? 백뮤직이란 거 아냐구? 모르잖어, 허쳐. 커억 그럼 박씨, 당신은 조화라는 것두 모르겠지. 당신, 잡살뱅이 알어? 모르잖아. 박씨 그 홀라당 까진 대머리 처박고 용접이나 하면 커억 다 되는 거냐구? 허 박씨 그 잘난 대가리 처박고서 도대체 어쩌자는 거야 엉?"

"내 참, 오늘 니미 소똥 질질 싸는 소리 다 듣겠네. 결혼생활이 그럼 염병할 오케스트라라도 된단 말여. 나는 그런 걸 몰라도 좆도 잘만 굴러가데."

박씨가 씨우적씨우적 쨰왈거리다간 입맛을 쩍쩍 다시며 뒤로 물러선다. 한 마디 덧붙인 것이 단칼에 묵사발이 되는 꼴을 보면서 주 반장이나 봉석 역시 더 이상 부쩌지 못하고 돌처럼 그냥 묵묵히 서 있는 수밖에 없다.

"말 잘했다 박씨, 그래 오케수트라야. 당신 오케, 크윽, 오케스트라 알어? 카아 바, 바닷가에 이렇게 누우니까 차, 참 좋네그랴. 크으 기타 소리도 들리고. 커, 드럼 소리도 들리고. 씨발 좆나게 좋네 커억……."

최씨는 혼자서 한참동안 구시렁구시렁 주절거리더니 마침내 바윗돌 위로 그냥 콕 곤드라진다. 사람들은 그제야 머리꼭대기까지 치올랐던 열기가 갈아 앉으며 냉랭한 밤기운에 몸을 떨었다. 허우대가 그중 좋다할 봉석이 최씨를 들쳐업었다. 봉석은 한쪽 손으로 무릎을 짚어가며 돌 자갈길, 언덕빼기를 팍팍하게 톺아 올랐다. 세 사람은 이렇게 최씨를 교대로 들쳐업고 가다 쉬다 하면서 산언덕에 있는 원두막에 도착했다. 큰짐을 부려놓고서 작은 숨만 할딱거리는 성만에게 봉석이 말했다.

"술 마신 사람이라 비그르르해가지고 엄청 무겁제?"

"고래, 빼짝 마른 기 와 그리 무겁노."

땀이 난 등짝을 탈탈 털며 숨을 휴 몰아쉬는 성만의 어깨를 툭 치며 박씨가 말했다.

"주씨도 인제 한 눈 팔지 말어 이 사람아. 우리 같이 쥐뿔도 없는 사람들은 마누라 간수 잘 하는 것이 돈버는겨. 여자란 따독따독 잘게 신경을 써야혀."

봉석이 머리를 갸우뚱거리며 박씨에게 토론조로 물어본다.

"박형 말이요. 열심히 살았는데도 여자가 도망가면 어쨌든 남자에게도 문제가 있는 거 아녜요? 열심히 살았다 해도 여자가 뭔가 많이 부족을 느꼈다는 얘긴데."

"남자에게 왜 문제가 없겠어. 전에 최씨에게 들은 얘긴데 노래방 하던 시절에 어쩌다가 옛날 사귀던 여자를 만났었나벼. 다시 불이 붙은 거지. 내 깊은 내용은 모르지만 그 뒤로 마누라 태도가 싹 달라졌대여. 하여튼 최씨도 거시기에 실리콘 박은 거 진즉 뺐어야 되는겨. 그러니 문제가 안 생기냐고……."

"자기도 바람 피웠으면서 여자 바람 피우는 것을 봐주는 것이 그렇게 어려운 일일까. 그러면 여자들만 봉인데."

주 반장이 봉석의 말에 고대 이의를 달고 나섰다.

"혜혜이. 그게 말이나 되는 소리가. 쌍방간에 얘긴데. 어느 쪽이건 사랑이란 자기 편할 대로만 생각하는기라. 그래서 안 되는기라."

"하여간 남자들이 문제여. 남자들이 한눈 팔지 않으면 여자들이 누구하고 바람 피울겨. 지 좋다 해도 다른 남자 가슴은 찢어지는겨."

박씨가 말을 마치고선 모기 무는 종아리를 팍팍 쌔리면서 이울어가는 달빛을 멍하니 우러른다. 봉석이 천천히 그리고 또박또박 말을 잇는다.

"내 말은 성이 문란해지면 여성들이 십중팔구 개피를 본다 이거죠. 간통죄라는 것도, 남자들이 어디까지 나 기득권을 가지고 있으니까요."

"기득권까지는 몰라도, 요즘 아무리 도덕이 땅바닥에 굴러다녀도, 집안에 신주 단지 모시듯이 하는 사람들도 쌨부렀어. 너무 걱정허덜 말드라고. 자기 식구들이나 간수 잘 혀."

서로의 말이 어긋난다 싶었는데 봉석은 박씨의 말에 맞장구를 치고 나왔다.

"맞아요. 고개 숙인 남자니 어쩌니 하며 많이들 이야기들 해쌓대요. 가정불화란 십중팔구는 남자 탓이라는 말도 있지만 걷어차이지 않으려면 나두 정신 바짝 차려야겠네요. 우리 마누라도 요새는 실실 질그릇 깨지는 소리를 허는디……."

"그려, 김씨, 잘 생각혀 봐. 그건 다 이유가 있는겨. 그리고 주씨 잘혀 이 사람아, 요런 현장에 쫓아 댕기게 하지 말고."

박씨가 성만을 향해 슬쩍 비꼬아 능갈치면서 말했다.

"우린 마 맨날 싸우는 거 같애도 정만 들드라요. 봉석아, 우리 마누라 대찬 구석이 있다 캐도 이불 속에서 살살거리며 아양떠는 고 맛에 산다. 하여튼 마누라한테는 져주는 셈치고 고개 숙이는 것이 첫째라."

"모르는 소리, 고개를 빳빳이 쳐들고 살아야지 어떻게 숙이고 산댜. 우리는 똥끗발이라도 세우는 그 맛에 사는디, 박씨 형님 안 그려요? 헤헤헤."

봉석이 새실새실 웃으면서 말을 받자 박씨가 크으, 목다심을 하더니만, 예의 뱃살을 투덕거리며 말했다.

"끗발도 아무 데나 도나캐나 세웠다가는 망쪼드네 이 사람들아. 헛소리 허덜 말고 자네들이나 일수 잘 찍어."

"헤헤, 우리야 편지지 한 장으로는 절대 안 끝난다카이."

"하모, 이막 삼장에다가 똥똥 추신까지 덧붙이고 말지."

봉석도 맞장구를 치며 새새거리는데 달은 벌써 산마루 아래로 잠겨들어 사방이 어둑어둑하다. 아래 산길은 넓었지만 거칠거칠한 어둠은 눈을 찌를 듯 앞을 가로막는다. 그들은 두런거리며, 찰딱찰딱 신발소리를 내며 그들은 아래로 아래로 천천히 걸어 내려갔다. 서로 치대면서 설렁거리는 아카시 숲, 어느 곳에선가 새들이 갑자기 푸드덕 날개를 치며 날아오르는 바람에 가슴이 졸지에 자지러붙기도 했지만.

15. 희미한 옛사랑의 그림자

"형, 잘 잽힐까요?"

토요일 오후라 돌공장의 기계 돌아가는 소리도 그친 현장, 적막하면서도 갑자기 느려진 풍경 속으로 승용차가 꿀렁거리며 나아갔다. 봉석은 묵묵히 가속 페달을 밟아댄다. 삼식이 다시금 툴툴거리며 말을 뱉었다.

"고기를 못 잡으면 손가락 빨아야 될 텐디. 읍내 나가서 당구에다가 재기 좋아하는 홍합도 한 대접씩 허면 얼매나 좋아. 형은 낚시질 해보기는 해봤소. 내 보니 초짜 같은데."

"안 해봤으면 삼식이 니가 가르쳐줄려구?"

"형이 가르쳐달라면 못 가르쳐 줄 게 뭐 있겠소. 나이 값한다고 안 배우려드니까 그게 탈이제. 낚시질 간다니까 고향 갯바닥이 생각나 맘만 되래 싱숭생숭해지네."

갯마을을 감아 돌아 차는 망망한 포도밭 언덕으로 접어들었다. 오불꼬불한 길의 도로턱을 꿀렁꿀렁 보채며 넘어가느라 차바퀴에서 휘그르르 쟁반 굴러가는 소리가 났다. 재기가 실실 웃으며 삼식의 말을 넘겨짚으며 말했다.

"헤헤, 삼식이형. 암만해도 기러기 아가씨가 생각나나보지요?"

삼식이 삐딱하게 앉았던 무릎을 세우며 재기의 말을 막았다.

"재기야, 나 아무 데나 껄떡거리는 사람 아니다 너."

"누가 언제 니 보고 껄떡거렸느냐고 물어보기라도 허디? 삼식이 저게 오늘 입이 되게 간질간질헌가 본데."

봉석이 마침내 삼식의 말에 참견하고 나섰다.

"형도 참, 고향 생각했다니까 자꾸 그러시네. 해남 개펄 하면 알아주는 개펄 아니요. 그 쪽에서 망둥이 같은 거를 횟감으로나 쳐준다요? 세발낙지, 삼치, 우럭에다 돔도 많은디, 아참 형님, 혹시 짱뚱이란 놈을 알랑가 모르겠네요?"

"야, 짱뚱이한테 무슨 일이라도 일어났냐?"

"?"

"삼식이형, 짱뚱이 놈한테 무신 일이 일어났냐고 묻잖아요?"

재기가 뭔가 재미있는 이야기를 기다리며 채근했다.

"핫따, 형님도 참 딱도 하네. 그리고 재기 얌마, 짱뚱이한테 뭔 일이 일어나긴? ……제기랄, 솥으로 들어가거나 진즉 불에 구워졌겠지. 하여튼 말을 못하게 한다니까."

"자슥이 고향 생각이 나면 나는 것이지 동네방네 떠들기는. 자꾸 떠들어봤자, 입만 궁해지는기여."

차는 해수욕장을 끼고 천천히 돌아나갔다. 서해 곶머리를 비끼고 떨어지는 부신 햇살에 파도가 은빛 갈치비늘처럼 꿈틀대며 백사장으로 잘름잘름 몰려오고 있었다. 랩 음악은 해변을 방방 후려대고 갈매기는 날고, 파도는 은빛으로 부서지고, 이 모든 것이 들썩거리면서 음악에 맞춰 정겹게 몸을 흔들고 있는 듯 보였다. 일찌감치부터 방방거리는 음악은 설핏해지는 햇살과 맞물려 설렁설렁 마음을 들뜨게 하는 그 향료가 들어 있는 듯했다. 이곳에서 조용하고 그윽한 자리를 찾을 수 있을 것 같지는 않았다.

구수하게 갯것이 타는 해변 거리를 그냥 지나쳐가려 하는데 삼식이 잠깐만, 하며 차를 세우게 했다. 그리곤 땅바닥에 자리를 깔고 앉은 동네 아줌마들의 좌판으로 조르르 달려가더니 조개에서부터 주꾸미까지 몰몰아 한 보따리를 사들고 왔다.

"해물 사자고 나한테 진즉 이야기를 할 것이지 자슥이. 동작 한번 빠르네."

봉석의 말에 삼식은 조개처럼 꽁하게 입을 닫고서 차창 밖만 내다본다. 차는 다시 포도밭과 갯마을을 끼고 돌았다.

솔숲을 지나자 개펄을 사이에 두고 바다가 아득히 눈앞에 펼쳐졌다. 그들은 갈대가 무성한 갯고랑 사잇길을 꿀렁꿀렁 타고 넘어 후미진 바닷가에 차를 세웠다. 갈대숲에서는 심심찮게 작은 새들이 호르르 튀어 날아오르고 바다 한쪽으로는 깎아지른 돌벼랑도 있어 제법 외촐한 맛을 자아냈다. 주위가 한가로운 만큼 정겹고 아늑한 곳이었다.

자리를 펴자 삼식이 제일 먼저 깡뚱거리며 맨발로 개펄 위로 뛰어든다. 따개비나 굴껍질이 박힌 갯돌들이 발바닥을 콕콕 쪼아댔지만 개흙은 근지러울 정도로 부드러웠다. 삼식은 날래게 갯돌들을 뒤지며 굴을 따서는 혓바닥을 감치며 츱츱 맛을 보느라 여념이 없다. 싸아하니 혀를 톡 쏘며 입안에 가득 고이는 갯내가 비릿하면서도 향긋하다. 재기가 슬렁슬렁 대나무 낚싯대를 둘러맨 채 신발을 쭐컥거리며 다가오자 삼식은 시룽시룽 웃으면서 통을 놓는다.

"재기야, 아무리 갯가라고 낚싯대만 고렇게 높이 쳐들고 있으면 저절로 폼이 나냐? 너나 저 형이나 참말로 갑갑하네. 뻘밭에 와서 맨발의 맛을 이렇게 모르니 쯧쯧."

"바다에 와설랑 보라는 바다는 안 보고 뻘 바닥만 뒤지고 있는 형이야말로 정말 답답하네."

재기가 입을 쏙 내밀며 토를 단다. 하지만 재기 역시 곧바로 맨발로 뻘밭으로 뛰어든다. 바다는 살아 있는 것들의 천국이었다. 발자국을 옮길 때마다 분화구 같이 널린 구멍속으로 게들은 쏜살같이 흩어지고, 갯강구는 내 잡아보라는 듯 발밑을 피해 휙휙 달아난다. 갯물이 감도는 굴포에는 폴짝폴짝 건뎅이, 새우들이 바쁘게 뛴다.

매끄럽고 부드러운 개펄은 아무리 딛고 다녀도 싫증이 나지 않았다. 재기는 개펄을 신나게 무질러 다니며 조개와 바지락을 찾던 끝에 갯바위 위에 걸터앉았다. 갯돌에 긁힌 발바닥이 쓰려오며 발 마사지가 따로 없이 노곤해 왔기 때문이다. 이제 새알 같이 덩실한 해가 벌겋게 타는 치맛자락 같은 구름을 겹겹이 싸안은 채 바다 속으로 떨어지고 있었다.

재기는 뒷주머니에서 수첩을 꺼내들었다. 시작과 끝이란 왜 저리 장엄한 것일까, 라고적어넣고선 물끄러미 바다를 우러르다 그 밑에 몇 줄 더 휘갈겨 써넣는다.

'빨간빛이란 저렇게 엄숙하다. 죽음의 빛과 마찬가지로 탄생의 빛도 저리 붉을 것이다. 황혼이 아름다운 것은 선명하게 드러내 보인다는 데 있을 것이다. 시작과 끝에 잠시 그모습을 드러내는 장엄한 회오리! 시작과 끝이 서로 맞물려 돌아가는 너, 위대한 태극이여. 혼돈이란 그래서 이렇듯 크고 넓다. 너는 대립이면서도 조화이다. 그러니 소멸과 탄생이 어찌 한 자리에 있지 않으랴.'

재기는 닫힌 생활에서 오는 피로와 고뇌의 사슬이 일시에 끊어지는 아늑한 기운에 몸을 떨었다. 재기는 노을을 통해 느리게 사라져가는 것이 가져다주는 평화를 맛보며 대나무 낚싯대를 쳐들고 서서 정처가 없는 사색에 잠겨 들었다.

한편, 봉석은 갯가를 휘휘 돌아다니다 회똘회똘 꼬부라진 갈대 숲길을 외오돌아 바다 쪽으로 쑥 내민 갯바위 위에서 낚싯대를 드리웠다. 치오르는 밀물 따라 수만 개의 물꼭지들이 설렁거리며 비늘 같은 파도가 한 껍질씩 벗어지는데, 소쿠라지는 물살을 한참 동안 노리다 보니 뒤로 밀리는 듯한 환각에 머리끝이 어지럽다. 한식경을 앉아 있어도 나오라는 감생이는 안 나오고 학꽁치와 망둥이만 몇 마리 걸려든다. 그런데 옆자리, 수건 모자를 쓰고 바위 옆에 웅크리고 앉은 아낙네의 손길은 무척이나 분주했다. 돼지비계를 꼬챙이에 묶어 물 속에 집어넣다 빼면 게가 한 마리씩 비계를 물고 달랑거리며 올라오는 것이었다.

늘 그렇듯이 즐거운 시간은 빨리도 지나갔다. 벌써 연안부두에서는 가로등이 까물거리기 시작했다. 삼식과 재기는 낚시질하는 너럭바위에서 좀 떨어진 곳에 놀 자리를 마련했다. 해는 잠겼어도 교교한 달빛 때문에 사방이 잠포록해지는데 바닷물은 한층 더 푸들거리는 것 같다. 검실검실 꿈틀거릴 때마다 검푸른 바다 속으로부터 뭉툭한 빛들이 사금파리처럼 눈을 쏘아왔다. 재기가 휴대용 버너에 조개와 바지락을 삶는 삼식에게 무릎걸음으로 다가앉으며 물었다.

"형은 고향에서 올라와 처음 한 일이 뭐였드랬어?"

"야, 재기야. 저 형 낚시질하는 폼 좀 봐라이. 어때 폼이 좀 쬡혀 보이냐. 내가 보기엔 한참 멀었구먼. 당구든 용접이든 간에 폼이 참 중요한 것인디, 으하하."

"형은, 참, 자꾸 엉뚱한 소리만 허구 있네, 시방."

"좌우간에 쇳일도 폼에서 나온다구. 하하하. 이발소 시다였지, 왜? 너 같은 짱구 머리들이 이발발 참 잘 받는디, 헤헤헤. 내 이래뵈도 봉제공장 다닐 땐 우리 누나 머리서부터 꼬맹이 아가씨들 머리까지 반지르르하게 잘라주었다 너. 그때가 봄날이었는디. 늦공부 터져 대학 들어간 너하곤 족보가 한참 다르지, 흐흐."

"형, 너무 그러지 말아요. 전선 피복 입히는 공장에서부터 저도 공장 밥 먹을 만큼 먹었구……."

"야야, 그라지 말고 우리끼리 먼저 한 잔 뽈아볼까. 꼬막 맛이 삼삼헐 것 같은디."

삼식은 손짓을 해대며 말을 막더니 해물 냄비를 들어내고 조개들을 줄느런히 불판 위에 늘어 얹어놓는다. 조개가 곧 지글지글 거품을 뿜으며 비리척지근하면서도 엇구수한 냄새를 풍겨냈다. 삼식이 재기에게 눈알을 끔벅거린다. 재기가 뒤뚝거리며 봉석에게로 달려갔다. 봉석이 낚싯대를 놓고 터덜터덜 걸어왔다.

"형, 대맛 좀 느껴봤수?"

"입감만 다 따먹고 그냥 달아나삐네."

"물때도 모르시는 형님이신데 어떻게 물고기의 그 깊은 맘속을 알까. 헤헤, 형님 인자 말이요. 저기 쇠불알처럼 톡 삐쳐 나온 자리에서 한번 낚아보시우."

"까아불고 있어, 자슥이. 내가 괜히 낚싯대를 차에다 싣고 다니는 줄 아남."

봉석은 뚝뚝하게 말을 받아치며 뚱하게 행감을 치고 앉아 잔을 받는다. 부서지는 달빛, 갯바람 아니더라도 바닷물에 담가놓았던 소주라 차면서도 향기로웠다. 해지기 전 시간을 맞추느라 저녁도 대충 때운 터라 벌건 지네가 기어가듯 소주가 굴풋한 속을 쏴르르 콕콕 쏘면서 지나간다. 조개 역시 달곰삼삼하게 그냥 입안에서 녹는다. 연거푸 소주 몇 잔을 들이키고 난 봉석은 명예회복을 위해 고대 자리를 털고 일어나 바위 쪽으로 달아난다. 이제 달은 갈대밭 머리 위에까지 덩실하게 떠올라 있다. 재기가 바다 쪽을 바라보면서 말을 이었다.

"저의 아버지두 배를 탔었는데…… 그래서인지 전 바다만 보면 맘이 안 좋더라요."

"그래? 슬픔이 있었구먼."

"아버지 고향이 황해도 옹진이라요. 일찍 돌아가셨지요. 내 열두 살 땐가."

"그럼 니도 엄청 고생했겠네. 그럼 니는 누구랑 같이 사냐?"

"엄마랑 둘이서 살지요. 누나는 시집을 갔구. 인제 당뇨로 많이 아픈데……."

재기가 목소리를 내리깔며 쿨룩쿨룩 마른기침을 뱉어낸다.

"나랑 똑같네. 재기야. 그라지 말고 자— 자—."

삼식이 재기에게 술잔을 권했다. 뿌연 밤 이내 속에 잠긴 갈대밭에서 뱀이 지나가듯 쉬이—쉬이 소리가 났다. 이야기가 까라지고 늦어지다 보니 조개가 불불 타면서 연기를 막 뿜어낸다.

"참, 형은 봉석이형을 어떻게 만났수?"

"저 형? 저 양반이 일 벌레 같아도 왕년에 노조 위원장 아니냐. 우리 봉제공장이 폐업 되어 가지고 싸울 때 저 형이 우리 회사로 지원투쟁 나왔드라구. 그후 교회에서 만났는 데 그땐 완전히 참나무 몽둥이라, 대단했지. 저 형은 뚝뚝하지만 친구도 많고 친척도 많 아. 우리와는 좀 다르지. 너도 많이 외롭겠다."

"고모님 한분, 그리고 어머니 쪽으로 외삼촌과 이모 이렇게 계시지요. 두 분이 다 이 북이니께로 타향에서 외롭게 만난 셈이지요. 이북에 위로 형들이 둘인가 있대나. 어렸을 때 아버님이 술만 마시면 흥얼거렸던 노래가 지금 생각하니 몽금포타령이었는데, 장산 곶 마루에 그렇게 나가는 것……."

"야야, 재기야 달밤이 이케 쥑이는데 노래 한 수 안 하면 안 되제. 그 노래 걸판지게 한 번 불러봐라 어이?"

노래는 몽금포타령이 아니라 질기면서도 간드러진 가락으로 술술 꿰나가는 다름 아 닌 〈배따라기〉였다.

　　윤회윤색은 다 지나가고 황국 단풍이 다시 돌아오누나

　　에 지화자자 좋다

　　천생 만민은 필수직업이 다 각각 달라

　　우리는 구타여 선인이 되여

먹는 밥은 사자밥이요 자는 잠은 칠성판이라지

옛날 노인 하시든 말쌈은 속언 속담으로 알어를 왔더니

금월 금일 당도하니

우리도 백년이 다 진토록 내가 어이 하자나

에 지화자자 좋다……

　　　─이정열. 이반도화 〈배따라기〉

　재기는 수심가토리로 콧소리를 섞어서 발발성으로 잘름잘름 떨다가는 결국에는 노랑
목까지 넣어가며 흐느적흐느적 노래를 엮어갔다. 소리를 끌어올리고 내리는 것이 제법
유장하여 달밤에 끼룩끼룩 우는 갈매기 소리만큼이나 청승맞기도 했거니와 삼식과 같
이 뱃심 유하게 듣는 사람의 기분 여하에 따라서는 술맛이 확 당겨지는 노래이기도 했
다. 재기가 긴 노래의 중간을 끊더니 코맹맹이 소리로 삼식에게 말했다.

　"이 노래는 어머니가 자주 부르는 노래라요. 그래서 한번 불러봤네요."

　"야, 니는 신세대답지 않게 옛날 노래두 참 잘하네. 요즘 학교에서는 그런 것두 배
우나."

　"민속반에 좀 관여했네요. 형두 한 곡 뽑아야지 않수?"

　"구래. 아하 내두 창가라면 좀 하는데. 우째 될랑가 몰라."

　삼식은 명색이 남도 사람이 아니랄까봐 재기처럼 목을 뒤로 젖히며 노래를 뽑았는데
그것은 춘향가의 유명한 대목 〈쑥대머리〉였다. 하지만 "쑥대머리 귀신 형용, 적막옥방의
찬 자리요, 생각난 것이 임뿐이라. 보고지고 보고지고 한양낭군 보고지고……"에서 한
발짝도 더 나가지 못하고 그냥 입맛만 다시며 쩔쩔맨다. 그러자 재기가 그 노래를 슬쩍
이어받아서 제법 꺾는목까지 써가며 구성지게 소리를 엮어간다. 그러자 삼식이 기가 죽
어 말했다.

"야, 너한테 옛노래도 배워야 쓰겄구먼. 랩 배우랴 옛 노래 배우랴 골치가 댕댕허게 아프네 젠장할."

"형, 이 노래 함 들어보시우. 같이 부르면 얼마나 재밌는데."

그러면서 재기가 뽑은 노래는 황해도 민요 〈늘이개타령〉이었다.

부러진 다리를 잘이나 잘잘 끌면서

정든 님 쫓아서 가리나갈까보다

닐닐닐닐 늘이구 늘씬 늘여라

얼싸 좀 좋다

열아문 백발 늘여라

－오복녀, 〈늘이개타령〉

두 사람이 한 구절씩 따라 부르며 기분을 내고 있을 때 저쪽 봉석이 큰소리로 삼식을 불러댔다.

"야야, 빨랑 와봐라, 토실토실한 놈들이 여럿이다."

두 사람은 부리나케 봉석에게로 달려갔다. 살림망에는 중치급의 우럭에다 망둥이 몇 마리가 꼬리를 살래살래 흔들며 헤엄을 치고 있었다.

"형님한테 우럭도 잽히긴 잽히나보네. 초고추장 버무려놓았으니까 빨리 고것을 회쳐 묵읍시다."

삼식은 사래질을 치는 우럭의 아가미로 재크나이프의 칼날을 능숙하게 꽂아 넣는다. 아가미살을 꽉 잡고 가슴지느러미 부분부터 칼집을 넣는 삼식의 손이 날렵하다. 이윽고 세 사람은 바로 자리를 잡고 둘러앉았다.

"자, 한잔씩 찌클자야. 근데 삼식아, 고추는 안 가져왔제?"

"형님, 나가 누구냐고 한번 물어나보쇼? 나야 삼장법사맨치로 뚝딱하면 고추 마늘을 맨들어버리는 사람 아니요. 형님처럼 사오정은 아닌께로, 흐흐흐."

"자석이, 칭찬 한 번 해주면 아예 수염 뽑으려고 든다니까. 니 식당 옆 고추밭 두룩을 또 훑었구먼. 밭주인 할아배가 식당에 와서 뭐라 했는지 아냐?"

말은 그렇게 하면서도 봉석의 입은 헤 하고 찢어진다. 깻잎, 마늘, 고추를 코펠에 담아 들고 오는 삼식의 입도 마냥 즐겁게 번들거린다. 삼식이 회를 뭉떡뭉떡 잘라서 두 사람 에게 넘겨주면서 말했다.

"형님은 얼른 고기나 잡으쇼. 먹거리 채비는 우리가 알아서 다 할 테니께로."

"잡자마자 요렇게 천세가 나면 고기가 물겄냐?"

"허허 그건 형님이 모르시고 하시는 말씀. 망둥이 아이큐가 0에다가 콤마 찍어 갖고 5 라요. 햐 맛 죽인다. 아가리가 찢어지고도 무는 운저리. 히히, 남해안에 가보쇼. 요런 망 둥이가 고기 축에나 끼는가."

"잘 먹고나서 그런 말을 하면 죄로 간다 자슥아."

"그럼 내가 한번 망둥인지 감생인지 한번 잡아볼게라."

삼식이 몸을 으쓱하면서 낚싯대를 잡아들고 바닷가로 다가선다. 뱀이 물살사이를 희 번뜩 지나가는 듯 퍼덕퍼덕 물너울이 이는 바닷가엔 갈매기가 끼룩끼룩 달빛 속으로 빠 져든다. 삼식은 갯지렁이를 낚시에 길게 찔러넣은 다음 낚싯줄을 드리웠다. 운이 좋았던 지 실력이 좋았던지 연거푸 망둥이를 잡아내는 삼식의 손이 더 바쁘게 돌아간다.

"아따 형님도, 요렇게 쉽게 잡히는 것을 흐흐흐 이제껏 먹돔 한 마리도 못 잡고 잔뜩 쌩폼만 잡고 있었네요. 물어라 아가야. 내가 고추 양념장 버무려놓았다. 아그들아, 깻잎 구경을 니들이 언제 했겄냐. 세상 구경도 좀 해야지. 아이쿠 이쁘다. 고럼 고렇지."

삼식은 덜컥덜컥 망둥이를 잡아올리다가 기어이 중치짜리 먹돔을 하나를 건져 올리 고선 환호성을 질러댔다. 봉석의 입술이 한 오 리쯤은 나오는데, 재기는 연방 신이 나서 잔에다 소주를 붓기 바쁘다.

"형님한테 내가 옛날 따지면 우습겠지만. 프레스 공장 다닐 때 같은 반 형들이랑 인천 연안 부두 철조망 넘어 망둥이 낚시를 가지 않았겠어요. 그때만 해도 인천 바닷물도 그런대로 괜찮았어요. 아직 스물을 안 넘겼을 때이니까요. 요렇게 큰 종이컵에다가 쐬주를 가득 따뤄 준 것을 뭣도 모르고 받아 마시다 결국 집까지 업혀 갔다니까요. 그 뒤로는 망둥이 망 짜만 나와도 매슥거렸는데 오늘 먹어보니 괜찮네요. 형도 조합활동 했다면서요?"

"누가 그런 말을 하든?"

"삼식이형이 그러더라구요."

"다 지난 일이지. 요즘에 80년대 얘기할라치면 사람들이 니 잘났네 하겠지. 근데 세상이 요만큼이라도 된 것은 다 10년 전에 노동자들이 대갈통 깨져가며 싸워서 이룩한 것인데 말야. 세월 따라 입맛이 변하는 것이야 정한 이치겠지만, 10년 세월에 변하지 않는 것이 딱 하나가 있어. 그게 뭣이냐, 우리들같이 박박 기는 노동자들 처지라. 노조가 있는 회사야 아닌 말로 우리 중에서도 귀족들이구. 특히나 우리 같은 일용직 노동자들이야 항상 찬밥 신세 아니냐. 아무리 좋게 생각하려 해도 난 그래밖에 생각 안 들더라구."

"형이 그럴 줄 이미 전 짐작했어요."

"뭘 어떻게?"

"뭐냐, 텔레비전 보다가 정치 얘기하는 거나 사람 대하는 거나 자기 일 챙기는 거나, 왠지 모르게 딱딱 부러지면서도 질서가 있는 것이."

"그래서 니는 지식을 많이 알면 알수록 부끄러워진다고 써놨냐? 많이 가진 자들이여 많이 가진 것을 반성하라 그렇게 말이다."

"그때 내 수첩을 읽어봤나보죠. 한번 해본 소리죠 뭐."

"나도 니가 '위대한 개차반'인지 뭔지 읽는 거 보고 그래도 뭔가 생각이 있는 놈이다

했지만. 그건 그렇고 술이나 한 잔 해라. 어차피 우린 여기서 뒤벼 자야 할 거 아냐."

"위대한 개츠비, 아 그 소설 책 말하는구나. 우리 나라에도 그보다 좋은 소설 썼어요. 형은 조합 활동 얼매나 하셨어요?"

"한 2년 될라나. 위원장을 하다 결국 쫓겨났지만."

"형 그럼 전에 개상봉이라는 옆 팀 오야지 거기서 만난 거 아니요?"

"그 양반이 공장장이었드랬지. 하 얼매나 쫓아다니면서 못살게 굴었는지 지금 생각해도 뒤꼭지가 땡기네. 야간 끝나고 아침에 번한 눈으로 해장술도 같이 먹고 했던 사글사글한 친구가 한 놈 있었지. 그 친구가 식당에서 수위들하고 관리자들한테 맞으며 쫓겨나는 거야. 나는 식당 줄에 서 있다가 안됐다 싶었지. 나도 모르게 식탁 위에 올라서서 그 사람 얘기 좀 들어봅시다 했지. 지금 생각해도 왜 그랬는지 몰라. 그 당시는 정말 가슴속이 울컥울컥 했지."

"조합은 어떻게 해서 깨졌는데요?"

"결국 으쌰으쌰 해가지고 휴가비를 더 타네고 결국 노조까지 만들었지만 일감을 딴 데로 빼돌리면서 잔업 야간을 안 시키는 거야. 받는 돈이 적어지니까 조합원들도 옛날 같지가 않았어. 그러다 시내에서 노동법 개정 가투를 하다 잡혀서 구류를 한 보름 살고 나오는 사이에 짤린 거라. 회사에서 보안법이니 뭐니 하면서 사람들에게 사기를 친 거야. 출근투쟁을 하다가 감금되어가지고 주임급, 계장급, 큐시과 그런 데로 조직된 구사대한테 한나절 동안 사직서를 쓰라고 두들겨 맞지 않았겠냐. 산에까지 끌려갔는데……. 하 개상봉이 그놈이 지켜 서서 그런 수작을 다 부린 거 아니냐."

"정말 개자식 소리 듣게 생겼구먼요. 그렇게 아픔이 있었구먼요. 어쩐지 사연이 짱짱하다 싶었네요."

"열불이 나지만 어떡허냐. 밥 빌어먹기도 힘들 텐디 어째 철학과를 선택했냐?"

"뭐 별 게 아니고. 진실을 알고 싶어서라고나 할까 뭐 그래요."

"수첩에 새로운 사회 우짜고저짜고 써 있대?"

그때 삼식이 망둥이와 돔을 코펠에 담아와서 한 마리씩 배를 가르며 회를 친다. 봉석이 삼식에게 술잔을 건넸다. 이제 바다에까지 뿌리를 뻗은 달이 검은 물위에서 연꽃처럼 흔들거린다. 파도가 달을 흔들어대면 은빛 물결들이 춤추듯 살아나서 반짝이고 검은 바다의 옷자락은 개펄을 핥으며 사르락사르락 벗겨진다. 살랑살랑 바람은 머리칼을 간질이고 별들은 하늘에 던진 금빛 모래알처럼 뚜릿뚜릿하다. 재기가 말을 계속 잇는다.

"뭐 그렇게 거창한 뜻이 있었던 것은 아니었지만, 지금은 실망이 크네요. 철학을 가지고 세상을 해석한다는 것이, 뭐냐 잠자리 날개로 바다를 건너는 거만치 허망하데요. 80년대에 우리가 바라던 세상이 이토록 값도 안 나가는 흰 고무신짝은 아니었을 테고……그래서 이 시대에 맞는 새 신짝이 뭔가 캐보자 하는 거였는데……."

"요즘 시대에도 그런 고민하는 사람들이 있냐? 고래 니는 고게 뭐라고 생각하나?"

그때 삼식이 두 사람의 말을 막으며 쌔왈거렸다.

"앗따, 여기가 만리포 백사장은 아닐지라도 숭어가 뛰니까 가슴이 겁나게 뛰더라, 아니면 달빛 흐벅지는 오동나무 그늘 아래 포동이와 포순이가 만났는디, 뭐 이렇게 재밌고 근사한 얘기가 쌨는데 뭣발랐다고 시대 찾고 철학 찾고 그런대요? 달빛 아래서 그런 얘기하면 죄로 가요."

"후후, 재기야 그런 얘기는 나중에 하고 술이나 한 잔 하자."

"역시 바닷가에서는 세발낙지나 짱뚱이를 회를 쳐서 먹어야 허는디 없네 없어."

"형, 짱뚱이가 뭐래요?"

재기가 물었다.

"그건 망둥이하고는 질이 한참 다르지. 우리 어렸을 때는 고것이 개펄 위로 뽈짝뽈짝 뛰는 걸 대나무 간짓대로 후려 때리면서 잡았당게로. 어른들은 애들이 고런 거 먹으면 꼬치가 까무레진다고 못 먹게 했지. 헤헤 근디 못 먹게 한다고 안 먹나 더 먹지. 그래서 내가 이렇게 실팍하게 속살이 딱 백힌 거 아니냐?"

"헤헤, 자슥. 속살 좋아허네. 비리비리해갖고는."

"요즘 형님 같이 삼복더위에 얼굴이 홀쭉하니 보타버린 사람들한테는 개고기나 마찬가진디. 뻘떡뻘떡 서분져갖고 흐흐흐. 재기야, 비린내 안 나는 물고기 들어봤냐?"

"뭐 그런 물고기가 있어요?"

"못 들어봤겄제. 짱뚱이 고것이 말이다. 갯바닥에 누워 땃땃한 햇볕에 지 몸을 말리는데 어치케 비린내가 나겄나이. 홀치기로 딱 잡아서 고것 배를 갈라보면 쓸개가 딱 없어져분디 거참 요상허다이. 이야기를 들으니까 스트레스를 받으면 그렇게 된다나."

"그래요? 물고기들도 감정이 있다는 얘기네. 그래서요?"

"하여튼 고향 사람들 말 들으니까 고게 환경 물고기라 젤로 좋은 갯물에서만 산다는디, 인제 해남 그쪽 갯벌도 많이 막아 조지는 바람에 인전 구경하기가 쉽지 않다더랑께……. 봉석이형, 근디 달빛이 아삼삼하니까 마음이 어째 싱숭생숭해지네요."

"하여튼 우리나라 사람들 뚜드러막는 거 되게 좋아하지. 달빛 참말로 좋다. 재기야, 뭐 재미난 얘기 없냐? 삼식이가 허파에 바람 들어 입이 되게 간질간질 하나보다야."

봉석이 시큰둥하게 재기에게 말을 넘기며 술잔을 비우는데 삼식이 다시 촐싹대면서 나선다.

"형님은 역시 말귀를 단박에 알아 묵는구만요. 해운대는 아닐지라도 갈대밭 위에 달이 저리 쥐이는데 이 대목에서 형님 입에서 근사한 얘기 한 토막 나올 법도 한디……. 카아 술 맛좋고. 거 있잖수? 희미한 옛사랑의 그림자를 우짜다 한번 밟았더니 한동안 가슴이 시커멓게 뽀개지더라, 요런 것…… 돌담길 팍 돌아서는데 궁뎅이 큰 가시네가 나물바구니 끼고 가면서 나 잡아보지 그러더라 뭐 그런 거 있잖아요."

"삼식이형 말마따나 요렇게 달빛 철철 넘치는 바닷가, 갈대밭, 소주…… 이 대목에서 옛 사랑이 생각이 안 나면 그 사람 심장 구조에 뭔가 문제가 있긴 있겠죠."

재기도 얼씨구나 하고 맞장구를 치면서 공을 봉석에게 슬며시 넘긴다. 봉석이 멍하니 달빛을 우러르고 있다가 입술에 침을 살짝 바르며 말했다.

"그런 거야 둘도 말고 하나 정도는 있지. 가슴속에 파묻어두었던 거."

"앗따 형님. 타다 남은 불씨 한 토막이 가슴에 다시 앵겨붙어 버리면 어쩔라구 근다요. 술도 별로 없는디."

삼식이 무릎을 당겨 앉으며 빙글빙글 넉살을 떨며 말 반죽을 먹인다.

"하여튼 옛날에 말이다. 부평 4공단 영아다방 있는게 지금은 다 복개해버렸지. 그 앞길을 건너다 눈을 딱 들었는데 말이다. 마른 대낮에 번갯불이 번쩍하드라 이거야. 뒷머리 치렁치렁한 가시네가 그때가 아마 사월이었지, 햇살이 무거웠는지 눈부셨는지는 몰라도 이마에 손을 요래 대고 딱 지나가더라 이런 말씀이야."

"길 건너다가, 형님 참말로 눈도 좋네. 그래서요?"

"그런데요?"

"야, 말장단이 좋긴 허다마는, 눈치가 왜들 그렇게도 없냐 자슥들이……."

재기가 서둘러 빈 잔에 술을 따르자 봉석이 벌컥벌컥 술을 마시더니 말을 이었다.

"고래, 캬아 맛 좋고. 근디 말이다. 니들이 생각할 때 그 대목에서 내가 어쨌겠냐?"

"그케 어려운 것을 어찌 내가 아남요."

"뭐 흘린 거 없나 하면서 쫄래쫄래 쫓아갔겠지. 별 수 있겠소."

삼식이 능글능글 말을 잇자 봉석이 덥석 삼식의 종아리를 후려갈기며 말했다.

"고래, 흘린 거 뭐 없나 하면서 쫓아갔다, 에라 자슥아. 우에됐건 뭐에 홀린 것맨치로 아가씨 뒤를 둥개둥개 허면서 따라갔지 않았겠냐? 여드름 꽃이 막 피어나던 스무 살 무렵이었으니까 그때만큼 팽팽허던 시절이 어디 있겠냐. 지금은 맛이 팍 가버렸지만 그땐 장발에다 청바지에다 정말 멋졌지."

"그래 멋있다고 치고 그래서요?"

"핫따 형님 자랑헐 건 해야 허겄지만 이야기 진도 좀 뺍시다요."

"삼식아 임마, 이야기란 게 약간 뜸을 들여야 맛있는 거라. 하여튼 그 동네가 좀 구불텅이냐. 거북이 등짝맨치로 쭉쭉 갈라진 산동네 비탈을 아가씨 이쁜 궁둥이만 보고 따라갔는디 옆에 같이 가던 친구가 자꾸 찔벅거리는 거야. 허허, 참말로. 딴 것은 몰라도 내가 배짱 하나는 있잖아. 그래서 쿵쿵 목을 좀 가다듬고 입에다 침을 바른 다음……."

"출연자가 셋이구면요."

삼식이 말 중간에 툭 비집고 들면서 또 한 마디 지절거린다.

"일단 '아가씨' 하고 불러놓고 '시간 좀 있십니까.' 그랬지. 아가씨가 머리에 댄 손을 요래 떼면서 내 위아래를 짝 훑어보는데 어찌나 가슴이 콩당콩당 뛰는지 말야. 야, 토종 계란처럼 약간 까무레하면서도 미끈한데다가 밤 톡 까놓은 것처럼 보송보송한 게, 하여튼 가슴에서 발동기 엔진 소리가 들리더라니까. 아가씨가 뭐라고 그랬게?"

"들으나마나 그쪽에서 '저는 시간이 없는데애' 이랬겠지요."

"그래 재기 니 말이 맞아. 시간이 없다고 하데. 그래서 빙긋이 웃으며 '저는 시간이 많은디요. 우리 커피나 조용하게 한잔 헐까요' 아마 이랬을 거라. 근데 말도 끝나기 전데 아가씨가 콧방귀를 쌩 뀌면서 뒤도 안 보고 달아나는 거야. 그래서 친구하고 둘이서 계속 뒤를 밟았지. 어느 집으로 쏙 들어가더라구. 집을 알아놓았으니 걱정이 없었지. 그 뒤론 매일 저녁만 되면 그 건널목에서 기다리는 거라. 몇 번을 시쳇말로 대쉬했는데 다 나가리된 거 아니었겄어. 자존심에 안 나가려고 굳게 마음을 다져먹어도 그 시간만 되면 나도 모르게 그 건널목에 가 있는 거야. 일은 손에 안 잡히고 그래서 많이 얻어맞았지. 그때 한참 쫄짜였거든. 그러던 어느 날 기회가 온 거야. 소낙비가 지금처럼 쏟아졌다 개었다 하는 장마철이었어. 그날도 나는 우산을 들고서 건널목에서 짱을 보고 있었지. 근데 아가씨가 우산도 안 받고 마구 뛰어가는 거라. 그 뒤를 웬 사내녀석이 뒤를 쫓고, 그래서 나도 덩달아 뒤쫓아 따라갔지. 내가 먼저 달려가 아가씨에게—그래 이름이 희순이었지—희순이에게 우산을 씌어주었는데 희순이가 나를 한번 획 쳐다보더니 '빨리 가요 빨리요' 하면서 내 어깨를 잡고 서두르는 거야. 뛰면서 우산을 씌어주느라 정신이 하나도 없었는데 갑자기 뒤따라오던 사내가 우리 앞을 가로막더니 내 멱살을 떡 휘어잡는 거야. 불독같이 우람했는데 유도를 했는지 나를 대번에 업어치드라구. 하늘에 별이 여러 개 왔다갔다 하드만. 난 영문도 모르고 몇 대 얻어맞고 쭉 뻗은 거야 제기랄거. 그렇게 멍멍하니 쓰러져 있었는데 사내가 희순이 손을 획 낚아채 가지고 가는 거야. 정신을 차리고 일어나서 두 사람 뒤를 다시 쫄래쫄래 밟았지. 어느 다방으로 쏙 들어가더라구. 들어가야 하나 말아야 하나 잠시 망설였지. 니들 같으면 어떻게 했을 거 같니?"

"형이야 알아주는 똥배짱인데 몇 대 더 얻어맞더라도 들어는 갔겠지."

삼식이 촐랑거리며 말을 받는다.

"얌마, 내 배짱이야 그런다 치더라도 나 그렇게 무대뽀 아니란 걸 삼식이 니도 잘 알잖아. 재기야 술 없냐? 이런 대목에서는 알아서 술도 따르고 그래야지 자슥들이, 아까부터. 야, 우예됐건 오늘 술 참 잘 받네. 하여튼 사람들은 머리를 써야 혀. 조금 궁리를 하고 나서, 이렇게 턱을 아래로 땡긴 다음, 어기적어기적 들어갔지. 들어가자마자 그 사내한테 다짜고짜 따져 물었지. '벌건 대낮에 사람을 치고 여자를 이렇게 납치하는 걸 보니 당신 돈 많이 벌어났구먼.' 그 친구가 당신 뭐하는 사람이냐고 묻더군. 나 '애 사촌오빠 되는 사람이야' 하면서 이래 인상을 구기면서 대들었지. 그랬더니 그 친구가 내 우 아래를 짝 훑어보더니 '웃기고 자빠졌네 희순이가 사촌이 어딨어?' 그러는 거야. 나이가 나보다 한참 더 먹어 보였는데 식은땀이 나더구먼. 그때까지 나는 여자 이름도 몰랐걸랑. 아차 실수를 하면 뽀롱 나가지고 완전히 떡 될 게 뻔했는데. 하여간 이왕 밀어붙인 김에 어떡하겠어. '이 자식이 어디다 눈깔을 굴리고 있어' 하면서 그 놈아 멱살을 휘감으면서 '야 희순아 집에 전화해서 형님들 나오시게 허고 여기 파출소 순경 좀 불러라이' 딱 그랬지 뭐야. 근데 그 친구가 멱살 잡은 손을 확 비틀어 잡아서 당겨 올리는데 참말로 아찔하더라야. 하여튼 그 뒤로 안 되겠다 싶어 나도 유도를 배웠지만 말이다. 그 친구 참 힘 좋대."

"하여간 형님 똥배짱은 알아줘야 해. 그랬으니 실컷 얻어터져도 싸지."

"그래도 삼식이 니처럼 정처없이 얻어맞진 않는다 임마. 머리가 있잖어, 머리가."

봉석이 머리를 대견하다는 듯 자신의 머리통을 툭툭 건드리며 말을 이었다.

"기선 제압이라는 말이 확실히 맞긴 맞나봐. 잡았던 손이 사르르 풀어지면서 그놈 코가 딱 숙여지더니, '아이고 형님 이쪽으로 앉으세요.' 그러더란 말야. 그리고는 자기가 희순이를 사귀는 데 좀 도와달라는 거야. 싫다는 여자를 그렇게 따라다니면 되냐 하고 점잖게 말했지만 속은 우째 뒤집어지드만. 어찌됐건 졸지에 희순이의 이종사촌이 되어 그놈한테 점잖게 술 한 턱 얻어먹고 이쁜 여동생 하나 챙긴 셈이구 기분은 왔다였지. 그래 가지고 희순이를 사귀게 됐는데 말야. 그때가 참 좋았지. 다른 것도 많지만 발이 참 예쁜 아이였어."

"형님도, 참. 뽀송뽀송하고 아슬아슬한 가슴이 이쁘지 어떻게 발이 이쁘다요?"

"거 모르시는 말씀, 물론 야들야들한 가슴도 이쁘고 타실타실한 종아리도 이쁘지. 대성린가 어딘가를 같이 놀러갔는데 말야. 잔돌 위를 맨발로 걸어가다가 발을 베어가지고 싸매고 했는데 말야. 그때 보니 여자란 이상하데. 이쁜 구석이 참 많아. 글쎄, 발도 이쁘더라니까. 약간 까무스레한 발이 말야 조선 무 있잖아, 길다란 거 말야. 하여튼 간에…… 사실 그 나이에 폭 빠졌는데 예쁘지 않은 구석이 어디 있겠냐마는, 세상의 꽃들도 제철이 있는 가봬. 그때는 강물을 보건 꽃을 보건 달을 보건 어찌 그리 저릿저릿하게 아프면서 아름답냐. 또 고독하게 혼자 있고 싶기도 하고…… 역시 경치라는 게 말야 가슴으로 봐야지 머리로 보는 것이 아니드랑께. 마술에 걸린 거지."

"형, 가슴이 좀 저리고 허전하고 또 혼자 있고 싶기도 하고 뭔가 화가 나기도 하고 누군가와 막 조잘거리고 싶기도 하고 그런 게 사랑이야?"

삼식이 이야기 중간에 아기똥하게 말을 덧붙이는데 봉석은 야박스럽게도 말을 퉁긴다.

"조잘거리고 싶은 것은 빼고 임마. 근데 우리 삼식이가 사랑 얘기가 나오니까 동동거리며 애받혀 하는 것이 우째 상당히 수상허다이."

"삼식이형이 요즘 그래요. 헤헤헤, 봉석이형 그래서요?"

재기가 헤헤거리며 이야기를 재촉한다.

"뜨거웠던 밤들이 참 많았지. 근데 말야, 희순이 말이 그 놈이 아직도 계속해서 자신을 따라다닌다는 거야. 그러냐 싫었지. 그러던 어느 날 그놈이 내가 다니던 회사 앞에서 떡 허니 기다리고 있는 거야. '형씨, 나는 당신이 희순의 사촌이 아니라는 걸 알았다'는 거야. 황소만한 등치로 나에게 포기하라고 윽박지르는데, 자기는 이미 희순이를 질러놨다는 거야. 환장하겠대. 그날 저녁 집 앞 시멘트 담벼락에다 머리를 처박고 울었지. 만판으로 취해가지고 휘청거리며 자취방으로 들어가는데 말야. 마당에 빨래가 명태처럼 꽝꽝 얼어붙은 겨울이었을 거야. 그런데 방 앞으로 들어가다가 마당에 물 담아놓고 쓰는 시멘트로 만든 물통 있었지. 그 앞에서 미끄러져 가지고설라무네……."

"어째 가슴이 간질간질허네요이. 그래 많이 다쳐부렀소?"

"형님 여기 술이요. 이 대목에서 술이 없으면 안 되겠지." 재기가 얼른 봉석에게 잔을 따른다.

"그래, 캬아, 술맛 좋고. 푹 빠진 거 아니었겠어. 지금은 이래 이야기를 하지만 그때는 정말 번갯불이 번쩍하더만. 얼음이 깨지면서 물통 속에 몸이 푹 잠겼는데 거참 시원하드라야. 하늘을 쳐다보니 정말로 '별이 빛나는 밤에'였는데 말야. 물에 빠진 생쥐가 뒤집혀 있는 그 꼴 좀 생각해 봐라야. 몸과 마음이 얼매나 한심했는지 근 한 달 동안 회사도 안 나가고 집안에 들입다 처박혀 있다가 두 달쯤 지난 봄날 고민 고민 끝에 희순이를 찾아 나선 거야. 그때 희순이가 뭐란 줄 아니? 왜 자기를 포기했냐. 만나주지도 않고 자기가 그렇게 싫었냐 하면서 훌쩍훌쩍 눈물을 짜는 거야. 그놈아가 너를 그렇고 그렇게 했다고 하는데 마음 정리될 동안 어쩔 수 없었다고 그랬지. 자기를 양다리 걸치는 그런 여자로 알았냐는 거야. 당신이 약속을 끊을 때까지는 그놈아 하고 절대 그런 일이 없었다고 하늘에다 맹세를 한다고 하더라. 요즘 말로 멋지게 표현하면 별들에게 물어봐 요런 거겠지. 근데 사실 그 말을 얼결에 한 희순이나 그 말을 들은 나나 한동안 멍하니 있었지. 그 말이 이별의 씨앗이 될 줄이야. 하여튼 그놈아가 나한테 고단수로 사기를 친 거야. 따먹지도 않고서 따먹었다고 제기랄 거. 이번에는 내가 크게 당했지. 널 사랑했는데 넌 만나주지 않고 흑흑흑 여자가 막 느껴 우는데 말야. 그러면서 하는 말이 이제는 다 지난 일이라고 그놈아와 결혼할 거라고 하대. 나를 지금 사랑하냐고 물었지. 사랑한다고 그러드만. 근데 왜 그 친구에게 시집가려 하느냐 물었지. 이젠 그놈아한테 갈 수밖에 없다는 거야. 관계 그것이 뭐 그리 중요하냐 두 사람의 사랑이 중요한 것 아니냐? 내가 그렇게 말했지만, 벌건 눈으로 나를 쳐다보면서 자기로서는 이제 어쩔 수 없다고 하대. 근데 지금 생각하니 그때 그놈아한테 그 말 듣고 당장 희순이를 만나서 확인할 생각을 못했는지 몰라. 두려웠던 거라. 그걸 희순이한테 물어보기도 쑥스러운 것이었고. 사실이 그렇다면 어떡하나 하는 생각도 있었고, 그게 아니라 해도 뭔가 찝찝한 그런 거 있잖아. 순결이라는 것이 도대체 뭐냐. 순결이란 것이 지금 생각하면 좀 우습지만 그때는 아니었어. 한참 지나고 나서 생각하니까 말야, 내가 약속을 끊을 때까지 그런 일이 없었다는 것을 얼결에 말한 것 그게 부담이 된 거라. 지금도 자기 마누라의 과거나 현재가 그렇고 그렇다는 걸 알고 덮어줄 사람이 얼마나 되겠냐. 원래 사랑이란 것은 배타적이잖아. 삼식이 니는 어떻게 생각하냐?"

"형, 앞을 보면서 살기도 벅찰 텐데 과거를 따져서 뭐에 쓴다요."

"내 말도 그 말이다. 희순인 그놈아에겐 나와의 관계를 숨겼겠지. 그려, 이해한다는 것도 좋을 때 얘기일 수도 있었지. 살다보면 나중에는 그게 문제가 될 수 있을 것이구, 그 여자는 나에게 다시 오고 싶어도 그게 두려웠을 거라."

"사랑이란 둘만의 관계에서 배타적으로 완전을 지향하는 것이니까, 뭔가 흠이 있다는 것을 알게 됐을 경우 문제가 되겠지요. 사랑이란 그 사람의 과거를 질투하게 되어 있어요. 인간의 마음이라는 게 워낙 변화무쌍한 것이라, 모르면 약이지만 알면 병이라는 말도 있잖아요."

"재기야, 배타적이고 뭣이고 간에 서로 간절하면 되는 것이제 뭘 복잡하게 따진대. 감출 것 감춰주고 서로 애껴가면서 강아지 새끼들맨치로 서로 핥아주면 되는 것 아니냐."

"핥아준다고 헤헤 삼식이형. 자, 우리 이쁜 강아지들을 위해서 건배!"

삼식이 나름대로 뻗대면서 토를 달았는데 재기는 시시덕거리며 권배를 청한다. 두 사람이 건배를 하는 모양을 멀뚱하게 쳐다보고 있던 봉석이 이야기를 이었다.

"헤헤, 삼식아. 그래 니 말이 맞는 말이라고 치고. 어찌됐건 마음의 정리가 안 되데. 보고는 싶은데 잊어야는 되겠고. 희순이는 아예 나를 피하고. 잊자고 맹세해놓고도 그 시간이 되면 나도 모르게 또 그 건널목에서 기다리는 거야. 잊으려고 하면 할수록 여자의 얼굴이 그림자처럼 달라붙는 거야. 환장하겠고 도저히 포기할 수 없는 거야. 그래서 희순이네 집으로 직접 쳐들어갔지. 희순이 할머니가 빗자루 몽뎅이를 들고나오데. 빗자루에 얻어맞고 난 뒤로도 몇 번 더 찾아간 것 같애. 그리고 그 집이 이사를 갔어. 그 뒤여자 보기가 겁나드라구. 쓸쓸하게 칠팔 년 그래 지내다가 지금 집사람을 만난 거 아니겠어."

봉석은 취기가 오르는 지 약간 코맹맹이 소리를 낸다. 재기가 봉석의 잔에 술을 따르며 말했다.

"형, 그런 얘기는 이제 가슴에 파묻으세요. 결혼하고 난 뒤로도 간절하고 그리운 옛 사랑들이 있나보지요. 하기야 가끔씩 생각이 나는 거, 인간 감정에 무슨 죄가 있겠어요. 옛사랑이라는 것은 아팠으면 아팠던 대로 아름다운 것 아니겠어요."

"삼식아, 니도 한번 그런 사랑 한번 해봐라. 짝사랑은 많이 해봤제 안 그러냐?"

"가슴에다 묵힌 사랑이야 많았죠. 근데 그게 어디 사랑이요?"

"사랑에 무슨 수준이 있겠냐? 이런 말 들어봤제? 남자는 박력이란 말 말이야. 그놈아 되게 끈질기대. 결국은 그 친구가 이겼어. 이쁜 여자들이 건달들에게 잘 넘어간다는 말이 맞긴 맞나봐."

"듣기는 많이 들어봤어도 못 써먹는 속담 챙겨보이 뭐하요."

"남자는 도나캐나 한번 걸어보는 거야. 준비 없는 사랑 없다 너. 무슨 좋은 말 해볼까 이리 뒤집고 저리 굴리고 하는 거야. 이런 말이 나왔을 때는 요렇게 대답해야지 하면서 잠잘 때도 열심히 공그르는 거야 임마. 막상 만나면 잘 안 되지만."

"형님, 한 수 가르쳐줄려고 그래 애쓰지 마쇼. 내두 아래 위 통박은 훤한 사람이니께로. 얘기 재밌게 듣다보니 횟감이 벌써 바닥났네. 사랑을 낚듯이 돔이나 몇 마리 더 건져올려볼까나. 형님, 좀 있다 우리 재기의 사랑 얘기를 연속극으로 한번 모십시다이."

삼식이 낚싯대를 챙겨들고 바윗돌 쪽으로 다가선다. 두 사람은 묵묵히 소주잔을 기울인다.

"재기야. 옛 생각 하다보니 우째 가슴만 썰렁해진다. 니는 철학과 다닐 만허냐? 아까 새로운 사회 얘기했었지. 그게 뭐라고 생각하노?"

"저도 모르겠어요. 인류의 불평등 문제란 어제오늘의 얘기가 아니잖아요. 철학 책을 비집고 봐도 점점 더 모르겠더라구요. 결국은 빵 문제, 빵을 어떻게 나누어 먹느냐의 문제데, 인류 역사상 그것 가지고 안 싸운 적이 없거든요. 전쟁이란 것도 그 바탕에는 결국 빵 문제가 깔려 있고. 아닌 것처럼 해도 문화나 철학이라는 것도 그 체제를 떠받들고 있다는 의미에서 아주 정치적인 것이더군요. 종교도 마찬가지인데요. 예를 들어 예수나 석가도 초기에는 혁명적이었고 나름대로 억압받는 사람들 편에 섰는데 나중에는 지배세력과 화해하고 스스로 지배세력이 되기도 했지요. 하여간 이 시대의 전쟁이란 빵 아니면 망할 놈의 종교 때문이라니까요. 식민지 정복시대만 들어 이야기하더라도 십자가 뒤에는 총이 있었고, 총 뒤에는 검은 돈, 빵이라는 자본이 웅크리고 있었던 것이고. 그 해결책으로 빵과 독립을 함께 쟁취하려 했던 것이 사회주의이고."

"야야, 골치 아프다. 재기야 잘 아는 사람들은 쉽게쉽게 얘기하드라야. 나는 조합 활동할 때 사회주의가 뭣인지 자세히는 몰랐어도 우리 같은 노동자들이 떳떳하게 고개를 펴고 사는 세상이라는 점에서는 맘에 꼭 들었거든. 적어도 기회에 있어서는 균등하잖아. 부의 세습은 적어도 없으니까."

"맞아요. 사회주의란 것이 가장 진보적인 대안인 것 같은데 소련 동구도 무너졌고 저쪽 사회도 경제문제 하나 해결하지 못하고 있고…… 그렇다면 계급적 억압이 엄연히 존재하는 이 사회는 온전한가. 그것도 아니라는 거 아녜요."

"그렇다면 니 말은 계급은 엄연히 살아 있는 자본주의도 안 되겠고 사회주의 역시 경제 문제 하나 해결 못하니까 안 되겠고 도대체 말의 앞뒤가 엉망이다. 어찌됐건 새로운 사회라는 희망은 없냐? 스웨덴 같은 나라는 사회민주주의로 잘 꾸려가고 있잖아?"

"그 사회라고 문제가 없겠어요? 그 사회도 복지가 잘 되어 있긴 거기서도 자본에 대한 착취라는 근본적인 문제는 아직 남아 있거든요."

"그럼 니 얘기는 도대체 콩도 아니고 팥도 아니다 그렇다고 녹두도 아니다. 하 참 알아먹기 쉽게 어떤 사회가 좋은 사회라는 거냐?"

"그게 저도 고민이 되니까 형하고 이렇게 얘기를 나누는 거 아녜요? 쉽게 얘기해서 인간의 공동체 의식이 이기심을 극복할 수 있느냐 하는 거여요. 그건 욕망의 문젠데. 아무튼 지금 이쪽 사회는 능력에 따라 태어난 신분에 따라 어찌됐건 불평등하잖아요. 좀 나아지긴 했지만, 아버지가 부자냐 아니냐 대학을 나왔느냐 안 나왔느냐 그에 따라서 그 자손 대대로 계속 그 지위가 이어지거든요. 저 역시 신분 상승을 위해 대학에 들어간 측면이 있는 것이구. 어쨌든 균등한 기회가 주어지지도 않고 재산이나 지위가 그대로 세습되는 사회는 나쁜 사회잖아요?"

"그래, 인생이 백 미터 달리기라면 내 아들은 출발선에서 몇 발짝 안 갔는데 잘난 집 자식들은 이미 결승점에서 만세를 부르고 있는 셈이겠지. 근데 그런 경쟁심이나 욕구도 없으면 좆발랐다고 열심히 일하겠냐. 우리 같이 부모한테 물려받은 거 없는 사람들이야 자자손손 고생문이 훤히 열렸지만. 근데 그런 상속이 없으면 과연 사람들이 뼈빠지게 일을 할까?"

"형님이 바로 맞추셨네요. 이기심의 최고형태가 상속이고 그것을 법적으로 보장한 것이 민법이고. 그것을 폭력으로 보장한 것이 형법이고. 어찌됐건 상속의 근본은 인간의 욕망이거든요. 저의 고민은 그런 욕망이 본질적이냐 아니냐 하는 거예요. 그리고 어찌됐건 계급은 분명 존재하는데 불교든 도교든 예수교든 그런 것에서 초연한 것처럼 해도 결국은 그것을 묵인 방조하거나 비겁하게 옆구리로 새는 것이고, 요즘 사람들이 생명이니 떠드는 것이 맞긴 하지만 그것도 계급사회를 떠받드는 기둥은 가만 놔두고 새는 기와장만 뒤적거리는 것이 아니냐 하는 것이죠. 환경이나 생명도 좋지만 목구멍보다 소중한 것은 없잖아요?"

"그랴, 어떤 것이든 들어보면 다 머리 끄덕일 구석 하나쯤은 있는 법이야. 저쪽이 자주성이니 뭐니 따지지만 지금 목구멍 하나 해결하지 못하고 있잖아?"

"내 말도 그 말이에요. 이쪽의 경우 인간이 밥 문제는 해결했다 해도 계급문제와 근본적인 욕구, 세계의 주인으로 살고자 하는 경제 정치적인 욕구는 해결 못하고 있잖아요. 사방으로 포위되어 있다는 점에서는 남이나 북이나 똑 같아요. 남쪽은 우리의 영혼마저 집어삼키려는 초국적 자본이라는 철갑상어가 있고, 북쪽은 자본주의라는 야비한 돌고래들에게 포위되어 있는 것 아니냐구요."

"사람 사는 세상에는 어디나 다 문제는 있는 거야."

"잘은 몰라도 저쪽 사회는 공동체 의식으로 욕망이 평준화되어, 어떤 의미로는 인간의 의식이 선의의 희생과 공존의 정신으로 무장되었다는 점에서 고급한 사회인 것 같은

데…… 소수의 의견이 구조적으로 존재할 수 없다면 과연 그 사회 속에서 자유로운 소통이나 비판이 가능할 것이냐 라는 점에서 의문이 있고…… 또 그 사회 속에서도 자신의 지위와 역할만 높이려는 이기적인 욕망이 과연 사라질 것인가 라는 점에서 의문이 가고……."

"여하튼 간에 소련 같은 나라가 넘어간 것은 인간의 저급한 욕망 때문이라는 말이지?"

"그것도 중요한 이유 중의 하나겠지만 그것만은 아니라는 거 아녜요?"

"이쪽 사회에서는 욕망의 구체적인 형태가 계급이고 상속이다, 그러니 그게 문제다, 해놓고, 저쪽 사회는 그것이 평준화됐으니까 좋아야 하는데 그쪽에도 욕망이 문제다, 그러면 도대체 뭐가 문제라는 얘기냐? 많이 헷갈린다야."

"사실 내 스스로도 그 답을 못 찾고 있으니까 그러는 것 아녜요?"

"나는 앞 뒤 재가며 이야기를 하는 사람은 아니니까 하는 말인데 말야. 딱 부러지게 이야기한다면, 정치적으로나 경제적으로나 계급이 없어지는 것 하나 허고, 어찌됐건 우리 민족끼리 자주적인 입장에서 통일을 이룩해야 한다는 것 하나 허구, 그러기 위해서는 미국놈들 썩은 문화와 다국적자본과 군대는 지 나라로 가야한다 하나 허구, 경제적인 불평등 없이 아무튼 잘먹고 잘 살아야 한다는 하나 허구, 이 모든 것을 다 만족시킬 수 있는 길은 과연 무엇이냐 하는 것 아니냐. 그러기 위해서는 아래로부터 참다운 정치 민주화부터 시작되어야 하는데, 우리 같은 노동자에다 농민 더하기 진보적인 중간층 더하기 학생들 더하기해서 나서야 하느냐 마느냐 그런 얘기 아냐? 뭣이냐 통일전선 있잖아."

"아하, 형은 마오쩌뚱식 통일전선 말하는구나. 지금 제가 이야기하는 것은 나서야 하니 마니가 아니라 목표가 있어야 나서지 않으냐 하는 거예요."

"목표 안 가르쳐도 나서는 사람들 많어. 자기 배가 꿀리면은 다 나서게 되어 있어. 내도 말야 나서가지고 피 본 놈들 중에 한 사람인데 말야. 둥그냐 넓적하냐 모가 났냐 시시콜콜 따지는 것보담도 나 같으면 말이다. 우선 첫째로 말이다. 바꿔야 할 것을 바꿔 나가는데 그것이 사회주의면 어떻고 아니면 스웨덴식 사민주의면 어떠냐. 그런 것들 따지지 말고 양심이 가리키는 쪽으로 가장 화급한 것부터 내리조지는 거야. 지금 시급한 것이 노동법이라면 노동법에 대해 국가보안법이면 국가보안법에 대해 대가리 터지게 싸우는 거야. 대학생들이 무서울 게 뭐 있냐. 이리 재고 저리 재는 것보다 우선 한 다리 디밀어보는 거야. 쉽게 얘기해서 한쪽 발 담가놓고 걸어가면서 고민하는 거야."

"형님 얘기는 시원시원해서 좋은 것 같지만서도 사람들을 나서게 하려면 목표를 걸어야 하는 거 아니에요? 사람들의 생각을 통합하고 움직일 수 있는 그 어떤 대안 같은 거……."

"하 참 답답허다 니! 우리 같은 사람들이야 한 다리 끼여들고자 해봤자 자리도 안 내주겠지만 말이다. 니들같이 고민하는 사람들이 벌떼같이 나서서 싸우면 우리 같은 무지렁이들도 나설 수 있는 짬이 안 생기겠냐. 우리가 일만 하는 무식쟁이 같아도 세상 돌아가는 통박은 환하다이. 그때 돌 던지던 학생들, 그리고 현장으로 용감하게 들어왔던 그 많던 사람들은 도대체 어디로 다 갔냐? 재기 너처럼 고민하러 갔냐? 현장 들어왔다가 떠나면서 하는 말이 뭔 줄 아냐. 더 넓은 곳에서 자기에게 맞는 역할을 찾아 세상의 변화를 위해서 일하겠대. 그렇게 떠난 사람들이 도대체 지금 어디서 뭘 하고 있을까. 내가 요즘 만나는 학출 중에 제대로 살아가는 사람 드물어. 늦게 세상에 적응하느라고 힘들기도 하겠지. 이해해. 재기야 세상이 그때하고 그렇게 많이 달라졌니?"

봉석의 목청이 걸걸하게 높아지자 재기가 술잔을 들고 건배를 청한다.

"우리는 좆도 모르지만 조금 의식을 가졌다는 사람들이 너처럼 이게 어떨까 저게 어떨까 재기만 하니까 비겁한 거야. 내가 아는 학출 중에도 너처럼 철학이니 따지면서 고민하는 친구가 있긴 있지. 언제 소개시켜줄 기회가 있을지 모르겠다마는, 하여튼 니들이 고민해야 우리 같은 사람들이 방향을 잡고 참여를 하겠지. 그 많던 사람들이 각자의 자리에서 기를 쓰고 뭉치려고 하기만 한다면 세상이 얼마나 멋지게 달라지겠냐. 그렇게 좀씩만 밀고 나가는데 영삼이나 대중이 같은 보수 정객들이 판을 치겠냐 말이다. 거기에 대해 잘난 니가 한번 얘기해 봐라이."

삼식이 두 사람의 얘기를 맹하니 듣고 앉아 있다가 핸드폰을 처들고서 전화번호를 누른다.

"여보세요. 112죠이? 수상한 사람들이 이북이 어뜨렇고 이남이 어뜨렇고 하면서 요상헌 소리를 지껄이고 있는디 참말로 수상하네요. 하 뭐라고라? 여그가 어디냐고라."

그때 철썩하는 소리와 함께 삼식이 돌무지 위로 벌러덩 나자빠진다. 봉석이 삼식의 귀싸대기를 세차게 휘갈겼던 것이다. 삼식은 넘어진 채 전화기를 붙잡고 천천히 위치를 불러주는데.

"자식, 개지랄 떠는구먼. 저게 알랑알랑해서 봐주고 했더니 이젠 못하는 장난이 없어. 아까 뭐라구 했지. 그래, 어찌됐건 학출들은 논리로 현실을 나누고 가르는 것을 무척 좋아하더라구. 물론 그래야 내적인 동기가 부여되겠지. 그래서 허약한 것이야. 새로운 세상이란 용기다 너. 자신을 처절하게 죽이고 바닥을 길 수 있는 용기, 그 바탕에서 논리건 이상이건 현실이건 다 합쳐지는 거야. 한 자리 해보겠다 욕심내지 말고 뭉쳐서 거대하게 밀고 나가는 거야. 재기야, 술 한 잔 받아라. 오늘 내가 말이 좀 많다야. 그래, 오늘 수첩에는 뭐라고 적을래?"

"세상에는 그 시대를 지배하는 사상이 있거든요. 아무리 지금이 돈과 경쟁이 지배를 하는 신자유주의 세상이라 해도, 노동하는 인간이 늘 그래왔듯이 겸손하고 소박하다. 그래서 꽃보다 아름답다, 그리고 한쪽 발 담가놓고 고민하라, 그리고 짱뚱이에게도 감정은 있다라고 적겠어요. 그리고 또 하나 형 말대로 거대한 통일전선에 대해 고민하자. 이상 끝."

"그 정도 말이라면 나두 멋지게 할 수 있지. 욕망 욕망 그러지 마라. 크게 욕심을 안

부리고 최소한도 자존심만 지키며 살아가려는 사람은 노동자라고. 절제할 수 있는 욕망은 아름답다, 어때? 하여튼 먹물들은 별 차이 안 나는 걸 가지고 따지고 분석하면서 사투니 뭐니 해가면서 엄청 싸우데. 하지만 우리들의 의식은 달라. 적어도 구분하는 것보다는 합치는 것에 익숙해. 재기야 정말이지 서로 공통분모를 합쳐봐 그러면 세상이 잘 굴러갈 거라. 그리고 우리는 말야⋯⋯."

"앗따 꼭 그렇게 어려운 문자를 써가면서 야그를 해야 말발이 서고 토론이 되는지 몰라. 욕망, 자존심 따져볼 것도 없이 이 세상에 꼭 필요한 것은 인정 아니요, 인정! 서로 조금씩 손해보면서 사는 것, 그러다 보면 정들고, 안 보면 섭섭하고, 돈이라는 것도 많이 있으면 나누니까 좋고 없으면 채우면 되는 것인디 뭣헐라고 골 아프게 따져가면서 고민해 쌓소."

뺨을 만지작거리던 삼식이 얘기의 중간을 탁 자르며 불퉁거린다.

"그랴, 삼식아 아까 안 다쳤냐? 참 미안허다이. 그래도 자식아, 장난할 걸 해야지. 재기야, 삼식이 말대로 이 세상에 정이니 의리니 하는 것이 아직 퍼렇게 살아 있다이. 이 세상이 좆도 살 만허다 라고 노래 부르면서 살아보는 거야. 나도 그런 생각 가슴에다 품고 살지만 사람 마음이란 간사해서 조금만 편안하면 옛날 다 잊어버리더라구. 그게 문제야. 하지만 가슴에 열심히 생각만 품고 있다고 세상이 변하디? 그런 생각 골백번 허는 것보다 조그마한 실천을 하나라도 하는 것이 백 번 더 낫다고."

말은 많았지만 결론은 제각각이어서 세 사람은 묵묵히 술잔을 기울인다. 그때 불빛이 높게 쳐들어 올라오며 산모퉁이 어둠이 짝 갈라졌다. 올빼미 눈알을 희번덕이며 검은 물체가 이쪽으로 앵앵거리며 달려왔다. 차 위에 뱅뱅 도는 것을 보아 경찰차가 분명했다. 재기는 깜짝 놀라 후닥닥 갈대밭 사이로 뛰어든다. 봉석이 후려갈길 듯 삼식을 노려보며 쌔왈거렸다.

"하 참, 진짜네. 저런 얼빠진 걸레하고 같이 다녔다가는 시팔 간 쓸개가 하나 안 남어

나겠네."

차의 전조등이 이쪽을 부시게 비쳐대는 가운데 손전등이 가파르게 건들거리며 다가왔다. 봉석도 갈대 숲 언저리에 납작하게 몸을 눕힌다. 멀뚱하니 불빛을 쳐다보던 삼식은 엉거주춤 낚싯대를 쳐들고 바다 쪽을 향해 섰다. 경찰은 깔판 위에 널려 있는 어지러운 술판을 보더니 삼식에게 주민등록증을 요구했다. 무전기로 본대를 불러 주민등록을 확인한 경찰이 물었다.

"당신 혼자요?"

"저쪽 차 속에 쫘악 뻗어 있네요. 몇 잔을 마셨다고 짜—식들이 그새 골아떨어지나."

"이래 늦게 낚시질하면 안 됩니다. 빨리 돌아가세요. 이쪽에 사고가 참 많아요."

"걱정 마시랑게요. 글쎄 짜—식들이 일어나야 가든지 말든지 할 거 아녀."

경찰이 간 뒤로도 한참동안 봉석과 재기는 갈대 무성한 갯고랑 풀밭에 달빛을 그득히 받으며 말없이 누워 있었다. 그때 갑자기 애들 젖 빠는 소리처럼 훌쩍거리는 소리가 들려왔다. 봉석이 부석부석 일어나 삼식에게로 다가갔다. 삼식의 얼굴에 달빛이 엉켜들면서 눈자위에 눈물이 번뜩인다.

"아까는 정말 미안했다. 근께 그렇게 심한 농담하는 거 아녀. 내 맘 알지?"

"형 맘은 안다고 쳐도 그놈의 손맛은 영영 잊지를 못하겠구먼요."

재기도 다가와 삼식의 한쪽 어깨를 힘주어 감아쥐면서 달랜다. 재기에게 어깨를 내준 삼식의 손도 마침내 재기의 어깨를 잡아쥔다. 그리고 그들은 올라오는 술기운을 핑계 삼아 아직 훈훈한 모래바닥에 제각기 퍼드러져 누운 채 쏟아지는 달빛 속에 몸을 맡겼다. 사과껍질 벗겨먹는 것처럼, 사각사각 갈대 잎을 들치는 바람소리가 열린 귀로 새록새록 스며들었다. 고단한 가운데 참으로 시원하고도 포근한 잠이, 추억이, 옛사랑이 사람들의 눈꺼풀을 지긋이 눌러왔다. 삼식이만은 자다가 홀로 깨어 달빛이 엿보고 모기들이 노리는 모래밭에서 싱숭생숭 오래도록 잠을 이루지 못했다. 그러다 안 오는 잠을 달래느라 깡소주만 잘름잘름 들이켰는데, 새벽에 봉석이 깨울 때에는 전혀 깨어나지를 못했다.

16. 머리는 잘 돌아가야 한다

"주형 말야, 큰일 났구마. 앵글 구멍 뚫기 전에 실측을 해봤기 망정이지 도면이 틀릴 줄 어떻게 알았어. 높이가 그렇게 차이가 날 줄을 어떻게 알았냐구."

봉석이 시멘트 가루로 범벅이 된 얼굴로 조방 쪽으로 달려와 숨을 헐떡이며 말했다. 뒤따라 온 재기의 얼굴도 먼지 범벅이다. 한쪽 손에 망치를 들고 스크루 날개를 통통 때리면서 호이스트 조절단추를 누르고 있던 주 반장이 눈알을 끔벅거리며 물었다.

"실측한 것과 도면이 안 맞아 뻰다꼬? 그기 뭔 말이고? 아이구야 세멘에다 저 땀 좀 보래이."

봉석이 도면을 펼쳐 보이며 설명한다.

"여기 도면에는 다리 기장이 5456이잖아. 돌공장에 가서 실측을 해봤더니 만든 물건이 딱 600밀리가 길더라니까. 그만큼 잘라내야 하는데 이거 참말로 환장하겠구먼. 다릿발은 용접이 다 끝났는디 베래버렸네. 기존 돌공장 쪽의 물건을 수정할라 해도 그 세멘 먼지 구뎅이 속에서 어떻게 잘라내고 이어내. 그럴 바에야 어차피 지금 만든 것을 고치는 편이 훨씬 공수가 덜 들어갈 텐디."

"그래? 하 미치겠구마. 도면 그린 놈들은 뭐하고 자빠진 놈들이가? 그런 거 확인도 안 하고 도면을 그렸나. 빨리 설치해 달라고 생난리를 죽이는데. 도면 그리는 놈들 믿을 거 못 된다는 게 어제오늘 일이가. 아이참 일일이 확인 안 한 우리도 잘못이대이."

"일일이 확인하고 언제 작업을 하나? 성만이 너도 그때 있었잖아. 어쩐지 바케스 컨베어 높이와 차이가 있어 이상하다 싶어 사다리를 가지고 갈려고 하니까 정 사장이나 김 사장이나 그거 확인할 게 뭐 있겠냐 그랬잖아. 그 사람들도 다 실측이야 했겠지. 근데 그것만 딱 빼먹은 거라. 상주로 실어가려고 뜯어놓은 거 찬찬히 보니까 말야, 애초에 설치하던 놈들이 지대(地帶) 높이 때문에 스크루 컨베어나 바케스 컨베어나 하고 기장이 서로 안 맞으니까 기둥을 자른 것 같아. 기둥 파이프 위쪽 끝에 자른 자국이 있더라니께. 설계하는 놈들은 옛날 도면 그대로 베껴먹었구. 하여간 세멘 공구리를 600밀리 파내라고 할 수도 없고, 젠장할 어떡해야 하냐 이거. 앵글 구멍도 다 뚫어놨는데. 지금이라도 확인했으니 다행이지만, 이게 무슨 꼴인가."

"최형, 박형하고 스크루 말야 이런 식으로 늘여가지고 용접을 하소 마. 정 사장은 샤우드(축)를 선반에 깎아가지고 온다는 사람이 와 이리 안 오는 기야. 일단 사무실로 가보재이. 김 사장하고 일단 상의를 해보자구."

봉석과 성만은 사무실 쪽으로 재우쳐 갔다. 도면을 펼쳐 놓고 하 사장과 상의를 하고 있던 김형만 사장이 무슨 일이냐는 듯이 턱짓을 했다.

"사장님 말임다. 사일로 다릿발에 문제가 생겼심더. 지금 김형이 가서 실측을 해봤는데 기둥 기럭지가 도면하고 틀리다 카는데 우에했으면 좋겠는교?"

"왜 안 맞는 것이 이리 많어. 내 그랬잖아, 아무리 제작 일이 바빠도 일일이 실측하고 확인해가면서 작업하라고. 현장 밥 하루이틀 먹은 것두 아닌데 다들 왜 이러나 정말."

"봉석아, 기둥 앙카(고정볼트)는 어때 박을 만하겠느냐?"

주 반장이 고개를 돌리고 봉석에게 물었다.

"도나캐나 산소로 불지 마라고 했는데…… 도비(설치일꾼)들이 뜯어가면서 우리 생각 해주나 뭐. 밑에 시멘트 잡석들 치우는 데만 한나절은 걸리겠더라."

"김 사장님, 다릿발 어케할 건지 태진공영에 확인을 해봐야 할 거 아니에요?"

"확인하나 마나지. 잘라야 되게 생겼으면 자르고 다시 제작해야지 무슨 소리야. 그놈들이 그깟 일로 콧방귀나 뀔 것 같애?"

시큰둥한 김 사장의 말대답에 봉석이 콧김을 씩씩 불어내고 있다가 마침내 불퉁스럽게 따지고 든다.

"우리는 도면 그대로 5미리도 안 틀리게 제작했어요. 근데 그게 안 맞으면 설계한 사람들이 그 책임을 져야 할게 아닙니까? 우리 잘못만도 아닌데 우리가 몽창 다 떠 안고 가라는 법이 세상에 어딨대요? 도면이 틀렸는데 그걸 수정하는 공수는 받아내주어야 하는 거 아니냐구요?"

"그런 거야 정 사장이나 내가 알아서 할 문제니까 당신은 신경 쓰지 말라구. 에이 쯧쯧, 그런 거는 마땅히 확인을 해야지 이 사람들아. 여기서 거기까지 십리나 된다면 몰라."

김 사장이 신경질적으로 혀를 차며 꼬부라지게 말을 받는데, 쇠가 허옇게 드러난 안전화 코로 책상다리를 톡톡 건드리며 할 말을 참아내고 있던 봉석은 꺼뜨럭거리며 거칠게 말을 뱉어낸다.

"내가 사다리 가지고 가려고 하니까 그럴 필요가 없다고 한 사람은 누군데 그래요? 정 사장하고 같이 있다가 도면 그리는 사람들은 폼으로 있나 그랬잖아요? 하여튼 간에 오리발 되게 좋아하는구먼요. 일일이 확인하고 제작하려면 좆발랐다고 도면을 그리나 제기랄 거."

"핫따 젊은 사람이 말을 참 정나미 떨어지게 하는구먼."

김 사장이 자리에서 벌떡 일어나며 소리를 빽 질렀다. 하 사장은 상호간에 목청이 높아지자 슬금슬금 사무실 밖으로 나간다.

"내 말이 잘못되었어요? 케미칼 앙카도 안 사다주겠다, 리비전(도면 수정) 비용도 안 받아주겠다. 이거 몽땅 다 오리발이구먼요. 우리만 옴팍 뒤집어써야 할 판인데, 그쪽에다 전화 한 통화하는 것이 뙤약볕에서 기는 것보다 뭐 그게 백 배나 더 힘든 일입니까?"

두 사람은 퉁방울을 내민 채 서로 꼿꼿이 마주 섰다. 내쏘는 봉석의 눈빛에 질렸는지 김 사장이 주 반장에게 슬그머니 말을 돌린다.

"주 반장, 당신이 그쪽으로 통화 한번 해봐. 전화번호 저기 칠판에 적혀 있잖어."

봉석은 씩씩거리며 사무실을 나와 어지러이 널린 작업선과 산소 줄을 신경질적으로 한쪽으로 모닥거리면서 공장 안으로 들어간다. 철판 위에 걸터앉아 담배를 꺼내 물고 있는데 재기가 총총 잰걸음으로 다가와서 물었다.

"사무실에선 뭐라고 하던 가요?"

"전부 우릴 발겨먹으려고만 든다니까. 재기야 니 말야, 나중에 혹시 책상 앞에서 펜대 가지고 놀더라도 위에서 오더만 때리지 말고 꼭 현장에 나가 직접 확인을 해보거라이. 펜대 한 번 잘못 굴리면 밑에서 여러 사람 죽어나가니까."

"형님, 그럼 우린 어떻게 해야 되나요?"

"우리가 오작(誤作)이라도 한번 내면 다음에 공사 주니 안 주니 땅띔을 허는 자식들이 자기들이 그린 도면이 잘못되면 사과 한 마디 없이 입을 딱 씻어버린단 말야. 하여간에 열받치고 서러운 것은 땅바닥에서 기는 사람들이라. 좀 있다 호퍼 다릿발을 내 잘라주면 그라인더로 좀 갈아야 쓸 텐디 재기 너야말로 고생문이 훤히 열려 버렸는갑다. 미안허다야."

"도면이 잘못됐으면 수정하는데 들어간 공수만큼은 쳐주는 게 당연한 거 아녀요? 우리 오야지가 꼬치꼬치 따지면서 받아내야 할 텐디……."

"내 말도 그 말이다. 하여간에 힘없고 빽 없는 사람들만 항상 똥지게를 져야 한다니까."

호랑이 제 말하면 온다고 정 사장과 주 반장이 두 사람에게로 다가왔다.

"어떻게 하기로 했어?"

"일단 기둥을 잘라서 작업하래."

"자식들이 철판 떼었다 붙이는 것이 공책 뜯었다 붙이는 줄 아나벼. 변경된 거 공수를 쳐주겠대? 물어보나 마나 삼겹살 그짝이겠지."

봉석이 정 사장에게 눈길을 돌리는데 정 사장이 찌무룩하게 말했다.

"말은 했는데 그런 것도 확인 안 하고 작업하느냐고 되레 큰소리만 치더란게요. 다 그런 거 아니에요, 김형."

이어 그들은 수정작업의 내용에 대해 다각도로 의견을 나누었다. 성만이 한숨을 내쉬는 봉석에게 말했다.

"어쩔기가. 내 절단헐 테니께 니는 현도를 떠가지고 앵글이나 자르거라. 근데 각도가 틀어졌삤으니 메다판도 다시 만들어야 할긴데 철판은 있나?"

"베이스판 용 22t(thickness, 22mm의 두께) 철판은 남은 게 없는데……. 하, 붙였던 것 띠어내 그라인더로 갈아내서 다시 붙이려면…… 하 참, 일이 곱빼기로 힘들게 생겼네. 에이, 확인 안 한 내 잘못도 있지만 도면 잘못도 있으니까 최소한 절반 정도는 보상해줘야 하는 거 아냐."

"내 말도 그 말인데 어쩔기가. 정 사장님, 앙카는 어에 됐습니껴?"

주 반장이 물었다.

"아차 깜빡 했구먼. 케미칼 앙카가 일이 쉽지?"

"구멍을 뚫다가 철근이라도 앙카를 못 박지 않습니껴. 근데 케미칼은 상관없다 아입니껴. 사일로 하반부만 딱 조립을 해 갖고애 도리(좌우 수평)를 잡은 다음, 마 그대로 들어서 안칠 자리에 놓고 표시를 한 다음, 약간 비끼고서 그 자리에서 구멍을 뚫어 케미칼을 부어넣고 굳으면 끝납니더. 그럼 공수가 덜 들게 될 긴데."

봉석이 찌무룩한 얼굴을 불쑥 쳐들며 말했다.

"정 사장님, 메다판을 다 떼내고 그라인더로 갈아내고 다시 붙이느니 22t 철판 사달라고 김 사장에게 말해보지요? 새 철판으로 메다판을 만드는 편이 훨씬 빠를 텐데."

"하이 참, 봉석이 니 정신이 없구마. 김 사장이 앙카 몇 개 사는 것 가이고 발발 떠는데 철판을 사다줄 것 같노?"

"김 사장 고것이 저번에 그렇게 당하고서도 아직 정신을 못 차리고 날뛰는구먼. 자기는 손톱만큼도 손해 안 보겠다는 심뽄데. 완전히 심이 글러먹었어."

정 사장이 손을 내저으면서 봉석의 말을 막았다.

"김 사장 머리 쓰는 것 보면 정나미가 삼천리는 떨어지지만, 아쉬운 사람이 샘을 판다고 어떡하나. 철판이랑, 케미칼 앙카랑 사오는 게 일이 빠르다면 내 지금 다시 나가서 사오지 뭐."

"22t 철판은 놔두시더. 마 우리만 쌩돈 들이며 손해볼 수 없잖습니껴. 16t 철판이 좀 남아 있으니까 그것으로 대신 쓰고 모자라는 것만 그라인더로 갈아가이고 씁시더. 그리고 우리도 그냥 스트롱 앙카로 합시데이. 도면에도 그리 안 나왔잖습니껴?"

"스트롱 앙카로 박다가 철근이 나와 볼트를 못 채우면 나중에 그것 가지고 기성을 풀 때 시비를 걸면 지랄이잖어. 하여튼 간에 철판은 주 반장 말한 대로 하고 앙카는 내가 사 올 테니 그렇게 알고 작업을 하더라고. 아참, 샤우드 사무실 앞에 내려놨구먼. 가까운 데서 좀 깎아오려 했는데 선밥 집이 있어야지. 할 수 없이 시흥공구상가까지 갔다 왔구먼."

정 사장은 얼굴을 잔뜩 찌푸린 채 사무실 쪽으로 가고 주 반장은 산소 줄을 파이프 기둥 쪽으로 끌고 간다. 봉석은 현도를 뜨기 위해 계산기를 꺼내들고 노트에 메다판의 모양과 앵글의 치수를 부지런히 계산하기 시작한다.

투닥투닥 두들기는 쇠토막 장단에 탱크 끝이 가늘게 떨리며 걀걀 울어댔다. 달팽이 기어올라가는 듯 빨갛게 철판 이음새를 타고 오르던 용접선이 딱 끊어지며 붉은 기운이 천천히 철판 속으로 스며들었다.

"넘어와라 넘어와."

철판에 갇힌 소리가 넘—넘—너 울면서 메아리친다. 재기는 사다리를 타고 거대한 원통 꼭대기로 오르기 시작했다. 철판을 사이에 두고 안팎으로 사다리가 엇갈린 지점에서 두 개의 머리가 만났다. 물병이 삼식에게 건네졌다. 삼식이 넘어오라고 끔벅끔벅 눈짓을 했다. 엉거주춤 넘어가는 엉덩이에 묻은 쇳가루가 햇빛에 반사되어 반짝거렸다. 삼식은 물병 주둥이를 통째로 입안에 들이밀고 마시더니 입안에 남은 물을 올칵거리다 훅 뿜어냈다. 물병을 머리에 통째로 쏟아붓고 물방울을 털어내던 삼식이 헤헤거리며 말했다.

"역시 재기 너밖에 없다야. 젠장할, 아이구 더워라."

"삼식이형, 이런 찜통 속에 있으면서도 해낙낙한 걸 보니 기분은 괜찮은가벼."

"그럼, 니가 여기 들어와서 한번 때워볼래? 홍콩 간다 허더만 여기 바로 요 앞이 홍콩이라. 물을 너무 많이 먹어서 그런지 머릿속에 고추잠자리들이 뱅뱅 돈다야, 헤헤."

"홍콩 간 얼굴이 전혀 아닌데 그래."

"재기야, 이번 일요일날 집에 올라갈 거냐? 나랑 바닷가를 가던지, 여기 읍내도 놀 데가 많잖아. 내 돈도 좀 있는데."

"형, 그러니까 기러기 푸하하하. 빠져버렸네 빠져버렸어 삼식이형이 빠져버렸어."

재기가 말 가락에 맞춰 깡깡이 망치로 철판을 탁탁 두들기며 신바람을 낸다.

"나는 가만 있는디 자슥이 뭐가 그리 좋아 뻘밭에 짱뚱이 뛰듯 헐까."

"헤헤헤."

재기는 황황히 장갑을 벗더니 손을 쳐들었다. 그리곤 내처 삼식에게로 손을 부딪쳐간다. 삼식도 어정쩡하게 서서 재기를 향해 손을 맞부딪쳐왔다. 두 개의 손이 허공에서 그럴 듯하게 맞부딪쳤는데, 큰 동작치고는 형편없이 틱 하는 소리만 났다. 두 사람은 히히히 웃으면서 몸을 뒤로 한껏 젖혔다가 다시 한번 서로의 손을 허공으로 쳐냈다. 이번에는 두 손이 멋들어지게 공중에서 부딪치며 딱 소리가 났다.

"형, 내 벌써부터 감잡았었다구. 가끔씩 멍하게 있는 걸 보구. 사랑이 올 때는 가끔씩 멍해지거든. 하하하 형, 그러니까 낼 모래 일요일 읍내 나가서 기분 내자 이 말씀이지?"

"얌마, 그런 뜻이라기보담도……"

삼식은 입매를 묘하게 꼬부리며 말까지 더듬는다.

"그런 눈치라면 저도 척 하면 삼척 아니요? 내가 방자가 될 테니까 형은 이 도령 턱을……"

"요즘은 그렇게 말하는 것이 아녀 임마."

"그럼요?"

"좋은 머리로 연구를 좀 해봐라 연구를. 콩 하면 맥주에 땅콩이고 툭하면 영자 빤스 끈 떨어지는 소리 그런 건 옛날 말이고, 요즘은 툭하면 말이다……"

"이도령 담 뛰어넘는 소리겠네."

"어쭈 이제 한 수 허네. 헤헤헤, 됐다. 근데 툭하니까 갑자기 생각나는 것이 있네."

"뭔디요?"

"감또개라고 감나무 꽃 말이다. 그 손톱 반틈만 헌 것들이 장독대에 툭툭 떨어져 봐라이. 그 소리 참말로 삼삼허다이. 우리 고향집 뒤안에 큰 감나무가 있었는데 고것이 떨어지는 소리를 잠결에 들으면 말이다, 옴박지 항아리에 소낙비 때리는 소리가 난당께. 너무 풍친 것 같지만 어찌 됐건 그 소리가 음악이다이. 아침에 일라보며는 튀밥보다 더 이쁜 것들이 사방 천지에 널려 있는데…… 하 곱지. 그것을 말이다, 실에다 꿰어 가지고쓸 라무네 배고플 때마다 하나씩 빼 먹었드랬어. 그땐 참 많이 배고팠지. 너 메뚜기 모르지? 메뚜기를 잡아서 실에 꿰어 가지고 집에 오면 우리 아부지가 제일 반겼드랬지. 고게 술안주에는 왔다 아니냐."

"형, 또 고향 생각하는구나! 추석이 이제 금방이라."

"고향이란 많이많이 생각하라고 있는 거야 임마. 생각하지도 않을 거 뭣하러 고향이 있냐? 이번 추석 때는 엄니 모시고 내려가봐야 할 텐디…… 돈이 문제로다 돈이."

그때 호퍼가 쿵쿵 울리면서 밖에서 재기를 부르는 목청이 요란하다. 재기는 허겁지겁 사다리를 타고 밖으로 넘어간다. 주 반장은 벌겋게 달아오른 얼굴에 땀을 줄줄 흘리면서 험악하게 재기에게 소리를 질러댔다.

"니 뭐꼬? 와 거기 들어가 있노? 뜨뜻하니 좋드나. 자슥이 요리조리 왔다갔다 농땡이만 부릴끼가? 사람이 눈치 좀 있어봐라 어이? 지금 오작(誤作)난 것 때문에 현장이 얼매나 바쁘나. 오늘부터 야근이대이."

재기가 잰걸음으로 아까 일하던 공장 안으로 내빼려하자 주 반장이 다시 버럭 고함을 질러댔다.

"야야, 임마가 또 어디로 내빼뿌리나 어이? 니 지금 뭐가 바쁜 지 정말 모리나? 니 참말로 머리 안 돌아간대이. 퍼뜩 여기 내 잘라놓은 거 그라인더로 갈아야 할 거 아이가. 내한테 니 유감 있나 와 그러노 이?"

"일단 그쪽 일하던 거 치워야 할 거 아닙니까?"

재기는 뚱하니 입이 천리나 나와 가지고 그냥 공장 쪽으로 내빼 달아난다. 주 반장이 혀를 차며 한 마디 덧붙인다.

"우째 공부머리하고 일머리하고는 와 그리 틀리나 허이?"

먹통과 철자를 가지고 오던 봉석이 설핏 웃으며 말했다.

"요만한 꼬마들도 머리 안 돌아간다 허면 이마에 내 천자를 긋잖여. 너무 그러지 말어."

주 반장은 밀대모자로 부채질을 해댔다. 까뭇까뭇한 팔뚝에 맺힌 콩알만한 땀방울들이 부채질을 할 때마다 이슬처럼 튀겨나간다.

"하아 저느마가 날도 더운데 염장 질러대는데 살 수가 있나. 우리 사람들 머리가 잘 돌아간다는 말 너무 좋아헌대이. 하여간 저느마가 하루에도 몇 번씩 미쁘다 이뻤다 뒤집어지니 내 몬산다. 아이구 덥어라 아이구 덥어."

"여기 내 현도 떠놓았으니까 철판에다 마킹(marking, 쇠바늘이나 석필로 절단표시)이나 하면서 땀 좀 식히드라고. 내가 이제 기둥을 잘라볼 테니까."

봉석은 주 반장에게 산소 절단기를 넘겨받아 파이프에 붙은 메다판을 불어내기 시작했다. 주 반장은 터벅터벅 사무실 쪽으로 걸어가 아이스박스에 담겨 있는 콜라와 물병을 꺼내들고, 봉석에게 한 잔 권한 다음 최씨와 박씨가 일하는 조방으로 다가갔다.

"어이 빡 박사님. 우째 일이 잘 되아갑니껴?"

"얼라 뜬금없이 웬 박사래야. 물귀신 하품허는 소리허고 자빠졌네. 오늘 날이 궂겠구면. 사람이 안 하던 짓을 허면 어떻게 된다는 거 모른가벼."

"월래? 웬일로 오늘은 박형이 귀신 안 데리고 논다 했지. 박사가 따로 있나 용접에는 도사 우에 박사 아인겨."

"어이 최씨? 콜라 한 잔 혀, 이 사람아. 넋 나간 사람처럼 먼 산만 쳐다보딜 말고 얼렁 이쪽으로 와봐. 쌀뜨물에도 벌레가 끼는 게 인생인데, 문틈에 좆 찡기듯 씁쭈그리하게 펴져 있지만 말고. 세상사 엎어졌다 뒤집어졌다 하며 가는 거지 별 수 있는감. 그러다가 몸 망가져 봐 그럼 세상이 다 남이여."

"세상이 다 남이라는 거 이제 알았나? 자발머리 없이 씩둑거리지 말고 뚱뗑이 박씨, 마빡이나 잘 간수 잘혀."

"흐흐흐, 근데 일이 좀 복잡해져 부렀구마. 우리라꼬 일요일날 못 노라는 법 없을낀데 우에됐건 요번 일요일날도 일 좀 해야 쓰겄구마."

"주씨, 바쁠수록 쉬어가란 말도 있는디 너무 잡아 돌리지 말어. 우리 복에 이번 일요일에 쉰다고 해서 거참 이상타 했지. 오늘 생긴 골치 거리 내일이라고 안 생기겄어. 주씨, 따박따박 천천히 가더라고. 아깨 문제 생긴 거는 어째 뼈다구 좀 추렸는감?"

박씨가 대머리에 치올라 붙은 머리칼을 떼어내며 주 반장에게 물었다.

"뼈다구를 추릴라 카니 일요일날 일해야 한다는 거 아인겨. 마 힘들다 캐도 서로 좀 도와가매 일하면 훨씬 개깝지 않은겨?"

"그것이사 그렇지만 우리 같이 가정이 있는 사람 일요일날 쪼글치고 앉아서 돈버네 해도 결국은 말짱 허당이더라구. 낮살이나 먹어서 그런지 알아주는 사람 하나 없이 나만 죽을동 살동 이 고생인가 생각하면 쓸쓸하더만. 최씨, 내 말 맞지?"

"왜 자꾸 가만히 있는 사람 같이 걸고넘지려고만 하실까."

"빡 박사님. 스크루 컨베어야 급한 거 아닌께로 내 철판 절단하면 펀치 쳐가지고 구멍이나 팍팍 뚫어주소."

주 반장이 앉았던 자리에서 일어나며 말했다.

"팍팍 너무 좋아허지 말어. 나처럼 머리 벗겨진다는 거 몰러. 그려, 팍팍 뚫어줄게. 암만해도 불질하는 거보담 낫겠제. 그려 안 그려 최씨."

"허 참 그렇다고 허면 상장이라도 줄 거여."

최씨는 자꾸 끌어들이는 박씨에게 귀찮다는 듯이 시뜻하게 말을 내뱉는다. 그때 최씨의 핸드폰이 울어댔다. 최씨는 조방 한 쪽 귀퉁이로 걸어가 쪼글뜨리고 앉아서 핸드폰 덮개를 연다. 가만가만 이야기하는 소리가 바람결에 실려왔다.

"뭐라…… 그래 바쁘다니까. 내 걱정은 말고 고모 말 잘 듣고 있어라이."

박씨가 담배를 꺼내 물고 있는 최씨에게 다가가 말했다.

"무슨 좋은 소식이 있는가벼?"

"아들래미가 올라오라고 하는데……."

"바쁘지만, 걱정되면 올라갔다 오소 마. 일이야 우리가 잘 추려나갈 테니까."

주 반장이 두 사람 말 중간에 끼여들며 말했다.

주 반장이 물병을 탈래탈래 흔들면서 봉석이 일하고 있는 파이프 절단하는 데로 가고 있을 때였다. 악 하는 갈라진 비명소리가 주 반장의 귀에 날아와 꽂혔다. 주 반장은 물병을 내팽개치고 헐레벌떡 그쪽으로 달려갔다. 재기가 손목을 움켜쥐고서 벌떡벌떡 땅 뜀을 하고 있었다. 그라인더가 풀떡풀떡 뛰며 시멘트바닥을 갈아내면서 먼지가 푸석푸석 솟쳐 일어난다. 봉석도 산소 불대를 팽개치고 그쪽으로 달려왔다. 산소 불대를 급하게 내팽개치는 바람에 조절나사가 풀어져 고압 산소가 바닥을 쑤셔대면서 그쪽에도 먼지가 뿌옇게 일어나 현장 마당을 내리덮는다. 주 반장은 황망히 그라인더 작업선 코드를 잡아 뺀 다음 노루처럼 사무실 쪽으로 달려갔다. 밀짚모자는 벗겨져 H빔들 사이로 휘그르르 굴러가고, 재기의 손에서는 벌써 피가 뚝뚝 떨어진다. 산소호스를 잠근 봉석이 그제야 허둥지둥 달려와 옆에 있던 작업선으로 일단 손목을 빙빙 휘돌려 감는다. 이윽고 뿌옇게 먼지를 파내던 그라인더가 갈갈거리면서 서서히 도는 것을 멈추었다.

이어 허겁지겁 주 반장이 달려와 상비약통을 열어, 작업선을 풀고서 붕대로 손목을 잡아 동였다. 상처에 소독약을 뿌리자 거품이 하얗게 일었다. 앙당물은 재기의 입에서 기어이 아흐아흐 토막토막 갈라진 신음소리가 터져나왔다. 찢긴 살가죽에 시뻘건 피가 고였다가는 뚝뚝 떨어졌다. 그라인더가 집게손가락 둘째마디 장갑을 갈아내면서 살을 푹 찢고 들어간 것이었다. 풀썩거리던 먼지도 서서히 가라앉기 시작했다. 주 반장은 상처에 머큐로크롬을 뿌리고 탈지면을 덮고 반창고를 떼어 붙였다. 상처는 반창고 밑에 숨었지만 아픔은 크게 자리를 잡고서 다시금 새롭게 시작되었다.

"어흐…… 어흐……."

"힘줄은 괜찮은 거 같은데 엄청 후벼파버렸구만. 괜안나 어이?"

"아흐, 눈, 눈, 눈…… 눈이 안 보여요. 눈에 티가…… 티가……."

"눈을 떠봐라. 응?"

재기는 흐으흐으 신음소리를 연방 흘리며 눈을 뜨지도 못하고 눈가죽만 부르르 떨어댄다. 결국 봉석이 눈물에 젖어 꿈적거리는 재기의 눈을 까뒤집었다.

"눈알을 굴려봐. 자 왼쪽…… 그쪽 말고 아니아니 반대쪽…… 그래…… 내 손가락 보이지? 손가락 쪽만 쳐다보라구. 자…… 아래로…… 위로…… 그라인더 돌가루가 엄청 들어가 있구먼. 그대로 가만히 있그라이."

봉석이 옆에 굴러다니는 용접봉 포장 종이를 조금 찢어냈다. 종이쪽을 입으로 훅 불었다가 뾰족하게 돌돌 만 다음, 입술로 툽툽 침을 발라 묻혀가지고 재기에게 다가갔다.

"자, 눈을 오른쪽…… 아니 손가락 가는 쪽으로 눈알을 굴려봐. 자, 그대로…… 가만 있그라이. ……허허이, 가만 있으랑께는. 자자 됐고, 인젠 왼쪽…… 됐어. 가만가만…… 됐다. 그럼 위로…… 엄청 많이도 박혔네. ……자 이젠 아래로…… 됐다야. 큰 덩어리는 다 나온 거 같은데, 나머지는 물에다 머리를 처박고 눈을 끔벅끔벅 하면서 씻어내야 되겠다. 니미럴 그라인더 돌이 저렇게 박살이 났으니, 쯧쯧."

벌개진 재기의 눈에선 눈물이 꾸물꾸물 흘러나온다. 끔적거리는 눈시울에는 눈물과 땀으로 시커먼 얼룩이 난자되어 있다.

"봉석아. 시간 없대이. 퍼뜩 병원부터 가야 안 하겠나. 재기야 좀만 참그라. 티눈 남은 거는 내 병원에서 파줄기라. 어때 견딜 만하제?"

재기는 어름어름 코대답만 하며 그렇다는 표정을 짓는다. 주 반장은 트럭 쪽으로 잽싸게 달려가고 봉석은 재기를 일으켜 세워 곁부축을 한다. 이어 트럭에 시동이 걸리며 재기를 실은 차는 떠나갔다. 봉석은 어깨 골이 빠진 듯 터덜거리며 작업장으로 걸어갔다. 땀이 식으며 속옷이 몸에 달라붙는, 썬득한 찬 기운에 진저리를 치면서 봉석은 산소 절단기를 다시 집어들었다. 언제나처럼 쾌적한 바람은 아카시 숲을 넘어 은백양나무 가지를 아릿아릿 흔들며 간지럽게도 불어왔다.

병원은 좁은 길가의 연회색 2층 건물이었다. 병실에 들어서자 재기가 충혈된 눈으로 사람들을 맞았다. 냉방이 되고 있었지만 방안 공기는 소독약 냄새와 버무려진 열기로 고리면서도 탑탑했다.

"야근한다더니 왜들 왔어요?"

"야근할 맛이 나겠냐. 몸은 좀 어때?"

"괜찮아요. 힘줄이 좀 상했다네요. 한 이틀 있으라고 하는디 어쩌죠? 일이 바쁠 텐디."

사람들은 침대 둘레에 조르라니 앉거나 기대서서 가져온 음료수를 하나씩 챙겨 들었다.

삼식이 재기의 손을 잡고 들여다보더니 고개를 갸웃하면서 말했다.

"어쩌다 다친 거야?"

"그라인더 돌이 뾰족한 철판 모서리에 닿았나봐요. 그라인더 돌이 깨지면서 튀었는데 눈앞이 캄캄해지는 순간 손이 썬득하더라구요."

"어쩌자고 보안경도 안 쓰고 일했냐?"

"보안경이 긁히고 때가 묻어서 잘 보이기나 해야죠. 바쁘다고 해쌓기는 허고……."

"하여튼 심통 나서 일하면 꼭 다치더라구. 성만이가 화난 김에 돌대가리라고 욕했어도 그 순간뿐이라는 거 재기 니는 모르나?"

"봉석이 형은 참, 반장 형님이 아깨 돌대가리라고 욕은 안 했는데……."

"헤헤, 곧 죽어도 돌대가리 소리는 듣고 싶지 않은가본데."

"돌대가리 소리를 듣고 성질이 안 뻗치면 그게 참말로 요상한 사람이것제."

삼식이 말 중간에 톡 튀어나오며 말을 자른다.

"삼식이 형도 참, 돌대가리 소리는 안 했다 카는데……."

"냉방도 시원하게 잘 되겄다, 이쁜 아가씨가 엉덩이 탁탁 때려주겄다. 주사 맞는 기분도 그럴 듯 헐겨."

박씨가 넓데데한 얼굴을 실실 쪼개면서 이기죽거렸다. 서로간에 이야기를 나누다 화제는 재기가 쉬는 동안의 공수를 쳐줄 것인가 안 쳐줄 것인가에 집중이 됐다. 쳐주어야 한다는 것이 당연한 결론이었지만, 세상에는 당연한 일이 전혀 당연하지 않게 대접받는 경우 역시 허다했다. 그러던 중 그 대답의 주인공과 주 반장이 병실로 구수한 냄새를 흘리며 들어왔다.

"입은 고장난 것은 아닌께 속 좀 풀라고 사왔네. 뼈는 괜찮다니까 시간 가면 낫겠지. 재기 씨 어째 많이 안 아픈가?"

주 반장이 종이포장을 열어젖히자 통닭 냄새가 굶주린 코를 자극했다.

"사장님, 미안하게 됐습니다. 형님들도 같이 먹죠. 출출하실 텐데."

"하여간 그라인더에 갈린 것처럼 기분 나쁘게 아픈 것도 없더라구."

봉석이 이빨 사이로 바람을 후루룩 들이키면서 말했다.

"꼭 손톱 밑을 바늘로 쑤시는 것처럼 살살 약 올리면서 콕콕 쑤시는 게, 정말 기분 더럽게 아프네요. 께름칙하게 소름이 돋는 게 말예요. 일도 바쁜데……."

"바쁘더라도 서두른다고 일이 되는 것은 아닌께 안전사고 안 나고 오작만 안 나게끔 신경만 좀 더 써주라요. 한다고 했는데 늦어지는 거야 어쩔 수 없는 거 아니겠어요."

정 사장이 사람들을 둘러보며 말했다. 그러자 삼식이 정 사장을 힐긋 쳐다보더니 꺼드럭거리며 말을 이었다.

"재기야, 녹슨 쇠꼬챙이에 찔린 것하고 그게 젤 기분 더럽게 아프다이. 철일 하면서 그라인더에 안 갈려본 사람 있겄냐. 사장님 말마따나 안달을 해봤자 니 속만 더러워지니까 나 같으면 만사 젖혀놓고 기회다 허고 며칠 푹 쉬어 불겄다."

촐싹거리며 끼어든 것이 여러 사람의 귀를 좀 삭막하게 긁어놓았는데, 이것은 박씨가 나잇값을 할 절호의 기회이기도 했다.

"사장님 말여유. 우리야 굼벵이처럼 멍청히 일만 하는 것 같아도 일 돌아가는 통박은 휜헌께로 꺽정일랑 전봇대 같은 데다 떡허니 붙들어매나도 될기유. 다 잘 되고 말기여. 다들 뭐하고 있댜 닭의새끼가 흐벅지게도 이쁘게 잘 생겼구만."

그제서야 사람들은 뭉그적거리며 튀김 닭 한 조각씩 입에 물었다. 한두 개씩 집어들었는데도 통닭 한 마리가 금세 바닥이 난다.

"내 이럴 줄 알았으면 두어 마리 튀겨오는 것인디. 최 형은 올라갔다가 현장 일 생각하지 말고 잘 정리하고 오세요."

정 사장이 최씨를 둘러보며 말했다.

"자— 요 밑 포장마차 많구마. 우리 이왕 나온 김에 홍합에다가 소주나 한잔 찌끌어 삐자."

주 반장은 사람들에게 빨리 밖으로 나가자고 재촉했다. 재기도 링게르 봉지를 목에 걸고 따라나서는데.

"니도 끼어뿔라고? 그래 다리 부러진 것도 아인데 됐다마. 바람쐬러 나갔다 온다고 해 삐라."

밖엔 찬 기운이 약간 섞인 축축한 바람이 불어왔다. 줄을 지어 밤을 밝힌 포장마차에는 휴가철이라 사람들이 여기저기 술렁거리고 있었다. 정 사장은 한잔하자는 것을 운전을 해야 한다고 손사래를 치며 빠지고, 고스란히 남은 일꾼들은 포장마차에 들어가 등받이 없는 플라스틱 의자에 앉았다. 백열전등엔 하루살이들이 날아와 부딪고, 바람에 흔들리는 알전구 불빛 따라 사람들의 그림자가 이리저리 까불며 춤을 추었다. 사람들이 홍합 국물에 코를 박고 아무 말이 없자 삼식이 그새 심심한 입을 참지 못하고 말문을 열었다.

"아따 날씨가 꾸무럭꾸무럭 하는 것이 어쩨 소나기라도 한 줄금 쏟아지게 생겼구만."

"만사 젖혀두고 오늘밤에만 한바탕 쏟아졌으면 딱 좋겠다."

박씨가 홍합국물을 후루룩 마시면서 맞장구를 치는데 재기도 다친 손을 내밀며 말했다.

"다친 데가 간질간질한 것이 아무래도 비가 올 것 같구먼요."

"일이 바빠 환장하겠는데 전부 비가 오라고 터놓고 고사지내는구마. 비가 왔다 허면

찔컥거리는 땅바닥에 드러누워서 기둥 용접할 사람이 딱 한 사람 있구마. 내 누구라고 말은 몬 해도."

"나는 아니랑께요."

삼식이가 촐싹거리며 뒤로 빠진다.

"그럼 내가 물 구렁에서 용접하리? 인자 봉께 삼식이 얼굴이 그래도 낙낙한 것이 요새 좋은 일이 있는가벼. 냉수 먹고 기분 내겠다 해도 우린 말릴 일은 읎지. 내가 양보를 해야지."

박씨가 삼식의 말을 엇박으며 실실 웃는다.

"물 수렁이라 해도 밖인데 사일로 찜통 속에서 용접하는 것보다야 낫지 않겠어요. 그럼 형님이 사일로 탱크 용접하세요."

"혹 떼려다 혹 붙여버린 꼴이네. 낫살이나 먹어 가지고 땅바닥을 기는 것보담 사일로 용접이 덥기는 해도 더 나을지도 모르제. 한 잔씩 들고 가더라고. 더위 먹었는지 자꾸 설사가 나올라 허네그랴."

"주 반장, 병원비는 어떻게 해결했어?"

잠자코 있던 봉석이 주 반장을 향해 말했다.

"사고 났다고 하니까 김 사장 눈알이 톡 튀어나오는 거 보이 영 기분 잡치드만. 정 사장이 물러터져가이고 며칠인데 산재 처리해달라꼬 대가리 처박고 싸우지두 못 할 끼고 아마 정 사장이 또 돈을 꼬라박아야 될 끼라. 사고라 의료보험 처리도 안 된다카지. 우에됐건 재기 너 쉬더라도 공수를 까지는 않을 끼라 걱정 마라."

봉석이 홍합국물만 훌쩍거리며 사뭇 심각하게 고개를 처박고 있다가 사람들을 둘러보며 뜨직하게 말을 이었다.

"어찌됐건 나 땜새 잘 나가던 일에 빵꼬가 난 것 같아 미안하구먼요. 내 어째 껄쩍지근해서 말이 잘 안 나오는디…… 쯧쯧 이런 말하면 욕먹겠지만 다른 사람만 동의한다면 아침저녁으로 한 삼십 분씩 일을 더해가지고 벌충을 해주는 것이 어떨까 해서…… 삼식이나 여기 주 반장이 잘 알다시피 난 아부하는 거는 질색이고, 사무실 사람들하고는 담을 쌓고 지내온 사람인디, 일이 이래 돼가지고……."

"봉석이 니 그라지 마라. 마, 작업시간에 좀더 열심히 일하면 되잖나."

"나는 봉석이 형님 말에 삥이네요."

"삥이라꼬? 자슥이 포커 판에 포자도 모르는 놈이 꺄불고 있어."

어이없이 웃으며 봉석이 농을 치는 삼식의 옆구리를 콕콕 찔러댄다. 박씨가 입맛을 쩍쩍 다시며 최씨를 향해 말했다.

"허이. 최씨 우리도 꿀릴 수 없잖여. 따라가야지 안 그런감."

"그려. 우리도 삥이네."

팔뚝에 달라붙는 파리를 향해 손을 날리던 주 반장이 한번 좌중을 둘러보며 말했다.

"그렇게 얘기하니 고맙구마. 일을 빨리 쳐낼라 카면 암만해도 사람을 좀 더 붙여야 안 하겠나. 한쪽에서 설치까지 해야 하는데. 아는 사람 중에 용접 잘하고 높은 데 잘 올라가는 사람 좀 있나?"

다른 사람들이 생각을 굴리고 있는데 삼식이 아참 생각났다는 듯이 고개를 까불거리며 말했다.

"형님, 고려청자처럼 미끈하게 잘빠진 놈이 하나 있는데 오라 할까요. 용접도 잘하고 빔도 잘 타요. 봉석이 형님도 마천수라고 혹시 아실 걸요?"

"알지. 그느마는 도비 쪽으로 빠졌다고 들었는데."

"아, 마천수라고? 지가 폭주족이나 되는 것맨치로 장발에다가 검은 머리띠를 둘러매고 오토바이 타고다니는 놈 말이제? 젊은 놈이 하도 멋을 부리길래 일은 어떻게 하나 찬찬히 뜯어봤더니 일은 신통방통하게 잘하데."

박씨가 말을 마친 후 고개를 까닥까닥하는데, 삼식이 박씨의 이야기에 토를 달았다.

"요즘은 오토파이는 때려치우고 오리 궁뎅이같이 생긴 차 뭣이냐 액센트를 몰고 다닌다요."

"요새 젊은 아―들 통 구경하기가 힘들어서 좋다 캤더니. 마, 그런 놈이라 카면 싹수가 노랗댄이. 다른 사람 없나?"

"주 반장아, 마천수라는 친구 말야. 눈썰미가 있어 가지고 일 하나는 시키는 대로 또박또박 잘하대. 겉멋만 들어가지고 나대긴 하지만 그런대로 쓸 만할 거야."

봉석이 시큰둥해하는 주 반장에게 자신의 생각을 밝히는데 박씨가 맞장구를 쳐왔다.

"아니 글쎄 일하는 것을 보니까 신통방통하더라니까."

그러자 주씨가 마침내 이야기를 마무리를 짓고 나왔다.

"그럼 삼식이 니가 전화해가지고 낼이라도 당장 이쪽으로 오라고 하그래이. 최형, 차 땜시 술도 한 잔 못하고 우짜까요. 집에 갔다 와서 우리끼리 한 잔 걸게 합시다."

"재기야 얼른 퇴원해가지고 우리끼리 한번 니나노 해보자이."

삼식이도 싱글거리며 말을 덧붙이는데 주 반장이 삼식의 옆구리를 후려갈기며 소리쳤다.

"니나노 좋아허네. 자슥이."

"마음이 약간 허할 때는 술이 쥐약이더라고. 자 일어나자구."

봉석이 말 매듭을 야무지게 지으며 일어섰다. 사람들이 병원 주차장 쪽으로 싸목싸목 걸어가고 있을 때 재기가 삼식의 어깨를 슬쩍 당기며 귀엣말로 속삭였다.

"형, 오늘 병원에서 담배 사러 나왔다가 다방에 들렀는데 진 양 언니 낼 모레 일요일날 쉬는 날이라던데…… 어떡할까?"

"그래?"

"내 약속을 박아줄까?"

"현장 일이 어떻게 돼 나갈지 모르잖아."

"헤헤이 그러니까 머리를 써야지. 다 수가 있지 않겠수. 형이 내일 전화 하라구. 내 약속을 박아줄게."

재기가 수첩을 한 장 뜯어 전화번호를 적어주는데 차가 빵빵거리면서 삼식을 재촉한다. 삼식은 쪽지를 반바지에 집어넣고서는 차를 향해 줄달음질을 친다.

차창으로 들어오는 바람은 시원했지만, 분위기는 무거웠다. 달팽이 뚜껑 덮듯 모두 입을 꼭 다물고 있었는데 박씨가 텁텁하게 말문을 열었다.

"꺽정한다고 안 될 일이 될 텍이 있나. 이가 없으면 잇몸으로 비벼대는 겨. 현장 생활 하루 이틀 해봤남. 지금까지 잘해왔잖여."

"그래 마 지금까지 해온 대로만 허면 될 기라. 내도 딴 욕심은 엄따. 무사히 일 마무리 돼 갖고 돈만 잘 받아내믄 그게 장땡인 기라."

"성만아, 사람 쓸 생각 잘했다야. 큰 등치는 끝나가지만 아직도 잔일이 많이 남았는데 그게 우습게 보여도 공수가 더 들어가는 거잖어."

"내 오야지한테 말했다카이. 최 형이나 재기 저렇게 생겼지. 작은 인원으로 설치 제작 두 개 팀으로 쪼개버리면 이쪽저쪽 일이 다 망가질 거 아이가. 고래 사람들을 더 써서 확실하게 조져삐리야지."

박씨가 두 사람의 말 중간에 떠듬거리며 지나가는 말처럼 한 마디 주절거렸다.

"내도 인젠 높은 데 올라갈라고 허면 낫살이나 먹어서 그런지 괜히 후장이 떨리드만. 거참 이상하데."

"괜히라? 언제는 박형이 높은 디 그리 잘 올라갔나? 내 사람 더 쓰자는 것도 다 이유가 있는기라."

"형님들, 좋은 차 타고 갈 때는 말랑말랑하고 재미있는 이야기를 합시다요."

"삼식아, 말랑말랑한 게 어떤 긴데?"

주 반장이 시시껄렁하게 말을 받았다.

"형님들 내 재기한테 들은 싱거운 얘기 하나 있는데……."

"둘이서 하라는 일은 안 하고 작업장 한삐짝에서 콩을 까고 있었구먼."

운전대를 잡고 있던 봉석이 뒤쪽으로 고개를 흘긋거리며 불통스럽게 말을 내뱉는다.

"안 들으면 패대기라도 칠 것 같은데. 그래 한번 해봐라마."

주 반장이 토를 달면서 말했다. 박씨도 옆에서 덩달아서 부추기자 삼식은 볼통하게 입을 쏙 빼밀며 입맛을 다시다가는 이내 이야기를 시작했다.

"나는 재기한테 사정사정해가면서 들었는데. 하여튼 간에 옛날에 콩쥐 아가씨가 호미로 산모퉁이에 마늘밭을 열심히 매고 있었드래요. 그런데 돌더미를 찍다가 그만 호미 모강댕이가 툭 뿌라져버린 거요. 해는 중천에 떠 있지 밭은 하 넓은데 맥 빠져서리 넋을 홀라당 놓고 있었드래요. 그래도 안 매면 큰나지요. 그래서 나무 막대기로 깔작깔작 풀을 매나가다가는, 자기 신세가 너무나 처량해서 밭 귀엉지에 앉아서 어야태야 하면서 울고 있었드래나 글쎄. 때마침 이쁜 콩쥐를 무쟈게 사모해왔던 염소가 샘 가에로 물먹으러 왔다가 콩쥐 울음소리를 듣고 깜짝 놀라 달려왔드래요. 듣고 있는 거요 안 듣고 있는 거요? 이야기할 맛 참말로 안 나네."

"홀라당이라고. 흐흐 그래 가지고?"

박씨가 헤벌쭉 웃으며 말장단을 맞추는데.

"그래서 물었겠지요. 아이고 참말로, 이쁜 콩쥐 아가씨, 어쩐다고 그렇게 울고 있다요. 콩쥐가 호미가 뿌라져버렸는데 으흐흐 오늘 중으로 마늘밭을 다 못 매면 혼나는데 흑흑흑 하면서 울었겠지요."

"그래 울었다고 치고? 줄거리만 얼른얼른 얘기해보랑게. 참말로 이쁜 콩쥐니 뭐니 씨잘대기 없는 거 빼고 말이다."

봉석이 시큰둥하게 말을 퉁기면서 빨리빨리 지나가자고 보챈다.

"형이 전에 사랑법에 대해 한 수 가르쳐준다면서 그랬잖아요. 여자에겐 알맞게 칭찬을 허라구, 헤헤. 출근해서 경리 아가씨를 만나면 오늘따라 얼굴이 참 빛난다, 옷이 아주 때깔이 난다 이렇게 말해주면 하루 종일 경리 입이 헤벌레하니 짝 찢어진다면서요."

"잘도 주어다 붙이는구먼 제기랄거."

"아무튼 염소가 콩쥐 아가씨 걱정허지 마쇼, 내가 밭을 금방 다 매줄 테니께로 아가씨는 그냥 저쪽 응달에 가서 낮잠이나 한숨 푹 자십시요, 이랬겠지요. 콩쥐가 염소 말을 턱하니 믿고서는 바람이 살랑살랑 부는 참나무 그늘 아래서 치마를 요렇게 이쁘게 말고서 단잠에 푹……."

"그래서 여자들이란 남자들 앞에서 눈물을 보이면 안 된당께. 남자들이란 정말 지 좋아하는 줄 알고 해까닥 마음이 쏠려 가지고 들입다 진도 나가려고 한단 말야. 염소가 완전히 신바람 나버렸겠구먼."

그때 봉석이 말 중동을 탁 자르며 끼여들었는데, 그 말에 삼식은 도리어 기가 대번 살아나서 말을 쑥쑥 주어 섬긴다.

"핫다 봉석이 형님 해석이 청산유수 저리 가라네. 처녀가 참나무 밑 응달에서 땀을 식히며 낮잠 한번 잔다기로서니 형님은 어쩐다고 벌떡 숨을 쉬고 그라시요?"

"그래가지고 임마."

"형들, 나 그만 할래. 형님들 속으로 아주 재미있는 상상을 하고 있지요?"

"내가 뭐라고 했드나?"

"내 다 안당께요. 형님들 시커먼 속들을."

"뭘 안다고 그런댜."

"어찌됐건 콩쥐가 참나무 그늘 아래치마를 요렇게 이쁘게 말고서 다소곳이 누워 단꿈에 젖어 있었는디 웬일로 사방이 조용하다 싶어 일어나본 거라요. 해는 서산마루에 턱허니 걸려 있고 밤 기러기 떼는 끼룩끼룩 울며 지나가는데, 사방이 너무 한심하게 조용한 거라요. 도대체 어치케 됐나 하면서 콩쥐가 눈을 비비며 마늘밭으로 달려갔겠지요. 그러다가 하, 놀라서 뒤로 홀러덩 나자빠져 버렸당께요."

"흐흐 염소가 독사에 물렸나?"

봉석이 헤실헤실 싱겁게 웃으며 말을 받는다.

"젠장할 거, 이왕 넘어지는 거 하필이면 왜 홀러덩 넘어져. 흐흐흐, 염소가 팥쥐 엄마허고 같이 도란도란 밭을 매고 있었나 본데. 이번에는 똑 맞추었쟈?"

홀러덩 박이 손으로 이마를 쓱쓱 문대다가 안 되겠던지 뱃살을 툭툭 치며 헤헤 웃는다.

"염소가 매라는 밭은 안 매고 막걸리나 처먹고 디벼졌겠지."

주 반장도 한 마디 보태며 낄낄대는데.

"헤헤 근데 말이요. 그때까지 염소는 땀을 비질비질 흘리며 부러진 호미를 붙이려고 낑낑대고 있었대나."

"제기랄 귀만 버렸네. 뭐 재미난 일이 일어난 줄 알았잖여."

박씨가 맥빠져 하며 손바닥을 탁탁 후려치면서 껄껄거린다.

"우후후, 자슥이 아욱 장아찌처럼 싱겁긴."

봉석이 가속 페달을 밟으며 히죽히죽 웃는데.

"싱거우라고 한 얘기여요. 나라면 얼른 용접해가지고 후닥닥 밭을 맨 다음, 참나무 응달로 달려가 이쁜 콩쥐에게 팔베개도 해주면서 니리 니리 니리뽕 하면서 놀았을 텐디."

"니리 니리뽕 좋아허네 자슥이. 헤헤헤 너야말로 내일 기둥 잘라낸 거 용접할라 카면 뽕빠지고 말거라, 어이?"

주씨가 뒷좌석을 흘긋 쳐다보며 끼들끼들 웃어댔다.

"사람 병신 되는 거 한순간이네요. 결국 화살이 전부 나한테 날아와뿌네요. 형님들. 제가 잘못했구먼요"

"헤헤헤."

"힛히히."

축축한 바람이 열린 차창 밖으로 사람들의 웃음을 말아올리며 핑핑 지나갔다. 너풀거리는 숲 사이로 민가의 불빛은 더없이 아늑하고 평화롭게 까물거리는데 사람들은 차가 흔들리는 대로 몸을 맡기고는 한동안 말이 없다. 컴컴한 솔숲을 지날 때마다 거칫한 덤불 같은 그늘이 전조등 불빛에 잠깐 길을 비켰다가 휘장처럼 뒷덜미를 옥죄며 뒤덮어 왔다. 도깨비라도 튀어나올 듯 칙칙하고 너풀거리는 어둠 속으로 갯바람만 빗방울을 머금은 채 푸푸푸 쉿쉿쉿 소리를 내며 지나갔다.

17. 용서의 길은 넓은데……

물이 고인 웅덩이를 피하여 길섶의 잡풀더미를 깔아뭉개며 승용차 하나가 기우뚱거리며 현장으로 굴러 들어왔다. 차가 멈추자 머리를 올백으로 휘감아 넘긴 말쑥한 청년이 차 문을 열고 내려섰다. 청년은 끼었던 선글라스를 벗어 혁대의 안경집에 넣은 다음 현장을 한번 쫙 훑어본다. 청년은 줄이 선 바지 하단을 하얀 양말에 집어넣고 질컥거리는 땅바닥을 깨금발로 골라 디디며 현장 안으로 걸어 들어왔다.

"천수 얌마, 빨리 와라."

박씨와 사일로의 다릿발을 붙이던 봉석이 손을 들면서 아는 체를 했다. 청년의 손이 관자놀이에 절도 있게 붙었다가 끊어진다. 청년은 번뜩이는 구두에 흙이 묻을세라 오리걸음으로 건들거리며 삼식에게로 다가간다. 삼식은 기둥 파이프 사이에 머리를 처박고 용접을 하고 있었다. 청년은 삼식의 등 뒤로 살며시 다가가 귀에 대고 "어이" 하면서 소리를 지른다.

"아이쿠 놀랬잖아. 이놈의 자슥이."

삼식이 자동면 바가지를 벗어들고 날쌔게 후려쳐갔지만 천수는 이미 몸을 홀떡 내빼고 저만치에서 싱긋빙긋 웃는다. 반가운 것은 숨기기가 힘드는 것이라 삼식이 하하 웃으며 장갑을 벗고 손을 치켜든다. 천수도 손을 뻗쳐 들고서 삼식의 손을 향해 맞부딪쳐왔다. 두 사람의 손이 공중에서 만나며 탁, 하는 소리가 멋지게 터진다.

"어떻게 이야기만 듣고 용케 잘도 찾아와 부렀다이."

"형, 내가 누구냐고 한 번 물어보지?"

"니가 누구긴 누구야. 백수건달보다도 한 끗발 더 높은 천수 아니냐."

"요기서 조금만 더 가면 내가 맨 처음 빠구리를 튼 데가 나오는데……."

"요런 후랑당 말코 같은 자식이 형 앞에서 못하는 소리가 없구먼."

"헤헤헤. 형 정말 조빼이치고 있구만. 계속 그렇게 빵이쳐보셔."

"이런 싹바가지 없는 자식을 그냥."

천수는 후려쳐오는 용접 바가지를 날렵하게 피하며 혀를 쏙 빼문다. "저걸 그냥." 하며 삼식이 깡깡이망치를 들어 쇠기둥을 때려가며 벌떡숨을 쉬는데 천수는 아까 마냥 오리걸음으로 벌써 봉석에게로 가 악수를 나누고 있다. 봉석이 주 반장에게 천수를 소개시킨다.

"젊은 친구가 신수가 훤한 게 명동에 진출해도 되겠구마."

"별 말씀을. 아직 건달패에 끼려면 한참 모자랍니다."

"천수야 저쪽 숙사에서 얼른 옷 갈아입고 나온나. 아이고 나 죽겠다."

"봉석이 형님도 참, 오는 날부터 잡아 돌리는 사람이 어딨대요. 요기 섬을 휑하니 한 바퀴 돌고 올게요."

"여기 섬이 뭐가 볼게 있다고 그러냐?"

"볼 것이 천지구먼요. 오면서 보니까 휴가철이라 그런지 쭉쭉 뻗은 것들이…… 하참 볼 것 많데."

봉석이 대번에 먹통이 되어 더 이상 말도 못 붙이고 맹하니 서 있는데, 천수는 고개를 꾸벅 절도 있게 숙인 다음 휘파람이라도 불 것처럼 입을 쭉 내밀고 건들거리며 차 쪽으로 걸어간다. 그걸 보던 주 반장이 들었던 망치를 집어던지며 씨월거렸다.

"젠장할, 빈깡통이 하나 굴러 들어왔뿟네. 요러다가는 우리 몽땅 밥 빌어먹고 깡통 차기 딱 맞겠구마."

"저래서 내 안 데리고 다니는데. 참 나, 어떨 때 보면 귀싸대기를 한 대 처갈기고 싶도록 밉고, 어떨 때 보면 싹수가 있고, 하여간 저 자식은 꼴통 같지도 않은 데 가만히 보면 혈수할 수 없는 개밥통이야."

"하여간 별 희한한 거지새끼 다 보겠구마."

주 반장은 침을 홱홱 뱉으며 머리를 도리도리 흔들었다. 봉석도 덩달아 떨떠름하게 쩍쩍 입맛을 다시며 장갑을 낀다.

시커먼 구름이 두꺼운 이불을 덮어 누르듯 산을 휘감으며 물소 떼처럼 바다 쪽으로 자꾸만 몰려갔다. 그러다 갑자기 하늘이 온통 먹빛으로 캄캄해지더니 소낙비가 후드득 쏟아지기 시작했다. 사람들이 이리저리 뛰면서 연장을 치우느라 현장 안이 와닥닥거리며 부산스레 돌아친다. 연장을 치우는 그 잠시 사이에 작업복이 벌써 흠뻑 젖어 몸에 달라붙는다. 사일로 통은 하나의 아담한 작은 집이었다. 삼식이 사일로 통 속에 들어가 잠시 부픈 숨을 삭히고 있을 때 비 맞은 두꺼비 마냥 눈을 끔벅거리며 박씨가 들어왔다.

"젠장, 잘 나가고 있는데 비가 올게 뭐여. 호랑이 장가가남."

"하루 종일 비가 왔다리갔다리 왜 이 지랄이다요. 하늘이 빤닥하는가 싶으면 이래 비가 쏟아지니. 이젠 왕창 퍼부을 모양인데요. 형님, 이래 옷이 젖어 갖고 찌릿찌릿 전기 먹는데 용접이나 허겠어요?"

"우리야 전기 안 먹을 만큼만 때우면 되는겨."

"형님 요렇게 밤새도록 비가 오면 내일 일요일인디 일을 할까요 우짤까요?"

"하면 하는 거고 말면 마는 거지, 뭐가 꺽정이랴."

우산을 쓰고 비설거지를 하고 다니던 봉석과 주 반장이 사일로 탱크 안으로 들어왔다. 젖은 옷이 뿜어내는 더운 김으로 통 안 공기가 덴덕스럽게 금세 톱톱해진다. 수건으로 얼굴을 훔쳐내던 봉석이 주 반장에게 걱정스럽게 말했다.

"내일도 소나기가 오고 모래는 엄청 퍼부을 거라는데 어떡허지. 일은 바쁘고……."

"그게 우리만 못 하는 기가. 기초 파는 놈들도 일 몬 할 끼고 덤프트럭도 쉴 끼고 한꺼번에 다 늦어질 거 아이가. 걱정할 필요 없대이. 비오고 나면 찬바람도 좀씩 불 끼고 모기도 다 떠내려갈 끼고 우리 맘먹기에 따라선 완전히 패 풀리는 기라."

"성만이 형님 내일 일을 헌다요 어쩐다요?"

삼식이 어물어물 굼뜨며 물었다.

"그래서 말인데 오늘 전부 연장 치우고 올라갔다가 서로 연락을 취해가지고 다시 내려오는 기 어떻겠노?"

"아니 근데 나는 여기 있다가 비 그치면 좀씩이라도 일을 하지 뭐. 삼식이 니는 어떡할 거야?"

봉석이 삼식에게 물었다.

"저는……."

"천순가 만순가 하는 저 친구 오늘 내려왔는데 너도 올라간다고 허면 벙찔 거 아냐. 같이 있다가 비가 개일 때는 일도 좀 추리고 허면 어떻겠냐?"

"그라죠."

엇비뚜름하게 내밀어진 삼식의 입에서 시들먹한 대답이 겨우 떨어진다.

"두 사람은 그렇게 수고 좀 하고, 박형, 우린 오늘 올라갈 때 최씨 집에 한 번 들려보는 게 어떻겠노?"

"그랴. 서로 기대면서 사는겨."

비가 잠시 꺼끔해지자 사람들은 현장에 덮을 건 덮고 치울 건 치우기 시작했다. 하지만 사람들이 연장을 다 치우고 현장 사무실에 모여 뜨거운 커피를 한 잔씩 하고 있을 때 호박잎을 뚫을 듯 쏟아지던 비가 성글어지더니 거짓말처럼 말짱하게 햇살이 쨍쨍 내리쪼였다. 어차피 장마라 두 사람은 올라가고 봉석과 삼식은 좀 쉬었다가 비설거지를 확실하게 매조진 다음 빗속에서도 할 수 있는 일감을 찾아나섰다.

초저녁 선잠에서 깬 봉석은 문득 산소가 바닥이 났다는 사실을 깨닫고서 아차 한다. 산소 집이 일요일이라 쉴 텐데 꼭 들려 달라고 당장 전화를 걸어놓지 않으면 내일 작업에 차질이 생길 수밖에 없다. 산소 집 전화번호를 찾아 주 반장의 현장수첩을 들췄지만 찾고자 하는 것은 없고 영수증이나 엉뚱한 스티커만 수첩 속에서 뚝뚝 떨어진다. 아무래도 산소 집 전화번호는 사무실 칠판에 적어둔 것 같다. 갓방에는 삼식과 천수가 내기 장기를 두는지 요란하다.

사무실은 웬일로 불이 켜져 있었다. 봉석은 슬그머니 사무실 창문으로 안을 들여다본다. 안으로 들어서자 하 사장이 열심히 노트에 작업 계산을 하고 있다가 봉석을 보더니 움찔한다. 칠판에는 다행히 산소 집 전화번호가 적혀 있었다. 산소 집으로 전화를 한 다음, 숙사 쪽으로 몸을 돌리는데,

"하, 김봉석 씨 나 쪼깨 봅시다."

"나는 볼일이 없는디요."

하 사장이 사무실 문을 얼른 잠그고 봉석이 내려간 길을 쫓아왔다. 비바람이 몰아치는 현장은 검푸르스름한 물안개 속에 태풍을 만나 삐꺽거리는 배처럼 온갖 소리를 질러대고 있었다. 봉석은 삼식이랑이 노는 방으로 들어가 벽에 등을 기대앉아 담배부터 꺼내 문다. 방 한쪽에서는 장을 부르는 삼식의 목청이 거나하다. 찐 붕어가 되어 한 수

만 물려달라며 사정사정하는 천수에게 일수불퇴를 외치는 삼식의 입이 오랜만에 시절을 만났다. 마냥 모르쇠로 뻗대다가 한 수 물려주며 석삼년 묵은세배까지 받아 챙기느라 삼식의 입은 메기처럼 헤벌레하게 쭉 찢어진다. 그때 하 사장이 문을 빼쭘히 열며 봉석을 불러냈다.

"김형, 잠깐만 봅시다요."

"저, 저는 할 얘기가 없는디요."

봉석은 웬일로 말까지 더듬는다.

"그러시지 말고 술이나 한 잔 합시다."

"어디로 데리고 가서 또 두들겨팰라고요?"

봉석의 높은 목청에 장기 두던 두 사람이 놀란 눈으로 쳐다본다. 봉석은 엉거주춤 비가 쏟아지는 마당으로 뛰쳐나왔다. 하 사장이 얼른 우산을 씌어준다. 새카만 허공이 꿈틀할 때마다 너펄거리는 치맛자락처럼 바람이 빗방울을 휘갈기며 지나간다.

"아이 그게 아니고 내 전부터 이래저래 얘기 좀 해야 쓰겠다 싶었지만 시간도 안 나고 그래가지고 말야. 나도 나이가 있고 생각이 있는 사람야. 너무 그러지 말고 우리 시내에 나가 술 한 잔 딱 어때?"

"우린 얻어먹는 술은 질색이라요. 그리고 한푼이라도 빚지고는 못 사는 성민디."

"너무 그러지 말고 오해, 아니 사과라도 할라고 별러 왔었네. 내 나이 봐서라도 같이 감세."

"흰 강아지가 나이 먹는다고 검정 개 되는 거 봤소?"

"내 이리 사정 안 하나. 같이 가세."

"그랍시다. 나쁜 소리도 교훈 삼아서 들으면 그게 다 살로 갈 테니까. 가입시다."

하 사장의 차는 자기들 숙소 앞에 있었다. 하 사장이 문을 열고 들어가 젊은 친구 하나를 데리고 나선다. 젊은 친구가 운전대를 잡았다. 하 사장이 눅눅한 분위기를 깨며 말을 뱉었다.

"히야 올 여름 같이 더워가지고는 현장일 못해 먹겠더구먼. 김형, 전에 다친 상처는 좀 괜찮수? 여름살이라 안 곪아야지 덧나면 여러 달 가더라구."

"그런대로요. 워낙 피를 많이 맛본 몸이라 지가 알아서 대충 아물었네요. 그쪽 친구는 안 보이던데?"

"다친 후로 집에 갔다 온다더니 보따리 쌌나벼. 놀던 애들이라 이런 난장에서 배겨내나."

"……."

"이렇게 축축한 날이 술이 참 잘 받지. 김형, 그동안 어디로 돌아댕겼수?"

"여러 곳이지라."

"나도 현장 바닥에 굴러다닌 지 벌써 10년 다 되가는구먼. 공장에서 사람 부릴 때하고 영 다르대. 사람들이 어찌나 맴생이처럼 종잇조각만 밝히는지 도대체 공장에서처럼 진득하게 붙어 있지를 않는다니까."

"잘해주어보쇼. 그럼 니 갈 때 가라고 해도 안 갈 거요."

"내 현장에서 술도 안 마시고 그렇께로 내 짜서 그런다 싶겠지만 숙사에서 술 사믹여 봤자 영 본전도 못 찾는 거라. 우 아래 없이 날뛰는데 나이 먹은 놈만 병신되드라구. 문태야, 우리 전부 쉴 때 내 밖에서 얼마든지 술 안 사주더나?"

"사줄 때는 참말로 화끈하게 사주데요. 기분 좋았다 카면 여자까지 붙여주더란게요."

"그런 술대접 많이 얻어먹어봤응께 그러겠지요."

"어째 이 아저씨는 좋게 허는 얘기를 마치 쌈 걸려고 하는 사람같이 꽈배기처럼 비틀어 꼬기만 하실까."

"김형이 요즘 컨디션이 영 아니갑네. 그건 그렇고 여기 끝나고 어디로 갈 거여. 내 같이 일하자고는 못 하겠지만 딴 데 소개는 시켜줄 수는 있잖겠어?"

"이리저리 떠도는 사람이라 어디든 못 가겠소. 식구들끼린 우선 손발이 맞아야 허는 것인데, 그런 걱정일랑 마십쇼. 나도 오라는 데는 없어도 갈 곳은 많은 사람이란께요."

승용차는 읍내의 횟집에 멈추어 섰다. 빗방울은 좀 성글어졌으나 바람은 역시 세찼다.

"문태야, 니 다방이든지 어디든지 갔다 한 두어 시간쯤 후에 이리 오니라이. 자 여기 돈 있다."

문태라는 친구는 옳다구나 하면서 만원짜리 두 개를 들고 뛰어간다. 두 사람은 횟집에 들어갔다. 하 사장이 수족관을 들이다보더니 밑바닥에 배를 깔고 있는 광어를 가리키며 흥정을 했다. 봉석은 빈자리에 앉아 물만 벌컥벌컥 들이킨다. 하 사장은 자리에 앉자마자 담배부터 빼물었다. 하얀 티가 섞인 콧수염 위로 담배연기가 꾸물꾸물 뿜어져 나온다.

"다 지난 얘기지만 어찌됐건 그땐 미안하게 됐네. 내 지금 뭐 어떤 얘기를 한다캐도 김 반장 귀에는 안 들어오겠지만 내도 고민 많이 했어요. 속을 까보일 수도 없고 하지만. 그렇다고 지난 일이니까 잊어뿌리자 그렇게 얘기할 입장도 못 된다는 것도 내 잘 알아. 어찌됐건 자네들 나간 뒤에 뭐 공장장이 더 올라갈 데가 뭐 있었어. 하지만 나를 그렇게 내칠 줄은 몰랐다고."

"실컷 이용해 먹고 팽, 해서 내찬 거구먼요. 사장님, 난 지금 반장도 위원장도 아니니까 반장이라 그런 말로 부르지 마세요. 사실 난 거기서 쫓겨나가지고 빨간 밑줄 그어져가지고 그럴 듯한 회사는 취직도 못하고 마찌꼬바를 뱅뱅 돌며 얼마나 고생을 했는데, 그때 아저씨를 혹 만났더라면 정말 칼부림 났을 거야, 떠그랄거. 아저씨도 그 회사에서 쫓겨났다고 해서 나하고 똑같은 피해자다 그라는 모양인디 그러면 안 되죠. 아저씨도 피해자다 하는 건 아저씨 생각이고 나하곤 완전히 족보가 다른 얘기네. 그럼 가해자는 누구다요?"

봉석은 눈알을 할기족족 부라리면서 호칭 역시 데퉁스럽게 사장에서 아저씨로 마구 내리깎는다.

"그려, 봉석이 말야. 조합이 없을 때 내 얼매나 자네를 이뻐했는가. 일도 열심히 하고 듬직하고 믿음성이 있고…… 내 먹고 살자고 그런 짓을 했다고 변명은 않겠네. 다만 20년이라면 내 청춘을 그 회사에 묻은 셈인데, 회사가 망한다 생각하니 내 집 기둥뿌리가 자빠질 것처럼 생각했던 것은 사실이야. 근데 지금 와서 생각해보니 그건 내 집이 아니었어. 내 집이 아니었더라고. 결국 나도 그 집에서 쫓겨났기 때문에 하는 얘기가 아니야. 일하는 사람들하고 사장들하고는 자네 말대로 족보가 다른 사람들이라고. 짝사랑이었어. 근데 회사가 어렵다고 월급을 2년 동안이나 안 올려주더니, 내가 그동안 현장 사람들에게 미운 털이 박혀 현장이 안 돌아간다고 구매과장을 하라는 거야. 당연히 월급이 깎였지. 그만 두라는 얘기였어. 씹 주고 뺨 맞는다는 말이 이런데 써먹는 얘기드만. 세상 잘못 산 거야."

"아저씨도 아저씨 나름으로 억울하겠지만 우리완 차원이 180도 다른 얘기예요. 아저씬 사냥 끝나고 사냥개를 잡아먹는다고 팽당했다고 허겠지만 우린 그 사냥개한테 물려서 비명에 갔다니까요. 내 뭐 아저씨한테 용서를 한다고 아저씨 죄가 씻어질 것 같으면 내 용서를 할게요. 하지만 내가 말로는 아저씨를 용서해도 내 가슴은 아저씨를 용사하지 못할 거예요. 아저씨나, 세상을 좀 원망하면서 살아야 위로가 되는 이 심정을 누가 알겠어요? 감히 얘기하는데 아저씨 앞으로 착하게 살려고 많이 애를 쓰세요. 그게 지난날의 죄를 덮는 것이니까. 술이나 한 잔 드시죠. 젊은 놈이 싸가지 없다고 생각하지는 마세요."

회가 나오고 얘기 없이 술잔이 몇 번 오고갔다. 침묵이 금이라지만 여기서는 참으로 견딜 수 없는 무거운 짐이었다. 한숨을 푹 내쉬며 하 사장이 말문을 열었다.

"그냥 과거를 잊으려고 했는데 또 이렇게 만나는구먼. 내 잘못 살았다고 깨닫게 된 것은 사실 회사로부터 배반당했을 때, 그때가 아냐. 내 회사 나오고 30년 넘게 배운 것이

철 일인데 어디 일자리 없나 하며 옛날 친구 후배들을 만났는데 전에 내가 도움을 주었던 사람들도 전부 나를 피하더라고. 나이가 들었고 사실 자기 자리 차고 앉을까봐였어. 근데 더 중요한 것은 들어갈 만한 데가 없다는 거야. 철 일은 회사를 계속 다녀도 오십이 끝장이라는 거 진즉 알았어야 하는데. 하, 정말 갈 데 없대. 명색이 가장 노릇은 해야 하겠고, 벌건 대낮에 구들장 신세 질 수는 없고 힘이 부치는데 벽돌 짐도 질 수 없고. 그래, 나도 회사 나와서 곰방 일보다 더한 개잡부 일까지 다 해봤어. 하여튼 뻴뻴거리며 이리저리 일자리 구하려 다니면서 그때서야 자네들 생각이 나더라구. 잘려 가지고 고생이 참 많았겠구나. 철일 하는 사람, 모두 토길 개길 똑같은 팔자인데 내가 잘못 살았구나 하는 생각이 든 거지. 내 자네들을 뒤에서 때리라고 시켰고 감시했고 협박했드랬지. 근데 자네를 여기서 만나다니……. 만나면 꼭 용서를 받고 싶었어. 아니야 자네가 용서할 수 있건 없건 간에 용서를 빌고 싶었지. 그래야만 내 마음 한쪽 구석이 가벼울 수 있을 거 같아서. 내가 낯 두꺼운 놈이라면 그런 얘기를 안 할 걸세.”

봉석은 묵직한 돌이 치누르는 것처럼 가슴이 답답해 왔다. 하 사장이 코를 훌쩍거리면서 말을 이었다.

“됐네. 한 잔 하지. 지금은 어디 사는가? 애들은?”

“가좌동에 살구먼요. 이제 막내가 초등학교에 들어갔네요.”

“집 장만은 했는가?”

“이제 청약저축 들은 거 가지고 아파트 25평짜리 신청해났는데 그 돈 붙기 바쁘네요. 이 바닥에 나와서 1년 꼬박 일해도 입에 풀칠하기 어렵대요. 일당이 많으니까 회사 댕기는 거보다 많이 버는 것 같아도, 장마철 겨울철 빼야지, 퇴직금이 있나 상여금이 있나 국민연금이 있나 실업수당이 있나 꼼꼼히 따져보면 회사 댕기는 것보다 훨씬 못 하더라구요. 대접은 대접대로 못 받고 고생은 고생대로 써빠지게 하구 빨리빨리 돈 벌어 이 바닥을 뜨지 않는 한…….”

"그럴 거여. 내 오야지로 돌아다니고 있지만 공사가 까지면 벌었던 돈 꼬라박아야지, 나부터도 목에 때 빗기기 참 힘드니. 게다가 기술도 공장 안보단 엄청 더 맵고 짜서 그만큼 난해한 공사도 많은 것 같더라고. 내 철일에 있어선 딴 사람들이 빠꾸미라고 하지만 아직도 아리송한 것들이 많아."

"아저씨가 그 정도이니 우리야 오죽하겠어요. 기술이 곡식맨치로 차곡차곡 쌓이는 거라면 나이 들수록 기깔나겠지만 현장 바꿀 때마다 다 다른 일이니, 연구한답시고 똥폼 잡아도 짬밥 수에는 못 따라가겠더라구요."

"요즘 뭐 정리해고니 뭐니 해가면서 철밥통이네 많이들 따졌쌓대마는 우리 같은 진짜 철밥통들이야 참말로 밥그릇 수가 장땡이지 딴 거 뭐 있겠는가? 이젠 힘도 딸리고 젊은 사람들만큼 일을 시원시원 쳐나갈 수 있겠는가?"

"무슨 겸손의 말씀을. 그 나이에 밤늦게까지 연구하시면서. 어찌됐건 잘 먹었습니다. 형님한테 감정을 안 가지려고 노력은 하겠지만 마음이 아직 안 따라가니 너무 서운케만 생각 마시고 좋게좋게 생각하세요."

"내 말이 그 말이네. 자네가 어찌 생각허든 간에 나도 속을 털어놓으니 일단 마음이 조금 개븝네. 근데 말야. 내 현장에서 짜다고 말이 많은데, 지금 자네 오야지를 내 헐뜯어서 말하는 것이 아니라, 쪼끔 헤픈 거 같드만. 내도 남 밑에 일도 해보고 계산해본 나남인데 그렇게 일을 꾸려나가면 까지게 돼 있어. 쪼끔 짠 듯해야 남고 밑에 사람들이 돈 받기도 좋을 텐데 말야. 그래도 난 이제껏 까지기도 많이 까졌고 집의 돈도 많이 꼬라박기도 했지만 사람들 돈만은 칼같이 해주었어. 난 짜더라도 뒤끝 없는 것, 그 생각 하나야. 우린 어릴 적부터 짜게 일을 배웠거든."

"별 걱정을 다 하네요. 뭐든지 짠것보다는 후한 것이 좋고 매운 것보다는 달큼한 것이 좋은 게 사람 인정인디 멀쩡한 사람 넘겨짚지 마세요. 아저씨 현장이나 잘 꾸려나가고 연장이나 좀 사다 쓰세요."

봉석의 입에서 기어이 형님 소리가 떨어져서 힘을 받았던 하사장의 목청도 다시 호칭이 썰렁하게 아저씨로 내려가자 난딱 시들시들 힘이 죽는다.

"그냥 생각나서 해본 소리야. 오해는 말라고. 내 연장 안 사다 쓰는 척 하제? 연장을 그때그때 사다 써봐, 그때만큼은 일이 잘 풀리겠지. 그러다 보면 연장 아까운 줄을 모른단께. 공장밥 오래 먹어서 그런가. 하여튼 우리는 일을 그렇게 배웠거든."

"말대로 연장이 일하지 사람이 일하나요? 연장 좀 듬뿍듬뿍 사다 쓰세요. 인심과 마찬가지로 연장도 앞으로 아끼면 뒤로 까지는 거니께요. 좀 기웃기웃 허지 말고요."

"허, 알았네. 술 한 잔 생각나면 나를 부르더라고 명함 여기 있구먼. 여기 일 끝나고라도 어려운 일이 있으면 언제든 연락을 좀 하더라고. 나도 그렇게 악한 사람은 아닐세."

"사람이 선하고 악하고가 뭐 어디 타고나나요? 망할 놈의 환경이 그렇게 만드는 거지. 어찌됐건 잘 먹었습니다. 비오는데 집에 안 간다요?"

"내일 해가 빤닥하기만 하면 물건을 실어보내야 해. 근데 문태 놈이 올 때가 됐는데 왜 안 오나."

하 사장이 핸드폰을 꺼내 전화번호를 찍는다. 전화를 걸고 좀 있자 문태가 횟집 문을 열고 들어왔다. 그들은 밖으로 나와 차에 올랐다. 전조등 불빛이 올빼미의 눈처럼 물안개 자욱한 포도밭 산기슭을 후비며 휘돌아 달려갔다. 봉석은 술기운이 올라와 노골노골해진 몸뚱이를 차 등받이에 기대고 눈을 감았다. 하 사장은 봉석에게 말을 걸려다가 말고 빗줄기 그어지는 어둠침침한 차창 밖으로 천천히 눈길을 돌린다.

18. 문턱은 높더라

현장은 질컥거렸지만, 작업은 작업대로 잘도 돌아갔다. 철골 팀은 공장 마당 한쪽에서 철골 제작물을 실어내고 있었고 봉석 팀은 셋이서 일하고 있었다. 봉석이 비에 젖은 철판을 산솟불로 말리면서 먹줄을 튀겨 절단선을 그리면, 야광의 줄무늬가 선명한 새 작업복에 토시를 낀 천수가 색안경을 쓰고 절단을 해나간다. 삼식은 천수가 자른 철판에 펀치를 쳐서 비가 들이치지 않는 공장으로 데꺽데꺽 날라다 구멍을 뚫는다. 가끔씩 자재에 들씌워놓은 천막 끝이 바람에 풀어져서 나풀나풀 퍼덕거리며 한바탕 물을 현장에 쏟아놓는다. 하늘은 오전 내내 꾸무럭거렸지만, 생철판 같이 거무튀튀한 구름 속에서 비는 쏟아지지 않았다.

점심때가 다 돼가자 삼식이 봉석이 일하는 데로 머리를 긁적거리며 다가왔다.

"우리 삼식씨가 웬일로 똥마려운 강아지처럼 왔다리갔다리 하며 빙빙 도실까."

"형, 내 읍내 나갔다 오면 안 되까?"

쪼글뜨리고 앉아서 철판을 자르고 있던 천수가 날씬한 엉덩이를 들썩거리며 흘긋 삼식을 쳐다본다.

"되는지 안 되는지는 니가 더 잘 알 거 아냐? 뭔 일 있냐?"

"형하고 나 사이인데, 내가 뭘 말하더라도 화를 안 낼 거제?"

"저게 완전히 똥구멍부터 막고서 시작하네. 일단 들어보고 임마."

"저기 기러기다방 아가씨가 보자고 허는디…… 어째야 쓸까?"

"삼식이형, 오랜만에 살 판 났구먼. 우렁이도 논두렁 뛰넘는 수가 있다더니 딱 그 짝이네."

"보추없는 자식이 아무 데나 끼어들고 있어."

천수가 산솟불을 끄더니 벌떡 일어나 휙, 휘파람을 불어댄다. 휘파람 소리는 그럴 듯하게 났지만 갈대를 자빠뜨리며 소용돌이치는 현장 옆 봇도랑의 황톳물 소리에 고만 묻혀버린다. 봉석이 그제서야 찌푸렸던 얼굴을 펴고 껄껄거리며 웃어댄다.

"그래 술 사준대? 우짜겠냐 청춘 사업만큼 큰 사업이 어디 또 있겠냐. 일이야 어차피 늦어진 거고…… 좋아서 죽겠지만 그렇다고 바람들어간 맹꽁이처럼 섯들섯들거리며 주체를 못 허냐? 하하하."

"어떡할게라?"

"갔다 온나. 언덕도 좋고 개울도 좋다만, 아무 데나 도나캐나 말뚝 박았다가는 나중에 안 빠진다이. 점심은 먹고 나갈 거제?"

"먹고 나가제라."

"이왕 주는 거 홀딱 벗고 준다고 이왕 나가는 거 말야. 내일 아침에 들어와도 되니까 마음 놓고 온천물에라도 푹 담갔다가 오거라이."

"나는 아무 데나 껄떡거리는 놈이요? 형도 알잖어? 남자가 지조가 있지."

"지조 좋아허네 자슥. 내 본께 젖가슴도 탱탱하고 궁둥이도 늘씬한 것이 너한테는 뒤집어쓰겠더라야. 그건, 농담이고 한두 번 봤지만 그 아가씨 태도나 맵시가 발랑 까지지도 않고 순수한 점도 있구, 괜찮겠드라야. 그라고 니 여동생이다 그케만 생각해봐, 혹시 알싸한 사랑이 될 줄 누가 아냐."

"형, 내가 차로 읍내 태워다 줄까?"

천수가 매초롬한 턱을 쏙 내밀며 물었다.

"당근이지, 그새 싸가지가 좀 늘었구먼, 흐흐흐."

"형, 나한테도 국물이 있겠지?"

"국물 좋아허네 짜식."

삼식의 손이 천수의 등짝을 향해 맵차게 날아간다. 삼식이 천수의 차에서 내려 버스터미널 앞 자판기에서 커피를 한잔 뽑아서 마시고 있을 때 여행객처럼 챙 넓은 모자를 둘러쓴 진 양이 나타났다. 삼식은 두 사람은 눈인사부터 나누며 같이 걸었다.

"미스 진, 잘 아는 데 있어요?"

"멀리는 안 가봤으니 잘 몰라요. 아무 버스나 올라타고 가는 데까지 가는 게 어때요."

두 사람은 대기하고 있던 버스에 서둘러 올라탔다. 포도밭을 지나자 군데군데 논에 가마푸르레하게 독 오른 벼들이 바람결에 치렁한 머리를 설렁설렁 흔들어댔다. 진 양의 몸에는 잘 닦은 참외처럼 싱그러운 냄새가 났다. 비 그친 투명한 하늘, 가지가지마다 푸르른 숲길을 지나 버스는 달려갔다. 바다를 껴안고 돌자 야산 등성이에 아늑하게 안겨 있는 민가가 몇 채 모습을 드러냈다.

묵묵히 앉아 있던 삼식이 진 양에게 내리자는 눈짓을 했다. 두 사람은 버스에서 내려 말없이 마을 뒤쪽 산등성이를 향해 천천히 걸어올랐다. 마을을 돌아가는데 억새풀밭에 매진 어미 염소가 홀떡거리다가 음매 혀를 떨며 울어댔다. 숲갓 둔덕을 구르며 달리기 연습을 하던 새끼염소가 휘뚝휘뚝 달려와 뒷다리 사이에 털레털레하는 젖통을 찾아 쿡쿡 먹이질을 한다. 밧줄 길이만큼 말뚝 주변은 면도를 한 것처럼 맨질맨질하게 풀들이 잘려 나가 있다. 그것을 보며 진 양의 발걸음이 늦어진다.

두 사람은 염소 똥이 굴러다니고 고추잠자리 하나둘 날아다니는 멧등 옆을 지나 바다 쪽으로 난 길을 따라 숲 속으로 천천히 걸어 들어갔다. 빗방울이 가시지 않은 숲은 설렁 거리며 청량한 기운을 뿜어냈다. 뻗친 잡목 숲을 후비며 걸어가노라면 젖혀졌던 나무들이 되튕기면서 등줄기로 휙 차가운 물방울을 뿌렸다. 삼식은 이제 앞장서서 나뭇가지를 젖혔다가 진 양이 지나가기를 기다린다. 젖은 거미줄에 엉켜있던 물방울들이 발부리에 걸리며 우수수 떨어진다. 바짓가랑이로 어깨로 거미줄이 엉켜 붙고 물방울이 튀기며 차려입은 옷이 엉망이 되어간다.

두 사람은 바다가 보이는 마루턱에서 걸음을 멈추었다. 멀리 바다는 은빛 구름 속에 아늑히 잠겨 있다. 진 양은 납작한 바위 위에 앉아 샌들 위에 달라붙은 풀잎을 떼어내고 있고 삼식은 소나무에 손을 기대고 섰다. 해가 구름 속에서 삐쭘 얼굴을 내밀자, 멀리 바다는 마치 금박이 치마가 흔들흔들 춤추는 것처럼 반짝거린다. 비온 뒤끝, 오후의 까슬까슬한 햇살도, 잡목 숲 속을 흔들며 지나가는 바람 소리도 싱그럽다.

"삼식 오빠 제가 많이 부담스럽지요?"

"부담스럽긴, 어찌됐건 인연은 인연인께로. 보랑게요……."

삼식이 손가락을 펴면서 떠듬떠듬 말을 잇는다. 나무에 긁힌 어깨도 물방울이 휘감긴 등짝도 아직 시원하다.

"만 대 일이랑께. 만 대 일."

"만 대 일이 뭔 말이데요?"

"우리 인구가 4천만이라 치고 내가 이제껏 얼굴을 기억할 수 있는 사람들이 많아야 4천 명이상 더 되겠어. 4천만을 4천으로 나누면 만 대 일이지. 시시한 거 같아도 만남이란 요로코롬 소중한 것이여."

"소중한 것이야 사방에 널려 있어요."

"이왕 만난 거 소중하지 않으면 어쩔 것이여. 난 요즘 사람들 너무 헤픈 게 싫더랑께."

"뭐 어떻게 생각할 지 모르지만 내도 헤픈 여자는 아녜요. 남자들이란 우리를 사람으로 안 보고 여자로만 보겠지만."

"누가 진 양에게 해프대? 사람이란 첫물이 중요한데. 빈대떡처럼 엎어졌다 뒤집어졌다 해도 결국은 제자리에서 비비적거리는 수가 많걸랑."

"그 말이 뭔 말이란가요?"

"새로 시작하라는 말이지. 뭔 말이겠어. 딴 일을 찾아보지 그려서. 쌔고쌘 게 식당이고 생맥주집이고 가게고 그러든데."

"치이, 그런 식의 얘기는 싫어요. 내가 하는 일이 어때서? 난 어떤 불행이든지 이해하고 싶어. 물론 잘난 사람들은 안 그렇겠지. 사람이나 인생에 대해 미리부터 희망을 걸지 않아. 물론 내가 삼식 씨에게 뭘 기대하고 있는 거 아냐. 하지만, 난 그런 동정 받기는 싫어."

"그래? 내가 잘못 얘기했구먼. 나 그리 잘난 놈 아냐. 지지리도 못났지. 하지만 적어도 사람 만날 때 차별하면서 만나는 사람은 아냐. 그래서 이제는 날개를 접었어? 왜?"

"사랑이든가 또 결혼이든가…… 희망을 거는 순간 비참해져요. 과거든 미래든 나에게는 다 지워졌어요. 여자들이란 체념이 빠른가봐. 혼자 사는 여자란 자주 그래. 될 대로 되라는 것은 아니지만. 나 이런 얘기 아무에게나 하지는 않아. 적어도 오빠가 나를 인간으로 대접을 해주었으니까 하는 거지."

"너무 슬프게 그러지 말아. 고향이 어디야?"

"묻지 마세요. 돌아갈 곳도 없는데…… 생각하면 가슴만 아파요."

"누구든 슬픈 기억을 한두 개씩은 가지고 있지 않갔어."

"너무 내 기분 맞추려 애쓰지 말아요. 오늘 우리 여관에 갈래? 내 서비스를 잘 해줄게. 공짜로."

"여관이라?"

"어때요. 솔직한 것이 더 좋지 않아요? 우리 같은 여자라도 자기가 원하는 섹스를 하고 싶을 때가 있는 거예요. 어디까지나 기분이니까."

"생각 좀 해보고."

"왜요? 더럽다고 생각하세요? 안 이뻐서?"

"거참, 진 양이야 예쁘지. 여자건 남자건 포장만 그럴 듯한 것들이 얼마나 많아. 내용물이 중요한 거야. 이 나이에 고 따위 것들에 신경 쓰면 죄로 가지."

"그럼 닳아빠져서?"

"닳아빠진 것들이 편한 경우도 허다하지. 나도 쌩쌩하고 멀쩡한 처녀들을 보면 괜히 겁나더라구. 속이 훤히 들여다보이는 것들이 깐죽거리며 내숭 떠는 꼴을 보면 뱃속에서 밥알이 곤두선다니까."

"오빠, 내 기분 맞추려고 괜히 그러지 마. 사실 나는 오빠 되게 기다렸어. 멋쟁이 오빠한테 한번 주고 싶어서."

"나 참, 귀신 씨나락 까…… 뭣이냐 칼을 가슴에 품고 다니는 것처럼 남자 여자 사이란 오래 묵히다보면 분명 베거나 상처를 입는다고 그라드만. 걱정되네."

"오빠 오늘 말을 괜히 멋있게 하려고 무척 애쓰는구만."

"기본이지 뭐."

"호호 기본이라구요?"

"기본이 아니라면 어쩔랑가. 못 배운 사람도 나이가 들면 세상 돌아가는 통박만큼은 도가 튼당께. 전에는 여자와 둘이 있으면 혀가 천장에 붙어서 잘 안 떨어지드만 오늘은 참 이상하게 말들이 쑥쑥 잘도 튀어나오네. 마음이 편해서 그런가, 들판에 나와서 그런가. 근사하고 멋진 레스토랑 같은데서 쪼물딱거리고 있다보면 숨이 콱콱 막혔었는디. 역시 들과 바다를 보고 자란 사람이라 그런지 툭 터진 것이 좋긴 좋구먼. 특히 우리 같이 야전에서 일하는 일꾼들은 오밀조밀한 데 휘황찬란한 데 들어가면 이상하게 야코가 죽거든. 오늘 내가 말이 좀 많구만 이. 어찌됐건 들판에 나왔는데 조끔 진지해지면 좀 어뗘. 알고 보면 나도 꽤나 진지한 사람이여."

"곰곰이 따져보면 저도 상당히 진지하고 괜찮은 여자예요."

"허허 연애편지가 하늘에 날아다니는구먼."

산제비가 지지배배 울면서 구름이 빗기는 하늘을 걷어차며 맴돌이를 친다. 삼식은 싱긋빙긋 웃으며 진 양의 얼굴을 힐긋 쳐다본다.

"뭔 말이래요."

"하늘을 날아다니는 우체부."

"왜요?"

"봄소식도 물어오잖어. 하여튼 편지를 쓸 때는 촘촘히 써야 혀."

"피이, 호호호."

진 양이 삼식의 어깨를 살짝 치며 웃음을 터트린다. 삼식은 헝그럽게 고개를 뒤로 젖히고 껄껄거리며 크게 웃는다.

빗방울 머금은 바람이 살랑거리며 불어왔다. 호랑이 장가간다는 여우비가, 빤닥 중천에 떠 있는 해를 뚫고 명주실처럼 가는 이슬비가 내리며 숲 속이 스르렁스르렁 울기 시작했다. 삼식이 우산을 폈다. 진 양이 우산 속으로 들어온다. 비가 빠지는 숲 속은 뿌옇게 출렁이는 잿빛 항아리 같다. 몽근 체로 밭은 듯한 분말가루같은 비. 밝은 어둠 속에 사방이 고요하다. 진 양이 몸을 기대왔다.

"저기 아래쪽에 동네가게가 있네요. 가게에서 맥주나 한 잔 할까요."

"거참, 좋은 생각이구먼."

두 사람은 비 내리는 숲 속을 천천히 걸어 내려갔다. 드디어는 비가 들이치며 등허리가 젖기 시작했다. 진 양이 가만히 삼식의 손을 잡았다. 차가운 공기 속에서도 진 양의 손은 따뜻했다. 빗방울이 점점 더 굵어지기 시작했다.

"오빠는 여기 공사가 끝나면 어디로 가나요?"

"나도 몰라. 그냥 객지로 떠도는 거지. 떠도는 게 지겨운데도 집에서 출퇴근을 한 3개월만 하게 되면 좀이 쑤시더랑께. 역마살이 붙어서 그런가. 습관인지 타고난 것인지 몰라도."

"저도 한 1년 떠돌았어요. 새로운 곳에 가면 새롭게 시작할 것 같은데 잠시뿐 마음만 늙어가는 것 같더라구요. 공장이라도 다니고 싶은데 돈을 까먹고 있으니……. 오빠, 비가 저쪽 바다에 빠지는 것을 보니까 가슴이 괜히 먹먹해지네요. 흔적도 없이 사라져버리잖아. 오빠는 저 바다를 보면서 생각나는 사람이 없어?"

"첫사랑 같은 거? 근데 오빠오빠 하니까 되게 이상하네. 말만한 처녀가 어리냥부리는 것처럼 귀속이 엄청 간질간질하구먼."

"그럼 뭐라고 불러요?"

"그냥 삼식 씨라고 불러. 갑자기 비가 요렇게 쏟아지니까 생각나는 게 있긴 있구먼."

"뭔데요? 간지러운 첫사랑 애인 같은 거?"

"여름 참외처럼 흔한 게 짝사랑 얘길 텐디…… 아무튼 감미로웠는지 간지러웠는지 모르겠지만 엉성하게 끝나버린 유행가 후렴 같은 얘기 한 토막이 있긴 있지."

"그게 뭔데?"

"이야기를 할까 말까. 비도 오는데 그냥 넘어가지 뭐."

"비도 오는데 또 그냥 넘어가는 게 어딨어. 괜히 궁금해지잖아."

"애라 그래, 몇 년 전 얘긴데 지금처럼 장마 끝 무렵이었을 거야. 길바닥에서 비를 만났는데 거참 허벌나게 쏟아지드만. 무작정 뛰다가 뭐 생각할 겨를도 없이 어느 가게로 뛰어들고 봤지. 술도 팔고 밥도 팔고 하는 간이 식당이었어. 비는 계속 퍽퍽 쏟아지는디 우산은 없고 미안하잖아. 그래서 엎어진 김에 쉬어간다고 혼자서 머릿고기에다 소주를 시켜서 잘금잘금 홀짝거리고 있었는데 주인 아줌마도 심심했는지 나한테 말을 붙어오는 거야. 그때 나이가 한 서른 대여섯쯤 됐을까 예쁘장한 아줌마였어. 날씬하니 키도 크고 야들야들했지."

"이뻤나보죠?"

"진 양만큼은 이쁠 거야."

"피이－."

"그냥 이런저런 얘기를 하면서 한바탕 웃고 떠들고 그랬지. 그 뒤로 간혹 쉴 때나 외로울 때나 찾아가서 술도 같이 마시고 그런 거야. 이상하게 거기 찾아가면 마음이 편하드라고. 과부였어. 가게에 붙어있는 방에서 살림을 했는데 일찍 결혼을 해서인지 딸래미가 국민학교 4학년인가 그러더라고. 딸래미가 아저씨 하다가 삼촌삼촌 하면서 무척 나를 따랐어. 가끔 돈을 탈 때면 애한테 공책이랑 신발이랑 사주고 그랬드랬지. 나도 없이 자라서 아빠 복이 되게 없었거든. 그렇게 삼사 년간 조카처럼 잘 해주었지. 엄마가 갖다 주라고 했다고 여자아이가 통닭 한 마리 들고 집으로 찾아오기도 했고 나도 케이크나 뭣이냐 시골서 빻아온 고춧가루나 마늘 같은 거를 엄니 몰래 퍼주고 그랬지. 얼마를 그렇게 지내다가 여자애가 중학교 2학년인가 되었는데 말여, 크리스마스 무렵에 집에 찾아왔드라고. 장미꽃 한 송이를 딱 내밀대. 그러고선 오빠, 눈 감아봐 하길래, 웬 오빠, 하면서 눈을 감았더니, 내 입술에 자기 입을 쪽 맞추고 달아나는 거야. 가고 나서 카드 한 장이 방바닥에 떨어져 있었어. 근데 참 요상하대."

"뭐가 그리 요상해요?"

진 양이 눈을 동그랗게 뜨면서 물었다. 발이 서로 엉키면서 삼식은 어깨에 살짝 와 닿는 진 양의 가슴을 느낀다.

"그 카드 내용이 어떤 것이었냐 하면 지금도 생생하다니까. To 오빠에게, 이렇게 시작하더라고."

"삼촌이 아니고?"

"그러게 말이여 오빠 안녕, 아 삼촌 안녕하세요. 올 겨울에 뭐할 거야? 나? 글쎄 학원이나 다닐까 해. 올 겨울이 무지 춥대. 감기 조심해. 요렇게 시작하는 것이야. 맹랑하지?"

"고 다음은?"

"펜이 엉터리라 글씨가 잘 안 써지네. 난, 지금 내가 무지 좋아하는 태지 오빠 음악 듣고 있는데…… 어? 무슨 음악이냐고? 〈로큰롤 댄스(Rock'n Roll Dance)〉를 듣고 있어. 요즘 내 자금 사정이 안 좋아서 좀 싼 편지지에 쓰는 거야. 나중에 내 자금 사정이 좋을 때 좀더 좋은 종이에 써줄게. 크리스마스 선물 안 바래. 그때 장난으로 그런 거야. 다시 한 번 강조할게. 크리스마스 잘 보내고 감기 조심해. 그리고 새해에는 건강하길. 그리고 엄마두 많이 사랑해 주구. 글재주가 없어 이만 줄일게. 그래놓고는 암호 같은 글자를 써놓은 거라."

"얘가 자금이라니, 내참 깜찍하구만요. 그래 어떤 암혼데요?"

"요렇게 써놓은 거야."

두 사람은 땅바닥에 쪼그리고 앉았다. 삼식이 나무 막대기로 축축한 땅바닥에 글씨를 쓴다. ㅏ ㅅ ㅏ ㄹ 애 ㅎ ㅛ ㅇ, ㅜ ㅁ ㅣ ㅈ ㅜ ㅁ ㅣ ㅈ. 우산을 타고 내려온 빗방울이 등허리를 차게 적신다.

"그게 뭔 말이에요?"

삼식이 나무토막으로 아까 썼던 글자를 다시 깊게 파면서 설명한다. 파진 글씨에 빗물이 고이면서 글자가 서서히 지워진다. 그때 검은 하늘을 가르며 번개가 튀어나와 콰쾅하는 천둥소리가 귀를 후려쳐왔다. 진 양이 깜짝 놀라 삼식에게 바짝 붙었는데, 그 바람에 질척한 땅에 또 발걸음이 엉키면서 흙탕이 튀겨 두 사람의 바지는 벌긋벌긋 황톳물이 든다. 빗방울은 장대비가 되어 쏟아지기 시작했다.

"편지 같은 거 받아 본 기억이 별로 없기도 했지만 내용이 아리송가지고 몇 번이나 되새기면서 읽어봤제. 엄마보다는 한 끗발 높은 데서 머리가 돌아간 것이여 내참. 혹시라도 기가 잘 때 엄마가 읽어볼까봐 그런 식으로 쓴 거구. 엄마를 많이 의식한 거랑께."

"그래서요?"

"아차 싶었지. 깜찍한 아이였당께. 삼촌이라고 불렀다가 오빠라고 불렀다가 자기 친구한테 하는 식으로 반말투로 왔다갔다 했으니까. 사실 나도 아이 엄마한테 아줌마라 했다가 누나라 했다가 술이 질탕해지면 이름도 반말로 불러보고 그랬으니까 피장파장이었지만. 가만 생각해보니 그 아이의 태도가 좀 이상한 거라. 길거리를 지날 때에도 그네 뛰듯이 내 손에 바둥바둥 매달리고 겨울 같은 때는 파카 속으로 작은 손을 집어넣어 내 손을 꼼지락꼼지락 만지작거리고 말이여."

"그래서 어떡했는데요?"

"그 편지 받고 나서 계집애를 보니까 보송보송하니 여자 티가 나는 거라. 가슴도 작은 복숭아 두 개 들어간 것처럼 볼록하고……."

"내 참, 그래서요?"

동네가게에는 조그마한 술청이 있었다. 할머니는 탁자에 맥주를 내놓으면서도 연방 하품을 해댔다. 진 양은 목이 마른 듯 맥주잔을 단숨에 비운다. 빗방울이 이젠 주막 천장을 때려부실 듯 두들겨 팼다. 나무 문살이 덜덜 떨며 울어댄다. 맥주를 한잔 마신 삼식은 딸꾹질하면서 말을 이었다.

"그날로부터 그 식당에 발을 끊었지. 식당에 발을 끊자 아이 엄마가 억병으로 취해가지고 왜 안 놀러 안 오냐고 밤늦게 전화를 해대지. 계집애가 집으로 찾아와서 밤늦게까지 가지 않겠다고 징징 짜대지 그랬지만……."

"그렇다고 정말 딱 끊은 거야? 더 상처를 줄 수 있잖아?"

"근데 술이 얼큰해지면 발길이 저절로 그쪽으로 가지는 거여. 여자애가 하루 걸러서 찾아오고. 그리곤 이사를 했지. 생각하면 서운하고 가슴이 아프지만…… 딴 맘은 없었어. 참 허물없이 편하다라는 생각밖에. 인젠 고등학교 졸업했겠구만."

"도망친 것이구면요."

"그랬을 수도 있지. 감당할 수 없을 때는 삼십육계 중에서도 도망치는 것이 최고란께. 내 자신을 주체할 수 없었지. 죄를 지을까봐."

"에이 거짓말, 딴 맘이 없긴? 남녀 사이란 딱성냥처럼 자꾸 서로 부딪치게 되면 불이 나게 되어 있어요."

"하기사 딴 맘이 전혀 없었다고는 할 수 없겠제. 나도 아줌마에서 누나로 경순 씨로 막 내려 훑었으니까. 서로 감정을 꺼내 보이지는 않았지만 아이 엄마가 농담으로 10년만 젊어진다면 같이 뒹굴면서 잘 놀았었을 텐디 그러면, 나는 10년만 젊어지면 수정이 하고 놀 텐디 하며 놀렸으니께로."

"에이, 정말 안 건드렸어요? 아까 삼식 씨가 남녀간이란 오래 묵히면 칼을 품고 다니는 것처럼 다친다고 했잖아요. 하기사 감정이란 칼 같은 것이라지만, 다쳐도 아름다운 것이 사랑이니까."

"그놈의 문턱이 참 높데. 여자는 넘어오라고 하소연하는데 한쪽 발이 걸쳐졌어도 몸은 들이밀고 싶은데 마음이 안 넘어가는 거라. 딴 사람들은 그렇게도 잘도 넘는 그 문턱을……."

"문턱이 문제구먼요?"

"그렇다고 내가 성인군자는 아녀. 나도 다른 곳에서는 할 짓 못할 짓 다 하고 다녔거든. 고놈의 마음의 문턱이 문제더랑께. 그 망할 놈의 문턱이 쓱싹 지워버렸다 싶으면 다시 나타나고 그러더라고."

"잘했네요. 계집애 망가지는 거 시간 문젠데……."

"그게 문제였어. 어른들이 지켜주지 않으면 누가 아이들을 지켜주겠어. 요즘 애들 싸가지 없다고 말하지만 어른들 잘못이 더 커."

"짠하구만요. 젊은 놈이건 늙은 놈이건 능글능글 말꼬리를 잡고 허벅지 사이로 손이 막 들어오는데 오빠 얘기를 들으니 웬일인지 가슴이 찡하네요."

"젠장 얘기를 하다보니 거참 빨가벗겨진 것처럼 쑥스럽구먼."

"근데 왜 나에게 이름을 물어보지 않아요?"

"이름? 스스로 가르쳐줄 때까지 기다릴 셈이었지. 내가 너무 오래 기다렸나?"

"나 사실은 진 가가 아니예요. 유수지예요, 유.수.지."

유 양은 맥주를 벌컥벌컥 들이킨다. 삼식도 잔을 들었다. 맥주는 찬 기운이 없이 밍밍했다.

"오늘 저 그냥 보내주시면 안 돼요? 어찌됐건 오빠를 만나 보니 느낌이 참 좋아요."

"여관 가자고 할 때는 언제고? 근데 그냥 보내달라니까는 이상하게 마음이 동하는데!"

"에이 남자들이란 다 똑같애. 가요 가. 그날 느낌이 좋아서 목욕까지 하고 왔지만. 오늘…… 바닷물에 떠가는 배처럼 그냥 스쳐지나가게 하고 싶지는 않은데…… 사랑이 없는 섹스는 칠판에 쓴 분필 낙서에 지나지 않아요. 알았어요?"

"그냥 한번 해본 소리야. 나도 그날 웬일인지 비에 젖은 비둘기가 길바닥에…… 좌우지간에…… 에이 젠장할 내 주제에 말을 멋있게 하려고 드니까 배알이 곤두서가지고 죽갔네…… 하 문턱이 높네, 젠장헐거."

"내 문턱도 높아요. 나 이래봬도 함부로 몸을 굴리는 사람은 절대 아녀요. 그래서 돈도 못 벌지만."

삼식은 훌쩍거리는 유 양의 등을 토닥거린다. 손가락 끝에 젖가리개 끈이 만져진다.

"오빠 바보 멍충이야. 다시 한번 속삭이듯이 한번 달래보지 거기서 물러서?"

"내참 빈대떡 뒤집어지듯 이랬다저랬다 정말 속을 모르겠구만 이."

취기가 오른 유 양의 볼은 게 이제 물기 어린 복숭아 껍질 같다. 유 양이 빨긋한 눈망울이 끔쩍대면서 말했다.

"나 자신도 내 속을 모르는데 오빠가 어떻게 내 속을 알겠어. 에이 바브탱이 오빠야, 난 성도 이름도 없는 사람이야? 내 이름이나 한번 불러줘봐."

"이런 뚱딴지가 어딨어? 그래 수지야, 우리 비도 오는데 뽀뽀나 한번 할까?"

"못할 게 어딨어. 할머니~"

유 양이 큰소리로 주인 할머니를 불렀다. 안방 문이 드르륵 열리며 할머니가 파리채를 들고서 뭘 달라느냐는 듯이 뻥뻥한 눈으로 물었다. 열린 방안으로부터 맵싸한 마늘 냄새가 풍겨 났다.

"여기 애들 쓰는 방이나 빈 방 하나 있어요? 젖은 옷도 말릴 겸 비 그칠 때까지 좀 쉬었다 갈까 해서요."

"치우지 않은 방이 하나 있긴 있소만. 괜찮을란가 모르겠네."

유 양이 냉장실에서 맥주 두 병 더 꺼내고 땅콩을 뜯어내고 병따개와 잔을 부산스럽게 챙긴다. 할머니의 뒤를 따라가니 가게 뒤에 흙담으로 지어진 별채가 있었다. 댓돌 밑

토방에 자던 개가 기지개를 켜면서 짖어댔다. 뒤뜰 한 모퉁이 화단에는 해바라기와 금잔화가 비에 젖고 있었다.

헌 책상과 책꽂이에 꽂힌 낡은 참고서들에서는 곰팡내가 났지만, 먼지가 뿌옇게 깔린 방안은 그런대로 정갈했다. 유 양이 뜨락의 빗물 통에 걸레를 빨아 부지런히 방바닥을 닦아나가기 시작했다. 그 사이 할머니가 싱건지 국물과 두부와 김치를 내왔다.

군데군데 찢긴 격자창살에 창호지가 불어오는 바람에 나풀댔지만, 방안은 호젓하고 아늑한 맛이 있었다. 엉덩이 밑에 손을 집어넣고 옹송그리고 있던 유 양은 일어나 엎드리더니 턱을 괴고 삼식을 물끄럼말끄럼 쳐다본다. 삼식은 행감을 치고 앉아 유 양의 눈길을 외면하고 묵묵히 맥주잔을 기울인다. 지붕 위에는 후드득후드득 빗방울 떨어지는 소리가 요란하다. 유 양은 지나가는 말처럼 중얼거렸다.

"여자가 남자를 찜해놓으면 남자들은 십중팔구는 거미줄에 걸린 나비처럼 꼼짝 못 한다던데…… 이제 나는 거미줄도 내뿜지 못하는 거미인가봐."

삼식이 말을 하려다가 잠시 망설이자 수지가 앵돌아지게 말을 이었다.

"오빠 눈을 보니까 뭔가를 물어보고 싶은 것이 많은 눈친데…… 왜 이런 길에 들어섰냐구 묻고 싶죠? 여자들이란 감추고 싶은 비밀이 있는 거 알죠? 기대하지 마세요. 특히 과거란 남자에게 얘기해봤자 독이에요. 꺼내봤자 꼭 탈이 나더라구요. 그냥 이대로가 아니면 나는 싫어요."

"그렇게 얘기하니까 무지 궁금한데!"

"원래 남녀 사이라는 게 궁금할 것이 없으면 그것으로 끝장이 아니어요?"

"허참 그렇게 뜸들이니까 더 궁금한데?"

"뭐가 그리 궁금하세요?"

"얘기하기 싫으면 술맛 안 나게 얘기 안 해도 돼."

삼식이 술잔을 훌쩍거리며 말했다. 그때 갑자기 천장 더그매에서 쥐가 뛰어 달리는 떡

더그르르 소리가 들려왔다. 유 양이 깜짝 일어나 삼식의 어깨를 잡고 몸을 떨어댄다. 그러다간 잡았던 어깨를 놓고 비그르르 쓰러지더니 벽에 머리를 기대고 갑작스럽게 느껴울기 시작했다. 흑흑 느껴 우는 소리와 빗소리와 개 짖는 소리가 화음을 이루어 방안을 떠돈다. 삼식이 들먹거리는 어깨를 토닥거리며 달랬지만 울음은 쉽게 그치지 않았다.

"수지 씨, 애들처럼 울긴. 상처 없는 영혼이 어딨겠어. 그런 사람이 있다면 나와보라구 그래."

"아이가 보고 싶어, 아이가."

"그때 그 아이?"

"웅. 고아원에 보냈어. 더 망가지기 전에 아이를 데리고 살아야 하는데……. 내가 바보야. 쓸잘데없는 얘기를 다 하고 흐흐흑……."

수지의 울음소리가 더 커지며 지붕을 때리는 빗소리가 갑자기 작아진다. 삼식이 풀어헤쳐진 수지의 치렁한 머리를 쓰다듬으면서 달랜다. 비바람이 몰아친 때문인지 방에 붙은 부엌에서 양재기가 떨어지는 듯한 쩡그렁 소리가 난다.

"그럼, 아이를 데려다 키우면 되잖아?"

"오늘은 고아원에 가려고 했는데 돈이 안 돼서…… 능력이 없으면 여자는 혼자 살기 힘들어요 이 사회는…… 이빨이 난 아이가 가끔씩 젖을 꽉 깨물면 등허리를 타고 머리 끝에서 발끝까지 얼마나 짜릿짜릿한데. 그렇게 내 젖 물려서 키운 자식인데. 그런 기억이 나를 붙잡고 놓지를 않아요. 밤에 도통 깊은 잠을 잘 수가 없어요. 고양이 울음소리처럼 애 울음소리가 들리는 통에…… 아마 내가 고아나 다름없이 크지 않았다면 진즉 포기를 했을 거예요. 발이 여러 개 달린 문어 같이 생긴 귀신들이 나를 벗겨진 전깃줄에다 빨래처럼 넌다니까요. 달아나고 싶은데, 몸을 자르르 떨다가…… 발버둥치다 깨어나면 땀이 땀이…… 혹시라도 아이를 버리는 사람들에게 돌을 던지진 마세요."

"젠장할, 온통 쩌릿쩌릿한 인생뿐이로구면. 오늘도 젖은 데서 용접하다가 전기 먹어서

쩌릿하게 식은땀 좀 흘렸구먼."

"삼식 씨에게 특별하게 기대할 것이 없기 때문에 이런 얘기를 하는지도 몰라요. 신랑을 어떡했냐고 왜 안 물어보세요?"

"이제는 별 걸 다 물어봐달라고 통사정하는구만 이. 그래 신랑은 어따 차버리고 다닌다요?"

"우리는 외나무다리에서 만난 셈이에요. 혼자밖에는 못 건너가는……."

"말을 참 이상하게 빙빙 돌리고 있구먼."

"동거하다 식을 올리려고 인사차 신랑집에 갔는데 시이모가 옛 애인의 엄마……."

수지는 어깨를 들먹거리며 울더니 눈물에 젖은 얼굴을 들고 눈을 감았다. 잠자리 날개처럼 부르르 떠는, 길고 끝이 휘어진 속눈썹 위에 맺힌 눈물방울이 알전구 불빛 아래 영롱하게 반짝인다.

"나를 가져봐."

삼식이 말없이 수지의 손을 잡아쥐며 나직하게 말했다.

"우린 너무 가벼운 건 질색이여."

"우린 너무 무거운 것은 사실 싫은데."

삼식이 머무적거리다가 뜨직뜨직 말을 뱉어냈다.

"나는 엄마가 과자를 주어도 몇 날 며칠 아껴서 먹었드랬어."

"피이."

삼식의 입술이 피이 소리가 새어나오는 입술 위로 마침내 포개졌다. 촉촉하게 젖은 헐떡거리는 두 영혼은 마른땅이 비를 빨아들이듯 오랫동안 서로를 빨아들인다. 눅눅하고도 지릿한 물비린내가, 지붕을 두드리는 빗소리가 헐떡거리는 두 영혼을 껴안고 한동안 숨막히게 떠돈다. 삼식은 수지의 작은 발을, 종아리를, 가슴을 쥐고 만지며 쓰다듬는다. 수지의 눈두덩에 식은 눈물이 삼식의 따스한 손에 의해 닦여진다. 삼식이 수지의 젖은 귀에 천천히 한 자씩 또박또박 말을 써넣는다.

"오 늘 은 여 기 까 지."

동그랗게 커진 수지의 얼굴에 복숭아 껍질처럼 빨간빛이 돋아난다. 삼식이 수지의 손을 잡으며 말했다.

"무시하는 것이 아니야. 참말이야."

"당신 같이 띨띨한 사람은 첨이야. 자주 연락해줄 거지?"

"그래그래."

자리에서 일어난 수지가 핸드백에서 종이와 볼펜을 꺼내더니 쪽지를 적어준다.

"내 핸드폰 번호야. 이 번호는 마담 언니 빼고는 아무도 몰라."

"그래그래. 뭣이냐, 세상에는 그러니까, 사람 사는 세상에는 말야 희망이 산당게. 힘을 내라고."

"희망이라고? 그건 간사한 것이야. 항상 끝을 안 보여주잖아, 끝을."

두 사람은 서로 팔베개를 하고 나란히 누웠다. 빗소리는 건반 위의 피아노 소리처럼, 혹은 스르렁거리는 바이올린 소리처럼 가슴을 적셔왔다. 부풀어오른 간절한 욕구 속에서, 희망과 절망 속에서 꿈틀꿈틀 뒤척뒤척하던 두 사람은 이내 가볍고 평화로운 잠 속으로 소르르 잦아들었다.

얼마 후 두 사람은 옷매무새를 추스르고 밖으로 나섰다. 밖에는 아직도 비가 추적추적 내렸다. 이제 거칫거칫한 어둠이 어느새 사위를 덮고 있다. 할머니를 깨어 택시를 부른 다음 두 사람은 서로 손을 꼭 잡고 비가 내리는 새마을 도로 위로 천천히 걸어갔다. 하나의 우산 속에 두개의 세상이 만나 내리는 빗속에서 흔들흔들 떠가는 그 사이, 유 양은 갸웃갸웃 고개를 흔들며 노래를 부르기 시작했다. 싸락싸락 떨어지는 빗방울 속으로 자늑자늑한 노랫가락이 잦아들며 흘러간다.

여름은 벌써 가버렸나

거리엔 어느새 싸늘한 바람

계절은 이렇게 쉽게 오가는데

우린 또 얼마나 어렵게 사랑해야 하는지……

−조동진 곡

19. 까치

읍내를 나가고 싶어도 그 기회는 쉽게 오지 않았다. 워낙 현장이 바쁘게 돌아갔던 탓이다. 집진기 안은 지열에다 용접열까지 버무려져 화덕같이 뜨거웠다. 삼식은 덥다는 생각만 지워버리면, 물이 새듯 땀이 몸 밖으로 빠져나가도 그냥 견딜 만하다는 것을 오랜 경험으로 알았다. 이렇게 더위 같은 고통이 쾌감이 되는 경우도 더러는 있는 법이다. 더구나 요새는 곰곰이 혼자서 생각해볼 것들이 참 많았다. 더운 숨을 뿜어내며 쇠를 잘금잘금 녹여가고 있는데, 집진기 벽체가 떵떵 울리며 주 반장이 안쪽으로 고개를 쏙 들이밀었다.

"어이 삼식아, 니한테 좋은 소식이 왔는데 니 한턱 낼 끼가 어떡할 끼가"

"좋은 소식이라구라? 그거 아니라 해도 형이 한 턱 내라면 못 낼 나요? 근디 다짜고짜 한 턱 내라니 무슨 영문이당가요?"

"무슨 영문이냐꼬? 그럼 냅둬뿌리자 뭐. 고래 성의 없이 대답허는 니한테 내가 무신 좋은 일이 생긴다꼬 내 이바구 들어달라 사정할 끼고? 일 없데이. 때우던 거나 열심히 때우라카이. 알았제?"

그러더니 주 반장은 콧방귀를 뀌면서 알듯말듯하게 "자슥이 지 인생 빵꼬난 것도 못 때우면서 똥구멍 치들고 용접하네 하면서 밍기적거리는 거 보면 인생아 너 왜 사노, 절로 한숨이 난다카이." 하며 야릇한 말꼬리를 삼식의 귀에 남겨놓고서 헤적헤적 저쪽 현장으로 달아난다.

삼식은 저 양반이 날씨도 더운데 왜 저러나 하면서도 기러기 쪽에서 무슨 소식이 왔나 하는 생각이 문득 든다. 읍내로 통근치료 다니는 재기한테서도 아무 눈치가 없었는데. 삼식은 벙벙하게 서 있다가 용접 바가지를 집어던지고 밖으로 나와 주 반장을 찾는다.

"형님은 야리꾸리하게 말 한 마디 던져놓고 그냥 가버리면 어떡한다요. 얘기가 시작이 있으면 끝이 있어야지. 형님, 좋은 소식이라니 그게 무신 자다가 봉창 두들기는 소리 단가요?"

"내 자다가 일어나서 봉창을 두들기건, 똥간에서 유행가를 부르건 그건 내 알아서 할 일이고, 니가 그리 재미없어 하는 얘기를 내 열심히 나발 불어보이 나한테 떡이 나오겠노 밥이 나오겠노? 최형 안 그렇노?"

"떡이라니, 그건 또 무신 소리여?"

최씨가 영문을 모르겠다는 듯 눈시울을 홉뜨면서 지절거린다.

"그러니까 말이에요. 나한테 좋은 소식이 있다고 일기예보처럼 한 소절 딱 읊으시더니 뭔 일이냐고 물어도 들은 척도 안 하고 무조건 한 턱 쓰라고만 허는디, 카수 형님, 내가 요놈의 현장에서 아무리 더위를 많이 먹었기로서니 예 무조건 한턱 쓰겠습니다, 이래 나올 수가 있나요?"

"그래 삼식이 말도 일리가 있구먼. 도대체 뭔 일인데?"

"요것 보게. 그럼 내가 더위 먹었다는 말이가? 일 없다이. 퍼뜩 가서 궁디 처박고 용접이나 하라카이."

"인전 우리가 궁금해서 못 살겠구먼. 주씨, 그만치 뜸들였으면 이제 한 마디 뚱겨야지.

뭔 좋은 일이 있단겨? 우리한테도 국물이 있는겨?"

이제는 박씨까지 똥털이망치로 철판을 딩딩 두들기면서 보챈다.

"우리 집사람한테서 연락이 왔는디, 요번 일요일 날 삼식이 쫙 빼 입고 커피숍으로 나오라 카데."

"아하, 그럼……."

주 반장은 그 말만 던지고 쌩하니 사무실 쪽으로 달아나버린다. 삼식이 주 반장의 뒤를 쫓아가려다 뒤꼭지를 긁으면서 마른기침을 뱉어내는데, 최씨가 헤벌쭉 웃으면서 한마디 퉁긴다.

"야, 삼식이 좋겠네그랴. 요놈이 좋나 저놈이 좋나 냄새맡아가며 다닐 때가 봄날이여. 여자들 말야 궁둥이 커봤자 그거 별 거 아니드만. 여자란 자고로 녹이 슨 곡괭이처럼 속이 좀 뭉툭해야 혀. 삼식이 자네, 여자 몸매만 보지 말구, 계획을 한번 멋지게 세워봐."

"아이고 최씨 입이 터졌네. 집에 갔다 오더니 뭐 좀 만지고 왔나, 말에 윤기가 잘잘 흐르는구면. 흐흐흐……."

박씨가 런닝을 겨드랑이 짬으로 밀어붙이고 예의 뱃살을 툭툭 치면서 얄기죽거린다.

"계획이라니 그건 또 뭔 말이다요?"

삼식이 일자리로 가려다가 흠칫 발을 멈추고 묻는다. 박 씨가 두 사람을 번갈아보다가는 최씨를 향해 언죽번죽 수작을 붙인다.

"계획은 무신 귀신 씨나락 까먹는 소리랴. 허기사 좋은 얘기 들어서 나쁠 일이 뭐 있겄어. 최씨, 받아놓은 밥상인데 한번 혀봐."

최씨는 박씨를 향해 눈알을 부라린 다음 뜸직하게 말을 이었다.

"어디서 만나자고 했는지 모르겠다마는 우리 같은 일꾼들은 여자들하고 얘깃거리 밑천이 딸리거든. 관심사도 다르고. 선이라는 것 나도 몇 번 봤지만 나이, 고향, 식구, 뭐 그런 거 물어본 다음에는 참 할 말이 없대. 어쨌든 재미있는 이야깃거리를 많이 준비하는 거야. 서로 멀뚱멀뚱 쳐다보면 그것으로 끝나는 거야. 그러면 안 돼. 삼식이 니 장기 있잖어?"

"장기라니요?"

"헤헤이. 삼식이 자네 빤닥빤닥하는 유머 감각이 있잖여. 선이라 카면 남자건 여자건 상당히 긴장하기 마련인데 여자가 가장 싫어하는 게 뭔지 알어? 계속 긴장하고 있는 거라구. 우선 말야, 여자가 편하게 긴장부터 풀어주는 거야. 약간 멍청해 보일지라도 세 번 정도 웃기면 돼."

"그래 가지고요?"

"고런 다음 처음에는 일단 좁은 데에서 약간 넓은 데로 나가는 거야. 얘깃거리가 딸리면 극장 같은 데도 좋아. 그러면 대화의 소재도 생기고 긴장이 풀리게 돼 있어. 그렇다고 사람이 너무 많은 데로 가면 안돼. 첨부터 주의가 산만하면 안 돼. 두 사람이 손잡을 처지는 못 되고 사람들에 치어 가지고 미꾸라지 데이트를 하면 안 된다 이 말이여."

"미꾸라지 좋아허네. 산도깨비 물장구치는 소리하고 자빠졌네 시방."

"박씨 형님은 헤헤, 물장구도 좋지만은 좀 잠깐만이요. 형님, 미꾸라지 데이트라니 그건 또 뭔 말이대요?"

"미꾸라지가 붕어처럼 다정히 지나가는 것 봤어. 니 따로 내 따로지. 다시 말해 첫날부터 술래잡기 데이트를 하게 되면 안 된다 이 말이여. "

"그런 다음에는요?"

"여자마다 취향이 다 다른데 어떻게 고걸 일일이 다 얘기하나. 어찌됐건 얘깃거리가 짧으면 영화라든가 뭐 그런 것이 좋고, 너무 한적해도 좋지 않어. 왜냐면 불안해하고 경계심을 가지니까. 하여튼 약간 한적하면서도 연인들이 많은 데가 좋아. 하여튼 중요한 것은 뭣이냐 여자의 말문이 터지게 편하게 해주는 것이 제일이다 이 말이지. "

그때 주 반장이 지나가다 이야기의 한 소절을 들었는지 이야기를 답삭 잘라낸다.

"뭔 말을 그리 하고 있노 어이? 여자는 뭐니뭐니해도 분위기에 팍 가삐는기라."

장갑을 끼던 최씨가 어깨를 둥싯거리며 말했다.

"헤헤이, 모르는 소리. 주 반장 말대로 분위기야 참 중요하지. 적어도 처음에는 아냐. 처음부터 분위기 낸답시고 잔뜩 폼만 잡고 있어봐. 여자는 불편해서 다 도망간다구. 처음에는 여자에게 익숙하고 약간 신선한 데서 몇 번 웃기면 돼. 분위기 같은 거는 조금 진도가 나간 다음에나 해당되는 얘기고. 그리고 여자에게 한 가지 인상만은 확실하게 심어줘."

"그게 뭔데요."

"하여튼 그것이 참 힘들겠지만, 믿을 만하다든지 재밌다든지 열심히 산다든지 돈이 많다든지 한 가지 구석을 보여주면 돼. 그게 똑 떨어지면 되는 거야."

박씨가 깡깡이망치로 호퍼 통을 댕강댕강 두드리며 말했다.

"제기랄, 그럼 웃기지도 못하는 사람들은 연애 한번 못 하겠네."

하 사장 팀 일꾼들이 숙사로 찾아와 작별 인사를 했다. 그들은 이제 철골 제작물을 실어내고 설치를 위해 상주로 떠나가는 참이었다. 한솥밥의 정이란 잠시라도 두터운 법이다. 일꾼들은 사람이 필요할 때 서로 부르자는 인사를 나누며 전화번호를 주고받는다. 외출복을 갈아입은 그들의 모습은 말쑥하면서도 산뜻했다. 떠나가는 그들 뒤쪽에서 하 사장이 쭈뼛거리면서 봉석에게 다가왔다. 양말을 빨아서 바지랑대에 널고 있던 봉석은 엉거주춤하게 서서 하 사장이 내미는 손을 붙잡는다. 축축한 손과 마른손이 잠시 만났다 떨어진다.

"봉석이, 내 전화번호 가지고 있제. 연락 좀 하드라고."

"예, 편히 잘 가쇼."

봉석은 멀어져가는 그들의 모습을 힐끗 쳐다보며 평상에 앉아 담배를 빼물었다.

그래, 용서를 해야 하는 것일까. 왜 아직도 마음이 내키지 않을까. 그건 무엇 때문일까. 이제 저 사람도 우리와 똑같이 따라지 신센데……. 저 양반 태도 때문일까. 아무튼 용서하기에는 마음에 껄끄러운 것이 있단 말야. 그게 자존심일까 아니면 뭘까. 봉석이 넋을 놓고 생각에 잠겨 있을 때 재기가 장기판을 들고 와 깔면서 말했다.

"형, 막걸리내기 삼세판 어때?"

"좋았어, 어디 수가 늘었나 한번 봐야지."

두 사람이 마주앉아 장기를 두고 있는데 포장지로 가려진 숙사 뒷간에서는 노랫가락이 흘러나오고 있었다. 삼식의 목청이었다.

어둠은 벌써 밀려왔나
거리엔 어느새 정다운 불빛
그 빛은 언제나 나한테 있는데
우린 또 얼마나 먼 길을 돌아가야 하는지

세면장에서 씻고 나오던 주 반장이 재기를 힐끗 보더니 말을 뱉었다.

"때를 밀면서 노래 부르는 놈이나 똥 누면서 노래 부르는 놈이나 세상 참, 이상한 놈들 많구마."

"노래 부르는 것만큼 좋은 일이 어딨다요? 흥이 나는데 장소가 어디면 어때요."

불퉁거리며 말을 뱉어내는 재기를 향해 장을 부르는 봉석의 목소리가 사뭇 거나하다. 주 반장이 간지러운 입을 참지 못하고 마침내 훈수에 나선다.

"재기야 임마, 마를 저쪽으로 살짝 비키면서 장을 딱 부르면 될 낀데. 니 머리 참 안 돌아가네."

"반장 형님은 또, 내참 내 머리가 어때서요? 자아, 요렇게 장을 받고설라무네…… 그럼 그렇지. 상을 요렇게 떠가지고 장이야. 우리는 남 시키는 대로 안 둬도 잘만 이긴다니까."

봉석이형, 어떡할 거야. 막걸리 내기는 끝났제?"

"옆에서 좀 가만 있으랑게는. 그거야, 요롷게 사때기를 옆으로 비끼면서……."

장기판이 몰리면서 봉석의 목청이 새통스럽게 갈라진다.

"후후, 썩은 차는 거기서 계속 지키라고 한 다음 나는 포로 마를 요롷게 따먹으면서 장이야. 봉석이형, 장기 실력 많이 줄었네요."

"재기 저것이 구녕을 봐뺏네. 봉석아 나하고 한 수 하자 마."

주 반장이 무릎을 들이밀며 달려든다.

"자슥, 그동안 장기 좀 늘었네. 돈 여기 있다. 얼른 가서 막걸리하고……."

그때 평상에 엉덩이를 한쪽 붙이고 궁싯거리던 최씨가 봉석의 말을 끊으며 "쐬주도 두어 병하고 거 있쟈. 족발 포장된 것도 사 와라이." 하고는 주머니에서 돈을 꺼내준다.

재기는 양쪽으로부터 돈을 받아 쥐고서 때마침 뒷간에서 나오는 삼식에게 같이 가자고 눈알을 씀벅거린다. 삼식이 마당에 작업복을 널고 있는 천수를 둘러보며 볼통스럽게 말했다.

"천수야, 임마. 그렇게 날마다 작업복을 빨다고 비누 값이 나오냐 니 팔자가 확 펴지냐? 젤 쫄따구가 빠져가지고 저리 모양만 내니. 얼른 돈 받아 갖고 식당 안 갔다 올래?"

"형, 나 지금 바빠 죽겠구먼. 그리고 나는 오늘 술도 안 마실 텐데."

"그래도 저것이. 참내, 우리가 니만 할 때는 고참들이 뭘 시키지 않아도 알아서 챙기느라 발바닥에 불이 났는데. 느자구 없는 자식이 지가 고참인 것 같어 시방. 저 따위를 내가 좋다고 소개를 시켰으니. 재기야 바람도 쐬일 겸 같이 갔다 오자."

두 사람은 어둑발이 내리는 아카시 숲 돌너널 길을 터벅거리며 올라간다.

"형, 그렇게 좋수?"

"좋긴, 내가 뭣이 그리 좋다고 그래?"

"얼굴에 그렇게 딱 써 있구먼. 근데 형, 여자 나이가 몇인데?"

"아마, 서른이래나. 식당에 나가는 여자야."

"형, 직업이 뭐냐고 물어보면 무어라고 대답헐 거야?"

"철일 한다고 그러지 그럼 노가다 한다고 그러냐."

"그럼 수입이 얼마고 보너스가 얼마냐고 물으면?"

"보너스야 개 껍데기고 수입도 대중이 없잖냐. 사실대로 말해야지 그런 거 가지고 장난을 쳐서야 쓰겠냐."

"제가 볼 때는 그 대목이 딱 마음에 걸려. 여자들은 사랑사랑 하지만 결국은 잴 건 다 재거든. 우선은 먹고사는 생계 즉 수입이나 직장이고, 그 다음에 인물이나 가족이나 학벌이나 그런 것을 따져. 그게 다 관련이 있겠지만."

"그럼 너는 내가 어쩌코롬 얘기해야 된다는 말이여?"

"저라면 진심을 딱 얘기하는 거예요. 벌어놓은 돈도 별로 안 되고 배운 것도 없다. 그 정도 가지고는 여자들이 눈 하나 깜짝하지 않을 거야. 그래서 그걸 실제로 보여주는 것이 중요하거든. 형 지금 전세 살지?"

"그런 거는 몇 번 써먹어봤지만 모두 식은 방귀도 안 뀌드라야. 차라리 장화신고서 한강을 건너고 말지."

"형 그래서 내가 묻잖아. 지금 사는 게 전세 사냐고?"

"그래 전세 살지. 그건 왜?"

"청약저축이나 뭐 그런 거 들지 않았수?"

"그런 거는 모르겠는데?"

그때 갑자기 어스름한 근처 아카시 숲 어디선가 까악까악 새 울음소리에 이어 푸드득 푸드득 날개 치는 소리가 들려왔다. 날갯짓 소리가 연방 들려왔지만, 새는 숲으로 날아오르지 않았다.

"모르겠다니 그게 말이 되는 거야? 휴우, 그래서 우리 일꾼들은 세상을 참 어리숙하게 사는 거야. 죽자 살자 일만 해가지고는 이 세상은 입에 풀칠하기도 힘들게 돼 있어. 재테크로 사람들은 재산을 뤼긴다구. 은행에 넣어 돈을 불려 가지고 집을 사려다가는 집은커녕…… 정직하게 열심히 살았다는 증거가 있어야 할 게 아녀요? 형, 답답하네 정말."

"그걸 모르냐? 누나에게 들어가 있는 돈이 얼만데. 누나에게 돈이 들어가 있다고 말하면 되지, 거참."

"요즘 여자들이 가족간에 정이 깊거나 친구에게 정이 헤픈 남자들을 얼마나 꺼리는데? 내 형이 진실한 걸 알어. 그래서 얘기하는 거야."

"그럼 시팔 내가 어떤 얘기를 해야 한다는 거야?"

"어쩌면 그런 처지와 진심을 이해하는 여자가 딱 나설지도 모르지. 내 얘기는 첫날은 형이 재미있고 사귈 만하다는 인상만 주고, 나중에 천천히 형의 진심과 처지를 다 얘기해나가는 거야. 내 얘기는 1막에서 끝내지 말고 2막 3장까지는 가라 이 말이야. 그러니까 다시 말해서 첨부터 솔직하게 다 말하지 말고 형에 대해 궁금하게 만들고 속에 뭔가 많이 들어 있는 것처럼 여자의 맘을 딱 휘어잡으란 말야."

"얌마, 내 아까 형들 얘기 귀를 씻고 어디 쓸 만한 구석이 있나 들어 봤지만 내가 전에 다 궁리해보고 써 먹어본 나남이야. 이러쿵저러쿵 궁리허면 뭐하냐, 결국은 낭떠러진데. 여자들이 발바닥을 붙일 기회를 통 안 주더라니까."

"그러니까, 2막 3장이야. 그리고 첫째 내 특기가 뭐냐 일벌레다라고 말하는 거야. 형이야 사실 일벌레잖아. 이것은 직업에 대한 충실성이니까 이 말이 굉장히 중요해. 그리고……"

"그리고 또 뭐?"

삼식이 시큰둥하게 말을 받는다.

"그러니까 형 내 말은 첫 만남부터 뭔가 다르게 다음 만남을 확 끌어낼 수 있는 방법을 찾아야 한다 이 말 아니에요?"

"됐다이 그만 하자이. 니한테까지 훈수를 듣자니 어째 짠지 먹은 것처럼 숙이 얼얼하게 쓰리다야. 크게 기대를 안 하고 있으니까 이제 신경은 뚝 끊어라이."

돌아오는 길에 두 사람은 다시 한번 새 울음소리를 들었다. 연신 푸드덕거리는 새 울음소리는 이번 폭우로 끼우뜸하게 자빠진 참나무 근처에서 나고 있었다. 두 사람은 소리 나는 쪽을 향해 살금살금 다가갔다. 고슴도치 등짝처럼 우거진 숲길은 낙엽이 수북이 쌓여 두꺼운 담요를 밟는 듯 써걱써걱 딛는 발맛이 아주 부드럽다. 자늑자늑하게 떨고 있는 나무들 사이, 반쯤 짜그라진 새둥지 주위로 새털들이 어지럽게 흩어져 있었다. 푸드덕거리며 신음하던 새는 낯선 침입자들을 보자 다리를 절룩거리며 뛰어 달아나려 했다. 삼식의 손에 잡힌 새는 꽁지를 앞뒤로 나대며 까악까악 울어댔다. 뭐에 물린 듯 날개 밑이 까맣게 피범벅이 되어 있다.

"이걸 어쩔까?"

"일단 살려놓고 키워보지 재기 넌 어때? 근디 이걸 숙소로 가지고 가면 미친 놈 들 꼴값을 떤다는 소리 안 들을까?"

"형도 참, 누가 그런 소리를 해. 밥 같은 거 잘 먹을까 고것이 문젠데. 상처를 잘 치료해서 날려보내자."

"하하하, 좋았어. 근데 저것이 메뚜기나 잠자리 같은 거만 먹을까. 고게 문제네. 뭐 좋은 수가 있겠지."

재기가 문뜩, 걱정스럽게 말했다.

"형, 상처를 치료해 줘도 저 나무가 자빠져서 집이 없잖아. 그것도 문제네. 저 나무를 세울 수 없을까."

"저 큰 나무를 무슨 수로 세워. 하, 사람은 역시 머리를 써야 한당께. 자키로 뜨고 저쪽 나무에다 체인블록으로 걸어서 잡아당기면 되지 고롬고롬. 어쭈, 요것이 쪼네. 그래 쪼아라 실컷 쪼아."

그날 밤, 치료를 하니, 먹이를 구하느니, 새집을 짓느니 하며 조용하던 숙사가 한바탕 부산스럽게 들떠 돌아갔으며, 새에 의한, 새를 위한, 새의 생명에 대해 진지하고도 실천적인 난상토론이 찬란하게 벌어졌음은 물론이다.

20. 여자를 세 번 웃겨라

국도는 붐비고 있었다. 더위는 한풀 꺾였지만 에어컨 바람이 시원히 돌지 않는 차안은 꾸리하고도 텁텁했다. 트럭이 메케한 연기를 뿜어내건 말건, 그 차 바람으로 길가에 칸나가 붉은 입술을 번들거리며 나부대건 말건 삼식의 입은 마냥 즐겁다.

"형, 오랜만에 집에 가는데 뭐 사가지고 갈 거야?"

"전(錢)이 있어야 족발이나 사갈 텐데. 가져온 돈도 다 떨어져 개털인데."

"형, 그러니까 나 같은 동생 데리고 다니면 복 받는 것 아니요."

삼식이 만원짜리 서너 장을 휘휘 돌리면서 이기죽거린다.

"니 선 본다면서 그 돈 나한테 빌려주면 어떡헌다냐."

"형님, 흐흐 저야 막사는 거 같아도 비상금 정도는 항상 꼬불쳐놓고 다니지 않수."

"삼식아, 니가 선을 몇 번이나 봤는지 모르지만 말이다. 우선 서로간에 생각이 맞아야 되고, 그걸 좀 어려운 말로 가치관이라 안 그러냐. 여자가 숫자에 밝으면 남자가 고달 프다이. 조금 얼굴이 후지더라도 궁둥이가 쪼끔 펑퍼짐하더라도 생각이 첫째니까……."

"형, 고런 얘기는 골백번은 더 들었으니께로 형, 음악 좋은 거 없소?"

"음악 같은 소리 허고 자빠졌네. 거 옆에 찾아보거라이."

"형, 음악 듣는 수준 좀 높이쇼. 이게 뭐요. 쿵따리 샤바라, 짱가, 뽕짝에다가……."

"임마, 뽕짝이 어때서. 가슴만 미어지드만."

"형, 근데 천수 고것이 까치 먹이라도 잘 갖다줄까?"

"괜찮을 거야. 시계불알처럼 건들대지만 방 청소는 재기보다 더 잘하드라야. 하여간 웃기는 놈이야."

"그렇죠이. 사람 소개해 놓고 맘이 영 편치 않네. 근데 형, 여자가 울면 마음이 약해지대요이. 형은 어떤가?"

"약해져야지, 맨송맨송 있으면 나무토막이지 그게 사람이냐? 근데 갑자기 울다니? 너 그렇다면 기러기 울렸냐?"

"형도 참, 아직까지 내 속을 그리 모를까. 내 같이 울지 혼자 울게 할 사람이요? 형 말대로 그 아가씨 마음이 정에 약해서 됐는데 말야. 그 쪽에 있는 여자들이 어째 살림을 잘헐까?"

"돈이나 멋에 신경을 쓰는 여자는 파이다라는 얘기지 언제 내가 마음이 약해야 헌다고 그랬냐. 엉뚱한 데다가 끌어다 붙이고 있어. 그쪽 사람들이라고 그럼 살림 안 하고 산다냐. 우리 매씨는 살림만 잘허드라야."

"형 누이가 술집에 있었소? 사연이 찮하겠는데?"

"날씨도 더운데 촐싹거리긴. 그쪽 창문이나 활짝 열어 임마. 와 숨이 막힌다야."

차창을 열자 들척지근하고 매콤한 바람이 원없이 몰아쳐왔다. 차는 살구꽃이 박힌 것처럼 밝은 도시의 어둠 속으로 갤갤거리며 서서히 나아갔다.

삼식은 승용차에서 내려 언덕길을 터벅대며 걸어 올라갔다. 삼식의 집은 군부대 철책이 쳐진 산등성이 망루 아래쪽에 있었다. 언덕빼기 교회에서는 그 시간까지 손뼉을 때리며 찬송가 부르는 소리가 요란했다. 집에는 벌써 불이 켜져 있었다.

"엄니, 저 왔어라우. 근데 웬 조기 냄새?"

"삼식이냐. 마침맞게 왔다이. 시방 시금치랑 얼지랑 버무리고 있는디. 싸게 올라와야."

"엄니는 잘 계셨드랬소?"

"오매 우리 아들 얼굴이 홀쭉하니 보타부렀네. 아이구 팔뚝에는 웬 놈의 반창고대. 많이 다쳤냐 어쨌냐? 어디 한번 보잔마다, 아이?"

"뻑다구가 엄니 닮아 짱짱허니 괜찮다니까 자꾸 그러시요? 세상이 어디 강단 가지고 살지 등치가지고 산다요."

어머니가 팔뚝을 보여달라며 애간장을 녹이고 있을 때 아이가 안방에서 음머음머 하면서 기어 나왔다. 삼식이 손을 내밀자 아이는 품안으로 폭 안겨든다. 까칠한 턱 수염이 부드러운 살에 닿자 울음을 쏟을 듯 삐죽거리던 아이는 삼식이 둥개둥개 얼러대자, 금방 앙글방글 웃음을 쏟아낸다.

"쭈까쭈까 요놈 봐라 그새 많이 컸네."

"아이고 담배 냄새, 그놈의 담배만 끊어불면 원없었겄는디, 느그 압씨도 아파 갖고 골망골망헐 때서야 내 말 알아듣고 그러드라마는, 너도 똑 못난 느그 압씨 탁해가지고 어쩨 그러냐마다. 아이? 내 말 쪼까 들어야."

한숨이 자지러지며 어머니의 얼굴에 고구마 밭고랑처럼 굵은 주름살이 지는데 삼식은 아이의 발바닥에 간질밥을 먹이며 노느라 여념이 없다. 아이는 단풍잎새 같은 손을 나대며 까륵까륵 웃음을 쏟아낸다.

"매형은 장사 잘 된다요 어쩐다요?"

"인자 물견이 잘 팔리는 갑든디 새복부터 해름까지 차 끗고 다니느라고 몸이 많이 상해부렀어. 땅강아지처럼 뙤약볕에 끄실려갖고 말다. 한더우에 오죽허겄냐. 니나 차 서방이나 꺽정시라 죽겄다. 힘아리가 팡긴담시러 밥까장 짜실짜실 먹는디 니는 밥이나 잘 먹고 댕기냐 어쩌냐? 갱엿 물고 있는 애기맨치로 그렇게 어영부영허지 말고야 말 쪼까 해보란 말이다. 어째 삼 좀 집어넣고 닭죽을 써주끄나? 아그가 이제는 묵씬해갖고 내가 업고 시장에도 못 가겄단마다. 안 그랬으면 저기 뭣이냐 개고기라도 좀 사오는 것인디."

"아따 엄니, 밥이나 비비게 대접이나 큰 거 하나 준비허쑈이. 아참, 우리 난초들은 어째 잘 살았는가 모르겄네. 어디 보자 아그들은 잘 있나?"

삼식은 어머니가 상을 차리는 동안 아이를 어르면서 뒤 베란다 창문을 밀었다. 잘 꾸며진 철제 선반 위에는 난초, 은방울꽃, 메발톱꽃, 제비꽃 같은 화초들이 비좁게 늘어서 있다. 삼식은 화분을 욕실로 옮기기 시작했다. 아이는 앙큼상큼 걸음마를 하며 삼식의 발뒤꿈치를 따라다니느라 바쁘다. 물이 떨어지자 난초 잎새는 낭창하게 흔들리면서 결이 퍼렇게 되살아난다. 후더분한 욕실에 청량한 기운이 가득 찬다.

"지난번에 물을 줬시야. 창문 열지 말그라이 모기 들온다마다. 애기야, 애기!"

"애기들이 쭉 늘어져 있구만. 화초가 물만 가지고 산다요? 시원한 공기도 쐐 줘야제."

삼식은 입을 삐죽 내밀며 창문을 열어놓는다. 어머니와의 식사는 언제나 즐겁기 마련이다. 삼식은 대접에 콩나물, 겉절이 김치, 시금치를 집어넣고 고추장을 듬뿍 떠서 밥을 비비기 시작했다. 어머니는 참기름을 따러 대접에 뿌려주랴, 조기를 찢으랴, 미역국을 떠오랴, 무무 하면서 이것저것을 휘어잡는 아이에게 우윳병을 물리랴 정신이 없다.

"아이, 누나가 중신했던 그 각시는 어쩌디?"

"애기는 놔두고 엄니도 식사를 허시랑께요."

"느그 누나한테 전화해 봐라이. 다시 한번 보는 것이 어쩌냐고 그 각시한테 살짝 운을 띄어 봤는갑더라. 싫으마고 안 그랬다니께 누나한테 전화해갖고 한번 만나봐야. 지도 여직 시집을 못간 거 보면 뭔가 생각이 달바졌겄제. 그 색시가 연때가 딱 맞는 여자인줄 누가 알겄냐이."

"우리는 사정사정해가지고 장가 갈라면 안 가고 말아요 엄니."

"사정헐 때는 해야제. 입에 맞는 떡이 어디 있디? 그 처자가 우리 처지에 딱 맞는다고 누나는 그라든디 어째 니 마음엔 안 차디?"

"차고 말고도 없당께요. 장가갈라고 해도 집도 절도 없는데 어떻게 간다요?"

"여기 전세방이라도 있잖냐? 니만 장가가봐라. 느그 매양이 니 돈은 집을 내놓아서라도 해줄란다고 그러드라. 글고 장가가야지 돈이 모타지지 안 그러면 천날 만날 해봐야 이 모양이 꼴이다이. 고집부리지 말고 누나한테 얼렁 밥 먹고 전화 넣어봐야, 아이?"

"엄니 오늘 저녁 누나 집에 갈라요? 누나네 식구들 밥은 어쩌고 왔다요?"

"내일 니 밥은 누가 차려주고야. 누나가 있는디, 지 걱정이 천리구먼."

삼식은 어머니의 군시렁거리는 소리를 귓등으로 넘기며 출입구에 쳐진 발을 들어올리고 방 밖으로 나온다. 방을 나서자 삼층 집 난간 밑으로 집들이 조가비처럼 조용히 엎디어 있다. 짙은 어둠 속으로 도시의 불빛이 항구의 배처럼 일렁거린다. 차들은 반딧불처럼 깜박거리며 콩알 굴러가듯 건물 사이로 숨어 들어가고 잔 자갈을 쏟아 붓는 것 같은 차 소음은 멀리 여기까지 쉴새없이 울려왔다. 옆 교회에서는 손뼉을 때리는 소리가 여전히 요란한데 뒷산 군부대 철조망 근처 미루나무에선 매미가 쨀쨀거리며 울어댔다.

삼식은 욕실에 있는 화분을 베란다로 옮긴 다음 목욕을 하기 시작했다. 벗은 몸집에는 땡볕이 건드린 곳과 그렇지 않은 곳의 구분이 뚜렷했다. 삼식은 쪼글뜨리고 앉아서 까칠한 손을 비누로 씻는다. 몇 번씩 씻어도 손 톱 위의 반달에 끼인 기름때는 페인트까지 묻어 있어 퐁퐁으로도 쉬 벗겨지지 않는다. 신나를 좀 따러 오는 것인디. 이태리 타월을 아예 빨래비누에 비벼 까칫한 손등을 북북 문대봤지만, 굳은살이 박혔던 자리에 거칫하게 일어나는 거스러미와 손등에 파리똥처럼 튀어 박힌 용접불똥 자국은 정말 어떻게 할 도리가 없다. 망할 놈의 손, 항상 요게 말썽이단 말야. 까짓거 아무려면 어때. 생긴 대로 놀아야지.

삼식은 비누질을 해가며 몸을 다시 씻는다. 얇실얇실한 몸 곳곳에 촘촘하게 들어박힌 땀띠와 불티와 상처는 어쩔 수 없는 몸의 역사였다. 욕탕을 나서자, 어머니는 이미 삼식이 꺼내준 바지를 다리미질해 놓고 자울자울하면서 마늘을 손으로 우벼 까고 있었다.

다음날 아침, 삼식은 일치감치 일어나 세탁기를 돌리고 방걸레질을 하며 마치 명절 전날 청소 우려먹듯 먼지떨이까지 들고 설쳐댔다. 어머니는 칭얼대는 아이를 어르랴 밥 준비를 하랴 황황히 정신이 없어 삼식에게 말을 붙여볼 틈이 없다. 삼식이 외출 준비를 하자 어머니가 물었다.

"이쁘게 모냥 내고 어디 가냐? 그렇게 남의 결혼식 쫓아 댕기지만 말고 내 말 좀 들으란마다. 사람이 너무 용해 빠져도 안 되는 것이어야. 니가 말하기 거북허면 내가 누나한테 말허끄나? 만날 날짜나 잘 받아달라꼬?"

"엄니도 참 일 없당께요. 지가 먼저 싫다고 했던 그런 여자를 하나나 허면서 우리는 못 기다린당게라우."

"그러면 이 엄씨가 하나나 허는 것이냐 이놈아. 뭔 일이든지 공력이 들어야 헌단 말이다. 내 그리 알고 갈란다이. 냉장고에다 조기랑 김치랑 넣었응께 나갔다 와서 먹그라이. 글면 인차 가면 은제 온다냐?"

"일이 말해주는 거니까 저도 잘 몰라라우. 요참에 올라올 때처럼 누나 집으로 전화헐 텡께 그때 집으로 오쇼."

삼식은 어머니의 등 뒤 울먹울먹하며 손을 내미는 아이의 볼에다 뽀뽀를 한다. 아이는 할머니의 등 뒤 포대기 밖으로 몸을 반쯤 내밀며 훌떡훌떡 무릎을 굴리다가는 드디어는 앵앵거리며 울어대기 시작했다. 어머니는 등을 또닥거리랴 아들 마중을 하랴 끕끕한 한숨으로 목이 넘어가는데, 삼식의 발걸음은 이미 자전거 바퀴 굴러가듯 언덕길 아래로 내리닫는다.

삼식은 동인천역 근처 꽃집 앞에서 흥겨운 발걸음을 멈추고서, 잠시 생각에 잠긴다. 그냥 갈까 하다가 꽃집 옆 가게에 들어가 껌을 산다. 그래도 발걸음이 시원스레 떨어지지 않는다.

만나는 첫날부터 꽃을 준다면 남자가 초장부터 너무 숙이는 것 아닌가. 그 잘 난 국회의원 양반들도 선거 때만 되면 사정없이 고개를 숙이드라 뭐. 그래 밤새껏 생각해낸 것이 요건데 남자가 칼을 뺐으면 호박은 못 찌르더라도 참외라도 깎아야지. 암 우린 토 아니면 모니까. 근데 이거 씨발 내 속을 너무 드러내는 거 아냐. 우린 썩어도 준치인데 말야. 사람이 안 하던 짓을 하면 어떻게 된다고 했는데……. 낯이 뜨겁지만 아직 안 써본 카든데 까짓것 모로 빠져도 삼천포밖에 더 가겠어. 고럼, 요즘 여자들은 이 대목에서 쪼금 약발이 받을 거야 그래그래.

삼식이 문 앞에서 이렇게 뭉그적거리며 생각을 굴리고 있을 때 꽃집 아줌마가 무슨 꽃을 찾느냐고 꼭 맞추게 물어왔다. 삼식은 얼결에 장미꽃이라고 말하고 나선 국화로 할 걸 잘못했나 스스로를 뉘우친다. 하지만, 장미와 안개꽃으로 만든 꽃다발은 따가운 햇살만큼이나 눈부셨다. 삼식은 손갓을 만들어 해를 가리며 천천히 약속 장소 쪽으로 발걸음을 옮겨갔다.

빨간 양탄자가 깔린 커피숍에 들어서자 삼식은 모든 사람이 자신을 쳐다보는 듯한 환각에 잠시 어지럽다. 삼식은 창 밖이 내다보이는 자리에 앉았다. 자리마다 새끈하고 멋진 청춘들이 잔잔하면서도 무겁게 흐르는 음악 속에서 느긋하게 평화를 즐기고 있었다. 약속 시간을 훨씬 넘기고 냉수를 두 컵씩이나 마셨는데도 상대는 나타나지 않았다. 30분이 지나자 삼식은 카운터를 찾아가 김윤미 씨를 찾았다. 카운터 앞에 서서 마이크에서 흘러나오는 안내방송을 맹하니 듣고 있었는데 막 문을 밀고 들어선 여자가 고개를 까딱 하면서 아는 체를 해왔다. 삼식은 여자를 좌석으로 안내했다. 여자가 고개를 연신 숙이며 말했다.

"차가 밀려서요. 많이 기다렸지요?"

"아뇨. 쪼끔이요. 정삼식이라고 합니다."

"김윤미라고 해요."

"멀리 사시나보지요? 오시느라 더우실 텐데 냉커피로 드시지요?"

"그럴까요."

삼식은 아가씨를 불러 냉커피 두 잔을 시켰다. 두 사람은 멀뚱멀뚱 앉아서 잠시 말이 없다. 삼식이 계면쩍게 웃으며 말문을 열었다.

"저기, 형수님하고는 잘 아세요?"

"다니는 교회에서 알고 지내죠. 교회는 나가세요?"

"전엔 나갔지만……."

"지금은 안 나가세요? 저는 신앙심 깊은 사람이 좋은데."

"워낙 바빠서요. 뭐 그러니까, 주일날도 일하는 경우가 워낙 많아서……."

"일요일 날도 일하면 많이 힘드시겠네요. 철일 하신다고 들었는디 주로 뭘 만들어요?"

"쇠로 만드는 것이라면 다 만들지요. 육교, 그런 거도 만들고 놀이터도 만들고 공장 건물들도 짓고 기계 같은 것도 만들고…… 하여튼 많아요."

"그러셔요? 그렇게 좋은 기술 가졌으면 돈도 많이 벌고 그랬겠네요. 선은 많이 보셨어요?"

바퀴가 길이 아닌 언덕으로 자꾸 비벼 올라가는 것 같아 삼식은 점차 불안해지기 시작한다. 2막 3장으로 가는 거야. 삼식은 머뭇머뭇 이야기의 방향을 슬며시 틀어본다.

"뭐, 좀 봤지요. 어려운 얘기는 차차 만나면서 하기로 하고 아참, 영화는 좋아하세요?"

"아, 예. 좋아하지만 시간이 없어서. 출장 가 계신다고 들었는디 본래 회사는 어디신데요?"

윤미는 다시금 삼식이가 아파하는 곳만 하나씩 짚어서 물어왔다.

"저, 뭣이냐 지금은 남양만 쪽에 있구요. 끝나고는 인천으로 올라올 겁니다. 여기는 조금 답답하네요. 커피 마시고 우리 자유공원이나 같이 올라갈까요?"

"밖엔 많이 더울 텐데요."

우리라는 단어가 자신의 귀에 너무 크게 울려 삼식은 자신도 모르게 심호흡을 한다.

자유공원은 사람들이 많은데, 서너 번쯤 웃겨야 하는데……삼식은 생각할 것이 많아 여자의 얼굴을 정면으로 쳐다보지 못하고 잠시 허둥댄다. 말이 자꾸 더듬어질 것 같은 초조감에, 삼식은 갑자기 속이 울렁거리고 답답해진다.

"식당에서 일한다고 들었는데 그럼 요리는 잘하겠네요?"

"잘하지는 못하지만 언니한테 배우면서 하는 거죠 뭐."

"여기서 멀어요?"

"구월동이니까 여기서 아주 멀진 않네요. 아저씨 회사는 어디쯤이래요?"

삼식은 윤미의 질문을 받고 또 한 번 당황한다. 여자는 자신이 물어볼 것을 전혀 놓치지 않았던 것이다.

"거 뭣이냐…… 아참, 윤미 씬 꽃 좋아하세요?"

"꽃이라구요?"

윤미가 뭔 말인가 잠시 어리둥절해하는데 삼식은 좌석 뒤에서 꽃을 불쑥 꺼내 윤미에게 안겨준다. 장미와 안개꽃 속에 묻힌 윤미의 까만 눈이 반짝 빛난다. 삼식이 떠들거리며 말했다.

"꽃집을 지나다보니까 꽃이 너무 예쁜 것 같아서…… 제가 기 김윤미 씨에게 오늘 만난 기념으로 사온 거예요."

"어머 예쁘네요. 아저씬 보기보다 선하시고 낭만적이네요?"

보기보다 낭만적이다? 삼식은 '낭만적'이라는 말이 갖는 의미를 따져보고 있는데 윤미는 뭉툭한 코를 킁킁거리며 꽃향기를 맡느라 정신이 없다. 위기라면 위기를 넘겼는데. 낭만적 좋아허시네. 그렇지 않으면 처녀값이 떨어질 것처럼 내숭을 떠는구먼. 근데 말끝마다 착하다니 세상 어떻게 살라는 말이여. 제기랄, 꽃 꺾어주고 싸대기 맞는구먼.

삼식이 끼우뚱하니 생각을 굴리고 있을 때 마침 다방 아가씨가 커피를 가져왔다. 윤미의 밝게 펴진 얼굴을 보며 삼식의 목소리는 힘이 실리기 시작한다.

"선하다는 얘기는 많이 듣지만 그게 듣기 좋은 소리만은 아니드만요. 사람이란 자고로 정서 또한 중요 안 합니까? 무지개를 보고 가슴이 벌렁벌렁헐 정도는 아닐지라도……."

자고로, 란 말에 애써 힘을 주었는데도, 뜻과는 달리 윤미는 전혀 웃지 않았다. 그리고 묻고 싶은 주제에서도 전혀 이탈하지 않았다.

"저는 꽃이야 좋아하지만 사치 같아서. 어렵게 살아왔거든요. 저는 모아놓은 돈이 별로 없어요."

"열심히 벌어놔도 스실사실 새나가는 것이 돈이더라요. 모아놓은 돈이 없더라도 걱정할 것 하나 없어요. 열심히 일해서 못 사라는 법은 헌법에도 안 나와 있는 거니까."

"호호호 이 세상은 헌법 몰라도 잘 살지만 돈 없이는 못 살잖아요. 아저씨 그동안 선을 많이 보셨죠?"

"그게 그렇게 궁금하세요? 우리는 항상 과거보다는 미래를 쳐다보며 살지요, 하하하."

삼식은 단답형의 대화에 드디어 짜증이 나기 시작하는데, 윤미는 커피를 홀쩍거리며 말을 이었다.

"가족들은 많으세요? 저는 언니가 둘 오빠 남동생 이렇게 다섯 식구인데."

"아시다시피 어머니와 저하고 단 둘이 살아요. 누나가 동네 가차이 살지요. 한 분 더 계신디 대전에서 살고요."

"그러셔요. 저는 오빠 집에 살았는데 나이가 드니까 눈치가 보여서 안 되겠더라구요. 지금은 나와서 자취하고 있어요."

"커피 다 드셨으면 영화나 한 프로 볼까요? 아님 시원하게 월미도로 갈까요?"

"오후엔 식당에 들어가봐야 하는데…… 좋아요."

월미도 바다 쪽 광장은 사람들로 복대기고 있었다. 빤닥빤닥 휘황하게 꼬마전구를 달아맨 유람선에선 신나는 랩 음악이 쏟아져나오고, '오빠, 나야 나', '사랑하지 않고 어찌 바다를 보랴', 즐비하게 휘갈겨진 길바닥 글씨 위로 사람들이 부지런히 오가고 있었다. 하지만 안타깝게도 두 사람은 사이를 가르고 오는 다정한 연인들에 밀려 미꾸라지처럼 떨어졌다 만났다 되풀이하지 않으면 안 되었다. 따라서 대화가 중간에서 끊길 때마다 그들은 서둘러 새로운 화제를 찾기 바빴다.

"요런 데는 북적북적만 하지 별로 되새기는 맛이 없죠이? 윤미 씨 우리 저 놀이열차 타볼까요?"

삼식은 길 한쪽 켠 사람들을 태우고 굽이굽이 들까불면서 돌아가는 접시열차를 보며 말했다. 열차가 굽이칠 때마다 즐거운 아우성이 와자하게 쏟아진다.

"그래 볼까요."

"요런 거도 전에 우리가 만들어서 설치를 했드랬어요."

"아, 그러세요. 근데 저는 타기가 겁나는데요."

"기회를 무서워해가지고선 어떻게 아름다운 추억이 생긴다요? 하하하."

삼식은 아직 자랑할 것이 많았다. 삼식은 오늘따라 말에 조리가 잘 서는 것을 신통방통해 하면서 자신 있게 개찰구로 들어섰다. 자신의 몸을 떨면서 붙잡고 있을 여자를 상상하자 맹꽁이처럼 배가 두둑해진다. 접시 열차가 돌기 시작하자 예상했던 대로 야무진 듯 싶던 여자의 입에서도 안타까운 비명이 쏟아져나왔다. 삼식의 어깨와 손을 꽉 붙들어 움켜쥐고 쩔쩔매는 윤미의 하소연에도 아랑곳없이 차는 자신의 회전을 마치고서야 천천히 멈추어 섰다. 삼식은 거울을 꺼내 얼굴 모양을 고르는 윤미를 보며 말했다.

"많이 어지러웠죠? 그게 이리 될 줄은 몰랐구면요."

장미 다발을 챙겨든 윤미는 발긋해진 얼굴을 꼬며 살짝 웃었다. 삼식은 한결 의젓해진 모습으로 앞장을 서서 식당으로 들어갔다. 자리에 앉아 당당하게 모듬회를 주문하는데 손등이 아프게 쓰려왔다. 내려다보니 손톱 자국이 완연한 손등에서 피가 송알송알 솟아오르고 있다. 화장지로 손등을 덮는데 윤미가 물어왔다.

"많이 다쳤어요?"

"아녜요. 괜찮아요. 저는 상처하고는 동기간처럼 가깝게 살아요."

"아저씬 약해 보여도 대담하네요."

"원래 마른 장작에는 감기도 안 붙는다는 이야기 못 들어봤는갑네요. 내가 이래봬도 용가리 통뼈는 못 되도 꼬랑지 뼈 정도는 된당께요."

여자는 이번에도 웃지 않았다. 되려 삼식의 눈을 빤히 쳐다보며 물었다.

"아저씨는 꿈이 뭐래요?"

"헤헤이 좋은 이름 있는디 뭣헐라고 아저씨 아자씨 한다요? 꿈이라고요? 꿈이란 거는 가슴속에 파묻어 두고 팍팍헐 때 한겨울에 곶감 빼먹듯 허라고 우리 형님들이 말씀허셨는디. 뭣이냐, 내 손으로 예쁜 육교를 하나 만들고, 돈을 많이 벌었다 치면 고향에 내려가 화초나 재배하고 싶은데."

"그러세요? 전 시골 출신이 아니라서 농촌은 잘 몰라요. 전 그럴듯한 한식집을 차리고 싶은데. 아직 요리는 많이 배워야 하겠지만."

"세상살이란 자근자근 알아가는 거 않겠어요? 칠십 먹은 노인네한테 물어봐도 세상 다 안다는 사람은 없을 거요. 공수래 공수거라, 고생 끝에 낙이 있다 이런 비싼 말은 못해도 우리는 요런 말 하나 정도는 가끔 하지요. 잘은 못 살더라도 뭣이냐 우애하면서 쪼끔씩 손해보는 듯 살아 갈 거다라구요. 못난 놈 핑계도 많다고 할지도 모르지만, 뭐 내 생각이 크게 잘못되지는 않았지요?"

"호호호 잘못되기는요. 저도 그렇게 생각해요. 오늘 참 오랜만에 유쾌한 시간 보내는 것 같아요."

삼식이도 흐뭇하게 웃었다. 분위기도 고즈넉한데다 서늘하게 불어오는 에어컨 바람도 달아오른 가슴을 식혀주는데 부족함이 없다. 회가 나오자 윤미가 물었다.

"일이 힘드시나봐요? 얼굴이 많이 타고 팔뚝에 상처가 있는 거 보니."

"날카로운 쇠를 다루다보니 고놈의 것이 언제 사고를 칠 줄 몰라요. 힘이야 들지만 나 혼자 힘든 것이 아닌께로 견딜 만허지요."

상처에 자꾸 신경이 쓰여 삼식은 젓가락질하는 손이 자꾸 움츠러든다. 윤미가 말했다.

"어디 많이 다쳤나 손 좀 보여주세요."

삼식이 어름어름하다가는 어쩔 수 없이 손을 내밀었다. 손톱 끝에 미처 지워지지 않은 반달의 검은 때와 용접불티가 박힌 까칠하고도 뭉툭하게 굴곡이 진 손마디, 그리고 손 등 위에 찍힌 손톱 자국. 윤미가 한숨을 내쉬며 자신의 손을 내밀었다. 융기가 사라진 발그레한 손마디 또한 식당에서의 고단한 삶을 여실히 증명해주고 있었다.

"술 한 잔 하실래요?"

"아뇨. 그쪽에서 하시고 싶으면 하세요."

술이 나오자 두 사람은 서로의 눈을 쳐다보며 건배를 했다. 술잔이 가슴을 데우자 삼식은 아까보다 좀더 자신만만해진다.

"우리 언제 다시 만나야 하나요?"

"저기, 제가 그쪽 형수님께 연락을 드릴 게요. 좋으신 분이라는 생각은 드는데……."

"우리는 좀 확실한 것을 항상 좋아하거든요. 다음 주에 올라올 테니까 우리 같이 영화나 한 프로 같이 때릴까요?"

"일요일에도 고정으로 식사하는 분들이 계시니까 오래 시간을 비우지 못해요. 제가 시간 날 때 그쪽 형수님에게 전화 연락 드릴 게요."

"전화번호를 적어드릴까요?"

삼식이 메모지를 가져와 윤미에게 집 전화번호와 핸드폰 번호를 적어준다. 하루해는 일분이 바쁜 사람들에게도 똑같이 바쁘게 흘러갔다. 밖으로 나오자 이제 붐비는 인파와 신나는 노래가 낯설지 않게 가슴으로 포근히 안겨든다. 하지만 윤미는 빨리 식당으로 가봐야 한다고 서둘러댔다.

삼식은 버스가 골목을 돌아나갈 때까지 윗 단추를 끄르고 손부채질을 하다가는 휙, 휘파람을 불었다. 그래, 토 아니면 모다. 삼식은 아끼는 양복을 세탁소에 맡기는 기분으로 은근한 기대를 가슴속으로 접어넣었다.

21. 소 꿈

아침은 다시금 새롭게 시작되었다. 깔려 있던 희부연 새벽 이내가 걷히기 시작하면서 까슬하고도 부신 아침햇살이 눈을 따갑게 내리눌러왔다. 재기가 찌뿌드드한 얼굴로 마당가 돌 턱 위에 한 발을 걸치고 작업화를 신고 있는 삼식에게 말을 붙여왔다.

"삼식이형, 오늘 아침에 어째 쪼깨 흐리구만."

"아무리 반죽이 좋은 사람도 양은 주전자처럼 찌그러질 때도 있겠지. 맨날 헤헤거리기만 하면 그게 어디 사람이냐? 오늘 바쁘니께 어서 가자이."

작업 수첩을 옆에 끼고 문단속을 하고 있던 봉석이 샐쭉 입을 비틀며 재기에게 눈을 찡긋했다. 그러자 삼식은 바로 불퉁스럽게 말을 받아치고 나왔다.

"재기야 나는 누구처럼 콩밭에 가서 두부부터 찾는 사람 아니다이. 나는 이래뵈도 첨과 끝이 한 일자로 짝 찢어진 사람이다 내."

"한 일자로 짝 찢어진 거 좋아하네. 오야지가 까지겠다고 죽는소리를 치고 있는데 일을 천하태평으로 하고 있으면 말이 되냐?"

"삼식이형 얘기는 초지일관, 한결 같다는 얘기구만요?"

"그래그래, 재기 니는 어째 그리 해석도 멋지게 잘하냐. 봉석이 형님처럼 맘이 바쁘다고 몸까지 바쁘게 설쳐대다가는 어느 구석이 어깃장 날지 모른다이. 내…… 어젯밤 꿈자리가 쪼깨 사나워서 말이야."

"꿈자리가 어때서요?"

재기가 삼식의 말꼬리를 잡고 물어왔다.

"개꿈은 아니고…… 참 이상하데. 어젯밤에 말이야."

"개꿈 아니기 좋아허네? 요런 데서 김치 국 먹고 난장에서 꾸는 꿈이 개꿈이지 그럼 뭔 꿈이데?"

삼식이 내키지 않은 듯이 말꼬리를 사리는데, 봉석은 말 중동을 딱 무지르며 빨리 가자고 서둘러댄다.

"형님 같은 줄 아나보지. 소 꿈이란 말이요, 소 꿈."

"소 꿈이라꼬?"

"소 잡아먹는 꿈이랑께요."

"형, 그럼 빨리 가면서 한번 읊어보세요."

재기가 발걸음을 서두르며 말 재촉을 했다.

"니 봐서 얘기를 하는디, 무대는 꼭 고향 뒷산이드라이. 꼭 꿈을 꾸어도 고향 꿈을 꾸는지 몰라. 그래 별 수 있냐? 돈도 빽도 없는데 옛날로 돌아가 남의 집 소나 믹이는 수밖에. 소를 뒷산 멧갓에다가 떡허니 매놓고 나는 깔을 베고 있었거든."

"깔이 뭐래요?"

"깔이 별거냐 소 멕일라고 뜯는 풀이지."

앞장서서 걷던 봉석이 삼식 대신 말을 받으며 같잖다는 듯이 코웃음을 쳤다.

"형도 알다시피 없는 살림에 남의 집 소나 끌어다가 믹이는디, 집에 가서 아부지한테 안 얻어들으려면 열심히 깔을 뜯는 수밖에 없지라이. 바지게에다 깔을 한 짐 딱 해놓고 낮잠을 늘어지게 자고 있었는지 어쨌는지 그 대목이 참 흐리마리헌디, 어쨌든 지지배배 하는 소리에 눈을 떠봤지라. 가만 본께로 교복을 이쁘게 입은 누나들이 지나가다가 깔깔대며 웃는 거라요. 그래 갖고……."

"니미럴 꿈속에서 잠잤다 깼다 허는 놈 또 첨 보겠네."

"형이야 첨 보는 것도 많고 첨 듣는 것도 많겄제. 우리야 항상 새로운 것을 추구하는 신세대 아니요."

"신세대가 다 얼어 뒈졌는갑다. 그래서?"

"재기야, 나 어째 오늘 기분이 싱숭생숭 야리꾸리하니까 얘기 안 할래. 형도 출연하는데, 흐흐."

"얘는 항상 지가 먼저 이야기를 꺼내놓고 오리발이야? 허허이 그래서 임마? 오늘 참말로 바쁘다이."

인제 봉석이 궁금증을 참지 못하고 이야기를 빨리 하라고 재촉한다.

"그래서 누나들이 가리키는 곳을 바라본께로 참말로 이상야릇한 굿판이 벌어진 거라요. 거시기 우리집 암소하고 옆집 금복이네 뿌사리 하고 한바탕 붙었는디, 핫다 다급해갖고 코뚜레를 확 잡아당겨도 꿈쩍도 않네, 요것이. 옆구리를 작대기로 찔러도 딸싹도 않지. 그래서 급한 김에 작대기로 두 작것들을 막 후려팼지라. 그래도 두 작것들이 그게 뭐 그리 좋은 일이라고 서로 딱 달라붙어가지고 안 떨어지는데 하아 나 참 환장해 불겄대요. 누나들은 옆에서 끽끽끽 웃어들 쌓는데, 그때 꼭맞추게 이봉걸이처럼 허우대가 그럴싸한 산신령이 지나가다가 그것을 딱 본 거라요."

"형은 참말로 재주도 좋네요. 나는 하다못해 꿈속에 처녀귀신도 안 나타나는데."

"얌마, 꿈에도 수준이 있다 너. 근데 산신령이 허우대가 멀쩡허게 생겼드라야. 어찌됐건 산신령이 물 떠먹다가 고걸 봤는지 오줌 누다가 고걸 봤는지는 내도 모르겄는디, 하여튼 지간에 그 산신령이 헤헤헤 웃으면서 애끼놈들, 하고설라무네 두 소새끼 뿔을 요렇게 딱 잡더니 뻑, 하고 박치기를 시키는 거야. 그때 언뜻 보니까 너풀너풀한 흰 머리카락이 뒤로 훌러덩 벗겨지면서 빡빡 민대가리가 쑥 나타나는 것을 봉께로 영락없이 봉석이 형님이 딱 맞드랑께. 형, 괜찮죠?"

"내 머리가 홀떡 벗겨졌다고? 헤헤 자식이 웃기구 있네 시방."

"봉석이형은 가만히 계시고, 그래서요?"

재기가 마른 침을 꼴칵 삼키며 묻는다.

"어찌됐건 딱, 소리가 나면서 갑자기 날벼락이 치고 하늘이 어두컴컴해지더니 땅바닥이 쫙 갈라지는디……."

"하여간 맨날 뒤꽁무니에서 농땡이나 치면서 뒷심이라도 좀 남은 것들이 개꿈이라도 꾸지, 우리 같이 노골노골해갖고 일 끝나고 눈 붙이기도 바쁜 사람들이 꿈이 어딨냐 꿈이? 더운 밥 먹고 물똥 싸기도 바쁜데, 재기야, 안 그러냐?"

골이 잔뜩 난 봉석이 자꾸 껴들며 지절거렸다.

"그건 그래요. 삼식이형 그래서요?"

재기는 양쪽 장단을 맞추기 바쁘다.

"별 수 있겠냐? 전부 그 속으로 꼬라박힐 수밖에. 허우적거리면서 떨어졌는데 이상하게 하나토 안 아프더라이. 하긴 내가 쪼끔 낙법을 하잖아. 어찌됐건 땅바닥에 넉장거리로 떨어져 질펀하게 누워 있었제. 그렇게 헤벌레하게 누워 있는 그 판국에도 하늘에서 떨어지는 누나들이 다칠까봐 그것들을 받을라고 허우적허우적 했던 것 같은디. 하여튼 상당히 부드러운 삭신을 딱 안았다 싶었는데 딱 깨보니 소는 소대로 마냥 풀을 뜯어먹고 있고 날씨는 날씨대로 화창한 봄날인 거 있지."

"낙법 좋아허네, 자식이 싱겁긴. 땅이 갈라지는 것 담부터는 니가 지어낸 것이지?"

"근데 형님은 그 어려운 것을 어떻게 알아부렀소?"

"니 눈빛만 보면 안다 자슥아. 술값 계산할라치면 화장실 가는 놈들 하 많지. 그리고 물건 설치하는 날이면 허리 아프다 배가 아프다 꿈자리가 섭하다 하는 놈들도 참 많지. 누구라고 말은 못해도. 어찌됐건 오늘은 니가 바께스 컨베어 꼭대기에 올라가는 줄만 알아라이."

"형은 참 내가 얘기만 하면 뺑까는 것으로 생각헌당께."

"뺑을 까든 콩을 까던 빨리 가자. 오늘 아침은 눈알이 팽팽 돌아갈 텡께. 새복부터 크레인 기사가 와 있을 거라."

세 사람은 열심히 동동 걸음을 치며 아카시 숲 돌너덜 길을 넘어 식당 쪽으로 달려갔다.

불볕 더위는 아침부터 예사롭지 않았다. 공장에서는 50톤 크레인이 붐대를 높이 쳐들고 물건을 실어내고 있었다. 크레인에서 뿜어져 나온 매연이 지열과 버무려지면서 현장 안은 매캐한 열기로 숨을 콱콱 막아왔다. 사무실 앞마당에는 정 사장, 일신기공 김 사장, 태진공영의 천 부장이 둘러서서 물건이 상차하는 것을 쳐다보면서 얘기를 나누고 있었다.

천수가 와이어를 감아서 척클(크레인에다 달아맬 물건과 와이어 줄을 결합하는 장치)을 채우고 뒤로 물러나면, 봉석이 "마개(올리라는 일본 말)"라고 외치며 손바닥을 하늘 쪽으로 하여 강아지를 부르듯이 까분다. 호퍼의 무거운 몸집이 쿵하며 들렸다가 건들건들 춤추며 중심이 잡혀 천천히 공중으로 떠올랐다. 천수가 물건의 옆을 잡고 밀면서 방향을 잡는다. 호퍼는 주 반장 있는 트레일러 쪽으로 회전하면서 다가가기 시작했다. 봉석과 주 반장이 트레일러의 양쪽에서 호퍼의 몸체를 잡고 물건이 앉을 자리를 가늠하여 차 바닥 위에 각목을 이리저리 맞춘 다음 물러난다. 봉석이 손바닥을 땅 쪽으로 하여 까딱까딱 까불자 차바퀴가 움쩍 하면서 물건이 트레일러 위에 내려앉았다. 흐르는 땀을 목에 두른 수건으로 연방 닦아내던 주 반장이 침을 탁 뱉어내며 봉석에게 말했다.

"저것들 물건 나가는 날 입을 딱 씻을 긴가 본데 정말 무섭대이. 먼 산 쳐다보데끼 하고 있는데 시커먼 콜라라도 한잔씩 권하면 마 누가 때리나 씨팔."

"그러면 우리가 고맙다고 쌍절을 하지. 젠장 돈에서 땀내가 나겠구만. 조끔 기다려봐 족제비도 낯짝이 있다잖어."

"아니, 김 사장까라 천 부장까라 쟈들한테서 물 한 잔이라도 내 얻어먹는다 카면 지들 아부지 무덤에다 엎드려 갖고 큰절을 할기다, 내."

"내 말이 그 말이여. 근데 성만아 오늘따라 왜 그래?"

"그럴 일이 있다카이."

주 반장은 넘어온 밧줄을 트레일러 측판의 고리에 비끄러매면서 마른 입맛을 쩍쩍 다신다. 트레일러가 먼지와 매연을 내뿜으면서 새마을 도로 위로 기우뚱거리며 천천히 기어가기 시작했다. 돌공장 입구 어방의 도로 위로 트레일러가 사라지자 도열했던 사람들도 사무실 안으로 들어갔다. 물건이 실려나간 휑뎅그렁한 빈자리를 회오리바람이 한바탕 쓸고 지나가면서 풀썩 먼지가 일며 빈 용접봉 곽이 허공으로 솟구쳤다. 이쪽 현장 안에는 상주에 실어보낼 집진기 마무리 용접을 위해 박씨만 남고 모두 설치 현장으로 떠날 채비를 했다.

돌공장 안은 날아오른 먼지로 최루탄 가스 터진 광장처럼 눈을 뜰 수 없을 만큼 뿌유스름한 연회색 연막으로 둘러져 있었다. 덤프트럭이 쉴 새없이 드나들며 들쑤셔거려 그나마 가라앉아 가는 먼지가 등천을 했다. 주 반장과 정 사장이 트레일러의 밧줄을 풀고 있는 봉석에게 다가왔다.

"정신이 하나도 없네. 사방에서 지지고 볶아대니. 내 사무실에 가서 덤프트럭 좀 저쪽 길로 가라고 해볼게."

말을 마치고 정 사장은 투덜거리며 현장 사무실 계단을 오르기 시작했다. 봉석이 걱정된다는 듯이 말했다.

"오늘 내로 일을 어느 정도 죽여놓지 않으면 안 되는데…… 구멍이 잘 맞아 떨어져야 될 텐데."

"그래 잘 될 기라. 봉석아, 우에됐건 안전빵이 제일 아이가? 니들도 안전모를 쓰고 일은 늦어도 좋으니까 천천히 살펴가며 일하그래이."

"그거야 두 말 하면 잔소리지. 근데 삼식이 저느마는 지금 설치할 거부터 단도리를 해야지 왜 저쪽에서 처박혀 있나 시방? 삼식아!"

먼지 범벅이 된 얼굴로 호퍼가 자리잡을 곳의 자갈과 돌을 치우고 있는 삼식을 향해 소리 질렀다. 삼식이 재 묻은 강아지처럼 시멘트 가루를 뒤집어 쓴 채 발발거리며 두 사람 쪽으로 달려왔다.

"삼식아, 고생이 많다이. 오늘 목욕비라도 챙겨야 할 텐디. 아침에 슬쩍 건네 봤더이 김 사장 저것들이 꼼짝도 않구마."

"형님, 목욕비도 좋지만, 망할 놈의 먼지 땜새 죽갔소."

"그래서 정 사장이 저쪽 사무실에 올라간 거 아이가. 볼트랑 다 챙겨놨나? 삼식아, 니 오늘은 덤벙대지 말고 땀 좀 식는다 싶게 그렇게만 일하그래이."

"그럼요. 우리가 누굽니까. 공포의 삼겹살 팀 아니요. 형님들 물건 실어오기 전에 견삭기, 스빠나, 체인블록, 볼트랑 너트랑 하여튼 저쪽 합판 위에다 와샤까지 짝을 맞춰 꿰어 났은께 알아서 하쇼."

"헤헤헤, 그럼 됐다 됐어. 꼴값을 떠는 것 같아도 눈치 하나는 잽싸다이."

봉석이 흡족히 웃으며 삼식의 어깨를 탁 친다. 어깨에서 먼지가 풀썩 일어났다.

"하참, 기본 가락구 아니요. 언제나 형이 요놈의 삼식이를 대접할 날이 올란가 모르겠소 이."

"봉석아, 여기 현장은 니 알아서 해라. 내 저쪽 현장에서 상주 내려갈 물건을 일단 단도리해 놓고 오후에 전부 여기에 붙어삐자."

그때 현장 책임자와 정 사장이 다가왔다. 정 사장이 봉석에게 안전모를 손으로 가리킨다. 현장 책임자는 고개를 뒤로 젖히고 현장을 한번 훑어보며 말했다.

"하는 데까지 하고 절대 무리하지는 마세요."

봉석이 연장통을 뒤져 안전모를 집어쓰고 턱 끈을 조이고 있을 때 천수가 바지에 묻은 먼지를 탈탈 털면서 다가왔다.

"저기 덩치 크고 까다로운 사일로부터 설치해야하겠죠?"

"고럼, 근데 니는 다 쓰고 있는 안전모를 왜 안 쓰나. 얼른 안전모 안 쓸래?"

"형님도, 설치를 한두 번 하나요? 안전모 쓰면 머리 모양만 망가지는데."

천수가 팔찌가 달랑거리는 손목으로 꼭뒤를 만지작거리더니 뒤도 돌아보지 않고 생뚱하게 말을 한 마디 되박으며, 초생달이 산뜻하게 그려진 검정색 모자챙이 뒤로 가게 삐딱하게 꾹 눌러쓰고 사일로 쪽으로 달아난다. 봉석의 눈썹이 위로 사납게 치켜 올라간다.

"새끼, 머리 모양 좋아하네. 쇠토막도 살짝 부딪치면 찌그러지는 판인데 저게 지 머리 깨질 것은 생각 안하고. 야 임마! 니 안전모 정말 안 쓸래? 저걸 그냥."

봉석의 고함소리는 이미 투둑거리며 돌아가는 믹서기 소리에 그냥 묻혀버린다. 봉석이 연장통을 뒤적거리다 말고 그쪽으로 쫓아가는데, 이미 천수는 사일로 꼭대기에 언제 올라갔는지 벌써 와이어 줄을 걸고 있다. 크레인이 검은 연기를 내뿜으며 붐대를 뽑아냈다. 이어 어린애 머리통만 한 추가 내려오자 봉석은 사일로의 파이프 다릿발에 와이어를 걸고 손을 까불면서 올리라는 신호를 한다. 바닥으로 내려온 천수가 봉석에게 날쌔게 달려와서 말했다.

"형님, 브레싱을 다릿발 한쪽에 지금 안 걸어서 올리면 저 맨지름한 파이프 꼭대기에 누가 올라간다요?"

"아참, 깜빡 했네. 니가 말 안 했더라면 뽕빠질 뻔했구만."

봉석이 공중에 떠서 사일로 몸체 쪽을 다가가던 파이프 다릿발을 땅바닥에 다시 내려놓으라고 신호를 한다. 재기가 볼트를 날라 오고 천수가 파이프 다리 한쪽과 앵글에 볼트를 걸어 잡아 돌린다. 다시 붐대의 와이어 줄이 팽팽하게 감아지면서 파이프 기둥이 공중으로 떠올랐다. 기둥이 사일로 쪽으로 천천히 스윙하며 다가갔다. 천수가 다리에 잡아맨 밧줄을 잡아당기면서 방향을 잡는다. 봉석은 내려오는 파이프 다리를 잡아 뾰족한 견삭기(구멍에 볼트를 결합하거나 조이는데 쓰는 공구) 끝으로 구멍을 쑤시면서 재기가 건네주는 볼트에 너트를 채워 능숙하게 잡아돌린다. 이윽고 한 쪽 손을 까딱까딱 내리라는 봉석의 손 신호에 삐딱하던 파이프가 휘청하면서 하늘을 향해 우뚝 섰다. 재기가 볼트, 너트, 와셔를 주면 봉석이 너트를 잡아돌려 채우고, 천수는 뒤를 따라가며 견삭기로 까르륵까르륵 볼트를 조이기 시작했다.

"천수야 너무 꽉 조이지 마라이."

여섯 개의 다리가 서고 X자로 앵글이 질러지자 천수가 네 귀퉁이에 있는 철판 고리에 와이어를 걸고 척클을 채운다. 비행접시처럼 하늘 향해 들려진 사일로가 다리가 밑으로 가도록 공중에서 서서히 뒤집어진다. 봉석이 삼식이네 쪽을 바라보며 버럭 소리 질렀다.

"삼식아, 그쪽 다 됐나? 인제 얼른 비켜라이."

"다 됐시요."

삼식과 최씨가 연장을 치우고 비켜선다. 사일로가 앉을 자리에는 육각형의 모양새로 앵커볼트가 시멘트 속에 박혀 있다. 봉석이 걱정스러운 듯이 말한다.

"요것이 잘 맞아야 할 텐데."

"잘 안 맞으면 망치를 놔야죠. 누가 자질을 했는데……" 하면서 천수가 빙퉁그러지게 말을 한 마디 하고선 헤헤 웃는다.

"저걸 그냥."

봉석은 헤헤거리는 천수를 벌건 얼굴로 쳐다보다 마른침만 꿀꺽 삼키며 사일로 쪽으로 달려간다. 사일로가 천천히 내려왔다. 사람들이 다리 하나씩 잡고 사일로 베이스 판 구멍에다 앵커볼트를 채우기 위해 달려들었다. 볼트를 꽉 조이지 않아 까닥거리는 다릿발을 구멍에 집어넣고자 모두들 신호(구멍을 쑤시며 볼트를 결합하기 위해 끝을 뾰족하게 만

든 쇠꼬챙이)와 견삭기를 하나씩 챙겨들고 나섰다. 여러 개의 입이 덩달아 바쁘게 돌아
간다.

"삼식이형, 그쪽에서 바짝 밀어야 할 거 야녀."

"천수 니가 임마 그쪽에서 당기면서 일단 얼른 볼트 하나를 걸어야지."

"조끔만 들라니까. 핫다 저 크레인 운전사 초짜 아냐 이거."

"손만 잡고 있는 놈은 누구야?"

가까스로 베이스 판 구멍과 앵커볼트가 제 자리를 찾아가는데 덤프트럭이 먼지바람
을 휙 뒤집어씌우며 지나간다.

"저 시팔 덤프트럭은 좆빨랐다고 들라닥거리냐 시방."

코를 벌름벌름해 보지만 사방이 먼지구렁이라 도망칠 곳은 아예 없다. 구멍이 얼추 조
여지자 천수가 사다리를 가져와 6미터 높이의 공중으로 원숭이처럼 잽싸게 기어올라가
서 와이어를 풀어낸다.

"저건 완전히 다람쥐 새끼구먼. 쯧쯧."

천수가 내려오자, 땀으로 젖어 늘어진 안전모 턱 끈을 조여대던 봉석이 목 눌린 소리
로 말했다.

"니 정말 안전모 안 쓸래?"

"안전모 써도 다칠 사람은 다 다치드라 형."

"그래도 이놈의 자슥이."

봉석의 눈초리가 가늘게 찢어지면서 낚시 눈으로 천수를 잡아 펠 듯 노려본다. 천수
는 잠시 봉석이와 눈빛을 겨루다 주둥이를 빼밀고 꺼떡거리며 공구통 쪽으로 천천히 걸
어갔다. 천수가 안전모를 집어쓰고 툴툴거리며 다가오자 봉석이 오금을 박아서 말을 보
탰다.

"턱 끈 안 조일래? 내 봉께로 니처럼 빔을 일이 년 타고선 따따부따 까불고 설치는 놈

들이 꼭 다치드라 임마, 알았어? 딴 사람 우정해서 안전모 써 주십사 사정하냐? 다 니를 위해서지, 어?"

"이예."

천수의 시원한 말대답이 없어도 현장은 바쁘게 잘도 돌아갔다. 그렇다고 작업이 일사천리로 진행된 것은 아니었다. 설치 현장에서는 으레 그렇듯이 도면과 제작 설치물 사이에는 항상 약간의 괴리는 있게 마련이다. 특히 기존의 것들 사이에 새로 제작한 물건을 끼어 맞추어 먹는 것은 기존 설치물이 이미 변형되어 있기에 더욱 까다로웠다. 그것은 고도의 경험을 요하는 것이었고 하청을 맡은 경우 이런 설치 작업을 우습게 봤다가 호되게 당한 경우도 많았다. 점심때가 되자 사일로가 상하단이 볼트로 고정되고 바케스 컨베이어 역시 가까스로 자리를 잡았다. 자리잡았다는 것은 곧 설치 작업의 시작을 의미했다.

점심 식사 후에는 주 반장과 박씨까지 설치현장에 합류해 바쁘게 돌아치기 시작했다. 삼식은 아시바(조립식 사다리 발판) 2단 파이프 위에 용용하게 올라서 있고 최씨는 중간에서 재기가 올려주는 물건들을 중간에서 받아치기 한다. 합판이 올라가고 철사가 올라갔다. 밧줄이 내려오는 대로 용접기 집게가, 망치가, 용접봉과 용접면이 위로 자꾸만 올라갔다. 밑에서 던지면 위에서 받고, 위에서 소리 지르면 밑에서 뛰고, 밑에서 소리 지르면 "어야"소리가 나면서 위에서 머리가 바쁘게 튀어나왔다.

"재기야! 물 좀 없냐?"

"삼식이형, 있긴 있는데 밍밍할 걸요."

"밍밍하건 달큼하건 간에 하여간 가져와 봐라. 우물이 옆에 있으면 그냥 쳐들고 마시겠다야 제기랄거."

재기가 물을 찾아 부리나케 연장통 있는 데로 달려가는데, 산소 통 목을 잡아 굴려오던 최씨가 혀를 차며 말했다.

"재기 저것은 산소 통을 쓸 데다 가깝게 설치를 했어야지. 참 머리 안 돌아가네. 아이구 더워라."

봉석이 비질비질 땀을 흘리는 최씨를 보며 이죽거린다.

"저 땀 좀 보래이. 아이구야, 최형, 이번 공사 끝나고 개소주라도 좀 묵어야 쓰겠구만요."

"개소주 같은 소리!"

그때 1톤 트럭이 자갈밭 돌 먼지를 비벼대며 멈춰 섰다. 정 사장이 낑낑대면서 하늘색 빗금이 그어진 아이스박스를 내리려 하자 재기가 날쌔게 차 문을 타넘어 들어가 박스를 같이 띔어서 들어낸다. 일꾼들은 위에서는 내려오고 밑에서는 달려와 얼음에 잠긴 페트병을 하나씩 집어든다. 말라붙은 혀와 입천장, 컬컬한 목을 올칵거리며 헹구느라 품어낸 물방울이 먼지에 떨어져 흙 구슬이 뭉쳐 굴러간다. 버얼컥버얼컥 물 들이키는 소리가 굶주린 황소가 냇물 들이키는 듯하다. 그때 덤프트럭이 달디단 물맛을 후비면서 훑고 지나갔다. 그러자 그나마 큰이불 한 장 만한 그늘을 지우고 서 있는 길옆 아카시 나무가 먼지 덮인 이파리를 부르르 떨었다. 한숨을 돌린 사람들은 먼지가 등천하는 길을 벗어나 도망을 치듯 그늘을 찾아 나선다. 호퍼 뒤쪽 그늘이 어쩔 수 없는 비상구였다. 봉석이 정 사장에게 물었다.

"돌공장에다가는 차 좀 다른 길로 다니라고 얘기를 해보긴 해봤어요?"

"마른 방귀도 안 뀌드만. 공사가 늦어져서 손해 막심하다고 되래 사정하데. 그리고 기사들이 시간 떼기라 자기들도 뭐라 얘기 못 한다는 거야. 먼지가 나지만 우짤 수 없지. 참아야지……."

"그런 얘기를 하는 새끼들은 먼지구렁에다 대가리를 처박아 넣고 하나 둘, 백까지 세라고 해야 쓰는디."

가만히 옷을 활랑거리며 땀띠가 난 가슴께로 바람을 불어넣고 있던 최씨가 배알이 꼰질꼰질 뒤틀리는지, 정 사장의 말이 채 끝나기도 전에 막지르면서 거칠게 말을 뱉어냈다. 척척하게 젖어 살갗에 달라붙은 런닝을 겨드랑이까지 걷어붙이고 옷 부채질하는 최씨의 마른 배 주름마다 사인펜으로 그은 것처럼 땀 고랑이 깊숙이 그어져 있다.

"최씨, 왜 하필이면 백이야 이 사람아. 에누리가 어째 없댜. 열까지만 세라고 해도 골로 가겠구만."

박씨가 예의 두둑한 뱃살을 두드리며 어긋지게 말을 받는다.

"헤이 박형도 참, 갸들이 열까지 세라고 허면 셀 것 같애. 우리들 궁디부터 먼저 차지."

주 반장이 말을 끝맺고 나서 정 사장의 얼굴을 힐끗 쳐다보는데, 정 사장은 말없이 입맛만 다신다. 천수는 옆에서 먼지 타령을 하거나 말거나 안전모로 인해 달라붙은 머리칼을 탈탈 털어 빗질하며 모양내기에 여념이 없다. 삼식이 벙긋거리며 재기의 어깨를 쿡 찌르며 눈짓을 한다. 두 사람은 서로 의미심장하게 눈을 맞추면서 자갈 더미 뒤쪽으로 슬며시 돌아갔다.

"지가 어디로 도망은 안 갔겠제?"

판넬 쪼가리로 막아둔 사각의 뚜껑을 들어내고 두 사람은 고개를 안쪽으로 들이밀었다. 판넬 벽 귀퉁이에는 별거도 아닌 두꺼비 한 마리가 옹송그리고 있다가 느닷없는 햇빛에 놀란 듯 눈알을 끄먹거리며 뒷다리를 오므리고 경계태세를 취했다. 재기가 들고 있던 페트병의 물을 잘름잘름 뿌려주자, 웅크리고 있던 두꺼비는 풀떡 뛰어올랐다. 하지만 합판에 머리를 부딪치고는 어리둥절 눈알을 끄먹끄먹 상대방의 다음 행동을 노렸다.

"좀만 기다려봐라이 내 물 구경 원없이 시켜줄 텡께. 워리워리. 귀여운 자석. 아이구야 두꺼비 세수 하나 마나라지만 저것이 물을 뒤집어쓰고도 꿈쩍도 않네. 니가 여기 밖에 나가봤자 차에 치어죽거나, 굶어죽기밖에 더 하겠냐? 아가야 니 쪼까만 기다려 보거라이. 고향 구경시켜 줄텡께. 근데 두꺼비 낯짝이라고 그러는데 저것이 우리들 고마움을 알랑가 모르겠네."

"야 고놈의 것 다리를 짝 발라가지고 구워먹으면 참 맛있겠네."

두 사람의 등 뒤에서 몇 개의 머리가 기웃기웃했는데, 그 중에 최씨가 농을 치면서 한 마디했다. 삼식이 입을 삐죽 내밀며 말했다.

"형님도 참 살아 있는 물건 앞에서 그런 말하면 죄로 간당께요."

"요즘은 개구리 구경하려면 동물원에 가야 헐 판국인데 어디서 그것을 주어왔냐?"

"점심 먹고 오다보니까 저것이 겁도 없이 큰길을 깝죽깝죽 기어가잖아요. 니 오늘 진짜 임자 잘 만난 줄만 알어라이."

"주 반장, 가만히 두 사람 노는 것을 보면 한심한 것 같기도 허고 정신 나간 것 같기도 허고 참말로 야리꾸리하네."

"최형, 야리꾸리할 게 하나토 없구마. 이기 웃기는 거지, 뭐꼬? 이봐, 어처구니 양반들, 빨리 안 일어날래 어이? 봐라, 천수 저것은 벌써 저쪽 바케스 컨베어 꼭대기에 올라가 있지 않나 말이다."

주 반장이 두 사람에게 불퉁스럽게 쏘아붙이며 재촉을 하는데, 봉석이 두 사람의 얼굴을 헤실헤실 쳐다보다가는 성만에게 말했다.

"놔둬버려, 그런 낙도 없으면 요런 먼지 구덩이에서 무슨 재미가 있겠어."

최씨가 천수 쪽을 바라보며,

"저기는 내가 올라갈라고 했는디 천수 저것이 취부를 잘 할랑가……." 하며 말끝을 흐리는데 봉석이 말을 받는다.

"천수 저것이 최형 고단한 줄 알고 미리 올라간 것 같은데. 저것이 텅텅 빈 것 같아도 가끔씩은 속에 뭐가 조금 들은 것처럼 딩딩 울리기도 헌당게요. 내 현장생활 이십 년에 저놈아 속만큼은 알다가도 모르겠구만요. 내가 좀 있다가 한번 저놈아한테 올라가 볼 텡께요. 우리는 여기 사일로 상단 볼트를 같이 채워나가자구요."

"그려. 어쨌든 저놈아가 고맙구만. 인젠 꼭대기라면 살이 좀 떨리더라고."

삼식이 사일로 쪽에서 얼쩡거리며 볼트를 챙기고 있는데, 천수가 십여 미터 이상이 되는 버킷컨베이어 위에 야부롯이 엉덩이를 걸치고 앉아서 밧줄로 용접기 집게를 끌어올리면서 삼식에게 어여 올라오라고 소리를 버럭 질러댔다. 바지 뒷주머니에 삐죽 비어져 나온 견삭기가 떨어질 듯 아스라하다. 삼식이 똥하게 머뭇거리고 있는데 봉석이 올라가라고 턱짓을 했다. 삼식은 참새처럼 입을 씰룩씰룩 주절거리며 사다리를 올라가기 시작했다. 봉석은 최씨와 함께 사일로 상단의 볼트를 조립하기 위해 발판 위로 오르고, 주 반장은 박씨를 데리고 호퍼를 설치하기 위해 길게 뽑힌 크레인 붐대가 기다리고 있는 쪽으로 헤적헤적 재우쳐 간다.

삼식은 솟대처럼 직사각으로 높이 치솟은 버킷컨베이어 꼭대기는 두 사람이 일하기에는 약간 비좁았다. 꼭대기라 먼지로부터는 해방이 될 것 같았지만 바로 위쪽 고지대에서 불도저로 돌을 쏟아붓는 소리와 믹서기가 쿵쾅거리며 돌아가는 소리가 마치 막힌 통 안에서 듣는 망치 소리처럼 귀를 틀어 막아왔다. 먼지는 먼지대로 원수 같은 바람 따라 쫓아다니면서 얼굴을 자꾸만 훑어내린다.

"헤헤이 형, 오늘 어째 얼굴빛이 흐리네."

"니미럴 요렇게 높은 꼭대기서 일하면서 헤헤 웃으면 그것도 사람이냐?"

"겨우 요 정도 가지고 그래싸. 100미터 빔 꼭대기에서도 우린 나 잡아보기 하면서 노는데. 헤헤헤. 내가 다 알아서 할 테니까 형은 옆에서 가만히 담배나 피면서 시다바리나 잘해주셔. 형이 여 위에까지 올라왔으니, 내 형님 대접 깍듯이 해줄게."

"시다바리 좋아하네 자식이. 나도 임마 삼십 층 꼭대기에서 단박클(turnbuckle, 나사 조이개. 물건의 간격을 조절하는 장치. 철골구조의 경우 지붕에 환봉을 길게 용접하여 기둥의 수직과 수평을 조절함) 들고 널뛰었던 놈이야 임마. 현장 밥 공거로 먹은 줄 아냐? 자식이 형님 앞에서 탱자탱자 까불고 있어."

삼식은 느긋하게 담배를 꺼내 물었지만 오금으로 찬 기운이 쓱 지나가며 똥끝이 저리는 듯한 느낌이 예사롭지 않다. 높은 데 올라왔을 때 느끼는 현기증은 언제나 이렇게 새로운 것이었다.

"아이쿠, 앵글 용접하기가 니미 더럽게 생겼네. 손이야 닿겠지만 후장에 땀 좀 나게 생겼구만."

"형이야 용접에 고수니까 요 정도 때우는 거야 손바닥 뒤집는 것 아니요?"

"이런 후레자식이 돼지 발바닥 물창 튀기는 소리허고 자빠졌네. 얇삽하게 슬슬 왜 **빼**냐? 팔팔한 너 놔두고 그럼 내가 이 꼭대기에서 고대기(용접기 집게의 일본말)를 잡아야 쓰겠냐?"

"형, 그럼 내가 미끈하게 때울 테니까 저녁에 산 오징어에다 쐬주 한 잔 크으 어때?"

"알았어 자식아. 형님 대접한다 해서 얼씨구나 했는데 결국은 지 술잔부터 챙기고 있어. 어쨌든 여기를 잘라내고 취부하려면 **뽕빠**지게 생겼다야. 앵글을 때워 갖고 까치발을 만들어놔야 안전빵일 텐데 말야. 올라갔다 내려갔다 니미럴 불알 밑에 땀 좀 나게 생겼구만."

"먹는 것도 아닌데 형도 누구처럼 안전빵 되게 좋아하네. 쯧쯧, 그래도 술 사준다는데 내가 내려 가야제 형은 우에서 까치발 만들 앵글이나 잘 받아주세요 이. 오늘 니미 사타구니에서 딸랑딸랑 방울소리가 나게 생겼네 스발."

"딸랑딸랑 소리 듣고서 꼬리치며 올 여자도 없을 텡께 걱정허덜 말그라이. 아니? 어쭈 그리. 저게 우게서 앵글 잡아 땡기는 게 얼매나 힘든데. 하참, 가만히 보니 결국 자기 배가 크다는 얘기 아냐 이거. 생각해주는 것처럼 해놓고 저게…… 하아참, 큰소리치며 술 시켜먹고 뒷문으로 먼저 새는 놈들처럼 비겁하게 자식이."

삼식의 말이 끝나기도 전에 천수는 이미 사다리 밑으로 내뺐고 없다. 이어 앵글과 철판이 밧줄에 매듭지어져 꼭대기로 올라왔다. 두 사람은 발판을 만들어 놓고 그 위에 합판까지 깔아 철사로 동여맨 다음, 흔들거리는 버킷컨베이어를 본체 쪽과 고정시켜 나가기 시작했다. 한 사람이 앵글을 들고 가접하는 것을 기다리고 있기에는 너무 힘들어 삼식은 밑에서 이쪽저쪽 챙기느라 바쁘게 돌아가는 재기를 불렀다. 재기가 물병을 들고서 컨베이어 사다리를 타고 위쪽으로 흥얼거리며 올라왔다. 위에 오르자 재기는 마치 고목나무에 붙은 매미처럼 흔들거리는 난간을 꼭 붙잡고서 얼굴이 붕어빵처럼 놀놀하게 질려간다. 위를 올려다 볼 때는 하 우습게 보였는데, 막상 위에 오르니 밑이 한없이 좁아지는데다가 바람에 까딱까딱 흔들리는 것이 영 심상치 않았던 것이다.

"땅바닥에 다리를 붙이고 사는 것이 얼마나 고마운 것인지 인제 알겠구면요."

"이렇게 허구한 날 공중에 떠서 사는 사람도 많은데 겨우 요까짓 것 가지고 뭘 그러세요. 그리고 이 앵글을 살짝만 잡고 있으면 되는데……." 하며 천수가 꺼드럭거리며 나서는데 삼식이 천수의 말을 자르며 재기의 어깨를 툭 친다. 재기가 와뜰 놀라며 그 자리에서 자지러붙는다.

"괜찮아 임마, 공중에서 놀 때도 여기가 고무줄하며 노는 운동장이다 생각만 허면 돼. 그리고 말야, 지금 저 밑에 있는 것들이 얼마나 우습냐. 근데 저 천수 자식같이 보추없이 널뛰는 놈들은 떨어지지. 정신만 차리면 떨어질라고 발사심해도 안 떨어진단게, 알았제?"

"형은 정말 안 무서워?"

"나라고 심장에 털이 난 것도 아닌데 어째 안 무섭겠냐. 다 경험이지. 근데 말이다. 니가 달달 떠는 것을 보니까 전혀 안 무섭다야. 거참 이상하네. 그리고……."

그때 천수가 두 사람의 말을 잘랐다.

"삼식이형, 저기 저기……."

두 사람의 눈이 좁혀지며 천수가 가리키는 곳을 부지런히 더듬는다. 호퍼 쪽으로 사람들이 우르르 뛰어가는 것이 심상치가 않다.

"뭔 일일까요?"

"글쎄 말이다. 천수 니는 살짝살짝 망치로 때려 붙이면서 용접하고 있어라이. 까불지 말고 어이? 재기야 내려가자 너는 여기 위에서는 안 되겄다."

삼식은 재기를 앞세우고 사다리를 내려가기 시작했다. 천수도 삼식의 말에 상관없이 두 사람 뒤를 따라 내려온다.

삼식이 우중우중 서 있는 사람들 사이를 뚫고 들어가 보니 얼굴이 참외껍질처럼 노랗게 질린 주 반장이 땅바닥에 드러누워 파들파들 떨고 있다. 벗겨낸 안전화에서 피가 흘러내리고 뻘겋게 변색된 양말에서 피가 뚝뚝 떨어져 마른땅을 적신다. 땀 벌창이 된 박씨는 주 반장의 어깨를 끼고서 "괜찮여? 괜찮여?" 하며 반쯤 얼이 나가 있다. 밧줄로 종아리를 묶고 난 봉석이 핸드폰을 찍다가 흘러내리는 땀을 씻으며 돌공장 인부들을 향해 물었다.

"차 좀 빌릴 수 없나요?"

돌공장 인부들이 뒤로 주춤 발을 빼는데 재기가 삼식에게 같이 가자는 눈짓을 하며 제작 현장 쪽으로 토끼처럼 달려간다. 돌공장 사무실에 있다 사고 소식을 듣고 달려온 김 사장이 혀를 클클 차면서 박씨를 향해 물었다.

"어이된 일이여? 사람들이 그렇게 조심조심하라고 얘기해도 내참 쯧쯧. 벌써 몇 번째 야, 이거, 쯧쯧."

박씨가 죄 지은 사람처럼 대답을 못하고 쩔쩔 매는데 김 사장의 말을 가만히 듣고 있던 봉석이 시퉁머리터지게 말을 들이박는다.

"누구는 다치고 싶어 다치나 씨팔!"

"저 양반은 나만 보면 어째 싸우려고만 드나."

"말이나 심뽀를 그렇게 쓰니까 그러제. 얼마나 다쳤냐부터 물어보는 게 순서 아냐. 다친 사람 앞에서 못하는 소리가 없어 에이 썅."

누리끼리하던 주 반장의 얼굴은 백짓장처럼 변해갔다. 젖은 양말이 벗겨지고 붕대가 둘러졌다. 그때 트럭이 도착하면서 정 사장이 허겁지겁 차에서 내려섰다. 정 사장의 뒤를 따라 공장담당자가 거들먹거리며 걸어왔다. 삼식과 재기도 화물차 뒷간에서 풀떡 뛰어내린다.

"많이 다쳤어요? 하참, 잠깐 사이에. 주 형, 괜찮아요?"

정 사장이 묻는데 주 반장은 눈알을 끔벅이며 애써 쓰디쓴 미소를 짓는다. 정 사장은 재기에게 수박을 내리게 하고 트럭에 올라탔다. 주 반장을 실은 트럭은 전조등을 높이 쳐들고 쏜살같이 달려나갔다.

그리하여 대장도 없고 맛도 없는 수박파티가 먼지 등천하는 돌공장 마당에서 어쩔 수 없이 열리게 되었다. 수박은 입에도 대지 않고 코밑만 훔치고 있던 박씨가 킁킁거리다가 말을 뱉었다.

"체인블록 구사리(고리 체인) 줄을 당기라 해서 당기기만 했는데 구사리 코가 쭉 미끄러질 줄 누가 알았겠어."

최씨가 수박을 울컥울컥 베어먹더니, "박씨, 힘이 남아도는구먼. 살살 땡겨야지 이 사람아, 젠장할 있는 힘대로 땡기니 그것이 안 떨어지고 배기냐구." 하며 수박껍질을 휙 먼지구렁으로 집어던진다.

"아녀, 이 사람아. 줄이 끊어진 것이 아니라니까 그러네. 체인블록 코가 쑥 미끄러지면서 떠 있는 물건이 휘청하더니 주 반장 다리를 친 거라니까."

사람들은 수박 한 조각씩 베먹고 나서 맥없이 앉아 있는데 봉석이 혼잣말처럼 중얼거렸다.

"아이구 참…… 어떡하냐 이거. 많이 안 다쳤어야 할 텐데. 김형만이 저것 연장이 뭐 쓸 만한 것이 있나. 구닥다리 물건이니까 잘 살펴봤어야 하는 건데. 얼굴이 하얗게 질리고 꼼짝 못하는 것을 보면 뼈가 많이 상한 것 같은디……."

봉석이 말끝을 흐리는데 삼식이 촐랑거리며 말을 받았다.

"형님, 그래서 내가 아침에 뭐라 했소. 한 일자로 짝 찢어지게 첨부터 끝까지 싸목싸목 일을 해나가야 헌다고 안 그랬소. 우에서 아무리 설쳐대도 우리는 그런 맘을 가져야 일이 잘 되지……."

"우에서 천천히 허라 해도 말이 그렇지 뜻이 그렇냐 자식아. 눈치가 저렇게 없으니……."

"우리 팀들은 너무 일 욕심이 많아서 탈이야. 박 원식이 형님만 빼고."

"왜 나를 끄집어들이고 난리랴. 시방 나는 간뗑이가 나갔다 들어갔다 난리구먼."

다른 때보다 작업은 훨씬 늦게 끝이 났다. 노을이 빗기는 석양 무렵 사람들은 무거운 발걸음으로 털털거리며 식당에 도착했다. 재기가 식당 문을 열고 들어가려는 봉석의 옆구리를 잡아당겼다.

"형, 고시래를 한번 합시다."

"뭔 말이데?" 하며 뜨악한 눈길로 쳐다보는 봉석에게 재기가 안전모 안에 옹송그리고 있는 두꺼비를 내보였다. 삼식이 고개를 갸웃이 내미는 최씨의 옆구리를 쿡 찌르며 헤헤 웃으며 말했다.

"카수 형님, 이제부터 모든 일이 잘 풀릴 거라요. 우리가 요래 제사지내는데."

"삼식이형, 제사가 아니라 방생이요, 방생. 좋은 말로 하면 살아 있는 것들에 대한 예의란 게요. 예의."

"예의도 좋고 방생도 좋은데 우리는 배고파 죽겠다이."

최씨가 배를 꼬부리며 엄살을 떠는데 봉석이 삼식에게서 안전모를 받아들고 말했다.

"삼식아, 가게에 가서 막걸리나 두어 병 가져온나. 세상이 전부 웃기는데 우리도 같이 웃겨야지 별 수 있겠냐. 가자!"

봉석은 말을 마치고는 앞장서서 바다 길목 늪지대 쪽으로 헤적헤적 발걸음을 옮겨간다. 다른 사람들도 막걸리를 들고뛰는 삼식의 뒤를 따라 터덕터덕 발길을 옮겼다. 식당 앞에서 갯둑을 짚어나가면 사뭇 넓은 늪지대에 퍼렇게 풀독을 품어내는 갈대숲이 있었다. 갯막이논에는 패기 시작한 벼가 살랑거리고 갯고랑에는 갈대가 바람에 서걱거리며 몸을 비비댄다. 더 멀리 철조망 안쪽, 허옇게 간기가 돌아나 말라붙은 감탕벌 하늘에는 발그스름하게 달구어진 구름이 뻘건 휘장처럼 둘러쳐져 있다. 산제비들이 허공에 뒷발질하며 석양의 햇살 휘장을 찢고 솟구치며 작은 별처럼 아득히 하늘에 박히는데.

재기가 안전모를 기울였다. "고시래!" 두꺼비는 폴짝폴짝 마른 땅 위를 뛰면서 축축한 갯고랑 갈대밭으로 뛰어든다. 삼식이 손가락을 입에 집어넣고 휘익 휘파람을 불었다. 갯고랑에서 푸르르 물새들이 튀며 날아올랐다. 재기가 막걸리 한잔을 갯바닥에 잘금잘금 뿌린 다음 사람들에게 잔을 권했다. 사람들은 막걸리를 음복으로 한 잔씩 입가심한 다음 멸치 한두 마리를 질겅거리며 씹으며 남은 술을 갯가에 흩어 뿌렸다. 설렁거리는 바람 따라 갯비린내가 굶주린 식욕을 자극하며 코끝을 적셔왔다.

22. 명예로운 총각들

한 떼의 사람들이 병실로 우르르 들어섰다. 발목에서 장딴지까지 석고 붕대를 한 다리를 기구에 높이 고정시키고서, 눈시울을 치뜨고 가물가물 천장을 바라보고 있던 주 반장이 사람들을 반겼다. 사람들은 주 반장 침대 주위에 쭉 둘러선다. 재기가 포도 상자와 선물세트를 침대 옆에 놓으면서 말했다.

"여기 병실 우리가 전세냈구만요. 저번에 나는 저쪽 침대였는데."

"재수 없는 소리! 주 반장, 뼈는 괜찮대야?"

박씨는 주씨에게 바짝 다가들어 서머서머한 낯빛을 그대로 드러내며 말했다.

"죽지 않으마 괜안한 거지. 마, 요 정도 가지고 뭘 그래? 박형 잘못도 아이고 체인블록이 잘못된 긴데 그리 자책하지 마이소."

"뼈에 금이 많이 가서 수술이 좀 힘들었다고 정 사장이 그러던데?"

"괜안타카이. 발목 위가 뿌라져서 뼈가 조각조각 났다카데. 하지만 요즘 기술이 얼매나 좋나 허이. 잘 됐다니께 고런 이야기는 이제 그만하자카이."

말은 그렇게 하였지만 몸을 조금 움직일 때마다 주 반장의 얼굴은 모과처럼 울퉁불퉁 일그러지고 이마에는 굵은 주름이 그대로 패인다.

"수술이 잘 됐다면 정말 다행이구만. 많이 안 아프나?"

봉석이 물었다.

"안 아플 리 있겠나? 괜안타. 입은 성하니까 먹는 거 잘 먹을 기고, 잠은 마 호텔은 아니라 캐도 모기 같은 거도 없을 긴데 뭐가 걱정이고? 그란데 천순가 만순가 헛똑똑이 그 느마는 안 보이네?"

"꼭대기에서 용접하느라 아다리 걸려가지고 지금쯤 눈물 한 바가지는 흘리고 있을 거라. 그래서 막사 좀 지키라 했어. 그건 그렇고 병원비는 어떻게 하기로 했어."

"지들이 어쩔기가? 저번에 재기 다쳤을 때는 정 사장이 다 물어냈지만서두 이번에는 그리 안될 기라. 일신의 김 사장 뺀질이가 책임질 것도 아이고 태진공영에서 아마 책임질 기라. 그것이 머리통을 찍었으면 어찌 됐을 끼고. 생각만 해도 아찔하대이. 마, 산재가 되면 일당도 나오겠다 무에 걱정이가?"

"그럼 산재 서류는 해주겠대?"

봉석이 물었다.

"그래, 천 부장이 왔다 갔으니까 서류 내려올 기라. 그라고 일은 우에 돼가나?"

"오늘 큰 등치는 다 끝냈지만 나머지는 포크레인을 써서 며칠 설치하면 될 거야. 그쪽 담당자도 포크레인 쓰라고 하데. 아침에는 방방 뜨더니만 덤프도 다른 길로 돌리고 일은 잘 되가니까 걱정하지 말어."

"그게 말이다. 포크레인 기사가 우리랑 포커도 같이 치고 해가이고 낯이 익어서가 아이대이. 아까 정 사장에게 듣기로는 그쪽 담당자 딱 붙들어놓고 점심 대접을 하고 돈도 좀 질러줬다는 거 아이가. 안 그라머 크레인을 며칠 더 써야 할 낀데 크레인 비용만 해도 그게 얼마고? 포크레인 사용료도 좀 주어야 하겠지만서도 크레인 비용하고는 천지 차이 아이가."

"정 사장이 그런 머리는 참 잘 돌아가네."

"그러니 공사를 따지 봉석이나 내처럼 빡빡 긴다고 공사 따겠나?"

"반장 형님은 말로는 욕해도 그동안 김 사장이나 천 부장에게 잘 보여놓았으니 나중에 짜시래기 공사 정도 따는 것은 일도 아니겠네요."

"삼식아 임마, 잘 안 보이머 우에할 기가? 저게 또 속을 확 긁어삐네. 아이구 아파라, 흐흐, 누구는 마 뱃속에 구레이가 들어서 그란 줄 아나. 다 먹고 살라 카면 우짜겠나. 없는 놈들이 비비는 재주라도 있어야지. 그렇다고 내 니들 손해보게 간세이 짓 하나? 나는 그런 거 몬 한다."

삼식은 잘나가던 이야기 중간에 톡 튀어나와 농담으로 살 좀 붙이려다 호되게 한방을 먹고 한쪽으로 그냥 찌그러진다. 봉석이 주 반장을 달래며 자차분하게 물었다.

"뭘 농담 가지고 그래 쌓나. 누가 간세이짓 했다는 뜻이 아니잖아. 집에는 연락을 했어?"

"수술이 잘 됐다 캐서 연락했대이. 질질 짜면서 온다꼬 하는 걸 괘안타 오지 마라 캤는데 마 그 성질에 지금 오고 있을 기라."

"각시가 그 정도는 돼야 하는 건데."

최씨가 부럽다는 듯이 말했다.

"우에됐건 몇 달 동안 병원 신세지게 생겼구마. 젠장할, 마누라 궁디도 못 만지고."

"니는 지금 궁둥이 타령이 나오냐? 하여간 이번 공사는 고생만 뻑시게 하고 더럽게 됐다야."

봉석이 주 반장에게 토마토 주스를 하나 따서 권했다.

"마 잘 되지 않았어. 다 하나씩 들소 이? 내 혼자서 이 많은 거 다 몬 먹는데이. 그라고 봉석이 니 이 공사 끝나고 어디로 갈기가? 충북 음성에 내 가기로 했는데 다 파이가 된 것 같고 그라니 니가 가면 어떻겠노?"

"문막에 일이 있어 오라고 하는데 여기 사람들도 다 같이 갈 수 있는 데라면 그쪽도 한번 생각해보지 뭐."

"그럼, 됐다. 거기는 팀을 짜가지고 오라고 한 기라. 내 한번 이바구 해볼게."

"그건 여기 일 끝내 가면서 천천히 이야기하기로 하자구."

사람들이 터벅거리며 병원 현관을 나설 때였다. 응급차가 앵앵거리며 도착하고 병원 앞이 갑자기 부산스럽게 술렁댔다. 병원직원이 여자를 들쳐 업고 황급히 응급실로 화닥닥거리며 뛰는데 그 뒤를 박 양이 총총걸음으로 뒤쫓아가고 있다. 병원 문이 부산스레 열리고 닫히는 그 와중에서 얼핏 환자의 얼굴을 본 삼식이 박 양의 뒤를 쫓는다.

"무슨 일이야?"

"진 양 언니가 약을 먹었어." 하며 박 양은 응급실 안으로 쏜살같이 뛰어들어간다. 삼식이 망연히 그 자리에 서 있자 봉석이 다가와 물었다.

"그때 그 아가씨?"

삼식은 고개를 묵묵히 끄덕였다. 봉석이 다른 사람들에게 먼저 차 쪽으로 가 있으라는 손짓을 했다. 재기는 쭈뼛거리며 뒤에 남는다.

"어떡할래? 궁금할 텐데. 여기 남아서 뭔 일인가 알아봐야지 않겠냐. 우리가 들어간 다음 재기에게 차를 보내줄 테니 그때 같이 들어오면 되잖아, 안 그래?"

"역시 형이야. 그러면 딱 좋지. 재기 니가 그렇게 해줄래?"

"아니라고 하면 형이 나를 팰 것 같은데."

"재기 니도 인제 농담 많이 늘었다이. 제발 좀 그래 주라."

두 사람이 가고 난 다음 삼식은 도둑고양이 곳간 문 젖히고 들어가듯 슬그머니 응급실로 들어간다. 입에 호스를 집어넣고 위장을 세척하던 의사가 등을 돌리다가 병실 한 구석에 쭈뼛거리며 서 있는 낯선 사람을 보고 누구냐는 듯이 턱짓을 했다. 삼식이 대답을 못하고 쩔쩔매는데 박 양이 우물거리다가 입을 열었다.

"보호자예요."

"그래요? 그럼, 접수부터 해야 할 텐데."

간호원 하나가 삼식을 향해 다가왔다. 삼식이 뭉그적거리며 박 양을 쳐다보는데 박 양이 눈을 찡긋하며 따라가라는 눈짓을 보낸다. 삼식은 발을 비비며 머무적대다 하는 수 없이 궁둥이를 내밀며 간호원을 따라나선다.

간호원에게 접수 용지를 받아들고 그것을 맹하니 쳐다보다 삼식은 고개를 갸우뚱하며 병실로 들어가 박 양을 밖으로 불러냈다.

"어떻던가요?"

"생명에는 지장이 없겠다고 그러네요."

박 양이 안도의 한숨을 푹 내쉬며 말했다.

"천만다행이네요. 어쩌다가 그렇게 된 거라요?"

"술을 많이 마신 것도 아닌데 하도 정신없이 부대끼기에 이상타 했어요. 며칠 전에 사건도 있었고 한 말도 있고 해서 병원차를 불렀는데 정말 잘했네. 술에다가 수면제를 타서 마셨다네요."

"그래요? 박 양이 큰 일을 했구만이요. 대체 며칠 전에 뭔 일이 있었길래 이런 일이……."

"그런 일이 있었어요. 그건 좀 있다가 얘기하고 어찌됐는지 들어가볼 게요."

"아참, 내가 병원 수속을 할라 해도 지금 내가 아는 것이 별로 없는데."

"그건 저도 마찬가지예요. 어찌됐건 환자 인적사항이 꼭 있어야 하나? 그러면 다방에 가서 지갑을 뒤져봐야 하는데 그럼 삼식 씨가 여기 언니 옆을 좀 지키고 있을래요. 내 금방 다방에 갔다올 테니까."

"그라죠."

삼식은 병실 안으로 들어갔다. 수지는 호스로 위장을 훑을 때마다 온몸을 뒤틀며 가쁜 신음을 토해냈다. 치렁하니 윤기가 흐르던 머리칼은 폭우에 씻긴 갯버들처럼 헝클어져 콧숨 따라 나풀대며 땀에 젖은 뺨으로 목으로 달라붙는다. 의사가 삼식을 흘긋 쳐다보며 불퉁스럽게 말을 던졌다.

"이제 나올 만큼 다 나왔구먼. 하마터면 큰일날 뻔했어요……. 약도 어지간히 많이 먹었네. 여자에게 어떻게 했길래 쯧쯧. 깨어나더라도 보호자 분이 절대 안정을 취하도록 자극을 하지 마세요. 알았죠?"

'절대'라는 말이 삼식의 귀에서 뱅뱅 돌며 메아리친다. 삼식은 간호원을 도와 몸을 마구 뒤트는 수지를 틀어잡아서 간신히 침대에 뉘었다. 몸을 이리저리 꼬아 비틀 때마다 침대가 출렁거리며 신음소리가 자지러진다. 함부로 내뻗는 축축하게 미끈거리는 손을 붙잡고 등을 토닥거려봤지만, 신음소리는 쉬 잦아들지 않았다. 대신 의식의 꼬투리가 까지면서 토막토막 잘린 말들이 거품 범벅이 된 입에서 한 마디씩 터져나왔는데.

"흐으, 흐으음…… 별…… 아…… 흐흐흐 별아."

끝이 휘어진 눈썹이 잠자리 날개처럼 바르르 떨어댄다. 수지의 갈라진 말 마디마디가 축축한 뻘밭을 딛고 가는 새 발자국처럼 삼식의 가슴에 아프게 새겨진다. 삼식이 침버캐가 달라붙은 수지의 입을 휴지로 닦아주고 있을 때, 병실 문이 슬그머니 열리더니 재기가 고양이처럼 얼굴을 안으로 쑥 들이밀었다가 은밀한 동작에 얼른 문을 쓱 닫고 나간다.

잦아드는 듯 했던 수지가 다시금 몸을 뒤채며 보깨기 시작했다. 다리와 몸이 배배꼬
이면서 린네르 줄이 얽히고 신음소리가 자릿자릿하게 높아간다. 그러다 잠깐 의식이 돌
아왔는지 잠자리 눈썹이 바르르 떨면서 검은 눈동자에 흐릿한 불이 켜졌다. 삼식의 얼
굴이 밝아지는데 박 양이 문을 열고 들어왔다. 재기도 따라 들어와 옆에 선다.

"흐흐, 으흐 은별아…… 어 엄마르를 원망하지 마, 미미안해…… 으은별아, 나는 주죽
으을 거어야. 하늘나라에서, 으흐흐…… 미 미안해. 내 내가 죽더라도 흐흐으."

"의식이 돌아왔네. 언니, 나야 나. 언니는 죽지 않아 안 죽어. 왜 죽어야 해? 왜?"

박 양이 어깨를 들먹거리면서 흐느꼈다.

"흐흐흐, 은별아, 으은별아 미안해. 흐흐흐 미미안해. 나, 나는 죽을 거야."

"수수지 씨, 수지 씬 죽지 않아. 죽으면 안 돼. 왜 죽냐구? 수지 씬 안 죽어. 나 알겠어,
수지야, 나야 나. 인간 삼식이. 삼식이야 삼식이."

"흐으으 삼식이 오빠. 그래 당신만은 나나를 인간으로 대접했는데. 흐흐흐 사랑하고
싶었는데 미안해요. 나나는 주죽을 거예요. 나나쁜 놈들, 나쁜 세 세상. 나, 나는 주 죽
을 거야. 흐흐흐."

"수지야, 넌 죽지 않아. 죽지 않는다구. 괜찮대, 의사선생이 그랬어. 니가 왜 죽어."

삼식은 수지의 귀 쪽에 뜨거운 입김을 불어넣으며 말했다. 수지가 가슴을 헐떡이면서
아까보다 더 심하게 보깨기 시작했다. 박 양이 수지의 가슴을 쓸어내리며 달랜다. 수지
의 바르르 떠는 잠자리 눈썹 아래로 눈물이 헝클어진 머릿결을 적시며 질금질금 흘러내
린다. 삼식은 수지의 축축한 손을 다시 잡고 달랜다. 이윽고 발버둥이 멈추며 흐느낌이
잦아들었다. 박 양이 주민등록을 주면서 삼식에게 말했다.

"오빠, 미안해. 병원비는 우리가 낼 테니까 미안하지만 접수만 해주세요. 내 주민등록
은 쓸 형편이 못돼 나서."

삼식은 수지의 주민등록증을 받아들고 재기의 옆구리를 툭 치며 응급실을 나왔다.

주민등록증을 보며 입원서류를 작성하는데 재기가 볼펜을 꺼내 메모지에 수지의 현주소를 옮겨 적는다.

"그건 왜?"

삼식이 어리뚱하게 머리를 쳐들며 묻는다.

"쓸데가 있어서……."

실실 웃음을 흘리던 재기는 메모지를 삼식의 주머니에 쿡 찔러준다. 그때 응급실 문이 열리며 박 양이 걸어왔다. 세 사람은 병원 휴게실에 마주 앉았다.

"접수는 했어요?"

삼식이 고개를 끄덕이자 박 양이 한숨을 푹 내쉬며 말했다.

"고마워요. 지금 막 잠이 들었어요. 휴우 정신이 하나 없었네. 근데 어떻게 병원엔 오셨대요?"

"반장 형님이 다쳐서. 근데 어쩌다가 그래 약을 마셨대요?"

삼식이 물었다.

"저 언니는 티켓 같은 거 안 끊으려고 하는데 마담 언니가 그럼 좋아하나요. 빚이 많은가봐요. 그런데다 그때 그놈들 행패 때문에 며칠을 공쳤지, 이번 달 많이 까졌을 거예요. 하루 공치면 얼마나 많이 까지는데."

"얼마나 많이 까지는데?"

"하루만 공쳐도 20만 원씩은 까져요. 근데 요 며칠 전엔 세상에 이런 일이 있었어요."

"대체 무슨 일인데? 정말 그렇게 돈을 까면 되나."

"빌라에서 포카판이 벌어졌는데 거기서 배달이 들어온 거예요. 천원짜리와 만원짜리로 20만원을 바꿔가지고 오라는 거였어요. 마담 언니가 전화를 받고 돈을 챙겨주어서 언니가 거기에 배달을 나간 거예요. 2층이었는데 방문 앞에서 사내놈이 기다리고 있더래요. 돈을 챙겨들고서 수표는 안에서 줄 테니까 하면서 그 중 만원짜리 두 개를 언니

한테 주면서 디스 세 갑하고 말보로 두 갑만 사다달라더래요. 바쁘게 안으로 들어가려
하며 얼른 커피 보자기를 받아들더니 나머지 돈은 아가씨 거, 그러더래나. 그래서 팁도
있겠다 담배를 덜렁덜렁 사 들고 초인종을 눌렀더니 아니 글쎄 그 집에서 엉뚱한 사람
이 나오더래요. 커피 시킨 적도 없다고. 그래서 그 층을 다 뒤졌는데 완전히 사기당한 거
죠. 딱 2만원 빼고 18만원을 뜯긴 거예요. 하도 억울해가지고 며칠 동안 질질 짜면서 죽
고 싶다고 그랬어요."

"원 세상에 그런 나쁜 놈이 어딨당가. 허 참말로, 허 참."

삼식이 기가 막혀 하는데 박 양이 말을 이었다.

"참 웃기는 세상이죠? 빈대의 간을 빼먹지. 그런 후레 개자식들."

박 양의 입에서 기어이 얼큰한 욕이 튀어나왔다. 재기 역시 혀를 차고 있다가 문득 이
렇게 말했다.

"그럼 다방 언니가 돈을 주면서 시킨 것이니까 반반이라도 변충을 해야 하는 거 아녜
요?"

"암은, 재기 니가 말 잘했다. 암 그래야제. 그렇다고 그걸 한 사람한테 옴팍 뒤집어 씌
어버리면 안 되제."

"아이구 순진한 오빠들! 마담도 돈을 자기 월급에서 까야 하는데 좋아하겠어. 우리
모두 그날은 일도 안 하고 술 마시면서 재꼈지. 재끼고 나니까 또 빚만 늘었다니까……."

"세상 정말 뭣이나 건빵이네. 어휴, 그럼 여기 박 양, 이렇게 병원에 있으면 병원비는
차치하고, 일 안 했다고 또 돈을 깔 거 아냐?"

"그럼요. 다방을 한 시간만 비어도 2만원씩 까는데 아참 큰일났네. 나도 오늘 또 멍들
게 생겼네. 어휴, 오빠 담배 없어?"

삼식이 담배를 건네주자 박 양이 화장실 쪽으로 급하게 뛰어간다. 삼식이 재기에게 물
었다.

"니, 돈 가진 거 없지? 내일 돈 찾아서 줄게."

"형, 딱 한 장밖에 없는데, 왜? 아하!"

"아하는 얼어죽을 아하냐. 오늘 같이 논 셈치고 돈을 좀 보태줘야지."

재기가 10만원권 수표 한 장을 꺼내 "형, 그럼 절반씩 하자. 우린 총각이잖아. 명예로운 총각." 하면서 흔들어 보인다.

"명예롭다고? 그 말 참 좋은데…… 우리가 이래 안 하면 죄로 가지. 암, 죄로 갈 거야."

그때 2층 계단을 내려오던 아줌마가 삼식을 보더니 반색을 한다. 삼식이 깜짝 놀라며 수표를 얼른 주머니에 쑤셔박고 고개를 꾸벅 숙이며 인사를 한다.

"하이구, 형수님 언제 내려오셨어요?"

"아까 내려왔어얘. 형 보러 오셨나봬. 와 안 올라가고 여기 계십니껴?"

삼식이 말대답을 못하고 우물쭈물하는데 "곧 올라갈 거예요."하며 재기가 얼른 말을 받았다. 그때 박 양이 화장실 쪽에서 종종거리며 삼식이 쪽으로 다가왔다. 당황하여 쩔쩔 매는 삼식을 보며 주 반장의 처가 애태우지 말라는 듯이,

"선본 아가씨 말입니껴. 올라가 계이소. 내 밖에서 뭐 좀 사올 낀데. 좀 있다 올라가서 이야기합시데이." 하며 병원 밖으로 총총걸음으로 사라진다.

박 양이 다가와서 삼식에게 누구냐고 물었다.

"다친 형님 부인이야. 형수님 만나 뵙고 다시 들릴 테니까 좀 있다가 다시 보자구요."

"신경 써주셔서 고마워요, 오빠들."

박 양은 총총거리며 응급실로 사라졌다. 삼식이 재기에게 혀를 내두르며 말했다.

"재기야, 일이 참 우습게 돼부렀다이. 그럼 다시 올라가서 성만이 형님한테는 뭐라지?"

"형도 참, 뭐가 걱정이예요. 진 양 때문에 요렇게 요렇게 되어가지고 있다가 형수님 만나 이렇게 올라왔다고 사실대로 말하면 되지 뭐가 그리 복잡하대요. 반장 형님이 그 정

도도 이해 못할 것 같수?"

"야 임마, 그래도 그렇지. 젠장, 골치 아프구먼."

"헤헤이, 형도 참 머리 안 돌아가네. 형님 요러면 되지 뭐가 걱정이요. 읍내 나온 김에 당구 한 게임 딱 치고 가다가 형수님 혹시 왔으면 선본 여자 어찌됐나 물어보려고 왔다고 하면 되지 뭐 그리 복잡할 것이 있대요."

"하기야 그러면 되겠다이. 재기야, 너 겁나게 똑똑하네. 하하, 그래 얼른 갔다 오자."

2층 병실에서 좀 기다리자 향숙이 종종걸음으로 병실에 들어왔다. 주 반장이 모로 누워 있다가 처에게 말했다.

"여기 삼식이가 선본 여자한테 폭 빠져삐렀나 본데. 여태 안 가고 기다리고 있었구마. 그쪽 여자는 어에 생각하나?"

"쪼금 시큰둥하대요. 키도 작고 마 딱 내키는 눈치는 아인데애 내 한번 더 잘 얘기해 볼 기라요. 사람 한번 보고 어이 알 수 있십니껴. 천 날을 살아도 이 양반 속을 내 다 모리는데."

"그럼 마 같이 산다꼬 속을 다 아는 사람이 어이 있나?"

"나는 마 당신 속 안다. 당신만 내 속 모르지."

향숙이 남편을 향해 살짝 흘기면서 두 사람에게 씻어온 포도를 권한다. 삼식이 묵묵히 음료수를 마시다가 마음을 다잡은 듯 말했다.

"형수님요, 너무 애쓸 필요 없네요. 저는요, 내를 별로 마음에 내키지 않아 하는 사람한테 사정사정하는 것은 질색이라요. 어거지 써 봤자 안 되는 거, 행복하지도 않을 거고."

"너무 그러지 마시라애. 나돌면서 철일 한다는 게 좀 마음에 걸리나보던데 철 일이 우째서요? 내 서방 요래 다쳐가이고 있는 거본께 마음이 착잡하지만서도 어에합니껴. 지가 식당 일이나 하고 있는 기나 저 양반이 철 일을 하고 있는 기나 다 땀 흘려서 돈 버는

거는 다 마찬가지 아입니껴. 좀 기다려보이소. 쥐뿔도 없으면서 괜히 한번 튕겨보는 수
작일지도 모르니까애."

주 반장은 컬럭컬럭 밭은 숨을 내쉬다가 특특하게 가라앉은 목소리로 말했다.

"우리 색시 말 참 이쁘게 잘하네. 내 당신한테 미안타. 다른 사람들이 우리를 노가다
라고 카는데 마 그라며 또 어쨌나. 겨울이나 여름에 돈을 많이 못 벌어서 그렇지. 우리
같이 땀을 많이 흘리고 열심히 일하는 사람들이 어딨나. 마 조금 가졌다고 으시대는 사
람들보다야 얼마나 점잖노?"

"형님, 점잖은 것이 아니라 좀 질박하다는 말이 맞는 거 아니예요."

재기가 주 반장의 말을 되새기면서 토를 달았다.

"그래 질박하건 점잖건 간에 일할 때만큼은 열심히 한다 이거 아이가. 그래서 이 사회
가 이만큼 굴러가지 않나. 긍지까지는 몰라도 삼식아 니 너무 걱정하지 마라. 다 짝이 있
지 않겠나 어이?"

"됐어요, 형님. 그리고 형수님, 조건 따지는 여자는 싫대요. 그리 애쓰실 필요 없어요.
두 분이 또 할 얘기가 있을 테고 형님 피곤할 텐데 쉬세요. 우리는 갈게요."

두 사람이 옆 평상에서 일어서는데 병실 문을 삐쭘히 열고 정 사장이 들어왔다. 두 사
람은 옆으로 비켜섰다. 향숙이 허리에 손을 올리고 나붓이 인사를 하며 반겼다. 정 사장
에게선 술 냄새가 짙게 풍겨났다. 모로 누운 몸을 추스르며 주 반장이 물었다.

"어인 일입니껴. 아깨 집에 간다고 안 했습니껴."

정 사장이 재기와 삼식을 힐끗 보더니 머무적거리며 말했다.

"집에 가려다가 그냥 들렀어. 할 얘기도 있고 해서."

두 사람은 자리를 피해 인사를 하고 나오는데 향숙이 뒤따라 나오며 삼식에게 말했다.

"좀만 기다려보라애. 그 색시도 열심히 일하는 여자니께 내 한번 잘 얘기해볼 기라요."

삼식은 재기에게 잠시 기다리게 하고 응급실로 들어갔다. 수지는 가끔씩 몸을 뒤채기

는 했지만 혼곤하게 잠들어 있다. 삼식은 수지를 말없이 바라보다가 수지의 손을 잡고 침대 곁에 머리를 기대고 졸고 있는 박 양을 깨워서 옆으로 불러냈다. 그리곤 재기가 준 수표와 자신의 지갑에서 꺼낸 돈 5만원을 살며시 박 양의 손에 쥐어주며 말했다.

"작은 돈인께 부담없이 받어. 다시 들릴게. 수지 씨를 잘 부탁하는구만. 수고해."

잠결에 돈을 받아 쥐고서 멍하니 서 있는 박 양에게 삼식은 눈을 찡긋해 보인다. 그리고는 문 쪽으로 날쌔게 달려나갔다.

23. 참 괜찮은 여자

토담 위에 앉아 있던 까치가 꽁지를 까댁이며 숙사 앞마당으로 날아왔다. 천수는 해죽해죽 웃으며 숙사 뒤쪽 아카시 숲 속으로 살금살금 걸어 들어간다. 또 한 마리의 까치가 아카시 숲 속에서 날아올라 숙사 지붕 위를 밟고 한두 번 꽁지를 까댁거리더니 공장 근처 콩밭으로 날아갔다. 안전화 끈을 풀고 있던 봉석이 시시덕거리며 숲 속을 나오는 천수를 보며 중얼거렸다.

"천수 저것 지가 쫄자라고 식당에서 음식 날라다주더니 까치한테 폭 빠졌구만. 하기사 삭막한 현장에 저런 것도 없었다면 참말로 재미 더러울 거야."

까치는 자기 힘으로 걷기 시작하면서부터는 공장 주변을 날아다니면서 먹이를 찾았다. 식당에서 밥알을 숙사 옆 아카시 숲에 던져놓았다가 일 끝나고 그것을 먹었나를 확인하는 것이 천수의 낙이었던 것이다. 근처 포도를 따다가 엉뚱한 곳에 숨겨놓아도 까치는 그것을 귀신같이 찾아먹었다.

"날려보내도 여기로 찾아오는 것을 보면 저것들도 뭘 알기는 아는개벼."

박씨가 신기하다는 듯이 말을 덧붙였다.

"봉석이형, 우리가 꼴값을 떤 것은 아니죠?"

말을 마치고선, 삼식은 까치를 향해 휙, 휘파람을 불었다. 숙사 지붕과 마당을 얼쩡 거리던 새는 파닥거리며 은백양나무에 다리를 걸쳤다가 짝을 찾아 콩밭으로 날아가 문 힌다.

"그래 임마, 그 참나무 안 세워줘도 지가 알아서 집을 짓잖아. 자기가 살 집은 다 스스 로 짓는 벱이여. 최형, 어째 무슨 일이 있었수? 얼굴이 좀 흐리네."

까치는 이미 공장 옆의 은백양나무에 새 둥지를 짓기 시작했던 것이다.

"애가 좀 아프대."

최씨가 한숨을 푹 내쉬며 말했다. 그들은 아카시 숲길을 터벅터벅 걸어오르기 시작했 다. 길가에는 쑥부쟁이, 산국이 희고 노란 꽃망울을 터트리며 피어나고 있었다. 계절이 이제 가을로 접어들고 있었던 것이다. 재기가 봉석에게 땀직땀직 말을 늘여 빼며 물었다.

"봉석이형, 저걸 보면 짐승들에게도 최소한의 의식이 있는 거죠? 짐승들도 맘이 있다 는 것, 가장 영적이라는 인디언들은 자연과 그대로 소통을 한다잖아요. 참말로 좋은 세 상에서 살기 위해서는 불교적인 심성이 있어야 하지 않을까요?"

"뭐, 그렇지 않아도 복잡한 세상, 그게 그리 쉬운 일인가. 그래 오늘 수첩에다가는 뭐 라 적을래?"

"자연을 닮아서 사는 것, 얼마나 좋나요? 전에는 명료했는데 이젠 좀 흐리네요. 일어 났다 머물렀다 사라지는 것이 인생인데, 왜 이리 사는 것이 힘든지. 새가 울고 물이 흐르 는 불국토, 거기 물을 마시면 사람들의 고통도 없어진다 했는데, 이 놈의 세상은 왜 이 리 지지고 볶는 것인지."

"재기야, 그런 세상이라면 나 안 살래."

뒤를 따르던 삼식이 해발쪽하니 입매를 쌜기죽거리며 촐싹 껴든다.

"왜?"

"고통이 없으면 어떻게 사랑이 있겠냐. 그리고 또 자식아, 고통이 없는데 어떻게 달콤한 휴식이 있겠냐. 사랑이란 고통스런 침묵이라고 입에 발린 말은 못 해도, 흐흐흐, 우리는 땀 쪽 뺀 다음에 소주 한잔 찍, 세상이란 바로 그 맛 아니냐. 근디 그런 재미없는 세상에서 뭐 하러 사냐. 나는 안 산다야."

삼식은 언죽번죽 말을 주워섬기더니 숲길을 씨엉씨엉 앞서 달려간다. 삼식의 꼭뒤를 보며 을 보며 봉석이 이죽거렸다.

"그랴, 사랑보다 달콤한 고통은 없겠지. 그래서 알콤달콤하지. 삼식이 저것이 요즘 바람이 들긴 좀 들은 거 같어. 뭘 좀 아는데."

그들이 아카시 숲을 지나 돌너덜 길 언덕을 터덕거리며 오르고 있을 때 앞서 가던 삼식이 일행들을 부르며 외마디 소리를 질러댔다.

"형님들, 저기 좀 봐. 나락이 벌써 익어부렀는가, 거 참말로 이상하네."

"귀신 씨나락, 아니 물귀신 워카 신고 논매는 소리하고 있구만."

뒤따라오던 박씨가 눈알을 뒤룩거리며 기다렸다는 듯 대거리를 했다. 그러자 박씨 뒤에서 무릎에 손을 짚어 오르던 최씨가 새삼스럽게 볼가지며 나선다.

"헤이 박씨, 그간 연구 많이 했네. 그 지겨운 레퍼토리를 바꿨으니."

숲길 언덕에 오르자 사람들의 눈은 한꺼번에 삼식의 손가락을 따라간다. 점심때까지 식당 앞 고래실 논에 시퍼렇던 나락이 누르께하게 변해 있는 것이 아닌가. 금방 상여 나간 동네처럼 식당 앞에 사람들이 모여서 궁싯거리고 있는 것부터가 심상치 않다.

그들은 발걸음을 재우치며 아래쪽으로 달려갔다. 검실거리며 패 올라오던 나락은 불에 탄 듯 뻘그죽죽하게 꼬시라들어 있었다. 논두렁 가에서 맨땅을 후려치면서 울부짖고 있는 사람은 낯선 자동차 때문에 포도밭에서 보초를 섰다는 바로 그 노인네였다. 논 고랑창에 자꾸 몸을 들이미는 할아범을 동네 노인네들이 간신히 붙들어잡고 있었는데, 삼베옷 윗도리 앞섶의 단추는 이미 뜯어져나가고, 손을 허우적거릴 때마다 앙상한 가슴이 맹꽁이 배처럼 활랑거렸다.

"무슨 일이데요?" 하고 물어도 동네 사람들 혀를 클클 차면서 고개를 도리도리 내저었다. 할아범은 이제 논두렁을 때리며 숨넘어가는 소리로 계속 꾸억꾸억 울어댔다. 식당에 들어서자 해란이 엄마가 머리를 절레절레 흔들면서 중얼거렸다.

"아니 마산 양반이 어째 그런 실수를 했는지 모르겠네. 문고병 약 뿌린다는 것을 어떻게 제초제를 뿌린대야. 살다보니 참말로 별일도 다 많네."

"어떻게 그럴 수 있대요?"

"내 말도 그 말 아녀요. 지난번에 쓰고 남은 농약 병 뚜껑을 잘못 채워났던가봐. 원 세상에 그 양반 총기가 있었는데 정말 나이는 못 속이는개벼. 객지에 나간 아들이 속 썩여서 그런가 왜 그랬대야. 두 노인네 살면서 저것으로 식량을 하는데 저렇게 농사를 망쳐버렸으니 큰일이 아닌겨. 참말로 남우세스런 것은 그렇다 치더라도 어쩐대야. 어째야 쓴대야."

아줌마는 자기네 곳간에 도둑이 들은 것처럼 접시를 딸막거리며 쉴새없이 꿍얼거렸다. 사람들은 조개처럼 입을 꾹 다물고 싱겁게 젓가락질을 하고 있는데 삼식이 뭉그적거리다가 말을 뱉었다.

"어째 마음이 껄쩍지근허네요. 사방에 굿거리 귀신이 들렸는가 정말 왜 그래 쌓는지 모르겠네. 세상에 좋은 일이 얼매나 많어. 어째 사방에 슬픈 귀신들만 들락거리까이."

"어째 속이 뻐근뻐근하는구만, 참말로."

박씨가 츱츱 혀를 차며 말했다.

"저 할아배 속이 몽창 탔을 거야. 젠장, 농사꾼들이야 곡식이 쓰러지면 마음도 쓰러지는디, 곡식이 저래 타버렸는디 속이 벌겋게 안 타고 배기겠어."

봉석도 말을 덧붙이면서 입맛을 다신다. 밖에서 저리 웅성웅성 복대기고 있는데 안에서 숟가락질이 신이 날 리가 없었다. 그런데 묵묵히 식사를 하고 있던 최씨가 봉석에게 한 마디 물어왔다.

"허참, 우리 앞길도 천린데 이것저것 다 챙기다가는 하나밖에 없는 속 다 망그러질 거여. 근데 어제오늘 정 사장 코빼기도 안 보였잖아. 김 사장 그리 난리든데. 이상하잖아. 정 사장이 김형한테 무슨 얘기 없었어?"

"별 얘기 없었는데. 어제오늘 핸드폰도 도통 안 받고, 요 며칠 전부터 하여튼 좀 이상해. 재기야, 엊그제 정 사장 술 취해 병원에 와갖고 니들한테 무슨 말없었냐? 주 반장이 식사 하고 병원으로 오라고 했으니까 곧 알게 되겠지. 최형, 피곤하지 않으면 같이 가입시다."

"우리는 먼저 나왔으니까 두 분이서 무슨 얘기했었는지는 모르겠네요."

재기가 찌무룩히 대답을 하는데 삼식이 무김치를 옴닥옴닥 씹고 있다가 불쑥 껴들었다.

"형, 읍내 나간다고요? 나도 볼일 있는데."

"그래, 삼식이 니가 읍내에 볼일이 없으면 되겠냐. 읍내에 꿀엿 붙여놓은 것이 있으니."

그들이 병실에 들어서자 향숙이 남편의 성한 발을 물수건으로 닦고 있다가 화들짝 놀라며 비켜섰다. 모로 누워 있던 주 반장이 해쓱한 얼굴을 들었다.

"좀, 괜찮어?"

"그래, 정 사장이 아직 공장에 안 나타났다며? 일이 그래 돌아가삐나, 내참."

"어떻게 된 거야? 엊그제 술에 취해 여기 와서 무슨 얘기 없었나?"

"쯧, 일이 고래 되네. 말뿐인 줄 알았더니 진짜 회사에 안 나왔드나. 여보, 당신은 좀 나가 있었으면 싶은데."

향숙이 병실 밖으로 나가자 주 반장이 잇바람을 연신 들이키며 말을 이었다.

"하참, 저기 말이야. 정 사장이 어제 와 가이고 이제 공사 더 이상 몬 하겠다고 손을 띄겠다고 그라데. 그리고는 오늘 아침 여기 명세서를 사람 편에 보내온 거 아이가."

봉석이 주 반장이 내민 종이를 살펴보니 현재까지 정 사장이 이제까지 일신에서 지급 받은 돈과 지출 내력, 일한 것에 대해 작업자들이 받을 돈 액수와 식대 등이 적혀 있었다.

"헤이, 이게 뭐야? 그럼 토낀 거네?"

최씨가 외마디 신음을 왈칵 뱉어내며 말했다.

"그래 되삐네. 내가 그라지 말라고 그렇게 말렸는데."

"뭐라면서 그만 둔다는 거야?"

봉석이 거친 숨을 몰아쉬며 물었다.

"지금까진 거를 다 떠안게 됐삐면 자기가 죽어라 초빼이치면서 고생한 보람 하나 없이 종치고 막 내려삔다고 그라데. 지금 대로 가면 한 팔백은 꼬라박아야 한다 카데. 사실인지는 몰라도……."

최씨가 숨을 거칠게 몰아쉬며 씩둑꺽둑 말을 뱉어냈다.

"하 열불나네. 왜 만나는 현장마다 이 모양이야! 정말 돌아버리겠네. 주 반장은 그럼, 정 덕구 그 자식이 자기 것은 딱 챙기고 날랐는데 씨팔 그래라 하면서 놔뒀어? 하참, 내 주 반장 그래 안 봤더니 완전히 우리를 물 먹였구먼. 정덕구, 잘해줘서 좋게 봤더니 완전히 발등 찍혔네. 그런 자식이 어딨어."

병실 안에서 나는 큰소리에 병실 문이 살짝 열리며 향숙이 고개를 삐쭘히 내밀고 들여다본다. 발을 움찔거리던 주 반장의 얼굴이 하얗게 질려 가는데, 봉석이 가쁜 숨을 달래고 있던 봉석이 물었다.

"그럼 우리 노임은 어떻게 하겠대?"

"자기가 끝까지 마무리 짓는다 캐도 전세방뿐이라 돈 나올 구멍도 없어 우리들 돈을 온전하게 주기가 힘들다 카더라. 김 사장이나 천 부장이나 그느마들 꼬락서니가 돈 제

때에 주지도 않을 기고 이것 떼고 저것 떼고 하면 그것 가이고는 우리들 임금은 택도 안 된다 카데. 그러느니 자기가 포기를 하면 우리들 임금은 온전히 받지 않겠냐 그라는데……."

"그럼, 까졌더라도 지가 우리들한테 돈을 주어야지 누가 주나. 하, 열 받네. 그럼 지가 돈이 남았을 때는 우리한테 남은 것을 나눠줄 거야. 아참, 돌겠네."

최씨가 말을 더 잇지 못하고 가슴을 팡팡 때린다.

"그 말은 맞는데 몇 달 공사에 돈 한푼 못 가져가는 사람은 얼매나 답답할기가."

"성만아, 니 말 참 이상하게 한다이. 야 그럼 우리가 몽땅 개털이 됐는데 씨팔 오야지 사정 봐주게 생겼냐? 성만이 너 이제껏 같이 일하면서 그리 안 봤는데."

이번에는 봉석이마저 눈을 부라리며 주 반장에게 따지고 든다. 병실 문을 살짝 열고 들어온 향숙이 한쪽으로 비켜선다. 목청이 그렁그렁 높아지자 한쪽 컨에 옹삭하게 서 있던 삼식이 사람들을 만류하고 나섰다.

"형님들, 큰일일수록 찹찹하게 이야기를 해야지 뭣땜시 전부 이래싼다요. 얘기 듣는 동생 부끄럽게시리."

"그래 일단 내 이야기 들어봐라카이. 그래서 내 지금 말하는 거 아이가? 정 사장 이바구로는 공사가 우에서 몇 단계 내려오다보이 너무 짜게 공사를 맡았다고 그라데. 그건 전에 봉석이 니한테도 금액이 짜니까 우리가 좀더 열심히 해가이고 빨리 일을 끝내자 내 몇 번 얘기 안 했나. 아이쿠 다리야 크으. 그라고 김 사장 연장이 뭐 그리 쓸 것이 있나. 드릴에다 7인치 그라인더에다가 견삭기 뭐 사실 공구비가 얼매나 많이 들었나. 그런 거도 정 사장 여기서 포기하면 김 사장 고것이 다 차지할 거 아이가. 간식도 그렇고, 또 회식도 한 달에 몇 번씩 해서 사실상 푸지게 먹었잖아. 그라고 하다못해 저기 돌공장 담당자 떡값 준 것까지 치면 손해가 막심하다고 그라더라. 자기 말로는 진즉 그만두려 했는데 설치에서 좀 만회해보려 했다 카데. 근데 나까지 다쳐 삐니까 맥이 딱하니 풀어져서 공사 계속할 맘이 안 난다 카더라."

"내 나설 자리는 아닌데애. 이 사람 어젯밤 잠 한숨 못 자고 끙끙 앓았심더. 그래서 녹초가 됐는데 오늘은 마 좀 웬만큼만 이야기하이소."

향숙이 세 사람을 향해 머리를 조아리며 사정을 했다. 삼식은 살그머니 자리를 벗어나 병실 밖으로 나간다. 봉석이 눈살을 찌푸리며 말을 이었다.

"성만이 니 다친 거야 산재로 할 것이고 일신 김 사장은 산재에 안 들어 있다 해도 태진공영에서 알아서 할 건데 그게 정 사장 까지는 것과 다친 거와 무슨 상관 있나?"

"저번에 재기 다친 거 의료보험으로 처리하느라 돈 많이 들인 거 다 알고 있잖나. 정 사장 그 친구가 독하지 몬 해서 그렇지 우리 같았으면 김 사장 멱살을 비틀어서라도 받아냈을 거 아이가. 사실 그라면 다음 공사 따는 것은 날샜삐리는 거잖나 말이다. 지금 내 다친 것도 산재처리를 태진공영에서 할 긴데 저번 상주 사고도 있고 해서 하여튼 그쪽에서 산재가 너무 많이 쌓여 일정 금액을 일신 사장이나 정 사장 기성에서 공제를 하겠다고 한다면 열이 안 뻗칠 사람이 어에 있나?"

"그거야 그렇지만 산재를 밑에 꼬바리 하청 오야지에게 부담시키는 놈들이 어딨나…… 하참."

"그라고 또 도면이 몇 번이나 수정됐나. 다 만들어놓은 거 고친 것이 한두 가지였드나. 그것을 하나도 계산 안 해주는 놈들이 세상에 어딨나. 또 공사가 늦어졌다고 돌공장에서 공사대금을 공제할 것이라고 그랬다는데 그걸 마 제일 밑에 꼬바리 하청에도 책임을 지운다면 누가 오야지하겠나 어이? 지들 도면 틀려서 우리 공수가 까지고 늦어진 거 생각 안 하고 참말로 웃기는 거 아이가. 정 사장이 그래 이야기하는데 마 우짤 수 없겠다 싶기도 했지만, 나도 정덕구 니가 집을 팔던 논을 팔던 해결해야 하잖나 고래 얘기했다. 근데 지금 전세방 사는 주제에 우짤 수 없다고 그라면서 살려달라고 하는데 그걸 어이하나? 내 성한 사람도 아이고 정 사장 멱살을 딱하니 붙잡아둘 수도 없는데 내가 어이해야 하나?"

"포기 각서를 일신에다 쓰겠대?"

"아참, 그건 안 물어봤구마."

"포기각서에다 우리들 노임은 이제 일신에서 지급하라,라고 조건을 달아야 우리가 돈을 받기 쉽지, 안 그러면 일신 김 사장이 돈을 우리에게 순순히 내놓겠어?"

"아까 그 쪽지가 포기각서 아냐?"

"아냐. 일이 더럽게 꼬여버렸네. 어떻게 해야 하냐 이거? 지금 공사하는 거 중지하고 돈을 받고서 공사를 한다 그럴 수도 없고, 또 돈도 안 받고 일하면 헛일 해줄 수도 있는데. 그럼, 정 사장 고것은 얼매나 챙겼나? 자기 돈은 다 챙겼을 거 아냐?"

"자기가 집으로 가져간 것은 따져봤자 한 달에 백만원씩밖에 안 가져간 셈이라 카는데 그거야 모르는 기고. 어찌됐건 우리나 그 양반이나 안 되빴다."

"그럼 주 반장은 이제껏 정 사장에게 빌려준 돈 다 받았나?"

최씨가 불쑥 뛰어들어 물었다.

"그래 그건 다 받았시더. 나도 딴 사람과 똑같이 노임은 지금 한 달 반 치가 밀린 거 아인겨."

주 반장이 컬럭컬럭 기침을 뱉어내며 말했다. 최씨의 얼굴이 생급스럽게 일그러지며 다그치듯 다시 물었다.

"그래, 며칠 전까지 다 못 받았다고 했는데 언제 받았지?"

"허허, 참. 그게 말이다. 사실 어제 남지기 돈을 가져왔드라요. 정 사장이 내한테 꾼 돈마저 안 갚고 가면 정말 잠이 안 올 거 같다고 그라면서 돈을 주어서 내는 뿌리쳤는데, 옆에 있는 우리 각시한테 주는 기라요. 내 성한 몸도 아이고…… 그래 일꾼들한테 미안타. 정 사장이 봐 달라고 일꾼들에게 잘 얘기해달라고 사정하드라요……. 사실 그라면서 간병하는데 보태 쓰라고 또 몇 만원 놓고 갔는데……."

가만히 병실 문 앞에 서서 이야기를 듣고 있던 향숙이 남편의 말을 이어 받았다.

"맞아얘, 내가 그 돈 받았심더. 집에서 가져간 건데 받는 게 나쁜 겁니껴? 내 깊은 내용도 모리고 끼여들어서 미안한데얘 내 돈 받았는데 그게 잘못됐심니껴?"

"당신은 나서지 마라. 그게 아이고 정 사장을 말리거나 붙잡아두지 못했다는 거 아이가?"

"그럼, 어떻게 해야 하나?"

간병인용 긴 의자에 앉아서 두 손으로 얼굴을 감싸 쥐고 머리를 푹 수그리고 있던 최씨가 한숨을 푸욱 내쉬며 두 사람에게 물었다. 봉석이 곰곰이 생각하더니 말했다.

"성만이 닌 정 사장 집 전화번호나 주소는 몰라?"

"집 전화번호밖에 모르는데 집에 있겠나? 그래 일단 전화번호를 적어놓아봐라."

봉석이 정 사장의 전화번호를 메모지에 옮겨 적고 있는데 휴대폰 벨이 울렸다. 삼식이었다. "알았어. 그럼, 택시 타고 와라이." 하며 봉석은 전화를 끊고 나서 하던 얘기를 계속했다.

"자, 그럼 우선 김 사장한테 각서 받고서 일을 하거나 아니면 일을 중단하느냐 두 가진데. 하여간 돈 받기 힘들게 됐뺏구먼. 성만아, 그라면 니는 우리가 어떻게 했으면 좋겠어?"

"지금 공사가 다 끝나가는데 김형만이가 지불 각서를 써줄 거 같나? 다른 사람을 써서 일을 시켜버리면 좆 되는기라. 저번에 김형만이 찾아온 사람들맨치로 한바탕 할 수도 없고. 봉석아, 무슨 좋은 수가 없겠노?"

주 반장이 통증이 오는지 쿵쿵, 거친 신음을 뱉어냈다.

"그건, 우리끼리 결정할 수도 없고 그러니까 숙소에 들어가서 사람들하고 상의를 해보지 뭐. 여러 사람들이 머리를 맞대면 뭐 좋은 수가 있겠지. 그래 그렇지 않아도 힘들 건데 이 문제는 더 신경 쓰지 마라."

봉석은 결론을 지어 얘기하고 자리에서 일어섰다

"그래. 봉석아, 내 거기 사람들이 결정한 대로 다 따를 기라. 그러니 내 신경 쓰지 말 그래이."

그때 옆에서 묵묵히 서 있던 향숙이 두 사람을 보며 말했다.

"저기애, 이 양반이 꼭 있어야 할 자리라면 내가 그 자리에 참석하면 안 됩니껴?"

"안 될 것도 없지만……."

"그렇게 돈 받기 어렵게 됐는데, 당사자가 자리에 없으면 달리 챙겨주지 않는 거 아입니껴. 내가 직장 생활 할 때 공장이 폐업을 했어도 끝까지 버틴 사람들만 퇴직금이나마 건진 거 아인겨."

"돈 받을 때 안 부르면 두고두고 욕 먹겠네요. 돈 받게 되면 언제든지 연락을 할 테니 그때 제수님이 대신 나오세요."

"나이도 한 살 어린 기 항상 자기가 형이래 내참."

주 반장이 싱긋 웃으며 봉석에게 핀잔을 먹인다.

한편, 삼식은 근처 식당에서 수지를 만나고 있었다. 수지의 얼굴은 씻은 장아찌처럼 해쓱했지만 맑고 투명했다. 하지만 눈동자는 안개가 낀 것처럼 흐렸다. 삼식은 수지가 굳이 그럴 필요가 없다는 데도 문어죽을 사주겠다고 우겨댔다.

"오빠, 이러지 않아도 되는데…… 박 양한테 이야기 다 들었어. 고마워. 나는 가진 것도 없으니 오빠의 온정에 대해 보답할 길이 없네. 난 오빠한테 사실 줄 것이 없어."

"그게 뭐가 별 일이라고 그래싸. 그러면 내가 우습게 되잖아. 뭣이냐, 부담 갖지 마란께. 우리는 명예로운 총각이니까. 헤헤헤."

"명예롭다고요?"

"앞뒤 재질 않는다는 얘기지. 우리는 줄 땐 팍팍 주거든. 뒤를 계산 안 한당께."

"팍팍이라구? 난 깨진 거울이야, 산산조각 났어. 도대체 희망이 없는데 왜 살아났는지 몰라. 조금만 더 먹었으면 잘 있어 오빠 할 수 있었는데……."

"별 개뼉다구 같은 소리허고 있네 시방. 깨지긴 뭐가 깨져? 희망이 옴박지 항아리라도 된단 말이여. 생각을 바꿔봐, 그럼 세상이 편안해. 희망이 샘물 같은 거라고 생각하면 되잖아. 샘물에다 돌을 던져봐, 그러면 그때 뿐이제. 거, 뭣이냐, 밑에서 계속 물이 불끈불끈 솟아나서 흐르잖아, 안 그래?"

"나는 그 샘물마저 다 말라붙었는데?"

"말라붙는 거 좋아하네. 참말로 말 잘 안 되네. 아참 그럼 희망이 샘물이 아니고 태양이야 태양. 보라 동해의 떠오르는 태양! 노래에도 있잖아. 아침에 동쪽에서 다시 뜨지 않으면 그건 해가 아녀."

"노력하지 마세요. 오빠, 여기 공사가 다 끝나면 인제 우리는 다신 못 만나겠지?"

"이 나라 땅덩어리가 넓어서 못 만나겠어 강에 다리가 없어서 못 만나겠어. 씨잘데없는 소리하덜 말고 얼른 문어 죽이나 먹으랑께. 식잖아."

수지의 숟가락질이 깨질깨질 시원찮다. 성에가 낀 창틀처럼 흐려지던 얼굴에서 질금질금 눈물이 흘러내려 문어죽에 뚝뚝 떨어진다.

"울긴, 왜? 지켜보는 사람도 생각해야지. 사람이 그러면 못써." 하면서 삼식이 화장지를 집어 수지의 얼굴을 훔쳐준다.

"여자들이 이쁠 때는 잠덧할 때하고 머리칼이 젖었을 때라고 들었는데 수지는 죽 먹는 것도 이쁘네."

"피이."

"얼굴이 약간 누리끼리해도 참 이쁘네. 맞어, 아는 형님 말대로 여자란 참 이쁜 데가 많은 동물이야. 참 별 게 다 이쁘니."

"호호호, 그래요?"

"오빠가 그렇다면 그런 줄 알아? 은별이는 몇 살이야?"

"애 이름을 어떻게 알았대?"

"천당에서 전화가 왔어."

"피이, 아무 데다 천당 팔아먹는 게 아녜요. 지금 다섯 살인데…… 애 이야기하지 말 아요."

수지는 허리를 붙잡고 컬럭컬럭 기침을 했다.

"집은 항상 다시 지을 수 있는 거야. 그래, 수지야, 언덕에서 까치 새끼 한 마리가 다쳐 있길래 치료를 해줬지 않았겠어. 근데 나무가 자빠져 가지고 집도 납작하게 찌그러졌는 데 살려놨더니 글쎄 그 까치가 말이여. 이제는 현장 옆 나무에다 자기 집을 새로 짓고 있 더란께. 수지, 당신도 퍽 괜찮은 여자야. 기다려봐, 수지도 새로 집을 짓게 될 거야. 우리 는 말야. 또랑이 앞에 있잖아, 그러면 일단 건너고 봐. 넘어야 할 산이라면 우리는 넘고 본다 이 말이야. 그래서 엎어지기도 하지만 우리는 고민하지 않아. 우린 그래."

"또랑이 아니라 강물이야, 이 바보야!"

수지는 죽을 먹다 말고 흐흐 울면서 손수건으로 얼굴을 가리고는 거리로 뛰어간다. 삼식이 밖으로 따라나서는데 여자는 휘청거리며 마른 바람이 설렁거리는 거리 모퉁이를 이미 돌아가고 있었다.

24. 똥줄이 타느냐 안 타느냐

용접기 우는 소리, 망치 소리도 그친 공장 안으로 마른 바람이 불어왔다. 마당에는 이 제 상주로 내려갈 집진기 몸체만이 덜렁하게 남아 새뜻하게 칠한 녹색 페인트가 햇살에 빗기면서 눈부시게 빛났다. 공장 사무실 앞 자갈 마당에는 작업을 중단한 사람들이 옹기종기 모여서 궁싯거리고 있었다. 사무실 안에서 김 사장의 쇤된 목청이 터져나왔다.

"아무튼 정덕구 그 양반을 찾아내야 할 거 아니요? 그래야 당신들에게 돈을 주겠다 말겠다 할 수 있지 다짜고짜 나한테 돈줄 것을 확인하라 마라 그러는 법이 어딨대요. 지금 당신들은 도대체 어느 나라에 사는 거야? 대체 이제까지 누굴 보고 일을 한 거냔 말이여?"

"이 나라에는 당신 같은 사장들만 사라는 법이 어딨어. 씨발 그럼, 우리가 일하다가 말고 오야지나 잡으러 다녀야 한단 말이여. 도대체 말이 통해야지. 참말로 환장하겠구먼."

최씨가 사무실 벽을 쿵쿵 때리면서 목청을 돋우었지만, 되레 큰소리로 딱딱거리며 게목을 질러대는 김 사장의 기세에 질리어 사람들은 벙벙하게 사무실 밖 마당에 쪼글뜨리고 앉아 나뭇가지로 땅에다 애꿎은 낙서만 하고 있다.

"그럼, 당신들은 오야지 연락처도 모르고 일을 했단 말이요? 사람들이 이치에 맞는 소리를 해야지. 정덕구를 찾아오라니까요 찾아와. 참말로 그 친구 첨부터 맘을 헤프게 쓰더니 결국은 사고를 쳤구먼. 니미럴, 그렇지 않아도 원청에서 일이 늦었다고 공사 대금을 까니 마니 하는 판국에 나만 정덕구 땜새 완전히 병신 됐네. 그리고 내 물읍시다. 돈 줄 사람이 돈 받을 사람을 찾으러 다니는 그런 경우도 있대요?"

사람들이 아무런 말대꾸도 못하자 김 사장은 말끝을 약간 누그러뜨리며 사람들을 달래자로 나왔다.

"자기들 대장을 잃어버리고 나한테 찾아달래니 쯧쯧 사람들이 경우가 있어야지, 경우가. 얼른 일이나 끝내요. 그래 놓고 얘기해도 늦지 않으니까. 위에선 공사 빨리 끝내라고 생난리를 죽이는데 자 작업복 갈아입고 얼른 일을 하란께요."

그때 사무실 문 앞에 퍼더버리고 앉아 나무 막대기로 땅바닥에 그림을 그리고 있던 삼식이 생뚱맞게 딴청을 부렸다.

"재기야, 우리도 저번 사람들처럼 길쭉하고 오동통한 막대기를 들어야 하나 내려야 허냐? 잘난 니가 좀 가르쳐도라."

"형님도 참, 쇠막대기를 들면 들었지 내리는 법이 어딨대요."

재기가 옳다구나 맞장구를 치고 나선다. 두 사람이 야지랑 떠는 수작에 얼굴에 잔뜩 내 천자를 그리고 있던 김 사장이 어림없다는 듯이 포달지게 뻗대고 나왔다.

"니미럴, 나도 이제 죽느냐 저제 죽느냐 하는 판국에 고 따위 협박에 멕힐 것 같애. 어림 반푼도 없는 소리. 이래도 개털이고 저래도 개털인데. 당신들 땜새 멀쩡헌 놈이 바보 되고 구렁이 알 같은 돈 까져 개털 됐는데 내가 뭐가 무섭겠어. 허이 김 반장! 하여튼 일단 일이나 끝내고 이야기를 하더라고. 정덕구 그 사람 맘 돌리고 나타날지 누가 알어."

사무실 의자에 앉아 사뭇 조용히 얘기를 듣고 있던 봉석이 개털 사장에게 에누리없는 반장 대접을 받고 나서 크응, 목을 가다듬고 나섰다.

"반장 좋아하네요, 김 사장님. 돈이 나올지 안 나올지도 모르는데 멍청히 일해 주는 병신들이 어딨단가요. 쉽게 얘기해서 이제까지 우리 노임 당신이 책임지겠다고 지불각서를 써주기만 하면 당장 일을 하겠다니까요. 당신 좋아하는 법에도 하청에서 못 주면 원청에서 주기로 되어 있은께로, 따따부따 여러 소리 할 것 없이 지불각서를 써주겠다는 거요, 안 써주겠다는 거요? 그것만 확실히 얘기를 하쇼."

"내가 정덕구하고 계약을 했지 당신들하고 계약한 거 아니잖소. 엄연히 법적으로도 정덕구와 계약을 했는데 본인이 포기한다 어쩐다 일언반구 없이 이렇게 안 나오는데 나더러 어쩌라는 소린지 정말 알 수 없네. 나중에 정덕구가 떡허니 나타나 돈을 달라고 하면 나는 어떡허냔 말이요. 거기에 대해서 얘기를 해보란게요."

"아참, 이야기가 계속 헛도는구먼. 우리는 딱딱 부러지는 것을 좋아하는 사람들이니까 한 마디로 말해서 지불각서를 못 써주겠다는 얘기 아니요?"

"안 써주겠다는 것이 아니라 정덕구가 포기한다는 종이쪽지만 가져와 봐요. 그럼 그때 정산을 해가지고 당신들에게 십원짜리 하나 축내지 않고 드리겠다니까. 참 말귀 못 알아듣네."

"그렇다면 지불각서를 못 써주겠다는 얘긴데……." 하면서 봉석이 말끝을 흐렸다.

"아휴, 요걸 그냥." 하면서 최씨가 갑자기 김 사장의 면전에다 주먹을 들이갖다대며 벌떡숨을 몰아쉬었다.

"그래? 나도 저번에 당했지만, 이제는 그리 안돼. 나도 갈 때까지 간 사람이여. 해볼 테면 해보라구."

김 사장이 최씨의 주먹을 손으로 치면서 자리에서 벌떡 일어났다. 두 사람의 손이 맞부딪치면서 책상 위에 있던 커피 잔이 턱 하며 바닥으로 날아갔다. 사기파편이 사무실 바닥으로 튀었다. 두 사람은 황소 뿔 겨루듯 서로 으르딱딱거리며 마주섰다. 갑작스런 사태에 사무실 안팎에 앉았던 사람들까지 우르르 일어선다.

봉석이 떠박지르는 최씨의 팔을 억지로 붙잡고 밖으로 끌어냈다. 그러자 사무실 지붕 위에서 흰 꽁무니를 까땍까땍 하던 까치가 푸드득거리며 고철장 옆 콩밭으로 날아간다. 사람들은 공장 한쪽 켠으로 가 빙 둘러앉았다. 봉석이 고개를 기우뚱거리며 말을 꺼냈다.

"예상했던 것처럼 도통 씨알이 안 먹히네. 저번 참에 당하는 거 보고 물렁물렁하게 봤는데 그게 아니구만. 각서를 못 쓰겠다고 하니 어떻게 해야 하나. 그런 보장도 안 받고 일을 하면 말 그대로 우리가 병신 되는데, 그렇다고 시작한 일을 끝맺지 않으면 그것도 똥누고 밑 안 닦는 것맨치로 찝찝하고. 어혜할 건지 의견을 내보라구. 그렇다구 정덕구 찾아본들 해결 방법이 없잖어. 그 친구가 지 손해보면서 포기각서를 써줄지도 의문이고."

"하여튼 정덕구 그 자식이 개자식이야. 죽이 되든 밥이 되든 지가 시작했으면 지가 끝을 맺어야지. 안 그래 박씨?"

"그러면 어떠고 저러면 어때, 돈만 잘 받아내면 되지."

가파르게 치올랐던 가슴을 쓸어내리고 있던 최씨가 박씨에게 말을 붙였지만, 박씨는 김이 팍 샐 만큼 심드렁하게 말을 받으며 신발짝만 연신 후비고 있다.

"돈을 못 받게 생겼으니까 이 난리 아녀, 이 구렁이 삭신아."

최씨는 애매한 땅바닥만 후려갈기며 애통터지는 듯 침을 휙 내뱉는다. 사람들은 빙 둘러앉아 돌멩이로 땅바닥에 글씨를 쓰기도 하고 고개를 잦히고 먼 산을 바라보며 막막하게 앉아 있는데, 멀리 설치하다 중단한 사일로의 새뜻한 녹색 페인트가 꾸물거리는 먼지 속에서도 한층 도드라져 보인다. 봉석이 감숭한 턱을 만지작거리며 말을 이었다.

"일단은 지금 일을 하느냐 마느냐가 문젠데…… 자 요런 게 있거든요. 우리가 일을 안 할 경우 김 사장 말은 저렇게 해도 내심 똥줄이 탈지도 몰라. 좀 기다리다 보면 지불 각서를 써줄지도 모른다는 얘기야. 왜냐면 천 부장이나 저쪽 사람들이 지금 돌공장 설치 현장에서 오락가락하면서 안달을 하고 있잖아. 지금 돌공장 쪽에서는 하루가 급하다고 난리니까 우리가 죽치고 앉아 있으면 지불각서를 써줄지도 모른다는 얘기예요. 근데 반대로 생각해보면 김 사장이 해볼 테면 해봐라 하면서 공사가 늘어져봤자 보름 할지도 몰라. 김 사장 저것이 보통 깐깐하고 다라진 놈이 아니여. 딴 데 애들 불러 후딱 일을 조진 다음, 니들이 일 안 했겠다 하면서 니들 돈 나는 몰라 하면서 발을 뻗어버리면 그때는 골탕 먹는 것은 우리야. 쉽게 말해서 우리가 일 안 할 경우 김 사장 저것이 똥줄이 탈까 안 탈까 바로 그 문제라."

"형도 참, 내가 김 사장 똥구멍에 들어가 봤어야 똥줄이 탈지 안 탈지 알제. 그 어려운 걸 무슨 수로 안다요."

삼식이 목을 외로 빼면서 시퉁머리터지게 말을 박았다. 그 말에 사람들이 가슴을 때리며 깔깔거리며 웃는데 사무실 쪽에서 김 사장이 고개를 힐끗 내밀고 그들을 내다본다.

"허허허, 그래 우리는 삼식이 니 때문에 산다. 어쨌든 우리가 김 사장 똥구멍에 안 들어가 봤으니까 그 속이 누럴지 빨갈지 모르겠지만서도 자, 이제 금을 딱 두 개를 그어 가지고 탄다는 쪽하고, 안 탄다는 쪽으로 갈라서 투표해보더라고."

"똥줄이 타게 되면 돈 받는 거여 안 타게 되면 돈 받는 거여 시방?"

그때 한쪽구석에서 맨둥맨둥한 머리만 만지작거리던 박씨가 생뚱하게 물어왔다.

"허허허, 박씨, 내둥 이야기할 때는 뭐 듣고 있다가 개살구 옆구리 터지는 소리를 하고 있어 시방."

최씨가 큼직한 머리를 흔들어대는 박씨의 등을 한대 후려갈기며 쌔왈거렸다.

"탄다는 쪽은 일을 안하고 똥줄이 계속 타기를 기다리는 것이고 안 탄다는 쪽은 똥줄이 안타니까 놀면 뭐해 하면서 일을 끝마쳐주는 것이고 그러는 것이지요."

봉석이 웃으면서 조근조근 그 내용을 다시 설명했다. 박씨는 저 스스로 끕끕한 속을 이기지 못해 맹맹하게 눈알을 끔벅거리며 다시 물었다.

"그럼 돈은 어찌 되는거?"

"탄다 쪽이 맞으면 딱 좋겠지만 김 사장이 나 몰라라 하면 피바가지를 옴팍 뒤집어쓰는 것이고, 안 탄다 쪽이 맞으면 어찌됐건 일을 끝마쳐도 돈 받으려면 개발에 땀나게 생겼다 이런 얘기 아닌가요?"

이젠 재기가 공장 마당에 O와 X 표시를 크게 그리고 있다가 박씨의 말을 받아서 배운 사람답게 정리를 했다. 하지만 박씨는 길바닥에 나앉은 맹꽁이처럼 여전히 통통한 뱃살을 만지작거리며 어리뚱하게 머리만 끄덱거리고 있다. 그때 구두에 붙은 흙을 깔짝깔짝 파내고 있던 천수가 고철장 어방에서 푸드덕거리고 있는 까치를 향해 돌을 휙 잡아 던진다. 까치는 둥지를 틀고 있는 은백양나무 가지 끝으로 포르르 날아올랐다. 재기가 문득 좋은 생각이 떠올랐다는 듯이 물었다.

"봉석이형, 저기 남아 있는 집진기를 딱 잡고 못 나가게 하면 되지 않을까요?"

"저 물건이 나가려면 한 보름이 있어야 된다는디 그럼 여기서 계속 죽쳐야겠네요. 나는 천호동 백화점 짓는 데서 빨리 빔 타러 오라고 난린데."

천수가 무스를 바른 머리를 건들대며 말했다.

"그래, 재기 니 말이 맞는데 우리가 여기서 계속 보초를 설 수가 없잖어. 보름 놀아봐라 그 일당이 얼만데. 그리고 식당에서 인전 밥도 안 줄 거 아냐. 어찌 됐건 자, 똥줄이 탄다 안 탄다 그것에 대해서만 이야기하더라고. 그럼, 최형부터 얘기를 해보지요."

"난 탄다 쪽이야. 김형만이가 일을 안 했다고 우리를 골탕 먹이고 피바가지를 씌울지라도 한 이틀 일 안 하면 금방 결론이 날 거 아냐. 나는 결론이 빨리 나는 쪽에 걸겠어. 그리고 저거 김형만이 똥줄 타는 거 조금이라도 보고 싶어 환장하겠다. 그래서 나는 역시 탄다 쪽이야. 일을 안 하고 있어봐. 그럼 김형만이 저것 똥줄이 웬만큼은 그래도 탈 거 아냐."

"그럼, 재기 너는?"

"저는요. 김 사장의 똥줄이 워낙 튼튼해가지고 안 탄다 쪽에 걸게요. 전에 그 친구들한테 곧 죽어도 일주일 후에 주겠다고 날짜를 연기했었다면서요. 그리 호락호락하게 각서를 써줄 사람이 아녜요. 우리가 일을 안 하면 당장이라도 딴 사람들을 불러서 일을 마무리 짓고 우리 돈 받는데 아주 골탕을 먹일 거 같아요."

"그럼, 삼식이 너는?"

"그건 아까 내가 이야기했잖아요. 안 들어가봐서 모른다고."

"장난하지 말고 얼른 이야기해봐 자슥아. 저기 김 사장이 힐끗힐끗 내다보는 것이 쪼금 똥줄이 타긴 타는 갑다."

"정말 헷갈리네. 물 먹으러갔다 김 사장이 집에서 온 전화 받는 것 보니까 아주 사근사근하게 받더란께요. 그러고 보면 김 사장도 집에서는 착한 아버진데. 김 사장 속을 어떻게 알 수 있을꼬." 하면서 혼잣말을 지절거리더니 재기가 만들어놓은 OX칸을 왔다갔다 짚어가면서 찍는다.

"타ー는ー지ー안ー타ー는ー지ー가ー르ー쳐ー도ー라. 타네 타. 지금 똥줄이 타는 갑네요. 나는 탄 쪽에 걸게요."

"형은 참 가르 주세요지 어떻게 가르쳐 도라예요? 그러면 똥줄이 안 타는 쪽인데."

"우리는 한 입에서 두 말은 안 해. 한번 찍으면 땡이야 땡. 봉석이형, 나는 안 탄다 쪽이네요 이."

"천수 니는?"

"저는요. 안 탄다는 쪽이요. 저 양반이 말이에요, 글쎄 내가 용접봉 꼬다리를 끝까지 안 쓰고 버렸다고 인상을 팍팍 쓰면서 뭐라는지 알아요? 니 집 물건이라면 그렇게 쓸래? 그르드라구요. 용접봉 꼬다리 하나 가지고 저리 벌벌 떠는 그런 심보라면 웬만한 일로는 꺼떡도 안 할 거야. 그러니 저는 똥줄이 안 타는 쪽이네요."

"천수야 임마, 그건 니가 잘못했구먼 뭘 그래싸. 그럼 용접봉을 끄터리까지 다 태우고 버려야지. 쯧쯧 저게 언제나 일 버릇이 제대로 박힐란가."

삼식은 천수의 말꼬리를 붙잡고 제법 목청을 돋운다.

"그래 그건 삼식이 말이 맞고. 2대 2구먼. 박형은 이제까지 생각을 많이 해봤죠. 탈 것 같아요, 안 탈 것 같아요?"

"나는 재기가 얘기한 대로 탄다 쪽에 걸지 뭐. 저게 배 창시에 구렁이가 몇 마리 들어 있는지 몰러."

"형님, 저는 똥줄이 안 탄다 쪽인데 헷갈리네. 형님은 도대체 탄다 쪽이에요 안 탄다 쪽이에요?"

재기가 박씨에게 말을 확실히 하라고 재촉을 하자 박씨는 얼렁뚱땅 말을 바꾸며 새 새거린다.

"그랴, 마 맞어, 구렁이가 여러 마리 들어 있어 똥창이 무거우니까 재기 니 말대로 똥집이 안 탄다 쪽이야. 헤헤헤."

봉석이 주위를 둘러보며 자차분하게 땀직땀직 말을 이었다.

"나만 남았는데 나는 말이여. 우리가 일을 못하겠다고 재끼더라도 김 사장이 각서를 쓸 사람은 전혀 아닌 것 같고 또 우리는 일을 일단 시작했으면 끝을 말끔히 맺는 게 철학이라. 마무리 짓지 않고 간다는 것이 어째 영 꺼림칙해. 그래서 나도 똥집이 안 탄다 쪽에 걸겠어. 그럼 4대 2네. 워낙 질겨서 똥집이 안 탄다고 결론이 났는데 최형하고 삼식이는 이런 결론에 대해서 불만이 있나요?"

"열은 뻗치지만 일을 하는 수밖에."

최씨가 입맛을 다시며 시들부들 목소리가 까라지는데, 삼식은 머리를 꺼떡거리며 데꺽 말을 받는다.

"이하동문이요."

봉석은 크으, 목다심을 한 다음 알심있게 말을 이었다.

"또 몇 가지 생각할 점이 있네요. 일하더라도 어찌 됐건 돈 받기는 더럽게 됐네요. 어차피 정 사장을 불러오라고 하는데 집에 있을 사람이 아니고 집에 쫓아가더라도 배째라 하는 식으로 나오면 개털이고, 또 같이 일했던 사람을 멱살잡이하기도 그렇고. 또 한 가지, 김 사장이 지금 저리 날뛰는 것을 보면 정덕구에게 넘겨줄 돈보다 우리가 받아야 할 것들이 많은 것은 거의 확실하거든요. 그럴 경우 김 사장이 주는 대로 받을 수밖에 없는데, 그러면 조금 우리가 손해를 보게 될지도 몰라요. 또 김 사장이 돈을 제때에 줄지 안 줄지도 모르고, 그래서 내 생각에는 바로 일 끝나는 대로 노동부에 신고를 해갖고 걸어놓는 것이 좋을 것 같은데. 또 우리가 뿔뿔이 흩어지면 정말 돈 받기 힘드니까 어제 주 반장이 얘기한 데가 조건이 맞기만 하면 우리 같이 음성으로 한 팀을 만들어 들어가자구요."

재기가 시간을 내 노동부에 신고를 하겠다고 나서는데 삼식이가 갑자기 삐딱하게 엇대면서 말을 받았다.

"나는 차라리 담벼락이나 돌을 차고 말지, 그 으리아리하게 높은 데를 쫓아가서 도대체 무얼 어찌하겠다는 거요?"

"형도 참, 법은 권리 위에 잠자는 사람을 보호해주지 않는다니까요. 우리가 알아서 권리를 찾아야지."

재기가 제법 유식하게 말했다.

"법이 권리 위에서 잠잔다고? 도대체 뭔 말이냐? 우리는 잠하고는 거리가 먼 사람들 아녀. 우리는 새벽부터 일만 열심히 하잖남."

박씨가 말귀를 못 알아듣고 어리벙벙하게 잘 나가는 얘기에 물을 탄다.

"박씨, 저녁에 제일 먼저 떨어지는 사람이 누군데 그래. 오늘따라 어째 그리 띵한가. 그 말은 법이 잠자든 권리가 잠자든 간에 사람이 그렇게 띵하면 안 된다는 것이여."

가슴으로 옷부채질을 하고 있던 최씨가 살똥스럽게 말을 받으며 낄낄거리며 웃어댔다.

"어찌됐건 잠자지 말라는 얘긴데…… 오늘따라 되게 헷갈리네."

박씨가 구시렁구시렁 고양이 불알 앓는 소리를 내며 코밑을 쓸어가는데.

"원식이 형님, 제가 잘못했구만요. 어찌됐건 권리를 지켜서 돈을 찾아먹자는 그런 얘기거든요."

재기가 박씨에게 고개를 주억거리며 미안한 태를 낸다. 그때 그냥 일을 한다는 것이 영 자존심이 상한 듯 최씨가 눈살을 찌푸리면서 말했다.

"그렇다고 지금 그냥 코를 숙이고 일할 수는 없잖아."

"최형이 잘 말했네요. 그렇다고 우리가 코를 숙이고 그냥 들어갈 수는 없고 일하더라도 돈은 언제 줄 것인지 확실히 해보더라구. 법적으로도 오야지가 도망가거나 배째라 식으로 나오면 바로 위에 하청이 책임을 지게 되어 있으니까. 제 생각에는 일이 끝나고 일주일 후까지 돈을 달라라고 말하자구. 그래도 정 버티면 보름까지는 봐주기로 하고."

"김씨가 오늘 보니 말에 참 조리가 있구먼. 그려 그렇게 하자구."

최씨가 선선히 봉석의 말에 동의를 했다.

"봉석이 형이 왕년에 노조 위원장 아니요."

삼식이 달룽 말을 받는데 박씨가 큰 입을 헤헤 벌리며 고개를 끄덕였다.

"그려 어쩐지 말에 순서가 있다 생각했어."

"형, 김 사장이 돈 줄 때 오야지하고 같이 오라고 하면 어떡하지요?"

재기가 물었다.

"그래, 찾아가 보겠다고 하지 뭐. 우리들 중에 날을 잡아 한번 정덕구를 찾아보자구. 아무튼 지금 돈 받은 날짜를 박는 거야. 내 보기에 바로 돈을 줄 사람이 아냐. 노동부 믿을 거는 못되지만, 추석이 곧 이니까 하루라도 빨리 노동부에 신고를 하자구요. 출두하라고 통보가 오려면 보름쯤 걸릴 거야. 그러면 돈 받을 날짜하고 얼추 맞닥뜨려지겠네. 현재로서는 그 방법밖에는 없는 것 같은데. 어때요? 다른 의견이 있으면 얘기를 한번 해 보세요? 천수 니는 됐냐?"

한쪽 켠에서 땅바닥에 새 그림을 그리고 있던 천수가 봉석의 말에 화들짝 놀라며 고개를 그냥 까딱까딱한다.

"다른 의견이 없으면 우린 김 사장한테 가보자구요. 재기 니는 천수 저놈아에게 설명 좀 해주고 우리들 연락처를 다 적어놓고. 나중에 서로서로 연락을 할 일이 한두 번이 아닐 테니까. 자 가보입시다."

봉석과 최씨 두 사람이 사무실 안으로 들어갔을 때 김 사장과 천 부장이 머리를 맞대고 상의를 하고 있었다.

"우리들끼리 이야기했는데 지불 각서를 쓰지 않으면 도저히 일을 할 수가 없다고 하네요."

최씨가 "아니." 하면서 깜짝 놀란 얼굴로 봉석을 쳐다본다. 봉석이 뒤로 손을 뻗쳐 최씨의 등을 긁으면서 놔두라는 신호를 보낸다.

"그래요. 한번 더 얘기하는데 일을 할 거요, 안 할 거요? 우리도 시간이 많은 사람들이 아니여. 안 한다면 좋아. 나중에 딴 말하지 맙시다이. 내가 아까부터 이렇게 사정사 정했는데 정 일을 안 하겠다고 하면 어쩔 수 없지. 내가 사람이 없을 것 같애. 나를 이렇게 골탕을 먹였으니 돈 받을 때 애 좀 한번 먹어보라구."

화가 머리꼭대기까지 오른 최씨가 씨근벌떡거리며 김 사장의 얼굴을 가파르게 내리훑으며 다가서는데 봉석이 최씨의 어깨를 붙잡아 자리에 앉힌다. 그때 천 부장이 양쪽 사람들을 말리면서 허둥지둥 나섰다.

"지금 하루가 급한데 김 사장 당신 참말로 정신없는 사람이네. 어떻게 달래볼 생각은 안 하고. 아저씨들 일단 일을 합시다. 내가 당신들에게 줄 돈은 김 사장에게 안 주고 보류시켜 놓을 테니 금액이 얼마예요?"

"그건 뽑아봐야 알겠는데요."

"그래요? 나중에 그것을 저한테 뽑아주시고 일단 일을 합시다."

천 부장이 두 사람의 어깨를 붙잡고 일을 하자고 사정을 했다.

"천 부장은 무슨 권리로 내 돈을 보류시킨다는 거요? 내 당장 사람들 불러올 수도 있어. 내참, 그렇게 각서를 쓰고는 절대 일을 시킬 수 없어. 내 죽으면 죽었지."

김 사장이 눈알을 모들뜨며 **빽빽거리자**, 안달이 난 천 부장이 김 사장을 짯짯이 내리훑으며 말했다.

"당신 그렇게 배짱으로 나오면 나도 생각이 있어요. 당신도 돈 받을 때 애 한 번 먹어 봐. 당신 공사 늦어지는 거 다 책임져. 그렇지 않아도 대양 쪽에서는 공사 늦어졌다고 배상하라고 난린데. 김 사장 당신 앞으로 나 안 볼겨."

'나 안 볼겨'라는 말에 약간 기가 죽었지만 김 사장은 끝까지 또깡또깡 뻗대고 나왔다.

"그럼 정덕구한테 줄 금액이 요만큼밖에 안 되는데 이 사람들은 다 달라고 할 텐데. 그러면 당신 같으면 그렇게 각서를 쓰겠어. 어림 반 푼 없는 소리하고 있어. 그럼 나만 명텅구리 바보 되란 말여."

봉석이 잠시 생각에 잠기더니 천 부장에게 말했다.

"그럼 천 부장님께서 우리들 노임을 책임진다는 약속을 할 수 있습니까?"

"그런 약속은 여기 김 사장이 있으니까 못하지만 보류는 얼마든지 할 수 있지."

"그럼, 김 사장님. 저기 일 끝나고 일주일 안에 돈을 지급할 수 있어요? 일주일 안에 지급할 수 있다면 일을 일단 시작하기로 하죠."

"세상에 일 끝나고 일주일 안에 바로 돈을 주는 경우가 어딨대. 천 부장이 보장을 해 준다면 몰라도."

김 사장은 끝까지 책임을 천 부장에게 떠넘긴다.

"2주일이라면 대양건설에 이야기를 해가지고 줄 수 있도록 해보죠."

천 부장이 다급하게 말했다.

"그럼, 김 사장님은 각서를 쓸 수 있나요?"

봉석이 물었다.

"정덕구를 불러온다면 그날로 돈을 지급하겠다, 라고 쓸 수는 있지."

김 사장은 끄덕도 하지 않았다. 봉석은 최씨를 이끌고 사무실 밖으로 나왔다. 사람들은 사무실 밖 담 그늘에 코쭝배기 한대 얻어맞은 애들처럼 시무룩하게 앉아 있었다. 땅바닥에 깊게 파인 낙서가 그들의 고민을 말해주는 듯했다. 둘러 모인 사람들에게 봉석이 말했다.

"과연, 저 김형만이 보통 놈이 아니네. 나는 일단 일 안 하겠다고 버틴 다음 그쪽에서 제발 좀 일 좀 해달라고 하면, 못 이기는 체 일 끝나고 일주일 후에 돈을 지급할 약속을 할 수 있느냐 물으려고 했는데 그게 전혀 안 통하는구면. 곧 죽어도 정덕구를 데려와야지 돈을 주겠다고 하는 것을 보면 이빨 안 들어가는 놈이랑께. 정덕구에게 줄 금액 중에서 차 떼고 포 떼고 남은 금액만 딸랑 던져주고 해볼 테면 해봐라 할 놈이라니까. 하여간 뻑시게 걸려부렀네요."

"그럼 어떡해야 하나?"

"그래, 뭐 별 거 있어. 원시적으로 사고 치면서 돈을 받는 수밖에. 저기 설치 현장에 가서 드러누워버리면 주겠지. 김형 안 그래?"

최씨가 벌떡숨을 몰아쉬며 말했다.

"그 방법이 즉방인데. 그럼 우리 모두 총대를 매는 수밖에 없는데."

"우리는 그렇게 못하네. 써빠지게 일해놓고 어떻게 드러누워서 돈을 받남?"

박씨가 그건 말도 안 된다며 손사래를 쳤다. 다른 사람들도 말없이 머리를 끄덕인다.

"최형, 일단 참고 일합시다. 뭐 방법이 있겠지."

결국 2주 후에 정덕구 입회하에 돈을 받기로 하는 수밖에 없었다. 정 사장이 나타나지 않을 것은 불을 보듯 뻔한 일이었으므로 단지 2주일이라는 기약 없는 날짜만 확인한 셈이었다.

25. 편지

마침내 더위, 모기, 먼지와 작별해야 할 시간이 왔다. 그들은 고철을 모닥모닥 추려버리고 공구 정리를 한 다음, 숙사 주변 청소까지 한갓지게 마치고서 가방이나 배낭을 챙겨들고 현장 마당으로 가기 위해 철제다리를 건너기 시작했다. 기다렸던 시간이었지만 돈을 어떻게 받아낼까 하는 숙제를 안고 떠나야 하는 사람들의 마음은 그저 눅눅하고 무거웠다. 하지만 다들 떠나거나 말거나 천수는 숙사 마당에서 천하태평으로 까치와 노느라 여념이 없다. 마당 한쪽 저만치에 포도를 던져놓고 숙사 옆 그늘에 숨어 욜랑거리며 엿보는 모습은 사뭇 진지하기까지 했다. 하지만, 까치는 그러거나 말거나 제 짝과 은백양나무 근방에서 서로 솟치며 까불며 포드닥거리며 놀고 있다. 그 곁을 배낭을 매고 지나던 삼식이 그 광경을 보고 쌉쌀하게 한 마디 뚱기지 않을 수 없다.

"천수야, 임마. 안 갈래? 시건방 떨지 말고 어디를 가든 찹찹하게 잘 지내라이. 그라고 이 형님한테 안부전화도 좀 하고 알았냐?"

천수는 코대답도 하지 않고 느자구없이 손바닥을 입에 댔다가 삼식이 쪽으로 쫙 흩어 뿌린다. 그리고는 고대 얼굴을 돌리고 무스 바른 머릿결을 빛내며 까치처럼 매초롬한 주둥이를 연신 까불어대면서 새와 장난하기에 여념이 없다. 저걸 그냥, 삼식은 똥구멍을 내지르려 달려가려다 문득 참는다. 젊음이 가져다주는 건방짐이란 때때로 광채가 나고 귀여울 때가 있는 것이다. 삼식은 현장을 한번 쭉 둘러보며 눈인사를 나누는데, 이미 그런 것에 익숙한 봉식은 저쪽에서 빵빵거리며 경적을 울려댄다. 최씨의 차는 꿀렁거리며 새마을 도로에 접어들고 있었다. 삼식이 차에 오르자 봉석이 고개를 갸웃갸웃하며 중얼거렸다.

"천수 저것은 밉지도 않은 게 미운 짓만 하려고 왜 저리 나댈까. 하여튼 연구 대상이야."

"형, 천수 저것이 의뭉한 놈이란께요. 형은 몰라도 나는 다 알아요. 외로운 놈이라요. 지 또래가 없기도 하지만, 있어도 잘 어울리지 않더랑께요. 어머니마저 재혼해서 할머니랑 동생이랑 딸랑 세 식구 같이 산답디다. 글고 저 나이에 누가 철일을 할라고나 한당가요. 저것이 겉멋은 들었을지라도 지가 벌어서 동생 학교 보내고 차를 굴리는 것 보면 신통하잖소? 장가를 어떻게 잘 갈란가. 정말 걱정 많이 되네. 군대도 갔다왔겠다 참 좋은 때인데, 전에 말이우……."

삼식의 사설이 길어지려 하자 봉석이 말을 가로막았다.

"니 걱정이나 해라 자슥아. 이곳을 떠나기가 쓰리고 아리고 허전하고 맥이 풀리고 그러지?"

"형은 참, 넘겨짚기는……."

차는 새마을 도로로 접어들었다. 돌공장 옆을 지나다가 봉석이 차창 밖으로 잦바듬하게 고개를 내갖히면서 말했다.

"하여간, 일하면서 돈 받을 거부터 걱정해야 하니 이 놈의 세상이 거꾸로 되도 한참 거꾸로 되었어. 그 누가 알아주건 말건 일 끝내고 저렇게 기계 돌아가는 모습을 보는 것이 커다란 낙인데. 재기야 어째 말이 없냐? 일이 끝난 마당에 수첩에다 뭐라고 적을래?"

먼지가 풀풀 뿜어 올라오는 돌공장 마당에는 사일로와 컨베이어가 녹색 빛도 새뜻하게 우뚝 서 있었다. 페로다가 그들이 설치한 호퍼로 모래를 부려낼 때마다 뿌연 흙먼지가 몽개몽개 솟구친다. 재기는 "예?" 하면서도 한동안 말이 없다. 차는 돌공장을 지나 어느새 갇힌 바다와 열린 바다를 가로지르는 제방 둑 위에 접어들었다. 그렇게 창밖만 맹하게 바라보던 재기가 쓰렁하게 말했다.

"형 말대로 거꾸로 선 것들이 참 많다구 적을래요. 저기 봐요, 산이 거꾸로 섰잖아요. 전봇대도 거꾸로 서고 배들도 거꾸로 가고……."

하지만 막힌 바다와 열린 바다 사이를 가르는 제방 둑 위로 끼룩끼룩 나는 갈매기는 더없이 평화로웠다. 봉석은 속도를 늦추며 차를 세웠다. 상어 뱃가죽처럼 허옇게 뱃살이 드러내놓고 말라붙고 있는 갯벌 사이사이, 아직 물이 간신히 지나가는 갯고랑에는 쨍쨍한 햇살에 갈대가 시들부들 촉기를 잃고 흔들거렸다. 철조망 너머, 까무스름한 띠를 두르고 이제는 강이 되어버린 바다. 그 거무튀튀한 바닷물 위에 절반쯤 잘라진 산이, 전봇대가, 배가 거꾸로 선 채 산들거리는 바람에 번들번들 춤을 추었다. 그때 빵빵 경적이 울리며 천수의 차가 쿵쾅거리는 음악을 흘리며 앞질러 달려간다. 봉석의 차도 서서히 출발했다.

"형이 망둥이 낚시 갔을 때 우리나라 사람들 뚜드러막는 거 되게 좋아한다고 그랬지? 그것도 반 토막으로 갈라져 있으면서 말이요. 지지고 볶고 싸우고 헐뜯고, 가르고 편짜고 비비고 처먹고, 빨리 빨리라고 소리 지르고 거드름피우고, 뼈빠지게 일한 사람은 누군데 손도 안 대고 코 푸는 것들은 누구고…… 하소연해서 돈 받아야 하는 사람들은 누구고…… 저도 육순이 넘은 노인네 모시고 살아야 하고, 등록금도 벌어야 하는데…… 돈을 언제 받을지 모른다고 생각하니 정말 아뜩하네요. 내가 요렇게 돈벌어 대학을 다녀가지고 나 잘났네 하면서 살아야 할까요. 과연 지식이라는 것은 어디다 써먹어야 하는 개뼉다구인지 문뜩 그런 생각을 했네요."

"아이고 우리 재기 열 받았네. 야, 웃기지 마라. 그렇게 큰소리 안 치더라도 속으로 심각한 사람 많다 너. 돈 받기가 일하는 만큼 힘들어도 임마, 우쨌든 우리는 다른 사람 욕 안하고 다 내 못난 탓이다 하면서 입때껏 살아왔어. 세상이란 장사하는 사람, 농사짓는 사람, 고기 잡는 사람, 온갖 종류의 사람들이 있는 것처럼 책상다리 붙잡고 사는 사람도 당연히 있어야지. 근데, 우리 같이 기계를 만드는 사람, 노가다들은 왜 똑같이 한 몫 안 쳐주는 거지? 그래, 퇴직금, 보너스 같은 거 없고, 사람대접 안 해줘도 좋아. 적어도 말야, 우리 같이 철일 하는 사람들이 있어야 한다 뭐 그런 사명감까지는 몰라도, 적어도 일에 대한 자부심 같은 것은 느끼면서, 우린 이날입때까지 그냥 묵묵히 살아왔어. 근데 니들 지식인들은 요즘 비겁해."

"그건 왜요?"

"80년대에는 니들 같은 지식인들이 다리를 놓아서 우리도 다리를 건넜어. 그래서 요만큼 이룩했어. 민노총도 건설했구, 하지만 요즘 노동현실 봐라 옛날이나 똑같이 지독히 부당하잖아. 아이엠에프로 우리 바닥 인생들은 껍질이 다 벗겨졌어. 우리들은 비정규직에도 못 드는 찬밥이야. 물론 우리 잘못이지만, 회사 노동자들은 우리들을 몰라, 민노총마저 자기 밥그릇만 챙겨, 왜 연대를 모르는 거지? 한총련이건, 현장을 떠나 있는 그 많은 민주 양심 세력들까지 왜 못 합치는 거야. 양심을 외치던 그 많던 사람들은 다 어디 갔지? 386세대, 좋아허네. 민중투쟁세대야. 비겁하게 얼버무리지 말라구. 그 투쟁의 중심에 우리 노동자가 있었어. 안 그렇다면 합쳐야 할 거 아냐? 왜 그걸 못하는 거야?"

"아하, 연대나, 통일전선 애긴데. 그건 어느 쪽으로 다리를 놓아야 하냐 하느냐에 따라 전술이 달라지는 거 아녜요?"

"아냐 임마, 어떤 다리든 많이 놓을수록 좋은 거야. 결국 똑 같은 한 길은 있을 거 아냐. 그쪽을 중심으로 뭉치는 거야. 이론은 새로운 것이 아냐, 자세가 중요한 거지. 주체적이고 실천적으로 고민해야지, 뜬구름 잡지 말라구? 그래서 결국 니들은 모색이나 고민으로 도피한 거야, 안 그래?"

"과연 그럴까요?"

"생각만 하고 있으면 뭐하냐, 개똥이나 실천을 안 하면? 용기가 없다는 얘기는 차마 못하겠지. 지식들은 안주할 기회가 참 많지. 가지고 싶고 누리고 싶은 것도 많을 거고. 니들이 어떻게 하든지간에 우리는 어차피 노동청년회로 가고 일용공노조로 가. 왜냐구? 그것은 목구멍이 말해줘, 알았어? 재기야 너희들만 고민하는 거 같지만 이런 현장에도 그런 고민하는 사람 많다 너. 10년 전이건 지금이건 목구멍이 막히면 주먹이 나오게 돼 있어. 그때가 치열하고 좋았던 것이 아니라 지금이 나쁜 거야. 난 그렇게 생각해."

"그래요. 형…… 근데 삼식이형은 뭘 그리 생각하세요?"

재기는 사뭇 머쓱하게 앉아 있다가 말을 살짝 삼식에게 돌린다. 부드러운 농담을 기대했지만 차창에 기대고 생각에 잠겨 있던 삼식은 냅다 뒤퉁스레 말을 치받는다.

"재기 얌마, 멋있는 작별을 해야 할 거 아니냐."

"그래 멋진 생각을 좀 했어요?"

"후후후, 몰러."

당나귀 목털처럼 듬성듬성 나무가 늘어서 있는 산말랭이에 저녁 햇살이 비끼고 있었다. 포도밭을 지나고 미루나무가 대빗자루 같이 꽂혀 있는 다락논밭을 굽이굽이 지나 승용차는 읍내로 진입했다.

정류장 부근에 오니 앞서가던 최씨와 천수의 차가 기다리고 있었다. 봉석은 사람들과 함께 처음 이 읍내에 왔을 때 들렀던 정류장 근처의 식당으로 갔다. 삼식은 일행과 떨어져 덜렁대면서 다방으로 달려간다. 아줌마는 물론 봉석을 알아보지 못했다. 그들은 함께 얼큰한 바지락칼국수로 배를 듬직하게 채우고 식당을 나섰다. 천수는 언제 그런 부지런함이 있었던가 싶게 자판기 커피를 날래게 뽑아들고 온다. 그들은 커피를 한잔씩 나누며 서로 작별의 인사를 나눴다. 주 반장 소개로 천수를 뺀 나머지 사람들은 이틀 쉰 다음 한 조가 되어 철골 공사 현장이 있는 충북 음성으로 가기로 약정이 되어 있었다.

두 사람이 차안에서 한참을 기다리자 삼식이 새가 그려진 연푸른 색 모자를 뱅뱅 흔들며 나타났다. 차는 먼지가 뿌옇게 등천하는 거리로 들어섰다. 삼식은 차에 올라서도 한동안 말이 없다. 봉석이 잠자코 카스테레오를 튼다. 노래가 쿵짝쿵짝 흘러나왔다. 계속 삼식이 찌무룩해 있자 재기가 물었다.

"형, 뭐 좋지 않았어요?"

"뭐 별로 할 말이 없더라고……."

"서로 뭐라뭐라 했을 꺼 아냐?"

"지키고 막자! 대장부와 숙녀의 화려한 약속, 하하하~, 그리고 당신 정말 괜찮은 여자야 그랬지."

"그리고?"

"히히히, 볼에다 뽀뽀를 해주었지."

"그랬더니요?"

"저건, 하여간…… 그래서 임마?"

그간을 못 참고 봉석이 언덕을 휙 올라채면서 이야기를 빨리 하라고 들이졸라댄다.

"연애편지를 주더라고. 산제비가 그려 있는…… 후후후 그래서 그 편지를 머리에 뒤집어썼어."

삼식은 모자를 툭툭 치면서 말했다. 모자에는 구름 속을 뚫고 날아가는 새 두 마리의 문양이 산뜻하게 그려져 있다. 하지만 그것은 목이 잘쑥하게 빠진 것이 산제비라기보다는 기러기에 가까웠다.

"뭔 말이데?"

안달이 난 봉석이 기어이 차를 갓길에 세웠다.

"형은 별거를 다 알려고 그래. 산제비, 하늘을 나르는 우체부, 편지, 히히, 하여튼 그런 게 있다니까. 형, 우리도 숨기고 싶은 비밀이 있는 거 아니유."

삼식은 말을 마치고선, 입안 가득 바람을 넣어 밤볼을 만들더니 푸후후 웃어댔다. 그러자 재기가 덩달아서 시시덕거리며 말했다.

"형이 비밀이 있다니 걱정된다 걱정돼. 사람이 평소 안 하던 짓을 하면 죽어서도 멧등이 벗어진다는 거 몰러?"

"모른다, 왜 그럼 안 되냐? 나야말로 걱정된다 걱정돼. 형이나 재기가 참 걱정된다니까!"

"우리가 걱정될 게 뭐가 있냐?"

"나중에 형들이 수지 그 아가씨만 보면 기러기가 떠오를 거 아니요? 정말 걱정 많이 되네."

"나중에? 기러기다방?"

봉석이 눈알을 끔벅거리며 그 뚱딴지같은 말의 골자를 헤아리고 있는데 삼식은 해발쪽하게 벙글거리며 재기에게 말을 건넨다.

"재기야 넌 봉석이 형님한테만 철학 같은 거 물어보고 똑 나한테는 안 물어보냐?"

"하, 안 물어보면 때릴 것 같네요. 그래 형 철학이 뭔데?"

"허허 한 마디로 조금은 손해보는 듯이 살자 아니냐. 나같이 무지랭이 촌놈에다가 막가는 노가다판에 이름 없는 쫄자 신세에 턱없이 배짱 편하게 이야기하는 거 같다만 난 그래. 세상에 잘난 사람들도 많고 얼굴 두꺼운 사람들도 참 많잖아. 하지만 난 말이다, 봉석이 형처럼 그 잘난 사람들 축에 껴달라고 목매달지도 않겠지만 그렇다고 비굴하게 껍벅 죽어가며 굽실거리기도 싫다는 이 말씀, 어떠냐? 뭐 우리같이 못난 사람들이 두꺼비씨름 하대끼 들이까불어 봤자 누가 알아 주겄냐. 듬벙에서 개구리가 와글바글 서로 대가리 들이박으며 놀데끼 못난 놈들끼리 그냥 즐겁게 더불어 살자는 이 말씀, 헤헤헤 어떠냐?"

"어쭈그리, 삼식이 말 한번 그럴 듯하게 해버리네. 그거는 내 철학이야 임마."

"형은 고따위 철학이 뭐 별 거라고 니 것 내 것 따졌쌓소. 형도 참 웃기네."

"좀 손해보며 서로 맘을 소통해가며 배우자, 형, 대단하네. 사실 생각이 길건 짧건, 재산이 있건 없건, 서로 배우는 것만큼 중요한 것이 어딨나요? 밑바닥 사람들한테 배울 것이 얼마나 많은데, 근데 소박, 의리, 겸손, 그런 것들을 배운 놈들은 절대 그걸 배우려 안 하지요. 그래서 세상이 이 모양 이 꼴 아니유. 형들, 난 여기 현장에서 참 많이 배우고 가네요. 천수한테도 배우고 박원식이 형님한테도 배우고……."

"재기야. 나는 말이다, 니처럼 좀 배웠다고 뭐든 정리하고 가르치려 드는 놈들이 디지게 싫더라. 근디 가만 봉께로 너는 이 잘난 정삼식이한테 배운다는 얘기는 어째서 빼먹냐?"

"형한테야말로 허벌나게 많이 배워부렀구만요."

재기가 헤헤 웃으며 전라도 말투를 흉내내어 말했다.

"그러니까 약간 손해 보듯 살려면 말이다. 어디 가든 니가 먼저 전화 한 통화라도 하라 그런 얘기야 임마. 우린 저쪽이 이만큼 주니까 나도 이만큼 쥐야지, 그런 계산 같은 거 안 해. 맘을 줄 때는 팍팍 줘, 따져가면서 안 준다니까. 팍팍 주지."

"아따 오늘 우리 삼식이 기러기 갔다오더니 입이 더럽게 간지럽나본데."

"형님, 이 대목에서 음악이나 팍팍 틀어번지쇼."

"그래, 좋았어! 팍팍 틀어번지게."

노래는 김추자의 〈빨간 선인장〉으로 들어서고 있었다. 눈물에 젖은 길이 자꾸만 흐려져도 앙상한 가지마다 눈보라 몰아쳐도 빨간 선인장은 봄을 기다립니다……. 노래를 방방거리며 상쾌한 웃음을 달고서 승용차는 도로 위를 신나게 달려나갔다.

26. 법은 잠을 잘 잔다

손기척을 하고 한참을 기다렸지만 안쪽으로부터 들어오라는 신호가 없다. 봉석은 소풍주간에 들어가듯 쭈뼛거리는 삼식과 최씨의 옆구리를 꾹 찌르면서 목청을 가다듬고 사무실 문을 덜컥 열었다. 비쩍 마르고 기름한 얼굴의 50세 가량의 여자가 무료하게 팔을 꼬고 있다가 몸을 쓱 일으켰다. 문을 열어 등지고 선 채 봉석은 나머지 사람들이 들어오는 걸 기다린다. 천호동 현장에서 빠져나오지 못한 천수를 제외한 일꾼들과 주 반장의 처 향숙이 한 사람씩 들어왔다. 상담실장은 푸르스름하면서도 우묵한 두 눈을 들어 그들을 서늘하게 쳐다보았다. 이어 마치 물먹은 판자 위를 못으로 긁는 듯한 뚝뚝하면서도 까슬스러운 목소리가 두 손을 배에 붙이고 주억거리는 그들의 귀를 헤집었다.

"무슨 일 때문에 오셨나요?"

맨 뒤에 쭈빗거리며 들어오던 박씨가 자기를 쳐다보는 뾰족한 시선에 놀라 희끗희끗 새치가 섞인 살쩍을 훑으며 흠칫한다. 이어 옹송그리며 서로의 얼굴을 할끔거리던 사람들의 시선이 일제히 봉석에게로 쏟아진다. 사람들의 턱짓에 봉석이 까부라졌던 몸을 펴면서 말했다.

"노임 때문에 왔습니다."

하지만 봉석의 눈동자는 때꾼하게 파진 상담실장의 눈을 정면으로 쳐다보지 못하고 잠시 허둥댄다.

"그럼 출두통보서를 가지고 왔나요?"

"예."

상담원이 아무 말 없이 봉석이 보여준 출두요구서를 내주며 말했다.

"2층 근로감독과로 가보세요."

그들은 한 마디 말도 더 붙여보지 못하고 줄을 지어 문을 밀고 나왔다. 밖에 나서자 삼식이 재기를 보며 씨월거렸다.

"저 아줌마, 완전히 찬밥에 물 말았구먼 제기랄거. 우리를 완전히 뼐로 보는데."

"어휴, 참말로 우리를 흑싸리 껍데기로도 안 보네."

재기가 고개를 치밀면서 울컥 말을 받는데 봉석이 휴우 숨을 뱉어내며 입맛을 다셨다.

"거참, 저 여자 또 보게 되네. 10여 년 전 그때나 지금이나 하참, 맨날 얼굴을 저 모양으로 허고 있으니까 진급도 못하고 상담실 구석이나 지키고 있지."

"봉석이형, 그게 무슨 얘기야?"

"저 여자 보통 까다로운 여자가 아니야. 포도를 박아놓은 것처럼 눈알이 깊숙한 게 말이야. 무서워……."

"형도 무섭다 하니까 말이 좀 되네. 전에 된통 당했나 보지요?"

재기가 봉석의 옆을 따라가며 묻는다.

"당한 게 아니라 말야. 전에 회사에서 짤렸을 때 구제신청을 했는데 담당이었거든."

"여자가 까다로우면 얼마나 까다롭겠수? 여자니까 좀더 일하는 사람 편들어주었겠지."

"그랬으면 얼매나 좋겠냐. 근데 그게 아니더라 이거야. 법대로만 하라고 법, 법 하는데 환장하겠대. 사무실 지키고 있는 작자들은 떼거리를 제일 싫어하거든."

"형들은 뭐 떼거리로 몰려와 따졌수?"

"여기 앞마당에서 머리띠 두르고 으싸으싸 했었지. 나중에는 저 여자 말대로 법대로 하다가 꼬박 2년 걸렸어. 그동안 완전히 개털이 됐지 뭐."

"형, 아까 그 여잔 말이야 틀림없이 생리불순일 거야."

또박거리며 앞서 가던 삼식이 갑자기 봉석의 뺨에다 손을 대고 속닥거리며 말했다.

"총각이 별 걸 다 아네. 그건 왜?"

"좀 촉촉하면 누가 뭐래. 콩인지 팥인지 구분 못하고 멸없이 신경질을 부리니까 그러지."

"날 샌겨. 약이 따로 옳지. 저런 쌩과부들은 살송곳 맛을 보면 정신이 퍼떡 들겨."

맨 뒤에서 늘작거리며 따라가던 박씨가 어느 틈에 귀동냥을 했는지 주 반장 아내 향숙을 힐긋 쳐다보며 말 반죽을 먹인다.

"헤헤헤."

"히히히."

웃음소리에 계단참 담배 재떨이 곁에서 웅숭그리고 있던 한 패의 사람들이 눈을 뎅그렇게 뜨고 쳐다보았다. 복도가 껄껄거리는 웃음소리로 술렁거리자 구두코만 보고 걷던 향숙도 머리를 갸웃거리며 얼결에 따라 웃는다. 복도에는 사람들이 득시글거렸다. 대리석 창턱에 팔베개를 하고 맥을 놓고 창밖을 보는 사람도 있었고 서로 심각하게 머리를 맞대고 있는 축도 여럿 있었다. 웅성거리는 무리를 둘러보던 최씨가 들고 있던 신문으로 엉덩이를 탁탁 치며 말했다.

"잘 나가는 정보화시대에, 우리 같은 개 팔자가 참 많구만. 한참 일할 시간일 텐디."

"이 양반이 멀쩡한 사람 개 맹글어비네. 나는 개 팔자 아녀 이 사람아."

박씨가 눈알을 쏨벅거리며 최씨의 말을 납작하게 깔아뭉갠다. 근로 감독과에 들어서자 철컥철컥 컴퓨터 자판을 두들기는 소리가 그들의 가슴을 짓눌러왔다. 민원인들 몇몇이 등받이 없는 둥그런 의자에 앉아 경찰에서 조서를 받듯이 자판을 두들기며 묻는 감독관에게 굼실거리며 대답하고 있었다. 책상들이 벽 쪽으로 일렬로 나란히 배치되고 상담의자는 안쪽에 있어 그들은 감독관들로 포위가 된 형국이었다. 일행이 교무실에 불려나간 학생들처럼 어깨를 움츠리며 감독관 명패 앞에 나란히 늘어서자 근로 감독관은 사람들을 한번 쫙 훑어보더니 입맛을 다셨다.

"대표로 두세 사람만 여기에 남으시고 나머지 분들은 밖에 나가서 기다리세요."

"여기 가운데 빈 의자도 많이 있잖아요?"

재기가 배실배실 웃으면서 등 뒤 녹색 빛의 유리탁자와 소파 쪽을 가리켰다. 탁자 위에는 볼펜이 꽂힌 메모지가 덜렁 놓여 있는데, 적갈색 소파를 넘보던 소철 분재의 날카로운 잎사귀가 창을 타넘어 들어온 햇살들을 얇게 잘라내고 있었다.

"그건 아무 때나 앉는 자리가 아니고…… 일을 빨리 처리하려면, 또 저기 앞에 과장님이 보기에도 안 좋으니까 나머지 분들은 좀 나가 계세요."

끝 부분의 '계세요'라는 말은 나지막했지만 꽤나 뚝뚝한 것이어서 사람들의 어깨 위에 또각또각 정을 쪼아 짓눌러 박는 듯했다. 그들은 어깨를 움츠리며 감독관이 말한 '저기 앞에'를 흘깃거리며 살펴본다. '저기 앞' 그러니까 사무실 한쪽 면 정중앙 태극기 밑, 널찍한 책상과 검게 빛나는 명패 뒤에는 주인 없는 회전의자가 삐딱하게 놓여 있었다. 사람들은 서로 나가려고 비죽비죽 손사래를 치는데, 봉석이 최씨와 재기의 소매를 붙잡고 향숙을 불러 세웠다. 박씨와 삼식은 코를 숙이고 게걸음으로 슬금슬금 밖으로 나간다. 근로 감독관은 봉석에게서 출두요구서를 받아들고 따르락따르락 컴퓨터 자판을 두들겨나갔다.

"여기 고발한 일신기공 김형만 사장의 집 전화번호를 알고 계세요?"

"예, 도통 통화가 안 되더라요. 전화해 보면 현장에 갔다네요. 우리 같이 하루 벌어 하루 먹는 사람들이 일 안하고 집까지 찾아가 보초를 설 수도 없는 일이고 어떡합니까? 우리로서도 어쩔 수 없어 찾아왔습니다."

봉석이 눈짓을 하자 재기는 검정 가죽 바인더북 지퍼를 빙 돌려 열어, 공장까지 찾아와 소란을 피웠던 사람들로부터 베껴 적은 김 사장의 집 전화번호, 받아야 할 금액을 개인별로 합산한 서류를 꺼냈다. 감독관은 재기가 건네준 전화번호를 받아들더니,

"이 사람은 출두요구서를 보냈는데 왜 안 오는겨? 요즘은 사장들이 우리 알기를 뻘로 안다니까." 하며 김 사장 집으로 전화를 걸었다.

"……김형만 사장님 계십니까? 노동부 근로 감독곱니다. 예, 없다구요. 아줌마, 출두요구서를 받았지요? ……허허이 받았는데 무슨 배짱으로 출두를 안 하는 거요? 뭐 그

쪽에서 이 사람들한테 직접 일을 시키지 않았단다구요? ……어쨌든 출두하라면 출두를 해야 할 거 아녀요? 사장님이 들어오면 출두서에 적힌 번호로 전화를 하라구 하세요. 그리고 다시 한번 말하는데 다음번에 출두를 안 하면 검찰로 고발이 들어가니까 알아서 하시라고요. 우리도 날이면 날마다 시간이 있는 거 아니니까……."

전화를 끊은 감독관이 앞자리에 앉은 봉석에게 물었다.

"아저씨들, 여기 일신기공 말고 또 사장이 있습니까?"

"어느 사장이요? 사장이 워낙 여럿이라……. 지금 고발한 일신 사장도 있고 태진공영 사장도……."

"당신네 일 시킨 사장도 모른단 말이요?"

"아, 예. 우리 오야지는 중도에 공사를 포기를 해가지고 지금 전화 거신 일신에서 지불 하기로 하고 일을 했습니다."

"일단 일 시킨 그 오야지 성명과 주소는 어떻게 되죠?"

"정덕구라고, 주소는 모르고 전화번호만 아는데 전화가 아예 안 됩니다."

"일차 책임이 오야지한테 있는데 오야지 주소도 모르고 일했단 말이요? 아참, 그게 말이나 되는 소리냐구요?"

"오야지가 지불 못하면 그 위 원청에서 지급할 의무가 있지 않습니까? 세상에 사장 주소를 베껴놓고 일하는 사람 어딨대요. 그러니까 법적으로도 지금 의무가 있는 일신사장 얼굴을 우리 힘으로는 도통 구경할 수 없더라구요. 그래서 노동부의 강력한 힘으로 그 얼굴을 좀 보여주십사 우리가 이렇게 찾아온 거 아녜요?"

"여기 따지러 온 거예요? 쯧쯧 그렇게 말 심지 돋우지 마세요. 또 우리한테 열 내서 좋을 일 전혀 없을 테니까. 원청에서 지급할 의무가 있다는 그 말은 맞는데 그 사람이 공사를 포기했는지 안 했는지 우리가 어떻게 알아요? 사람 얼굴보고 우리가 판단하는 거 아니잖아요. 그러니까 에— 또. 어디까지나 서류나 절차가 중요하니까 여기 올 때는 최소한 오야지 주소라도 알아와야지. 어찌됐건 김형만 이 양반만 나타나면 다 해결되겠지. 하지만 정덕구 사장한테 지급할 거 다 했다고 나오거나 지급할 것이 이것밖에 없다라고 나오면 할 말이 없을 텐데. 정말 갑갑한 사람들이네."

감독관이 한심하다는 듯이 혀를 찼다. 그러자 뒤에 서 있던 최씨가 풍선에서 바람이 빠지듯 푸우 한숨을 길게 내쉰다. 하지만 이 자리에서 자신들이 갑갑하지 않다는 것을 증명하기란 역시 쉽지가 않았다.

"오야지가 공사를 포기했어도 우리는 오야지가 도망갔다고 노동 도의상 일을 중단할 수 없고 해서, 또 김 사장이 오야지 입회하에 돈을 지급하겠다고는 서약하에서 일을 깔끔히 끝마쳤어요. 그런데 정덕구 사장은 어디에 처박혀 있는지 찾을 수 없으니 우리는 집 전화라도 있는 김 사장에게 매달릴 수밖에요. 사실상 우리는 김 사장 사정 봐주면서 일한 죄밖에 없는데 집으로 전화를 걸어도 계속 없다고만 하니, 우리는 어떡하란 말입니까? 따라서 법적으로도 지급 의무가 있는 김 사장을 찾는 것은 이제 노동부의 일이 아닙니까? 어쨌든 태진으로나 김 사장 집으로 직접 쳐들어가서 해결할 방법도 있는데 우리는 지금 어디까지나 신사적으로 일을 처리하려고 한단 말이에요."

'노동 도의'와 '신사적'이라는 말을 실컷 강조한 봉석의 다소 장황한 설명이 끝나자 최씨가 연이어 맞장구를 치며 나왔다.

"그래요. 우리는 김 사장의 사정을 옛날에도 봐주었고 지금도 봐주고 있는데 이렇게 일 끝난 지 한 달이 다 되어가도록 얼굴을 도통 볼 수가 없으니 우리로서는 참말로 환장하는 일 아닙니까?"

하지만 감독관은 '신사적으로' 사정을 봐주었다는 것을 별로 실감하는 것 같지는 않았다. 이어 서약서를 손에 쳐들더니 찌뿌둥하게 말했다.

"그래 이 서약서 종이쪽이 정황증거는 되겠구먼. 하여튼 김형만 씨가 나타나면 문제가 다 해결되는데…… 이 양반이 출두요구서를 받고서도 안 나타나는 것을 보면 여간 간

큰 사람이 아닌데."

"일신 사장이 계속 출두를 안 하면 어떻게 됩니까?"

시근벌떡 숨을 몰아쉬고 있던 최씨가 참지 못하고 불쑥 물었다.

"계속 출두를 안 하면 당신들이 이긴 걸로 치고 검찰에 송치하게 되는 겁니다."

형사고발이란 것은 누구에게든 무섭고도 치명적인 급소가 아닌가. 희망을 발견한 최씨의 얼굴은 금세 환히 밝아진다.

"검찰에 송치되면 돈을 받게 되겠네요?"

"그렇게만 되면 얼마나 좋겠어요. 검찰에 송치되어도 진짜 돈이 없어서 나자빠지면 벌금이나 물거나 그것도 안 되면 그에 따라 형을 사는 것으로 땡이니까, 어쨌든 검찰에 안 가고 여기서 원만하게 타협적으로 해결하는 것이 상수예요. 검찰에서 계속 불러도 출두를 안 하면 기소중지가 되겠지요. 즉 수배가 된다는 얘긴데 그래서 잡혔어도 돈 없다 하면 벌금 무는 것으로 끝이라니까요. 돈은 민사로 다시 시작해야 하구. 우리가 경찰이 아닌 이상 잡으러 다닐 수도 없고…… 아휴, 정말 체불임금 때문에 죽겠네. 이거 도대체 사장이란 놈들이 노동부 알기를 떡으로 아는데 환장하겠구먼. 인제는 배째라 식으로 나온다니까……."

"그럼, 여기서 타협적으로 해결하라는 얘기는 어떤 뜻이죠?"

봉석이 타협적으로 해결하라는 말에 신경이 쓰면서 물었다.

"막말로 여기 일신 사장이 나온다고 쳐요. 최악의 경운데 여기 김 사장이 오야지한테 계약서상 얼마를 지불해서 인제 남은 것이 요것밖에 없다고 끝까지 버티는 경우는 그대로 받을 수밖에 없다는 말이에요. 물론 법적으로 당신들은 돈을 다 받을 권리가 있고 우리도 당신들이 다 받도록 노력할 거예요. 하지만 그쪽에서 돈을 없어서 못 주겠다거나 이것밖에 없다 라고 버티면 민사로 넘어가게 되는데 그때는 어떻게 되는지 여러분도 잘 알죠? 그때는 좀 서운하더라도 적당히 타협하는 수밖에 없어요. 내 보이 아저씨들도 참 딱도 하네요."

최씨가 시근벌떡거리며 하소연조로 말했다.

"우리는 더도 말고 덜도 말고 우리가 일한 만큼은 꼭 받아야 한당께요. 우리가 오뉴월 뙤약볕 아래 요렇게 땅강아지처럼 까맣게 타도록 일했는데 참 정말 고약한 세상이네. ……그럼 우리는 어떡해야 합니까?"

"세상이 고약하지만 법이 그렇게 생겨 먹은 걸 어떡해. 사장이 만약 돈이 이것밖에 없다면 어떡헐 거예요? 민사로 소송을 걸면 나락에서 싹이 나도 한참 날 텐데. 그러고 싶으면 그렇게 하세요." 하며 감독관은 재기가 넘겨준 서류를 들고 복사기 쪽으로 슬렁슬렁 걸어간다.

봉석은 고개를 숙이고 잠시 생각을 굴렸다. 이제 김 사장이 여기 안 나타나는 것을 보면 최대한 작게 주려거나 아니면 시간을 벌면서 최대한 늦게 주려는 것일 것이다. 그런데 최씨는 감독관이 자리에 앉자마자 까슬까슬한 턱을 들이밀면서 치근덕치근덕 졸라댄다.

"그럼 우리는 어떡해야 하는 겁니까?"

"그걸 우리한테 물어보면 어떡해요? 법이 그렇게 생겨먹은 걸. 그걸 따지려면 국회에 가서 따질 일이고 빨리 해결하려면 사장을 쫓아가 잡아오던지 하세요. 아니면 시간을 기다리면서 법대로 하던지."

"정말 환장하겠네."

"우리도 환장하겠어요. 구조조정 때문에 이쪽저쪽 무너지면서 하루에 수십 개씩 처리해야 하니 우리는 저녁 9시 이전에는 퇴근할 생각도 못해요. 출두 요구서를 보낼 테니까 보름 후에 다시 오세요. 아저씨, 제발 우리들 사정도 좀 봐주세요."

결국 그들과 감독관은 서로 더 환장하겠다고 우기며 자신들의 사정을 봐달라는 것이었는데, 다급한 쪽은 어디까지나 일꾼들이었다. 이번에는 뒤쪽에서 있던 재기가 쭈뼛 나서며 가랑가랑한 목소리로 물었다.

"그렇다면 기다리는 수밖에 없다는 말인데, 맨날 이것에 매달릴 수도 없는 우리는 어떡해야 합니까?"

"하참, 아저씨들도 그걸 우리한테 자꾸 물어보면 어떡해요. 어찌됐건 보름 후에 다시 출두하세요. 일신기공 사장이 그때도 안 나오면 우리가 법적인 절차를 밟아서 고발을 할 테니까요."

"고발을 하면 돈이 나옵니까?"

최씨가 감독관이 실컷 설명한 말을 금방 까먹고 다시 물었다. 똑같은 소리를 반복하는 통에 열이 오른 감독관이 짜증스럽게 말했다.

"이 아저씨들 도대체 몇 번을 이야기해야 알아듣나? 우리 일은 노동법 위반에 따른 형사적인 것만 따져서 검찰에 넘기는 것이라니까. 검찰에 넘기면 노동부에서 할 일은 그것으로 땡이에요. 그에 따라 벌금을 물든지 콩밥을 먹든지 하겠지."

"그럼 검찰에서 돈을 받아주겠네애?"

이번에는 뒤쪽에서 고개를 수긋하게 서 있던 향숙이 불쑥 물었다. 콩밥을 먹는데 돈을 안 주랴 하는 생각이 퍼뜩 들었던 것이다. 같은 얘기를 반복하던 감독관이 서류 겉장을 탁 소리 나게 덮으면서 소리를 버럭 질렀다.

"이제는 아줌마까지, 참말로 답답하네. 아까 알아듣게 제가 설명했잖아요. 검찰은 검찰이고 민사는 민사니까 돈을 받아내려면 민사를 걸어서 받아내야 한다구요!"

여기서 더 이상 할 얘기는 없었다. 봉석은 자신도 모르게 불퉁스럽게 말을 내뱉었다.

"민사 민사 기다릴라치면 니미럴 차라리 개구리 수염 나길 기다리고 말지."

"이 양반 봐라, 여기가 어디 자기네 안방인 줄 알아? 어디서 눈을 부라리고 있어?"

감독관이 볼펜으로 삿대질을 하며 자리에서 벌떡 일어났다.

"형님, 나가입시다."

봉석이 그만 나가자고 봉석의 어깨를 잡아끌었다. 그들은 결국 코가 열자나 빠져서 입구 쪽으로 터벅터벅 걸어나지 않을 수 없었다.

거리에 나서자 근처 공사장을 핥고 지나온 마른 바람이 할퀴듯 등을 떠밀며 불어왔다. 그들은 뜨거운 물에 데쳐진 배추처럼 어깨를 축 늘어뜨리고 묵묵히 발걸음을 옮겼다. 박씨가 최씨에게 담배 불을 붙여주며 말했다.

"보름 후에 다시 오라구? 그럼 음성 내려갔다 올라왔다 하느라 거덜나겠네."

"거덜날 때 나더라도 돈을 받아내려면 또 와야지 어떡허겠어?"

"그때도 일신 사장이 안 나타나면 어쩐대야?"

"내가 그 어려운 걸 어떻게 알어?"

최씨는 되알지게 톡 쏘면서 말을 받는다. 그들은 버스 정류장 근처 볕을 피해 빌딩 앞 계단에 쪼글뜨리고 앉기도 하고 옹기종기 모여 섰다. 길 가 화단에 심어놓은 칸나 꽃잎은 가을 먼지바람에 이제 늙은 수탉 벼슬처럼 축 처져 있다. 오색의 팔랑개비가 도는 길 건너 주유소에선 랩 음악을 따라 젊은 친구들이 몸을 발딱발딱 뛰며 춤을 추다가 차가 들어오면 허리를 굽실거리면서 손님을 받는다. 하지만 그들에게는 즐겁고 경쾌할 것들이란 전혀 없었다. 손바닥만 끕끕하게 비비고 있던 박씨가 봉석을 쳐다보며 말했다.

"어떡할겨?"

"일단 어디 가서 어떡할 건지 숨 좀 삭히며 이야기합시다요. 뭐 좋은 수가 있겠지요."

"이 근처 다방으로나 가자구. 그게 젤 싸게 멕히겠지."

연회색 가루 먼지가 허옇게 떠 있는 로터리 쪽으로 터벅거리며 걸어가는데 삼식이 촐싹거리면서 한 마디 씨부리며 나섰다.

"봉석이형, 복잡한 것은 복잡한 것이고 머리 식히는 데는 거 뭣이냐. 돼야지 머릿고기에다가 소주 한 잔 찍 어때요?"

"삼식 씨가 거참 쓸 만한 소리 하는구먼."

최씨가 역시 자기 맘 알아주는 것은 삼식이뿐이라는 듯이 말장단을 맞추며 씨익 웃는다. 박씨가 시시덕거리는 두 사람에게 손바닥을 탈탈 털어 보이며 씨월거렸다.

"니는 총각이라 아직도 밑천이 남아 있는개비다."

"그러는 박씨는 털렁털렁하는 것이 없어?"

"이 양반이 오늘 뭘 잘못 먹었나 왜 이런댜."

서로 언죽번죽 대거리를 하는 뒤쪽에서 구두 뒷굽으로 보도블록을 꼭꼭 쪼고 있던 향숙이 사람들 사이로 들어와 교통정리를 하며 나선다.

"저기…… 여기 시장 골목으로 가입시더. 일단 뭐 좀 먹고 봐야 하는 거 아닙니껴?"

"형수님, 글쎄 아 근방이 내 주 무대가 아입니껴?"

삼식이 금방 말을 흉내 내며 앞장을 선다. 따가운 초가을의 햇볕은 좁은 시장 골목 틈을 비집으면서 그들을 끝까지 쫓아왔다. 곱창집은 비좁기도 했지만 철제의자는 너무 딱딱했다. 탁자 두 개를 붙여 도리도리 둘러앉아, 그들은 일단 물부터 한 컵씩 들이켰다. 공책 한 권 만한 텔레비전 화면 속에서는 연예인들이 낱말을 맞추며 호들갑을 떨어댔다. 삼식이 젓가락을 집어들고 카랑하게 아줌마를 불러재낀다.

"아짐씨, 일단은 더덕 무친 것하고 저기 강원도 백운계곡 산꼴챙이에서 퍼온 셔원한 막걸리허고 아짐씨 마음처럼 냉냉허고 무심한 사이다 한 두어 병 줘부쑈. 가슴팍에 엉겨붙은 불이나 우선 꺼야 쓴게라."

"요렇게 밍밍한 것밖에 없는디 어쩐다요?"

하지만 실제로 안주인이 내온 막걸리와 사이다는 허옇게 성에가 낄 만큼 찬 기운이 도는 것이어서 박씨는 입맛을 다시며 잔부터 챙겨든다. 최씨가 한 잔을 벌컥벌컥 들이붓더니 먼저 말문을 열었다.

"근로 감독관 얘기는 막말로 사장이 주는 대로 대충 받고 넘어가라는 얘긴데, 써빠지게 일해놓고 주는 대로 받으라면 말이나 되는 일이야."

"그럼 우리는 어쩌라는겨?"

박씨의 홀러덩 머리통이 우쭐거리며 뒤로 쓱 잦혀진다.

"잘난 박씨가 감독관에게 그렇게 대차게 물어보지 그랬어?"

같은 질문을 몇 차례 물어봤다가 감독관에게 된통 당한 최씨의 입에서 야들야들한 말이 나올 리가 없었다. 다른 사람들은 묵묵히 술잔을 비우는데 박씨와 최씨의 대화는 서로를 비비꼬면서 돌아갔다.

"나는 뚫고 때우는 것밖에 모르잖여. 그렇게 잘난 최씨가 한번 물어보지 왜 안 물어봤대야?"

"물론, 잘난 내가 물어봤지. 그랬더니 못난 감독관이 자기도 모르겠대. 우리보고 한 수만 가르쳐 달래더라니까. 그래서 한 수 가르쳐줄려다가 그냥 말았지."

"왜 안 가르쳐줬어, 이 사람아? 당신같이 잘난 멋쟁이가 안 가르쳐주면 그 양반은 평생 동안 못 배울 텐디."

"가르쳐준다고 아나? 선생 알기를 뻘로 아는데 입만 아프게 뭘 가르쳐줘."

"그럼 가르쳐줄 것이 있긴 있어서 그런 말을 한 대야?"

"술 한 잔 뻑뻑하게 걸치다 본께 까먹었어. 그렇게 똑똑한 박씨가 요렇게 두 손으로 술잔 딱 받쳐서 형님, 한 잔 드시우, 이라면 혹시 생각이 날랑가도 모르지 헤헤."

"아이구야. 살다보니 귀신 씨나락, 아니 도깨비 물장구치다가 오줌 싸는 소리 하구 있구먼. 두 손 받쳐서 술 따르라고? 젠장할, 고렇게는 못하지. 낼 모래 손자 볼 텐디."

"도깨비가 물장구를 치든 허벅지를 긁던 간에 핫다 박씨 형님, 술 한 잔 따라주소."

"형님이라고? 최선영이가 오늘은 사람이 완전히 되아부렀네. 좋았어, 내 오늘 잘난 동생한티다 두 손 떡 허니 받쳐서 한잔 따라 올리지. 그래 뭘 한 수 가르쳐줄라고 그랬댜?"

술을 벌컥벌컥 들이킨 최씨가 뜸을 들이더니 걸쩍하게 읊어댔다.

"흐흐흐, 노동부에서 노동이라는 글자를 떼어버리라고……."

"띠어버린다구요? 하하, 오늘 최형 열 많이 받았구만요."

봉석이 고개를 끄덕거리며 최씨의 잔에 술을 따른다. 잠자코 있던 재기가 볼쑥 뛰어들면서 물었다.

"그럼 거기다가 뭔 자를 붙일려구요?"

"그런 걸 알면 뭐 발랐다고 난장에서 빡빡 기겠냐?"

박씨가 썰렁하니 혀를 차는데 기다리고 있었다는 듯 삼식이가 새새거리며 덜렁 말을 받아친다.

"헤헤헤, 뭣이냐 일하는 사람 봐주는 척하며 요로코롬 골탕을 믹이니까 골탕부라고 하면 되제 생각할 게 뭐 있요."

"헤헤이, 아니어 임마. 세월아 네월아 하면서 노동자들 앞에서 똥끗발만 세우니까 똥끗발부지 그게 뭐야."

봉석이 불쾌하게 달아오른 얼굴을 우쭐 뽐내며 내뱉는다.

"하여튼지간에 요렇게 돈 받아내기 힘든 것 생각하면 공장생활 할 때가 훨씬 재미로운데."

최씨가 한숨을 폭 내쉬며 말했다. 최씨의 얼굴은 요 몇 개월 동안 광대뼈가 톡 볼가지고 눈이 우묵하게 들어간 것이 집안과 밖에서의 고난의 세월을 증거하고 있었다. 봉석이 오늘의 상황에 대하여 정리를 하고 나섰다.

"2주 후로 일신 사장이 출두를 하더라도 여러 가지로 복잡하게 됐네요. 우선 사장이 정덕구하고 계약한 금액에서 공사지연금이니 뭐니 하면서 공제하고 남은 돈이 이것밖에 없다할 경우와 안 나타나고 배째라 하면서 발을 뻗을 경우 두 가지를 생각할 수 있겠네요. 첫 번째 경우, 계약서와 영수증을 들이대면서 줄 금액이 이것밖에 안 된다면서 돈을 조금 띵겨주면, 우리야 다 받을 법적 권리가 있지만, 낼 모래가 추석인데 받을 수도 없고 안 받을 수도 없고 지랄같이 깝깝하게 됐네요. 두 번째 배째라 하는 경우는 노동부에선 해결할 방법이 없고 민사소송을 걸어야 하는데, 그건 감독관 말대로 나락에 싹이 나도 몇 번 나야하는 것이란 말이에요. 우리 입장에서는 양쪽 다 깝깝하네요. 뼈빠지게 일해 놓고 천불나는 일인데 어디 다른 좋은 생각이 있으면 얘기들을 해보자구요."

박씨가 넙데데한 얼굴을 씰룩거리며 자신만만하게 말했다.

"나도 알아묵어부렀어. 법대로 소송을 걸면 없는 집 기둥뿌리 날아가는 거야 시간 문제일 테고, 이런 걸 두고 배보다 배꼽이 크다고 그러잖여."

봉석이 그렇다고 고개를 끄덕거리는데 재기가 눈살을 쪼프리며 말을 받았다.

"근데 형님들, 감독관이 자기 입으로 김 사장이 주는 대로 받으라고 자꾸 이야기하는 것은 어째 뒤가 구리는 것 같이 좀 느끼하더라구요. 사실상 저는 그 말속에서 말이 노동부지 어딘지 모르게 노동자 편은 아니라는 느낌을 강하게 받았어요."

"그것은 말이야. 내가 경험하여 뼈저리게 느낀 것인데 원래 노동부라는 것은 노동자를 다스리는 곳이야 다스리는 곳! 어느 쪽 편을 든다는 것쯤은 뻔한 것 아니냐. 그리고 이 사회란 버드나무가 물 쪽으로 꼬리를 치듯이 다 돈 쪽으로 휘어지게 되어 있어."

"어찌됐건 사회가 발전할수록 법이란 게 종류도 많아지고 절차도 복잡해지는데, 그럴수록 배운 사람에게 유리하고 돈도 빽도 없는 사람은 항상 손해를 보게 되어 있어요. 하여간 이 사회는……."

봉석이 길어지려는 재기의 말을 자르며,

"그것은 어제오늘의 얘기가 아니니까……." 하면서 이야기를 돌리려는데 박씨가 재기에게 엉뚱한 것을 물어왔다.

"재기야, 니가 전에 법이 사람 위에서 잠 자냐, 아니면 사람이 법 위에서 잠 자냐 따졌었잖여. 오늘 본께로 법이 사람 위에서 잠자는 거 맞지?"

똥줄이 탄다 안 탄다 토론을 할 때 재기가 한 말을 박씨가 어떻게 기억해낸 것이었다.

"어찌됐건, 오늘의 경우는 법이 잠자고 있는 것만은 확실한 것 같네요."

재기의 말이 끝나자, 봉석이 이야기를 추스르며 뜨직뜨직 말을 이어갔다.

"아까 경우를 빼고 또 한 가지 방법이 있는데…… 좀 과격한 방법이긴 한데…… 전에 현장에 돈 받으러 온 사람들처럼 대가리를 처박는 거라. 그러니까 재기가 그때 따온 주소대로 김 사장네 집으로 쳐들어가는 방법인데 그거는 어떻게 생각해요?"

"우리는 그렇게는 못하네. 가족들이 다 있을 텐디 어떻게 황야의 무법자들처럼 쳐들어간댜."

박씨가 넓대대한 등짝을 쭉 펴면서 고개를 절레절레 흔들었다. 지금 돈 받는 것이 절박한 최씨를 제외한 나머지 사람들의 생각도 마찬가지였다. 요지는 돈에도 예의와 위엄이 있는데 그렇게 치사하게 받아야 옳으냐 라는 것이었다. 봉석은 사람들의 사설이 끝나자 또 하나의 경우를 얘기하기 시작했다.

"다 그렇다면 어쩔 수 없구먼. 일신에서 다음에도 출두를 안 하면 태진공영을 찾아가 따져야 하는데 도통 주소를 알 수가 없네. 그래야 돈이 어디까지 내려왔는지 확인할 수 있을 텐디. 내가 아까부터 주 반장이 보내준 전화번호로 태진공영에 전화를 몇 번 때려봤는데 경리가 계속 사장이 없다고 하네. 그걸 보면 태진에서도 지금 오리발을 내밀고 있단 말야. 근데 주소를 알 수 없으니."

사람들이 무슨 좋은 수가 없나 생각을 굴리고 있는데 막걸리 한 잔을 놓고 여태껏 찔끔거리고 있던 향숙이 그건 일도 아니라는 듯이 말했다.

"그게 뭐 그리 어렵습니껴. 핸드폰 좀 줘보시고 전화번호만 주시라얘. 제가 주소 알아내겠구마."

"어떻게요?"

"다 수가 있십니더."

향숙은 핸드폰을 들고 잠시 밖으로 나갔다 오더니 태진의 사무실 주소를 건네준다. 삼식의 입이 메기처럼 쫙 벌어진다.

"어떻게 그것을 알아냈다요?"

"별거 있십니꺼. 한진 택밴데애 여기 소포가 반송이 들어왔는데 정확한 주소가 어떻게 되냐고 물었지애. 경리가 주소를 가르쳐 주면서 무슨 소포냐 묻길래 모리겠다 책 같다고 했더니 어디서 보낸 거냐기에 대양이라던가 이랬지애. 호호호, 그게 뭐 어려운 일입니꺼."

"하여튼 성지 엄마도 대단하구만요. 날마다 시간이 있는 것이 아니니까 다음 노동부 출두해서도 김 사장이 안 나타나면 태진에 가보자구. 그나저나 다음 출두 때 김 사장 안 나오면 올 추석은 찬밥 신세 되게 생겼다야."

봉석이 이야기를 마무리 짓고 술잔을 드는데 실컷 이야기를 다 듣고서도 삼식은 생뚱하게 딴청을 부렸다.

"형님, 아까 감독관이 어떻게 허라는 것은 안 가르쳐주었어요?"

"아, 자식, 아까 말했잖어? 법대로 민사를 걸어서 해결하라고……."

봉석이 머릿고기를 집다가 젓가락을 탁, 놓고 농담인가 진담인가 살피느라 눈알이 새우처럼 꼬부라진다.

"민사를 걸지 뭐? 까짓거 뭐 어려운 거 있어요? 돈 안 주려고 뽄데뽄데 하는 것들은 껍질을 홀러덩 벗겨버려야 한당께요. 나도 여러 가지로 돈이 겁나게 급한디."

"그래 가지고 껍질이 쉽게 벗겨지냐 임마. 민사를 걸어 해결이 날 때까지 우리는 굶어 죽으란 말이냐. 그럼 삼식이 니가 우리집 살림이라도 해줄래?"

"그럼 돈도 빽도 없는 우리는 죽으라는 얘기랑가요 뭐랑가요? 그럼, 봉석이형 다다음 주까지 김 사장 안 나타나면 민사를 거는 방법밖에 없는 거당가요?"

"그래, 딴 방법이란 게 없잖어."

봉석이 심드렁하게 말을 받는데 박씨가 깍두기를 질겅질겅 씹으며 재기에게 물었다.

"야, 요즘 학교 같은 데서는 돈을 받아낼라면 어떻게 해야 한다 그런 거 안 가르쳐는거?"

그때 삼식이 좋은 생각이 났다는 듯 꺼드럭거리며 또라지게 외쳐댔다.

"형, 딱 한 가지, 그럼 법을 고치면 되제라."

"허허, 삼식이 저건, 그래, 우리가 삼식이 널 여의도 보내줄까? 그래서 전에 내가 임마 고놈이 고놈이고, 하루 일당이 겁나도 꼭 투표하라고 그랬잖아."

"형, 제발 좀 보내도라. 거기 가서 할 일이 하나 있어."

"뭔데?"

"여의도에다도 뭐 맛난 것 붙여놓은 거 있나부지 뭐."

박씨가 뜨뜻미지근하게 말을 받는데 삼식이 헤벌쭉 웃다가는 향숙을 힐끗 쳐다보며 말끝을 애매하게 꼬부린다.

"아니 거기다가 비료 좀 뿌리려고……."

"별 헤식은 놈 다 보겠네. 오줌 좀 갈긴다고 여의도가 떠내려 가냐? 지난번 홍수 때도 꺼떡 없었는데."

"비싼 밥 먹고 헛짓거리 허는 자식들이 거기에 한꾸네 많이 모여 있응게 그라제. 하나 님은 여태껏 뭐하는지 몰라 그런 것들을 물어가지도 않고."

술은 시원했지만 입맛은 썼다. 향숙은 사람들이 자리에서 일어나기도 전에 계산부터 치르더니 삼식을 밖으로 불러냈다. 향숙이 골목 모퉁이에서 미안한 듯이 뜨직뜨직 말 했다.

"좀 서운하게 생각하지 마이소. 직업이 걱정된다 카이요. 그 전에는 한번 만나보겠다 카더니만 내 서방 다치는 거 보고 정나미가 떨어졌는지 도리도리네요. 마 그 여자 아니 더라 캐도 좋은 여자가 얼마든지 있잖십니껴?"

"그럴 줄 알았당께요. 형수님이 미안할 거 하나토 없네요. 다 내 탓이니까……."

삼식이 시원스럽게 얘기는 하다가 말끝이 꼬부라지는데 저쪽에서 집에 가자는 소리가 드높다. 삼식은 입을 씰룩거리며 사람들 쪽으로 횡허케 달려간다.

27. 신사적인 것의 끝

이런 멋진 건물의 경비들은 그야말로 사람들을 판별해내는데 있어 셰퍼드의 코와 여우의 감각을 가졌음에 틀림없었다. 한 떼의 사람들이 어깨를 움츠리며 회전문을 밀고 안으로 들어서자 경비들은 들어서는 사람들을 보고 즉시 외계인임을 직감한 듯했다. 아침나절인데도 휘황한 조명으로 반질반질 광나는 대리석 로비에서 어디로 갈 것인가 잠시 막막해 있는 그들에게 경비가 날래게 달려왔던 것이다. 적어도 그들은 향수, 아니 와이셔츠 깃에서 나는 땀내와 그것이 아닌 다른 냄새를 기막히게 구별해내는 순발력으로 밥값을 해야만 했을 것이다.

"어딜 찾아왔습니까, 선생님들."

친절하고 깍듯한 말투 속에는 정중함으로 은폐된 경계의 감정이 잔뜩 배어났다. 사람들의 눈길이 일제히 봉석에게 쏠린다.

"사장님 좀 만나러 왔습니다."

그 말에 경비는 턱을 높이 치켜들었고 둘러서 있던 사람들은 벙벙한 얼굴로 봉석에게 눈길을 돌렸다. 아니 지금 말은 좀 전 다방에서 세운 작전에 없는 말이었던 것이다. 그 경비는 그 짧은 시간에 일이 돌아가는 판세를 즉각적으로 간파한 듯했다.

"어느 회사 사장님을 찾아오셨나요"

경비는 말을 마친 후 눈알을 굴리면서 흘깃흘깃 사람들의 얼굴을 탐색했다. 그들은 정중한 말 한 마디에 꼼짝 못하고 똥끝이 저리기 시작한다. 으리아리한 곳이 가지는 의미는 이렇게 큰 것이다. 번들거리는 눈동자를 피하던 사람들의 눈길이 다시 봉석에게 쏠렸다.

"대양건설 사장님 좀 만나뵙자고 왔습니다."

경비는 낮꽃 하나 흐트러짐 없이 여전히 정중하게 그리고 끈질기게 물어왔다.

"개인적인 일로 오셨나요? 아니면 다른 용무가 있어서 오셨나요?"

사람들은 개가 꽁무니를 물고 늘어지는 듯 저릿한 느낌에 아뜩한 현기증을 느낀다. 내친걸음이지만 수렁에 빠진 듯 난감하다. 봉석은 우물우물하다가 불쑥 말을 뱉어냈다.

"당신이 꼭 그걸 알아야 되는가요?"

등 뒤에 둘러서 있던 시선들이 서로 맞부딪치며 술렁거린다. 보다 못한 재기가 불쑥 끼어들었다.

"노임 때문에 왔는데요."

"선약이 있었나요?"

선약이 있었다고 해야 할지 아닐지 득실을 판단하기에는 시간이 너무 없었고 우물쭈물 하기에는 경비의 눈초리가 너무 반들반들하다. 게다가 궁싯거리며 둘러선 이 사람들만 빼고, 아침 홀 안의 신선한 공기와 잘 어울려 돌아가는 활기찬 발걸음들 또한 그들을 기죽이기에 충분했다.

"선약이 있었지요."

맨 뒤쪽에서 엉거주춤 팔짱을 끼고 서 있던 박씨가 도와준답시고 한 마디 받아친다. 여럿이 같이 행동할 때의 장점이란 서로의 생각이 빗나가면서도 어찌됐건 하나의 목표를 향해 집중되는 점에도 있었다. 하지만 일이 틀어져도 한참 틀어져 삼천포 저 밑 쪽으로 새는 것만은 분명했다. 경비는 선약이 있었다는 것을 딱 무시하고 아픈 곳만을 정확히 후비며 물어왔다.

"그럼, 대양건설 어떤 부서에 담당자가 누구신가요?"

아니, 무슨 부서냐고? 사람들은 이미 일이 어긋장이 나고 있다는 절망의 눈길들을 서로 교환했다. 이미 들어선 길, 봉석은 사실을 토설하는 수밖에 없었다.

"사실은 말임다. 약속이 있어서가 아니구요. 저기 상주 현장 담당자 좀 불러주세요."

"그렇게 해서는 모르구요. 여기 입주해 있는 회사가 한둘이 아니고 대양건설도 한두 부서가 아닌데, 담당자도 모르고 어떻게 사람을 찾으시겠다고 그러세요?"

최씨가 봉석의 어깨를 끌면서 나가자고 눈을 씀벅거렸다. 그때 삼식이 다급한 입을 참지 못하고 달랑 뛰어들었다.

"사실은 말임다. 여기 대양건설이 하청을 준 태진공영, 밑에 하청 일신기공에서 일당 일을 하는 그런께 말하자면 긴다. 우쨌건 칠팔월 뙤약볕에 째빠지게 일했는데, 오야지는 토껴불고 그 위에 일신기공 사장은 두 달 되도록 코빼기도 볼 수 없고, 그 위에 태진공영에서도 자기들도 잘났다고 오리발을 내미는디……. 그라고 우리는 어디까지나 신사적으로 일해온 만큼 그래서 또 신사적으로 돈을 달라고 좋게좋게 얘기했었지요. 그런데도 제길헐 전부다 오리발이랑께요. 그래도 우리는 어디까지나 신사적으로 얘기했어요. 니들 돈 정 안 주면 직접 대양건설에 찾아갈 거다라고 우리가 알아먹기 쉽게 얘기했어도 니들 할 테면 해봐라 식으로 나오는데 우리는 어떡합니까. 쉽게 얘기해서 니들 알아서 헐 테면 해봐라 해서 그래 좋다 한번 해볼란다 하고서 이렇게 물어물어 여기까지 찾아왔당께요."

삼식이 두서없이 복잡하게 지껄여댔는데도 경비는 아주 정중하게 끝까지 이야기를 경청하고 난 뒤 아주 잘 알았다는 듯 고개까지 끄덕거렸다. 하지만 눈빛은 더욱 번들번들 광이 났다. 사람들이 이제 글렀구나 하면서 맥없이 주위를 두리번거리고 있을 때 옆 직원과 얘기를 나누며 지나가던 안경 쓴 직원 하나가 "무슨 일입니까?" 하고 물어왔다. 그 사람이야말로 딱 맞아떨어지는 구원투수였다. 안경이 입은 회사복에는 대양 건설 어깨 마크가 선명히 찍혀 있었던 것이다. 봉석은 이제서야 사뭇 차분하게 가라앉은 말투로 말했다.

"대양건설에 노임 때문에 왔습니다."

"일단 이쪽으로 오시죠."

안경은 앞장서서 프런트에 붙어 있는 조그마한 휴게실로 들어갔다. 휴게실 안은 탁자 앞에 서류들을 꺼내놓고 상담을 하는 직원들과 커피를 마시며 까르르 웃음을 쏟아내는 여직원들로 복대기치고 있었지만 밖으로 면한 한쪽은 유리창이어서 아침의 부신 햇살로 비쳐 밝고 도 아늑했다. 봉석, 최씨, 박씨가 직원을 마주하며 앉았고 삼식, 재기, 천수는 그들 뒤쪽에 줄느런히 늘어섰다. 향숙은 약간 떨어진 탁자에 엉덩이를 반쯤 걸치고 앉는다. 안경이 경비에게 돌아가라는 눈짓을 했다. 쭈뼛거리며 서 있던 경비가 돌아간 후 안경이 옆 직원을 향해 말했다.

"커피라도 한 잔 하시지요. 차 주임 말야 여기 커피 좀 빼 올려. 근데 어느 현장에서 오셨죠?"

"상주와 영종도 배차 플랜트 건으로요."

삼식이 차 주임의 뒤를 쫓아 자판기 쪽으로 달려가자 천수도 그 뒤를 슬렁슬렁 따라간다. 안경이 이내 구내전화를 걸어 자신의 위치를 알린다. 넓은 곳과 좁은 곳, 서 있을 때와 앉아 있을 때, 그 심리적 안정감의 차이란 정말 큰 것이었다. 안경의 호의에 감사하면서 봉석은 부풀어올랐던 가슴을 쓸어내리며 얘기를 어떻게 풀어나갈지 생각을 굴린다. 안경이 전화를 걸고 나서 세 사람에게 명함을 한 장씩 돌렸다. "개발 3팀 과장 이재욱입니다." 하고 손을 내밀어 악수를 청한다. 세 사람은 엉거주춤하게 손을 내밀어 통성명을 한다.

"어느 분께서 대표로 한 분만 자초지종을 얘기해줄 수 있나요?"

그의 얼굴에는 침착함과 여유가 묻어났다. 봉석이 자초지종을 설명하는 동안 커피가 손에서 손을 타고 넘어왔다. 커피는 요글요글 타는 가슴을 그런대로 식혀주었다.

"그것은 개발 4팀에서 맡고 있는데요. 상주 현장 담당이 누구인지 한번 확인해봐야 하겠네요. 차 주임 말야, 상주 현장 외주 담당이 누구지? 아마 신 과장이 담당하는 걸로 아는데 한번 올라갔다 오지그래."

"신경 써줘서 고맙네유."

박씨가 주름 잡히고 까무잡잡한 얼굴을 낫낫하게 펴면서 고개를 주억거리는데 재욱은 손사래를 치면서 말했다.

"고마울 것까지 없구요, 이게 일이니까요. 일단 돈 지급 부분은 우리가 직접 개입할 문제는 아닌데, 어쨌든 정 사장이 포기했으니까 일신에서 책임을 지고, 일신에서 안 되면 태진이, 그래도 안 되면 우리에게 얘기하는 것이 순서인데. 하여튼 외주 하청 때문에 우리도 골치가 많이 아파요. 다른 나라와는 다른 하청구조 자체가 문제라면 문제거든요. 이런 일이 아주 많거든요. 아마 담당이 내려와 이야기를 하겠지만 저희 회사에서 그것을 하청을 놔두고 직접 지급한 선례가 없는 만큼 우선 태진공영부터 찾아가보는 것이 순서일 것 같습니다."

"우리도 일신기공뿐만 아니라 태진공영 그리고 노동부까지 찾아갔지만 전부 오리발을 내미는데 우리는 어떻게 하소연할 데가 없지 않습니까? 우린 추석에도 돈 한 푼 받지 못하고 고향에도 내려가지 못했습니다. 노동부 말대로 민사로 해결하자면 내년까지 갈 것이고 우리같이 하루 벌어서 하루 먹는 사람들이 여기에만 신경 쓰면서 쫓아댕길 수도 없고 정말 환장하겠습니다."

"그런 심정 다 이해해요. 태진공영 사장이란 사람이 한때 우리 회사 부장까지 지내신 분이고 저하고도 같이 근무했는데, 그 분이 워낙 호락호락하신 분이 아니어 놔서……. 제가 담당이 아니라서 확실한 대답을 못하겠지만 태진사장을 불러서건, 노임이야 어떻게 해서든지 지급 받아야 되지 않겠어요? 이런 문제가 생기면 항상 밑바닥 노동자들이 피를 보는데 현행법상으로도 어쩔 수 없는 일이고, 참 문제가 많지요."

이 과장이 그들의 입장을 차분히 이해하려 들었기 때문에 그들은 이제 긴장감도 풀리고 마음도 넉넉해진다. 봉석은 이 과장의 모습을 보며 짧은 기간이었지만 같이 깊은 정을 나누었던 학생 출신 노동자 동현을 떠올리면서 이 과장의 말을 받았다.

"그런 것을 모르는 바 아닌데요. 일 끝나고 보름 안에 주도록 하겠다는 사람들이 두 달이 지나도록 노동부에 출두도 안 하고 버티는데 우리로서는 일신기공 김 사장이 돈을 받고서 안 주는 것인지 안 받아서 그러는 것인지 알 수가 없는 거 아녜요. 태진공영에 전화를 해도 항상 사장은 출타 중이고, 그래서, 수소문을 해가지고 찾아가봤지요. 아 근데 글쎄, 웬만치 큰 회사인 줄 알았더니 글쎄 경리하고 영업과장, 사장 이렇게 딱 세 사람이 근무하더군요. 우리는 태진공영에서 도면까지 그린 줄 알았는데, 설계회사 그 천 부장이라는 사람이 그것을 태진에서 하청 맡아가지고 일신기공에 넘긴 것 아니겠어요. 참 다리가 많대요. 우리 오야지 정덕구 위에, 일신기공 위에, 천 부장 위에, 태진공영, 위에 대양건설. 이게 몇 다리야. 그래서 천 부장이 근무하는 설계사무소를 찾아갔지요. 근데 제기랄 사무실 설계직원 열 명 정도 근무하는데 전부 부장이고 차장이더군요. 천 부장은 한쪽 팀장이구. 각 설계팀마다 독자적으로 사업을 하고 있고 명의만 무슨 설계사무소더라 이런 말씀입니다. 각 팀장이 사장이니까 천 부장이 사장인 셈인데, 천 부장은 일신 때문에 공기가 늦어져서 자기들이 피해를 입었다는 거예요. 자기들 설계 잘못 때문에 우리나 일신이 얼마나 깨졌는지 모르고."

그때 두 사람의 직원이 나타났다. 이 과장이 자리에서 일어나며 키는 작으나 면도 자국이 시퍼런 직원에게 말했다.

"신 과장 말야, 상주 현장 노임 문제로 이 분들이 찾아왔는데 해결 방법을 잘 모색해보라구. 이 양반들 얘기 들으니 참 딱하구먼. 돈 받도록 태진에다 잘 얘기해보라구. 나는 지금 결재 받아야 할 것들이 있구 해서 가봐야 하는데 여러분들도 이분들에게 잘 말씀드려 보세요. 좋은 방법이 있을 겁니다."

"그래, 올라가봐. 요즘 일이 자꾸 터져 죽겠구먼. 신영칠입니다."

신 과장이 자기 소개를 하고 실무담당자인 전형택 대리를 소개했다. 싯누런 파일과 메모지를 들고 따라 들어온 전 대리는 키가 크고 몸집이 우람하게 아주 좋았다. 신 과장이 어깨쯤에서 세라믹 펜을 꺼내들고 회사마크가 새겨진 16절지 크기의 메모지를 탁자에다 펼쳐놓는다. 신 과장이 메모지를 적어가면서 물었다.

"태진공영에서 일하셨다고 했죠? 몇 사람이 몇 월 며칠부터 일했죠?"

뒤쪽에 있던 재기가 사무용 수첩 자크를 한 바퀴 빙 돌려 열고 인주를 누르거나 자필 서명한 노임계산서를 건네준다. 신 과장이 전 대리에게 그것을 복사를 해오라 건네준다.

"지금 받을 돈 총액이 1,600만원 된다 이런 말이죠. 상주 현장에서 크러셔(분쇄기)가 빠각빠각 이빨이 잘 안 맞고 밑에 호퍼가 좁아가지고 용량을 제대로 처리하지도 못해서 지금 난리예요. 토목도 문제가 있었지만 일을 어떻게 했길래 호퍼 구멍도 안 맞아 가지고 우리를 골탕을 먹이나. 납기일도 못 맞춘데다가 뜯어서 수정해야지, 토목을 다시 해야지, 그런 저런 일 때문에 상주에 왔다갔다 하느라고 우리들이 죽을 뻔 봤어요. 이쪽 대부도 쪽 돌공장 건은 그런대로 잘 처리가 잘됐지만."

호퍼를 직접 제작했던 봉석이 그렇게 된 경위를 설명하며 나선다.

"우리도 한두 번 장사해보나요. 도면대로 제작하면 안 될 것 같길래 우리가 일신 사장한테 도면이 틀린 것 같으니까 수정을 해야겠다고 얘기했죠. 일신 사장이 태진공영에 전화를 몇 번 하더니만 도면대로 제작하라고 해서 5미리도 안 틀어지게 제작했는데 나중에는 전부 우리에게 덤터기를 씌운다니까. 아무리 도면이 안 맞다고 얘기해도 컴퓨터가 틀릴 일이 있냐고 허면 우리 같은 사람이사 꼬빡 죽는 수밖에 없지요."

"도면이야 태진공영에서 그린 것이니까 우리에게 따질 일은 아니잖아요. 하여튼 우리 회사가 그만큼 피해가 있었고 애로가 있었다는 얘기를 하는 거 아니에요. 우리한테 핏대를 올리지 마세요."

"그때는 그렇게 얘기를 해도 안 먹어주더니 다 우리한테 덤터기를 씌우니까 하는 얘기예요. 우리도 짐작이 있고 가늠이 있는디, 그래서 호퍼 용량이 적겠다고 우리가 실컷 얘기했구, 우리도 이 바닥에서는 알아주는 기술이에요. 도면 그린 놈들이 코빼기라도 비쳤다면 내 이런 얘기를 안 할 거예요. 재기야 내 말이 틀려 묵었냐?"

말을 마치고 봉석은 탁자 위의 놓인 손을 꽉 틀어쥔다. 그러자 뚝뚝한 손마디에 힘줄이 퍼렇게 돋아난다.

"자, 책임을 추궁하는 것이 아니라 애로를 얘기하는 거잖아요? 그리고 돈 문제 말인데, 우리는 태진에게 결산이 남아 있지만 돈이 어느 정도 다 나갔으니까 그쪽에다 얘기를 하셔야지 우리에게 따져서는 안 되는 일 아녜요? 아무튼 우리는 당신들에게 돈을 지급할 권리도 의무도 없어요. 어쨌든 그쪽 오야지나 태진공영에다 사정을 해야지 왜 죄 없는 우리한테 와서 따지느냐 이거요. 우리도 피해자라면 피해자예요. 다시 한번 얘기하지만 우리가 당신들한테 돈을 지급할 의무는 없어요."

신 과장이 말의 아퀴를 지어 단정적으로 이야기했다. 서로 피해자이고 서로 죄가 없다면, 불리한 것은 역시 마음이 다급한 쪽일 수밖에 없었다. 봉석이 목청을 가다듬고 말을 이었다.

"당신들한테 돈을 지급해달라 사정하는 것이 아니라 태진 사장이나 일신기공 사장 얼굴 좀 보여달라 하는 거 아녀요. 일할 때는 코빼기도 안 비치다가 물건 나갈 때는 쥐새끼 곳간 드나들 듯 왔다 갔다 하더니 전화를 해도 없고, 찾아가도 없고, 그러니 써빠지게 일해놓고 돈 받을 때는 사정사정해가면서 다리품 팔아가면서 받아야 하니 이것이 사람 사는 세상입니까?"

"형님, 숨을 좀 쉬어가면서 야그를 해요. 형님 배 꺼진다고 밥 사줄 사람 없응께 쪼까 성질 좀 까라앉쳐가지고 얘기허쑈이. 그렇게 큰 소리 안쳐도 알아 묵을 사람은 다 알아 묵어요."

서로 언성이 높아가자 삼식이 중간에 톡 뛰어들면서 질탕하게 농을 친다. 그때 복사물을 내밀어 놓던 전 대리가 말 중간을 딱 자르며 끼어들었다.

"이런 문제는 이성적으로 풀어야지 큰소리친다고 일이 해결됩니까? 교양인답게 우리 신사적으로 얘기합시다. 대화로 하면 못 풀 일이 없잖아요. 사실 담당자로서 지금 제가 여기서 해 줄 수 있는 말은 별로 없네요. 법대로 얘기해도 1차 책임은 뭐냐 어디라고 그랬죠?"

"일신기공이요."

삼식이 데꺽 말을 받았다.

"일신기공에 있고 그 다음에는 태진에 있는데 그쪽에다 따져야지 왜 애꿎은 우리한테 와서 따지자는 거죠? 그리고 법적으로도 당신들에게 돈을 지급할 아무런 의무도 없어요. 제가 이 일 때문에 왔다갔다 하느라 얼마나 골탕을 먹었는지 아세요?"

"그럼 여기서는 아무런 책임이 없다는 그 말씀이네요?"

옆에서 들입다 고개를 처박고 홀러덩 머리를 만지작거리고 있던 박씨가 물었다.

"우리는 아무 잘못이 없어요. 다 일에는 순서가 있는 거 아닙니까? 그러니까 노동부를 찾아가든가 법대로 하세요. 일신기공이나 태진공영이나 그쪽에다 따지라고 우리로선 그런 말밖에……."

그때 씩씩거리고 있던 박씨가 난딱 일어나더니 앞자리에 앉은 전 대리의 멱살을 감아 쥐었다.

"뭐라구, 이 새끼야. 법대로 하라구? 아이구야 이 자식이 물귀신 하품하는 소리하고 자빠졌네. 그래 잘 배운 니놈들은 법이니 교양이니 따지면서 고것이 니네들 무기나 되는 것처럼 거들먹거리고 있지만, 우리는 그래 쇳밥 먹구 뙤약볕에서 땅강아지처럼 일만 하니까 그래 법은 깡통이다. 그래 우짤래 법은 몰라도 우리는 주먹맛만큼은 잘 안다 이 새끼야."

불시의 공격에 멱살이 잡힌 전 대리가 왝왝 발버둥쳐댔고 그 바람에 탁자, 의자가 해까닥 넘어지면서 종이컵, 메모장 등속이 와르르 바닥으로 떨어지면서 담뱃재가 뿌옇게 안개처럼 피어올랐다. 등치 우람한 전 대리였지만 불시에 그것도 쇳밥으로 단련된 손에 멱살이 잡혀 킥킥 바둥거리며 옆에 있는 의자를 마구 걷어찬다. 사람들이 우르르 달려들어 간신히 떼어놓았지만 두 사람은 황소처럼 으르딱딱거리며 뜯어말리는 사람들을 젖히고는 함부로 치고 받았다. 전 대리가 빨갛게 달아오른 코를 옴쭉거리며 말했다.

"이거 어디서 행패야. 니미 재수가 없으려니까 별 개 같은 경우를 다 당하네. 그래 힘으로 한번 해볼까?"

"이런 피래미 좆만 한 것이…… 그래 임마, 니가 이제까지 먹은 밥알보다 내가 흘린 땀방울이 더 많을 거다 짜식아. 니가 엄마 젖 몬치고 있을 때부터 나는 기름밥 먹었어 임마. 하, 요런 새파란 것이 법대로 허라고 저걸 캬……."

박씨가 새카만 팔뚝을 들어 수도로 목을 치는 시늉을 했다. 그때 전 대리의 손이 번개같이 날아가 찰싹 소리 나게 박씨의 뺨을 후려갈겼다. 아마 '엄마 젖'이라는 말이 그의 손목에 힘을 실어주었음이 틀림없었다. 불시에 얼굴을 내주고 만 박씨가 옆에 의자를 들어 내박쳤지만 전 대리의 얼굴로 날아가던 의자는 여러 개의 손에 의해 즉시로 붙잡히고 만다. 이내 휴게실 안은 서로 밀고 당기고 말리고 소리 지르는 우당탕탕 한바탕 소동이 왁다글닥다글 벌어졌다. 그 소동 속에 전 대리는 간신히 몸을 빼내 밖으로 달아나고 대신 푸른 제복을 입은 경비들이 홀 안으로 뛰어들었다. 두 무리의 사람은 주먹을 부르쥐고 등등하게 서로를 노려보며 마주섰다. 이때 박씨의 코에서 새빨간 피가 주르르 흘러내리더니 탁자 위에 붉은 페인트보다 선명한 핏자국을 점점이 뿌려놓는다. 재기가 형님, 하면서 휴지를 찾아서 달려가고, 어머머, 하며 한쪽에서 비명이 터진다. 향숙이 재기보다는 좀더 빨랐다. 손수건을 후닥닥 꺼내 봉석에게 건네준다.

"저 총각 웃기는 사람이 아인겨. 지 아배뻘 되는 사람을 이리 만드는 경우가 어딨습니껴."

연분홍 손수건은 금세 피로 붉게 물들어갔다. 삼식은 화장지로 코를 다시 틀어막고 피 묻은 손수건을 가지고 화장실로 번개같이 뛰어간다. 사람들이 그냥 어리벙벙하게 서 있는데 천수가 휴게실 안을 이리저리 버정이고 있다가 고개를 꺼떡거리며 말했다.

　　"형님들 창피하게 이게 뭐예요. 형님들 앉아서 얘기하자고요, 앉아서."

　　다들 앉아서 이야기할 기분이 전혀 아니어놔서 다시 무거운 침묵이 두 무리의 사람들 사이에 눅진하게 포개진다. 천수가 다시 한번 톡 볼가지면서 침묵을 깼다.

　　"이젠, 돈 받아내기는 틀렸는가보네요. 집에나 가입시다."

　　"이 자식이, 지금 열불 나는데 초를 치고 자빠졌네."

　　봉석이 갈치눈을 뜨고 천수를 집어삼킬 듯 노려보는데 박씨가 젖혀졌던 머리를 빼내 며 울부짖는다.

　　"집에 갈 사람은 다 가! 다 가! 집에 가서 잘 처먹고 잘 살으라구. 니미 나는 죽으면 죽 었지 이대로는 못 간다구."

　　천수는 초생달 마크 모자를 곧추 세우더니 몸이 굳어 끔벅끔벅 눈만 부라리고 있는 사람들 틈을 지나 꺼떡꺼떡 입구 쪽으로 걸어나간다. 빨아온 손수건으로 박씨의 머리를 툭툭 치고 있던 삼식이 천수에게 즉시로 달려간다.

　　"야, 천수야. 그냥 가면 어떡해. 아니 저, 저 자식이……."

　　천수는 뒤도 돌아보지 않고 입구 쪽으로 씨엉씨엉 걸어나가며 말을 뱉었다.

　　"삼식이형도 참 딱하네. 결말 보나마나지. 이미 김 팍 새버렸는데, 요렇게 용을 빼고 떼를 쓴다고 안 나올 돈이 나오겠어요? 살살 좋게 구슬리며 얘기해도 나올까 말까 하는 데 형, 나는 갈 거야."

　　"아니 저것이……."

　　나머지 사람들이 그냥 멍하니 쳐다보는데 천수는 "형님들 잘들 해보셔." 하며 얍실한 입으로 사람들의 복장을 내지르는 한 마디를 딱 씨부리며 걸어나간다.

"그래 갈 사람은 다 가! 저런 씨팔 자식!"

박이 젖혀진 머리를 앞으로 뻗대면서 떠다박지르자 코에 박았던 휴지가 공중으로 퉁겨지면서 박씨 옆에서 얼쭝대던 재기와 향숙에게로 뜨거운 코피가 튀었다. 얼굴에 묻은 피를 훔쳐내던 재기가 마른 장아찌처럼 질려 있는 신 과장 앞으로 다가섰다.

"우리가 요롷게 당하고 갈 것 같아. 한번 왕창 뒤집어엎고 가야지. 씨팔 그냥은 못 간다구. 그래 너 이놈들, 다 이리 와봐."

"재기야, 내 말이 그 말 아니냐. 엉엉 울고 싶은데 싸대기를 때리다니, 시팔 우린 존나게 못 배웠어도 요로코롬 뺨 맞고 어치케 억울해서 그냥 간다냐."

삼식은 작은 몸피를 곧추세워 떨어져 있던 유리 재떨이를 집어들고 다가선다. 경비들이 슬금슬금 뒤로 물러서기 시작했다. 입구 쪽까지 떠밀리던 신 과장이 나잇살이나 먹은 사람이 그래도 말이 통하겠다 싶어 최씨를 향해 말했다.

"이렇게 다짜고짜 싸우자고 들면 어떡합니까. 아까 일은 제가 사과를 할 테니까 순리에 입각해서 좀 앉아서 얘기를 합시다."

"이 판국에 순리가 통하게 생겼어."

숨을 벌렁벌렁 몰아쉬던 최씨도 살똥맞게 말을 쏘아붙이며 주먹을 부르쥐며 나선다. 봉석은 삼식과 재기에게 참으라는 눈짓을 보내고 벌떡숨을 내쉬는 최씨의 어깨를 잡아끌며 자리에 앉혔다. 신 과장이 고개를 주억거리며 봉석에게 담배를 권했다.

"아무튼 나이든 사람을 그렇게 해서 미안하게 됐습니다. 담당자가 아직 경험이 없고 혈기가 넘쳐서 그런 거니까 이해를 좀 해주세요."

봉석이 물을 한 컵 마시면서 뚝뚝하게 말을 이었다.

"아무리 혈기가 넘친다고 자기 애비 뻘 되는 사람한테 도대체 이런 경우가 어딨어. 우리도 비싼 밥 먹고 이러자고 여기까지 왔던 것은 아녀, 이 사람들아. 당신네들이 현장에서 우리가 땀을 비질비질 흘릴 때 담배 한 까치를 권해봤어 시원한 냉수 한 컵 권해봤어."

"그러니까 순리에 입각해서 조용조용 얘기해봅시다요."

"뚜드려 맞고 순리 찾는 사람 봤어. 손바닥에 굳은살이 안 박힌 사람들은 모를 거야. 우리가 뭐 당신들한테 직접 돈을 달라고 했어? 당신네들 그 높은 빽으로 태진공영 그 데데한 사장 좀 불러달라는 거 아냐? 뼈빠지게 일해놓고 이렇게 사정사정 해가면서 돈을 받아야 쓰겠어. 당신네들 생각 좀 해보라구. 당신 밥그릇이 하나면 우리도 하나여. 하여간에 우리는 일신 사장하고 태진 사장이 여기에 안 나타나면 한 발짝도 움직이지 않을 텡께 알아서들 해."

"다짜고짜 멱살부터 잡아채니 일이 그렇게 번지게 된 것이니까 이해를 해주시고. 일신 사장하고 태진 사장에게 전화를 해가지고 진상부터 알아봅시다."

신 과장이 핸드폰을 꺼내들고 전화를 한다.

"여보세요. 예…… 송길태 사장님이십니까? 저 여기 대양건설 4팀에 신영칠입니다. 여기 상주 배차플랜트 작업자들이 와서 우리보고 노임을 달라고 하는데 도대체 어떻게 된 것입니까? ……이 사람들 정신없는 사람들은 아니라요. 어떻게 했길래 여기까지 와서 노임을 달라고 사람들이 몰려들게 하냐구요? ……그 사람들이 사장님 불러달라고 우리한테 막무가내로 떼를 쓰는데 지금 들어오시겠습니까? 지금 바쁘다구요. 아이참 안 오시면 안 된다니까. ……사장님 사장님……."

전화를 끊은 신 과장이 미안스럽게 두 사람을 향해 말했다.

"오늘 바쁘니까 들어오기 힘드시겠다는데 어떡하죠? 다음에 우리가 연락을 취하여 양쪽이 서로 만날 수 있게끔 하면 안 되겠어요?"

그때 뒤로 머리를 젖히고 있던 박이 머리의 수건을 툭툭 두드리고 있던 삼식을 재끼고 입구 쪽으로 내달아갔다. 삼식과 재기가 부랴부랴 박씨의 뒤를 쫓아간다. 봉석이 어떻게 할 것이냐고 최씨에게 물어보는 눈짓을 하자, 최씨가 찌뿌둥한 얼굴로 신 과장을 짯짯이 노려보면서 말을 받았다.

"우리 당신네들처럼 한가한 사람들이 아녀. 막말로 우리는 지금껏 열 받을 만큼 받았고 참아낼 만큼 참아왔다구. 이젠 죽기 아니면 까무러치기니까 우리 가슴에 염장 지르지 말고 얼른 일신 사장이나 불러줘. 우리도 마지막 한 가지 곤조는 있으니까."

그때 현관 쪽에서 시끌시끌해지더니 커다란 고함 소리가 들려왔다. 봉석과 최씨는 이야기를 하다말고 깜짝 놀라 후닥닥 밖으로 튀어나갔다. 현관에는 웃통을 벗어붙인 박씨가 얼굴이 피투성이가 된 채 이리 뛰고 저리 닫고 있었다. 박씨가 승강기 쪽으로 달려들면 경비와 하얀 와이셔츠 차림의 직원들이 그쪽을 막아섰고 비상구 쪽으로 내처 달려가면 우르르 그쪽으로 달려가 둘러선다. 마침내 박씨가 피칠갑을 한 손을 내두르며 줄줄이 막아선 직원들을 향해 돌진을 하자 막아섰던 길이 짝 갈라졌다가는 다시금 박씨를 막기 위해 우르르 달려든다.

재기와 삼식은 박씨를 붙잡아 말리려 했지만 미끄러운 몸통을 어쩌지 못하고 눈물까지 찔찔 짜면서 박씨를 따라 난장판 속을 뱅뱅 같이 돌아갔다. 그러는 사이 뛰는 박씨의 넓데데하게 훌떡 벗어진 이마에도, 직원들의 하얀 와이셔츠에도, 대리석 바닥에도 핏방울이 점점이 튀겨 붉은 꽃이 피어난다. 참으로 이상한 술래잡기가 서울 한 복판, 그 높은 빌딩 으리아리한 현관에서 수많은 관람객 내지는 참여자를 모시고 걸죽하게 벌어진 셈이었다.

"내가 뙤약볕에서 일사병 걸리도록 일했는데 니들이 한 번이나 찾아와봤어? 니들 제일 꼭대기 원청에서 제일 밑에 우리한테 수고한다고 콜라 한 병이라도 사주어봤어? 오뉴월 뙤약볕에 찐고구마처럼 얼굴이 이렇게 익도록 일해놓고 여태 돈 못 받은 것도 억울한데 뺨까지 때려! 아이고 억울해! 자식뻘 되는 놈한테 뺨이나 얻어맞고. 아이고 어머니! 하이고 어머니!"

마침내 박씨는 대리석 바닥에 퍼더버리고 앉아 울부짖는다. 거무튀튀하게 그을린 얼굴에는 눈물이 질금질금 흘러나와 차가운 대리석 바닥을 적신다. 그러던 박씨는 다시 벌떡 일어서 비상계단 쪽으로 날쌔게 달려간다.

"울고 싶은데 뺨을 때린다더니 허허허! 하하하! 이 이런 개자식들 사장 좀 만나자. 그 잘난 사장 좀 만나자구. 왜 못 만나게 하는 거야. 느그들 사장이 얼마나 잘 났는지. 얼매나 배가 나왔는지. 사장한테 할 얘기가 있다니까. 법대로 하라구? 허허 우리는 이제까지 법 없이도 이렇게 잘 먹고 잘 살았는데. 허허 법대로 하라구? 그랴 요것들이 인제 물귀신 높이뛰기 허는 소리하고 자빠졌네."

웃기는 광경에 웃지 못할 사연에 반쯤 웃고 반쯤 얼이 달아난 얼굴로, 막는 사람도 울부짖는 사람도 다시금 홀 안을 싸잡아 북대기 치면서 같이 돌아가기 시작했다. 들고 나는 사람들도 우중우중 모여 서서 이렇게 요란하면서도 적막하고, 웃고 싶지만 전혀 웃을 수 없는, 어이가 없으면서도 어리벙벙할 만큼 숨 막히게 진지한 구경거리에 눈은 뚝 내밀어졌고 발은 그 자리에 얼어붙어 있다.

그때 머리가 희끗희끗한 반백의 신사가 사오 명의 직원들과 함께 승강기에서 내려섰다. 박씨를 막아섰던 직원들이 줄줄이 고개를 숙이며 비켜선다. 상사가 이 요란방자한 소란을 멍하니 바라보더니 사람들에게 소리를 질렀다.

"뭐하고 있나, 경찰을 부르지?"

"예, 이사님."

그 소리를 듣고 경비원이 왜 진즉 그걸 몰랐었나 하는 듯이 부리나케 프런트 쪽으로 달려간다. 좌중이 삽시간에 차갑게 얼어붙었다. 박씨도 뛰는 몸을 세우고 난데없는 사태에 깜짝 놀라 무르춤하게 서 있다. 그러자 박씨가 흐뭇하게 두들기곤 했던 배 주름을 타고 코피가 뚝뚝 흘러내리기 시작했다. 직원들이 천천히 박씨를 둘러싸면서 다가갔다. 그때 날카로운 목소리가 여러 사람들의 귀를 맵차게 헤집었다.

"남자들이 나무토막맨치로 가만있지 말고 뭔 말이든 한 마디 해야 되는 거 아입니껴."

그러자 수화기를 들던 경비도 놀라 주춤한다. 눈자위가 불그레 울음이 곧 쏟아질 듯한 얼굴을 쳐들고 향숙이 또각또각 구둣굽 소리를 내면서 이사를 향해 다가갔다. 홧홧 달아오른 복숭아 볼에 입귀까지 부르르 떠는 것부터가 심상치가 않다.

"아저씨가 사장입니껴?"

"아줌마는 또 누구야?"

직원들이 향숙의 앞을 날쌔게 막아섰다.

"이–이 아줌마가 어디서……."

향숙이 그 자리에서 데꺽 말을 받았다.

"아저씨는 첨 보는 사람한테도 그리 반말하십니껴? 어디서라구얘? 아니 그럼, 우리 애 아빠는 거기서 일하다 다리 부러져 누워 있는데 당신이 우리 애 아빠 일당 줄 긴겨? 하 말해보소? 일당 줄긴겨?"

"이 아줌마가…… 빨랑 전화 안 걸고 뭐하고 있나?"

향숙의 외마디 말은 사람들의 가슴에 불을 지른 셈이 되었다. 봉석이 불뚝성을 이기지 못하고 황소숨을 몰아쉬면서 달려들고, 최씨는 그보다 먼저 웃통을 벗어부치고 프론트 쪽으로 달려들었다. 벗겨진 윗도리가 대리석 바닥에서 자르르 미끄럼을 탄다.

"경찰을 부른다고? 그래 내가 경찰을 불러줄게. 그렇지 않아도 세상 살기 더러워서 이 판사판 죽을 판인데 잘 되야 불렀네. 오라, 잘난 너희들은 경찰까지 끼고 산다 이거지? 그래, 내가 112로 불러줄게. 재기야 뭐하고 있냐. 요기 옆에 신문사로 달려가지 않구서. 내 기어이 여기 잘난 서울의 심장에다 기어이 뭔가를 한번 꽂아버리고 말 거여. 이 회사가 얼마나 잘나고 높은지 빌딩 꼭대기에 올라가서 시팔 한번 볼 거야."

최씨가 비상계단 쪽으로 날쌔게 달려갔다. 직원들이 발바닥 소리 요란하게 최씨의 앞을 막아선다. 최씨의 볼품없이 마른 가슴은 거친 숨을 이기지 못하고 가파르게 할랑거린다. 용접 불에 타서 보푸라기가 일어난 까만 목과 갈빗대가 앙상하게 드러난 하얀 가습은 이번 여름의 힘겨웠던 작업들을 증거했지만, 넥타이의 벽은 너무 두터웠다. 하얀 와이셔츠 차림의 직원들이 빽빽하게 늘어선 비상계단은 유리창 햇빛이 반사되어 마치 밤 벚꽃이 핀 것 같다.

다시 현관 안은 억죽박죽 뒤엉켜 돌아갔다. 전세는 역전이 되어 사람들이 달려가는 쪽마다 사람말뚝을 박아 막아서는 것이 아마 회사의 전 사원이 동원된 듯했다. 입찬소리로 멋을 부리다 된통 당한 이사가 뻘개진 얼굴로 신 과장을 옆으로 불러 호통을 친다.

"빨리 팀장 불러. 이거 일을 어떻게 한 거야."

잠시 후 머리가 약간 벗어진 50대 초반 가량의 남자가 승강기에서 내려왔다. 전 대리가 손을 앞으로 맞잡은 채 굽실거리며 그 사람 뒤를 따른다.

"태진과 일신에서 사장이 오고 있으니 이제 좀 참고 기다리시지요."

팀장이 봉석을 불러서 제발 진정해달라고 사정사정한다. 그래서 장엄하고도 어지러웠던 소란은 일단 진정이 되었다. 그러자 홀이 더 넓어진 듯 휑뎅그렁하기까지 했는데, 재기와 삼식은 박씨의 어깨를 붙잡고 화장실로 데려가기 바쁘다. 참으로 의젓하기까지 했던 두상과 두둑한 뱃살은 튀긴 피로 엉망이 되어 있었다. 화장실 세면대에 머리를 처박고 흐느끼는 박씨에게 재기가 나직한 목소리로 속삭였다.

"형님, 이제 일단은 기선을 제압했으니까 저들이 숫자가 아무리 많다고 해도 인젠 껍데기들이야. 돈이 나올지 뭐 알 수 없지만 그냥 물러설 수도 없잖아요. 죽기 아니면 까무러치기로 나가야지요. 이제 형님은 좀 진정하세요. 우리가 있잖아요, 우리가. 제발 진정하세요."

"야, 이놈아야, 돈이 문제가 아니라, 이 원통한 것을 어디다 푸냐. 내 인격은 어디 가고!"

박씨는 화장실 벽을 붙잡고 흑흑 울어댔다. 울음은 한참 동안 그치지 않았다.

그들이 화장실에서 나와 휴게실에 들어가자 향숙이 기다리고 있었던 듯 음료수를 따서 하나씩 건네준다. 그들은 매끄러운 절벽처럼 기댈 언덕도 발판도 하나 없는 헛헛한 가슴으로 음료수로도 차마 달래지 못할 한숨을 푹 내쉬었다. 저쪽 탁자에서는 아까 담당자들은 뒤쪽에 엉거주춤 서 있고 팀장이 직접 봉석과 최씨를 설득하고 있었다.

"태진 사장하고 일신 사장이 오고 있어요. 오늘 부하 직원이 말을 잘못한 것은 너그럽게 이해를 봐주시구. 그래도 그렇지, 전부 원청으로 올라와서 돈을 달라고 하면 우리들은 또 어떡합니까. 우리가 사실 아저씨들에게 지불할 의무는 없는데 그 사람들이 오면 우리가 정산해주어야 할 것 중에서 아저씨들 노임 부분은 공제하도록 한번 해볼 테니까. ……아무튼 조금 기다려보시라요."

점심때가 되어갈 무렵, 콧김을 씩씩 불어대며 천 부장이 나타나고 곧이어 일신기공의 김 사장이 모습을 드러냈다. 김 사장이 허리를 굽적굽적거리면서 자리에 앉자 최씨가 비아냥거리면서 말했다.

"핫다, 김 사장 얼굴에 땀이 날 때도 있네. 얼굴 보여줘서 고맙네요."

최씨의 비아냥거림에도 김 사장은 벌개진 얼굴 그대로 힐끗 일행들을 쳐다보고는 고개를 돌려 팀장 쪽에 허리를 연신 굽실거린다. 김 사장이 자리에 앉자마자 깍지 낀 손을 꼼지락거리고 있던 천 부장이 제꺽 따지고 들었다.

"김 사장은 도대체 어떻게 된 거예요. 참나, 우리 사장님만 입장 더럽게 됐네. 팀장님 아무튼 죄송하게 됐습니다. 잘 좀 봐주십시오."

팀장이 적당히 책임을 김 사장에게 떠넘기고 쏙 빠지려는 천 부장에게 오금을 박아 말했다.

"태진 송 사장은 바빠서 못 오신 거요? 나는 건물 전체에 창피를 톡톡히 당하고 우리 사장에게 혼쭐나게 생겼구먼. 두 사람이 이분들과 알아서 처리하세요."

팀장이 두 사람에게 책임을 떠넘기며 탁자 한쪽으로 비켜섰다. 봉석이 일신 사장의 얼굴을 어린애들 단감 쳐다보듯 요리조리 뜯어보며 말했다.

"참, 얼굴보기가 대통령보기보다 어려우니 도대체 어떻게 된 것입니까? 도망을 참 잘도 다니시대요. 어찌됐건 노임은 가지고 오셨습니까? 우리는 김 사장 당신 집으로 찾아가려고 하다가 참고 여기로 왔던 거예요."

"도망가다니! 내 도망을 가려고 했다면 진즉 전화 옮기고 집을 옮겼지. 어음을 사실 1주일 전에 받았다구. 할인해가지고 당신들에게 전화를 하려고 그랬다니까. 여기 천 부장님도 잘 알잖아?"

천 부장은 어음 지급을 확인해주기는커녕 김 사장에게 다짜고짜 따지고 들었다.

"김 사장 당신은 입이 열 개라도 할 말이 없어. 그 전에 준 돈이 얼만데 일꾼들한테 돈을 안 풀어서 이 난리를 치게 만들어. 젠장할."

천 부장의 말에 금방 코를 숙일 줄 알았던 김 사장은 고개를 뻣뻣하게 쳐들고 천 부장을 향해 불퉁스럽게 받아친다.

"전부 나한테 다 미뤄버리네. 세 달짜리 어음을 누가 잘 바꿔주기나 한데? 그라고 그거 할인하고 뭐하고 나면 나만 개털인데. 당신들이 공사 지연금이니, 산재사고 난 거까지 일정 부분 나에게 부담해야 하니 마니 하면서 차일피일 안 미뤄 왔으면 나는 진즉 이 사람들에게 돈을 다 지불하고도 남았다구."

차 부장과 김 사장은 빠릇빠릇 서로 우기며 책임을 떠넘기며 언성이 높아간다. 봉석이 눈을 치뜨며 두 사람을 한번 싸잡아서 내리훑은 다음 김 사장에게 뚝뚝하게 말했다.

"김 사장, 당신이 돈을 다 받으면 어디로 튈 지 우리가 어떻게 알겠어요? 작년에 일해 놓은 것도 안 주고 공장에 일꾼들이 찾아와 그렇게 행패를 부리고 그러든데. 우리들 원망하지 마쇼. 우리 돈 문제를 처리하고 난 다음, 서로 둘이 실컷 싸우든 지지고 볶든 알아서 하시고 김 사장님 어째 돈은 가지고 오셨습니까?"

"아직 어음을 못 바꿨다고 아까 이야기했잖아."

"지금, 그걸 말이라고 하세요? 우리는 오늘 여기서 돈을 안 받고는 한 발자국도 꼼짝 안 할 테니까 알아서 하시오. 여러분들도 그렇지."

봉석이 뒤쪽 사람들에게 물어보자 일제히 그렇다고 대답을 하며 바닥을 구르며 자리에서 일어난다. 한 귀퉁이에 가만히 앉아 있던 팀장이 애가 쫄쫄 탔는지 대번에 낯빛이 변하며 천 부장에게 다그친다.

"천 부장 당신이 여기서 빨리 해결해라구. 영 현금이 없으면 당신들이 주라고만 한다면 우리가 이 사람들 돈을 미리 주고 당신들하고 나중에 정산할 거야."

"그러는 법이 어딨습니까?"

"아니 그럼 내가 사장한테 욕을 먹으란 말야. 이 사람들이 오늘 어쨌는 줄 알어?"

천 부장과 김 사장이 앞서거니 뒤서거니 하면서 계약 당사자도 아닌데 어떻게 대양 건설에서 노임을 직접 일꾼들에게 지급할 수 있느냐며 따지고 들었다. 하지만 아직 대양에서 돈이 나올 것이 있는 한 칼자루는 항상 덩치가 큰 쪽에 있었다. 팀장이 노임 명세표를 펴들고 봉석에게 물었다.

"더 시끄럽게 했다가는 내가 우리 사장에게 불려가 된통 당할 수밖에 없어. 우리는 어차피 그 금액을 까고 천 부장에게 지급할 수밖에 없으니까 천 부장도 그렇게 알라구. 송 사장에겐 내가 얘기할 테니까. 우리가 이 금액을 지불하면 되겠죠?" 하며 팀장은 천 부장에게 물었다. 어물어물하던 천 부장의 입에서 기어이 "예." 소리가 떨어진다. 하지만 그 말에 김 사장의 얼굴은 금방 울상이 되었다.

"팀장님, 그건 안 돼요. 그래 되면 저는 서너 달 공사에 남는 것 없이 헛장사한 셈인데. 안 돼요 절대 안 돼요."

김 사장은 정덕구에게 줄건 다 주고 이제 남은 것은 1,000만원 정도밖에 안 되고, 거기다가 아직도 공제할 것들이 많기 때문에 1,600만원 금액은 절대 안 된다고 기를 쓰고 우겨댔다. 공사도 싸게 딴데다가 도면 변경 등 여러 가지 이유로 늦어져서 돈이 엄청 더 들었고, 그 돈 전액을 이 사람들에게 지급해버리면 자기는 완전히 개털이 된다고 목울대를 덜덜 떨며 목청을 돋웠다. 봉석이 고개를 뒤로 젖히며 단호하게 말했다.

"우리는 더도 덜도 말고 거기에 써진 금액을 받지 않고는 꼼짝달싹 안 할 거니 고렇게 아쇼 이."

봉석과 최씨 뒤에 일렬로 늘어선 일꾼들도 저마다 그렇다고 꺼드럭거리며 한 마디씩 내뱉는다. 팀장이 천 부장을 힐끗 쳐다보며 계속 뻗대는 김 사장을 어떻게 해보라는 듯 말했다.

"천 부장, 저도 굉장히 바쁜 사람이에요. 계속 이렇게 있을 수가 없다니까. 빨리 해결하세요."

천 부장은 어물어물 손바닥만 비비는데 김 사장은 팀장의 얘기에도 아랑곳하지 않고 아예 막무가내로 나간다.

"안 돼요. 그렇게 되면 내 돈 500만원이 고생한 보람도 없이 그냥 날라가는디. 막말로 대양건설 당신들이 이 사람들과 직접 계약을 했어요? 무슨 권리로 그렇게 한다는 거죠? 정말 나도 억울해서 못 살겠네. 일이 이렇게 꽈배기가 된 이상, 여기서 다시 공사 받기는 틀려버렸으니 내 다 이야기하죠 뭐. 도면이 변경되고 수정이 되면 전부 나에게 다 띠넘겨버리니 그것도 개털이고, 어음 3개월짜리 할인하면 고것도 개털이고. 게다가 나는 여기 태진공영하고 계약한 것이 아니라 여기 설계사무소의 천 사장하고만 계약을 했는데, 정말 웃겨버리네."

"김 사장 당신 있는 얘기 없는 얘기 정말 그럴 수가 있는 거요?"

천 부장이 서둘러 개털 사장의 말구멍을 막으려 했지만, 이미 터진 김 사장의 입은 하소연에 넋두리까지 섞어대면서 멈출 줄을 모른다.

"나 다 얘기할 거야……. 당신네 일꾼들만 억울한 것이 아니여. 나도 억울한 놈이라고. 니미럴. 태진에서는 산재사고가 크게 두 건 났다고 나한테 얼마간 부담을 하라니 힘없는 놈이 어쩔 수 없이 받아줄 수밖에 없으니 그것도 개털이고. 공사가 늦어진 것도 까라면 까야 허니까 개털이고. 아이고 죽겠네. 때려치우고 싶어도 자재나 연장 사놓은 거 때문에 울며 겨자 먹기로 공사하는 것인데. 내 다 얘기할 거예요…… 또,"

"아니, 태진공영에서 설계 용역이 아니라 설계사무소 당신 개인에게 하청을 주었다는 말이요? 하참, 우리가 하청을 쪼개지 말라고 송 사장한테 그렇게 얘기했는데 천 부장 그게 정말이야?"

이제 안달이 난 것은 천 부장이었다. 도면변경 비용이나 산재사고 비용까지 치사하게 아래로 떠넘겼다는 것과 김 사장이 태진공영 사장과 계약한 것이 아니라 자신과 계약했다는 것은 중대한 폭로였다. 김 사장은 천 부장의 약점을 교묘히 파고든 것이었다.

"아니 그게 아니라……."

"아니긴 뭐가 아니야. 당신들 산재를 밑으로 부담시키는 경우가 어딨어. 송 사장이 옛날에 동료였지만, 하참, 다시 봐야겠구먼. 도면이 잘못됐으면 도면 수정 대금을 주어야지, 그것도 안 주고 공사를 어떻게 하겠다는 거야. 거기다 산재까지, 아, 이거 참말로 웃기네."

"그럼, 된통 나만 손해를 보잖아요 팀장님. 공사 늦은 걸 우리만 피해봐야 되는 거요?"

안달이 난 천 부장이 이제는 자신의 억울함을 들고 나섰다.

"그럼, 주문자가 손해났다고 돈을 까겠다는데 그럼 우리 대양건설이 손해를 보란 말이요? 말도 안 되는 소리하고 있구만. 그럼, 당신 우리와 공사를 계속 안 할 거요?"

"아니요, 알았습니다."

번쩍번쩍 광나는 구두코를 뽐내던 천 부장은 다음 공사 한 마디에 그대로 납작하게 깔아뭉개진다. 결국 공사 지연에 따른 손해는 그대로 태진공영이나 천 부장에게 떨어졌다. 김 사장은 도면 변경에 따른 비용이나 부당한 산재보험료 분담 압력까지 피할 수 있게 되었다. 그때 향숙이 코가 쑥 빠진 천 부장에게 음료수를 권하며 말했다.

"고생 많심더 천 부장님. 저는 다친 주성만 씨의 아낸데얘. 산재서류 좀 보내주이소.

병원에서 자꾸 재촉합니더. 좀 부탁합니대이."

천 부장은 그저 알았다고 고개를 주억거리며 입맛을 다신다. 그렇게 하여 그들은 대양건설로부터 직접 돈을 받게 되었다. 좁은 휴게실 비해 밖 로비는 참 넓고 화려한 광장이었다. 사람들이 뻑적지근한 감회에 젖어서 대리석 바닥을 쿡쿡 눌러 디디며 발걸음을 옮겨갈 때 팀장을 따라 승강기 쪽으로 쫓아가던 천 부장이 김 사장에게 볼통하게 지절거렸다.

"당신 그렇게 나를 골탕 먹일 수 있어."

"그럼 골탕을 나만 먹을 수 있어."

김 사장 역시 천 부장을 힐끗 노려보며 능글능글 지절댄다. 현관입구 쪽에서 일행들을 피해 느물거리며 달아나는 김 사장에게 봉석이 살똥맞게 한 마디 건네 붙인다.

"김 사장, 당신 그렇게 마음을 쓰지 마시오. 언젠가 오늘보다 더한 날이 올지 모르니까."

그들은 빌딩을 나서서 지친 걸음을 옮겼다. 들어올 때는 아침이었는데 벌써 점심을 훌떡 넘겨 햇살이 빌딩 꼭대기 쪽에서 눈부시게 쏘아왔다. 빌딩 앞 건물 턱에 고개를 팍 수그리고 찌무룩히 앉아 있는 천수를 제일 먼저 발견한 것은 삼식이었다.

"야, 임마. 천수야. 니 돈 내가 챙겨왔어."

천수는 검은 모자를 젖히고는 멍하니 삼식을 쳐다본다. 천수가 자리에서 일어나 걸으며 침울하게 말했다.

"형들한테…… 미안해, 다 봤어."

무겁고 칙칙한 바람이 불어오는 도로의 햇살은 여전히 따가웠다. 마른 바람이 그을음 먼지를 휘감아 서울 거리는 마치 연회색의 옅은 장막을 두르고 있는 것 같다. 밀려가고 밀려오는 사람의 파도 속으로 그들은 터벅거리며 걸어갔다. 근처 공원에서 날라 온 비둘기 떼가 구구구 보도블록을 쪼면서 빨간 발을 종종거리며 달아난다. 은행잎에 벌써 노랗게 물이 들고 있으니 이제 좀 있으면 겨울이 올 것이다. 최씨가 비둘기 떼의 빨간 발을 보며 우울하게 말했다.

"올 겨울은 따뜻해야 할 텐데…… 봉석이, 근데 왜 갑자기 사장 만나러 왔다고 그랬어. 아침에 다방에서 상의할 때 책임부서를 일단 찾기로 했잖어?"

"왜 그랬을까, 건물이 너무 위압적이라 기 안 죽고 싶어 그랬을까. 하여튼 나도 모르겠네요. 나도 모르게 툭 치오르는 불뚝성질이 있어 놔서. 아무튼 최씨 형님, 많이 서럽고 쓰리고 아리네요. 지금은 땅 밑으로 가라앉는 느낌이라고나 할까. ……박원식이형, 오늘 참 욕 많이 봤네요. 미안네요."

"무시기 소리, 됐네. 그래도 형 소리는 듣기 괜찮은데, 허허허."

박씨가 뜯어진 단추 사이 살품으로 스며오는 먼지바람을 털어내기라도 하듯 뱃살을 탁탁 치며 말했다.

"진즉 최형이나 박형에게 형이라 불렀어야 하는데, 제가 속이 좁지요."

"정이 붙어야 형이지 입으로만 형이면 되는가. 사실 오늘 박형이 나를 구해준 거야. 나는 오늘 여기서도 돈을 못 받으면 누구한테든 실컷 들이박다가 그냥 뒈지게 얻어맞고 펑펑 울고 싶었거든."

최씨가 봉석의 말에 입을 씰룩쌜룩하면서 혼잣말처럼 중얼거렸다. 그런데 최씨는 다리를 조금 뒤로 뻗치면서 절룩거린다. 밀고 당기는 어깨싸움에서 다리를 삐끗했던 것이다. 박씨가 까무잡잡한 머리통을 설레설레 흔들면서 말했다.

"최씨, 자식들이 이렇게 해서 돈을 버는 줄 알란가."

"알겠지 왜 모르겠어. 자식들이 공부도 잘하고 착실하다면서. 나는 이 속을 알아줄 사람 하나만 딱 있으면 좋겠네."

"그랴, 자식새끼들 키우는 맛에 살기는 하지만, 참 쓸쓸하구먼. 오늘 집에서 나오는데 말야 큰놈이 아르바이트했다고 그러면서 남성화장품을 사주더군. 이 얼굴에 화장품 바르면 뭐혀? 뺨이나 맞을 얼굴. 흐흐흐, 최씨, 전엔 딸 자랑을 하더니 우째 그리 조용햐. 정말 자랑할 거 없어?"

"첩첩산중이야. 그려, 나는 오늘 나올 때 큰 년이 구두를 닦아주었어 이 사람아."

"봉석이 자네는 뭐 자랑할 것이 없는가?"

"저요, 뭐 있을까. 어제 밤에는 말이우, 집사람이 안마를 해주더라요. 허허허, 근데 우리 집사람은 설거지도 안 했다고 찡을 달기도 헌대요."

"안마, 마사지 참 좋지. 근데, 설거지까지 허고 산단 말이여?"

"맞벌이를 하니까 할 수 있나요? 일없어 쉴 때는 가끔 해주곤 했는데, 이젠 해서 주지 말고 당연히 해야 하는 거 아니냐는데 할 말이 없데요 허허허."

봉석은 속내를 드러내놓고서도 껄껄거리며 웃어댔다.

"그렇게는 나는 못 사네."

"나도 그렇게 못 사네."

"그러면 그냥 내내 편안하다니까요. 형님들도 한번 해봐요. 그리고요 형님들과 같이 꼭 가봐야 할 데가 한 군데 있구면요."

"드디어 형님 소리가 야무지게 나오는구면. 그건 기분 좋은데 참 속이 허하네. 일단 속도 좀 채우고 또 뺨 맞은 기념으로 한 잔 해야제. 한 군데라니, 주씨 면회 가자는 얘기 아녀?"

"거기도 물론 가봐야 허지만, 우리 못나고 서러운 놈들이 뭉치는 곳이 한 군데 있다면요. 차차 말씀드리지요."

"그려그려, 뭉치는 것은 어찌됐건 좋은 일이여."

말을 마치자 박씨는 앞장서 또각또각 걸어가는 향숙을 불렀다. 뒤쪽에서는 재기와 삼식이 한창 시시덕거리며 오고 있었다.

"삼식이형, 이렇게 뺨 맞아가며 돈 받다가는 볼텡이 남아나지 않겠어."

"한 대 맞고 그 자리에서 돈만 받을 수 있다면 나는 몇 번이라도 맞겠다야. 일 하는 것만큼 돈 받는 게 이래 힘드니……"

"형, 언젠가 나한테 순수와 순결이 어떻게 다르냐고 물어봤었지요. 근데 그 차이를 곰곰이 생각해보니, 순결은 불안한 것이구, 순수는 미래가 있는 것 같애."

"흐흐흐, 그제? 재기야, 근데 말야. 너 언제 시간 좀 내라 나랑 같이 놀러나 가게."

"형, 돈도 받았겠다. 기러기 만나러 가자는 거지?"

"자식, 눈치도 빠르긴. 대학생 동생 하나 있으니까 참 좋긴 좋구나. 후후."

삼식이 입에서 웃음이 지워지기도 전에 발걸음을 늦추던 봉석이 두 사람 곁으로 다가섰다. 천수는 혼자서 멀찌감치 뒤떨어져 걸어오고 있다.

"재기야, 오늘 수첩에다가는 뭐라고 적을래?"

"이렇게 계급이 벌겋게 존재하는데 실천하지 않은 지식은 사기다, 라고요. 그리고 모색은 도피를 위한 징검다리가 되어서는 안 된다. 사실 그동안 난 내 스스로의 진로 문제에 너무 매몰되어 있었어요. 현실은 역시 위대한 스승이에요."

삼식이 두 사람의 문답에 데꺽 껴들며 뚱딴지같이 삐딱선을 탄다.

"봉석이형, 나한테도 그런 말 좀 물어봐라. 오늘 니 벌건 가슴에다가 뭐라 적을 거냐고?"

"그래 삼식이 너는 가슴에다가 뭐라고 적을래?"

"어째 몸살이 날랑가 슬근슬근 목이 컥컥 마른당께요."

"뭔 말이데?"

"핫다, 형님은 나허고 그러코롬 같이 다녔슴시러 그 쉬운 말뜻을 몰라쌓소? 션한 맥주나 막걸리 한 사발 했으면 좋겠다, 젠장."

"헤헤, 자슥, 그래그래."

그들은 굴풋하고 헛헛한 속을 달래줄 또 하나의 절실한 욕구를 찾아서 염소 떼처럼 와글거리는 인파 속으로 숨어들었다.

『철강수첩』을 마치고

우여와 곡절 속에 장편 『철강수첩』을 일단 마무리 교정을 끝마쳤다. 3월 말까지는 마무리 지으려 어지간히 뭉개고 있었지만, 이라크의 참화를 보면서는 작업에 맘이 잡히지 않았다. 이 야만의 시대에 글을 쓴다는 것은 도대체 무엇인지 회의도 있었고 끓어오르는 분노도 있었다. 여전히 나의 가슴에는 불이 있나보다 했다. 소설을 쓰려면 가슴이 넉넉하고 차가워야 되는데, 그러니 소설이 되냐 말이다, 자책도 있었다.

들창에 아예 이불을 달아걸고 지치면 잤고 쓰러지면 그게 밤이었다. 그러다 보니 낮과 밤이 바뀌고 시간도 몸도 뒤죽박죽 엉망이 되어갔다. 그렇게 마침표를 찍고 나서 며칠 만에 대문 밖으로 나가자 햇살이 너무 부셨다. 오후 4시쯤 되었을 게다. 걸어가는 길 옆 담장을 넘어 목련꽃이 너무 하얘서 그냥 눈을 감았다. 그런데 몸이 되게 간지러웠다. 불개미다. 햇살이, 꽃잎이 부셔서일까. 핏줄을 타고 기어가는 불개미. 온몸이 뜨겁고 가렵고 춥고 어지럽고 목이 칼칼하고 그냥 숨이 가빠왔다. 친구들에게 전화를 걸었다. 낮이라 아무도 때가 맞지 않았다. 밤이 오기 전에 너무 국물이 그리웠던 것이다. 결국 국물이 있는 해장국집에서 혼자서 술을 마셨다. 그러고는 잠을 잤다.

그런데 꿈인지 현실인지 분간이 안 가게 삼식이가, 유 양이, 봉석이가, 박형 등등 소설 속 주인공들이 번갈아가며 나를 헤집고 들쑤시며 난리다, 난리. 왜 그 정도로밖에 거기까지밖에 얘기 못 하냐고. 그래 친구들아, 미안하다 미안해. 그래 난 그 정도밖에 안 된단 말이야. 그들을 편안하게 만족시킬 그런 여유와 능력이 억울하게도 나에겐 여전히 없었다. 배고파서 깨어나면 먹고, 또 자고 그렇게 이틀 동안 내리 잠만 잤다.

그리곤 그 다음 다음날부터 또 나의 밥을 위해 일을 나가고 있다. 일터는 여전히 아늑하고, 그리고 잠시이겠지만, 언제나처럼 평화가 있다. 그렇다, 소박한 것 속에, 땀 속에 평화와 진리가 있더라. 어쨌든 참 오래 뭉개고 뭉갠 작품이다. 무려 5년의 세월이 흐른 셈이니.

이번이 세 번째 교정이다. 한번 교정이 끝나면 또 들여다보고 싶지 않을 만큼 애착도 부담도 큰놈이다. 그래서 작년에 홈피에 연재를 걸어놓고 보았다. 그러나 마무리 교정까지는 1년이 더 걸린 셈이니 어지간히 게으른 놈이 바로 나다. 밥과 글쓰기를 일치시키기란 참 어려웠다는 말로 변명하고 싶지 않다. 최선으로 살지 않은 것만은 분명하니까.

어쨌든 다시 한 번 총체적으로 손질할 것이다. 어지러운 글의 가지를 치고, 시점과 줄거리까지 검토하며 처음부터 다시 시작할 것이다. 그래야 할 것만 같다. 그만큼 절망이 기다리고 있는데…… 아무튼 그렇다. 누구에게 평가를 받고 하는 그것 이전의 차원이다. 인간과 사물의 내면을 보기가 어렵듯이 나를 만족시키기란 이렇게도 어렵다.

말하자면 그렇게 할 만한 이유 몇 가지 중 하나는 이렇다. 그러니까 몇 년 전, 마흔줄에 들어서서 글을 다시 쓸 것이라고는, 특히 소설을 끼적거리리라고는 상상을 못했던 그 시절, 아이엠에프로 일거리가 덜컥 떨어져 졸지에 방구들 신세를 지게 된 것이다. 핀둥핀둥 지겹게 놀며 소일거리로 소설을 읽기 시작했다. 그러면서 당시 유행하는 작품들을 보면서 '소설의 리얼리티가 이것이 아닌데'라는 생각도 했던 것 같다. 아니다, 내가 아프게 겪어왔던 현실로 볼 때 그때 읽어본 소설들이 좀 싸가지가 없게 이야기를 하자면 개판이다, 라는 생각을 했던 게다. 그리고는 '개판을 한번 뒤집어버리겠다'라는 오만도 생겼던 것 같다. 그래서 '철강수첩' 이렇게 제목부터 붙이고, 소설의 줄거리를 대충 설계하고 마지막 장면인 뺨 맞고 노임을 받는 장면을 쓴 다음, 2년을 뭉개면서 작품을 구성해나갔다. 읽는 것은 9단이더라도 쓰는 것은 한심하게도 13급부터니 쉬운 것이 하나도 없었다. 소설이 종합예술이라는 것을 알기까지는 불과 몇 달이 걸리지 않았다. 몇 개월이 아니라 10년은 족히 그것도 처절하게 뭉개야 자신의 목소리를 낼동 말동 한다는 것. 모국어 구사력, 철학, 역사, 식물, 동물, 음악 등등 세상 잡사가 소설에 관계되지 않는 것이 없었다. 많이 배우며, 그렇게 허부적거리며 글을 쓰다보니 많은 것이 나에게서 떨어져나갔다. 아내의 사랑도, 돈도, 명예도, 건강도, 다다……. 그렇게 바닥을 쳤다.

그러면서 시를 썼다. 시 역시 20대까지 치열하게 써왔지만, 소설만큼이나 아프고 힘들고 그게 호락호락한 것이던가. 쉬운 것이란 없었다. 어쩌다 내 시를 작년에 『실천문학』에서 뽑아주어서 일단 명예는 건졌지만 그것은 단지 잠시 수렁 밖으로 나온 것일 뿐. 글을 쓴다는 것, 그 자체가 수렁인 것을. 그것으로 등가죽을 따뜻하게 할 수 없다는 것을, 그 운명을 이제야 조금은 알겠더라. 아, 이 눈부신 봄에 아늑한 평화는 어디 있으리.

뜨거운 세상을 이루는 것들: 노동, 현실 그리고 삶

－조영관의 소설세계

고명철

1

조영관 시인이 세상에 내보이지 않은 소설 작품을 읽는 동안 그의 유고시집 『먼지가 부르는 차돌멩이의 노래』(실천문학사, 2008)를 들춰본다. 시집에 실린 시들 중 다음의 시구들이 눈에 밟힌다.

> 그러나 해야 할 생각의 여벌이 많다는 것, 그게 생활의
> 독이 아니면 또 무엇이리
> 그래서 노동으로 고런 맘을,
> 주체하기 힘든
> 호사스러운 잡것들을 죽이는 것,
> 사는 것에
> 몸을 송두리째 맡기고 가만히 숨죽이고 있는 것,
> 그것 참 괜찮은 일 아니겠느냐
>
> －「내가 보는 뜨거운 한세상」부분

자본주의 일상을 살아가는 일은 여러 정치경제적 이해관계와 뒤엉켜 있는 것이나 다름이 없다. 타인보다 좀 더 많은 자본을 축적하기 위해 자신에게 유리한 계약관계를 유지하려고 애쓰고 자신의 행복을 극대화하기 위해 타인의 존재가치를 소홀히 간주하는 데 익숙하도록 길들여진 삶을 사는 것이 바로 자본주의 일상을 살아가는 우리의 삶이다. 그러다보니, 자연스레 우리는 "생각의 여벌이 많"을 수밖에 없다. 자본주의의 이 복잡한 이해관계 속에서 뒤처져서는 안 된다는 강박증과 어떻게 해서든지 살아남아야 한다는 심한 스트레스, 즉 "생활의 독"에 삶 자체가 몹시 위태롭다. 하지만, 조영관 시인은 간명하게 이에 대한 치유책을 제시한다. '노동'이야말로 이처럼 "주체하기 힘든/호사스러운 잡것들을 죽이는 것"으로, 우리의 몸과 마음을 황폐화시킨 '생활의 독'을 뿌리째 제거할 수 있는 것이다라고. 그래서 무엇보다 "사는 것에/몸을 송두리째 맡기고 가만히 숨죽이고 있는 것"이 함의하는 삶의 진실에 귀를 기울일 것을 나지막이 노래한다. 여기서 쉽게 간과해서 곤란한 것은, 삶을 적당히 사는 것이 아니라 치열히 살아야 하는, 말 그대로 삶을 온몸으로 살아내고 있다면, 그것 자체가 삶의 숭고한 가치를 실천하는 것이기 때문에 애로라지 그 삶에 부화뇌동할 필요 없이 '가만히' 그 삶의 자연스러움을 수용하면 되는 것이다. 이렇게 삶을 살아가는 것이야말로 "참 괜찮은 일"이 아니겠는가.

2

조영관의 이 시적 진실에 깃든, 노동의 숭고한 가치가 보증되는 삶을 향한 욕망은 그의 또 다른 유작 소설 4편에 고스란히 담겨 있다. 세 편의 중단편 「봄날은 간다」, 「따뜻한 방」, 「절집 고양이」와 장편 『철강수첩』 등에서 보이는 조영관의 문제의식은 불모화가 진행되는 삶의 현실을 응시하면서 삶의 절멸에 체념하는 게 아니라 그 절멸을 넘어 신생의 가능성을 발견하려는 낙관적 전망을 결코 포기하지 않는 점에서 주목할 만하다.

우선, 「봄날은 간다」를 살펴보자. 이 작품은 갯벌을 삶의 주요 터전으로 삼은 갯마을이 간척지 공사로 인해 땅 투기 붐이 일어나면서 투기성 자본이 집중되더니 마을 사람들 사이 부동산 이해관계로 뒤엉켜 분란과 갈등이 고조되고 심지어 생존의 터전을 투기 자본가들에게 빼앗긴 채 떠돌이로 전락하고 있는 사람들의 신산스러운 삶의 풍경을 보여준다. 작중 인물 중 샛골댁의 아들 영춘의 모습은 파괴되고 있는 갯마을 공동체의 상처를 고스란히 대변하고 있다. 영춘은 갯벌을 간척지화하는 데 반대운동을 하다가 뒤늦게 보상을 받고 과수농사에 이어 흑염소를 길렀지만 일이 잘 안 돼 고향을 떠나 원양어선의 선원생활을 하다가 고향 사람들 몰래 새벽 무렵 고향집을 찾는다. 영춘은 다시 원양어선을 타기 전에 자신의 아들을 데려가고 싶어한다. 그런데 이러한 모든 것들을 다 헤아리고 있는 샛골댁은 혼자 술을 마시면서 죽은 시부모의 영정을 앞에 두고 넋두리를 한다. 어떻게 하여 자신의 신세가 이렇게 처량하게 됐는지, 자식을 다섯이나 두고서도 한 자식도 곁에 두지 못한 박복함을 무엇에 비교하겠는가, 그래도 영춘의 아들 덕이가 곁에 있어 삶을 버티는 힘이 됐는데, 혹시 덕이마저 자신을 떠나고 홀로 남겨진다면 누구와 함께 고향에서 삶을 지탱하며 살 것인지 막막하기만 하다. 여기서 샛골댁의 이 술 푸념의 밑자리에는 샛골댁의 갯마을을 비롯하여 전국 곳곳에서 국토 개발을 통해 삶의 물질적 조건을 발전시킨다는 미명 아래 오히려 오랫동안 안정적으로 유지해온 평화로운 삶의 공동체가 자본의 이해관계로 상처투성이가 됨으로써 급기야 공동체가 파괴된 채 절망과 환멸이 팽배해질 수 있는 묵시록의 현실이 도래할 수 있다는 문제의식을 주목해야 한다.

　사실, 이러한 문제의식은 우리의 삶이 위기에 전면적으로 봉착해 있다는 것을 말해준다. 이것은 도시에서도 예외가 아니다. 「따뜻한 방」은 하루 동안 일어난 일을 중심으로 전개된다. 새벽부터 집을 나선 경채는 특별한 목적 없이 도심지를 배회한다. 아니, 굳이 목적이 있다면, 부당하게 해고된 자신의 삶에 대한 자기 윤리의 정당성을 회복·정립·

성찰하는 과정이 필요하고, 절친한 친구 준만을 도와주기 위한 융자 보증이 잘못 되었기 때문에 자신의 집이 압류된 경제적 난경으로부터 잠시나마 벗어나기 위한 탈출구를 찾기 위해서다. 전자의 자기 윤리의 정당성 확보 문제는 조영관의 그것이라 해도 과언이 아니다. 작중 인물 경채는 우연히 옛 동료를 만났는데 그는 경채를 회유하면서 다시 회사로 나올 것을 권유한다. 경채가 다니던 회사의 사장이 부도를 낸 채 도망간 후 그 사장 처남이 회사의 경영을 맡았으니 다시 회사로 돌아와 일을 함께 하자는 것이다. 하지만 경채는 이 회유와 권유를 받아들이지 않는다. 비록 일자리를 잃어 이렇다 할 수입도 없고 친구의 금융 보증을 잘못 서 가정 경제가 급격히 악화되었지만 부정한 방식으로 꾸려지고 있는 일에 자신의 양심을 속이면서까지 삶을 살 수 없는 것이다. 말하자면, "나는 나를 배반할 수 없어."라는 경채의 고백에 응축돼 있듯, 경채에 투사된 조영관은 부당하고 타락한 현실 논리에 영합하지 않으려는 자기 윤리의 결단을 갈무리하고 있는 것이다.

이러한 조영관의 자기 윤리는 작중 인물 준만과 경채의 우정에서 한층 두드러진다. 준만은 동네에서 컴퓨터 가게를 운영하고 있으나 돈벌이가 그리 수월한 것은 결코 아니다. 준만의 이러한 모습을 지켜보는 경채는 우울하다. 준만에게 보증 빚을 변제 받는 일이 쉽지 않다는 것을 경채는 잘 안다. 경채와 준만은 모두 노동자로서 혹은 영세 자영업자로서 팍팍한 삶을 도시에서 견디고 있는 것이다. 그렇다면 그들이 삶을 버팅기게 하는 원동력은 무엇일까. 그 원동력은 어디에서 솟구치는 것일까.

"준만아, 이런 경우 너라면 어떡할 거야? 전 회사 사장이 돈을 빼돌려 처남 앞으로 다시 회사를 차렸는데 그 처남이란 작자가 같이 일하자고 한다면 너라면 어떡할 것 같애?"

"나라면 어떡할까? 회사가 그 회사뿐이라면 모르지만 나라면 그렇게는 안 산다."

"그렇지. 근데 왜?"

"사람이 한번 비굴해지면 끝이 없잖아. 나도 현장에 들어간 뒤로 집에는 죽어도 손을 안 벌려. 그런 자존심 없이 어떻게 사냐. 아무리 불알 두 쪽만 남아도 줏대 하나는 가지고 세상을 살아야 하는 거 아니냐. 내 곧 죽는 거 아니니까 경채야 좀만 참아줘라."

"나도 오늘 싹둑 짤라서 거절했어. 그런데 좀 억울하기도 하고 손해보는 것 같기도 하고……."

"인생 조금 손해보는 것처럼 사는 것이 멋있는 거야."

"그래. 압류 건은 우리 함께 노력해보자. 우리가 같이 보낸 세월이 어떤 세월이냐. 이렇게 서로 뭉치기도 하는데 어떻게 안 좋아지겠냐."

경채는 준만의 어깨를 툭툭 쳤다. 준만의 귓가로 축축한 물기가 흘러내리는 것을 보며 경채는 고개를 뒤로 젖히고 눈을 감았다. 잠시 후, 준만은 벌써 피그르르 고개를 모로 기울인 채 코를 골았다. 잠시 후 경채 역시 포근하지만 뭔가 찝찔름한, 불안하지만 왠지 아늑한 쪽잠 속으로 스르르 잠겨들었다.

경채와 준만의 위 대화를 냉엄한 현실을 도외시한 낭만적 우정으로 읽어서는 안 된다. 경채가 자기 윤리를 갈무리하는 과정은 순간적 충동에 의한 게 아니라 자신을 오랫동안 버팅기도록 해준 노동자로서 양심의 가치를 소중히 생각했기 때문이다. 이 양심을 준만도 소중히 간직하고 있었음을 알 수 있다. 이것은 "사람이 한번 비굴해지면 끝이 없잖아."라는 준만의 말에 녹아들어 있다. 물론, 그들은 너무나 잘 알고 있다. 자존과 양심을 지키는 과정에서 뭔가 타인보다 손해보는 것 같은 삶을 감수해야 하는 것이다. 자본주의 일상 속에서 손해보는 삶은 은연중 경쟁에서 패배하는 삶과 연결되고, 자신의 몫을 잘 챙기지 못하는 어딘지 모르게 바보스런 삶을 사는 존재로 간주되기 십상인 현실에서 그들의 손해보는 삶 자체가 환기하는 것은 그리 단순한 게 결코 아니다. 그들의 삶은 현상적으로 자본주의 일상에서 낙오된 삶으로 보이지만, 그들은 자신의 삶을 패배시킨 그 무엇에 결코 굴복하지 않기 위해 자기 윤리를 튼실히 다지고 있다. 물론 여기에는 이러한 존재를 소외시키지 않고 연대하는, 우리 시대에서 절실히 요구되는 '우애'의 윤리를 상기해야 할 것이다. '우애'는 어느 한 편이 일방적으로 다른 한 편을 사랑하는 게 아닌 서로 동등하게 연민의 시선을 나눠가지면서 서로의 아픔을 치유하고 미래를 향한 전망을 포기하지 않는 용기를 북돋우는 마력을 지닌다. 아무리 공포스런 삶의 위기가 우리를 엄습할지라도 이것에 굴복하지 않고 버팅기는 삶의 원동력을 '우애'에서 새롭게 발견한다면 「따뜻한 방」이 타전하는 소설적 전언은 의미심장하다.

   3

   그렇다. 조영관의 유작을 검토하면서 이러한 '우애'의 윤리가 대수롭지 않게 다가오는 데에는 장편소설 『철강수첩』에서 공들여 형상화하고 있는 노동자들의 핍진한 삶의 관계 속에서 '우애'의 가치가 한층 소중히 드러나기 때문이다. 분명, 『철강수첩』은 21세기 한국소설의 주류에서 벗어나 있다. 저간의 한국소설에서 공장 노동자를 전면으로 부각시킨 작품이 희소성을 띠는 데서 단적으로 알 수 있듯, 이 작품을 얼핏 볼 때 지난 1980년대의 공장 노동자를 다루는 이른바 노동소설의 낯익은 서사가 눈에 밟힌다. 노동 현장의 사회구조적 모순, 그 모순 속에서 노동 착취와 억압을 당하는 노동자의 비참한 현실, 이러한 것에 대한 노동자의 각성과 노동 운동의 전위성에 대한 계몽 등속이 낯익은 노동소설의 전범이었다. 그런데 지난 연대의 노동소설이 얻은 값진 성취에도 불구하고 노동자의 집단적 가치를 중시한 나머지 노동자의 개별적 가치에 대한 소홀함과 급변하는 노동 현장의 구조적 모순에 대한 둔감한 인식, 가령 비정규직 노동자의 양산에 따른 문제, 국제노동시장의 분화에 따른 외국인 이주노동과 연관된 문제, 그리고 국내외 원청과 하청 간 복잡하게 뒤엉킨 노동 관계에 대한 명민한 인식의 결여가 낳은 온갖 새로운 노동 현실에 대한 긴밀한 서사적 대응을 펼치지 못한 것은 노동 서사의 갱신을 더디게 할 뿐만 아니라 노동 서사의 종언을 공공연히 불러일으킴으로써 한국소설의 귀중한 성취를 망실할 위기에 직면해 있다. 이러한 점을 생각할 때 조영관의 『철강수첩』은 비록 이 같은 여러 노동 사안에 대한 빼어난 노동 서사의 성취를 거두고 있지 않으나 21세기 한국사회의 노동 현실이 직면하고 있는 문제점들을 숙고하게 한다는 점에서 과소평가할 수 없다.

조영관은 기계를 다루는 노동 현장 노동자로서의 경험을 『철강수첩』의 작중 인물을 통해 구체적이고 매우 사실적으로 보여준다. 용접 노동의 세밀한 서술과 묘사, 노동자들 사이에 주고 받는 생동감 있는 현장의 언어들, 무엇보다 노동자들의 시선에서 때로는 미시적으로 관찰되고 때로는 거시적으로 조망되는 철강 노동 현장의 안팎은 후기자본주의 일상 속에서 우리가 외면하거나 망실하고 있었던 노동 현실의 낱낱을 해부해 보인다. 이와 관련하여, 각별히 주목할 것은 조영관이 인식하고 있는 노동 현실은 노동 현장에만 국한된 것이 아니라 그 안팎을 이루는 세계를 총체적으로 인식하고 있다는 사실이다. 조영관의 『철강수첩』에서 그려지는 노동자가 지난 연대의 노동 서사에서 등장하는 노동자와 구별되는 점은 한국사회의 노동 현실을 다각적으로 보려는 노력을 하고 있다는 점이다. 여기에는 지난 연대의 노동 운동의 값진 성취를 폄훼하는 게 아니라 그 성취를 그것대로 인정하되 그것에 안주하지 않고 보다 복잡한 노동 모순에 능동적으로 대응하면서 광범위한 대중적 지지 기반을 바탕으로 노동 운동의 새 활력을 되찾고자 하는 조영관의 서사 의지가 뒷받침 되고 있다. 가령, 『철강수첩』에서 학출(學出)인 노동자 재기와 학생운동을 하고 있는 민철과의 대화에서 현실 사회주의의 실패가 낳은 신자유주의 무한경쟁 사회의 삶의 파괴에 대한 비판적 문제의식이 인간의 욕망을 제어하지 못한 반성적 성찰에 이르는가 하면, 욕망의 절제가 오히려 규율과 엄격성을 앞세우는 체계 아래 과연 계급의 문제를 궁극적으로 해결할 수 있는지에 대한 래디컬한 비판은 현재 한

국사회의 노동 안팎을 이루는 구조적 억압과 개별적 행태악(行態惡)을 척결하는 문제가 녹록치 않음을 환기하는바, 이 같은 비판적 문제의식은 조영관의 노동 서사를 관통하는 핵심이다. 그러면서 조영관은 재기의 입을 빌어 학생운동가 민철이 진정으로 깨우치지 못한 역사의 허무를 견디고 극복할 수 있는 힘을 민중에게서 발견한다.

> "현실에 대해 절망해야 허무지, 현실을 인정하는 데 어떻게 허무냐? 내가 벌지 않
> 으면 난 하루도 살 수 없어. 그게 니들과 다른 점이지. 앓고 계시는 어머니 놔두고 어
> 떻게 절망하냐. 민철아, 땀 속에는 허무가 끼여들 틈이 없어. 처박고 싸우는 것이 더
> 마음 편할지 몰라. 아무리 개 같은 현실이지만 그 속에 코를 박고 있으면 기쁨은 그
> 속에도 항상 있어. 그 잠시의 기쁨이 얼마나 숭고하고 무서운 것인지 아냐? 그 잠시
> 의 기쁨을 영구적인 기쁨으로 일깨우는 것이 우리의 희망이겠지. 어쨌든 민중들은
> 현실에 매몰되어 있는 것 같지만 우리보다는 훨씬 건강해, 난 그걸 느껴."

노동자 재기는 현실에 대해 절망하지 않기 때문에 '허무'하지 않다. 하루하루를 자신의 노동으로 치열히 살아야 하기 때문에 "땀 속에는 허무가 끼여들 틈이 없"다. 재기에게 현실은 온몸으로 부딪쳐야 할 삶의 전장이다. 삶의 희망은 결코 거저 얻어지는 게 아니다. 고된 삶을 정직하게 살아내고 있는 자에게 희망의 불길은 꺼지지 않는 것이다. 아무리 진보적 사회과학 이념으로 인식을 단련하고 그것을 통해 현실을 과학적으로 사유하면서 진보를 향한 운동을 실천한다고 할지라도 삶의 현실에 기반을 두지 않는 인식과 실천은 한갓 공염불에 불과하다는 진리를 되짚고 있다. 어쩌면 21세기 한국소설에서 노동 서사의 갱신이 이뤄지지 않는 것은 바로 이처럼 지극히 기초로 삼아야 할 삶의 현장과 그에 밀착한 민중의 삶과 거리를 두었기 때문인지 모른다. 이것을 소홀히 간주했을 때 21세기에 새롭게 불거지고 있는 각종 노동 현실의 문제들에 대한 노동 서사가 빈

곤해지는 것이다. 갈수록 노동의 문제는 복잡해지고, 노동 착취와 노동 억압은 한층 제도화되면서 노동 관련 문제가 사회 진보를 논의하는 데 매우 둔감한 사회적 현안으로 취급되는 현실 속에서 노동 서사의 빈곤은 심각히 우려되는 게 아닐 수 없다. 그 단적인 사례로, 『철강수첩』에서 지적되고 있는 원청과 하청 사이에 서로 책임을 전가하는 노동 착취와 노동 억압에 대한 적나라한 파행이 낱낱이 고발·증언되는 것은 그 자체로 21세기 노동 현장의 불모성과 퇴행성을 드러내고 있는 점에서 이 작품의 존재 의의를 주목하도록 한다.

4

이렇듯이 조영관에게 가장 중요한 것은 노동의 현실, 바꿔 말해 노동 안팎을 이루는 삶의 현실이다. 삶의 현실을 관념세계에서 개조하고자 하는 사유에 갇혀 있는 것도 아니고, 현실세계에서 변혁하고자 하는 욕망의 미망에 사로잡히는 것도 아닌, 그 현실을 온몸으로 정직하게 치열히 살아내면 되는 것이다. 21세기 한국사회의 노동자들은 이 지극히 상식적이고 기초적인 일을 수행하는 게 힘들었던 것이다. 그의 단편 「절집 고양이」를 읽고 있으면, 조영관의 서사를 관통하는 문제의식을 음미하게 된다. 겉으로 볼 때 이 소설은 불가의 진리를 탐구하는 종교적 서사처럼 보이지만, 그 이면에는 '참된 자아[眞如]'를 궁리함으로써 '바른 마음[正心]'을 가다듬고 어떻게 하면 "자본과 탐욕의 산들을 깔아뭉개고 맑게 터져서 아름다운, 활짝 개인 그 수평의 바다"(『철강수첩』)에 닿을지를 탐구하는 조영관의 삶의 철학이 용해된 서사로 보아도 손색이 없다. 여기서 간과해서는 안 되는 것은, 「절집 고양이」의 마지막 장면에서 인상적으로 맺듯, 조영관의 삶의 철학은 불가의 사찰 안에서만 도(道)를 닦는 데 자족하지 않고 사찰 안에서의 공부를 바탕으로 사찰 바깥으로 나와 그것을 삶의 현실 속에서 실천하는 데 있다. 그렇다면 '절집 고양이'는 바로 이러한 실천을 하도록 어둠 속에서 응시한 부처의 현신이 아닐까.

조영관의 네 편의 유작 소설을 음미한 후 다음과 같은 문장이 머릿속을 맴돈다.

삶이란 낮아서, 한없이 낮아서 축축하고 비릿한 거라요.(「절집 고양이」)

사람이 노동을 하면 얼뜨기 철학 나부랭이보다도 정신이 훨씬 청량해지는 거 같거
든. 노동이야말로 최고의 명상이야.(「철강수첩」)

조영관의 삶과 사진

조영관의 짧은 인생에 남긴 것은 시와 소설, 논평
그리고 몇 장의 사진,
그리고 우리의 숨결에 남아있는 기억들이다.

그는 사진을 남기지 않았다.
1980년대를 살았던 사람들이 그러하듯이
아무런 이름도, 명예도, 사랑도 남김없이
스러져갔다.

> 여전히 정말
> 나는 불온한 것을 꿈꾸고 있는 것일까
> 나는 어둠 짙어가는 밤거리를
> 고양이처럼 두리번거리며 서성거렸다
> ─ 시인의 < 겨울 국밥집에서> 중에서

시인의 불온한 꿈은 어떻게 되었을까
우리는 아직도 불온한 꿈을 꾸고, 거리를 서성거리고 있지는 않는가
우리는 짧게 살다간 한 사람의 꿈을 만난다.

I. 노동자 시인 조영관

조영관의 삶을 가장 상징적으로 보여주는 것은
아마도 성효숙 작가가 그린 <작업화를 신는 조영관>,
<용접공 조영관>, 그리고 노래하는 조영관,
어릴 적부터 문학을 꿈꾸었던 소년일 것이다.

1980년대 이후로 동지이자, 친구이며, 시인인
고(故) 박영근의 아내이자 화가인 성효숙은
1990년대 초반 부천 작업장에서 일하는 조영관을 보고 그렸다고 한다.

조영관,
장산곶 마루에 하면서 더덩실 하면서 뛰어올 것만 같은 그는
어디서나 슬픔을 넘어선 해학으로분노를 녹여 풍자를 만들어냈다.

그 어린 소년이 아직도 성근 아침에 거친 노동을 위해
불끈 일어서는 모습으로 우리 앞에 서 있다.

성효숙, 작업화를 신는 사람(조영관 모델)

성효숙, 용접공 조영관

조영관 초상화

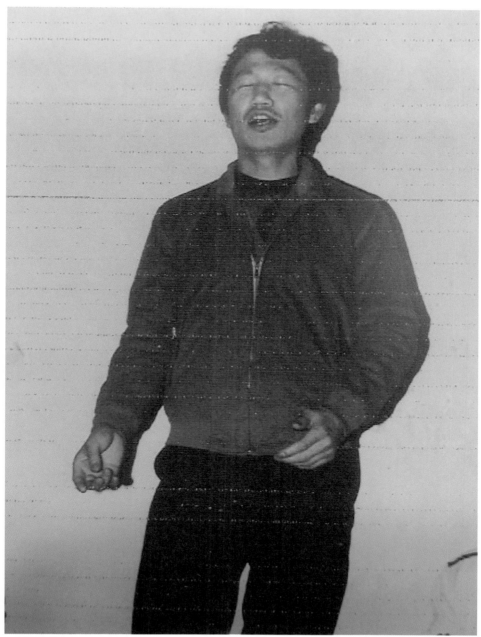

노래하는 조영관

1972. 7. 6 (중학교 3학년)

월   일   요일

이것으로 내 사상이 큰 변동을 일으켰다.
전환이다.
나는
진실하게 살련다. 못 살터라도 · · · · ·
나는 커서 · · · · · ·
    나의 인생관이 될것이다.
그리고 나는 저들의 흠과 위선을 그릴것이다.
멀쩡한 거지가 거지노릇 한다는 위선과
참되게 자기가 팔 2개가 없는 사나이가
아니고 팔, 다리를 휘둘러 저는 그런 위선을
그릴것이다. 그리고 ; 사랑을 잃고 부모 잃고
어릴때 세상에 고아가 되어서 친척집에 붙였고
청년됐을때 친척집의 파산, 일본의 징병 호집
끌리어 가는 가련한 하나의 조선인을 그려봤
해방되어 북에서 갖은 고초를 겪고 6.25
때 남어 오다가 입은 치명상 다리를에
총을 맞고 쓰러진걸 젊은 처녀가 구해

메 모

* 젊을 때 우리는 배우고 나이 먹어서 우리는 이해(理解)한다.
(에프나아 · 엣 엠바하)

중학교 3학년 일기 중에서

1972. 7. 6 (중2년)
일기 중에서

그녀와 사랑하게 된다. 그래가지고
보리 밭속에서의 꿈먹은 사랑의 고백. 침묵.
그리고 맺어질수 없는 인연이기에 아니
그때 반동분자〈빨갱이 〉의 습격. ─ 이분을
잡히여 가는 처녀 순진한 빨간 옷의 빨각거림.
청정을 위해서 칼을 맞은 처녀, 〈빨갱이의 목정에 반항〉
그녀와의 마지막 접촉. 죽어가는 처녀와의 사랑의
고백. 껴안고 잠드는 두 육체.
이런 내용의 작품을 그림쳤다.
호소하는 듯한 음채로서.

시 또 하는 예정 작품 7
. 젊을 거지의 일생에 대해서다
6. 25 때, 받은 , 또는 「일제 때 꿀려가 간 동포
즉 독립군과 동포 〉 에게서 튀쳐 나여.
맞은 큰 상처
찌르으 하는 다리의 고통
그래도 씩 었다.

공원 1978. 9. 17일 日요일 함평공원 에서

의명

벚꽃이어라 향이어라 게
생생한 저 햇빛이고 언덕이 는 웃음이어라.
웃개이어라 흥향 나비 어라
들어가아 가겠다 또드락거리여 붉은 입에 술좋고 하얀 꽃을 면해
속이 속이 열려 언채를 위해 에 열어진 소멱을 원하여
약속이 거리리라 가다 다시 떨어온다가에
충충히 충충듯이 내 눈끝에 에얼린
그대는 오르리라 멀리라 이제를 깨달래
멀리 멀리 떠다가는 그대는 오르리라
관 알거라
벚꽃 속에서 찰란은 뗐는
그대는 알거나

눈물 젖은 꽃잎이 눈여
붉은압에 떨어진 공곳 곳여 노래 속에서 곳은
꽃잎을 보며 깨속에서 날개들는 사랑을 오르리라.
응어리되어 붉은 압에 향하였는 거묵을 오르리라
붉은 가슴에 향하였는 피를 좋은 모르리라
푸른죽오르는
나의 사랑 속에 있는 그대는 모르리라
어허등실 떠있는는 한을 넘어 붉은 건너
떠있는는 깨어나는 빛은 오르리라
다있는는

풀꽃이고 벚꽃이고
뿌리이고 열매이고 날개여라
어다 버려지지 않는 흙이고 넓수리이고 컨신이오 닮이어라
아하 한갈이어라.

꽃

꽃

II. 조영관의 삶의 여정

아쉽게도 그의 삶의 궤적을 살필 만한 사진이 많지 않다.
그의 역마살 많은 인생 탓도 있겠지만
역사의 변혁기에 지식인으로서, 노동자로서, 활동가로서
쉽지 않은 인생의 변곡점이 있었기 때문이리라

그의 호방하면서도 고뇌에 찬 인생을 마주하게 될 것이다.

1. 고등학교까지의 삶

조영관은 1957년 8월 26일(음력) 전남 함평에서 초등학교 교사였던 부모 사이의 4남 2녀 중 둘째로 태어났다. 그러나 아쉽게 그의 어릴 적 사진이 없다. 그는 학다리중학교를 졸업하고 부모님께 떼를 써 서울 성동고등학교에 진학하게 된다. 그곳에서 그는 문예반에 들어 활동하기 시작하였다.

성동고 3학년 기념사진

성동고 시절, 경회루 앞에서

성동고 시절, 머리 밀고 개울가에서

2. 대학에서, 대학의 한계를 접하다

조영관에게 대학은 지식을 쌓는 곳이 아니었다. 현실을 직시하고 끊임없이 실천적 모습을 찾는 구도의 과정이었다. 그는 대학 문학 동아리 <청문회>에서 물 만난 물고기처럼 문학을 통한 세계의 변혁을 모색하기 시작했다. 대학신문과 교지에 시와 평론 등을 기고하면서 보다 전문적으로 문학에 대한, 자신의 삶에 대한 고뇌를 하게 된다. 결국 그는 출판사 일월서각을 그만두고 노동자가 된다.

대학 1년 무렵

대학문학제에서

대학 제1회 문학제

대학교 여행

대학교 여행

군대 가기 직전 함평공원에서

군대 가기 직전 함평공원에서

군대-기타 치며

군대-침상에서

3. 박영근과 노동자

1984년경, 철산동에서 만나 서로 의기투합하였다는 벗이고, 동지이자 같은 시인인 박영근. 이들의 만남은 숙명적인 것이었다. 조영관은 '같이 가장 많이 울어보았던 사람이 박영근'이라고 말한다.
박영근은 2006. 5. 식음을 전폐한 채 먼저 떠나고 시인마저 뒤이어 2007. 2. 박영근을 만나러 떠났다.
부평 명신여고 맞은편의 이층집에 박영근과 함께 성효숙 이사를 도와주고 난 후 한잔하면서 즐거워하는 모습. 조영관은 잔치가 끝났다며 모두 떠나갈 때 현장을 떠나지 않았고 노동자로 삶을 마감하였다.

성효숙 집에서 조영관, 박영근

노동자들과 함께

1993년경 조영관시인. 성효숙의 그림 〈작업화를 신는 사람〉 모델 사진. 성효숙 촬영. 박영근 시인과 성효숙 화가가 살던 산곡동 셋방
앞에서

4. 결혼식

시인에게 결혼은 새로운 삶의 시작이었고, 함께 공존하기 위한 고난의 여정이었다.
1992년, 목포 유달산 조각공원 야외에서 있었던 전통 혼례식에는 노총각 장가간다고 각지에서 모여든 선후배, 동료로 성황을 이루었다.

결혼식 사진

결혼식 사진-박영근과 함께

결혼식 사진-축가

결혼식 사진-가마 타고

5. 완도에서의 생활

1998년, 완도로의 이사
그가 수도권에서의 생활을 끝내고
처음으로 하방한 세월

이 시기에 해남 대흥사 암자인
진불암과 해남 농가에서
일용직 노동자들의 삶과
열악한 노동 현실을 고발하기 위해
소설 쓰기에 진력하다.

2016년 3월 작고한
신관현 화가오 교유하다.

진불암 뒤

수원성 앞에서

세연정에서 장달수와 함께, 조영관

완도에서 조영관

6. 가족과 함께

가족들에게 조영관은 늘 안쓰러운 존재였다. 조영관 또한 가족들에게만은 제대로 자신의 삶을 알리지 않았다. 명절날 신문지에 싼 돼지고기 몇 근을 들고 냄새나는 양말을 신고 찾아오던 미워할 수 없는, 그러나 늘 가족들을 애타게 하는 그런 사람이었다.

사촌동생들과 함께

쌍둥이 조카들과 함께

아버지상을 치르고 진불암에서

가족들과 함께

7. 병실에서 글을 쓰다

2006년 춘천에서 현장소장으로 수원과 춘천을 오가며 경춘선 교각 점검대를 설치하는 작업을 한다.
10월 경춘 고속도로 공사 중 갑자기 정신을 잃고 실족하여 병원에 실려가 간암 판정을 받다.

출판을 앞둔 마지막 시집을 탈고하던 중 2007. 2. 20. 05:25 영면하다.
50세도 채 되지 않은 젊은 나이에 세상에 맞섰던 한 노동자가 떠나갔다.

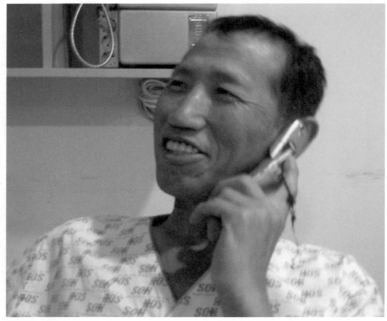

전화받는 조영관

병원 앞에서-장달수, 강병수, 박광석

태안 병원 앞에서 김해자, 허정균, 성효숙

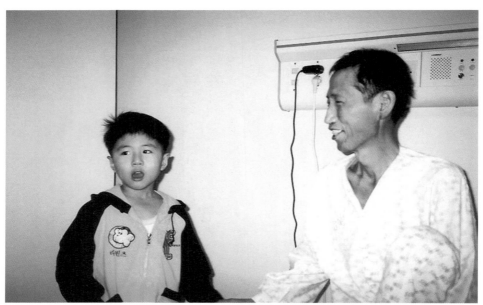

병실에서 조카의 노래를 듣다

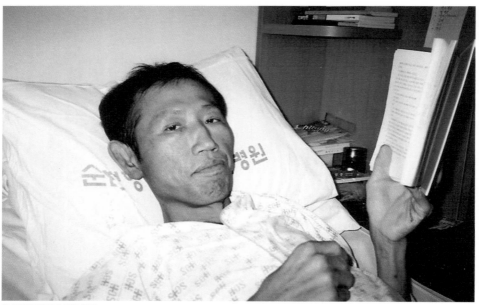

병실에서 끝까지 책을 읽다

Ⅲ. 시인, 세상 속으로 지다

노동자이자 시인인 조영관은 떠났다.
텅 빈 자리에서 우리의 무던함을 탓하고
우리의 덧없음을 탓하였다.

1. 장례식

동료 노동운동 동지 및 선후배, 민족문학작가회의(현 한국작가회의) 동료들이 고 조영관 노동자시인상으로 치르다. 시인의 유골은 영산강에 흩뿌려지고 살아남은 이들은 임을 위한 행진곡을 불렀다. 유골 일부는 고향 부모님 묘소 앞에 수목장으로 묻혔다.

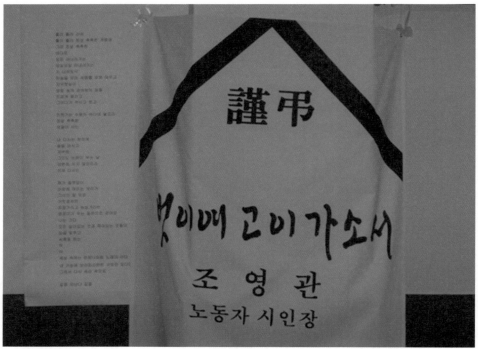

장례식장 걸개

고 조영관 노동자시인장 영결식 순서

사회 : 이병욱

1. 고인에 대한 묵념
2. 고 조영관 생애와 약력 소개 - 강병수(서울시립대학교 민주동문회장)
3. 추도시 낭독 - 송경동 문동만(시인, 민족문학작가회의)
4. 고 조영관 노동자 시인의 애송시 낭독
5. 추도사 - 권오광(민주노총 부천 시흥 김포 지구협의회 의장)
6. 유족 대표 말씀 - 조영배(큰형)
7. 고 조영관 동문을 보내는 노래 합창 - 사랑도 명예도 이름도 남김없이

* 고 조영관 님 생애와 약력

1957년 전남 함평 출생
1976년 서울시립대학교 경영학과 입학
1984년 서울시립대학교 영문학과 졸업
1984-1986 도서출판 일월서각 근무
1986년 인천지역 노동운동 현장으로 투신
1988년 부평 동미산업 노조 위원장 역임
1989-2006년까지 인천 수원 등지에서 노동자 생활 계속
2000년 <노나메기> 창간호에 시 <산제비> 발표
2002년 <실천문학> 가을호 실천문학 신인상 시 부문(시를 겁나게 잘 아는 친구 이야기) 당선으로 등단
2006년 가을 발병
2007년 2월 20일 새벽 5시 25분 영면

이후 왕성한 시작 활동(최근 발표한 시)

1998년 겨울. 영종도<실천문학 2002년 가을호>,동백꽃<실천문학 2002년 가을호>비에게 길을 묻는다<실천문학 2002년 가을호>,땅을 치고 하늘을 치고<현대시학 2002년 12월호>, 학다리 들판에서<실천문학 2003년 가을호>,거미의 꿈<현대시학 2002년 12월호>,민지가 부르는 차불맹이의 노래 <실천문학 2003년 가을호>,썩음의 미학<실천문학 2003년 가을호>,팽이(진보평론 2005년 겨울호),천막과 알전구와 묽은 거미떼와 (진보평론 2005년 겨울호),마당 회식 (진보평론 2005년 겨울호)베트남 노동자 쭝문 (삶이 보이는 창 2005년11.12월호),신화의 달 (작가들, 2006년 여름호),낮잠 (작가들, 2006년 여름호),싸움 같은 것 (작가들, 2006년 여름호)

영결식 순서

고 조영관 노동자 시인장
- 벗이여 고이 가소서 -

민주화와 통일의 열정으로 평생을 민중과 함께 노동자로 또 시인으로 쇳물처럼 살다가 돌아가신 고 조영관 님의 노동자 시인장을 아래와 같이 진행합니다.

영결식 : 2007년 2월 22(목)일 오전 7시 부천 순천향대학교 병원 영결식장

노제 및 안치식 : 전남 함평군 조영관 생가 및 사포나루(오후 3시 예정)

조영관 홈페이지 : http://user.chollian.net/~koani

유족 :   조영배, 조현숙, 조현정, 조영선, 조영재(형제)

장례위원 :

노동운동 동지 및 선후배 : 권오병, 박두성, 박광석 권오광, 장달수, 박태식, 이광재, 윤금순, 강병수, 임창훈, 원병호, 전영문, 조성호, 이의섭, 고형석, 권혁찬, 최헌식, 김진현, 박희정, 이유숙, 김란희, 박창식, 박희정, 정현숙, 윤숙자, 김용희, 최광수, 복인근, 안수철, 권혁철, 박영주, 이승민, 최종민, 양은희, 이석자, 김창태, 윤성준, 박철, 최기형, 이규순, 성효숙, 허정균, 최영진 이용우, 백성욱, 성경란, 정창수, 강성문(무순)

민족문학작가회의 : 김기흥, 김남일, 김명환, 김사이, 김한수, 김해자, 김해화, 김형수, 도종환, 류외향, 맹문재, 문동만, 문영규, 박관서, 박남준, 박문수, 박수연, 박수정, 박일환, 백무산, 서수찬, 손택수, 송경동, 신현수, 안기현, 안상학, 안재성, 엄경희, 오도엽, 오철수, 유영갑, 유용주, 윤동수, 이규석, 이상호, 이설야, 이원규, 이인휘 이한주, 임희구, 정우영, 정은호, 조혜영, 표성배, 한창훈, 홍기돈, 황규관(가나다 순)

고 조영관 노동자시인장 장례위원회

영결식 순서

거름의 시인

- 故 조영관 시인 영전에

문동만

긴 술자리를 마지막까지 지키던 석가여래좌상이었다 해도, 술자리를 먼저 터는 것을 비겁하게 여겼던 어처구니 없는 한 사내였다 하여도, 스스로 정수리에 깊은 말뚝을 꽂고 다 떠난 현장을 지키던 무모한 노동자라 하여도, 이 따위 유고시집이나 남기고 가는 몹쓸 시인이라 하여도, 드디어 그대 홀로 눕던 빈방을 닫고 가는가. 깊은 강에 자책의 돌덩이를 던지며 저무는 햇살속이 아니라, 해 뜨는 낯선 새벽 속으로 표표히 떠나던 유랑의 한 사내, 참 사람 좋은 한 사람, 누구 뜻대로 가시는가

영근이형 죽던 날, 왜 저리 대책 없이 아프다 아프다 죽냐고 목놓아 울던 하 그 붉은 눈물자국이 당신의 짧은 꽃길이구나, 노동이란 저마다의 진실인데, 어찌 높이가, 비굴과 구차가 있는가. 등허리 굽혀 지키던 외로운 불꽃들, 사그러지고 당신 오랜 시의 저장고였던 숙명의 지지대였던 철골이 무너지고 산소통은 텅 비고 용접선은 널브러져 우리는 할 말을 잃는다. 한꺼번에 울지 않은 울음은 나눠서 섬을 두고 울겠지만, 당신 전생의 발자국이 묶음으로 아프구나.

이 위대한 노동의 숨결위에 쏟아져 내리는 갯비린내 위에 아득히 저며오는 저 귀한 소금땀 냄새 그래 나는 돌아가야 하리 라던, 당신 그래 평온히 돌아가시라. 너와 나를 인간을 땅을 바다를 하늘을 섬기는 운동 아니 그걸 훌떡 넘어서 버리는 가만히 거름이 되어 버리는 그 운동, 그 숙명을 이제 탈고하고 흰 백지만 있는 곳, 운동도 공동체도 아픔도 이별도 없는 곳, 다 없으되 좋은 것만 다 있는 곳 몇 발 짝 더 먼저 가시라. 그 거름위에 봄꽃이 피고 보리밭 푸르게 넘실대고 우리는 당신의 시 같은 긴 노래를 함께 부를 때, 당신은 파안으로 다가와 어깨를 걸고 밤새 추임새를 넣으리. 술 같은 건 없어도 환장하게 취하리.

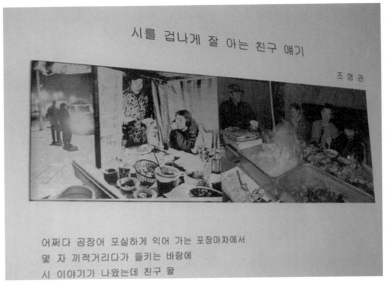

시를 겁나게 잘 아는 친구 얘기

조영관

어쩌다 곰장어 포실하게 익어 가는 포장마차에서
몇 자 끼적거리다가 들키는 바람에
시 이야기가 나왔는데 친구 왈

장례식장 걸개시

장례식장 영정사진

고향 노제 1

고향 노제 2

영산강, 임을 위한 행진곡

영산강에 뿌리다

고향 수목장 표지석

2007년 민주노총 추모방

2007 인천 민족민주열사 추모제. 영정사진

인천 민족민주열사 추모제

2. 49재

2007. 4. 8. 남녘에서 벚꽃이 피기 시작할 무렵 49재를 영산강 사포나루에서, 그리고 수목장 묘소에서 가졌다. 사람은 가고, 추억은 남는 것. 4월 영산강 벚꽃만 바람에 날리었다.

49재 영산강 사포나루 제사

49재 영산강 사포나루 임을 위한 행진곡

49재 영산강 사포나루 벚꽃이 피다

3. 2010.2.6 모란공원에 묻히다

남은 유골이나마 사람들의 발길이 닿도록 가까운 모란공원 민주공원에 안치하였다.
춤사위에 그의 넋이 찾아왔다. 추운 겨울날 동백꽃이 붉었다.

우리들 가슴속에 묻다

시집과 함께 묻다

헌화

추모무 하애정

민주열사묘역에 핀 동백꽃

IV. 조영관 시인 추모행사

살아남은 사람들이 죽은 자를 기억한다
그리고 함께 했던 일과 사람과 시를 공유한다.

조영관을 기리는 추모행사를 2008년 2월부터
매년 2월 마지막 토요일에
그를, 시를 기억하는 사람들과 함께 하고 있다.

늘 낮은 자리에서
이름도, 명예도 남김없이 떠나간
사람들의 이름을 불러보는 자리가 되었으면 한다.

제1주기 추모행사

제1주기 추모행사는 2008. 2. 16. 만해 NGO 교육센터 2층에서 개최되었다.
특히 유고시집인 『먼지가 부르는 차돌멩이의 노래』(실천문학사) 출판기념회도 함께 가졌다.
그가 그토록 기다리던 시집은 꽃이 저문 뒤에 비로소 피었다.

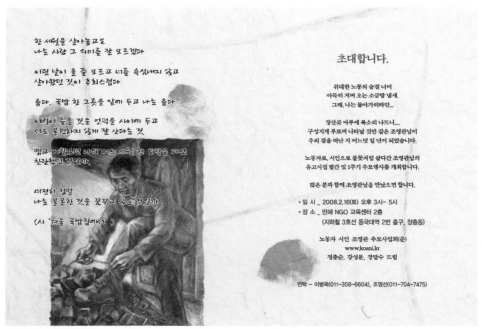

제1주기 추모행사 초대장

제1주기 추모행사 후배들 추모곡

제1주기 추모행사(권오병)

제1주기 추모행사(조영배)

제1주기 추모행사(농악)

제2주기 추모행사

제2주기 추모행사는 2009. 2. 15. 민주노총 서울본부에서 개최되었다.
그리고 금속노조 기륭전자분회에 대한 기금 수여식도 함께 개최되었다.

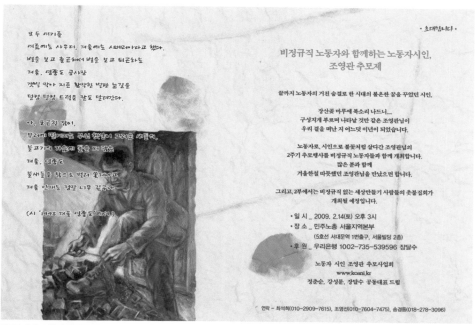

제2주기 추모행사 웹자보

제2주기 추모행사 장달수

제2주기 추모행사 윤종희(금속노조 기륭전자 분회)

제2주기 추모행사 (김성만)

제2주기 추모행사 (춤) 하애정

제2주기 추모행사 헌화

제2주기 추모행사 전체 사진

제3주기 추모행사

제3주기 추모행사는 2010.2.20. 만해NGO 교육센터 2층에서 개최되었다.
특히 3주기에는 시인의 유골을 모란공원에 이장 안치하였기에 모란공원 민주열사 묘역에서 추모제를 함께 지냈다. 특히 민중가수 김성만은 종이 인형이 시인을 닮았다며 보내왔다.

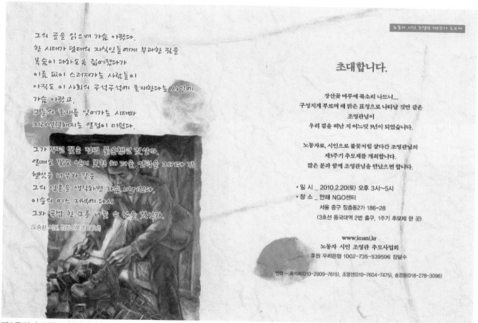

제3주기 추모행사 웹자보

제3주기 추모행사 안내 사진

제3주기 추모행사 시인의 시를 읽다

제3주기 추모행사 송경동

제3주기 추모행사 추모무

제3주기 추모행사 강병수

제3주기 추모행사 종이인형, 조영관을 닮았다.

제3주기 추모행사 다함께

제3주기 추모행사 헌화

제4주기 추모행사

제4주기 추모행사는 2011. 2. 19. 모란공원 민주열사 묘역에서 개최되었다. 특히 조영관 추모비 제막식이 함께 개최되었다.

추모비는 나규환(조각), 이윤엽(글씨), 김동철(서각) 작가들이 세상의 희망을 알리는 손 피리를 부는 모습으로 형상화하였다. 아울러 제1회 조영관 문학창작기금을 수혜식을 가졌다.

제1회 수상자는 시집 『하늘공장』의 임성용 시인이었다.

제4주기 추모행사 추모비 제막 웹자보

제4주기 추모행사 추모비 제막 전 전경

제4주기 추모행사 추모비 제막

제4주기 추모행사 추모비 제막식 나규환 작가

제4주기 추모행사 추모비 제막식

제4주기 추모행사 추모비 제막 헌화 박미숙, 박순덕

제4주기 추모행사 추모비 제막식 전체사진

제4주기 추모행사 추모비

제5주기 추모행사

제5주기 추모행사는 2012. 2. 18. 모란공원 민주열사 묘역에서 '관이형, 희망의 빛으로 돌아오라'라는 제목으로 개최되었다. 어려운 상황에서도 희망을 잃지 않는 용기로 봄이 오는 언덕에서 개최되었다.

아울러 오후에는 경향신문사 13층에서 제2회 조영관문학창작기금 수혜식을 개최하였다. 2회 수혜자로는 르포집 『삼성이 버린 또 하나의 가족』의 르포 10편의 희정 작가가 선정되었다.

제5주기 추모행사 웹자보

제5주기 추모행사

제5주기 추모행사 그림자

제5주기 추모행사 장달수 추모사를 읽다

제5주기 추모행사 조성오

제5주기 추모행사 단체사진

제6주기 추모행사

제6주기 추모행사는 2013. 2. 16. 모란공원 민주열사 묘역에서 '시와 노래로, 시대의 절망을 넘어'라는 제목으로 개최되었다. 대통령 선거 패배의 쓰라림에도 불구하고 다시 결의를 다시는 행사가 되었다.

아울러 오후에는 경향신문사 13층에서 제3회 조영관문학창작기금 수혜식을 개최하였다. 3회 수혜자로는 『벚꽃문신』(실천문학사, 2012)의 박경희 작가가 선정되었다.

제6주기 추모행사

제6주기 추모행사

제6주기 추모행사

조영관의 오랜 벗 허정균

제6주기 추모행사

제6주기 추모행사 하애정

제7주기 추모행사

제7주기 추모행사는 2014. 2. 15. 모란공원 민주열사 묘역에서 '노동자 시인 조영관'이라는 제목으로 개최되었다. 아울러 오후에는 '책읽는사회문화재단' 2층에서 제4회 조영관문학창작기금 수혜식을 개최하였다.
4회 수혜자로는 『아무나 회사원, 그밖에 여러분』(애지, 2013)의 유현아 시인이 선정되었다.

제7주기 추모제 웹자보

제7주기 추모행사

제7주기 추모행사

제7주기 추모행사

제7주기 추모행사

제8주기 추모행사

제8주기 추모행사는 2015. 2. 28. 모란공원 민주열사 묘역에서 '노동자 시인 조영관'이라는 제목으로 개최되었다. 봄이 오는 언덕에서 봄날을 향한 결의를 다지는 시간이 되었다. 아울러 오후에는 금속노조 4층에서 제5회 조영관문학창작기금 수혜식을 개최하였다.

5회 수혜자로는 시 「사랑이여」 외 13편의 정노윤 시인이 선정되었다.

제8주기 추모제 웹자보

제8주기 추모행사

제8주기 추모행사

제8주기 추모행사

제9주기 추모행사

제9주기 추모행사는 2016. 2. 20. 모란공원 민주열사 묘역에서 '노동자 시인 조영관'이라는 제목으로 개최되었다. 완연한 봄날에, 새 결의를 다지는 시간이 되었다. 아울러 오후에는 경향신문사 13층에서 제6회 조영관 문학창작기금 수혜식을 개최하였다.
6회 수혜자로는 소설 「까막편지를 읽는 법」 외 1편의 하명희 소설가가 선정되었다.

제9주기 추모행사

제9주기 추모행사 단체

제9주기 추모행사 하명희, 최종천

제9주기 추모행사 추모사

제9주기 추모행사

제9주기 추모행사

꼭 조영관을 알지 못해도
꼭 조영관을 기억하지 못해도

조영관 같은 사람들이 살았던 시대와
그런 삶을 산 사람들을 기억하기 위해

10년을 넘어서도
그리고 우리의 다짐을 위해서
다시 만날 것을 기약합니다.

V. 조영관 문학창작기금

학생운동에 이어 노동운동에 투신 후 20여 년을
현장노동자로, 시인으로 살다간
고인의 뜻과 삶의 진정성을 기리기 위해 2010년 제정했다.

매년 2월 추모제와 더불어
평등 · 평화를 사랑하고, 더불어 살아가는 삶을 지향하는
숨은 문학인을 찾고, 그 창작 활동을 지원하고 있다.

조영관 문학창작기금

기금 취지

학생운동에 이어 노동운동에 투신 후 20여 년을 현장 노동자로, 시인으로 살다간 고인의 뜻과 삶의 진정성을 기리기 위해 2010년 제정했다.
매년 2월 추모제와 더불어 평등·평화를 사랑하고, 더불어 살아가는 삶을 지향하는 숨은 문학인을 찾고, 그 창작 활동을 지원하기 위해 조성했다.

기금 운영위원회

서울시립대 민주동문회, 노동자 시인 조영관 추모사업회(www.koani.kr), 그리고 생전에 함께 활동했던 동료 문학인들과 유가족이 함께 참여하고 있다.
문학인 모임 <리얼리스트 100>, <삶이 보이는 창>이 연대운영단체로 함께 하고 있다.

역대 수상자

제1회 2011년 임성용, 시집 『하늘공장』
제2회 2012년 희정, 르포집 『삼성이 버린 또 하나의 가족』
제3회 2013년 박경희, 시집 『벚꽃 문신』
제4회 2014년 유현아, 시집 『아무나 회사원, 그 밖에 여러분』
제5회 2015년 정노윤, 시 「사랑이여」 외 13편
제6회 2016년 하명희, 소설 「까막편지를 읽는 법」 외 1편
제7회 2017년 일곱째별(본명 최경아), 르포 「광장의 열흘, 그리고 또 하루」 외 1편

2011년 제1회 조영관 문학창작기금 심사평

- ■ 수혜자 및 대상 작품　　임성용, 시집 『하늘공장』
- ■ 심사위원회 개최 일시　　2011년 1월 17일 월요일 오후 3시
- ■ 심사위원회 개최 장소　　국립중앙도서관 북카페
- ■ 심사 위원　　　　　　　이시백(소설가), 정우영(시인), 이민호(문학평론가)

심사경위

　조영관 문학창작기금 심사위원회는 제1회 수혜자로 임성용 시인을 선정하였다. 지난 2010년 12월 31일까지 투고와 추천 절차를 걸친 총 11명의 문인을 대상으로 심사를 진행하였다. 심사 대상자를 장르 별로 보면 시 7명, 소설 2명, 르포 2명이었다. 이들의 면면은 조영관 시인의 삶과 정신을 추모하고 기리는데 손색이 없었다. 조영관 문학창작기금에 경향 각지에서 관심을 두고 투고를 아끼지 않은 문인들에게 고 조영관 시인을 대신하여 머리 숙여 고마움을 전한다.

　복된 작품을 대하며 편편이 모두 소중하였다. 심사숙고 오래도록 올리고 내리고를 거듭한 끝에 마침내 임성용 시인의 시집 『하늘공장』을 기금수혜작으로 선정하였다. 심사대상 작품 중 소설은 장편의 긴 호흡을 유감없이 발휘하여 박진감이 넘쳤고 작가들의 이력이 빛났다. 르포의 경우 본 기금의 취지를 십분 살릴 수 있는 문학형식으로 거론되었고, 대상자들이 발군의 역량을 발휘했던 터라 선정의 영예를 안겨도 무방하였다. 시의

경우 최근 두드러진 성과를 거둔 대상자들이 다수 있어 고민이 컸다. 바닷가 삶의 치열성과 생동감이 넘치는 작품이 있었고, 농촌 현실을 새로운 시각에서 여유와 넉넉함으로 따뜻하게 그려낸 작품이 물망에 오르내렸다.

임성용 시인을 조영관 문학창작기금의 수혜자로 선정하며 서슴없이 고 조영관 시인과 임성용 시인의 시와 삶의 성과를 공유하고자 한다. 임성용 시인은 어느 곳에 갇힌 시인이 아니다. 1992년 『삶글』에 시와 소설을 발표한 이후 2002년 제11회 전태일문학상을 수상한 경력을 우리는 염두에 두지 않았다. 첫 시집 『하늘공장』 이후 멈추지 않고 왕성하게 펼치고 있는 고양된 작품성과 예민한 현실감각을 높이 평가하였다. 그의 존재가 이 세상에서 절대 망각돼서는 안 될 이유가 우리에게 충분하기 때문이다. 더불어 그의 두 번째 시집이 나오기 전에 그에게 수상의 영예를 안기려는 뜻은 다시금 고 조영관 시인의 시와 삶을 재조명하려함이다.

끝으로 어렵게 투고와 추천을 해 주신 분들에게 그에 걸 맞는 결과를 내주지 못해 송구스럽고 미안할 따름이다. 그 외 조영관 문학창작기금에 특별히 관심을 갖고 있는 여러분 또한 심사결과에 이견이 있을 수 있음을 겸허히 받고자 한다. 어느 때라도 어떤 말이든 달게 받고자 하니 오늘의 심사 결과를 너그럽게 받아주어 우리 모두 기쁘게 하나가 되었으면 한다.

2011. 1. 17

조영관 문학창작기금 심사위원

이시백, 정우영, 이민호

2011년 제1회 조영관 문학창작기금 수혜 소감

조영관 시인!

저는 생전의 그분을 한 번도 본 적이 없습니다.

돌아가시고, 『먼지가 부르는 차돌멩이의 노래』라는 유고 시집을 통해 그분을 만났습니다.

　돌더미 눈길 위로

　시린 발 동동 찍으며

　우린 날쌘 노루처럼 작업장으로 달려간다

「1998년 겨울, 영종도」의 한 구절입니다. 이 시에서 보듯 눈앞에 아리웁게 그 모습이 그려지는 조영관 시인은 돌더미눈길을 시린 발로 터벅터벅 걸어간 사람입니다.

　그분이 남긴 발자욱 위로 '물새들은 참으로 멀리 쫓겨나고 겨울 안개는 정말 너무 깊구나' 하는, 슬픈 독백 한마디가 희디 흰 눈가루처럼 흩날리고 있습니다.

　시인의 연보를 읽으면서, 저는 단단하게 조여맨 그분의 작업화 끈을 생각하고 철골처럼 강고한 정신을 가슴에 담습니다. 왠지 모를 말갛게 떠오르는 물 한 그릇의 슬픔을 마십니다.

　그분은 돌아가시기 직전까지 허공에 뜬 교각의 난간에서 일을 하고 있었습니다. 시가 노동을 따라가는 게 아니라 노동이 시를 자연스럽게 따라가고자 했던 그분은 혹독한 노동의 꿈을 무슨 각오처럼 안겨주었습니다. 온전히 그 삶을 어느 한구석에라도 새겨넣을 수 없는 저는, 무척이나 제 자신이 부끄러웠습니다.

그럼에도 조영관 시인, 그분의 이름으로 제가 호명되었습니다. 난감할 따름입니다. 흔히 겸양이 미덕이라지만, 단순히 제 몸을 낮추지 않고 당당하게 "그래! 난 이 상을 받을 만한 충분한 자격이 있어!" 이렇게 말할 수 있다면 얼마나 좋겠습니까? 그러나 아무래도 저는 그런 자신감이 눈꼽만큼도 없습니다. 심지어 저는 현장에서 노동조합 활동조차 해보지 못했습니다. 잡다한 공장을 수시로 들락거렸고 늘 불성실했고, 그 어떠한 의지도 전망도 빈약했습니다. 누구나 다 그러하듯이 그냥 밥 먹고 살기 위해서 수입이 보잘 것 없는 일을 다니고 심심풀이로 별볼일없는 글을 쓰거나 술을 마시고 살았습니다.

　　조영관문학창작기금은 그분의 동지들이, 그리고 그분과 함께 했던 노동형제들이 서로의 호주머니에서 전해주는 따뜻한 선물입니다. 더구나 이것은 개인의 영예이기에 앞서 피나는 노동과 시에 대한 채찍질이고 생동하는 삶에 대한 담금질임을 압니다. 수상자로 선정된 저는, 제 생애에서 이보다 더 큰 영광이 없습니다. 이 고마움을 진심으로 받들어 제 마음의 나태함, 행동의 나태함을 일깨워야겠습니다.

　　시뻘겋게 달구어진 분노만 살아가는 제 몸 어딘가에 물꼬를 터야겠습니다. 살아갈수록 갈망과 갈증만이 울대 끝까지 차오르는 목마른 생각에 마침표를 찍고, 실오라기 하나 걸치지 않은 벌거벗은 희망을 부끄럽지 않게 내보이고 싶습니다. 그리하여, 다시 팽팽하게 긴장된 실천의 날이 온다면! 나날이, 새롭게, 제 언어와 시와 행동과 몸짓, 모든 것을 담금질해야겠습니다.

　　불먼지가 날리는 풀무 앞에서는 아마도 제가 생전에 뵙지 못했던 조영관 시인, 그분의 햇살에 그을린 얼굴과 환한 미소를 분명코 만날 수 있으리라 믿습니다.
　　감사합니다.

수혜자 약력

임성용

1965년, 전남 보성에서 태어났다.

구로, 안산 공단에서 공장노동자로 일했다.

구로노동자문학회에서 십여 년간 활동을 했으며,

노동자문예 『삶글』에 시와 소설 등을 발표했다.

2002년, 제11회 전태일문학상을 수상했다.

2007년, 시집 『하늘공장』을 펴냈다.

현재, 리얼리스트100 회원이며,

화물차 운전 일을 하고 있다.

제1회 문학창작기금 문동만

제1회 문학창작기금 수혜자 임성용

제1회 문학창작기금 신관현

제1회 문학창작기금 박일환 시인 경과보고

제1회 문학창작기금 수상자 단체사진

제1회 문학창작기금 춤추며 노래하기

2012년 제2회 조영관 문학창작기금 심사평

- 수혜자 및 대상 작품   희정, 르포집 『삼성이 버린 또 하나의 가족』
- 심사위원회 개최 일시   2012년 1월 18일 수요일 오후 1시
- 심사위원회 개최 장소   국립중앙도서관 북카페
- 심사 위원   이시백(소설가), 정우영(시인), 이민호(문학평론가)

심사경위

조영관 문학창작기금이 마련된 지 어느새 두 해째를 맞았다. 사람으로 치자면 첫돌을 맞은 셈이니 해를 거듭할수록 창대하리라 발원하는 마음 간절하다.

제2회 심사는 쉽지 않았다. 지난 2011년 12월 31까지 투고와 추천을 거친 68명의 작품 2백여 편을 대상으로 심사하였는데, 제1회 대상자가 11명이었음을 볼 때 실로 괄목상대하다 할 수 있다. 시 42명과 소설 24명, 산문 1명, 르포 1명의 면모는 장르를 떠나 두루 문학적 열의와 현실 감각이 뛰어난 이들이었다. 이 모두 조영관 문학정신에 대한 관심과 사랑이니 기쁨과 더불어 숙연한 마음 각별하였다.

한 편 한 편 읽어갈 때마다 정신이 번쩍 들었다. 호소력 있는 작품이 적지 않아서 흥분의 강도가 높았다. 특히 시 작품의 경우 등단 여부를 떠나 안팎이 튼튼하였다. 다만 소

설의 경우 좋은 내용에도 불구하고 형식적 측면이 다소 아쉬웠다. 정확한 문장과 서사적 장치들을 일정 수준 구사하려면 어느 정도 시간과 공력이 필요하리라 보였다.

이 중 세 분의 작품을 본심에 올려놓고 장고에 들었다. 유현아(시), 최경주(소설), 희정(르포)이 그들이다. 유현아는 고른 작품성과 많은 작품량이 타의 추종을 불허했다. 특히 유장한 호흡과 이야기적 요소는 기존 여성 시인에게서 맛보지 못한 신선함으로 주목을 받았다. 최경주는 끈질긴 산문정신과 섬세한 상황 포착 능력, 소설에 대한 끊임없는 열의가 돋보였다. 희정은 시의 적절하고 뛰어난 현실감각과 생생하고 열정적인 현장성, 끊임없이 세상과 소통하려는 진정성으로 눈길을 모았다. 이들 모두 조영관 문학정신을 심화하고 확대하고 있어 쉽사리 그 우열을 가릴 수 없었다. 난상토론 끝에 마침내 심사위원들은 신인의 패기에 의견을 모아 희정 작가의 르포집 『삼성이 버린 또 하나의 가족』외 10편의 르포를 기금 수혜작으로 선정하였다.

희정 작가는 2010년 이화여대 환경미화 노동자의 실상을 글로 옮기며 르포작가로서 발걸음을 내딛은 이후 쌍용차 해고자, 삼성반도체 공장 노동자와 함께 했다. 그의 작품은 관념의 산물이 아니라 온전히 현장에서 일궈낸 실천의 결과다. 첫 르포집 『삼성이 버린 또 하나의 가족』은 11명의 피해자와 가족들과 함께 보낸 1년간의 생생한 기록이다. 이처럼 무소불위의 삼성왕국에서 반도체 문제를 조명한 그의 저작도 주목할 만하지만, 심사대상 작품 또한 그가 언제나 우리 사회의 그늘지고 후미진 곳의 삶들을 조망하고 기록하는 데에 주저하지 않았으며, 그 붓을 쉬려 하지 않았다는 점에서 조영관 시인의 유지를 이어 나가는 데에 모자람이 없다고 판단하였다.

해를 거듭할수록 조영관 문학창작기금이 삶과 문학의 현장에서 기념비로 자리할 것임을 자부하며 작품투고와 추천에 참여해 준 여러분에게 다시금 머리 숙여 고마움을 전한다. 여러분 모두의 발전과 문학적 성취가 곧 조영관 문학정신의 확장이라 여기며 무한한 신뢰를 보낸다.

  탁월한 문학역량을 갖췄음에도 수혜대상에서 아쉽게 제외된 문인들에게 따뜻한 위로의 말씀을 드린다. 문학신인을 격려하려는 소중한 뜻을 혜량해 주시길 바란다.

2012. 1. 18
조영관 문학창작기금 심사위원
이시백, 정우영, 이민호

2012년 제2회 조영관 문학창작기금 수혜 소감

　유성기업에 갔을 때입니다. 유성기업 노동자들은 심야노동을 거부했다는 이유로 이십년 가까이 다닌 직장을 하루아침에 잃고 거리로 내몰렸습니다. 원고를 보내기 위해 유성 농성장 구석에서 컴퓨터를 잡고 있는 제게, 늦은 밤 한 노동자가 물어왔습니다. "왜 이런 곳이 옵니까? 당신 문제가 아닌데 왜 이곳에 옵니까?" 그때 무어라 대답했는지 기억나지 않습니다. 하지만 이런 말을 하지 않았을까, 아니 하고 싶지 않았을까 합니다. 당신들의 이야기가 사라질까봐 찾아온다고. 억울한 속내를 뱉어내도, 시간이 지나면 아무 일 없었다는 듯 말짱한 얼굴로 돌아가는 사회를 보게 될까봐 찾아온다고.

　사라지는 것들은 너무 많고, 그 기록을 남기는 일은 늘 부족해 마음이 편치 못합니다. 요즘은 청구성심병원 노동자들을 만나고 있습니다. 노동조합을 세운 대가로 주사바늘에 찔리고 멱살을 잡히고 풍물을 맞고 욕설을 듣고 협박과 왕따를 당하고 소중한 동료를 잃고, 그 끝에 조합원 대부분이 정신질환에 걸린 이야기를 듣게 됩니다. 먼 옛날의 이야기가 아닙니다. 길게는 15년 전, 짧게는 5년 전 일들입니다. 잊혀진 이야기 취급당하지만 누군가의 가슴에는 아직도 생생한 기억입니다.

　이들의 이야기를 듣습니다. 그리고 이야기가 허공으로 사라지지 못하게 기록을 합니다. 개인의 불운이 될 뻔한 반도체 공장 노동자들의 죽음이 직업병이라는 사회 문제로 살아난 것은 제 목소리를 내준 반도체 노동자들과 그 목소리가 사라지지 않게 애쓴 수많은 사람들 때문입니다. 조영관 시인도 아픔을 그저 흘러 보내려 하지 않은 사람이 아닐까 감히 생각해 봅니다.

그나마 글로 남길 수 있던 이야기들에 감사하고, 어느덧 사라져버린 이야기들 앞에 부끄럽습니다. 조영관 문학상을 상을 대하는 마음도 마찬가지입니다. 감사하고 부끄럽습니다.

수혜자 약력

희정 인터넷 언론과 각종 매체를 통해 르포르타주(기록문학) 글을 발표하고 있다. 2010년, 2011년 인터넷 언론에 '반도체 직업병 피해자 열전'을 연재하였다. 현재 〈한겨레21〉 만인보 연재. 2011년 삼성반도체 직업병 문제를 다룬 〈삼성이 버린 또 하나의 가족〉 집필. 제2회 한겨레21 손바닥문학상 작은손바닥 부문 수상. 제 1회 민중문학상 소설 부문 우수상 수상.

제2회 문학창작기금

제2회 문학창작기금 정우영 심사평

제2회 문학창작기금 희정 수상

제2회 문학창작기금 단체사진

제2회 문학창작기금 정진우, 송경동

제2회 문학창작기금 상패

2012년 제3회 조영관 문학창작기금 심사평

- ■ 수혜자 및 대상 작품   박경희, 『벚꽃문신』(실천문학사, 2012)
- ■ 심사위원회 개최 일시   2012년 1월 17일 (목) 오후 13시
- ■ 심사위원회 개최 장소   국립중앙도서관 북카페
- ■ 심사 위원   이시백(소설가), 정우영(시인), 이민호(문학평론가), 이명원(문학평론가)

심사 경위

올해 조영관 창작기금 심사에 응모되거나 추천된 작품은 전 해에 비해서, 양적 측면에서 매우 확대된 면모를 보여주었다. 투고된 시, 소설, 르포 부분에 응모하거나 추천된 작품들은 제 각각의 장점과 단점이 있어, 수여작을 선정하는 데 상당한 어려움이 있었다.장르를 불문하고 이번 기금 심사대상작들의 일반적인 특징을 일별하면 다음과 같다.

첫째, 주류문단의 경향과 무관하게 오늘날 민중들의 삶이 처해있는 붕괴되는 현실에 주목한 작품이 많았다. 이것은 이전의 민중문학이나 노동문학으로 한정하기 어려운 서발턴 또는 하위주체들의 목소리가 크게 증가했다는 점에서, 오늘의 시대에 대한 문제의식의 새로운 일면을 발견하게 된다.

둘째, 우리사회의 전반적인 민주주의와 역사의식의 퇴행에 위기의식을 느낀 탓인지, 근·현대사의 억압되거나 은폐된 이면을 고통스럽게 응시하려는 시도가 여러 장르에서

반복적으로 나타났다. 이는 문학이 증언의 미학적 형식의 일부임을 우리에게 다시 한 번 환기시켰다.

셋째, 그럼에도 불구하고 높은 미학적 성취로 육화된 작품에 도달한 작품들은 많지 않았다. 작가들이 글쓰기의 목표영역을 설정하는 부분에서는 예리한 인식을 보여준 것 같으나, 각 장르에서 고유하게 작동하는 장르적·미학적 자료 영역과 삼투시키는 역량에 있어서는 충분한 기량을 보여주지 못했다.

가령 시인들은 고통의 어조는 고양되었으나, 그것을 응결된 은유나 예리한 분석적 시선, 미학적 밀도를 압축시켜 정념을 반성적으로 폭발시키는 힘이 부족했다. 소설의 경우 사회학적 상상력의 강한 작동에도 불구하고, 구성의 묘를 배려하지 못했고, 인물과 상황의 갈등을 평면적으로 도식화하는 한계가 자주 확인되었다. 르포의 경우 표현대상에 대한 강렬한 의욕에도 불구하고, 사건을 입체적으로 증언하고 분석하고, 그것을 미적으로 서사화하는 역량이 조화를 이루지는 못했다.

이런 각각의 장단점을 갖고 있는 작품들 속에서 우리는 박경희의 시집 『벚꽃문신』(실천문학사, 2012)을 창작기금의 선정작으로 결정했다. 이 시집에 나타난 농촌과 민중들은 우리가 상실한 공동체적 친화력의 근원적 결속감을 잘 보여준다. 물론 이 친화력과 결속감의 안쪽에는 현실의 고통이 사금파리처럼 숨어있는데, 박경희는 이조차도 효모처럼 담담하고 부드럽게 발효시키고 있다. 이는 시적 대상과 시적 자아 사이의 긴장된 거리조정에 성공했기에 가능한 성취라고 우리는 판단했다. 물론 이 친화력이 불화로 충만한 현실의 압력을 거슬러 어떤 시적 변화를 촉진할 것인지는 독자들과 함께 지켜봐야 할 것이다.

2013. 1. 17

조영관 문학창작기금 심사위원

이시백, 정우영, 이민호, 이명원

2013년 제3회 조영관 문학창작기금 수혜소감

나는 변두리에 사는 촌년이다. 성주산 밑에 터 잡고 대천 바다를 바라보며 그저 한 번씩 산과 들과 바다에 부리를 담갔다가 빼는 물새떼 촌년이다. 농부였고 이 땅에 모를 심으며 중간 중간 허리 펴는 일에 익숙한 노동자였던 아버지의 딸이다. 아버지의 검은 등이 시려 손 한 번 얹지 못했다. 한때는 아파트 현장에 노동자이었다가 방앗간 쌀짐 배달꾼에서 남의 논을 빌려 농사를 짓던 농부 노동자였던 아버지. 돌아보니 내 아버지가 도처에 있음을 돌아가신 후에야 알게 됐다.

마을 산에 송전탑 건설을 반대하는 굽은 허리의 할배, 할매들의 주름 깊은 소리 속에도, 쌍용차 문제 해결을 위한 국정조사 실시, 해고자 전원복직, 비정규직 정규직화를 위해 달리는 희망버스 안에도 아버지가 계셨다. 자동차 공장에서 일하는 동생의 기름 묻은 손에도 이 세상 모든 아버지는 어깨가 휜 채로 손가락 마디 마디에 눈물을 쟁여놓고 있었다.

나는 늘 투고 인생이었다. 유선방송사에서 비디오 틀어주는 일에 익숙했고, 늦은 대학 생활은 학생들과 입시를 함께 치르는 나날이었다. 그 속에서 모험과도 같은 투고는 내 그림자였다.

아버지가 돌아가시던 그 해에 조영관 문학창작기금에 투고했었다. 그리고 잊어버렸다. 조영관 시인의 시집을 가슴으로 접했다. 한 번도 뵌 적이 없는 조영관 시인의 마른 미소 속에 노동은 보이지 않았다. 이미 그 안에 녹아들어 잔잔하게 퍼져 있었다.

감사하고 또 감사한 마음이다. 두고두고 신세 갚을 일만 남았다. 끊임없이 달렸던 지난 20년이라는 시간보다 더 열심히 달려주기를 바라는 내 안의 나에게 더할 나위 없이 미안하다. 나 자신에게 이렇게 미안한데 노동을 한 삶으로 짊어지고 가신 조영관 시인과 그 뜻을 이어 함께하는 분들에게 어찌 고개를 들 수 있을까.

안주하지 말고 더 정진하라는 말씀으로 받들고 무릎 꿇고 두 손 모은다. 삶을 노동으로 노동을 삶으로 끌어안고 저승 문지방을 넘은 조영관 시인께 뜨거운 밥 한 그릇을 올린다. 술 한 잔 올린다.

수혜자 약력

박경희
1974년 충남 보령 생
한신대 문예창작학과 졸업
2001년 「시안」 신인상으로 등단
2012년 첫시집 「벚꽃문신」

제3회 문학창작기금 수혜자 박경희

제3회 문학창작기금 백기완 선생님

제3회 문학창작기금 이시백 작가

제3회 문학창작기금

제3회 문학창작기금

제3회 문학창작기금

시상식 안내

제 3 회 조영관
문학창작기금

- 일　　　시 : 2013년 2월 16일(토)
　　　　　　오전 11시
- 장　　　소 : 정동 경향신문 13층
- 수여기금 : 500만원
- 수 상 자 : 박경희 시인

박경희 시인 수상

노동자 시인 조영관 추모사업회와 리얼리스트100, 실천문학사가 주관한
제3회 조영관 문학창작기금 수혜 시집으로 박경희 시인의「벚꽃문신」이
선정되었습니다.

- 조영관 시인 6주기 추모제
- 15시 마석 모란공원
- 13시 30분 경향신문앞 출발
- 연 락 치 : 조영신 010-7604-7475
　　　　　　정달수 010-9094-2152

제3회 문학창작기금 웹자보

2014년 제4회 조영관 문학창작기금 심사평

- 수혜자 및 대상 작품   유현아, 시집 『아무나 회사원, 그밖에 여러분』(애지, 2013)
- 심사위원회 개최 일시   2014년 1월 13일 월요일 12:00시
- 심사위원회 개최 장소   책읽는사회문화재단 대회의실
- 심사 위원   이시백(소설가), 정우영(시인), 서영인(문학평론가), 이민호(문학평론가)

심사경위

조영관 문학창작기금 심사위원회는 제4회 수혜자로 유현아 시인을 선정하였다. 지난 2014년 12월 31일까지 투고와 추천 절차를 걸쳐 총 41명의 문인을 대상으로 심사를 진행하였다. 심사 대상자를 장르 별로 보면 시 21명, 산문 2명, 소설 17명, 르포 2명이었다. 지난번보다 심사대상편수가 줄었지만 예년에 비해 높은 수준의 문학적 성취를 보였다. 소중한 작품을 기꺼이 내어준 문인들과 관심 갖고 좋은 작품 추천해 준 여러분에게 고 조영관 시인을 대신하여 뜨거운 동지애를 느끼며 고마움을 전한다.

다변화된 문학 환경에서 현실주의 문학을 고수하기 버거움에도 현실모순에 대해 끈질기게 접근해가고자 하는 열망을 목도하였다.

시의 경우, 고양된 정치의식과 새로운 세대의 등장이라는 문단의 흐름을 염두에 둘

때 리얼리즘 시의 가능성을 가늠하게 되었다. 소박한 언어에 삶의 긴장을 강하게 실어 내 시적 진정성을 새삼 반추하게 하였고 현실을 뒤틀어 보여줌으로써 천편일률적인 주제의식에서 벗어나려는 움직임을 볼 수 있었다. 그러나 작품의 단순성과 직설적이며 작위적인 생경함이 여전히 문제점으로 꼽혔고 의욕이 지나쳐 오히려 현실을 왜곡시킬 위험성도 언급되었다.

소설의 경우, 비극적 현실에 대해 사람들이 무엇을 바라고 있는가를 잘 대변해 주어야 한다는 의식이 주조를 이루었다. 특히 장편 소설에 실은 긴 호흡은 강한 인상을 주었다. 그러나 기존의 틀을 깨는 변화를 찾기 힘들었으며 여전히 정체성을 갖춘 개성 있는 인물 만들기 작업에 미흡했다. 기타 산문이나 르포의 경우 투고편수가 적어 특별한 경향을 포착할 수 없었다. 전체적으로 조영관문학을 의식하여 경직된 작품들이 많았다. 자유롭고 개성적인 작품들이 조영관문학정신으로 이어지길 바란다.

투고, 추천된 작품은 모두 리얼리즘 문학의 소중한 자산이다. 함부로 대할 수 없기에 숙고와 고심 끝에 유현아의 시집 『아무나 회사원, 그밖에 여러분』을 기금수혜작으로 선정하였다. 유현아의 시는 우리의 현실을 또 다른 입장에서 바라볼 수 있는 여지를 주었다는 데 큰 장점이 있다. 쉽게 재단되고 아무렇게나 휘둘리는 척박한 삶을 이해하고 끌어안고 갈 수 있는 의미 있는 문학적 응답으로 인정하였다. 형식적 단아함이 아쉽지만 중층적이며 복합적인 시적 확장을 높이 평가하였다. 무엇보다도 따뜻한 인간애 속에서 삶의 온전한 회복을 꿈꾸는 그의 시가 독자의 선택을 이끌어 낼 수 있다는 점이 주효하였다.

조영관문학정신을 온전히 자리 잡게 하려면 많은 사람들의 손길이 필요하다. 투고

와 추천해준 여러분의 뜻을 드러내 높여 주지 못해 아쉽지만 모두 밑거름이 되리라 믿는다. 이에 심사결과 또한 너그럽게 받아주길 바라며 이 소식이 모두의 기쁨이 되었으면 한다.

2014. 1. 13
조영관 문학창작기금 심사위원
이시백, 정우영, 서영인, 이민호

2014년 제4회 조영관 문학창작기금 수혜 소감

저는 이불을 뒤집어쓰고 운 적이 많습니다. 저의 울음을 아무도 몰랐으면 했습니다. 더 크게 웃었고 더 크게 명랑했습니다. 남들의 눈물 따위 신경 쓰고 싶지 않았습니다. 저의 소심함은 여기서부터 시작되었는지도 모르겠습니다.

시가 내게로 왔을 때 더 이상 이불을 뒤집어쓰고 울지 않아도 된다는 것을 알았습니다. 시인들의 시 속에 눈물이 한가득하였습니다. 아픔의 표현이 울음뿐만 아니라 웃음도 위악도 명랑도 쾌활도 분노도 찌질함도 될 수 있다는 것을 알았습니다. 그래서 이불을 걷어찼는지도 모르겠네요.

수상 소식을 들었을 때 많이 복잡했습니다. 상이란 것을 받아본 일이 까마득하기도 했지만 나의 시가 그런 주변머리가 될 수 있을까, 하는 불안감이 밀려왔습니다. 한 시인의 이름으로 한 시인에게 받는 상이라는 것이 과연 나에게 올 수 있는 것인가 하는 의문이었습니다.

"가진 자들이 법대로 하자고 덤빌 때 가장 무섭다"고 어느 기자는 말했습니다. 가압류와 벌금과 손해배상에 쥐뿔도 없는 우리는 속수무책입니다. 이런 세상에서 도대체 시 따위가 할 수 있는 것은 아무것도 없는 것일까요. 아무 쓸모도 없는 것일까요.

시인은 이렇게 말합니다.

어쨌든 나는 지금 낯선 길 위에 서 있다

낯선 길 위에 서 있기에 나는 아직 멀쩡한

당신들에게도 감히

무거운 돌을 던질 수 있다

그래 한번 흔들어볼까

당신들의 그 튼튼한

밑둥을

　– 「세상 속으로 가다」 중 일부

　그래서 저는 계속 쓰려고 합니다. 아무 쓸모도 없는 시이기 때문에 가장 큰 힘이 될 수 있다고 믿습니다. 곳곳에 터지고 있는 울음을 함께 보듬을 수 있다고 믿습니다. 한 사람의 노동자로 한 사람의 시인으로 아마 그럴 것입니다. 부끄러움의 연속입니다. 무거운 돌 하나를 던지며 조. 영. 관. 그 이름 가슴에 담겠습니다. 고맙습니다.

수혜자 약력

유현아 1970년 서울 출생. 서일대학교 문예창작학과 졸업. 명지대 대학원 문예창작과 수료. 2006년 제15회 '전태일문학상' 우수상을 수상하며 작품 활동 시작. 현재 '리얼리스트 100' 동인. 시집 『아무나 회사원, 그밖에 여러분』.

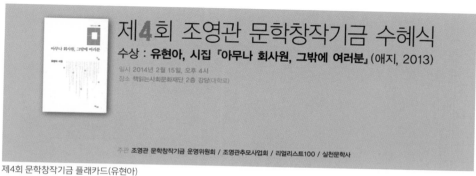

제4회 문학창작기금 플래카드(유현아)

제4회 문학창작기금

제4회 문학창작기금 수혜자 유현아 낭독

제4회 문학창작기금 수혜

제4회 문학창작기금 축사 정세훈 시인

제4회 문학창작기금 단체

제5회 조영관 문학창작기금 심사평

- **수혜자 및 대상 작품**   정노윤, 시 「사랑이여」 외 13편
- **심사위원회 개최 일시**   2015년 1월 21일 화요일 12:00시
- **심사위원회 개최 장소**   한국작가회의 사무실
- **심사 위원**   이민호(문학평론가). 이성혁(문학평론가), 홍명진(소설가), 장성규(문학평론가),

심사경위

〈조영관문학창작기금〉이 다른 문학상들과 변별되는 의미를 지니는 것은 고 조영관 시인이 견지했던 문학과 현실간의 날카로운 긴장이 지금 현재 한국 문단에 절실히 필요하기 때문이다. 너무나 빠른 속도로 추락하고 있는 우리 모두의 삶에 비해, 문학의 대응은 부족하기 짝이 없다. 이는 단순히 소재적인 차원에서 문학이 현실의 문제를 다루어야 한다는 뜻이 아니다. 구체적인 삶에 천착하면서도, 동시에 고유한 미학적 모색을 발랄하게 보여주려는 시도가 절실히 필요하다는 말이다. 이런 맥락에서 제5회〈조영관문학창작기금〉 심사위원들은 크게 두 가지를 기대하며 응모작들을 보았다. 하나는 신자유주의의 폭력이 난무하는 현실을 구체적인 현장으로부터 시작해서 거시적인 시각으로 파악하는 날카로운 인식이었고, 다른 하나는 자신만의 언어로 세계와 대면하려는 고유한 미학이었다. 이런 기준에서 응모작들 중 심사위원들이 마지막까지 주목한 것은 김성만, 옥노욱, 정노윤의 작품이었다.

김성만의 작품들은 무엇보다 첨예한 현실과의 긴장이 살아 있다는 점이 눈에 띄었다. 자신의 구체적인 체험의 핍진성이 지니는 무게감이 큰 울림을 주었다. 언제나 삶이 문학보다 선행한다는 자명한 사실을 깨우쳐주는 작품들이었다. 반면 그 무게를 시의 언어로 형상화하는 과정에서는 다소 아쉬움이 남았다. 다른 글이 아닌 시를 통해 말하고자 한다면, 그 양식이 지니는 고유한 미적 속성에 대한 자신만의 사유가 충분히 녹아들 필요가 있을 것이다.

옥노욱의 작품들은 기존의 관성화된 문법과는 다른 발랄한 미적 형식에 대한 고민들이 돋보였다. 특히 현실에 대한 사유를 담아내려는 문제의식을 가진 작가들이, 종종 이 부분에 대한 고민이 부족하다는 점을 고려할 때 이 점은 큰 미덕으로 다가왔다. 반면 작품 간의 편차가 크다는 점이 마음에 걸렸다. 기법에 대한 강박은 자칫 가벼운 유희로 빠질 수도 있다는 점을 생각해주면 더 좋은 작품을 쓸 수 있을 듯하다.

정노윤의 작품들은 모두 자신의 구체적인 현실로부터 시작된 날카로운 세계와의 대면의지를 지니고 있었다. 더불어 이 의지를 담담하면서도 번뜩이는 표현으로 형상화하는 능력 역시 인상적이었다. 굳이 흠결을 찾자면 시적 화자가 처한 위치가 다소 폐쇄적이라는 점, 그리고 이로 인해 보다 확장된 시야가 잘 드러나지 않는다는 점이 지적되었으나 위의 미덕들이 이를 충분히 감싸주고 있었다.

결국 심사위원들은 정노윤을 제5회 〈조영관문학창작기금〉 수혜자로 선정했다. 아쉽게 낙선하신 분들께는 심심한 사과의 말씀을 올린다. 수혜자로 선정되신 정노윤 시인에게는 축하의 말씀과 함께 보다 확장된 시야를 보여달라는 부탁의 말씀을 올린다.

〈조영관문학창작기금〉은 새로운 원고는 물론, 출판된 작품집 역시 심사 대상으로 삼고 있다. 〈조영관문학창작기금〉의 설립취지에 부합하는 최근 발간된 첫 번째 작품집은 모두 응모자격을 갖추고 있다. 이는 그 빛나는 지점에도 불구하고 아쉽게 충분한 조망을 받지 못한 첫 번째 작품집을 발굴하고 그 의미를 부여하기 위한 것이다. 앞으로도 〈조영관문학창작기금〉에 대한 많은 관심과 격려를 부탁드린다.

2015. 1. 21
조영관 문학창작기금 심사위원
이민호, 이성혁, 홍명진, 장성규

2015년 제5회 조영관 문학창작기금 수혜소감

갑자기 꽃샘추위가 와도 괜찮을 것 같은 날, 밖에 나와 걷고 싶은 길을 걷는다. 잠시 벤치에 앉아 생각에 잠긴다. 외로웠으나 혼자이지 않았다. 떠올리지 못하게 된 인연들이나 결국 만날 수 없게 된 사람들도 그리고 지금 함께 술잔을 기울이는 가족들과 쉽게 지나쳤던 모든 관계들이 나를 키운 이들이다. 기회가 되어 모든 분들에게 감사를 전한다. 나한테 이 상을 물려주신 분들이 많음을 알기에 고마운 마음도 미안한 마음도 다 무겁다. 벤치를 떠나 다시 걷기 시작한다. 누군가 앉아 쉬시길. 쉬고 가시길.

수혜자 약력

정노윤 해남에서 태어나 세 살 때부터 서울에서 자람. 초등학교 5학년 때 처음 시를 씀. 계속 쓰다 보니 재밌어서 더 썼음. 쓰기만 했음. 딱히 할 수 있는 일도 없었음. 나이 30 되는 해에 꿈 이룸. 웃는 중.

제5회 문학창작 기금

제5회 문학창작기금 수혜자 정노윤

제5회 문학창작기금

제5회 문학창작기금

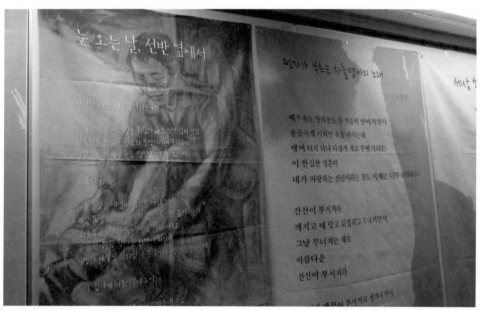

제5회 문학창작기금

2016년 제6회 조영관 문학창작기금 심사평

- **수혜자 및 대상 작품**   하명희, 소설 「까막편지를 읽는 법」 외 1편
- **심사위원회 개최 일시**   2016년 2월 12일 금요일 11:00시
- **심사위원회 개최 장소**   토즈 모임센터 홍대점
- **심사 위원**   이민호(문학평론가). 이성혁(문학평론가), 장성규(문학평론가), 홍명진(소설가)

심사경위

  어느덧 〈조영관 문학창작기금〉이 여섯 성상을 맞이하였습니다. '노동법개정안'을 내세워 노동자를 사지로 내모는 작금의 사태에 비추어 조영관 시인의 별과 같은 정신을 영롱하게 간직하였다는 자부심과 추상같은 뜻을 받들고 있다는 소명감이 더욱 귀한 때입니다. 이에 화답하듯 올해 창작기금 공모는 뜨거운 관심과 참여가 돋보였습니다. 시, 소설, 르포 등 다양한 장르에 고르게 응모하여 〈조영관 문학창작기금〉의 위상을 새롭게 자리매김하는 전기가 되기에 충분하였습니다.

  지난 2015년 12월 31일까지 응모와 추천을 거친 작품을 대상으로 심사를 진행하였습니다. 시의 경우 50명의 작품이 다양한 시의 구경을 펼쳐 조영관 시인의 시세계를 확장하는 의미   있는 현상으로 비쳤습니다. 기존 응모 작품이 견지했던 생경한 현실 세계가 시적 형상화를 통해 시간과 공간을 초월하여 깊이 있는 리얼리즘 세계로 변주되는 변화

를 목도하였습니다. 개성적인 언어와 날카롭고 핍진한 이미지가 눈길을 끌었습니다. 소설의 경우 21명의 작품은 예년에 비해 양과 질에서 괄목할 만 하였습니다.

특히 중, 장편의 귀한 응모는 위축된 한국 소설의 현실을 딛고 정진하였다는 열정을 체감하였습니다. 르포의 경우 2명의 응모자는 조영관 시 정신을 현장에서 풀어내는 문학작업으로서 손색이 없었습니다. 특히 집단창작 글쓰기 작업의 가능성을 새롭게 환기시켰던 점에서 심사자들의 손에서 끝까지 놓여지지 않았습니다. 이런 점에서 향후 조영관 문학상의 확장을 염두에 둔 창작기금 운영의 세심한 배려가 있어야 된다는 데 의견을 같이 했습니다. 즉, 한 개인의 문학적 성취에 대해 지원하는 기금의 성격에서 좀 더 경계를 넓혀 함께 글 쓰고 더불어 지향하는 문학적 발걸음에도 응원이 있어야 된다는 점에서입니다. 그러기 위해 창작기금의 규모와 범위가 보다 풍성해지길 바라는 마음입니다.

무엇보다 신인과 등단작가의 구별 없이 문을 열어놓은 〈조영관 문학창작기금〉의 의도와 뜻을 가장 잘 내보일 수 있는 작품을 찾으려고 고심했습니다. 이에 격론 끝에 소설부문에 응모한 하명희를 올해 〈조영관 문학창작기금〉 수혜자로 선정하였습니다.

세계(삶)를 읽는 탁월한 시선과 작품의 완성도, 그것이 문학적 감동이라면 하명희의 작품은 읽고 난 후에도 여운을 남기는, 새롭게 창조된 하나의 세계가 감동적으로 와 닿았습니다. 문자언어로 하는 예술이 문학이라면 이야기의 핍진성, 선택한 소재와 오브제로 주제를 부각시키는 힘, 작가가 얘기하고자 하는 핵심이 탄탄한 구성으로 엮일 때 감동적으로 완성되는 게 아닐까 생각합니다. 그런 점에서 하명희의 작품이 단연 돋보였습니다. 단편 「불편한 온도」와 「까막편지를 읽는 법」은 작품 간의 편차 없이 완성도가 높고 무엇보다 작가적 시선이 좋았습니다. 적재적소에 감칠맛 나게 사용된 단어 운용법도 탁

월해서 글맛을 돋우고 되새김질하게 하는 맛도 탁월하였습니다. 특히 지금까지 하명희의 작품창작 과정이 다소 전형적인 측면이 없지 않지만 안주하지 않고 리얼리즘 문학의 새로운 버팀목이자 희망으로 자리매김하리라는 가능성을 높게 평가하였습니다. 하명희의 앞으로의 행로가 조영관 문학의 지평을 넓히는 노둣돌이 되리라는 예감이 빗나가지 않으리라 믿습니다.

심사의 끝은 누군가에게는 영광이고 또 누군가에게는 상처가 될 것입니다. 하지만 조영관시인의 문학세계 안에서 이 모든 빛과 그늘이 함께 어우러져 누군가에게는 격려이고 또 누군가에게는 치유가 되길 바랍니다. 〈조영관 문학 창작기금〉에 참여하고 배려해 준 모든 분께 머리 숙여 고마운 말씀드립니다. 벅찬 발걸음으로 조영관 문학의 내일로 향합니다.

2016. 1. 12

조영관 문학창작기금 심사위원

이민호, 이성혁, 장성규, 홍명진

제6회 조영관 문학창작기금 수혜소감

꽃부리의 노동으로

뇌경색으로 오른쪽 왼쪽 핏줄이 우느라 입이 닫힌 어미를 보고 오는 길입니다. 핏줄이 울면 목구멍에 힘이 빠진다는군요. 목구멍에 힘이 빠져 물을 넘겨도 사레가 들고 밥알을 넘겨도 기침부터 터지네요. 침 한 번 삼키는 일이, 소리 내어 이름 한 번 불러주는 일이 칠십 평생 몸을 비우고 채우는 꽃부리의 고된 노동 같군요. 어미의 귀에 조용히 속삭였습니다. 어둡다가도 밝고 따뜻하면서도 서늘한, 중심이 뿌리부터 어지럽게 흔들리는 것이 사랑이라고 노래한 시인이 있었다고, 먼지가 되기 위해 태어난 차돌멩이를 노래하던 시인이 있었다고. 제비꽃의 꿈이 다칠라 차마 다가가지 못하고 웅크려 보기만 하는 시인이 있었다고. 어미는 침을 흘리며 하루 종일 만들어낸 다섯 글자를 내뱉습니다. "고맙습니다." 어미의 목소리에서 향이 퍼지는군요. 꽃이 부리를 열어 내뱉는 그 향으로 이 어둠을 버틸 힘을 얻습니다. 노동의 핏줄을 따라 시를 피우고, 흔들리며 살아가는 사람들을 사랑하기 위해 바다를 용접하던 시인의 길에 동행합니다. 너와 나를 이어붙이는 불꽃이 보이는군요. 시인이 터준 길 위에서 글벗으로 동지로 글을 쓰리라 다짐하게 합니다. 현실을 피하지 않고 정직하게 부딪히겠습니다.

수혜자 약력

하명희(河明熙) 1973년생. 서울예술대학교 문예창작학과 졸업. 2009년 택배 청년의 하루를 그린 단편소설 「꽃 땀」으로 문학사상 신인상. 2014년 91년 '5월 투쟁'에 참여했던 고등학생 운동 활동가들의 이야기를 그린 장편소설 『나무에게서 온 편지』로 제22회 전태일 문학상 수상. 작품집으로 장편소설 『나무에게서 온 편지』(사회평론, 2014)가 있음.

제6회 문학창작기금

제6회 문학창작기금 송경동

제6회 문학창작기금 수혜자 하명희

제6회 문학창작기금 문동만

제6회 문학창작기금 하명희

제6회 문학창작기금 단체

2017년 제7회 조영관 문학창작기금 심사평

- ■ 수혜자 및 대상 작품   일곱째별(본명 최경아) 르포 「광장의 열흘, 그리고 또 하루」 외 1편
- ■ 심사위원회 개최 일시   2017년 2월 8일 수요일 17:00시
- ■ 심사위원회 개최 장소   신동엽학회 사무실
- ■ 심사 위원   정세훈(시인), 이시백(소설가), 정우영(시인), 박일환(시인)

심사 경위

이번 제7회 조영관문학창작기금 응모에는 예년에 비해 상당히 많은 작품이 접수되었다. 그만큼 눈여겨 볼 작품도 많았으며, 덕분에 심사위원들은 기쁜 마음으로 심사에 임할 수 있었다. 시와 소설, 르포에서 골고루 좋은 작품들이 있었으나 한 명만 선택할 수밖에 없어 아쉬웠다. 시 쪽에서는 원숙한 기량과 뛰어난 이미지 구사력 등으로 어디에 내놔도 손색이 없는 작품을 보내주신 분이 두세 명 정도 있었으나, 조영관이라는 이름으로 기금을 수여하기에는 조금쯤 서로 결이 어긋날 수도 있다는 판단을 했다. 다른 공모전이라면 충분히 수상의 영예를 안을 수도 있었을 거라는 점을 밝히며, 다른 기회에 적절한 자리에서 충분히 조명을 받으실 수 있기를 바란다. 소설 역시 두세 명의 작품을 올려놓고 검토를 했는데, 주제의식이 강렬하면 형상화가 조금 미흡하고, 구성이 탄탄하고 문장이 유려하면 독자들을 사로잡을 만한 힘과 개성이 부족해 보였다. 결국 이러한 아쉬움은 르포 쪽에서 좋은 작품을 발견하는 것으로 해소되었다. 심사위원들은 어렵지

않게 「광장의 열흘, 그리고 또 하루」와 「오늘 걷는 나의 발자국」 두 편을 보내준 일곱째별 (본명:최경아) 님의 손을 들어주기로 합의를 보았다.

「광장의 열흘, 그리고 또 하루」는 지난 11월부터 지금까지 이어지고 있는 촛불광장의 모습을 담았으며, 「오늘 걷는 나의 발자국」은 한 인권변호사의 발자국을 좇았다. 시의성 이라는 측면도 있었지만 그보다는 작가의 개성이 단연 돋보이는 작품들이었다. 요즘 다양한 현장과 사람을 다룬 르포들이 나오고, 의미 있고 좋은 작품들도 많지만, 거개가 비슷한 형식을 벗어나지 못하는 단조로움을 보여주고 있다. 기록의 충실성에만 매달려 정작 작가의 얼굴이 보이지 않는다는 점을 지적할 수 있겠다. 그런 점에 비추어 일곱째 별 님의 르포들은, 르포를 이런 식으로 쓸 수도 있구나 하는 놀라움을 안겨 주었다. 르포는 이래야 한다는 암묵적인 흐름이라도 있는 것처럼 여기곤 하는 고정관념을 훌쩍 벗어던진 자리에서 일곱째별 님의 성취가 빛나고 있다. 마치소설을 대하는 듯한 독특한 구성과 작가의 사유가 녹아든 문장들은 르포가 문학이라는 점을 여실히 보여주고 있다. 일곱째별 님의 르포는 취재 대상에 대한 적절한 거리감을 두어 객관을 유지해야 한다는 통념에서 벗어나 작가가 직접 작품 안으로 들어가 자신의 목소리를 들려주는 방식을 취하고 있다. 그렇게 함으로써 르포가 대상에 대한 이야기일 뿐만 아니라 작가 자신의 이야기이기도 함을 보여주고 있다. 르포가 그래도 되느냐고 묻는 이가 있다면, 르포는 왜 그래서는 안 되느냐는 반문을 돌려드리고 싶다.

고정된 틀을 벗어나 자신만의 고유한 틀을 만들어 보여준 일곱째별 님에게 축하를 드린다. 아울러 당선의 영예를 비껴간 모든 이들에게도 언젠가는 다른 영광이 찾아들기를 소망한다.

2017. 2. 8

조영관 문학창작기금 심사위원

정세훈, 이시백, 정우영, 박일환

2017년 제7회 조영관 문학창작기금 수혜 소감

꺼지지 않는 별빛이 되겠습니다

2004년, 故김선일을 살리기 위해 광장에 처음 뛰쳐나온 제가 본격적으로 거리에 나온 건 2008년, 가열차게 나선 건 2014년부터입니다. 광화문의 수많은 깃발 중 제가 설 곳은 한 군데도 없었습니다. 저는 늘 혼자 광장에 있다가 사라졌습니다.

제 휴대폰은 아직 2G폰입니다. 저는 카톡도 트위터도 페이스북도 하지 않습니다. 유일하게 하던 블로그를 세월호가 침몰한 후 이전했습니다. 달랑 10명인 친구공개만 하던 블로그를 범국민행동 촛불집회가 시작되면서 전체공개로 바꾸었습니다. 매주 광장에 나가 사진을 찍고 글을 남겼습니다. 그렇게 탄생한 〈광장의 열흘, 그리고 또 하루〉와 제가 만난 사람들의 이야기 〈일곱째별의 일곱 남자들〉중 한 편.

아무래도 다큐멘터리 작가를 오래 한 탓인 듯합니다. 아무리 각색을 해도 제 이야기는 사실에서 좀처럼 멀리 가질 못합니다. 저는 르포르타주가 뭔지 소설이 뭔지 잘 모릅니다. 다만 제가 아는 것은 진실한 사람들의 이야기뿐입니다. 고통과 시련, 절망 속에서도 살아내는 사람들의 아름답고 신성한 결정체를 발견해 그것을 세상에 알려주는 것이 제가 하고 싶은 일입니다.

세월호 참사가 일어나고 머리카락을 자르지 못하고 있습니다. 진실이 인양되지 못하는 현실을 참을 수 없어 3주기 때는 삭발을 해야 하나 싶었지만 무명의 항거는 소리 없이 묻힐 게 뻔해 글을 쓰기 시작했습니다. 가만히 있다가 죽고 싶진 않았습니다. 그러므로 이 문학창작기금은 별이 된 세월호의 304명과 그들의 가족들, 그리고 생존 학생들이 주신 것입니다.

지난 3년간 제게 대의명분과 내면의 소리를 일깨워준 사샤와 엠마 골드만, 사랑합니다. 이들을 만나게 해 주신 길담서원의 서원지기 소년님과 금요영원 동무들에게 감사를 전합니다. 용기를 잃지 말라고 어머니처럼 품어주신 시인 김해자 님 감사합니다. 밤새 글을 쓰고 있으면 이젠 엄마 책을 쓰라고 독려해 주던 아들 선훈, 언제나 곁에서 힘이 되는 독자이자 언니 같은 딸 이현, 묵묵히 지켜주며 조급해 하는 저를 믿어주던 남편 김인중에게 고맙습니다.

광장의 연약한 촛불 하나에 불과한 저를 심지 굳게 타오르라고 지지해 주심에 감읍하며 꺼지지 않는 별빛으로 자리하겠습니다.

수혜자 약력

일곱째별(본명: 최경아)
대학에서 국어국문학을,
대학원에서는 신문방송학을 전공했고
20여 년간 다큐멘터리 방송작가로 활동했다.

노동자 시인 조영관이 살아온 날들
1957년 10월 26일~2007년 2월 20일

1957년 8월 26일(음력) 전남 함평에서 초등학교 교사였던 부모 사이의 4남 2녀 중 둘째로 태어났다. 어려서부터 책 읽기를 좋아하여 동네의 친척들로부터 온갖 소설책과 시집 등을 빌려 읽으면서 문학과 세상에 눈을 뜨다.

1972년 학다리 중학교 3학년 재학 중 맏형이 대학 진학을 위해 서울로 올라가자 시인도 넓은 세상을 경험하고 싶다며 서울에 있는 고등학교에 진학할 수 있도록 요구하였으나, 거절당하자 2주일간 단식농성을 하다. 결국 허락을 받아 서울에서 고입 시험을 보고, 성동고등학교에 입학하다. 고향을 떠나다. 성동고 문예반 활동을 하다.

1976년 성동고등학교를 졸업하고 부친의 바람에 따라 서울시립대 산업경영학과에 입학하다. 교내 문학 동아리 '청문회'를 통해 문학과 학생운동에 참여하다.

1980년 군복무 중 시인의 어머니가 간암으로 사망하다.

1981년 군 제대 후 복학과 함께 아버지의 반대에도 불구하고 경영학과에서 영문학과로 1년 낮춰 전과하다. 권오병, 장달수, 고 박광석 등과 '청문회'를 중심으로 활동하며 교내 신문 및 교지에 다양한 작품을 발표하다.

1984년 서울시립대 영문과를 졸업하고 진로를 고민하다 사회과학 출판사인 일월서각에 입사하다. 이 시기에 후배 권오광을 통해 고 박영근 시인, 환경운동가 허정균 등과 교우하면서 노동운동에 투신할 것을 결의하다.

1986년 일월서각 퇴사. 구로공단, 독산동에서 고 박영근 등과 학습 모임을 거쳐 인천 지역 노동운동에 투신하면서, 용접 기술을 배우기 시작하다.

1987년 현장 노동자들과 함께 하던 학습모임이 안기부에 드러나 구성원 대부분이 구속되고, 시인은 수배 생활을 하다. 수배가 풀리고 인천 부평 소재 낚시대 제조공장인 동미산업(주)에 취업하여 노조를 세우다.

1988년 동미산업 노조 위원장으로 선출되어 활동하다. 임금 인상을 요구하는 파업 과정에서 구사대에게 끌려가 갈비뼈가 부러지는 야간 폭행을 당하고 결국 해고되다(민주화운동관련자명예회복및보상심의위원회에서 해직, 상해에 관하여 민주화운동 관련자로 인정받음). 이후 인천 지역에 건설일용노조를 세우는 일에 앞장서다.

1992년 인천 남동공단의 기계 제작 설치 회사인 현대기계에서 일하다. 사학 민주화 투쟁으로 해직된 교사 정○○과 결혼. 인천 가좌동 연립주택에 살림을 꾸리고, 절필한 글쓰기를 시작하다.

1995년 아내가 전교조 중앙본부에 상근하게 되어 서울 관악구 남현동으로 이사하다. 계속 글쓰기에 전념하다.

1997년 인천 영종도에서 한진중공업이 시행한 아스콘(아스팔트 재료) 생산 기계 설치 작업을 하다. 아스콘 기계 설비를 경기도 장호원에서 해체하여 영종도의 신불도에 이설하는 작업을 하며 2개월 정도 영종도의 임시 숙소에서 지내다.

1998년 아내의 학교 복직으로 전남 완도로 이사하다. 이 시기에 일용직 노동자들의 삶과 열악한 노동 현실을 고발하기 위해 소설 쓰기에 진력하다.

2000년 통일문제 연구소 『노나메기』 창간호에 시 「산제비」 발표하다. 10월 집을 떠나 이듬해 3월까지 해남 대흥사 암자인 진불암과 해남 농가에 머물며 소설을 쓰다. 이때 「철강지대」 등을 쓰다.

2001년 상경하여 경기도 수원에 쪽방월세로 살다. 일용직 노동자들의 일자리 문제, 임금 체불 문제 등을 해결하기 위한 대안으로 노동공동체를 만들기 위한 구상을 하다.

2002년 「1998년 겨울, 영종도」 외 4편의 시가 『실천문학』 신인상에 당선되어 등단하다. 이후 글쓰기에 전념하다.

2004년 평소 가깝게 지내던 강성문, 김인태, 정창수 등과 수원시 고색동 SK주유소 철골 공사를 하며 노동공동체 설립을 준비하다.

2005년 노동자들의 공동체 '햇살공동체' 설립하다.

2006년 춘천에서 현장소장으로 일하면서 수원과 춘천을 오가며 경춘선 교각 점검대를 설치하는 작업을 하다. 10월 경춘 고속도로 공사 중 갑자기 정신을 잃고 실족하여 병원에 실려가 간암 판정을 받다.

2007년 간암 투병 중 2월 20일 새벽 05시 25분 영원히 잠들다. 유골 일부를 영산강 사포나루에 뿌리고 일부는 부모님 묘소 앞에 수목장으로 묻히다. 2010년 2월 6일 고향에 안치한 유골을 수습하여 모란공원 민주열사 묘역에 다시 안치하고 2월20일 추모 흉상을 세우다.

2008년 시인의 유고집 『먼지가 부르는 차돌멩이의 노래』 출판.

2011년 2월 19일 추모비를 세우다.

발표한 작품들

「1998년 겨울, 영종도」(『실천문학』 2002년 가을호)

「동백꽃」(『실천문학』 2002년 가을호)

「비에게 길을 묻는다」(『실천문학』 2002년 가을호)

「땅을 치고 하늘을 치고」(『현대시학』 2002년 12월호)

「학다리 들판에서」(『실천문학』 2002년 가을호)

「거미의 꿈」(『현대시학』 2002년 12월호)

「먼지가 부르는 차돌멩이의 노래」(『실천문학』 2003년 가을호)

「썩음의 미학」(『실천문학』 2003년 가을호)

「팽이」(『진보평론』 2005년 겨울호)

「천막과 알전구와 붉은 거미떼와」(『진보평론』 2005 겨울호)

「마당 회식」(『진보평론』 2005년 겨울호)

「베트남 노동자 문툰」(『삶이보이는 창』 2005년 11·12월호)

「시화의 달」(『작가들』 2006년 여름호)

「낮잠」(『작가들』 2006년 여름호)

「싸움 같은 것」(『작가들』 2006년 여름호)

시집: 『먼지가 부르는 차돌멩이의 노래』(실천문학 2008. 2.)

노동자 시인 조영관 추모사업회 소개

2007년 2월 20일, 고인이 허허롭게 떠난 후
그를 기억하는,
그가 살아온 삶과 열정, 그리고 이루고자 하는 세상을 향한 꿈을
되새기고 함께 이루기 위해서
서울시립대 민주동문회, 한국작가회의 소속 문인들,
유족회, 함께 활동했던 노동자들이 모여
2007년 3월 28일, <노동자 시인 조영관 추모사업회>를 결성하였습니다.

추모사업회는
매년 2월 마지막 토요일에 추모행사를 열고 있으며
유고 시집을 발간하고 모란공원 민주열사 묘역에 추모비를 세웠습니다.

조영관을 기리고,
그와 같은 삶을 사는, 살아 있는 조영관을 위로하기 위하여
<조영관문학창작기금>을 제정하고 수혜하고 있습니다.
또한 10주기를 맞이하여 『조영관 전집』을 출간하게 되었습니다.

많은 사람들이 함께
살아 있는 조영관을 만나길 기대합니다. .

노동자 시인 조영관 추모사업회

회 장 장달수
사무국장 최석희
총 무 정진구
운영위원 박일환, 송경동, 문동만, 정진구, 하명희, 조영선, 강병수, 강성문
홈페이지 http://koani.kr
후원계좌 우리은행 1002-735-539596 장달수

조영관 전집 2

소설 편

초판발행 2017년 2월 25일

발간위원회 | 박일환 송경동 문동만 하명희 박수정
전집 추진위원회 | 노동자 시인 조영관 추모사업회 · 서울시립대 민주동문회 · 조영관문학창작기금운영위원회 · 유가족

펴낸 곳 | 도서출판 삶창
출판등록 | 2010년 11월 30일 제2010-000168호
주소 | 서울 마포구 대흥로 84-6, 302호
전화 | 02-848-3097
팩스 | 02-848-3094
홈페이지 | www.samchang.or.kr

ISBN 978-89-6655-074-6 (03810)
      978-89-6655-072-2 (04810)

표지 · 편집 | 이원우
인쇄 | 신화코아퍼레이션